Gelon Angélique triumphiert

Anne Golon

Angélique triumphiert

Roman

Einmalige Sonderausgabe Anne Golon in 14 Bänden
Lizenzausgabe 1990 für
Schuler Verlag GmbH, 8153 Herrsching
Originaltitel: La Victoire d'Angélique
Übersetzer: Annette Lallemand und Ulrike von Sobbe

ISBN 3-7796-5299-4

Meinen Leserinnen und Lesern,

Angelique, eine schillernde, sagenumwobene Frau unserer Zeit. Ein historisch-abenteuerliches Epos, das 30 Jahre im Leben einer Frau umfaßt, niedergeschrieben von einer Frau.
Angelique, eine faszinierende Persönlichkeit, mit der sich Frauen wie Männer in unserer heutigen Zeit identifizieren können, wie mit einem Freund, der ihr Leben teilt.
Angelique – sie bezaubert uns nicht nur mit ihrer Schönheit. Sie zieht uns in ihren Bann mit ihrer inneren Freiheit, mit ihrem Lebenshunger, mit ihrem Aufbegehren,mit ihrem Humor.
Sie stärkt uns mit ihrer Warmherzigkeit. Intuitiv und mutig, wie sie ist, stellt sie sich den materiellen und moralischen Prüfungen, die das Leben ihr auferlegt, aber auch um ihre Liebe zu dem Mann, von dem sie getrennt ist.
Sie weicht den täglichen Auseinandersetzungen zwischen Mann und Frau, zwischen Frau und Kirche, zwischen dem freien Menschen und der politischen Macht nicht aus.
Diese Themen durchkreuzen jede einzelne Folge der Saga und ziehen so den Leser unwiderstehlich in das Geschehen hinein.
Die reiche Vielfalt der Handlungselemente, die diese 6900 Seiten bestimmen, verbindet vielseitige Lesarten:

- Sie bietet Spannung, die uns nicht mehr losläßt.
- Sie fasziniert durch die historische Detail-Treue und Genauigkeit des Handlungsablaufs.
- Sie führt uns ein in mystische Welten.
- Sie hält uns gefangen mit dem epischen Atem, der sich durch all diese Seiten zieht, und das Leben eines vergangenen Jahrhunderts wiedererstehen läßt, das uns wie in einem Spiegel unser eigenes Schicksal erkennen läßt.
- Sie zeigt uns eine bewundernswerte Tatkraft und Entschlossenheit, die Schwierigkeiten des Lebens zu meistern und Angst und Haß zu überwinden.
- Sie schenkt uns eine ganz neue empfindsame Sicht der Liebe:

Einer Liebe wie das Meer. Unendlich, immer wiederkehrend.
Das Geheimnis des Gefühls.
Das Geheimnis der Sinnlichkeit.
Das Geheimnis des Liebens.

Angelique ist die Frau der Vergangenheit wie der Gegenwart. Sie ist uns so nahe, in unseren Hoffnungen wie in unseren Ängsten, daß wir nicht umhinkönnen, während wir sie durch die Seiten begleiten, uns die ewige Frage zu stellen:

Wo sind unsere Träume geblieben?
Wo ist unsere Liebe geblieben?

Versailles, im April 1990

Erster Teil

Die Skrupel, Zweifel und Seelenqualen des Malteserritters

In Gedanken war sie bei Honorine, [illegible] Dorn[illegible] schon [illegible], den er um ihre [illegible] gelegt hatte, um sie ganz fest an sich zu drücken, [illegible] Kammer [illegible] indem [illegible] schwingend schleuderte [illegible] über das Haus, [illegible] begleitet vom Krachen und [illegible] vor Anker [illegible] Schiffes. Die [illegible] die vom Ufer [illegible] [illegible] und [illegible] hatten [illegible] gewissen [illegible].

Angelique [illegible] Ahnung [illegible] wir [illegible], de Peyrac [illegible] Da war [illegible] ein [illegible] erwartete [illegible] in [illegible] Versailles.

Dieser [illegible] Monarch der Welt, [illegible] eine [illegible] [illegible] und [illegible] [illegible] [illegible] [illegible] [illegible] und [illegible] [illegible] [illegible] eines [illegible] bewegen, [illegible] [illegible] und [illegible] der Welt [illegible] [illegible] seine [illegible] zurückzu[illegible].

[illegible] noch [illegible] [illegible] [illegible] Kriegs[illegible] [illegible] [illegible] [illegible] [illegible] [illegible] [illegible] Zeit da auf [illegible] [illegible] [illegible] Kriegs[illegible] diese Frau [illegible] Kerkers [illegible] und [illegible] Stadtmauer [illegible] Todfeinde [illegible] ge[illegible] habe.

Im Rauch der Lagerfeuer [illegible] Amerikas [illegible] ge[illegible] Friedenspfeifen [illegible] mit dem [illegible] Frontenac aus[illegible] zu sein als der Ablauf eines [illegible] aus [illegible] Episoden bestehenden Berichts, in dem Angélique [illegible]

Erstes Kapitel

In Gedanken war sie bei Honorine, das wußte er. Doch allein schon sein Arm, den er um ihre Schultern gelegt hatte, um sie ganz fest an sich zu drücken, würde diesen Kummer ein wenig lindern. Schweigend schlenderten sie über das Hauptdeck, begleitet vom Knarzen und Ächzen des vor Anker liegenden Schiffes. Die Nebelschwaden dämpften die vom Ufer her dringenden Geräusche und verhalfen ihnen beiden zu einer gewissen Abgeschiedenheit.

Angélique's Stimmung dürfte auf viele überraschend wirken, sagte sich Joffrey de Peyrac. Und das freute ihn. So war sie eben. Ein König erwartete sie. Ein König träumte von ihr, in seinem Palast in Versailles.

Dieser mächtigste Monarch der Welt, dem eine Unzahl Höflinge huldigte und Ehrerbietung erwies, wünschte sich insgeheim nichts sehnlicher, als daß es ihm dank seiner unerschöpflichen Geduld und unermeßlichen Großmut gelänge, Angélique de Peyrac eines Tages dazu zu bewegen, die düsteren und kalten Gestade am anderen Ende der Welt zu verlassen, um an seinen Hof zurückzukehren.

Aber auch hier, jenseits des Saguenay, wo die Wildnis bis hoch in den Norden reicht, war Uttakawatha, Irokesenhäuptling und erbittertster Gegner Neufrankreichs, in voller Kriegsbemalung und mit stolz gerecktem Haarschopf Joffrey entgegengeeilt und hatte den Größtteil der für Kriegsverhandlungen bestimmten Zeit darauf verwendet, ihm von *ihr*, die er Kawa, Fixstern, nannte, zu sprechen, indem er vor seinen Kriegern bezeugte, diese Frau habe ihn in Katarunk gepflegt und von seinen Wunden geheilt, nachdem sie ihn vor dem Skalpiermesser seines Todfeindes Piksarett, dem Abenaki, gerettet habe.

Im Rauch der Lagerfeuer und der von Mund zu Mund gereichten Friedenspfeifen schien der mit dem Gouverneur Frontenac auszuhandelnde Friedensvertrag viel unwichtiger zu sein als der Ablauf eines bereits jetzt schon aus zahlreichen Episoden bestehenden Berichts, in dem Angélique, diese anmutige und bezaubernde Frau, die hier bekümmert neben Joffrey einherschritt, zu einer legendären Gestalt geworden war.

Es war ihm auch bewußt, daß zwischen diesen beiden sehr unterschiedlichen Männern, dem König von Frankreich im fernen Europa und dem Indianerhäuptling, der geschworen hatte, alle Franzosen Kanadas auszurotten, noch eine Vielzahl von Menschen über die Erde verstreut lebten, die, mochten sie auch noch so unterschiedlich sein wie Fürsten und Hungerleider, Narren und Weise, alle einmal Angéliques Weg gekreuzt hatten und sie in ihrer Erinnerung bewahrten wie eine Lichtquelle, die ihre bescheidene Hoffnung auf Glück wach hielt. Da sie einmal von ihrer Schönheit ergriffen, von ihrer Stimme gerührt, von ihrer Gegenwart froh gestimmt worden waren, würde ihr Dasein niemals mehr so trist verlaufen wie zuvor.

Wie verstört und verwundert wären wohl diese bedingungslosen Verehrer, könnten sie sehen, welche Wirkung ein kleines siebenjähriges Mädchen, das weit von hier entfernt Reigen tanzte und zurückbleiben mußte, auf dieses als unnahbar, unempfänglich und vergeßlich geltende Herz ausübte.

Joffrey de Peyrac teilte ihre Wehmut. An diesem Abend, da sie Seite an Seite ihre Schritte aufeinander abstimmten, überließen sie sich beide den Regungen ihres Herzens, wozu ihr abenteuerliches Leben ihnen selten Zeit ließ.

Es tut wohl, beisammen zu sein, dachte er bei sich. Und er vergegenwärtigte sich nochmals dieses Unbehagen, das ihn während der Trennung wegen des Kriegszustands am Saguenay befallen und ständig gequält hatte. Wie konnte er nur, so fragte er sich, bei ihrer Ankunft in der Neuen Welt den Plan gehabt haben, sie einen ganzen Winter lang in Gouldsboro zurückzulassen, während er sich allein mit seinen Männern ins Innere des Landes durchschlagen wollte? Heute schien ihm das absurd . . . Nur in ihrer Nähe wurde das Leben licht.

Er umfaßte sie noch enger.

Sie stiegen ein paar Stufen hoch zum Oberdeck und von dort aus auf den halbmondförmigen Balkon über dem Heck der *Arc-en-Ciel.* Der Nebel färbte sich kaum merklich rosa, was den Sonnenuntergang ankündigte, doch der Dunst war noch so dicht, daß die anderen Schiffe der Flotte ihrem Auge verborgen blieben.

Seit drei Tagen lagen sie nun schon vor Tadoussac und warteten auf die letzten Soldaten- und Matrosentrupps, die auf dem Rückweg vom St.-Jean-See die Mistassins und Nippisings, die sich ohne diesen Geleitschutz nicht den Fluß hinunter wagten, um ihren Geschäften nachzugehen.

Dabei hatten die Irokesen sich sozusagen in Luft aufgelöst. Sie hatten Joffrey de Peyrac ein Wampum, eine Porzellanperlenschnur überreicht, die besagte: »Wir werden keinen Krieg zu den Franzosen tragen, solange sie dem Weißen Mann von Wapassou, meinem Freund Ticonderoga, die Treue halten.«

Kaum war ihm dieses Versprechen ausgehändigt worden, war der Graf de Peyrac schleunigst zum St.-Lorenz-Strom zurückgekehrt, da er es kaum mehr erwarten konnte, Angélique wiederzusehen, die aus Montreal zurückkam, wo sie Honorine im Pensionat abgegeben hatte. Vielleicht hätte er sie nicht sofort mit Fragen nach dem Mädchen bestürmen sollen, denn nun merkte auch er, wie ihm das Kind, an dem er sehr hing, fehlte.

Angélique war in tiefe Melancholie verfallen. Montreal war doch so weit weg ... Und die Ordensschwestern von Notre-Dame mochten noch so liebevoll sein, die Kleine würde leiden, war die Umgebung doch so ganz anders als die, die sie bisher gekannt hatte.

»Wie konnte sie nur auf den Gedanken kommen, Wapassou verlassen zu wollen?« brach es plötzlich aus Angélique hervor. Ihre stumme Starre hatte sich gelöst, und mit schmerzerfüllten Augen blickte sie zu Joffrey auf. »Wie konnte es diesem kleinen Ding nur einfallen, uns verlassen zu wollen? Mich, ihre Mutter? Und Euch, diesen Vater, den sie am anderen Ende der Welt endlich gefunden hatte! Genügten wir ihr nicht mehr? Waren wir nicht *alles* für sie?«

Beinahe hätte er gelächelt über so viel mütterliche Naivität. »Meine Liebe«, sagte er, nachdem er ein Weilchen nachgedacht hatte, »solltet Ihr die Logik der Kinder vergessen haben? Die Logik Eurer eigenen Kindheit? Habt Ihr mir nicht selbst erzählt, daß Ihr mit zehn oder zwölf Jahren den Plan gefaßt hattet, nach Amerika zu reisen, und zwar mit einer Horde kleiner Bauernlümmel, ohne daß auch nur einer von euch einen Gedanken an die zurückbleibenden Eltern verschwendet hätte?«

»Das ist wahr ...«

Das Wiedersehen mit ihrem älteren Bruder Josselin hatte Erinnerungen wachgerufen. Mit Freuden entsann sie sich des Kindes Angélique de Monteloup. Die tiefen Wurzeln waren niemals gekappt worden, und wenn sie jetzt, als Erwachsene, einen Blick auf ihr damaliges Verhalten warf, so verstand sie die Sorgen, die sie ihrer Familie bereitet hatte, wesentlich besser.

»Ich glaube, es war Abenteuerlust und Freiheitsdrang, was mich damals angestachelt hat, und was eine solche Reise bedeutete, und daß sie eine Trennung von den Meinen mit sich gebracht hätte, war mir absolut nicht klar.«

»Aber unsere kleine Honorine haltet Ihr für fähig, die Bedeutung des Wortes *Trennung*, das uns das Herz bricht, zu ermessen? Sie will ihren Weg gehen, wie bei einem Spaziergang, angezogen von den Blumen dieses unbekannten Pfades; auf sie läuft man zu, ohne sich klarzuwerden, daß dadurch das ganze Leben einen anderen Weg einschlagen könnte ... Wie war es denn in meiner Jugend? Ich verdankte alles meiner Mutter: Ich war wohlauf, gesund und, vor allem, konnte laufen, wenn ich auch hinkte.

Doch kaum fühlte ich mich kräftig genug auf den Beinen, war mein erster Entschluß, diese unerhoffte Behendigkeit auszunützen, um auf den Meeren Abenteuern nachzujagen. Ich reiste bis China. Dort lernte ich Pater Maubeuge kennen. Jahre wurden daraus, mindestens drei bei der ersten Reise, und ich kann mich nicht entsinnen, während all dieser Zeit auch nur einen Gedanken daran verschwendet zu haben, dem Palast in Toulouse Nachricht zukommen zu lassen. Ich wäre höchst erstaunt gewesen, hätte man mir gesagt, daß ich dadurch meiner Mutter, deren ein und alles ich war, Kummer oder Sorge bereitete. Nie hatte ich an ihrer Liebe zu mir gezweifelt, dazu waren unsere Bindungen doch viel zu eng, und zudem hatte ich den Eindruck, sie wüßte ohnehin, daß ihr Sohn, der allen Gefahren trotzte und von allen Herrlichkeiten der Erde kostete, nur Siege feiern und in Glückseligkeit schwelgen konnte. Erst jetzt, im Rückblick auf die Sturm- und Drangzeit meiner Jugend, wird mir klar, daß mir im Grunde niemals der Gedanke gekommen war, daß ich sie verlassen hatte.«

Was ihr Mann, der so selten von sich selbst sprach, ihr soeben bekannt hatte, berührte Angélique zutiefst. Doch zugleich befiel sie Unruhe, denn Sabine de Castel-Morgeat aus

Quebec, für deren Reize der Graf nicht unempfänglich gewesen war, ähnelte Joffreys Mutter. Angélique hatte sich bemüht, diese Erinnerung aus ihrem Gedächtnis zu tilgen, doch schon Joffreys folgende Worte bewiesen, daß ihre Gedanken den gleichen Weg eingeschlagen hatten.

»Hattet Ihr übrigens Gelegenheit, in Quebec die Familie Castel-Morgeat zu begrüßen?«

»Wie sollte ich? Ihr wißt doch, daß sie seit zwei Jahren wieder in Frankreich sind.«

Verdutzt lenkte er sofort ein.

»Ich hatte es vergessen. Habt Ihr etwas darüber erfahren?«

Er schien völlig teilnahmslos.

»Nein . . . wie sollte ich von Abwesenden etwas erfahren, wenn nicht einmal jemand anwesend war? Quebec war leer. Alle Welt war ausgeflogen. Dieser Aufenthalt bereitete mir nicht den geringsten Gefallen. Ihr wart nicht bei mir . . .«

Besänftigend legte er wieder seinen Arm um ihre Schultern. Ihre Nervosität seit seiner Rückkehr war ihm nicht entgangen. Dahinter verbarg sich Enttäuschung . . . oder Unruhe. Er hatte es schon am ersten Abend gespürt. Irgendwann, wenn sie es für nötig hielte, würde sie sprechen. Später.

Ruderschläge, die das Wasser teilten und dann den Rumpf des Schiffes mit Gischt bespritzten, entrissen sie ihrer Vertraulichkeit.

Der Schein einer näher kommenden Laterne durchbrach die Dunkelheit, und so entdeckten sie unter sich eine auf dem Wasser dahingleitende Schaluppe, deren sechs hochgereckte Ruder wie Phantome aus dem Nebel aufragten. Sie glitt heran und entfernte sich wieder, um neben der *Arc-en-Ciel* beizudrehen.

»Das sah mir nach einer braunen Mönchskutte und einer betreßten Uniform aus. Vielleicht eine Botschaft von Monsieur de Frontenac?«

»Allmächtiger! Warum haben wir bloß nicht früher die Segel gesetzt«? seufzte sie. »Wenn er Euch nur nicht nochmals um Beistand bittet! Um Honorines willen habe ich diesen Opfergang auf mich genommen, aber jetzt drängt es mich, all die Unsrigen und unseren herrlichen Besitz in Wapassou wiederzusehen.«

Sie horchten und vernahmen hinter der Nebelwand, die in der hereinbrechenden Nacht schieferblau, glanzlos und stumpf wirkte, Wortfetzen und Geräusche von Tauen und Strickleitern, die heruntergelassen wurden. Lichter flammten auf und erloschen, als hätten sie Mühe, sich zu behaupten, als wollte alles in Reglosigkeit versinken an diesem Sommerabend, der traurig war wie ein Novembertag, als weigerte sich alles, was hier in der wohligen Obhut von Tadoussac verharrte, wieder ins Leben und vor allem in eine Welt zurückzukehren, die voller Aufruhr und nicht zuletzt voller feindseliger Obrigkeiten war.

»Was er uns wohl wieder schicken mag von dort oben, von Quebec! Wahrscheinlich wieder nur einen Packen Unannehmlichkeiten!«

Schließlich zeichneten sich mehrere Lichterkränze ab, und in der Öffnung des Fallreeps wurden die Umrisse von Gestalten erkennbar. Ungestüm zog Joffrey Angélique nochmals in seine Arme, preßte sie an sich und küßte sie auf den Mund, was ihr den Atem verschlug. Dann ließ er sie los und schob sie mit einem lautlosen Lachen von sich.

Joffrey schlüpfte sofort wieder in die Rolle des lässigen und zugleich unnahbaren Herrn dieses Schiffes, während Angélique kaum einen Lachanfall unterdrücken konnte und nur mühsam ihre Würde zu wahren vermochte. Sie strich sich eine vorwitzige Haarsträhne aus der Stirn, hüstelte, um ihre Verwirrung zu kaschieren, und blickte den Neuankömmlingen entschlossen entgegen.

Zweites Kapitel

Im Schein der von den Matrosen getragenen Laternen stand Graf Loménie-Chambord vor ihnen.

Angélique sah zunächst nur ihn. In Montreal hatte sie nach ihm geforscht, nachdem sie von Marguerite Bourgeoys erfahren hatte, daß er in den kriegerischen Auseinandersetzungen zwischen Frontenac und den Irokesen verwundet worden war. Doch da ihre Nachforschungen im Hospital »Jeanne Mance« und bei den Sulpizianern vergeblich gewesen waren, war in ihr der Verdacht aufgestiegen, der Graf suchte jede Begegnung mit ihr zu vermeiden.

Freudig überrascht, ihn hier unter den Besuchern zu sehen, ging sie lächelnd auf ihn zu, begrüßte dann Monsieur d'Avrensson, den stellvertretenden Gouverneur von Quebec, der ein Schreiben von Monsieur de Frontenac übergab, sowie Monsieur Topin, der zusammen mit seinen beiden Söhnen die zwei Offiziere von der Hauptstadt nach hier geleitet hatte.

Der Priester in ihrer Begleitung war ein Rekollektenmönch, der zur Missionsstation Restigouche am St.-Lorenz-Golf zurückkehrte.

Graf Peyrac lud alle ein, in den Kartenraum hinunter zu gehen, wo er ihnen vor dem gemeinsamen Abendessen eine Erfrischung reichen lassen wollte.

Angélique hatte Graf Loménie-Chambord ihre Hand hingestreckt und wollte seinen Arm ergreifen, um sich von ihm zum Kartenraum geleiten zu lassen. Aber da er steif wie ein Klotz verharrte, hielt sie in ihrer Geste inne. Ihr erster Eindruck, der sie besorgt hatte, als sie ihn von weitem sah, schien sich zu bestätigen. Sein Schritt besaß nicht mehr jene mit Leichtigkeit gepaarte Festigkeit, die das Kennzeichen derer war, die in diesem Land mit den Indianern auf Kriegsfuß leben mußten. Schleppend, ja geradezu schwerfällig war er ihr erschienen, so daß sie zunächst stutzte, bevor sie in dieser abgemagerten und gebeugten Gestalt den Freund erkannte. Er war sichtlich gealtert, was von seiner Verwundung herrühren mußte ...

»Erzählt mir von Eurer Verwundung«, sagte sie laut.

Er zuckte zusammen und hob den Kopf. Sein bleiches, zerfurchtes Gesicht bestätigte ihre Befürchtungen, doch eine herrische Geste schnitt ihr das Wort ab, als sie weitere Fragen nach seiner Gesundheit stellen wollte.

»Ich weiß, daß Ihr bei Eurem Aufenthalt in Ville-Marie nach meinem Verbleib geforscht habt«, sagte er schroff. Das war ein Ton, den sie bei ihm nie gekannt hatte. »Ich weiß Euch Dank für Eure Höflichkeit, doch war ich damals nicht in der Lage, Euch zu sehen und gelassen mit Euch zu sprechen. Später indes wurde mir klar, daß ich Euch nicht aus Neufrankreich abreisen lassen kann, ohne Euch alles zu sagen, was mein Herz bedrückt. Das muß einmal gesagt werden; es ist eine Pflicht!

Daher habe ich mich eingeschifft und bin den Fluß herunter gefahren, um Euch noch zu treffen, bevor Eure Flotte die Gewässer der Provinz Kanada hinter sich läßt.«

Es klang, als sagte er eine Rede auf, die er Tag und Nacht wiederholt und auswendig gelernt hatte.

»Ich habe eine schreckliche Krise durchgemacht, aber jetzt, da ich klarsehe, werde ich sprechen. Seit kurzem weiß ich, Madame, daß Ihr die Frau seid, von der es hieß, sie würde uns alle auf Irrwege leiten. Indem ich meine Erinnerungen wiederaufleben ließ, gelang es mir, Eure geschickte, verblüffend ausgeklügelte Methode zu entschlüsseln. Ihr rechnet es Euch zur Tugend an, ohne Moral zu sein. Und weil Ihr nicht wißt, was das ist, glaubt man Euch frei von Sünde. Ihr seid wie Eva: ahnungslos. Ihr kennt keine Gewissensbisse, da Euch ja Absicht fremd ist. Da Ihr nur Eure eigenen Dogmen befolgt, erteilt Ihr Euch selbst die Absolution, wenn Ihr jene Gesetze überschreitet, die Euch nicht passen. Ihr entschuldigt Häresie, wenn Ihr sie nicht gar billigt, und seid nachsichtig gegenüber dem Laster aufgrund Eures – wie Ihr sagt – Gerechtigkeitssinns, Eurer Nächstenliebe oder irgendeines anderen Vorwands.

Und darauf fallen wir alle, ausnahmslos, herein. Machtlos stehen wir vor Euch wie vor Kindern, die unser Haus in Brand gesteckt haben. Man verwünscht sie und kann ihnen doch nicht böse sein: denn sie wissen ja nicht, was sie tun!«

Er hat den Verstand verloren! Wie versteinert stand sie da, nachdem sie mehrfach versucht hatte, seinen Schmähungen Einhalt zu gebieten. Welcher Wahn war nur in ihn gefahren?

Mit eintöniger Stimme fuhr er fort: »Angesichts Eurer Schönheit und Eurer Lebhaftigkeit möchte man meinen, Ihr wäret geboren, um das Glück zu mehren, uns das irdische Paradies wiederzuschenken, doch plötzlich wird man gewahr, daß man auf dürrem Ufer gestrandet ist und den Weg des Heils verloren hat. Dann aber ist es zu spät, um zu begreifen, daß *er* und *Ihr*, indem Ihr den Zauber seiner Intelligenz mit dem Eures Liebreizes paart und beide ein Leben führt, das dem unsrigen völlig zuwiderläuft, nichts anderes im Sinn hattet, als jene Bilder zu zertrümmern, die unsere Gesellschaftsordnungen regieren und uns unsere Pflichten weisen.«

»So schweigt doch endlich!« befahl sie ihm.

So lange er nur sie schmähte, berührte sie das nicht sonderlich. Es war nicht das erste Mal, daß ein enttäuschter Verliebter sie in den Schmutz zog. Wenn er aber Joffrey angriff, dann duldete sie das nicht mehr.

Er jedoch achtete ihres Befehls nicht. »Durch Euer beider Leben zieht ihr unsere Opfer ins Lächerliche und verhöhnt unsere Entsagungen!«

»Schweigt! Was ist denn in Euch gefahren, Monsieur? Solltet Ihr nur deswegen flußabwärts gefahren sein, um mir solch albernes Zeug ins Gesicht zu schleudern, so hättet Ihr Euch Eure Mühe ersparen können. Weder mein Gatte noch ich haben uns eine derartige Behandlung Eurerseits verdient. Ihr seid ungerecht, unnötig verletzend, und niemals würde ich solche Worte aus dem Munde eines mir so teuren und bisher so zuverlässigen Freundes verzeihen, wähnte ich nicht, daß irgend etwas vorgefallen ist, das Euch erschüttert und aus der Fassung gebracht hat.«

Und in einer plötzlichen Anwandlung von Zärtlichkeit legte sie ihm zwei Finger auf die Wange. »Sprecht, Claude«, sagte sie sanft. »Was ist Euch? Was ist geschehen?«

Er erzitterte. »*Er ist tot!* Das ist geschehen ...«

Röchelnd stürzten diese Worte aus seinem Mund hervor, wie Blut aus einer inneren Verletzung. »Er ist als Märtyrer bei den Irokesen gestorben ... Sie haben seinen Leib gefoltert! Sie haben sein Herz gegessen! O Sébastien, mein Freund! Sie haben dein Herz gegessen! Und ich, ich habe dich verraten!«

Plötzlich brach er in haltloses Schluchzen aus. Es war das Wehklagen eines Mannes in äußerster Verzweiflung, eines Mannes, der sich zu lange die Tränen versagt hatte.

Angélique hatte diesen Ausbruch vorausgeahnt, denn die Ereignisse hatten den von ihr befürchteten Verlauf genommen. Die Nachricht vom Tode Pater d'Orgevals, bereits ein Jahr zuvor an den Grenzlinien des Hudson-Flusses bestätigt, war erst vor kurzem in die Hauptstadt Neufrankreichs gelangt.

Sie trat näher und umfaßte ihn mitleidsvoll, und da wandte er sich ihr zu, lehnte seine Stirn an ihre Schulter und weinte. Ohne ein Wort zu sagen, drückte sie ihn an sich und wartete, daß er sich beruhigte.

Er gab seinen Widerstand auf. Er hatte seinen Schmerz in sich vergraben und ihn vermutlich niemandem anzuvertrauen vermocht. Kurze Zeit später richtete er sich auf und stammelte verwirrt: »Verzeiht mir.«

»Es war zuviel für Euch«, sagte sie.

»Vergebt mir vor allem meine Worte. Die Vorwürfe, die ich Euch gemacht habe, erscheinen mir plötzlich nichtig ...«

»Das sind sie, in der Tat.«

»... und meine Verdächtigungen bar jeglicher Vernunft.«

»So ist's recht.«

»Jetzt fühle ich mich besser. Ich weiß nicht, was mich plötzlich überkam. Ihr seid eine Freundin, eine echte Freundin. Das weiß ich. Ich spüre es. Ich habe es immer schon empfunden. Und nichts bedrückt mich mehr, als wenn ich plötzlich die Kehrseite des Augenscheinlichen zu entdecken und eine Stimme zu hören vermeine, welche die Freundschaft, die mich mit Euch verbindet, Verrat nennt.«

Er betupfte sich die Augen und schien wie betäubt, als seien Schläge auf ihn eingeprasselt.

»Wie sollte man Euch auch nicht für gefährlich halten?« fuhr er in dem humorvollen Ton fort, der stets zwischen ihnen geherrscht hatte. »Ich kam hierher, gepanzert mit Gewißheiten und Strenge, fest entschlossen, Euch die Leviten zu lesen, um ein für allemal diese zwiespältige Freundschaft und Sympathie, die ich Euch, aber auch dem Grafen Peyrac entgegenbringe und mir zum Vorwurf machen muß, durch einen deutlichen Bruch aus der Welt zu schaffen. Und was kam dabei heraus? Daß ich in Euren Armen weine wie ein Kind.«

»Ihr solltet Euch Eurer Schwäche nicht schämen, Chevalier. Ohne Euch etwas predigen zu wollen, das Euch vertrauter ist als mir, erlaube ich mir, Euch daran zu erinnern, daß es im Evangelium heißt, Christus suchte bei seinen Freunden Trost in seiner Not.«

»Aber nicht bei einer Frau«, protestierte Loménie, der jetzt so niedergeschlagen dreinsah wie ein Jüngling, der mit sich selber hadert.

»Ich meine schon«, sagte sie tröstend. »Die Frauen waren doch auch da, als er seinen Leidensweg ging. Nicht nur die Mutter, auch die Freundinnen, all die Frauen, die ihn liebten, sogar eine Dirne, Maria aus Magdala. Ihr seht, ich befinde mich in guter Gesellschaft. Und da wir schon einmal bei den Frauen sind, darf ich fragen, ob Ihr gute Nachricht habt von Eurer Mutter und Euren Schwestern? Ich hoffe, daß sich kein weiterer Trauerfall ereignet hat.«

Loménie wehrte ab, seine Mutter und seine Schwestern

seien wohlauf, doch habe er sich nicht einmal die Zeit gegönnt, ihre ausführlichen Briefe zu lesen, da ihm mit gleicher Post das Schreiben von Pater de Marville zugegangen sei, in dem dieser ihm die letzten Stunden seines Jugendfreundes schilderte, und das habe er noch nicht überwunden.

»Die letzten Worte des Sterbenden, Madame, waren furchtbar. Sie galten Euch: ›Durch ihre Schuld muß ich sterben.‹ Und das verfolgt mich seitdem. Vielleicht kanntet Ihr diesen Schuldspruch noch nicht?«

»Ich kenne ihn.«

Sie erklärte ihm, daß sie die ersten waren, die davon erfuhren, damals in Salem, wohin der Häuptling der Mohawks Pater de Marville hatte geleiten lassen. Der Jesuit hatte, mit dem Finger auf sie zeigend, ihr diesen letzten Schrei, der eine Anklage war, wiederholt: »Sie ist schuld! Sie ist schuld! Durch ihre Schuld muß ich sterben!«

Angélique hütete sich, den krankhaften und wahnwitzigen Aspekt einer derartigen Beschuldigung aufzugreifen, denn der Haß Pater d'Orgevals ihr gegenüber war eine viel zu heikle Angelegenheit, um sie mit dem völlig verstörten Loménie objektiv zu erörtern.

Nach einigen Minuten des Schweigens erklärte Claude de Loménie mit müder Stimme, Pater de Marville habe ihm bei dem Missionar gefundene Briefe und Dokumente sowie das Brevier zukommen lassen. Die Reliquien des Märtyrers seien bereits nach Paris in die Rochus-Kirche gebracht worden, und die Reisekapelle, die Irokesen-Katechumenen in einem Dorf an den Ufern des Ontario versteckt und somit gerettet hatten, werde demnächst nach Quebec zurückgebracht.

»Und sein Kruzifix? Dieses Kreuz, das er auf der Brust trug und in das angeblich ein Rubin eingearbeitet war?«

»Das haben die Wilden behalten. Da sie glaubten, Hatskon-Ontsi, wie sie ihn nannten, würde sie durch dieses rote Auge auch weiterhin ansehen, haben sie es schließlich vergraben.«

Sie bemerkte, daß er schauderte, und legte ihm den Mantel über, den er achtlos von den Schultern hatte gleiten lassen.

»Der Nebel geht einem durch Mark und Bein. Kommt, Chevalier, dieses Gespräch können wir später fortsetzen, sofern Euch daran gelegen ist. Jetzt wollen wir uns erst einmal einen guten türkischen Kaffee servieren lassen. Ihr stammt doch auch vom Mittelmeer und dürftet diesen Nektar schätzen.«

Sie bewog ihn, mit ihr ins Unterdeck zu gehen, doch mußte sie ihn fast stützen. Joffrey, der ihnen entgegenkam, zeichnete sich als schwarzer Schattenriß vor den Bordlaternen ab. Loménie blieb stehen, als habe ihn erneut das blanke Entsetzen gepackt.

»Er«, keuchte er. »Er, der seines Weges immer so sicher ist, so siegesgewiß, so anders als wir. Er und Ihr! Seid Ihr beide nicht nur gekommen, um uns den Todesstoß zu versetzen, Sébastien und mir? Um uns zu besiegen?«

»Ich frage mich, welche Art Sieg Ihr meint!« erwiderte sie. »Doch Schluß jetzt mit diesem Thema, Chevalier. Trinken wir unseren Kaffee. Und hört auf, Euch zu quälen.«

Drittes Kapitel

Obwohl Angélique sich vorgenommen hatte, nachsichtig zu sein mit Graf Loménie-Chambord, wollte sie ihm doch zwei oder drei Dinge vorhalten, die unlogisch und abwegig waren; letztlich würde sie ihm damit nur einen Dienst erweisen.

Daher ließ sie sich am nächsten Morgen zum Ufer übersetzen, nachdem sie ihn von Bord aus die kleine Kapelle hatte verlassen sehen, deren helles Glöckchen zum Angelus und zur Messe geläutet hatte.

An diesem sonnigen Morgen wurde offensichtlich, daß die Ereignisse der letzten Zeit an ihm gezehrt hatten. Sein schönes kastanienbraunes Haar war zwar nicht ergraut, doch stumpf und gleichsam welk geworden wie er selbst. Diese hagere Gestalt in dem grauen Umhang mit dem weißen Malteserkreuz auf der Schulter rührte sie, da sie diese Art Mattigkeit an ihm nie gekannt hatte. Doch dieses bezaubernde Lächeln, mit dem er ihr entgegenkam, um sie zu begrüßen, das war ihr vertraut. Er verneigte sich, küßte ihr die Hand und dankte für die ihm erwiesene Güte, ein Beweis, daß er sich wohl dunkel an die Szene des Vorabends erinnerte, doch wiederum nicht so genau, als daß sie ihn peinlich berührt und zu Entschuldigungen veranlaßt hätte.

»Ich will Euch nicht verhehlen, Monsieur le Chevalier, daß bei all dem, was Ihr mir gestern sagtet, Eure Vergeßlichkeit bezüglich gewisser Beteuerungen mich am meisten schockiert. Als wir einander zum ersten Male in Quebec begegneten, verdächtigte man mich, jene Frau zu sein, die der Ordensschwester Madeleine vom Ursulinenkloster in einer Vision verkündet worden war. Nun, von diesem Verdacht wurde ich reingewaschen. Ich bin nicht jene gefährliche Kreatur, die über Neufrankreich – und insbesondere über Akadien – Unheil bringen sollte.«

»Das steht außer Zweifel.«

»Mère Madeleine hat es bestätigt, und Ihr wart Zeuge ihrer unmißverständlichen Erklärung.«

»In der Tat. Ich war einer der ersten, die sich freuten, Euch rehabilitiert zu sehen, woran ich übrigens niemals gezweifelt hatte.«

Er schien einen Großteil seiner Worte und Anschuldigungen tatsächlich vergessen zu haben, und sie drängte nicht weiter in ihn.

»Erzählt mir von Eurer Verwundung, mein lieber Freund. Mir scheint, sie war schlimmer, als man mir sagen wollte.«

Er machte eine abwehrende Handbewegung. »Es war nichts weiter. Ein verirrter Pfeil. Doch mußte ich nach La Chine und Ville-Marie zurückkehren und konnte zu meinem großen Bedauern Monsieur de Frontenac nicht nach Cataracoui folgen. Denn da ich mich in der Nähe der kleinen Ortschaft Quinté am Nordufer des Ontario-Sees befand, hätte ich die Reisekapelle jenes Streiters für Gott, der um seines Glaubens willen starb, an mich nehmen können, während ich auf der Insel Montreal, allein und untätig, in düstere Grübeleien verfiel.«

»Und dabei sind Eure Gedanken auf Irrwege geraten. Da Ihr Euch dessen bewußt seid, dürfte dies der wahre Grund sein, daß Ihr uns trotz Eurer geschwächten Gesundheit nachgereist seid. Ihr kamt nicht, um mir Unangenehmes zu sagen, denn es ist ja kein Verrat an einem verstorbenen Freund, wenn man Zuflucht sucht bei denen, die einem geblieben sind. Wir stehen Euch näher, Claude, als so manche, die Euch schon viel länger kennen. Erinnert Euch nur an unsere erste Begegnung in Katarunk, an die Sympathie, die wir spontan füreinander empfanden. Obwohl Ihr ja mit Euren verbündeten Wilden gekommen wart, um uns zu massakrieren und unsere Niederlassung zu brandschatzen.«*

»Katarunk! O Gott, dort hat alles angefangen.« Erregt tat er ein paar Schritte. Dann erzählte er, wie er damals in Quebec ein dringliches Sendschreiben von Pater d'Orgeval erhalten hatte, welcher sich zu jener Zeit auf seiner akadischen Missionsstation Noredgewook am südlichen Kennebec befand und ihn, seinen Freund, der als Malteserritter einen hohen Offiziersgrad bekleidete, ersuchte, sich unverzüglich an die Spitze einer Expedition zu setzen, um den Einfall eines gefährlichen Trupps von – wie er sagte – englischen Abenteurern, die todsicher Häretiker waren, zu stoppen, denn diese würden, da sie sich bereits in den wüstenähnlichen Weiten Akadiens niederließen, in Kürze vor den Grenzen der Provinz Kanada aufmarschieren. Die Abwesenheit des sie befehligenden Piraten sei zu nutzen, um sein Hauptquartier Katarunk am Kennebec einzunehmen und ihm somit einen entscheidenden Schlag zu versetzen. Sébastien d'Orgeval wandte sich an ihn, den Grafen Loménie-Chambord, weil Baron de Saint-Castine, der an der Einmündung des Penobscot in den Atlantik seßhaft war, sich – die Entfernung vorschützend – dieser heiligen Pflicht entzogen hatte.

Als zuverlässige Offiziere sollte er die kanadischen Edelleute Pont-Briand, Baron de Maudreuil und Monsieur de l'Aubignières mitnehmen, und von den getauften Wilden Piksarett, den großen Narragansett und seine Mannen.

Loménie hatte diesen Feldzug in aller Eile organisiert, ohne Frontenac zu verständigen, und seitdem herrschte zwischen ihm und dem Gouverneur eine gewisse Spannung.

Er war als erster in Katarunk eingetroffen und hatte es besetzt . . .

Wie um eine unerträgliche Erinnerung zu verscheuchen, schüttelte Loménie den Kopf. »Er verlangte, ich sollte Euch ohne viel Federlesen überrumpeln und niederschlagen, Euch schlichtweg beseitigen. Seine Direktiven – fast möchte ich sie Befehle nennen – waren so dringlich und so unerbittlich, daß ich ganz verstört war. Ich wollte Monsieur de Peyrac doch zumindest erst einmal sprechen, bevor ich ihn beseitigte. Was ich ja auch tat.«

* Siehe: Angélique und Joffrey

»Und dabei wurde Euch vom ersten Augenblick an bewußt, daß wir nicht Eure Feinde waren, sondern daß wir geschaffen waren, einander zu verstehen, und daß unsere Siedlertätigkeit in diesem Niemandsland allen Teilen zugute kommen würde.«

»Ich hielt es für richtig, auf diplomatischem Wege die Sache zu lösen. So wie die Situation sich darbot, hätte es ein gnadenloses, unerbittliches Gemetzel gegeben. Doch daß wir uns gegenseitig ausrotteten, schien mir für niemandem von Nutzen, weder für Neufrankreich noch für unser Mutterland, noch für die Kirche und ihre Missionsstationen, die Ihr unter Euren Schutz genommen hattet.«

»Und das hat er Euch niemals vergeben.«

»Ich glaubte, ihm die Gründe für meine Initiative erklären zu können, und hoffte, er ließe sich überzeugen. Schließlich hatten wir immer in vollkommener Eintracht und Übereinstimmung gehandelt. Doch diesmal, indem ich seiner Beurteilung nicht meine volle Wertschätzung verlieh, hatte ich ihn zu Tode getroffen.«

»Weil Euch diesmal – zum ersten Male –, als Ihr uns in Katarunk begegnetet, die Lauterkeit seiner Absichten zweifelhaft, von einer unerklärlichen Gehässigkeit, ja vielleicht sogar von Wahnsinn getrübt schien, ist es nicht so?«

Loménie protestierte aufgebracht: »Nein! Nie habe ich ihn des Wahns verdächtigt, da sei Gott vor! Ich glaubte nur . . ., wie soll ich es sagen . . ., daß die tatsächliche Begebenheit und die aus Eurer Niederschlagung resultierenden Konsequenzen ihm nicht ganz klar waren, und daß er verstehen, mir recht geben würde. Ich war naiv . . .«

»Ihr kanntet vielleicht nicht alle Facetten seiner Persönlichkeit. Ich verstehe, daß es für Euch eine herbe Enttäuschung war. Er beharrte starrsinnig auf seinen kriegerischen, geradezu selbstmörderischen Plänen, und das läßt Euch keine Ruhe, quält Euch heute noch, habe ich recht? Das nennt Ihr Euren Verrat an ihm, nicht wahr?«

Gedankenversunken tat Loménie ein paar Schritte.

»Wenn Ihr wüßtet! Wenn Ihr wüßtet, was er mir bedeutete! Wir waren ein Herz und eine Seele, seit langem schon. Als ich ihm ins Jesuitenseminar hatte folgen wollen, war er es, der mir abriet und mir den Malteserorden empfahl. So würden wir einander in allen Lebensfragen ergänzen: Er wäre mein geistiger Führer und ich sein kriegerischer Arm. Und plötzlich, zum ersten Mal, bei dieser Affäre um Katarunk, machte ich einen Rückzieher, verweigerte ich mich seinem Vorhaben.«

»Ausgeführt wurde es dennoch. Durch die Sorgfalt seiner übereifrigen Diener Maudreuil, l'Aubignières ... Freut Euch: Katarunk ist ausgelöscht, niedergebrannt ... Wie er es gewünscht hatte. Glaubt Ihr nicht, daß es einem Wunder zuzuschreiben ist, wenn wir dem Wüten der Irokesen entkamen, deren Stammesfürsten unter unserem Dach niedergemetzelt wurden?«

»Ein Wunder, das Euren legendären Ruf als suspekte Wesen mit überirdischen Kräften nur bestätigte!«

Doch er lächelte, als er dies sagte. Er stand wieder auf dem Boden der Tatsachen. Sie hatte ihm seinen Seelenfrieden zurückgegeben und ihm geholfen, in diesem schmerzlichen Dilemma wieder klarzusehen.

Viertes Kapitel

Am nächsten Morgen, als er sie wiedersah, kam er lächelnd, geradezu ungeduldig auf sie zu und stellte ihr eine unerwartete Frage. »Habt Ihr Monsieur Vincent de Paul gekannt?«

»Monsieur Vincent?« fragte sie verdutzt.

»Den heiligen Priester, den Berater und Beichtvater der Königinmutter, als unser König noch minderjährig war. Zahllose wohltätige Vereinigungen hat er ins Leben gerufen!«

»Damals war ich ja fast selbst noch ein Kind und lebte in der tiefsten Provinz, ohne Gelegenheit, einer so hochstehenden Persönlichkeit zu begegnen. Doch es ist richtig, der Zufall hat mich mit ihm zusammengeführt ...«

»Wo war das?«

»Als der Hof durch Poitiers zog.«

»Die Tatsachen decken sich«, rief der Chevalier entzückt aus. »Hört nur: Als ich Novize bei den Malteserrittern war, hatte ich als Mitschüler einen gewissen Henri de Rognier, der ebenfalls in diesen Orden eintreten wollte.«

»Der Name sagt mir etwas. Mir scheint, erst kürzlich hat man mir von ihm gesprochen. Oder nein ... nein, das ist eine

Erinnerung aus einem Traum, einem Alptraum, wie mir scheint. Aber sprecht weiter, Ihr macht mich neugierig.«

»Er erzählte mir, seine Berufung sei indirekt das Ergebnis seiner Begegnung mit Monsieur Vincent, deren Umstände ... hmm!«

Claude de Loménie-Chambord glättete seinen Oberlippenbart und blickte sie aus den Augenwinkeln an. Das Histörchen schien seine düsteren Gedanken zu zerstreuen.

»Er war damals sechzehn oder siebzehn Jahre alt und diente bei Hofe bei der Königinmutter. So kam er in ihrem Gefolge auch nach Poitiers, wo der Zufall ihm auf der Straße ein junges Mädchen mit grünen Augen zuführte.«

»Oh! Der Page! ...« fiel Angélique ihm ins Wort. »Dieser Schmeichler und Schürzenjäger!«

Loménie-Chambord lachte. »Hab' ich recht? Ihr wart es also? Soll ich weitererzählen?«

»Gewiß! Ihr verblüfft mich! Wenn es sich wirklich um den selben Pagen handelt, so schien er mir alles andere als berufen, in den Orden einzutreten.«

»In der Tat! Ihm war immer nach Späßen zumute, und Ihr, Madame, wart also jene Maid, die er auf die Kanzel von Notre-Dame la Grande in Poitiers lockte, um ihr ein paar Küsse, wenn nicht gar noch mehr, zu rauben, nachdem in der vom Hof und dessen Equipagen vollbesetzten Stadt kein anderes Liebesnest zu finden gewesen war. Doch dieses Schäferstündchen wurde unterbrochen durch das plötzliche Erscheinen von Monsieur Vincent de Paul, der an besagtem Tage in dieser Kirche betete. Und dieser heilige Mann hat den beiden jungen Närrchen ins Gewissen geredet.«

Nun mußte auch Angélique lachen. Sie war errötet bei der Erinnerung an diese Anekdote aus ihrer Jugendzeit, und Loménie fuhr mit seinem Bericht fort: Nicht eigentlich Monsieur Vincent, sondern die Begegnung mit der jungen Unbekannten hatte die Metamorphose des Jünglings bewirkt. Die Erinnerung ließ ihn nicht los, er wurde krank, glaubte sich verzaubert, bis er eines Tages begriff, daß er der wahren Liebe begegnet war. Niemals würde er sie wiedersehen, keine andere Frau würde ihn nochmals so entflammen, die Zeitläufe und der Hof mit seinen Narreteien würden eine solche Liebe nur zerstören, und so beschloß er, in den Dienst dessen zu treten, der die Quelle jeder Liebe ist, und wurde Malteserritter.

»Nun, es freut mich zu hören, daß ich nicht nur Unordnung stifte, wie Ihr immer vorgebt. Was ist aus ihm geworden?«

»Als Offizier auf den Galeeren von Malta wurde er im Kampf mit den Barbaresken gefangengenommen und starb den Tod unserer Brüder: gesteinigt auf den Höhen bei Algier.«

»Armer kleiner Page!« Und verträumt fügte sie hinzu: »Ich hatte ihn vergessen.«

»Da haben wir's!« Loménie fuhr auf. »Noch ein Attribut der Verführerin: eine an Grausamkeit reichende Gleichgültigkeit. Ihr vergeßt einfach alle, denen Ihr die Erinnerung an Euch wie einen Stachel, der nicht mehr auszureißen ist, ins Herz bohrt. Ihr sagt es ja selbst: vergeßlich seid Ihr. Mit einer Ausnahme!«

Beklommen und fragend sah er sie an.

»Und was seid Ihr für die anderen?« murmelte er. »Der leibhaftige Widerspruch. Ein Ruf, ein Schrei, der uns das Herz aus dem Leib reißt, wie dem jungen Roguier.«

»Fangt nicht wieder an, Euch zu quälen«, erwiderte Angélique. »Auch Ihr verbohrt Euch in Widersprüche, egoistisch und undankbar wie Ihr seid, anstatt Euch dessen zu freuen, was Euch gewährt wurde. Ihr tut so, als hätte ich mein Lebtag nichts anderes im Sinne gehabt, als mutwillig Herzen zu verletzen. Als ob ich nicht selbst auch an meiner Liebe gelitten hätte. Gott sei gelobt, daß ich einen von allen so liebte, daß ich ihn niemals vergessen konnte, denn er war ja nicht immer an meiner Seite. Ich kenne diese Qualen, die Ihr für Euch allein in Anspruch nehmt.«

»Ich weiß. Glücklich kann er sich preisen, der, den Ihr niemals vergessen konntet. Die Liebe, die Euch eint, läßt an das Unerklärliche glauben. Gestern abend sah ich Euch nebeneinander, und unaufhörlich vergewisserten sich Eure Augen der Gegenwart des andern und erfreuten sich an dessen Anblick. Am Abend unserer Ankunft sah ich Eure beiden im Kuß vereinten Gestalten auf dem Balkon des Achterdecks, und ein Schmerz, dessen Sinn ich nicht verstehe, traf mich wie ein Dolch ins Herz. Ich glaubte mich kuriert, immun durch meinen Groll. Und dann steht Ihr vor mir! Und sofort fühle ich mich genesen und glücklich zu leben. Ihr triumphiert durch Eure blonde Schönheit, triumphiert, ohne erobern zu wollen. Es belastet Euer Gewissen nicht, daß Ihr Brüche verursacht,

Tragödien auslöst, daß Euretwegen Lebensschicksale einen anderen Verlauf nehmen. Er hatte recht, Euch für unbezwinglich zu halten, er wußte, daß Ihr sein Lebenswerk zerstören würdet.

Er starb am Marterpfahl und verfluchte Euch. Doch Euch ist sogar die schreckliche Anschuldigung, die er im Augenblick des Todes gegen Euch vorbringt, gleichgültig!«

»Hat er sie denn wirklich ausgesprochen?«

»Bezichtigt Ihr gar den Pater de Marville der Lüge?«

»Nein, aber ...«

Sie hatte immer den Eindruck gehabt, daß etwas faul war, daß eine Lüge umging, doch wie sollte sie ihm das erklären? Trotz des tragischen Ausgangs hatte die Szene im Vorzimmer von Mistress Cranmer in Salem in ihr einen zwiespältigen Eindruck hinterlassen. Sie hatte an einer mehr oder minder makabren Komödie teilgenommen, doch gleichzeitig war der junge Kanadier Emmanuel Labour wie vom Schock getroffen in Ohnmacht gefallen und kurz danach unter mysteriösen Umständen gestorben.

Und dennoch war es eine Komödie gewesen. Jetzt noch mußte sie sich auf die Lippen beißen, um nicht zu lächeln. Es war wirklich zu komisch gewesen, wie in Gestalt des Jesuiten Marville und des Doktors der Theologie, Samuel Wexter, Papismus und calvinistischer Puritanismus einander getrotzt hatten und sich an Fanatismus schier überboten, während ein wilder Irokesenriese mit seinem Federschmuck im hochgebauschten Haar die Deckenbalken dieses neuenglischen *homes* kitzelte, und auf den Treppenstufen, wie auf den Bankreihen eines Theaters, die Zuschauerinnen saßen, unter ihnen zwei über magische Kräfte verfügende Quäkerinnen, Ruth und Naomi, und sie, Angélique, im Wöchnerinnengewand.

Was für sie allein gezählt hatte, war die im Wampum enthaltene Botschaft, die Uttaké, der Häuptling der fünf Irokesenstämme, seinem Freund Joffrey de Peyrac übersandt hatte: »Dein Feind ist nicht mehr.«

»Sébastien pflegte zu sagen: ›Unser Ziel ist es, daß auf dem gesamten Erdenrund ein einziger Glaube herrscht‹«, nahm der Malteserritter den Faden wieder auf. »Und ich hätte ihn bis zum Schluß darin unterstützen müssen.«

Sie faßte nach seiner Hand.

»Mein lieber Claude, Ihr und ich sind Erben eines fast

zweihundert Jahre währenden Religionskrieges, der Europa in Blut getaucht und nicht erreicht hat, daß nur ein einziger Glaube herrscht. Sollten wir nicht lieber versuchen, die Neue Welt in Frieden zu bauen?«

»Kann man das? Ihr seid recht überzeugend, das will ich gar nicht leugnen. Genau das fürchtete auch Sébastien an Euch, daß Ihr nämlich die Gemüter vom großen Evangelisierungswerk ablenkt. Er hielt es für eine Gefahr, daß sich hinter Euren Verführungskünsten ein politischer Verstand verbirgt.«

»Ein politischer Verstand?«

Als er ihr Lachen hörte, wandte er sich lebhaft zu ihr um, und da war wieder sein vertrauter Blick, strahlend und gütig, voller Interesse für alles, was von ihr ausging; es war der gleiche verträumte und verzückte Gesichtsausdruck, den sie manchmal an ihm entdeckte, wenn er sie plötzlich gewahrte, als offenbarte sich ihm ein bisher unbekannter Aspekt der Schöpfung und als fragte er sich, in welche Richtung diese unbekannten, aber reizvollen Wege ihn wohl führen würden.

»Euer Lachen! Es scheint all unsere Qualen in die Finsternis verbannen und uns enthüllen zu wollen, daß Gott die Liebe ist.«

»Das ist ein großes Wort. Zuerst verteufelt Ihr mich, und nun macht Ihr mich zu einer Heiligen. Ich schlage Euch einen Mittelweg vor: Erkennt doch einfach an, daß unsere Anwesenheit und unsere Einmischung – wie Ihr sagt – in der Neuen Welt bisher mehr Gutes als Böses, mehr Frieden und Erfolg als Unordnung und Unheil bewirkt hat. Hat nicht auch der Mönch im Waffenrock die Aufgabe, für den Frieden der Völker und der Unterdrückten zu kämpfen? Einen Verteidigungskrieg durchzuhalten ist doch ein frommes Werk, dessen Ziele und Notwendigkeit sorgfältig zu bedenken sind. Und Ihr müßt doch wohl zugeben, daß das Schwert erst die letzte Waffe sein darf. Ihr spracht von politischer Intelligenz. Einverstanden, wenn Ihr damit meint, daß eine Frau sich über das Geschick der Welt und die Zukunft ihrer Kinder, die die Herrscher der Erde ihnen bereiten, Gedanken macht. Das ist meines Erachtens ihr gutes Recht. Es ist die Pflicht einer Frau, sich zu überlegen, in welcher Gesellschaft die Kinder, denen sie das Leben geschenkt hat, sich werden behaupten müssen.«

Dann verwies Angélique auch auf die Irokesen, bei denen

die Frauen ein gewichtiges Wort mitzureden hatten, und meinte, wenn Pater d'Orgeval in ihr immer noch die Rebellin sehen wolle, die ihre Truppen in den Kampf führe, so müsse sie protestieren: Diese Zeiten seien vorbei!

»Obwohl Ihr Euren politischen Verstand leugnet, habt Ihr doch an der Furt bei Katarunk auf meine Leute geschossen und sie zum Stillstand gebracht, oder etwa nicht?« fuhr Loménie auf.

»Das war nur eine Frage der Geschicklichkeit des Schützen. Der Entschluß, Euch zu stoppen, stammte von meinem Gatten. Ich wußte von Amerika nichts weiter, als daß es ein ödes oder nur von einigen wenigen Flüchtlingen bevölkertes Land sei, in dem ich keine anderen zu bekämpfenden Feinde vermutete als die karge, wilde Natur. Doch offenbar waren die schlimmen Winter und die ewigen Rivalitäten zwischen Frankreich und England noch nicht genug. Da mußten wir uns auch noch mit einem Heiligen messen! Und ich bin nur eine Frau ...«

»Eine himmlische Frau.« Er küßte ihr flüchtig die Hand. »Verzeiht mir! Ich bin ein Nörgler, nichts weiter. Mein Verhalten ist unentschuldbar.«

So verbrachten sie einen Teil der beiden folgenden Tage im Gespräch, mal auf dem Kirchplatz im Anschluß an eine Messe, mal an Deck der *Arc-en-Ciel* nach einer gemeinsamen Mahlzeit mit dem Grafen de Peyrac und den Offizieren. Mal lachten sie wie zwei verschworene alte Freunde, doch dann verfiel Loménie plötzlich wieder in seine Ängste, als sei er am Rande eines Abgrunds erwacht. Ein Phantom stand zwischen ihnen, doch dank dieser Gespräche war es Angélique immerhin gelungen, ihn dazu zu bringen, die Situation klarer und ohne Ausflüchte zu sehen. Er gab zu, daß Sébastien d'Orgeval den Frauen gegenüber stets Mißtrauen gehegt hatte und hinter seiner glatten Fassade eine tief verwurzelte Feindseligkeit verbarg.

»Er war so unglücklich«, murmelte Loménie. »Seine Mutter war gestorben, und wie er mir einmal bekannte, waren in seiner Kindheit nur widerwärtige, vulgäre Weiber um ihn, geile, vom Teufel besessene Hexen. Da er den Frauen mißtraute, mißtraute er auch der Schönheit und um so mehr noch der Liebe ...«

»Ein Dreiergespann, für das er nur gnadenlosen Haß zu kennen schien.«

Das Wort »Haß« traf Loménie zutiefst, doch er protestierte nicht.

An diesem Abend schlenderten sie mal wieder zum Saguenay hinunter im Anschluß an eine Rosenkranzandacht, zu der sich müde Erntearbeiter und soeben erst vom Oberen Saguenay eingetroffene Wilde mit ihren dicken Ballen von Pelzwerk, die sie einzutauschen gedachten, versammelt hatten.

Morgen würde Graf Loménie sich wieder nach Quebec aufmachen, während die inzwischen vollzählig eingelaufene Flotte derer von Gouldsboro die Segel setzte, um den in seiner Breite schon an das Meer gemahnenden St.-Lorenz-Strom hinunter zu fahren bis hin zum Golf gleichen Namens.

Sie wechselten Worte, die nicht mehr überzeugen wollten, sondern nur noch Eindrücke wiedergaben, geprägt von Besorgnis und Trauer.

»Ihr seid eine Lichtgestalt, Ihr könnt diesen Mann nicht verstehen«, sagte der Graf.

»Aber auch Ihr, Claude, wart ein Kind des Lichts, und seid es noch. Deswegen liebte er Euch, dieser finstere Jüngling aus dem Dauphiné, er brauchte Euch, Ihr wart seine Lichtquelle. Deswegen hat er Euch nach Kanada kommen lassen. Doch laßt Euch jetzt nicht in die Finsternis seines Grabes locken!«

»Woher wißt Ihr, daß er aus dem Dauphiné stammte?« fragte Loménie erstaunt.

»Man hat es mir wohl erzählt . . .«

Sie wußte viel mehr über die Kindheit Sébastien d'Orgevals als Loménie, doch das behielt sie für sich. Und er sah sie mit jener Mischung aus Beunruhigung und Bewunderung an, als habe ihn erneut die Furcht gepackt. Hatte d'Orgeval also doch recht, wenn er ihr satanische Wahrsagerkräfte oder machiavellistische Schläue zusprach?

»Wie dem auch sei«, fuhr Loménie fort, »Euer Erscheinen hat die Eintracht zwischen uns zerstört, hat das Band zerrissen, das uns seit frühester Jugend verband und uns geholfen hatte, auf den Pfaden der Eroberung der Völker und im Dienste Gottes unser Dasein zu leben und zu überhöhen.

Als ich in Ville-Marie von seinem Tode erfuhr, erkannte ich mein Elend. Ich hatte alles verloren. Ihr, die Frau, die mein Herz beseelt, wart mir entzogen, denn Ihr wart die Gattin eines anderen, dem man sie nicht streitig machen kann, und er, mein Bruder, hatte gelitten im fernen Exil, ohne daß ich meine Stimme erhob, ihn zu verteidigen. Ich fügte ihm Wunden zu, indem ich mich von Euch verzaubern ließ, und bemühte mich gar nicht um Erklärungen, da ich ihm nicht sagen konnte, was ich Euch verdankte. Noch heute fühle ich mich schuldig, wenn ich zu allem bereit bin, nur um ein Lächeln, eine freundschaftliche Geste von Euch zu erhaschen. Mehr nicht, das versichere ich, doch das ist absurd.«

»Absurd?! Sich wegen so etwas schuldig zu fühlen, das ist absurd ... Gesten der Freundschaft wärmen das Herz. Wollt Ihr uns nur Ungemach zubilligen im Umgang mit unseren Nächsten? Bei Eurer Furcht vor Zuneigung wird Euer Rigorismus bald ärger sein als der der Puritaner, Calvinisten oder Reformierten, für die Ihr doch nur Tadel übrig habt.«

»Die Fleischeslust ..., hob Loménie an, doch Angélique lachte nur schallend und rief: »Schluß mit diesen Predigten!« Dann nahm sie ihn bei der Hand und führte ihn bis zum äußersten Rand des Felsvorsprungs.

»Und jetzt seht Euch das einmal an!«

»Was denn?«

Steil fiel der Fels zum Wasser hin ab, das sich zur Mündung des Saguenay weitete. Flußaufwärts hatte man die Kanu-Flottillen zum Trocknen auf den schmalen Sandstreifen gezogen. Doch auf dieser weithin offenen Seite war der Himmel noch hell, und die Flußoberfläche glänzte wie Chinalack.

»Allein schon bei der Betrachtung der Schönheit dieses Horizontes müßtet Ihr, der Diener Gottes, Ergriffenheit empfinden. Aber es gibt noch mehr. Ich spüre, daß sie da sind.«

»Was soll das heißen: sie?«

»Wartet nur ...«

Im gleichen Augenblick bemerkten sie, wie ein Schatten das Wattenmeer verdunkelte, unter Wasser dahinglitt und verschwand, dem aber andere folgten in einem so harmonischen Reigen, daß man zu träumen glaubte, bis eine silbrigperlende Kuppel aufragte, die wie eine hügelige Insel aus den Meerestiefen emporzusteigen schien, um aber gleich darauf wieder zu versinken, so daß nur mehr ein majestätischer Schweif und wie Flügel gepaarte Schwimmflossen sich gen Himmel reckten.

»Die Wale!«

Ein solches Schauspiel war eine Seltenheit. Seit mehr als einem halben Jahrhundert waren die Wale von hier geflohen. Doch manchmal kehrten Muttertiere zu den eiskalten Tiefen des Saguenay zurück, um ihre Jungen zur Welt zu bringen oder sich einfach ungestört mit ein paar Artgenossen zu tummeln.

Das muß ich den Zwillingen zeigen, sobald sie etwas größer sind, sagte sich Angélique.

Fünftes Kapitel

Am ersten Abend hatte Joffrey de Peyrac seine Gäste zum Essen in den Salon der *Arc-en-Ciel* geladen, und sowohl der Rekollektenmönch als auch Monsieur Topin sowie einer seiner Söhne hatten ohne Umschweife angenommen. Alle waren rechtschaffen müde nach diesem langen Tag auf dem Fluß, denn selbst wenn es stromabwärts ging, war die Navigation mit dem behäbigen Einmaster kein Kinderspiel.

»Dieser vermaledeite Fluß«, brummelte der Lotse Topin halb respektvoll, halb grollend. »Eines Tages wird dieses Ungeheuer uns noch verschlingen ...«

Da sie seinen Untiefen aber auch diesmal entkommen waren, ließen sich's die Flußschiffer am reich gedeckten Tisch im großen Kartenraum wohl sein. Das leichte Schaukeln, das einen fühlen ließ, daß man sich auf einem vor Anker liegenden Schiff und nicht an Land befand, dessen Stabilität etwas Hartes und Beunruhigendes an sich hat, erhöhte ihr Wohlbehagen. Französischer Wein perlte in weiten Kristallkelchen, und es blitzte rubinrot und golden, wenn man sie hob, um sich gegenseitig Gesundheit und glückliche Reise zu wünschen.

Monsieur de Frontenac hatte also Boten entsandt, um Monsieur de Peyrac Nachricht von der Expedition und Dank für seine Hilfe zukommen zu lassen. Loménie-Chambord war gekommen, um seine Seelenqualen und seine Zweifel loszuwerden.

Angélique beschloß zu trinken, um eine Enttäuschung, die ihr das Herz schwermachte, zu vergessen. Die traute Zweisamkeit mit ihrem Gatten war ja nur vorübergehend unterbrochen, aber die Melancholie, daß sie ihr Töchterchen hatte zurücklassen müssen, war ihr geblieben, und dazu kam nun noch die Sorge um den völlig veränderten und niedergeschlagenen Chevalier de Loménie-Chambord ...

Ein wenig Wein würde ihr guttun, um diesen bedrückenden Eindruck zu verwinden.

Ihr Herz war noch wie aufgewühlt vom hemmungslosen Schluchzen dieses Mannes, dieses tapferen Kriegers mit dem reinen Herzen, und die Worte, die er unter Tränen gestammelt hatte, klangen wie das Echo einer Klage, die ein anderer, der unsichtbar und verloren war, ausgestoßen hatte.

Wie gern hätte sie ihn vergessen, diesen *anderen*, von dem nur allzuviel die Rede war, diesen Sébastien d'Orgeval, der immer dann wieder auftauchte, wenn sie gerade Fuß zu fassen begannen, und der, ob tot oder lebendig, unaufhörlich Probleme heraufbeschwor. Wieder einmal hatte er sie aus dem Gleichgewicht gebracht, denn Loménies Bekenntnisse hatten ihr Mitleid geweckt, obwohl sie doch wußte, daß sich auch dahinter wieder eine Falle verbarg, vor der sie sich zu hüten hatte. »Er«, der Jesuit, und Ambroisine hatten seit eh und je ihre Großmut und ihre Güte mißbraucht ... Und beinahe wäre sie ihnen ja auch auf den Leim gegangen!

Wie einen Arzneitrank schlürfte sie in kleinen Schlucken diesen köstlichen Wein und spürte, wie langsam ihre Fröhlichkeit zurückkehrte. Sie mußte sich wieder fangen, sich interessieren für d'Avrenssons Bericht und dem überschwenglichen Topin mit all seinen Anekdoten über Schiffbrüche Paroli bieten ...

Dieser Abend an Bord, mit Offizieren ihrer eigenen Flotte und Gästen auf der Durchreise, erinnerte Angélique an ein anderes Festbankett an der gleichen Stelle ein paar Jahre zuvor. Damals waren sie flußaufwärts gefahren, und ihr Ziel war die Hauptstadt Neufrankreichs gewesen: Quebec.*

Prunkvoll und ausgelassen hatten sie getafelt, ein echtes Bankett *à la française*, und jeder hatte sich hinreißen lassen, Geheimnisse aus seinem Leben preiszugeben, was die Bande zwischen ihnen nur enger geknüpft hatte, bevor sie aus dem dichten und eisigen Novembernebel verstohlen immer weiter

* Siehe: Angélique und die Verschwörung

in die Besitztümer des Königs von Frankreich in der Neuen Welt vordrangen.

Wie damals erhob sie ihren Kelch aus prächtigem böhmischem Kristall, ein unerwartetes Geschenk des Marquis de Ville-d'Avray, und durch den rubinroten Burgunder betrachtete sie die Gesichter ihrer Gäste, von denen keiner mehr eine potentielle Bedrohung für sie darstellte. Heute war man einfach froh, beisammen zu sein, alle waren Franzosen und gut Freund miteinander, man genoß es, sich hier, wo die Grenzlinien der jeweiligen riesigen Territorien zusammenliefen, zu treffen, Neuigkeiten zu berichten und gemeinsame Erinnerungen wachzurufen, wie zum Beispiel jene denkwürdige Nacht, da die Irokesen zum Sturm auf Quebec angesetzt hatten und Angélique dem Stadtkommandanten d'Avrensson zu Hilfe geeilt war, um die Stadt zu retten, während Monsieur Topin den Fluß entlanghastete, um die Kohlebecken zu löschen, welche die Ufer markierten ...

Auch in Loménie-Chambord war wieder Leben gekommen; er schilderte die Schlacht am St.-Charles-Fluß, am Rekollektenkloster, das in eine Festung verwandelt worden war, und der Mönch in der braunen Kutte steuerte Einzelheiten bei.

Monsieur d'Avrensson entledigte sich seines Auftrags, im Namen des Gouverneurs Monsieur de Peyrac Dank zu sagen für den unschätzbaren Dienst, durch seine Wachsamkeit einen eventuellen Irokesensturm auf Quebec abgewendet zu haben. Und nach diesen einleitenden Worten schilderte er die Expedition Monsieur de Frontenacs:

Cataracoui am Ontario-See, wo er ein Fort hatte errichten lassen, das inzwischen seinen Namen trug, war Frontenacs Hochburg. Dort fühlte er sich heimisch.

Wie in den Vorjahren hatte er auch diesmal sechzig Irokesenfürsten zu einem Freundschaftstreffen geladen. Das allein schon war ein Sieg: Er hatte sie herbefohlen und um sich versammelt. Die Irokesen sind großmütig, aber auch starrsinnig, doch Verhandeln ist ihnen genauso lieb wie Krieg führen, und damit köderte Frontenac sie. Er hatte sie hart angepackt, aber auch fürstlich bewirtet, diese stolzen Irokesen! Monsieur d'Avrensson, der die einzelnen Schachzüge im Geiste nochmals nachvollzog, wurde nicht müde, sämtliche Phasen und Spitzfindigkeiten zu beschreiben.

Es war tatsächlich gelungen, ihnen das Versprechen zu entlocken, mit ihren Nachbarn, den Outaouais und Andastes, Frieden zu halten und Schluß zu machen mit dem systematischen Abschlachten der Huronen oder – besser gesagt – was noch von diesen übrig war …

Frontenac verstand es meisterlich, den Indianern ins Gewissen zu reden, ohne ihren Zorn heraufzubeschwören. Seine Lebhaftigkeit, seine Art, lauthals mit ihren Kindern zu schäkern, rührte sie. Sie kugelten sich vor Lachen, wenn er ihre *sassakuas*, ihre Kriegsschreie, die einem das Blut in den Adern gefrieren lassen, vollendet nachahmte.

Als Voraussetzung für besonnenes und scharfsinniges Verhandeln hatte er zunächst zwei gewaltige Festgelage veranstaltet; Festgelage, bei denen nichts gegessen, sondern nur geraucht wurde und die sie »Besinnungsgelage« nannten. Allerdings ging man aus diesen trunkener und schwankender hervor als aus dem zügellosesten Besäufnis, da ein schwarzer und scharfer Tabak geraucht wurde, der einem drei Tage lang die Kehle zuschnürte.

Dann aber folgten die Festessen. Und dabei war wieder einmal die Ähnlichkeit zwischen Franzosen und Indianern, vor allem Irokesen, hervorzuheben: Vor oder nach der Schlacht verstehen sie zu feiern. Kurzum: Das Kriegsbeil war begraben worden …

Die Gäste und Hausherren auf der *Arc-en-Ciel* applaudierten. Frontenac hatte sich mal wieder als kühn und geschickt erwiesen. Mochten seine Getreuen auch zittern, er verfocht stets die vitalen Interessen der Kolonie.

Sollten all diese Anstrengungen wieder in Frage gestellt werden, weil ein berühmter Jesuit den Martertod gestorben war, fragte sich Angélique beklommen.

Auf seiner Standarte, seiner Kriegsfahne, prangten fünf Kreuze, und alle waren von vier Pfeilen und Bögen umgeben. Sie hatte diese Standarte an der Spitze der Abenaki flattern sehen, als sie zum Sturm auf das englische Dorf angesetzt hatten. Pater de Marville möge verzeihen, aber das war kein Hirngespinst gewesen. Ebenso hatte sie gehört, wie der Jesuit im Biwak jenen, die tags darauf die »Häretiker« von Katarunk – und das waren sie, die Neuankömmlinge – töten würden, die Absolution erteilte. Man hate sie, Angélique, auf ihrer Stute bemerkt, die sie ins Lager zurückbringen wollte, und schon wurde für diese an Wunder und Weissagungen gewöhnten Wirrköpfe die arme Wallis zum unheilbringenden Einhorn, welches Unglück für Akadien verhieß. So hatte der versteckte und bittere Kampf begonnen.

Wenn es ihr auch nicht unlieb gewesen war, daß d'Orgeval von seinem Vorgesetzten ins ferne Irokesenland ins Exil geschickt wurde, so hatte sein Tod bei ihr keine Freude ausgelöst, wurde er somit doch zu einer Kultfigur, die man verehrte, zum Inbegriff von Tapferkeit, Intelligenz und Opferbereitschaft; dieser Tod würde den Mann stärker wiederaufleben lassen in den Gemütern und den Erinnerungen, stärker als es der im fernen Exil lebende und dem allmählichen Vergessen anheimgegebene Prediger, der sich nicht mehr bemerkbar machen und auf die Gewissen nicht mehr einwirken konnte, je vermocht hätte.

Aber das waren wohl wieder nur Flausen ... Sie nahm einen kräftigen Schluck, um diese »schwarzen Schmetterlinge«, wie die Einheimischen hier sagten, zu verscheuchen.

Sie blickte zu Joffrey hinüber, der allein diese trüben und vielleicht wirklich wahnwitzigen Gedanken zu zerstreuen vermochte.

»Man kann seine Zukunft nicht aufbauen, wenn man überall nur Katastrophen und Verrat wähnt. Es genügt, wachsam zu sein«, pflegte er zu sagen. Sie mußte es eben vermeiden, allein, ohne ihn zu reisen ...

Er trank nie, um Sorgen oder Ängste zu verscheuchen, sondern um mit dem Wein, einem Geschenk Gottes, seinen Freunden Ehre zu erweisen. Kaum merklich bekamen seine Augen dabei etwas mehr Glanz, wurde sein Lächeln mitteilsamer, sein ganzer Gesichtsausdruck schärfer, distanzierter, als betrachtete er mit einem Anflug von Spott, doch ohne jede Bosheit, die menschliche Schwäche aus einem gewissen Abstand.

Schon immer war es so gewesen, seit sie zurückdenken konnte. Seit Toulouse war er, der strahlende Prinz der Troubadoure, der Gitarre spielte wie niemand sonst und dessen Augen hinter den Maskenschlitzen lachten, der Mittelpunkt aller Gesellschaften gewesen.

Etwas Königliches ging von ihm aus. Doch er war stärker als der König und freier.

Sechstes Kapitel

Die Rast in Tadoussac, die eigentlich ein Zwangsaufenthalt gewesen war, ging dem Ende entgegen. Man mußte sich trennen. In etwa zwei bis vier Monaten würde der Winter sie wieder mit Eis umschließen.

Angélique wollte noch ein wenig mit dem Chevalier de Loménie-Chambord plaudern. Da sie seine Verletzlichkeit spürte, schonte sie ihn. Gerne hätte sie ihn wachgerüttelt wie einen Schlafenden, der unter Alpträumen leidet. Wenn es sie auch eine gewisse Anstrengung kostete, begnügte sie sich doch mit den Satzfetzen, die er ihr wie unbeabsichtigt zuwarf: »Eure Argumente haben eine gewisse Berechtigung . . .«, ». . . ich habe mich nicht getäuscht . . .«

Doch es war mühsam, ihm derartige Bekenntnisse täglich von neuem abzuringen.

So manches Mal zog Loménie aus seiner Weste einen Brief hervor, den er sorgfältig entfaltete, denn er war auf zerbrechlichen Birkenrindenblättern geschrieben. Er wollte ihr ein paar Abschnitte aus dem letzten Schreiben, das der Jesuit ihm schon vor langer Zeit gesandt hatte, vorlesen.

Das Merkwürdige war, daß der Jesuit in diesem letzten Brief an seinen Jugendfreund immer wieder auf die Gefahr hinwies, welche die Dame vom Silbersee verkörperte. Man hätte meinen können, er wäre besessen und von Angst gepeinigt: ». . . Fürchtet alles, was von ihr kommt, mein Freund! Diese Frau hat Macht und besitzt politischen Verstand!«

»Großer Gott! Welch ein Unsinn!« rief Angélique dazwischen. »Ich soll politischen Verstand haben? Und Macht?«

Aber Loménie ließ sich nicht beirren. Mit leiser und eintöniger Stimme betete er eine ganze Litanei unsinniger Anschuldigungen herunter, von denen jede einzelne, unter dem Deckmäntelchen wohlüberlegter und gutgemeinter Warnung, mit einem Tropfen Gift getränkt war.

». . . Wie keine andere besitzt sie Macht über die Sinne, wofür, wie ich bemerken konnte, auch Ihr nicht unempfänglich wart, trotz all Eurer Frömmigkeit. Doch dies allein würde sie noch nicht über die anderen Frauen erheben, käme nicht noch jene Intelligenz hinzu, die sie anstachelt, ihre Macht über die Menschen zu erproben, indem sie nicht nur ihren Geist, sondern – was viel schlimmer ist – ihre Seele gefangennimmt, was von Schläue und Hinterlist zeugt, da es ihre Opfer verführt, sich durch Freizügigkeit schuldig zu machen gegenüber den Regeln der Religion, den von Gott selbst gelehrten Gesetzen des heiligen Glaubens, und zu einer Unterschätzung der Sünde verleitet, wodurch sie nach und nach endgültig des Heils verlustig gehen. Aber lassen wir das ...«

»Das wurde auch Zeit!« bemerkte Angélique bissig, die mit düsterer Miene zugehört hatte.

»Sprechen wir lieber von ihrer politischen Macht, die sich unter einem liebreizenden Äußeren verbirgt, als wisse sie nicht um die schwierigen Verstrickungen, in denen die Männer, die beauftragt sind, die Völker zu leiten, sich befinden. Derartige Verantwortungen Frauen zu überlassen, hat sich noch nie als günstig erwiesen.«

»Was noch zu prüfen wäre! England hatte keinen Grund zur Klage unter Elisabeth I., der großen Königin!«

»... Doch gewisse Kreaturen bemächtigen sich ihrer, und zwar auf versteckten Pfaden«, las der Chevalier weiter. »Mir ist zu Ohren gekommen, daß unser König, der keiner einzigen Frau, nicht einmal der Königin und schon gar nicht seinen Mätressen, mochten sie auch noch so einflußreich sein, ein Mitspracherecht bei den Belangen des Königreichs einräumte, dieser Madame de Peyrac gegenüber aber, die, als sie sich in Versailles aufhielt, die Gemahlin eines anderen Edelmannes war, eine Ausnahme machte und in heiklen diplomatischen Fragen mehrfach ihren Rat einholte und sie sogar zu seiner Gesandten bei Herrschern fremder Länder erkor ...«

Graf Loménie hob den Kopf und sah seine Freundin an. Aus seinem Mienenspiel sprach Verwunderung und gleichzeitig Hoffnung auf einen Widerruf. Doch Angélique beschränkte sich auf einen Seufzer der Resignation.

»Er wußte wirklich alles, Euer Jesuit«, sagte sie nach längerem Schweigen. »Alles, sogar das.«

»Ja, er wußte alles«, wiederholte Loménie, indem er die Blätter mit träumerischer Langsamkeit wieder zusammenfaltete. »Beweist uns nicht diese Gabe der Weissagung, diese seherische Gabe, daß wir es mit einem Heiligen zu tun haben, dessen inständige Mahnungen wir nicht mißachten dürfen, wenn wir uns nicht schuldig machen wollen?«

»Wie kommt Ihr auf seherische Gaben?« fragte sie, mit den Achseln zuckend. »Er hatte doch überall seine Spione . . .«

Zwei Tage und Nächte hätten sie diskutieren können, ohne das von Angélique erhoffte und angestrebte Ziel, dem Chevalier de Loménie-Chambord zu neuem Seelenfrieden zu verhelfen, je zu erreichen. Das Gespräch drehte sich im Kreis, doch hoffte sie immer noch, der Gedankenaustausch würde nicht vergeblich sein. Was sie anbetraf, so hatten die Diskussionen mit Loménie ihr geholfen, diese finstere Figur, die selbst nach dem Tode noch ihre Geschicke zu bestimmen suchte, besser einzugrenzen, näher heranzurücken, um sich eine Meinung zu bilden: Es genügte, einen kühlen Kopf zu bewahren, denn es gab immer noch mehr Schwachstellen als Trümpfe in dem neuen Mythos, der sich um d'Orgeval gebildet hatte.

Hinderlich war nur, daß er dem Jesuitenorden angehört hatte, dessen Macht zusehends anwuchs. Dieses aus Vertretern aller Nationen zusammengesetzte Elitekorps war bei jedem geistigen und philosophischen Umschwung führend, zugleich aber auch, indem es die bestehenden Gesetze und göttlichen Verbote verteidigte, die Armee Gottes, die Kampftruppe Roms. Aber hatte nicht jeder religiöse Orden zu seiner Zeit ein solches Korps dargestellt, welches das Gedankengut der Zeit und, wenn man so sagen darf, die ideologische Färbung spiegelte? Der Orden, der das Jahrhundert, in das Angélique hineingeboren worden war, beherrschte, war der Jesuitenorden. Von ihm gingen moderne Entwicklungen, aber auch grundsätzliche Verbote aus.

Wenn sie all diese Aspekte genau bedachte, war Angélique gar nicht so sicher, daß dieser Sébastien d'Orgeval ein »echter« Jesuit gewesen war, wie beispielsweise ihr Bruder Raymond. Gewiß, die Jesuiten waren sehr schlau und gewitzt, aber doch nicht so scheinheilig und intolerant wie dieser d'Orgeval. Ob die Jesuitenwürde ihm nicht nur als Tarnung gedient hatte? Er war doch eher aus altem Holz geschnitzt. Er warf den Schatten antiker Bannflüche über eine jungfräuliche Erde und unterband durch sein Gehabe alles Zukunftsträchtige, das aus dieser Neuen Welt erwachsen könnte, und jeder, der sich in den Bannkreis dieses Schattens begab, der zugleich Verlockungen und Schutz verhieß, büßte seine Chance ein, auf den neuen Weg des Lichts hinauszugelangen.

Wie hatten sie miteinander gerungen! Joffrey und sie brachten Neues, und er verteidigte seine Positionen mit einem wild auflodernden Autoritätsanspruch. An seinen Entscheidungen hatte niemand etwas zu deuteln. Nur was er wollte, durfte verschont, nur sein Schuldspruch durfte gehört, nur seine Rache durfte ausgeführt werden.

An wem wollte er denn Rache üben?

»An dir! Ja, an dir!« rief ihr eine innere Stimme zu.

»Aber warum nur? Was habe ich denn getan?«

Unter dem trügerischen Deckmäntelchen von Heiligkeit focht Sébastien d'Orgeval einen fruchtlosen Kampf mit sich selbst und seinen eigenen Wahnvorstellungen, und sie, Angélique, war vermutlich die einzige, die dahinter seinen unermeßlichen Hochmut und den unheilvollen Schatten der Dämonin erahnte. »Er glaubt, sie in seinem Auftrag zu uns geschickt zu haben. Dabei ist das Gegenteil der Fall. Sie beherrschte ihn, seit eh und je hat sie ihn beherrscht, seit frühester Jugend . . .«

Mit Schaudern vergegenwärtigte sie sich die drei verwünschten Kinder in den bewaldeten Talmulden des düsteren Dauphiné. Alles war düster und finster an dieser Geschichte. Alle, die d'Orgeval und Ambroisine in ihrem Schlepptau mit sich führten, verkümmerten, verirrten sich . . .

Erkannte Loménie das denn nicht? Ein Satz fiel ihr ein, den der Malteserritter einmal im Zusammenhang mit Honorine, der er Pfeile und Bogen geschenkt, gesprochen hatte: »Die Unschuld zu beschenken, macht glücklich. Sie allein verdient es . . .«

Sie war gerührt gewesen von so viel Zartgefühl bei einem Mann. Heute war das alles verkümmert, wie verflogen. Der Jesuit breitete seinen dunklen Schatten über all jene, die er noch vom Grabe aus zurückerobern und zu sich zurückholen wollte.

Welch gesegnete Zeit hatten sie doch in diesem Winter in Quebec verlebt, wo Freundschaft und lachende Freizügigkeit geherrscht hatten! Wieviel Gutes war erreicht worden, trotz einiger Prüfungen, Irrtümer und Unsinnigkeiten!

Sie war sich nicht sicher, ob sie nicht ungeschickt handelte, denn Loménie war zutiefst verletzt. Die geringsten Worte und Anspielungen, die nicht sorgfältigst abgewogen waren, konnten die beabsichtigte Wirkung gleich wieder ins Gegenteil verkehren.

Sie ahnte, daß Worte wie Liebe und Lust ihm unerträglich waren, ihm, dem von der Liebe Ausgeschlossenen, der sich aber doch willentlich davon ausgeschlossen hatte, um einer höheren Liebe willen. Und wie meisterlich hatte er es verstanden, in heiterer und würdevoller Abgeklärtheit ihr aus dem Wege zu gehen und sich von ihr zu trennen!

Sie wollte sich nicht damit abfinden, daß er sich jetzt selbst erniedrigte und diese Aura verlor! Doch sie mußte sich der Erkenntnis beugen, daß sie niemals mehr so ungezwungen und vertraulich wie Bruder und Schwester oder wie zwei miteinander kokettierende Freunde über dies und jenes würden plaudern und schäkern können, wie sie es früher taten.

Er wirkte, als habe er jegliche Willenskraft eingebüßt. Dabei hatte sie doch selbst erlebt, wie energisch, umsichtig und entschlossen er der Versuchung der Liebe zu widerstehen vermochte. Und wie sicher war er gewesen, das Rechte zu tun, als er sich in Katarunk mit ihnen verbündete, oder später, als er ihnen nach Quebec vorausgeeilt war, um allen Mißverständnissen vorzubeugen und letztlich mit seinem Ansehen in Neufrankreich für sie zu bürgen. Und dieser Mann glich jetzt einem abgetakelten Schiff, das den Kurs verloren hatte.

Wenige Stunden vor der Abfahrt blickte sie ihm noch einmal ins Gesicht und fragte mit tränenerstickter Stimme: »Habe ich Euch verloren?«

Und wieder wechselte er die Farbe, doch jetzt schien eine aufkommende Brise die verderblichen Rauchschwaden, die seine Seele zu ersticken drohten, weggefegt zu haben.

»Oh, liebe Freundin, nein! Wie könnt Ihr nur so etwas glauben? Wie soll ich ohne Euch leben? Ohne den Gedanken, daß Ihr mir Eure Freundschaft bewahrt, daß es Euch gibt und daß Ihr manchmal an mich denkt? Aber bitte, versteht doch, daß ich an den Wunden leide, die einem so teuren Freund ungerechterweise zugefügt wurden.«

Und beinahe hätte sie entgegnet: »Und an denen, die er mir zugefügt hat, die ungerechtfertigt und tödlich waren, leidet Ihr offensichtlich nicht!?«

Doch sie hielt sich zurück. Es war ohnehin nicht ihre Art, nach außen hin viel Aufhebens zu machen von ihrem eigenen Geschick.

»Ihr habt Euch nicht einmal nach Honorine erkundigt«,

sagte sie unvermittelt. »Das tut mir sehr weh, Monsieur le Chevalier! Muß ich auch dafür wieder Euren Jesuiten verantwortlich machen? Soeben erst habe ich mein Töchterchen in der Obhut von Mère Bourgeoys zurückgelassen. Ein Jahr lang werde ich es nicht sehen, und aus Gründen, die mir noch nicht ganz klar, jedoch keineswegs Hirngespinste sind, ist Neufrankreich mir auf dieser ganzen Reise recht griesgrämig vorgekommen. In Montreal suchte ich nach Euch, um Trost zu finden, doch Ihr wart mir ausgewichen. Betrübt ziehe ich nun stromabwärts und werde lange fortbleiben.

War dies der richtige Augenblick, um mir begreiflich zu machen, daß ich Eure Freundschaft verloren habe? Als ob mir das gleichgültig sein könnte! Ihr wißt wohl nicht, wie eng ich mich meinen Freunden verbunden fühle? Das ist leider eine meiner Schwächen. Ihr haltet mich für eine Frau mit politischem Verstand, für eine berechnende oder leichtfertige Person, oder was auch immer! Ich bin nur eine Frau, das sage ich Euch nochmals ... Ihr müßtet empört sein, daß man mir, Eurer Freundin, so viel Haß entgegenbringt ...«

Er schnitt ihr das Wort ab, indem er ihre Hand ergriff und leidenschaftlich küßte. »Ihr habt ja recht, verzeiht mir!«

Dieser Wankelmut beunruhigte sie; er paßte so gar nicht zu dem Mann, der in Katarunk ihr Freund geworden war.

»Verzeiht mir! Ich bitte tausendfach um Vergebung! Ich flehe Euch an. Mein Verhalten ist unentschuldbar, ich weiß es. Ich habe nie gezweifelt. Ich weiß, daß Ihr die Güte selbst seid ...«

»Soll das vielleicht heißen, daß Euer heiliger Märtyrer, unser Widersacher, trotz all seiner Tugenden es uns gegenüber an Nächstenliebe fehlen ließ? Gesteht Ihr das jetzt ein?«

Sie wollte ihn zwingen, Stellung zu nehmen und eine Wahl zu treffen. Dieses ewige Hin und Her, dieses Zweifeln machte ihn krank.

»Ja, ja, das stimmt«, murmelte er. »Andererseits war auch er gütig ...«

»Genug jetzt! Ihr enttäuscht mich, denn Ihr wollt Euch gar nicht befreien von Euren Qualen.«

Und als sie sah, wie er erneut die Hand zu seiner Westentasche führte, glaubte sie, er wolle ihr noch einen Brief d'Orgevals vorlesen. »Es reicht mir, sage ich Euch! Von diesem Mann will ich nie mehr hören!«

Sie schlug den Weg zum Strand ein, um auf die *Arc-en-Ciel* zurückzukehren, doch er folgte ihr und ergriff fast lachend ihren Arm.

»Auch Ihr täuscht Euch über mich, Madame. Laßt Euch sagen, daß ich in Montreal Eure kleine Honorine in der Klosterschule besucht habe und Euch einen Brief mitbringe von Marguerite Bourgeoys, die Euch Genaueres über das kleine Fräulein berichtet...«

Vor lauter Freude wäre Angélique ihm beinahe um den Hals gefallen. Wie hatte er ihr solch gute Nachricht nur so lange vorenthalten können?!

Er schlug sich an die Brust und gab zu, daß die überstürzte Abreise und die Anstrengungen der Überfahrt sein Gedächtnis derartig betäubt hatten, daß er dieses Sendschreiben beinahe vergessen hätte. Aber es wäre ihm bestimmt wieder eingefallen... Er wäre doch nicht abgereist, ohne ihr den Brief übergeben und von der kleinen Honorine erzählt zu haben! Sie glaubte ihm nur halb. Ob er sie nicht hatte quälen wollen, indem er ihr diese Freude vorenthielt? Wollte er Rache nehmen an ihr, Rache für den »anderen«? Doch auch das paßte so wenig zu ihm. Und jetzt, da es bald ans Abschiednehmen ging, war Loménie wieder ganz der alte: liebenswürdig und lächelnd erzählte er ihr von seinen Gesprächen mit der kleinen Honorine und händigte ihr, zusätzlich zum Schreiben der Oberin, noch ein Blatt der kleinen Schülerin aus, auf dem lauter große A, sorgfältig geschrieben und aufgereiht, zu bewundern waren. Angélique faltete es zusammen und steckte es wie einen Liebesbrief unter ihr Brusttuch.

Als die Stunde des Abschieds nahte, brachte Graf de Peyrac, der sich kurz zurückgezogen hatte, seinerseits einen Brief für Honorine, ein großes, mit rotem Siegellack verschlossenes Schreiben, das er dem Chevalier übergab mit der Bitte, es bei seiner Ankunft in Montreal ihrer Tochter verlesen zu wollen. Er fügte noch einen Ring bei, den er sich vom Finger zog und den das Kind tragen sollte.

»Damit sie weiß, daß wir ihr stets nahe sind.«

Angélique, der kaum mehr Zeit blieb, fügte ebenfalls ein paar Worte hinzu und bat den Chevalier, Marguerite Bourgeoys ausführlich von ihnen zu erzählen und Honorine ein paar zärtliche Worte von ihr zu sagen.

Loménie seinerseits bat um Entschuldigung, er sei ein recht

griesgrämiger Gast gewesen; seine Verwundung gleich zu Beginn der Expedition nach Cataracoui habe ihn, da er viel Blut verloren, sehr geschwächt, und daher verspüre er manchmal eine Art Blutleere im Kopf. Das mochte stimmen . . .

In letzter Minute, und das war keine Vergeßlichkeit, sondern Schalk, bereitete er ihnen noch eine Überraschung. Er ließ einen großen viereckigen Kasten auf den Tisch stellen, der nach Indianerart aus zusammengenähten Baumrindenblättern gefügt war, hob den Deckel und legte eine Ansammlung buntbemalter Holzfigürchen frei, die er in Reih und Glied aufstellte. Jedes stand auf einem kleinen Rindensockel.

Und das war ihre Geschichte: Ihm war zu Ohren gekommen, daß Bruder Lucas vom Rekollektenkloster am St.-Charles-Fluß, bevor er in den Orden eintrat, ganze Regimenter von Spielzeugfiguren geschnitzt und bemalt hatte, woraufhin er bei ihm ein paar Holzsoldaten in Auftrag gegeben hatte, die er dem kleinen Raimon-Roger de Peyrac zu schenken gedachte.

»Für Euren Letztgeborenen«, sagte er, zu Angélique und Joffrey gewandt.

Die Vielfalt und die exakte Ausführung der Miniaturfiguren erregte allgemeine Bewunderung. Das Ganze war ein rührender Beweis – sofern es noch eines solchen bedurfte – für die Zuneigung, die Graf Loménie-Chambord seinen Freunden aus Wapassou entgegenbrachte, obwohl sie, auf ihre Unabhängigkeit pochend, ein wenig zu sehr mit den französischen oder englischen Häretikern liebäugelten.

»Unser Letztgeborener hat noch nicht einmal seine ersten Gehversuche gemacht«, sagte Peyrac, »aber ich bin sicher, daß er schon alt genug ist, ein solches Präsent zu würdigen, und daß er sich, ebenso wie sein Schwesterchen, königlich damit amüsieren wird, sie aufzustellen und zu betrachten. Es wird zwar keine Schlachtordnung dabei herauskommen, aber ein hübsches Defilee.«

Graf Loménie erfreute sich schon beim Gedanken an das Vergnügen des Kleinen, wenn er die Figuren in Reih und Glied aufstellen und hin- und herschieben würde.

»Wir sind also immer noch Freunde, und Ihr habt uns nicht verleugnet«, sagten ihm Angéliques Augen, als er die Strickleiter zur Schaluppe hinunterstieg, die ihn zu dem Schiff bringen sollte, auf dem er die Fahrt nach Quebec gebucht hatte.

Er antwortete mit einem Lächeln. Und er lächelte immer noch, als er ihnen von weitem zum Abschied winkte.

Doch Angélique, die ihm beklommenen Herzens nachblickte, war überzeugt, daß seine Selbstvorwürfe und Gewissensbisse, die zutiefst an ihm nagten, gleich wieder einsetzen würden, sobald er aus ihrem Gesichtskreis entschwand. Und diesmal war es ein zweifacher Kummer, ausgelöst von ihr, einer Frau, die lebte, und d'Orgeval, einem Freund, der tot war. Da er dem einen nicht dienen konnte, ohne die andere zu verraten, sich für den einen nicht entscheiden konnte, ohne die andere zu verleugnen, den einen nicht verteidigen konnte, ohne die andere zu verlieren, da er sich beide, die er mit gleicher und dennoch unterschiedlicher Leidenschaft liebte, nicht aus dem Herzen zu reißen vermochte, sie trotz Gebet, Kasteiung, Meditation, Disziplin und Beichte nicht aus seinen Gedanken und seinem Leben verbannen konnte, würde der Chevalier de Loménie immer ein Zerrissener, ein vom Zwiespalt gequälter Mann bleiben.

Zweiter Teil

Zwischen zwei Welten

Sie hatten die Segel gesetzt und entfernten sich vom Land [illegible]

[illegible]

[illegible]

[illegible]

[illegible]

[illegible]

Siebentes Kapitel

Sie hatten die Segel gesetzt und entfernten sich von Tadoussac. Angélique brauchte ein paar Stunden, bis ihr klar wurde, daß sie allein war mit Joffrey, frei von jeglichen gesellschaftlichen Zwängen, freie Menschen auf einem Schiff, nur zu zweit, was sie über alles liebte. Sie waren wirklich privilegiert, Joffrey und sie! Kouassi-Bâ servierte ihnen türkischen Kaffee in kleinen Fayencetassen, die in reizenden, mit Ornamenten verzierten Schälchen steckten, so daß man den heißen Kaffee trinken konnte, ohne sich die Finger zu verbrennen. Sie zelebrierten diese Kaffeestunden, erinnerten sie sie doch an den Orient, an das Mittelmeer und an die Insel Malta, von der Angélique mit Graf Loménie gesprochen hatte.

Sie hatte dem Chevalier empfohlen, für kurze Zeit nach Frankreich zurückzukehren und anschließend bei seinen Brüdern, den Hospitalitern des Heiligen Johannes von Jerusalem, die mittlerweile Malteserritter hießen, Rat und Hilfe einzuholen. Doch er hatte diesen Vorschlag von sich gewiesen. Er wollte in Kanada bleiben, wo die Überreste seines von den Irokesen hingemarterten Freundes ruhten.

»Dabei hätte es ihm gutgetan, sich von hier zu entfernen. Und auch die Sonne! Wie liebte ich dieses schöne Licht, das die Säle des Großen Hospitals in Malta überflutete! Auf Silbergeschirr wurden die Kranken bedient! Ich habe auch die Apotheke und die Operationssäle besichtigt. Und im Fort flatterten die Banner aller Galeeren des Malteserordens, die stets bereit waren, auszulaufen zum Kampf gegen die Barbaresken.«

Plötzlich hielt sie inne, und Joffrey bemerkte, wie sie ihr Gesicht in beide Hände versenkte und tonlos murmelte: »Großer Gott! Das war er!«

Sie schien völlig gefangen von einer Vision, deren Einzelheiten vor ihren Augen verschwammen. »Henri de Rognier«, sagte sie dann mit lauter Stimme.

Joffrey de Peyrac respektierte ihre Versunkenheit. Ihre Gedanken liefen verschlungene Wege: Sie mußte sich nach Salem zurückversetzen, wo sie nach der Geburt der Zwillinge einen Malariaanfall erlitten hatte.

Von dem gleichen Fieber geschüttelt, das sie schon im Mittelmeer befallen, hatte sie sich nach Algier zurückversetzt geglaubt, in jene Zeit also, da sie die Gefangene des Eunuchen Osman Ferradji, Großwesir von Moulay Ismael, dem König von Marokko, für den er sie gekauft hatte, gewesen war.* In ihrem Delirium war sie in der Illusion befangen gewesen, ihren Joffrey noch nicht wiedergefunden zu haben. Sie hatte sich wieder in den Straßen der weißen Stadt herumirren sehen, geführt von ihren muselmanischen Wächtern. An einer Straßenkreuzung war sie Zeuge gewesen, wie ein von der Menge gesteinigter Krieger-Mönch, der mit ihr auf der Galeere von Malta gefangengehalten worden war, seine Seele ausgehaucht und in seiner Panik gerufen hatte: »Von mir bekamt Ihr Euren ersten Kuß!« Und das hatte ihr gegolten.

Da sie sich aber doch in Salem in Neuengland und in den Armen Joffreys befand, hatte sie das wirre Durcheinander dieses ungebührlichen Vorfalls ihrem Fieberwahn angelastet. Doch wenn der gesteinigte Ritter Henri de Roguier geheißen hätte?

Henri de Roguier?! Jetzt war sie fast sicher. So hatte doch einer der beiden Ritter geheißen, mit denen sie auf einer Galeere von Malta gefahren war, als sie im Mittelmeerraum nach Joffrey suchte.

Angélique hob den Kopf.

Und noch ganz von diesem Eindruck befangen, erzählte sie ihrem Gatten diesen Vorfall, den Graf Loménie-Chambord ihr wieder in Erinnerung gerufen hatte, sowie auch dessen Fortsetzung, die ihr jetzt erst klargeworden war, da sie unter dem roten Umhang mit dem Malteserkreuz den verliebten Pagen von Poitiers nicht wiedererkannt hatte.

»Und er? Ob er mich wiedererkannt hat? Jahre waren vergangen, und ich reiste ja zu jener Zeit unter dem Namen Marquise du Plessis-Bellière. Aber er kannte ja ohnehin nur meinen Vornamen.«

»Ihr könnt sicher sein, daß er Euch wiedererkannt hat. Augen wie die Eurigen vergißt man nicht.«

»Er hat aber keinerlei Anspielung auf eine frühere Begeg-

* Siehe: Unbezähmbare Angélique.

nung gemacht. Es sei denn, ich hätte nicht darauf geachtet ...«

Geheime Bande mußten aber doch zwischen ihnen bestanden haben, die sich Jahre später in ihren Fieberwahn schlichen und ihm jene Worte entrissen, die er nicht hatte aussprechen wollen.

Seine Gesichtszüge vermochte sie sich nicht mehr zu vergegenwärtigen, nur seine Gestalt, die schlanker war neben der gedrungenen Figur jenes anderen Mönches, dem Galeerenadmiral.

»Meine Gleichgültigkeit hat ihm vermutlich die Courage genommen, mich an diese fast frivole Anekdote zu erinnern. Damals zähltet ja nur Ihr für mich! Ich war bereit, allen Gefahren zu trotzen, um Eure Spur zu finden.«

Wieder versank sie in Nachdenklichkeit. Sie suchte zu ermessen, ob das, was der bedauernswerte Henri de Roguier hätte wachrufen können, sie damals wohl interessiert hätte. Wie unbeschwert erinnerte sie sich doch an so manches pikante Abenteuer: Vivonne, Bardagne, ja sogar Colin ...

»Bin ich also wirklich so vergeßlich, wie Claude de Loménie mir vorwarf? Mit einer Ausnahme ... Und die seid Ihr.«

»Es läge mir fern, Euch darob zu tadeln, wenn ich diese *einzige* Ausnahme bin.«

Sie sah die einzelnen Etappen dieser Irrfahrt wieder vor sich; von der glühenden Hoffnung getrieben, Joffrey wiederzufinden, hatte sie sich allen Gefahren, die einer Frau im Mittelmeerraum drohten, entgegengeworfen. In Kandia war sie dem geheimnisvollen maskierten Rescator gegenübergestanden. Aber in der verworrenen Lage, in der sie sich befand, hatte sie ihn nicht wiedererkannt. Sie waren einander so nahe gewesen und wurden noch tragischer getrennt; darüber konnte sie sich heute noch nicht hinwegtrösten.

»Ich hätte Euren Rosenpalast in Kandia so gerne gesehen. Schon kurz nach meiner Flucht quälte mich die Sehnsucht, denn dieser maskierte Pirat, der mich kurz zuvor gekauft, hatte mich betört. Aber meine Flucht war bereits beschlossen. Welch eine Torheit, kaum auszumalen! Die Erfüllung des Traumes, das Glück waren so nah! Nein! Eine Torheit war es nicht. Wir, der alte Savary und ich, hatten diese Flucht so verbissen vorbereitet! Ist es nicht Pflicht einer Sklavin, nach einer Fluchtmöglichkeit zu suchen?«

Er lachte schallend. »Das sieht Euch ähnlich! Wieso bin ich nicht gleich darauf gekommen? Hatte ich vergessen, wer Ihr wart? Wie ungestüm und wie unbeirrbar Ihr jede Herausforderung annahmt? Oder sollte ich Euch so schlecht, so wenig noch gekannt haben? Ich kannte Euch noch nicht gut genug, als wir getrennt wurden. Was weiß ich? Ich wollte wohl eine Liebe, die allzu viel Macht über mich gewonnen hatte, verleugnen. War es nicht Selbstbetrug, daß ich Euer Bild durch das einer leichtfertigen und gleichgültigen Frau zu ersetzen trachtete? Und dafür wurde ich bestraft.«

Er küßte ihr die Hand. Sie lächelten sich an und waren glücklicher, als es Worte je auszudrücken vermöchten.

An den Flanken des Schiffes zogen die meergrünen und silbrigen Fluten des St.-Lorenz-Stroms vorüber. Sie blickten ins Wasser, einer an den anderen gelehnt, Schulter an Schulter, und von Zeit zu Zeit fanden sich ihre Lippen. Selten wagten sie den Schleier vor ihren Erinnerungen beiseite zu ziehen, denn lange Zeit hatten sie befürchtet, einander zu verletzen.

»Ihr habt recht, mein Liebster«, sagte sie. »Ich suchte nach Euch. Doch vielleicht hatten wir es noch nicht verdient, einander zu finden. Mißtrauen erfüllte uns.«

Mit der Fingerspitze strich sie über die Narben dieses geliebten Antlitzes. »Wieso habe ich nicht erraten, wer Ihr wart, trotz all der wüsten Piratengesellen auf diesem Sklavenmarkt, den auch Ihr aufgesucht hattet, um Euch ein Liebchen zu wählen? Wieso habe ich Euch trotz Eures Barts und Eures festeren Schrittes unter der Maske nicht wiedererkannt? Ich war verwirrt. Auch ich bin schuldig. An Eurem Blick, an der Berührung Eurer Hand hätte ich Euch erkennen müssen. Heute scheint es mir unwürdig, so verblendet gewesen zu sein. Aber warum habt Ihr nicht unverzüglich Euren Namen genannt?«

»Dort, vor all diesen Banditen der Meere, diesen geilen Muselmanen, die im Basar von Kandia um Weiber feilschten?! Nein, dazu hätte ich mich niemals entschlossen! Außerdem – um die Wahrheit zu sagen – fürchtete ich Euch. Ich fürchtete diesen ersten Blick zwischen uns, verdrängte den Augenblick, wo ich hätte erfahren können, daß ich Euch für immer verloren hatte, daß Ihr einen anderen liebtet, vielleicht den König, vermutlich den König, und daß Ihr nichts mehr wissen wolltet von einem toten, verbannten oder zumindest abtrünnigen Gatten, wie es den christlichen Königreichen und auch Eurer Versailler Welt erscheinen mußte. Unergründbar und unbekannt war mir diese Frau, die weit von mir entfernt eine Wandlung durchgemacht hatte. Ohne mich. Eine Frau in der vollen Blüte ihrer Schönheit und Unabhängigkeit, nicht jene, die ich, als sie fast noch ein Kind war, in Toulouse mit offenen Armen aufgenommen hatte, selbst als mir ihre kindliche Hilflosigkeit schier das Herz zerriß, als ich ihrer dort auf dem Sklavenpodest ansichtig wurde, nackt und besiegt, preisgegeben. Doch das ging vorüber. Ihr wart ja noch so jung gewesen, als ich Euch zurückließ. Es war unvermeidlich, daß ich in jener großen Dame, die den Namen eines anderen trug, nichts weiter sah als eine vergeßliche, gleichgültige Frau.«

»Für einen galt das aber nicht! Ihr hattet mein Herz für ewig erobert. Doch da Ihr an allen Frauen zweifeltet, habt Ihr auch an mir gezweifelt. Nicht einmal der Gedanke ist Euch gekommen, daß ich diese wahnwitzige Reise gegen den Willen des Königs unternommen hatte, um Euch wiederzufinden. Daß ich so unvorsichtig war, mich in solch gefährliche Irrfahrten zu stürzen, habt Ihr einfach für die Laune einer leichtsinnigen, wenn nicht gar verrückten Frau gehalten, die danach gierte, ihre Erfolge als Konsul von Kandia einmal aus der Nähe zu betrachten.

»Wie hätte ich denn auch einen solchen Liebesbeweis von seiten einer Frau für möglich halten sollen?«

»Genau da liegt die Wurzel des Übels, trotz Eurer von den Troubadours erlernten Liebeskunst! Ihr hattet noch viel zu lernen, mein Herr und Gebieter. Wußtet Ihr nicht, daß Ihr seit Toulouse alles für mich wart?«

»Offenbar hatte mir die Zeit gefehlt, es zu erfahren und mich davon zu überzeugen. Die Leidenschaft ist etwas so Flüchtiges. Die Treue so ungebührlich. Die Liebe in ihrem Wesen so schwer faßbar. Und ihre tägliche, ja lebenslange Verwirklichung so schwer vereinbar mit unserem Leben, das sich bei den Mächtigen dieser Erde um gesellschaftliche Belange und bei den Elenden und Verfolgten ums Überleben dreht. Was Ihr, die Ihr einzigartig seid unter den Frauen, für mich wart, habe ich erst gelernt, als ich Euch verloren hatte; es wurde mir offenbar, als man Euch mir entrissen hatte.

Die Troubadours haben nicht alles gesagt. Sie deuten nur an, daß das Wesentliche unaussprechbar ist. Das habe ich in der Finsternis der Kerker und auf den Irrfahrten als Verbannter erfahren: Meine Vergangenheit war ausgelöscht, und Eurer Gegenwart war ich auf immer beraubt.«

»Ihr seid aber sehr gut ohne mich ausgekommen, als Ihr von Insel zu Insel und von blühenden Palästen zu osmanischen Höfen gaukeltet ...«

»Ich gebe zu, es war ein langer Weg voller Umwege und Revolten. Ich bekenne, daß ich anfangs nicht glaubte, so lange auf Heilung warten zu müssen; es dauerte, bis ich mir eingestand, daß ich niemals, niemals von dieser brennenden Wunde der Liebe, die Ihr mir zugefügt hattet, genesen würde. Wann habe ich das erkannt? Mehrmals drängte sich die Wahrheit auf. War es in Algier, als Mezzo-Morte mich in die Enge trieb? Er hätte mir den Ort Eurer Gefangenschaft sofort verraten, sofern ich davon abließ, im Mittelmeer mit ihm zu rivalisieren. Oder war es später, als ich in Meknes mit Eurem Tod und der endgültigen Trennung von Euch rechnen mußte?

Plötzlich wußte ich, daß nur eines schlimmer war als alle Zweifel: *Euch nie mehr wiederzusehen.* ›Welch eine Frau, mein Freund!‹ sagte Moulay Ismael zu mir, schwankend zwischen Wut, Bewunderung und Bedauern. Da standen wir beiden Helden, wir beiden Potentaten der Berberei und des Orients, und über uns schwebte das Phantom einer Sklavin mit unvergeßlichen Augen, die auf den Wüstenpfaden umgekommen war. Manchmal sahen wir einander an und wußten, daß wir an diesen Tod nicht so ganz glaubten. ›Allah ist groß‹, sagte er zu mir. Wir wiesen das Verdikt von uns, da wir fühlten, wie schwach und wie verwundet wir beide waren.«

Angélique hörte ihm begierig zu und mußte ein Lächeln unterdrücken: Die Vorstellung eines niedergeschlagenen Joffrey und eines hadernden Moulay Ismael war wirklich zu komisch! Doch dann lachten sie beide und küßten sich wieder und wieder. Welch ein Triumph, daß sie heute beieinander waren und so viele Freuden und Wonnen genießen durften: Kinder, Reichtümer, Erfolge. Sie waren umringt von treuen Gefährten, weit entfernt vom Schauplatz dieser soeben wachgerufenen Ereignisse, und sogar die herbe Kulisse dieses großen Stromes aus dem Norden, seine fernen Ufer mit den von schwarzen Wäldern gekrönten und doch kargen Bergen, seine trüben, aufgewühlten Wasser mit den grauenvollen Untiefen, seine Eskorte schwerer, gewaltiger Wolkengeschwader, die

Regenschleier nach sich zogen oder im Windstoß flohen, alles, was um sie herum diese dem heißen und farbenfrohen Mittelmeer so unähnliche Kulisse bildete, erschien ihnen freundschaftlich und beruhigend und bestärkte sie in ihrer Gewißheit, daß sie, einer im anderen, einer durch den anderen, die Erfüllung des Traumes und ein Glück ohne Ende gefunden hatten.

Achtes Kapitel

»Meinetwegen dürfte diese Reise ewig dauern!« rief Angélique aus. Das sollte heißen, daß sie jeden Augenblick genoß. Wer auf dem St.-Lorenz-Strom fuhr, war von der Umwelt abgeschieden. Die Schiffe, die heraufzogen und die man kreuzte, hatten die leere Weite des Meeres überwunden, aber auch noch kein schützendes Ufer erreicht. Ein paar Tage oder Wochen verlebte man losgelöst von Raum und Zeit. Manchmal grüßte man einander von ferne. Die einen hatten Eile, irgendwo anzukommen, zumindest in Tadoussac, wo das kanadische Abenteuer begann, und die anderen fieberten der Überfahrt entgegen, deren wahre Tücken erst jenseits von Neufundland begannen.

Bis dahin mußte man mit Stürmen rechnen, wenn nicht gar Schiffbruch befürchten, die Ankommenden konnten noch im Schiffsrumpf an Skorbut sterben, und die Abreisenden ihre Meinung gar ändern und im Lande bleiben. Eine solche Reise wurde von Tag zu Tag abenteuerlicher. Jeder, der sie einmal gemacht hatte, packte Erinnerungen aus. Man reiste zwischen zwei Welten, der Vergangenheit und der Zukunft, und wunderte sich, was auf diesem breiten Strom, auf dem die Schiffe wie ziellos herumzuirren schienen und dessen Ufer einander meist nicht sehen konnten, alles passierte.

An Bord der *Arc-en-Ciel* schlief Angélique einen tiefen und seligen Schlaf. Das leichte Schaukeln des Schiffes und die feuchte Wärme der meist dunstigen Nächte, die alle Geräusche erstickte, tauchten sie in eine träge Versunkenheit, aus der sie im Laufe der Nacht mehrmals kurz erwachte, um sich des Glücks, noch am Leben zu sein, flüchtig bewußt zu werden und gleich darauf an der Seite des geliebten Mannes friedlich wieder einzuschlafen.

Eines Morgens, als sie erwachte, spürte sie gleich, daß das Schiff vor Anker lag, obwohl es längst Tag war. Durch das geöffnete Fenster drang der Geruch von Holzfeuern, über denen am Strand Fische geräuchert wurden.

Sie richtete sich im Bett auf und erblickte auf dem Kopfkissen neben sich einen winzigen Gegenstand: es war ein goldverbrämtes Etui aus feinstem Leder. Sie öffnete es und entdeckte ein wunderschön gearbeitetes Ührchen, dessen Zeiger zwei Lilienblüten darstellten. So etwas Zauberhaftes hatte sie ihr Lebtag noch nicht gesehen! An einem blauen Seidenband konnte man es um den Hals tragen, wie es in Paris angeblich jetzt Mode war.

Sie stand auf und trat auf den Balkon hinaus.

Die *Arc-en-Ciel* lag am Fuße eines Gebirgsvorsprungs, an dessen düsteren Felsnasen sich Nebelfetzen verfangen hatten. Der Himmel hing tief, und das Ganze glich einer makabren Illustration von Schiffbruch- oder Piratenlegenden, in denen unter hohen, von kreischenden Meeresvögeln umkreisten Felsen die Menschen im Elend schmachten.

Doch weder das Wetter noch diese Kulisse vermochten Angélique zu beeindrucken. Ihr war alles recht und willkommen. Sie trat zu Joffrey auf das Deck hinaus.

»Welchem Ereignis verdanke ich das reizende Präsent dieses Morgens?« fragte sie.

»Einem Hinterhalt unseligen Angedenkens, den ich nie werde vergessen können: Es war an dieser Stelle, da Ihr mich in einer trostlosen und trügerischen Nacht mit dem höchsten Gut beschenktet, indem Ihr mir das Leben zurückgabt, das unsere Feinde mir wieder einmal hatten rauben wollen. Rechtzeitig und wie durch ein Wunder tauchtet Ihr auf und schlugt jenen nieder, der mich zu ermorden sich anschickte: den Grafen de Varange.«

»Ich erinnere mich: La Croix de la Mercy! Hier war das also?« Neugierig betrachtete sie das Ufer, das sie nur bei Nacht erlebt hatte. Die Gegend wirkte nach wie vor irgendwie unheimlich, obwohl Leben herrschte auf dem spitz zulaufenden Strand. Auf den Kies hochgezogene Indianerkanus lagen hier in Reih und Glied, und ein Zweimaster, der an ein paar Tauen festgemacht war, schaukelte auf den Wellen.

Die Matrosen, Franzosen aus Europa, waren an Land gegangen, um an der Quelle ihre Wasserfässer zu füllen. Ein wenig weiter in der Schlucht feilschten Indianer mit dem Eigner des kleinen Schiffes. Den ganzen Fluß entlang blühte der Pelzhandel.

Sie befanden sich also am Saum dieses öden Landes namens Labrador, wo tiefe und sumpfige Wälder Nebelschwaden ausspien, die sich über die Wasseroberfläche legten.

Früher hatte es an dieser Steilküste ein Handelskontor und ein Gebetshaus gegeben, die mittlerweile so gut wie verfallen waren. Und dorthin hatte Graf de Varange, besessen von der Vision der Dämonin, Graf de Peyrac bestellt, um ihn zu töten.

Angélique schob ihren Arm unter den ihres Gatten. Ein unfaßbares Glück, daß sie damals noch rechtzeitig gekommen war! Wenn es einen Ort gab, wo die Geister der Finsternis nichts gegen sie hatten ausrichten können, dann war es dieser. Doch die Gelegenheit schien ihr günstig, um ihrem Mann von dem Gespräch zu berichten, das sie kürzlich in Quebec mit dem Polizeipräfekten gehabt hatte.

»Garreau d'Entremont schnüffelt noch immer diesem mysteriösen Verschwinden Varanges nach. Gemäß den Direktiven der neuen Polizeiordnung braucht er einen Leichnam, selbst wenn es sich um den einer Ausgeburt des Satans handelt.«

Sie schlenderten über das Deck. An seinem Arm und unter seinem Schutz verflogen die Enttäuschungen und Unannehmlichkeiten von Quebec, wurden sie zu unbedeutenden Scharmützeln, deren Auswirkung und Lösung auf den »Sankt Nimmerleins-Tag« verschoben waren, da das Hin und Her von Sendschreiben, die jede Nachforschung erforderte, langwierig und langsam war. Daher wollte sie auch ihren Entschluß, ihrem Mann ausführlicher zu berichten, schon wieder fallenlassen. Dinge, die einem unangenehm sind oder die man fürchtet, nehmen ja erst, wenn sie ausgesprochen werden, Gestalt an, und das – so meinte sie – lohnte sich nicht.

Da aber ihre Rast in der *Baie de la Mercy* die Erinnerung an den teuflischen Varange, den letzten Abgesandten der Dämonin, der ihr weiteres Vordringen hätte stoppen sollen, heraufbeschworen hatte, erzählte sie schließlich doch von dieser Vorladung auf der Polizeiwache.

Der Polizeipräfekt war auf der richtigen Spur, was Varange anbetraf. Seine Witterung täuschte ihn nicht, wenn er bei ihnen, den »Trappern« aus Akadien, die Aufklärung des Geheimnisses suchte. Auch der Zusammenhang mit dem Untergang der *Licorne* und der Herzogin von Maudribourg, die mit den »Mädchen des Königs«, obzwar in Quebec erwartet, sich an den Gestaden der *Baie Française* geradezu in Luft aufgelöst hatte, war eine richtige Vermutung. »Er behauptet, die Spender der wohltätigen Gesellschaft würden langsam ungeduldig, und aus Frankreich verlange man von ihm Einzelheiten über den Schiffbruch der *Licorne* und den Tod der Herzogin.«

Sie erklärte, wie sie, um ihm Satisfaktion zu erteilen und Zeit zu gewinnen, mit Hilfe von Delphine du Rosoy eine Liste der überlebenden »Mädchen des Königs« zusammengestellt hatte, doch ... War das richtig gewesen?

Gewiß doch.

Sollte sie auch erwähnen, daß Delphine den Verdacht hegte, hier könne eine Verwechslung von Personen vorliegen und daß die Herzogin von Maudribourg nicht tot wäre und wieder auftauchen könnte? Doch sie schwieg, denn je mehr sie darüber nachdachte, um so haltloser schien ihr diese Theorie. In Gouldsboro würde sie Colin befragen und vermutlich erfahren, was aus Germaine Maillotins Schwester geworden war. Anschließend würde sie Delphine schreiben, um sie zu beruhigen. Hier an Bord, wo alles so friedlich und wohlgeordnet war und sie neben Joffrey über das Deck bummelte, fühlte sie sich nicht bereit, über erschreckende und unbegründete Phantastereien zu debattieren. Joffrey hatte sich so viel Mühe gegeben, sie bei ihrer Rückkehr zu trösten und wieder heiter zu stimmen!

Auch jetzt, da er ihre Unterredung mit dem Polizeipräfekten analysierte, strich er den ermutigenden Aspekt heraus und bezeichnete die Forderungen aus Paris als zwar lästige, aber letztlich nichtige Schikanen. Wer auch immer sich dort eines solchen Eifers befleißigte, der sollte erst einmal selbst in der Neuen Welt eine Untersuchung durchführen, die mit Sicherheit zu bestimmen vermöchte, was mit der *Licorne* und ihrer Eignerin, Madame de Maudribourg, geschehen war!

Außerdem hatte sich nach Joffreys Ansicht der nach außen hin so grobschlächtig wirkende d'Entremont ihnen gegenüber stets freundschaftlich gezeigt. Hatte er nicht durchblicken lassen, daß er, solange er es vermöchte, versuchen wolle, eine Anklage gegen sie zu unterbinden? Seine Funktion zwinge ihn, die Mörder des ekelhaften Varange ausfindig zu machen. Angélique hatte recht daran getan, für ihn diese Liste der Mädchen zusammenzustellen, die er den Gläubigern zum Fraß vorwerfen konnte. Das würde ihm helfen, die Dinge in die Länge zu ziehen. Es war doch offensichtlich, daß er für die Quälgeister in Paris keine besondere Vorliebe hegte, nachdem sie ihn mitten im Sommer aus seinem Landhaus geholt und ihn gezwungen hatten, Madame de Peyrac wieder einmal zu inkommodieren, für die er sicherlich ein gewisses Faible hegte.

»Das dürfte leicht übertrieben sein«, protestierte Angélique, die sich an ihre Unterredungen mit dem hochmütigen d'Entremont höchst ungern erinnerte.

»Sagen wir, er schätzt die Unterhaltung mit einer verführerischen Frau, die ihm schöne Augen macht, um ihn einzuwikkeln, und von der er doch genau weiß, daß sie ihm frech ins Gesicht lügt, ohne daß er triftige Gründe hätte, sie darob zu tadeln. So ist sein Herz zerrissen von Ärger und Bewunderung, die ihn gleichermaßen quälen.«

»Armer Garreau! Dabei muß er sich doch schon mit der zähen Lektüre des *Mallens Maleficarum* herumschlagen, um die Zauberpraktiken zu begreifen, die zu Bluttaten an Menschen führen, damit ihm nicht Mörder und Giftmischer durch die Maschen schlüpfen.«

Um mit dem Wahnsinn der Inquisition endlich Schluß zu machen, verlangten die Gerichtshöfe neuerdings »materielle« Beweise, was die Aufgaben der Polizei erheblich erschwerte. Wenn der Teufel los war, mußte man jetzt lernen, ihn mit menschlichen Waffen zu bekämpfen, und das bedeutete, die Menschen selbst zu bekämpfen, wenn sich der Böse in ihren verdorbenen Herzen eingenistet hatte. Daher lag Garreau d'Entremont nichts daran, jenen die Aufgabe zu erleichtern, die von Frankreich aus Rechenschaft forderten über eine sogenannte Wohltäterin, die Galgenvögel wie La Ferté, Saint-Edmé, Varange & Co. zu ihren Freunden zählte, weil sie ihr die Überfahrt nach Kanada ermöglicht hatten. Die Manie, Leute zu vergiften, um seine Probleme zu lösen, wuchs sich mittlerweile schon zu einer Landplage aus.

Auch Angélique erinnerte sich an ein Festgelage auf dem St.-Lorenz-Strom, wo getrunken und gelacht und von der Schönheit des Königshofes in Versailles gesprochen wurde und sie plötzlich ausgerufen hatte: »Und die Giftmischer nicht zu vergessen!«

Sie hatten losgeprustet, als habe sie einen umwerfenden Witz gemacht. Das war aber auch wirklich zum Lachen! Ist es denn etwa weniger tragisch, bei Hofe an einem von weißer und beringter Hand gereichten Gift zu sterben, als in der Pariser Unterwelt durch einen Dolch ermordet zu werden?

Diese befremdende Reaktion hatte sie bewogen, dem Polizeiinspektor Desgray, der rechten Hand von Monsieur de La Reynie, einen Brief zu schreiben. Dieser in den kalten kanadischen Novembernebeln verfaßte Brief, den der gefällige Lakai von Monsieur d'Arreboust, ohne sein Leben zu lassen, in die Adressatenhände hatte weiterreichen können, lieferten dem geduldigen Jäger die Waffen, die er benötigte, um diejenigen zu demaskieren, die zu demaskieren er sich seit geraumer Zeit redlich mühte. In diesem Schreiben hatte sie ihm *alles* aufgedeckt. Den Namen der in die Verbrechen bei Hofe einbezogenen Hexen, die zahllosen Adressen ihrer in Paris verstreuten Hexenküchen, wo sie ihre hochmögende Klientel empfingen, den Namen jener, die einst »das Hemd präpariert hatte«, Athénaïs de Montespan, die Mätresse des Königs, wie auch den von Mademoiselle Désoeillet, ihrer Zofe, die jahrelang als Mittelsperson zur Mauvoisin fungiert hatte. Dieser Brief hatte den Gang der Entwicklungen sicherlich beeinflußt. Sie fragte sich, wie Desgray ihn wohl genutzt haben mochte, doch dann zog sie es vor, an etwas anderes zu denken.

Sie wollte sich diese kostbaren Tage auf dem Fluß nicht vergällen, waren sie doch bestens geeignet, die Torheiten der Welt, mit denen man sich ohnehin immer wieder auseinandersetzen mußte, leichteren Herzens zu betrachten, wenn schon nicht zu vergessen. Die Geste, mit der Joffrey sie zärtlich an sich zog, bewies ihr, daß er ihren Gedanken gefolgt war und sie teilte.

Sie waren beisammen und verstanden einander, beide trunken vor Glück, wenn sie den anderen dicht neben sich spürten. Er konnte sich nicht satt sehen an dieser zauberhaften, reizvollen Gestalt und fand es verständlich, daß so viele sie begehrten und ihm neideten. In ihr war jene überschwengliche und heitere Freude, die manchmal Kinder empfinden, wenn die Sonne scheint, die Blumen duften und sie selbst sicher sind, geliebt zu werden. Sie brauchte nur seinen schützenden Arm um sich zu spüren, und nichts auf der Welt konnte ihr mehr Furcht einflößen. Ihre Unruhe verflog, und ihre Sorgen wurden unwichtig. Sie lebte unter dem Schutz ihrer beseligenden Nächte, wo dieser Mann, den die Klügsten und Mächtigsten respektierten und fürchteten, sich als der sanfteste, aufmerksamste, leidenschaftlichste und zärtlichste Liebhaber erwies, der ihr Wonnen bescherte, die auch das heftigste Begehren stillten, und sich mit ihr dem Taumel hingab, der die Überhöhung jenes Einsseins war, das Geist und Seele bereits tagsüber beglückte.

Doch nun galt es, für die Nacht oder als Schutz vor Windböen einen Hafen zu finden, nach Möglichkeit am einladenderen Südufer, wo an den Hängen schon abgeerntete Felder sichtbar wurden. Man schleppte Ährenbündel oder lud Heu auf, um es in sichere Scheunen zu fahren. Alles mußte in Hast geschehen in diesen zu kurzen Sommern, von denen der Winter abhing, und daher wirkten alle, die sie hier trafen, gehetzt und argwöhnisch. Der Feind war dieser Himmel, der manchmal heiter dreinblickte und sich doch so schnell mit regenschweren Wolken überziehen konnte. Hitzegewitter sandten stumme Blitzsignale in die Nacht, bis das Unwetter losbrach, das verheerend sein konnte. Doch noch einen anderen Feind hatten diese über ihre Scholle gebeugten Landbewohner: Kein Festtag zu Ehren eines Heiligen durfte ausgelassen werden! Und da ruhte die Arbeit.

Man versuchte zwar, dem zu entgehen, wie jene, die heimlich zu den Großen Seen oder in den hohen Norden aufbrachen und Verbote und Exkommunikation zu umgehen suchten.

Es war ja schließlich nicht leicht, in Kanada zu leben und seine Haut vor dem Winter oder dem Ruin zu retten; da mußte man sich schon mit dem Himmel »arrangieren«. Es gab Gewitter. Die Schleusen des Himmels öffneten sich. Die Schiffe begannen ihren Veitstanz. Stürme auf dem St.-Lorenz-Strom konnten genauso schrecklich sein wie über dem Meer.

Doch diese Reise ging unter einem blitzblanken Himmel weiter. Je näher man der Mündung des Flusses kam, um so seltener wurden Siedlungen und Anbauflächen auf den Hängen. Zu beiden Seiten dehnte und streckte sich der Fluß ins Unendliche. Jetzt erinnerten die Ufer mit ihrer kargen Monotonie an die Bretagne. Steilküste wechselte mit Heideland, gekrönt von gedrungenen und schwarzen Nadelhölzern, doch war es eine Bretagne riesigen Ausmaßes.

Der Fluß verbreiterte sich immer noch mehr. Der Drache riß sein gewaltiges Maul auf, gähnte gedehnt und spuckte ein paar Inseln aus, bevor er ins Meer eintauchte.

Neuntes Kapitel

Nachdem sie auf der Höhe des Matane-Flusses, der einer der vier von den Shickshock-Bergen herabstürzenden Wasserläufe war, die Lehnsherrschaft Mont-Louis umschifft hatten, tauchte aus dem Ufernebel ein Schiff auf, das sich vermutlich in der Flußmündung verborgen gehalten hatte und jetzt, nach einem Wendemanöver, Notsignale in ihre Richtung abgab. Allem Anschein nach mußte es ein Schiff der Königlichen Marine sein.

Joffrey de Peyrac war auf der Hut, ließ aber dennoch ein paar Segel brassen und, als das Schiff auf gleicher Höhe war, eines seiner flinken und wendigen Beiboote zu Wasser. Es war schade, bei dem guten Wind die Fahrt zu verlangsamen und nicht wenigstens den schwereren Schiffen, zu denen auch die *Arc-en-Ciel* gehörte, ihren Schwung zu belassen. Doch der Graf zog es vor, die goldene Regel der Holländer zu befolgen, die als geborene Seefahrer und Kaufleute den Erfolg ihrer Expeditionen rund um den Erdball dem Prinzip zuschrieben, daß eine Flotte immer geschlossen zu bleiben hat.

Unter Rufen und Schreien wurde manövriert, die Matrosen kletterten in die Wanten und liefen die Rahen entlang, den Störenfried suchend. Dieser entpuppte sich, als er kurz darauf an Bord der *Arc-en-Ciel* erschien, tatsächlich als ein Offizier der Königlichen Marine und Kommandant des Schiffes, was allein schon an seiner Gewandung erkennbar war: blauer Justaucorps mit rotem Besatz, weiße Satinschärpe, schwarzes Beinkleid, weinrote Seidenstrümpfe und federgeschmückter schwarzer Filzhut. Das war die Uniform, die Minister Colbert ihnen aufgezwungen hatte, doch nicht etwa, weil die Kleidung der Offiziere der Königlichen Marine zu wünschen übriggelassen hätte, sondern vielmehr, weil sie sich mit Spitzen, Stikkereien, Rüschen und Tressen zu behängen pflegten. Diese Reform hatte geradezu einen Aufruhr hervorgerufen. Woran sollten in einer Schlacht die Schiffsmannschaften denn nun ihren Kapitän erkennen und die einzelnen Offiziere unterscheiden, wenn man diesen ihren Aufputz untersagte? Daraufhin war beschlossen worden, den verschiedenen Tressen, auf die niemand verzichten wollte, einen Sinn zu geben: Gold oder Silber, in der Zahl von eins bis vier, bezeichnete nun Funktion oder Dienstgrad.

Die roten Absätze an den Schuhen sowie die Stulpen waren beibehalten worden, ebenso das Hemd mit Spitzenmanschetten und Spitzenkragen oder -jabot. Ein wenig Phantasie durfte man notfalls noch walten lassen bei der Farbe des Beinkleids wie auch der Anzahl der Höhe und Farbe der Federn auf dem Hut.

Der Neuankömmling schien sich nur wenig um diese Verordnung zu scheren. Die Hand am Degenknauf, stellte er sich vor: Marquis François d'Estrée de Miremont.

»Ich habe Eure Flagge erkannt, Monsieur«, sagte er, indem er sich tief verneigte und mit dem Federbusch seines betreßten Dreispitzes über den Boden fegte. »Eure Ankunft war mir höchst opportun. Und jetzt, da ich Euch gegenüberstehe, erfüllt mich Behagen, nicht nur weil ich gewiß bin, daß Ihr mich aus einer Unbill befreien werdet, sondern gleichfalls eine Neugier gestillt wird, die durch zahllose Berichte über Eure Person wie auch« – und jetzt verneigte er sich, noch tiefer grüßend, zu Angélique – »die Eurer durch ihre Tugenden und Tapferkeit ebenso wie durch ihre Schönheit berühmten Gattin in mir, aber auch in meinem gesamten Offiziersstab und in den Mannschaften erweckt wurde.«

Doch da Joffrey de Peyrac, ohne sich von diesen schmeichelhaften Beteuerungen ruhren zu lassen, unbeweglich des Folgenden harrte, fuhr der Offizier verwundert fort: »Und Ihr fragt mich nicht einmal, Monsieur, an welchem Orte ich dergleichen über Euch vernehmen konnte und aus welchem erlauchten Munde ich solches erfuhr?«

»Ich ahne es, Monsieur. Eure Sprache und Eure Manieren verraten den Hof.«

»Erraten! Mit Euch, Monsieur, gehe ich keine Wette ein. Dabei würde ich zu viele Federn lassen. Doch scheint es Euch nicht zu kümmern, welchem Munde solche Worte entfleuchten.«

Peyrac ging lächelnd auf dieses Spiel ein, denn es führte zu nichts, einen Höfling von seinen gewohnten Redensarten abbringen zu wollen. »Bin ich anmaßend, wenn ich vermeine, daß der Münder mehrere gewesen sein müssen, denn ich kenne die Verästelungen rund um Seine Majestät. Doch wenn ich mich auf die Einzahl beschränken müßte, würde ich mich erkühnen, Monsieur de Vivonne, Euren Admiral, zu nennen.«

»Gewonnen und verloren zugleich, Monsieur! Ihr befleißigt Euch allzu großer Bescheidenheit. Ich sprach von Seiner Majestät persönlich. Indes, es ist richtig, daß auch Monsieur de Vivonne lebhaftes Interesse für Euch zeigt, was ja seine Pflicht ist, da alles, was jenseits der Meere geschieht, seiner Jurisdiktion unterliegt.«

Man wußte nicht recht, ob sein vielsagender Blick bedeutete, daß er das Geheimnis von Vivonnes Eskapade in Neufrankreich kannte, oder ob er nur daran erinnern wollte, daß der hohe Rang des Bruders von Madame de Montespan diesem in allen die Kolonien betreffenden Dingen Vollmacht verlieh. Dieses an verhohlenen Andeutungen reiche Mienenspiel war die hermetische und kodifizierte Ausdrucksweise des höfischen Adels in der Umgebung des Königs, und sich seiner zu bedienen und es zu deuten, war eine Kunst.

Während all dieser Präliminarien bewegten sich die Schiffe hin und her, wurden die Segel gezurrt und wieder nachgelassen, damit man möglichst auf der Stelle blieb, was schwierig war, da von Land her ein Wind blies.

»Monsieur d'Estrée de Miremont«, sagte Peyrac, »es dürfte Euch nicht entgangen sein, daß ich stromabwärts fuhr und den Wind für mich hatte. Es drängt mich, dieses Glück zu nutzen. Habt also die Güte, mir ohne Umschweife zu sagen, womit ich Euch zu Gefallen sein kann. Habt Ihr Havarien zu beklagen? Ermangelt es Euch an einem Lotsen für die Fahrt stromaufwärts, oder sollte Euch gar der mir günstig stehende Wind Schwierigkeiten bereiten und Euren Weg nach Quebec behindern?«

»Quebec? Ich reise nicht nach Quebec. Was zöge mich

wohl nach Quebec?« Er machte eine wegwerfende Geste stromaufwärts, aus der unmißverständlich abzulesen war, wie wenig ihn diese mit ihren Ernten beschäftigten Bauerntölpel interessierten.

Ein mißlicher Zwischenfall hatte ihn in das Mündungsgebiet des St.-Lorenz-Stroms gezwungen, ganz gegen seinen Willen. Mit ausladenden Worten erzählte er von seiner Reise und seinen Mißgeschicken. Vor zwei Monaten war er vom Hafen von Brest, an der Spitze der Bretagne, gestartet, Herz und Geist auf ein ganz bestimmtes Ziel gerichtet, das er mit dem Finger auf der nördlichen Spitze der Landkarte bezeichnete und wo alle Kartographen sich mit dem Skizzieren vager Umrisse von unbestimmten Inseln und Halbinseln in weißer Jungfräulichkeit begnügten, denn keiner hätte gewagt, das Vorhandensein von Grün oder Land auch nur anzudeuten.

Kurz und bündig: Monsieur d'Estrée gehörte zu jenen »Eisfanatikern«, die nicht zögerten, die schönen Uniformen der Königlichen Marine Frankreichs unter dem Polarlicht des Hohen Nordens glitzern zu lassen. Zahlreicher als man dachte, waren jene, die sich vorwagten in das schimmernde Flimmern einer Sonne, die wie eine riesige Rose über den Horizont dahinzieht und niemals untergeht, die am Heck eines wie eine Nußschale bedrohlich krachenden Schiffes den sicheren Weg des blauen Wasserkanals zwischen diesen gewaltigen, schroff abfallenden, wie Diamantenfelsen funkelnden Mauern der sie eskortierenden schwimmenden Eisberge witterten, und er gehörte zu jenen, denen es wider jede Vernunft gelang, das Eldorado der polaren Gestade zu entdecken und zu erreichen, von denen man sich Reichtümer erwartete, ohne sie genau bestimmen zu können. Anfangs hatte die Hoffnung sie getrieben, das chinesische Meer zu finden und die Gewürzstraße zu verkürzen. Später lockte das Gold! Noch später war man entlohnt worden durch den ungeahnten Reichtum an kostbaren Fellen, die von hoch oben, aus den unzugänglichsten Tundren herbeigeschafft wurden. Doch viele unternahmen diese wahnwitzige Expedition auch ohne jeglichen Grund, nur von dem Wunsch beseelt, auf dieser dem Menschen dargebotenen Erde unbekannten, auf Eisflößen ausharrenden Wesen zu begegnen, oder Tiere, nie gesehene Landschaften, ungeahnte Phänomene zu entdecken. Unter den Seefahrern der Welt waren die »Eisfanatiker«, die Polarforscher, eine eigene Spezies, die für die unfruchtbaren und eisigen Horizonte eine fast wollüstige Leidenschaft hegten, die ihnen den Tod durch Eis, Hungersnot oder Skorbut süß und harmlos erscheinen ließ.

Trotz seiner preziösen Sprechweise und der Pirouetten seiner Spitzenmanschetten, die er vor dem König so gut wie jeder andere Höfling zu drehen verstand, erwies Monsieur d'Estrée sich als Vertreter dieser Spezies.

So kehrte er eben dieser Tage von der Hudson Bay zurück, wo seit sechzig Jahren französische und englische Fahnen, errichtete Kreuze und sogar eine vergessene dänische Kanone von den Streifzügen zeugten, die diese verwegenen Liebhaber des Hohen Nordens hier immer wieder durchgeführt hatten. Er hatte keine Probleme, auch keine Havarie gekannt. Strahlendes Wetter, obgleich dort oben um die Julimitte noch träge Eisschollen trieben, zu verschrobenen Monstern geformt: Türmchen, Kapitelle mit smaragdgrünen oder türkisblauen Spitzen.

Doch kaum Fuß gefaßt auf den schwammigen und von Schwärmen schwarzer, winziger, unersättlicher und blutsaugerischer Fliegen heimgesuchten Gestaden, traf er auf einen Pelzhandel ohnegleichen! Aus dem Wald zwergwüchsiger Bäume waren die Odjibway- und Nipissing-Indianer hervorgepurzelt, und Monsieur d'Estrée brachte nun für zweihundertfünfzigtausend Pfund herrlichste Pelze mit. Weniger Biber, dafür aber Silberfuchs, Schwarzotter, Marder, Nerz und Zobel.

Nach einem Besuch in den englischen Niederlassungen der *Hudson Bay Company* und unter anderem beim Fort Rupert an der südlichen Ausbuchtung der *James Bay* hatte er sich, nicht ohne zuvor ein kleines Feuerchen an ihre Baracken gelegt zu haben, von dort zurückgezogen.

Doch als er siegreich aus der Hudson-Meerenge herausfuhr und auf der Höhe des Melville-Flusses an der Küste entlangglitt, sah er sich plötzlich mit einem höchst eindrucksvollen Schiff Seiner Britischen Majestät konfrontiert, das offensichtlich entschlossen war, in umgekehrter Richtung den gleichen Weg zu nehmen und nun, da es ihn von dort, wo es hin wollte, aufkreuzen sah, den Verdacht hegte, der Fuchs habe den Hühnerstall heimgesucht.

Daher diese Verfolgungsjagd, dem das Schiff Monsieur

d'Estrées, *L'Incomparable*, nur hatte entkommen können, indem es sich durch die Meerenge von Belle-Isle zwischen Labrador und dem Nordzipfel Neufundlands zwängte, was aber auch seinen Verfolger nicht abschreckte. So war dem französischen Schiff kein anderer Ausweg mehr geblieben, als sich in das Mündungsgebiet des St.-Lorenz-Stromes und somit in das Hoheitsgebiet Neufrankreichs zu flüchten, wo ein englisches Schiff einen nicht mehr verfolgen konnte, ohne die zwischen den beiden Königreichen unterzeichneten Friedensverträge zu brechen.

Aus Gründen höherer Sicherheit hatte Monsieur d'Estrée sich recht weit am Südufer entlang vorgepirscht, bis er an der Einmündung des Matane-Flusses Zuflucht fand und Anker werfen ließ. Doch jetzt gedachte er seine Rückreise nach Europa anzutreten, obwohl er immer noch fürchtete, der Feind lauerte ihm auf, sobald er den Fuchsbau verließ. Seines Erachtens würde er ihm leichter entgehen, wenn er in Gesellschaft reiste, daher sein Hilfeersuchen an Monsieur de Peyrac.

»Monsieur, Ihr dürftet verstehen«, gab dieser zu bedenken, »daß ich trotz meines Wunsches, Euch gefällig zu sein, mit den Briten keine Scharmützel heraufbeschwören kann, denn solches würde nicht nur mir persönlich sehr schaden, sondern mich sogar verantwortlich machen für einen Konflikt zwischen Frankreich und England.«

»Ein solches Ansuchen liegt mir fern; ich bitte Euch nur um die Erlaubnis, mein Schiff Eurer Flotte einzuverleiben und somit zu tarnen, so daß ich im Schutze Eurer Flagge das Gaspé-Kap überwinde. Jenseits wird er mich meines Erachtens nicht weiter belästigen. Falls er überhaupt so viel Geduld aufgebracht hat, mir noch länger aufzulauern, wobei er Gefahr liefe, in unseren Hoheitsgewässern überrascht zu werden.«

Joffrey de Peyrac erteilte seine Zustimmung. »Wohlan denn! Wie könnte ich einem Landsmann diesen Dienst verweigern!«

Während seines Berichts hatte Monsieur d'Estrée unaufhörlich flüchtige Blicke auf seine Zuhörer geworfen, um zu ergründen, welche Meinung diese sich über seine Expedition wohl bildeten; war es Tadel oder Zustimmung? Ihm war Widersprüchliches zu Ohren gekommen über diese beiden, und jetzt war Gelegenheit herauszufinden, ob es sich bei ihnen wirklich um Verbündete Englands handelte, die mit den Reformierten sympathisierten, oder ob Monsieur de Frontenac recht hatte, der sie als aufrichtige Freunde und als tragende Kraft Neufrankreichs pries. Doch abgesehen von der höflichen Genehmigung, sein Schiff unter denen Monsieur de Peyracs zu kaschieren, da er ein »Landsmann« war, hatte er rein gar nichts herausgefunden.

Joffrey de Peyrac bog jede Diskussion ab, die zu einer Entscheidung darüber geführt hätte, ob Monsieur d'Estrée recht oder unrecht daran getan hatte, die Niederlassungen der *Hudson Bay Company*, deren Sitz in London war, aufzusuchen, auszurauben und niederzubrennen; schließlich waren sie ja mehr oder minder von kanadischen Franzosen gegründet worden, die als erste auf dem Landwege die Gestade besagter Bucht erreicht hatten, deren Geschichte ebenso kompliziert zu werden versprach, aufgeteilt in französische oder englische Oberhoheit, wie die der *Baie Française* am anderen Ende im Süden. Der in diesen Kontroversen gewitzte Joffrey de Peyrac gab jedoch keinerlei Anlaß zu Verstimmung, denn er fand anerkennende Worte für die Leistungen und enthielt sich jeglichen Tadels.

»Ihr scheint Euch verteufelt gut auszukennen in der Gegend«, bemerkte der französische Offizier mit argwöhnischer Miene, denn der Hudson Bay und ihren Gestaden galt seine ganze Liebe.

Joffrey de Peyrac lächelte distanziert, um den Gegenspieler zu beruhigen. Er erwähnte lediglich, daß er auf einer Fahrt in das Gebiet des Oberen Saguenay vor kurzem in die Gefilde der Hudson Bay gelangt sei. Kein Wort von den Irokesen, die den »Handelsgeschäften« Monsieur d'Estrées ein blutiges Ende zu bereiten vermocht hätten, kein Wort auch über seine Informationsquellen, die all die Karten, Pläne und Beschreibungen waren, die sein neunzehnjähriger Sohn Florimond und dessen Begleiter, der junge Castel-Morgeat, von einer Expedition in die Randgebiete der berühmten Bucht mitgebracht hatten.

Da sie vereint reisten, luden sie Monsieur d'Estrée mehrmals zu einer Mittags- oder Abendmahlzeit an Bord der *Arc-en-Ciel*. Schon beim ersten Mal war Angélique aufgefallen, daß Monsieur Tissot, ihr Maître d'hôtel, nicht servierte, und da er auch beim zweiten Besuch des französischen Edelmannes sich nicht zeigte, fragte sie sich, ob diese Koinzidenz wohl nur Zufall sei. Sollte das Gegenteil der Fall sein, erahnte sie bereits die Gründe. Tissot machte keinerlei Umschweife: »Ich muß mich vorsehen, damit Monsieur d'Estrée mich nicht wiedererkennt. Er weilte oft bei Hofe. Sein Gedächtnis könnte erwachen.«

Als ehemaliger Mundschenk des Königs hatte dieser Mann, von dessen Vergangenheit sie herzlich wenig wußten, sich über die Grenzen des Königreiches davonstehlen und über die Meere fahren müssen, um dem traurigen Los zu entgehen, das Dienern, die zu viel wissen, oft beschieden ist.

»Als Ihr mit uns in Quebec wart, hattet Ihr mehrfach Gelegenheit, unerwünschte Personen wiederzusehen, doch schient Ihr nicht einmal den bewußten Grandseigneur zu fürchten, der sich unter einem falschen Namen verbarg.«

»Zahllos sind die in Versailles für die Küche, die Vorräte und den Tafeldienst Verantwortlichen. Eine richtige Armee. Ich kannte Monsieur de Vivonne allerdings vom Sehen, da ich ihm gelegentlich angereicht hatte, doch er dürfte mich niemals wirklich wahrgenommen haben, wenn ich in der Schar meiner Kollegen an der königlichen Tafel Dienst tat.

Monsieur d'Estrée hingegen war ein enger Freund jenes Herrn, dem ein paar Gefälligkeiten zu erweisen ich mich hatte überreden lassen; erst später, fast schon zu spät, begriff ich, daß man nichts lieber sähe, als daß ich sie endgültig vergäße. Das Geld, das man mir angeboten und das mich gelockt hatte, verhalf mir schließlich zur Flucht. Es gibt keinen Ort auf der Welt, wo ein Mann, der weiß, was ich weiß, sich in Sicherheit wähnen kann.«

»Ich verstehe Euch, Monsieur Tissot, haltet Euch also abseits. Eure Gesellen sind bestens von euch geschult und machen ihre Sache ausgezeichnet. Bereits in ein paar Tagen werden wir Gaspé umschiffen und in den St.-Lorenz-Strom einfahren. Monsieur d'Estrée wird uns verlassen und direkten Kurs auf Europa nehmen. Ich glaube außerdem nicht, daß wir einen Angriff der Engländer zu fürchten haben werden.«

Nun sah sie den wortgewandten und liebenswürdigen Offizier der Königlichen Marine mit anderen Augen. Hinter dem »Eisfanatiker« wurde der Höfling sichtbar. Kaum war seine Expedition beendet und sein Schiff vor Anker, würde er seinen Stammhafen verlassen und nach Versailles eilen, um Freunde, einflußreiche Frauen und Gönner wiederzusehen.

Man mußte rings um den Thron seine Intrigen spinnen, wollte man brillante und einträgliche Aufträge übertragen bekommen.

Der Vorfall mit Tissot, der unwichtig scheinen mochte, gewann für Angélique an Bedeutung, erinnert er sie doch wieder an ihre eigenen beklemmenden Gedanken, die sie bei der Umschiffung des Kaps de la Mercy und bei der Erwähnung des Verschwindens von Varange befallen hatten.

Wie stand es wohl inzwischen bei Hofe mit diesen üblen Giftgeschichten? Ging diese Mode langsam vorbei? Es war ja angeblich nur eine Mode! Zumindest nach Aussage Vivonnes, des Bruders von Athénaïs de Montespan, der sich verwundert hatte, daß sie sich empörte über diesen Usus, Störenfrieden, alten Ehemännern oder Rivalen bei galanten Abenteuern den »Elf-Uhr-Trank« zu kredenzen oder diese gotteslästerlichen »schwarzen Messen« zu feiern, um Reichtümer oder Ehren zu erlangen, wie auch die Manie, bei Hexen Rezepte aller Art einzukaufen. »Das ist nun mal allgemein Usus«, hatte er gesagt und sie dabei mit mitleidiger Verachtung angeblickt, als sei sie eben doch nichts anderes als eine Landpomeranze.

Die Briefe, die Florimond ihr vom Hofe aus sandte, hielten sie zwar in Kenntnis über die Vergnügungen, die Bälle und die Theateraufführungen in Versailles, doch fand sich darin keine Anspielung auf besagte »Mode«. Das war eine elementare Vorsichtsmaßnahme, denn über derlei Abartigkeiten konnte man sich kein geschriebenes Wort erlauben, denn Geschriebenes tötet. Wer so leichtsinnig wäre, in einem von eigener Hand signierten Schreiben auch nur darauf anzuspielen, liefe Gefahr – sofern das Schreiben beschlagnahmt würde –, sein Leben zu verlieren. Gesprochenes ist weniger gefährlich. Es verfliegt, löst sich in Luft auf, besonders zwischen Himmel und Wasser, auf einem Schiff, am Ende der Welt, in den Einöden des Hohen Nordens.

Sie sann darauf, wie sie Monsieur d'Estrée ein paar vertrauliche Mitteilungen über das Geschehen bei Hofe entlocken könnte, ohne daß wachsame Ohren hellhörig würden.

Dennoch vergewisserte sich d'Estrée mit einem hastigen Blick, daß auch wirklich niemand in ihrer Nähe war, als sie ihn im Bug des Zwischendecks beiseite nahm und ihn unter vorgehaltener Hand ersuchte, ihr die Wahrheit bezüglich Madame de Montespan, die angeblich endgültig in Ungnade gefallen war, zu sagen. Derartiges hatte sie zumindest aus den Briefen Florimonds herausgelesen.

»Ich vermag es nicht zu glauben! Ihr, Monsieur, die Ihr bei Hofe lebt, müßt mich aufklären. Sollte Athénaïs de Montespan aufgehört haben, ihre Wahrsagerin um Hilfe zu ersuchen, oder hat gar diese, inzwischen zu Reichtum gelangt, ihre Dienste zurückgezogen und damit ihre wohlhabende Klientele ihrer magischen Rituale beraubt?«

Bei diesen Worten hatte d'Estrée, von der so unvermittelten Frage leicht irritiert, besagten furchtsamen Blick in die Runde geworfen, wo jedoch nichts weiter war als der besonnte Nebel, der den Himmel ins Endlose verwies und als einzige nähere Zeugen nur die über ihren Köpfen hin und her fliegenden Meeresvögel. Da erst schien er die Entfernung, die ihn von den Gefahren des Hofes trennte, richtig zu ermessen, so daß er sich in Sicherheit wähnen konnte.

»Ich bitte Euch nochmals inständig um Aufklärung«, drängte Angélique. »Wie Ihr selbst seht, bin ich hier von allem abgeschnitten. Von mir habt Ihr nichts zu befürchten. Wie könnte ich in dieser Wüstenei das, was Ihr mir anvertraut, gegen Euch verwenden? Ich gehöre zu keiner verschworenen Gesellschaft. Ich bin nur neugierig wie jede Frau und interessiere mich für das, was in der Umgebung unserer SONNE geschieht, wie auch für das Schicksal mir wohlbekannter Personen, die ich vermutlich eines Tages – und früher, als man meinen könnte – wiedersehen werde. Daß ich solches den Briefen, die mir zugehen, nicht entnehmen kann, könnt Ihr Euch denken. In Schreiben, die von jedem erstbesten Spion abgefangen werden können, findet sich keine Antwort auf derlei Fragen. Erheitert mich ein wenig, Monsieur, indem Ihr mir ein paar Anekdoten berichtet, die man sich unter vorgehaltener Hand erzählt. Ich werde es Euch nicht vergessen ...«

Nach hochmütigem Zögern machte er eine zustimmende Geste. Es war ihm klargeworden, daß es ungeschickt wäre, sie zu verstimmen. Ihr und ihres Gatten Ruf fand bei Hofe immer größeren Widerhall. Ihren beiden Söhnen, die glänzende Chargen bekleideten, galt die Aufmerksamkeit des Monarchen. Und schließlich, sagte er sich nach einem nochmaligen

Blick auf die Weite des Flusses, befand man sich hier nicht in den Gängen von Versailles, Saint-Germain oder des Palais-Royal! Er konnte es sich also ruhig gestatten, einer hübschen Frau Vergnügen zu bereiten, zumal sie hatte durchblicken lassen, daß sie sich eines Tages dessen erinnern würde, wenn der huldvolle Blick des Königs wieder auf ihr ruhte.

»Nun gut, laßt mich Euch sagen, daß Eure Briefschreiber, wenn sie von der Ungnade der schönen Athénaïs berichten, nicht auf dem laufenden sind. Als ich den Hafen von Brest verließ, nachdem ich einen Abstecher nach Paris zum Ministerium für Kolonialfragen gemacht hatte, um meine Order einzuholen, wußte ich bereits, daß Eure Freundin Madame de Montespan triumphierender denn je nach Versailles zurückgekehrt war. Es ist richtig, daß ihr Stern zeitweilig verloschen, ihr Thron ins Wanken geraten war. Sie machte dem König fürchterliche Szenen und fiel nicht zum ersten Mal in Ungnade. Vor drei oder vier Jahren mußte sie mehrere Monate im Exil in Saint-Germain verbringen. Doch dann geschah das Wunder! Sie kehrte zurück, und der König bescherte ihr nacheinander gleich zwei Kinder, die als Prinzen von Geblüt anzuerkennen er sich anschickt.«

»Das wundert mich keineswegs. Der König konnte nie auf sie verzichten! Ihre Schönheit und ihr Temperament betören ihn!«

»Es ist mehr als das, wie Ihr selbst richtig vermutet! Eure Frage vorhin bezüglich der Wahrsagerin war aufschlußreich genug. Ohne der Schönheit Madame de Montespans Abbruch zu tun, ohne die Macht, die sie nach dreizehnjähriger Liaison auf den König ausübt, unterschätzen zu wollen, kann doch wohl nicht bestritten werden, daß das Gold, das sie in den Geldkatzen der Hexen gelassen hat, ihr ungemein hilfreich war.«

Angélique bedachte ihn mit einem wissenden Lächeln. »Die Mauvoisin praktiziert also doch noch?« fragte sie halblaut.

»Mehr denn je. Ganz Paris läuft zu ihr, die größten Namen des Königreiches . . . Seit Madame de Montespan den Reigen eröffnet hat, gibt man sich bei ihr die Klinke in die Hand. Und was Athénaïs anbetrifft, so kennt Ihr sie doch, wie ich sehe. Was glaubt Ihr also? Hat sie je einer anderen ihren Platz beim König überlassen? Niemals! Und das wird auch niemals geschehen. Der neuen Favoritin wird es genauso ergehen wie den anderen.«

»Madame de Maintenon?« entfuhr es Angélique, die schon Angst bekam um die arme Françoise d'Aubigné, die seit langem mit ihr, aber auch mit Athénaïs befreundet war. Doch für diese, die in ihrer Leidenschaft und ihrer Furcht, den König zu verlieren, keinerlei Hemmungen kannte, zählte sicherlich auch kein Freundesband.

Der Höfling zuckte mit den Achseln.

»Ihr versteht nicht richtig. Ich spreche von der neuen Favoritin, von Mademoiselle de Scoraille, einem hübschen achtzehnjährigen Blondschopf. Majestät leiden an Überdruß und sind in dem Alter, da man sich nach frischem Blut umschaut.«

»Indes hatte man mir gesagt, daß Madame de Maintenon ...«

»Ich unterschätze keineswegs die Gunst, derer sich die Gouvernante der königlichen Bastarde nach wie vor erfreut. Er hat sie zur Marquise gemacht, und das ist ja nicht zu verachten. Doch was vermag sie in all diesem Wirrwarr? Sie begnügt sich damit, die in ihre Obhut gegebenen Kleinen unter ihre Fittiche zu nehmen und sie dem Einfluß ihrer schrecklichen Mutter, die anderes im Sinn hat, zu entziehen. Diese ist vollauf beschäftigt, dem König zu gefallen und ihre Rivalinnen aus dem Felde zu schlagen. Die übelsten Mixturen finden Einlaß in den Palast. Im vorigen Jahr noch erkrankte der König schwer, und das war kein Quartanfieber. Madame de Montespan ließ außerdem durchblicken, daß sie an diesem Unwohlsein nicht ganz unschuldig war, indem sie verkündete, lieber auf die Gunstbezeigungen eines indisponierten Königs verzichten zu wollen als mitansehen zu müssen, wie er andere damit bedachte.«

»Wenn dem so ist, Monsieur d'Estrée, haltet Ihr es dann nicht für Eure Pflicht, all das, was Ihr wißt, Seiner Majestät mitzuteilen, um Seine Majestät zu warnen. Wie Ihr das anstellt, bliebe ja Euch überlassen.«

»Seid Ihr wahnsinnig?« Er warf ihr einen spöttischen Blick zu. »Wenn das, was ich weiß, was wir alle wissen, jeder insgeheim, ans Tageslicht käme, dürften einige Gefahr laufen, ›hinter vier Pferde gespannt zu werden‹ ...«

Diese Bemerkung rief ein grauenvolles Echo wach.

Er spielte auf die Marter an, die den Königsmördern vorbehalten war. Und als Königsmörder galten jene, die den Plan ausheckten, dem König nach dem Leben zu trachten, selbst wenn der Plan mißlang. Die Strafe bestand darin, daß jede der vier Gliedmaßen hinter ein Pferd gespannt wurde. Und da besagte vier Pferde jeweils in eine andere Richtung zogen, wurde der Sündenbock gevierteilt, da jedes der Tiere einen Fetzen des zerstückelten Körpers mit sich riß.

»Was sagt Ihr da?« murmelte Angélique entsetzt. »Würde Madame de Montespan es so weit treiben, daß sie den König zu vergiften suchte?«

»Ich habe nichts gesagt«, wehrte der Offizier der Königlichen Marine ab, und kurz darauf ließ er sie abrupt stehen. Er schien seine Geschwätzigkeit zu bedauern. Doch als er sah, wie erwartungsvoll sie zu ihm hinblickte, konnte er nicht umhin, noch hinzuzufügen: »Sprechen wir nicht von tödlichem Gift, sondern lieber nur von jenen Pulvern, Aphrodisiaka genannt, die die erklärte Favoritin den Mahlzeiten des Königs beimengt, um diesen zurückzuerobern. Übrigens ist ihr das ja auch gelungen, wie ich Euch schon sagte. Doch die Folgen waren weitreichender, als sie sich's erwartet hatte. Diese Arzneien, die er ohne sein Wissen einnimmt, erklären Seiner Majestät maßlosen Appetit auf junges Blut, was wiederum Madame de Maintenon zur Verzweiflung treibt, wenn er sie auch nicht vernachlässigt, jeden Abend mit ihr Konversation pflegt auf dem Gang durch ihre Gemächer zum Billardzimmer, aber sie verweigert sich ihm. Ihr Könnt Euch also vorstellen, was nun alles vorbeidefiliert! Madame de Louvigny, Madame de Rochefort-Théobon . . . Es heißt, mit Verlaub gesagt, er vernasche alles, was ihm über den Weg läuft: Zofen der Königin, Kammerkätzchen, und schon seit längerer Zeit soll eines der Mädchen von Madame de Montespan sie an den Tagen ihrer Unpäßlichkeit bei ihm vertreten haben, eine gewisse Désoeillet, die angeblich sogar ein Kind von ihm hat.

Doch bei der neuen Favoritin, die sehr hübsch und rührend ist, sollen andere Reize den Ausschlag gegeben haben. Nicht nur ihr blondes Haar und ihre Jugend, so heißt es, hätten den König für sie eingenommen. Kurzum, jene, die ihn gut kennen und keine Neulinge bei Hofe sind, behaupten, einem Detail sei es zuzuschreiben, daß der König auf sie aufmerksam wurde.«

»Und das wäre?«

»Ihr Vorname.«

»Und der lautet?«

»Angélique!«

Er verzog das Gesicht zu einer schalkhaften Grimasse und brach dann in schallendes Gelächter aus, wobei er den Kopf zurückwarf, und diesem Lachen antworteten die schrillen Schreie der Seeschwalben und Seemöven, die die nahen Ufer heimsuchten und, mit den Flügeln raschelnd und klappernd, als wollten sie sich empören, über ihnen kreisten. Was war das für ein hämisches und beleidigendes Männerlachen, das diese schimmernde Einsamkeit durchbohrte?

Unvermittelt streckte François d'Estrée einen Arm aus. »Oh! Seht, dort drüben!«

»Was denn? Den Engländer?«

»Nein! Dort drüben! Diese schillernden Farben.«

Sie folgte seinem Finger, der gen Westen wies, und sah, wie sich über den Schatten der im Nebel nur zu erahnenden Riffs und fernen, welligen Bergkämme ein rötlicher Schleier entfaltete, der mit sonnengesprenkeltem, lebhaftem Algengrün gefüttert und mit güldener Litze gesäumt schien. Doch kaum hatten sie ihn wahrgenommen, zerfiel er. Ein kurzes Aufflakkern noch inmitten eines weißglühenden Kreises, ähnlich dem Zwinkern eines funkelnden Sterns. Als machte sich ein Gott aus dem unerreichbaren Äther einen Spaß daraus, ihnen zuzublinzeln.

»Ein Polarlicht!« rief der Graf mit vor Erregung zitternder Stimme. »Gott, wie herrlich! Und wie selten in dieser Jahreszeit! Das ist ein Fingerzeig! Die Kälte senkt sich schon wieder herab. Das Eis wird sich schließen. Der Engländer täte gut daran, sich zu beeilen, sonst wird er gezwungen sein, in Fort Rupert zu überwintern, wo ich alles niedergebrannt habe.«

Er lachte von neuem, doch es war ein anderes Lachen, und die verstreuten Lichtstrahlen einer unsichtbaren Sonne überzogen sein von Puder und Schminke gereinigtes und von Kältebrand gegerbtes Gesicht mit kindlicher Glut. »Hoffentlich hat er es aufgegeben, mir an der Ausfahrt von den Engpässen aufzulauern.«

Und um für jede Eventualität gerüstet zu sein, ging er an Bord seines Schiffes zurück.

Nachdem sie Anticosti hinter sich hatten, diese langgestreckte große Insel, die ausschließlich von Eisbären und Vögeln bevölkert war, schien die Gefahr, ein im Hinterhalt liegendes englisches Schiff auftauchen zu sehen, gebannt. Monsieur d'Estrée, begleitet von seinem Fähnrich, kam erneut an Bord, um Abschied zu nehmen und seinen Dank auszusprechen.

»Da kein Ungemach erfolgte, erlaubt mir, mich zu diesem Intermezzo zu beglückwünschen, wurde mir doch die unermeßliche Vergünstigung zuteil, die Bekanntschaft berühmter und – trotz ihrer Entfernung von Unserer SONNE – bei Hofe hochgeschätzter Persönlichkeiten zu machen. Kein Tag vergeht, ohne daß nicht in Versailles von jener, die im Rufe steht, eine der schönsten Frauen des Königreiches zu sein, gesprochen wird, oder von jenem, der unseren Niederlassungen in Amerika einen neuen Aufschwung und eine Sicherheit, an der es lange Zeit gemangelt, zu verleihen scheint. Gewiß habt Ihr als Gesandte dort zwei junge Edle, Eure Söhne, die es verstanden haben, die Gunst des Königs zu gewinnen.«

Bis zu diesem Augenblick hatte er nicht einmal anklingen lassen, daß er Florimond und Cantor je getroffen hatte. Doch eine nähere Bekanntschaft wies er weit von sich. Der Hofklatsch habe es ihm zugetragen. Er hatte sich erst für sie interessiert, als er hörte, diese beiden von Seiner Majestät mit hohen Chargen betrauten Jünglinge stammten aus Amerika. Doch jetzt wußte er sie besser einzuordnen.

Angélique übergab er als Zeichen der Dankbarkeit für geleistete Hilfe einen kleinen Flacon von nicht unbeträchtlichem Wert, und gleichzeitig entschuldigte er sich, das Modell sei leider ein wenig weit verbreitet, gehörte es doch zu jenen, die den Ruf Frankreichs in ferne Hauptstädte trugen, ebensowohl zum Großmogul wie in die großen spanischen Städte der Neuen Welt. Ohne sie überzeugen zu wollen, dieser Flacon aus Silber mit Goldauflage existiere nur in einem, ursprünglich für sie allein entworfenen Exemplar, sollte er zumindest ein kleines Souvenir sein, ein Beweis für seine grenzenlose Bewunderung.

»Ihr, Madame, übertrefft alle Herrlichkeiten, die mir je begegnet sind. Ich werde Euch dem König zu beschreiben wissen.«

Dritter Teil

Die Lesung der dritten Siebenerserie

Zehntes Kapitel

Wann immer Angélique nach Gouldsboro zurückkehrte und durch den Perlmuttschimmer der Streifnebel oder – was äußerst selten vorkam – vor königsblauem Himmelsbogen das liebliche Rosa der beiden großen Kuppen des Mont-Désert, die die Einfahrt markierten, vor ihren Augen erstrahlen sah, wurde sie von einer glückseligen Erregung erfaßt.

Es hätte nichts gefruchtet, sie an die unzähligen Dramen und Kränkungen zu erinnern, die ihr gerade hier nicht erspart geblieben waren und die vielleicht sogar erneut ihrer harrten. Für sie zählte nur der paradiesische Zauber, der sie entzückt hatte, als sie im dichten, von Regenbögen durchzogenen Nebel das Geräusch der Ankerkette vernommen hatte, die das ans Ziel seiner ersten langen Ozeanreise gelangte Schiff zum Stillstand bringen sollte, und sie, Honorine eng an sich gedrückt, an Deck gestanden war. Da war aus der Tiefe ihres Herzens jener stumme Schrei aufgestiegen, den schon so viele Verfolgte vor ihr ausgestoßen hatten und bei dem man auf die Knie sinken mochte: Die Neue Welt!

Was dieses Neuland auch immer bereithielt, sie würde alles hinnehmen, hatte sie damals gedacht. Waren sie doch endlich frei und gerettet! Wann immer sie nach Gouldsboro zurückkehrte, vergegenwärtigte sie sich diesen Augenblick, da sie sich wie neu geboren gefühlt hatte, mit gleicher Intensität. Was immer sie auch in der Folgezeit an diesen Gestaden hatte erdulden müssen, nie vergaß Angélique diesen ersten Eindruck unbeschreiblicher Glückseligkeit. Und als sie gar in den Tagen danach ihre beiden ältesten Söhne gesund und munter wiedertraf, glaubte sie an ein Wunder. Niemals würde sie den Augenblick vergessen, da sie Cantor entdeckt hatte, der nackt wie ein junger Gott des Olymp in der Anemonengrotte auf den Wellenkämmen balancierte und ihr zurief: »Seht mich an, meine Mutter!« Das knüpfte an jenen ahnungsvollen Traum an, den Florimond gehabt hatte, bevor er mit Nathanaël de Rambourg nach Amerika aufgebrochen war. Auch sie hatte geglaubt, sie träumte ... Hier geschah es einem häufig, daß man zu träumen vermeinte, denn der Gegensatz zum Leben in der Alten Welt war zu groß. Gouldsboro würde immer der Ort bleiben, wo Tatsachen an Wunder gemahnten, wo man für alles Ungemach im Übermaß entschädigt wurde und Glücksmomente erleben durfte, die einen wie der Blitz aus heiterem Himmel trafen.

Unter diesen glücklichen Voraussetzungen war ihr heiter um die Seele, ihr Herz frohlockte, und ihre Ungeduld, all jene wiederzusehen, die – wenn auch nicht immer bereitwilligst – ihre ersten Stunden an diesen Gestaden miterlebt hatten, wuchs von Minute zu Minute. Da waren die Hugenotten aus La Rochelle, die ihre Befreiung aus Gefängnis und Galeeren ihr und Joffrey zu verdanken hatten, unter ihnen ihre liebe Freundin Abigaël, deren Mann Gabriel Berne, deren Kinder Martial, Séverine und Laurier, die sie wie Adoptivkinder liebte, die alte Rebecca, ihre Dienerin, Tante Anna, die Familie Manigault, die Carrères und viele andere.

Auch Colin Paturel würde sie wiedersehen, was sie – wie sie sich inzwischen eingestand – immer wieder zutiefst bewegte und ihr gleichzeitig ehrliche Freude bescherte. Wenn sie das Gefühl analysierte, das der Anblick des hochgewachsenen und breitschultrigen Gouverneurs in ihr hervorrief, wenn er ihnen mit seinem schaukelnden und festen Seemannsgang entgegenkam und inmitten der aufgeregt kreischenden Kinder, die er immer im Schlepptau hatte, die Arme hochriß und ihnen Willkommen bedeutete, dann war da nichts weiter mehr als die beruhigende, tröstliche Gewißheit, einen Freund zu besitzen, der *ihnen beiden* grenzenlose Treue und Ergebenheit bezeugte.

War Colin in ihrer Nähe, spürten Joffrey und sie, daß sie *zu dritt* die Bürde trugen und die Belastungen teilten. Sie wußten, Colins Treue zu ihnen würde niemals ins Wanken geraten.

Die Mittagsflut trug sie durch den Kanal, der nur mit erfahrenen Lotsen benutzt werden konnte, in ruhige Gewässer. Wendemanöver waren nötig, bevor Anker geworfen werden konnte, denn mehrere Schiffe unterschiedlicher Tonnage, zumeist Frachtensegler, hatten sich an der Reede breitgemacht. Bei den Landungsvorbereitungen achtete Angélique nicht weiter auf die vereinzelten Boote, die alle auf sie zufuhren, nur den Indianerkanus, die es immer eilig hatten, ein neu angekommenes Schiff zu umkreisen, schenkte sie einen flüchtigen Blick. Oft trieb reine Neugierde sie her, doch meist hofften sie, Pelze gegen »Feuerwasser« tauschen zu können. Sie hatte in der Schaluppe, die sie zum Hafen bringen sollte, Platz genommen, ließ den Blick über die vertraute Landschaft schweifen, freute sich, sie wiederzusehen, und merkte erst ein paar Taulängen vor dem Ufer, daß hier irgend etwas ungewöhnlich war, was ihr das gleiche Unbehagen einflößte wie bei ihrer Ankunft im sommerlichen Quebec.

»Ist das möglich? Es ist ja niemand da, uns willkommen zu heißen«, stammelte sie, zu Joffrey gewandt.

Tatsächlich hatten sie den Landeplatz von Gouldsboro noch nie so leer gesehen, wenn das Wort *niemand* auch nicht ganz zutreffend war. Ein paar Matrosen kamen und gingen, die dickbauchige Fässer vor sich herrollten oder Seesäcke schleppten, während andere lässig auf und ab spazierten, die Muße eines kurzen Zwischenaufenthalts genießend, doch unter ihnen war kein bekanntes Gesicht. Nichts war zu sehen von den weiten, dunklen Kleidern der Damen aus La Rochelle, die für gewöhnlich auf dem Strand Spalier bildeten, keine Spur von weißen Hauben und Halskrausen als Umrahmung von Gesichtern, die jede Wiedersehensfreude unter calvinistischer Zurückhaltung verbargen. Keine durch Wasserpfützen herangaloppierende Kinderschar, nicht einmal Vogelschwärme, um die Willkommensrufe mit ihren Schreien zu übertönen.

Mochten sie auch noch so beschäftigt sein, so war es doch noch nie vorgekommen, daß Handwerker, Bauern, Fischer oder Bedienstete nicht die Arbeit ruhen ließen, um ihnen entgegenzueilen und glückliche Heimkehr zu wünschen, denn immerhin waren der Freihafen und die Siedlung Gouldsboro vom Grafen de Peyrac gegründet und aus seinem Vermögen immer unterstützt worden.

»Haben wir nicht Salut schießen lassen, um unsere Ankunft anzukündigen«, fragte Angélique, der im gleichen Augenblick bewußt wurde, daß vom Fort aus keine Antwort gekommen war.

Sie warf einen fragenden und zugleich verständnislosen Blick auf das Gesicht ihres Mannes und las von seinen Zügen, die kaum Erregung zeigten, die gleiche Verwunderung ab. Seine Augen registrierten aufmerksam jede ungewohnte Einzelheit in der Physiognomie dieses Ortes, der ihnen vertraut und doch immer wieder neu war, denn in Gouldsboro gab es ständig Veränderungen. Man entdeckte immer wieder neue Züge wie bei einem Kind, das man lange nicht gesehen hat und das gewachsen ist.

Wenn man genauer hinsah, konnte man erkennen, daß über einzelnen Behausungen träge Rauchwolken hingen, was bewies, daß die Bewohner sich verschanzt hatte. Und auf dem Hauptplatz, wo fremde Matrosen sich zu schaffen machten, entdeckten sie einen alten Mann, der in größter Seelenruhe dahinschlenderte und ab und zu seinem Hund ein Stöckchen warf. Auch das wirkte beruhigend und schien zu bekräftigen, daß Gouldsboro, was immer vorkommen konnte, diesmal keinem Angriff von außen anheimgefallen war.

Doch so angestrengt sie und ihre Begleiter in der Schaluppe auch nach allen Richtungen hin Ausschau hielten: Da war kein Colin Paturel mit seinen überschwenglichen Gesten und seinem Kindergeleitzug, keine Soldaten zeigten sich auf den Zinnen des Forts, keine lustigen Burschen machten ihre Boote los, um ihnen entgegenzupaddeln! Wie in diesem Spielzeug aus orientalischen Glasstückchen, wo die geringste Bewegung die Farben durcheinander wirbelt und jede Sekunde ein neues Bild entsteht, so hatte Angélique im Geiste alle nur erdenklichen Katastrophen vorbeiziehen sehen: blutrünstige Piraten aus dem englischen Jamaika, die Gouldsboro eingenommen hatten; Indianerhorden, Irokesen und Abenakis, die die Bevölkerung hingemetzelt hatten; oder Engländer aus Massachussetts, mit Phips an der Spitze, die sie vertrieben hatten, um Maine, das England und Frankreich einander streitig machten, wieder in ihren Besitz zu nehmen, wenn nicht gar die Hugenotten aus La Rochelle freiwillig nach Neuengland oder zu den Inseln der englischen Kolonien – wie sie regelmäßig zu beabsichtigen vorgaben – aufgebrochen waren. Eine Möglichkeit war auch noch, daß in dieser geschlossenen Enklave, wo man die Kühnheit und Unvorsichtigkeit begangen hatte, zu viele verschiedene Sorten von Menschen einzupferchen, Papisten und Reformierte, Piraten und fromme Bürgersleute, sich gegenseitig umgebracht hatten. Was Marquis de Ville-d'Avray ohnehin immer prophezeit hatte!

Doch an der Spitze des Forts flatterte wie immer das blaue Banner mit dem Silbertaler, Seite an Seite mit den beiden

Flaggen, von denen das eine das Wappen von La Rochelle trug und die Hugenottengemeinde repräsentierte, und das andere ein von einem Schwert durchbohrtes Herz Mariä* darstellte, ein gesticktes Kunstwerk aus den Händen der Ursulinen von Quebec, das Angélique und Joffrey bei ihrer ersten Heimkehr aus Neufrankreich für Colin Paturel und seine Gefährten mitgebracht hatten. Angesichts dieser drei Flaggen war die Vermutung berechtigt, daß ganz Gouldsboro daheim war. Doch je näher man kam, desto deutlicher wurde, daß an den meisten Häusern die Türen und Fensterläden geschlossen waren, und das gab dem ganzen Ort dieses feindliche und totenähnliche Aussehen.

»Ich hab's! Eine Krankheit!« kam es Angélique, die schon ganz niedergeschlagen war. »Eine Epidemie! Die Pest!«

Aber dann hätte Colin doch die schwarze Fahne gehißt! Es sei denn, der Gouverneur war bereits tot! Und aufgrund dessen sind alle wie gelähmt.

Doch plötzlich war sie wie vom Blitz gerührt. Eine schreckliche Deutung ließ sie erblassen: die Dämonin! Von den Toten auferstanden und hier gelandet ... In diesem Falle erklärte sich das befremdliche Aussehen von Gouldsboro. *Unheil* war über Gouldsboro gekommen und Entsetzen!

Elftes Kapitel

Der Kiel der Schaluppe rammte den Sand am ziemlich abrupt ansteigenden Ufer, wo auf terrassenförmig aufgeschütteten Dämmen die Waren gestapelt wurden, so daß sie gegen Hochwasser geschützt waren.

Doch die Schaluppe war wieder abgeglitten. Joffrey de Peyrac gab ein Zeichen, ließ den Kurs ändern, und so legten sie fast im äußersten Winkel des Hafens an, anstatt nahe der Mole, die, ganz neu gebaut, auf Pfeilern recht weit in die Reede vorragte. Der lange Holzsteg führte direkt zum behäbigen Gasthaus von Madame Carrère, im Volksmund »Her-

* *Coeur de Marie* (Herz Mariä) hieß das Schiff, das Colin Paturel als Pirat befehligt hatte. (A. d. Ü.)

berge unter dem Fort« genannt, wo die Reisenden aller Nationalitäten als erstes mit einem Schoppen französischen Weines ihre glückliche Ankunft zu feiern pflegten. Aber heute wirkte auch dort alles leer, Türen und Fenster waren verbarrikadiert, und daher schien es dem Grafen Peyrac, dem all diese blinden, tauben und stummen Behausungen unheimlich waren, eher geraten, etwas weiter draußen an Land zu gehen.

Vielleicht hatte sein Adlerauge aber auch dort drüben jene Gestalten erspäht, die sich zwar halbwegs gegen Blicke vom Hauptplatz her abgeschottet, aber sich doch anscheinend zusammengeschlossen hatten, um auf sie zu warten.

Angélique nahm dankbar die Hilfe der beiden Matrosen an, um ans Ufer zu gelangen, ohne ihre hübschen Schuhe – der letzte Schrei in Paris! – naß zu machen; sie hatte sie absichtlich angezogen, um ihren Freunden in Gouldsboro Ehre zu erweisen – offensichtlich vergebliche Liebesmüh! Doch als sie gerade ihren Fuß in den feuchten Sand setzte und die Augen hob, da sah sie sie: imposante schwarze Gestalten, die ihrer harrten.

Aus dem Schatten eines gestrandeten Kahns löste sich, in feuerroter Livree, der alte Siriki, gefolgt von seiner Frau, der schönen Ashanti, die trotz Schnürleib und Unterröcken, mit denen sie ihre Nacktheit hatte bedecken müssen, noch ebenso majestätisch einherschritt. Doch der ehemals wilde Ausdruck ihrer Gesichtszüge hatte sich gewandelt: Jetzt zeigte sie Stolz und Sanftmut, was bei den Königinnen von Saba nur die Mutterschaft zu bewirken vermag. Auf ihren Armen trug sie ein bezauberndes ebenholzschwarzes Püppchen, das die Ankömmlinge aus weit aufgerissenen Äuglein anblickte.

Der ältere Sohn der Ashanti, das Kind der afrikanischen Savanne, mit dem sie an Sklavenhändler verkauft worden war, ein etwa zehnjähriger Knabe mit kurzen Beinen und riesigem Kopf, den man den »kleinen Hexer« nannte, folgte den beiden, und in dem strahlenden Lächeln dieser vier Menschen, das Baby mit eingeschlossen, das zwar noch keine Zähnchen hatte, aber eine so glückliche und friedliche Unschuld ausstrahlte, lag das gleiche freudige Entzücken, eine so naive und offenherzige Freude, auf dieser Welt zu sein und Freunde wiederzufinden, daß Angéliques ursprüngliche Unruhe aufriß wie ein düsterer Schleier, dessen Fetzen der Wind höhnisch mitriß.

Siriki, ein Abbild von Würde, verneigte sich und wies mit feierlicher Gebärde auf das Kind: »Ich bin glücklich, die Ehre zu haben, Euch meine Tochter Zoë vorzustellen«, verkündete er mit einem Entzücken, das er gar nicht zu verbergen trachtete.

Die kleine Zoë war knapp zwei Monate alt. Sie hatte ein außerordentlich waches Gesichtchen unter ihrem Schutenhäubchen, das ihr dichtes kurzes Haar verbarg, während rechts und links kleine goldene Ringe funkelten, mit denen man ihre winzigen Öhrchen schon behängt hatte. Das Verführerischste waren ihre Augen, die kühn und liebevoll in die Welt blickten.

Siriki erklärte, warum er sie Zoë genannt hatte: im Griechischen heißt das »Leben«, ja mehr noch, »Lebenskraft«.

Er war ein gebildeter Mann, der alte Siriki.

»Das ist wahrlich eine erfreuliche Neuigkeit!« sagte Peyrac.

»Aber wo sind die anderen?« fragte Angélique, nachdem man sich gegenseitig beglückwünscht hatte. »Wie kommt es, daß Ihr die einzigen seid, die uns willkommen heißen, Siriki?«

»Hat man unseren Salutschuß nicht vernommen?« fragte der Graf. »Ich sehe nicht einmal den Gouverneur, Monsieur Paturel. Was ist denn los in Gouldsboro?«

»Der Teufelswind hat geblasen«, erwiderte der alte Siriki, indem er die Hand hob zu einer weit ausholenden biblischen Geste, wobei auf dem graublauen Wasserhorizont das Altrosa seiner Handfläche aufblühte. »Einige sind geflohen. Andere haben sich eingesperrt. Doch fürchtet nichts. Die geflohen sind, werden wiederkehren, und die sich eingeschlossen haben, werden hervorkommen ...«

»Und wann?«

»Sobald die Angst verflogen ist, sobald die Gründe für ihre Angst beseitigt sind.«

Stumm zeigte der »kleine Hexer« mit dem Finger zum äußersten Zipfel des Strandes, und alle wandten sich in die von ihm gewiesene Richtung.

»Aha! Da kommt ja Monsieur Paturel!«

Mit weit ausholenden Schritten kam Colin auf sie zu; ab und zu machte er auch eine Handbewegung, die aber diesmal weniger Freude als Verdrießlichkeit oder Betroffenheit auszudrücken schien. »Alles geht daneben!« rief er ihnen schon von weitem zu. »Ich habe Eure Kanone gehört, aber ich war in der ›Blauen Bucht‹, und bis ich dann an Land war . . .«

Je näher er kam, desto deutlicher sah man, wie bekümmert er war; nicht einmal Angélique bedachte er mit dem gewohnten und flinken Blick aus blaublitzenden Augen, die immer, wenn er sie sah, erstrahlten in Zärtlichkeit und Bewunderung, eine Huldigung an ihre Schönheit, wofür ein Frauenherz immer empfänglich ist.

»Heute morgen ist Vanereick mit der *Sans-Peur* angekommen, und ich mußte ihn bis zu seinem Ankerplatz lotsen. Hätte ich früher von Eurer Heimkehr erfahren . . . außerdem hatte ich Angst, diese miesepetrigen Dickschädel würden sich aufplustern. Aber wie ich sehe, Gott sei's gedankt!, ist alles ruhig!«

»Oh! Ruhig ist es, weiß Gott!« warf Angélique ein. »Viel zu ruhig! Colin, ich flehe Euch an, sagt uns, was los ist! Was geht hier vor? Ist etwas Schlimmes geschehen?«

»Seid Ihr behelligt worden von den ausländischen Matrosen, die ich dort am Strand sehe?« fragte Peyrac.

»Aber nicht doch! Ihr Schiff ist gestern eingelaufen, nur ein kurzer Zwischenaufenthalt. Es sind Engländer aus dem Mutterland. Nicht zum ersten Mal machen sie halt bei uns, bevor sie nach Europa zurückkehren. Sie bringen uns Waren aus London und Neuengland.«

»Dann hat also die Ankunft von Monsieur Vanereick Verwirrung gestiftet?«

»Na ja . . . Ja und nein.«

»Ihr wollt mir etwas verheimlichen, Colin!« rief Angélique aus. Sie hatte den Eindruck, daß er ihretwegen nicht mit der Sprache heraus wollte.

»Ich werde Euch nichts verhehlen, Madame, das versichere ich. Ihr habt mein Versprechen, doch gestattet mir zuvor, mit Monsieur de Peyrac von Mann zu Mann ein paar Worte zu wechseln.«

Die beiden Männer entfernten sich ein paar Schritte und sprachen miteinander, halb von ihr abgewandt. Colin redete mit großem Ungestüm. Er wirkte irgendwie verlegen, was man bei ihm wirklich nicht gewohnt war. Was konnte einen Colin Paturel wohl in Verlegenheit bringen, ihn, den Schrecken der Meere, den früher jeder gekannt hatte: in der Karibik nannte man ihn den »blutrünstigen Goldbart«, in Marokko den »König der Sklaven vom Meknes-Bagno«, aber auch »Colin den Gekreuzigten«, »Colin den Normannen«, unter allen Himmeln war er durch Blut, Verbrechen und Verrat gewatet. Ob Schlachtgetümmel, Kanonendonner, Piraten mit dem Messer zwischen den Zähnen – er kniff kaum die Augen zusammen und zeigte höchstens eine Andeutung von Verdruß.

Doch jetzt, da er dem Grafen de Peyrac eine Situation schilderte, die ihm ebenso vertrackt wie unverständlich schien, war seine gegerbte Stirn von tiefen Falten durchzogen. Doch das stimmte Angélique paradoxerweise zuversichtlich. Eine dumme Weibergeschichte, möchte ich wetten, sagte sie sich, denn Colin gehörte nun einmal zu jener Sorte von Männern, die einem ehrlichen Kampf mit gezücktem Säbel jedem Weibergekreisch vorziehen, wenn er auch nicht leicht den Kopf verlor oder aus seiner klugen Reserve zu locken war.

Die Dämonin? Nein! Dann wäre Siriki nicht so fröhlich und unbekümmert.

Sie wandte ihre Aufmerksamkeit der Ashantifrau und deren Kindern zu, aber auch diese lächelten wie zuvor, zeigten strahlende Glückseligkeit, war dies doch der Tag, da sie den Herren von Gouldsboro ihren höchst eigenen Schatz hatten präsentieren dürfen: die kleine Zoë mit ihren Äuglein, in denen schwarze Diamanten auf weißem Achat funkelten.

Joffrey de Peyrac kehrte zu ihr zurück, und auch auf seinem Gesicht lag ein verstohlenes Lächeln. »Nichts Schlimmes, meine Liebe. Weiberlaunen, die unserem Freund Paturel arg zu schaffen gemacht haben. Dabei gibt es eine Nachricht, die Euch nur freuen kann.«

Das englische Schiff, das aus Salem gekommen war, hatte ihre beiden Freundinnen Ruth und Naomi mitgebracht, die allgemein die »Quäker-Hexen« genannt wurden, deren Talenten sie aber das Leben ihrer beiden Letztgeborenen, Raimon-Roger und Gloriandre, verdankten. Diese in Salem verfrüht geborenen Zwillinge lagen im Sterben, als die beiden Mädchen in Lady Cranmers Haus, wo Angélique niedergekommen war, erschienen, um sie durch ihre Künste ins Leben zurückzuholen.*

Als Angélique hörte, ihre beiden Freundinnen, denen sie so

* Siehe: Angélique und die Hoffnung

viel verdankte, seien in Gouldsboro, machte sie vor Freude einen Luftsprung. »Wo sind sie?«

Doch ein Blick auf Colins Gesicht lähmte ihren Schwung. Sie mußte sich also noch gedulden.

Colin erklärte nun, daß das Erscheinen der beiden seltsamen Wesen aus Neuengland aufgrund der Abwesenheit des Grafen und der Gräfin, die sie bei ihrem ersten Aufenthalt hier eingeführt und unter ihre Fittiche genommen hatten, diesmal bei den Bewohnern von Gouldsboro so etwas wie eine heftige Allergie hervorgerufen hatte, halb aus Panik, halb aus Intoleranz, und nur mit knapper Not seien die beiden jungen Frauen aus Massachussetts, als sie in ihren schwarzen Umhängen mit den spitzen Kapuzen am Strand auftauchten, der Lynchjustiz entronnen. »Die Hexen! Die Hexen!« habe man geschrien ...

Bei ihrem Anblick war die nationale Solidarität wieder erwacht und hatte alle, Papisten und Hugenotten, zu einem Block zusammengeschweißt: Die Erbfeinde der Franzosen waren ja schließlich nach wie vor die Engländer! Ein Vorwand, natürlich, und falsch obendrein. Aber einstimmig vorgebracht, um den beiden Frauen aus Salem die Türen vor der Nase zuzuschlagen. Daraufhin hatten der Kommandant und die Besatzung des Londoner Schiffes, das sie hergebracht, plötzlich den Verdacht geschöpft, man wolle sie, die Untertanen Seiner Britischen Majestät, beleidigen, und so war es zwischen ihnen und jenen, die sich am tollsten gebärdeten, zu einer handfesten Rauferei gekommen. Colin war es zugefallen, die Gemüter wieder zu beruhigen und dem Kommandanten zu versichern, er könne wie üblich hier Trinkwasser fassen und Lebensmittel laden, Waren kaufen oder tauschen.

Doch es blieb dabei, daß jeder sich einschloß. Der Gouverneur, dessen Autorität untergraben worden war, hätte den Freundinnen von Monsieur und Madame de Peyrac gern die Annehmlichkeiten seines eigenen Hauses zur Verfügung gestellt, doch das hatte sich als unmöglich erwiesen, denn die beiden Besucherinnen hätten ja nicht einmal die Nase nach draußen stecken oder durch die Siedlung spazieren können, ohne einen Aufruhr zu verursachen, da man ihnen ja aus jedem Türspalt und jeder Mauerritze, die im Angriffsfall für die Waffen gedacht waren, auflauerte. Folglich hatte er sie aus Gouldsboro herausbringen lassen, über den Weg, der an den

Klippen entlang zum Champlain-Camp führte, wo die englischen Flüchtlinge untergebracht waren.

»Da bin ich aber erleichtert! So konnten ihre Landsleute sie wenigstens aufnehmen ...«

»Leider nicht«, seufzte Colin.

Auch das war mißlungen. Zwar waren unter den Engländern im Champlain-Camp die verschiedensten Sekten vertreten, und man hatte gelernt, sich in guten wie in schlechten Zeiten zu vertragen. Es wurde auch niemand ausgeschlossen, nicht einmal Cromley, der Schotte war und Katholik, und den man sogar zum Oberhaupt der ganzen Sippschaft erkoren hatte; doch beim Anblick der »Hexen« war eine heilige Furcht ausgebrochen, alle Engländer hatten sich zusammengeschart, denn in der Bibel steht geschrieben: »Eine Hexe sollst du nicht am Leben lassen.«

Da sich nun Altes und Neues Testament gegen sie verschworen hatten, mußten Ruth und Naomi sich mit einem Unterschlupf auf halber Höhe der Klippen begnügen, wo nahe einer Quelle eine Hütte stand und ein Kreuz errichtet war.

»Mehr konnte ich nicht für sie tun«, sagte Colin betrübt. »Ihr könnt mir glauben, Madame, daß ich es bedauere!«

Er hatte nicht genügend Zeit gehabt, um seine Schäflein wieder auf den rechten Weg zu führen, und die Ankunft des Dünkirchners Vanereick, der sich als Korsar des Königs von Frankreich ausgab, obwohl ihn jedermann, von der warmen karibischen See bis zu den kalten Gewässern Neufundlands, für einen waschechten Piraten hielt, hatte die allgemeine Verwirrung noch gesteigert. Dieser Vanereick war, wie jeder wußte, für Joffrey de Peyrac ein hochgeschätzter Freund, ja, ein Küstenbruder. Daher machte er auch Jahr für Jahr in dieser Gegend Zwischenlandung, entweder in Tidmagouche an der Ostküste oder eben in Gouldsboro. Schon beim letzten Mal hatte es Wirbel gegeben, weil seine heißgeliebte Ines, von der man ihn getrennt glaubte, ihren angestammten Platz als Mätresse triumphierend wieder eingenommen hatte; was das Ganze aber noch verschlimmerte, war die zusätzliche Anwesenheit von zwei oder drei weiteren dunkeläugigen Schönheiten mit mehr oder minder kaffeebrauner Haut und nachtschwarzem Haar, die abends vor den Strandfeuern bei Mondschein auf unvergleichliche Art ihre wilden spanischen Tänze getanzt hatten.

Diesmal hatten die Ratsmitglieder von Gouldsboro ihre Häuser verlassen und gegen eine neuerliche Landeerlaubnis protestiert. »Diesmal kommt er uns nicht in den Hafen, dieser alljährliche Skandal hat lange genug gedauert.« Lauthals verdächtigten sie Colin, in ihren Mauern ein Bordell eröffnen zu wollen. Als hätten sie noch nicht genug mit den »Hexen«, die ihnen aufgezwungen worden waren!

Schnurstracks war Colin daraufhin mit der Schebecke von der Reede aus dem Dünkirchner entgegengefahren, um ihn zu einem anderen, nahen Ankerplatz zu lotsen, zur Blauen Grotte.

»Und dort hörten wir Eure Begrüßungssalven. Wir glaubten Euch noch gar nicht auf dem Rückweg. Ich wette, daß die aufgebrachten Pharisäer, hätten sie Euch so nahe gewußt, sich gefälliger gezeigt hätten.«

»Ist die Katze aus dem Haus, tanzen die Mäuse«, bemerkte Angélique. »Und wenn sie nicht fürchten müssen, daß ich ihnen ihre Lästermäuler stopfe, dann sind diese Gerechten und Vollkommenen in ihrem heiligen Zorn schier nicht mehr zu bremsen! Was für ein Natterngezücht! Dabei wissen sie sehr wohl, daß mich nichts mehr trifft, als wenn man meine Freunde schlecht behandelt. So sind diese dort wohl die einzigen, die uns keine Schande bereitet haben«, sagte sie, zu Siriki und dessen kleiner Familie gewandt. »Und dabei riskierten sie nicht am wenigsten, indem sie uns entgegenliefen.«

Siriki gab zu, es sei nicht einfach gewesen, sich davonzustehlen. »Als sie den Kanonenschuß von der *Arc-en-Ciel* hörten, hat Sarah Manigault mir verboten, Euch entgegenzugehen. Sie hatten eine Parole ausgegeben, die jeder zu respektieren hatte: durch Abwesenheit glänzen! Aber es ist uns gelungen, durch die Gesindehäuser zu entkommen.«

»Sie sind wahrhaftig unverbesserlich! Logik kennen sie nicht, nur leidenschaftliche Parteilichkeit. Welcher Wahn hat sich nur in ihren Köpfen eingenistet?«

»Der Teufelswind hat geblasen«, wiederholte Siriki mit vielsalgender Bedächtigkeit.

Colin Paturel bekräftigte dies: Den ganzen August über habe brütende Hitze geherrscht, und der Wind habe die drükkende Schwüle immer wieder von neuem gebündelt und an den Nerven gezehrt, da er nur Müdigkeit und keinerlei Erleichterung brachte. Man war wie betäubt, verwirrt. Der wolkenlose Himmel täuschte heiteres Wetter vor. Kaum aber hatte man den Wellenbrecher der Reede hinter sich, fand man ein weißschäumendes Meer, das die Schiffahrt erschwerte und den Fischfang beeinträchtigte.

Mit all diesen Worten und Erklärungen war die Zeit vergangen. Das Grüppchen hatte den ganzen Strand der Länge nach durchmessen und war vor der »Herberge unter dem Fort« angelangt.

»Gehen wir hinein!« schlug Colin vor. »Wir haben alle einen Willkommensschluck nötig, um uns aufzuheitern.«

Doch Angélique lehnte ab. »Ich bin zu zornig, um das Risiko einzugehen, plötzlich vor den versammelten Damen von Gouldsboro zu stehen, die mich nur mit verkniffenen Mienen anstarren. Es wäre nicht das erste Mal, und sie bilden sich ja immer noch ein, ich würde mich eines Tages ihren ach so tugendsamen Beweggründen beugen und aufhören, Gerechtigkeit und Nächstenliebe zu fordern, wie und für wen es mir beliebt.«

So schnell wie möglich wollte sie zu den beiden verstoßenen englischen Besucherinnen eilen, um sie den feindseligen Empfang, den man ihnen in der *Baie Française*, wo die Peyracs die Herren waren, bereitet hatte, vergessen zu lassen.

Zunächst begab sie sich zum Fort, wohin ihre Reisetruhen und Gepäckstücke gebracht wurden. Joffrey trat zu ihr und sah, daß sie bereits ein Spiegelchen auf die Konsole gestellt hatte und sich mit heftigen Bürstenstrichen durchs Haar fuhr.

Trotz der Wankelmütigkeit der Bevölkerung freue sie sich immer wieder, nach Gouldsboro zurückzukehren, sagte sie. Allerdings frage sie sich manchmal, warum sie hier alles und jeden liebe. Ob unter diesem oder jenem Vorwand, immer nahm hier irgend etwas eine tragische Wendung. Doch eines Tages würde sie ernstlich böse werden!

»Und Ihr, mein Herr und Gebieter, hört endlich auf, über meinen Verdruß zu lachen. Ich weiß, daß ich dumm bin, aber ich ertrage weder Euer Mitleid noch Euren Spott über meine beharrliche Naivität, die mich hartnäckig glauben läßt, daß der Mensch sich bessern kann und eines Tages Harmonie und tägliches Glück höher einschätzen wird als Streitereien.«

»Ich lache gar nicht«, protestierte Peyrac, »und werde mich

hüten, über Euch zu spotten.« Er schloß sie in die Arme und küßte sie leidenschaftlich. »Ihr, meine Liebste, habt recht. Ihr seid ein Schatz, der mit Gold nicht aufzuwiegen ist, und die Menschen sind töricht und unvernünftig. Ohnmächtig und zornig wie Kinder rächen sie sich dafür, daß das Leben, diese anspruchsvolle Mutter, ihnen nicht gestattet, allein auf der Welt zu sein; daher versuchen sie, allen ihre persönlichen Überzeugungen aufzuzwingen, die oft ebenso töricht und unvernünftig sind, weil sie in starre, unwandelbare Regeln gepreßt wurden.

Diese hier rächen sich, weil Ihr sie allein schon durch Eure Anwesenheit an ihre Inkonsequenz erinnert. Auch ich wäre erzürnt über ihr Benehmen, wüßte ich nicht, daß sie uns im Grunde ihres Herzens zugetan sind und vor allem Euch abgöttisch lieben. Ich lache nicht, lächle nur bei dem Gedanken an das neuerliche Gefecht, das sich hier anbahnt, zwischen Euren Hugenotten aus La Rochelle und Euch, ihrem guten Geist, auf den sie meines Erachtens gar nicht mehr verzichten können. Es wird ein ergötzliches Duell werden, und ich stehe voll hinter Euch. Doch hier geht es um Seelen- und Herzenskonflikte, die nur ihr zu lösen versteht. Was mich anbetrifft, so muß ich mir meine Piraten vornehmen, die einen sind zwar reuig, aber der Ungastlichkeit schuldig, und die anderen wurden ebenfalls beleidigt, wie unser guter Vanereick. Diese Aufgabe fällt mir zu. Doch entbietet Ruth und Naomi auch meinen Gruß!«

Er küßte ihr die Hand, und sie schlug den Weg ein, der an den Klippen entlang führte.

Recht so! Gouldsboro war ausgestorben! Was soll's? Sollen sie ruhig eingesperrt bleiben! Wenn ihnen das lieber ist, als ein Freudenfest zu feiern ...

Die Vorfreude auf das Wiedersehen mit ihren Salemer Engeln hatte ihren Ärger bald besiegt. Sie gab sich Mühe, gelöst und heiter zu wirken, während sie durch die Gassen und Pfade ging, die sich zwischen den Zäunen der rings um die Häuser angelegten Gärtchen hindurchschlängelten. Augen verfolgten ihren Weg, doch die Losung wurde befolgt: Schweigen und Öde ringsum. Weit und breit keine Menschenseele.

Aber als sie den sandigen Weg erklomm, der durch bereits hohes Gras führte, hatte sie den deutlichen Eindruck, daß jemand, der ihr entgegen gekommen war, sich hastig hinter den Büschen versteckt hatte.

Sie ging vorüber, ohne danach zu forschen, wer es wohl gewagt hatte, die Anordnungen der Manigaults, Bernes und Konsorten zu mißachten, indem er sein Haus verließ und jetzt zittern mußte, entdeckt zu werden. Sie kannte die Stelle, wohin man die Besucherinnen aus Salem abgeschoben hatte, und je höher sie stieg, desto häufiger erblickte sie das in den hellen Himmel aufragende Kreuz.

Von dort oben hatte man die schönste Sicht auf den Hafen, die Siedlung, die Rede und die inselbestückte Weite des Meeres. Als Gouldsboro noch im Entstehen war, war sie oft hier herauf gegangen und hatte nachgedacht über das weitere Schicksal dieser vereinzelten »Bretterhäuser«, die unter einem primitiven Holzfort Schutz suchten.

Der Jesuit Louis-Paul Maraîcher de Vernon war von den Hugenotten, denen sein Besuch unlieb war, nach hier abgeschoben worden, und wenn sie sich recht erinnerte, hatte er das Kreuz errichtet und eine Hütte gebaut, für sich und seinen kleinen Gehilfen Abbial Neals, das ausgesetzte und von ihm auf den Kais von New York aufgesammelte Schwedenkind. Auch einen Behelfsaltar hatte er gebaut, um die Messe zu lesen, und aus ein paar Brettern einen Beichtstuhl gezimmert für die im Umland lebenden Katholiken; das waren getaufte Indianer und die Weißen aus Gouldsboro und Pentagouet.

In der Folgezeit war es Gewohnheit geworden, alle Durchreisenden, die man weder im eigenen Haus noch innerhalb der Siedlung beherbergen wollte, nach hier oben abzuschieben. Man mußte schließlich vorsichtig sein in einer Gemeinde, die in sich noch nicht gefestigt war und isoliert lebte!

Jetzt war Gouldsboro zwar nicht mehr eine große Familie, wo jeder jeden kannte und überwachte, aber auch noch nicht eine Stadt mit eigener Gesetzgebung, eigener Stadtwache oder gar Behörden und Beamten, wo ein ortsunbekannter, verdächtiger Einzelner gleich von Anfang an in das Korsett städtischer Disziplin gezwängt und weitgehend unschädlich gemacht wird. Jeder Unbekannte und Fremde war ein potentieller Dieb, dem man womöglich nie etwas nachweisen konnte, ein potentieller Trunken- und Raufbold mit unerklärlichen Beweggründen, der die angestammte Bevölkerung in Mitleidenschaft ziehen konnte. Außerdem könnte er, und das fürchtete man am meisten, aus Leichtsinn oder Unachtsamkeit einen Brand auslösen, der in einer Nacht die Mühe vieler Jahre zunichte machen würde.

Als Angélique den Gipfel erreichte und unvermittelt das ganze Panorama vor sich hatte, in dem, von Windböen aufgepeitscht, die Farben von Himmel und Meer, von Wald, Strand und Felsen sich vermischten, vermeinte sie im hohen Gras etwas Blaues blitzen zu sehen. Und tatsächlich stand plötzlich ein Mann vor ihr, in einem Gehrock aus kornblumenblauem Satin und mit betreßtem Hut, auf dem ein Federbusch wippte. Doch in jeder Hand hielt er eine Marinepistole, deren Lauf auf sie gerichtet war.

Er versperrte ihr den Zugang zu dem Platz, wo im Schatten der ersten Baumreihen die Hütte stand. »Halt, keinen Schritt weiter«, rief er auf englisch. »Was sucht Ihr hier?«

Verdutzt fragte sich Angélique, ob zu allem übrigen Wirrwar jetzt auch noch auf dem Landwege die von ihr so gefürchteten Bostoner oder englischen Piraten eingefallen waren. Doch dann glaubte sie zu verstehen. »Ich möchte meine Salemer Freundinnen, Ruth Summers und Naomi Shiperhall, besuchen, von denen es hieß, sie seien hier untergeschlüpft.«

»Wollt Ihr ihnen Ungelegenheiten bereiten?«

»Ganz gewiß nicht.«

»Und wenn ich Euch den Weg freigebe, werdet Ihr sie auch nicht beschimpfen oder ihnen gar Schaden und Schmerz zufügen?«

»Wo denkt Ihr hin?! Sie sind meine Freundinnen, wie ich schon sagte. Ich bin Madame de Peyrac, die Gattin des Herrn von Gouldsboro . . .«

»*Well!* Ich erkenne Euch wieder«, erwiderte der junge englische Offizier, der jetzt den Weg freigab. »Ich habe Euch letztes Jahr gesehen, Milady, als Ihr von Salem zurückkamt, wo Ihr einem Zwillingspärchen das Leben geschenkt habt.«

Im gleichen Augenblick, als Angélique auf das Hochplateau hinaustrat, stürzten aus einem Schuppen nahe der Hütte ihr die zwei schwarzen Gestalten der Freundinnen entgegen. Sie warfen sich einander in die Arme, und Angélique wurde klar, daß sie schon befürchtet hatte, die beiden nie mehr wiederzusehen.

Wie oft hatte sie schon um das Leben der beiden gezittert, die im puritanischen Salem das Schlimmste zu gewärtigen hatten. Sie wagte ihren Augen nicht zu trauen, als sie sie plötzlich vor sich sah in ihren Umhängen mit den nach deutscher Art geschnittenen Kapuzen; der Stoff schien noch abgewetzter und geflickter, aber das rote, über dem Herzen aufgenähte A aus grobem Tuch war unverkennbar. War es die Helligkeit dieses Sonnentages mit dem ungefilterten Licht, das die Farben und Schatten deutlicher hervortreten ließ und auf dem schönen Gesicht von Ruth winzige Krähenfüße in den Augenwinkeln enthüllte, ihren Teint noch blasser machte und den violetten Ring um Naomis blaue Augen noch schärfer hervorholte? Und fühlte sich unter der Liebkosung ihrer Hand der ohnehin schon magere Rücken nicht noch hagerer an? War das Handgelenk nicht noch zarter und zerbrechlicher geworden? Ein weiterer Beweis, daß auch sie nur irdische Wesen waren, diese armen »Hexen«, nichts weiter als zwei armselige, einsame, von überall und allen verstoßene junge Frauen.

Während sie sie küßte und herzte, tadelte und bedauerte sie wortreich den üblen Empfang, der ihnen zuteil geworden, nur weil sie nicht da gewesen war. Und hatte sie eben noch gewisse Zeichen menschlicher Gebrechlichkeit zu erkennen vermeint, so sah sie jetzt nur mehr das Strahlen auf den beiden lächelnden Gesichtern und in den engelsblauen Augen.

»Was sagst du da, meine Schwester? Wir sind doch sehr gut untergebracht an diesem herrlichen Ort. Das Quellwasser ist so gut.« Naomi ging zum Schuppen und kam mit einem Krug und einem Becher zurück. »Trink, meine Schwester. Die Hitze ist groß, und der Wind trocknet die Lippen aus.«

Angélique trank, fand das Wasser köstlich und merkte erst jetzt, wie durstig sie gewesen war.

Sie blickte um sich.

So wie hier hatte der Ort ausgesehen, an dem in der Vision Mater Madeleines die Dämonin ankommen sollte, und sie, Angélique, hatte ihn als Gouldsboro identifiziert. Hier hatte auch sie bei dem Jesuitenpater Vernon gebeichtet, kurz vor seinem tragischen Tod.

»Stört Euch das Kreuz nicht?« fragte sie, da sie wußte, daß die Quäker Kultgegenstände, die zum Götzentum verleiten könnten, ablehnten.

»*Why?* Das Kreuz ist für alle ein Symbol. Es ist die aufsteigende Kraft. Die vertikale und die horizontale Kraft, die Kraft der Erde, die Widerstand leistet. Im Schnittpunkt, dort wo das

Herz von einer Lanze durchbohrt wurde, dort nimmt alles Geschehen seinen Ausgang . . .«

Das war wieder die Sprache und der Ton von Salem. Mühelos fanden alle drei wieder zueinander. Arm in Arm machten sie ein paar Schritte. Recht weit bedeckte kurzes Gras den Felsvorsprung, und die Spalten entlang bis hinunter zu den Stränden am Fuße der Klippen schlängelten sich violette Weidenröschen und Mohn.

Bei Hochwasser mußte man achtgeben. Das Meer verfing sich in diesen schmalen Spalten, und manchmal brach sich eine ungebärdige Welle dort unten, fand keinen Ausgang, warf sich in die Höhe und befreite sich, indem sie einen gewaltigen Gischtgeiser emporschleuderte, beim Zurückfluten Spaziergänger mitreißen konnte, die sich unvorsichtigerweise zu weit vorgewagt hatten. Wenn man Glück hatte, wurde man nur von Kopf bis Fuß naß.

»Heute ist das Meer aber wild!«

Sie wichen zurück, während ein neuerlicher Gischtstrahl aufblitzte, der aber, als sei er enttäuscht, sie davongehen zu sehen, gleich wieder zurückflutete.

»O du rasendes und zärtliches Meer!« sagte Ruth Summers. »Seit wir hier sind, leistet es uns Gesellschaft. Wir haben uns niedergesetzt, um es zu betrachten, da wir jenseits das Antlitz des Allmächtigen und die Freundschaft einer uns nicht böse gesonnenen Natur entdeckten.«

Als sie zu der Hütte zurückkamen, sah Angélique erneut den Offizier im blauen Gehrock und auf der anderen Seite des Plateaus zwei Gestalten, die wollene Hauben und knielange Hosen trugen, wie es bei den englischen Seeleuten Mode war. In der Hand hielten sie Musketen.

»Wer sind denn diese Männer? Der eine hat mir schon bei meiner Ankunft den Durchgang verwehrt und nach meinen Absichten gefragt, bevor er mich in Eure Nähe ließ.«

»Sie wollten uns unbedingt als Wachen dienen. Sie gehören zur Mannschaft des Schiffes, das uns aus Salem mitgebracht hat. Entsinnt Ihr Euch noch, daß uns im letzten Jahr, als wir Gouldsboro verließen, der Kapitän eines englischen Schiffes an Bord nahm, ein Mann aus London, dessen Schiff von einem der Favoriten des Königs mit Waffen ausgerüstet wird. Mit anderen Worten: ein Kapitän, dem für seine Geschäfte rings um den Erdball gewaltige Mittel zur Verfügung stehen.

Und uns gegenüber gab er sich offenherzig und galant, wie so manche, die aus England kommen. Ein wenig verächtlich blickte er auf die amerikanischen Siedler und ein wenig spöttisch, wie jeder Anglikaner, auf die Puritaner herab, die in Massachussetts das Sagen haben! Dabei haben diese, als England königlos war, das Land sehr geschickt regiert. Mit seinem roten Gehrock und all seinem Federschmuck war er natürlich nicht angetan, unseren Salemer Ratsherrn zu gefallen. Selbige erwarteten uns bereits im Hafen mit Wachen. Bei diesem Empfang wurde unser Kapitän schon argwöhnisch und meinte, man wolle uns wohl zum Schandpfahl geleiten?

Ich weiß nicht, was er ihnen erzählt hat. Ich glaube, er verwies auf Euren Gatten, der uns ihm anvertraut habe, erbot sich als Käufer von Kabeljau und versprach, ihnen beim nächsten Mal – steuerfrei – jede Art Schneidwerkzeug mitzubringen. Und während seine Fässer mit frisch gepflückten Äpfeln gefüllt wurden, eskortierte er uns bis zu unserer Behausung, die zum Glück nicht niedergebrannt worden war, und versprach uns beim Abschied, im nächsten Jahr wiederzukommen und sich nach unserem Wohlergehen zu erkundigen. Was er auch wahr machte. Gleich nach seiner Ankunft in Salem schlug er uns vor, uns bis Gouldsboro mitzunehmen und uns notfalls dort wieder abzuholen, bevor er Kurs auf Europa nähme. Und der Gouverneur, der beileibe nicht sonderlich umgänglich ist, hat sofort in diesen Vorschlag eingewilligt, unter der Bedingung, daß er uns auch diesmal wieder zurückbrächte.

»Und nun hat Euer Landsmann und Protektor Euch sogar hier beschützen müssen.«

»Diese Seefahrer sind immer auf dem Quivive. Wegen nichts und wieder nichts haben sie schon die Hand am Pistolenschaft. Sie wittern überall nur Feinde. Ich habe ihnen versichert, daß unser Leben hier nicht in Gefahr sei, aber der Kapitän wollte uns unbedingt Wachen für die Nacht mitgeben – übrigens im Einvernehmen mit Eurem Gouverneur, Mister Colin. Wir wollten nicht sofort wieder umkehren, da wir spürten, Ihr würdet bald zurückkommen.«

»Seht selbst, wie widersprüchlich die menschliche Natur ist«, tuschelte Ruth. »Überall nur abweisende Mienen, aber zwei oder drei Personen sind schon heraufgehuscht vom Dorf, um uns nach einer Arznei oder einer Behandlung zu fragen.«

Angélique fiel der huschende Schatten ein, den sie auf ihrem Weg bemerkt hatte.

»In Salem ist es das gleiche. Tagsüber schreien sie, wir seien des Teufels, und abends lauern sie im Schatten und betteln um ein Lebenselixir, das doch nur von Gott stammen kann, wenn es ein besseres Leben verheißt.«

Der Schuppen, in dem sie logierten, schien erst kürzlich anstelle der engen Hütte gebaut worden zu sein.

»Er sieht aus, als sollte er ein Handelskontor werden«, meinte Ruth. »Dabei wäre ein Lazarett sinnvoller, damit in Epidemiezeiten die Kranken abgesondert von ihren Familien gepflegt werden können. Die Luft hier ist so rein.«

»Warum habt Ihr euch eigentlich nicht an meine Freundin Abigaël gewandt«, fragte Angélique, die die Feindseligkeit Gouldsboros noch nicht verwunden hatte. »Sie hätte euch bestimmt aufgenommen, und den Weg zu ihrem Haus kennt ihr.«

»Wir waren dort. Aber ihr Haus war verschlossen, verbarrikadiert. Ob jemand drinnen war, weiß ich nicht zu sagen. Jedenfalls hat sich niemand gezeigt oder auf unsere Rufe geantwortet.«

»Sogar Abigaël!« Angélique war zutiefst niedergeschlagen. Sie sah wieder um sich. Hier fehlte doch etwas, jemand fehlte! »Wo ist Agar?« rief sie aus. »Euer kleines Zigeunermädchen?« Unruhe packte sie. Sollten die hohen Herren in Salem das Kind als Geisel behalten haben, um sicherzugehen, daß die beiden jungen Frauen zurückkehrten?

»Agar is tot«, erwiderte Ruth Summers.

»Sie haben sie getötet«, murmelte als Echo Naomi Shiperhall.

Sie setzten sich auf eine Bank im Schatten des Schuppens.

Ereignet hatte sich das Drama in jenen finsteren Wintermonaten, in denen das tintenblaue Meer seine Schaumrollen bis weit ins Land hineinwälzt und in denen man auf den durch schwere Ochsenkarren tief gefurchten Straßen und Wegen durch blutroten Schlamm watet; es waren jene Monate, in denen die Herzen verbittert sind und Furcht sich breitmacht in den durch zu lange Abende zur Meditation gezwungenen Köpfen.

Was war der kleinen Agar nur eingefallen, daß sie das Haus

am Waldsaum, wo sie doch in Sicherheit war, plötzlich verließ und in den strömenden Regen hinauseilte? Wohin mochte sie gelaufen sein in diesem Unwetter? Über wen hatte es sich unterwegs mokiert, das Roma-Kind? Das ewig lachende Kind. Hatte der Markt sie gelockt, dessen Trubel sie liebte? Oder die Ankunft eines Schiffes?

Die einen sagten, sie hätte gestohlen ... einen Käse oder ein Ei. Man war sich uneins. Die anderen gaben vor, sie hätte einen respektablen Pastor, der sie schalt, »in Versuchung geführt«, sofern es nicht ein Matrose aus Virginia war – samt und sonders Sträflinge! –, der ihr wie einem Äffchen Sonnenblumenkerne zugeworfen hatte. Auch darüber konnte man sich nicht einigen. Doch der Tumult war da: Wutgeschrei, Verwünschungen, Beleidigungen, gotteslästerliche Flüche. Mit erhobenen Fäusten, dicken Knüppeln, Marktschemeln, Peitschenknäufen und allem nur Verfügbaren hatte sich die tobende Menge auf die tänzelnde junge Närrin gestürzt, die mitten im tiefsten Winter, weil es keine Blumen gab, mit Blätterranken, Efeukranz und Eibensträußchen geschmückt herumlief. So vieler Schläge und Hiebe hätte es gar nicht bedurft, um sie kleinzukriegen!

Ihre Adoptivmütter haben nie erfahren, wer ihnen kurz darauf den geschundenen Körper am Rande der Einfriedung aus weißen Steinen in den Schlamm gelegt.

»In letzter Zeit war sie häufiger davongelaufen«, bekannte Ruth Summers mit einem Kopfnicken. »Ich vermute, sie hatte es sich in den Kopf gesetzt, den oder diejenige ausfindig zu machen, dem ich einen mehrwöchigen Gefängnisaufenthalt verdankte. Schlau war sie ja ...« Sie seufzte: »Ein harter und trauriger Winter! Auch Brian Newlin ist tot.«

»Brian Newlin?«

»Der Mann, den ich in Salem geheiratet habe, nachdem ich zum Kongregationalismus übergetreten war. Ich wollte doch zu denen gehören, die berechtigt sind, andere zu verfolgen, und nicht mehr selbst verfolgt werden wie die Quäker, in deren Kreise ich geboren war.«

»Woran ist er gestorben?«

Die junge Frau antwortete nicht sogleich, und auf ihrem zu blassen, schmalen Gesicht bemerkte Angélique von neuem die Wundmale endloser Entbehrungen und Qualen. »Er brachte mir Bücher«, bekannte sie schließlich nach längerem

Schweigen, »und das wurde ihm zum Verhängnis. Ich fand seine Bücherbündel jenseits der steinernen Umfriedung: Baxter, aber auch Erasmus, der verboten ist. Satirische Sonette von Harvey. Alles, was ich liebte. Ich, eine Frau, durfte doch nicht lesen. ›Du schenkst mir mehr als ein Stück Brot‹, sagte ich ihm eines Tages, als er mir über den Weg lief.

›Ich weiß‹, erwiderte er mit abgewandtem Blick, doch man hatte uns miteinander sprechen sehen. Mein ehemaliger Gatte, dem ich Schimpf angetan, war also mit mir im Bunde, anstatt mich angeekelt von sich zu weisen!

Nichts hassen sie mehr, als den Mann, der sich gegenüber seiner Frau – vor allem vor seiner schuldigen Frau! – nachsichtig zeigt, weit mehr noch als die Frau selbst! Und daher verurteilten sie ihn zum Tod durch den Strang, da er ja offensichtlich irrsinnig geworden war. Ich hätte ihm einen Wurm ins Hirn gesetzt. Vielleicht war das wahr. Dabei hatte seine Sinneswandlung schon lange vor meiner Ankunft eingesetzt, denn damals las er schon heimlich Gedichte von Gabriel Harvey.

Auf dem Weg zum Galgen stellten sie ihm allerlei Fragen, um der Menge zu beweisen, daß er den Verstand verloren hatte, und tatsächlich schien dieser schweigsame Mann ungewöhnlich erregt und hielt seltsame Reden. ›Kämmt Eure Bärte‹, rief er, und ›Alle Mann in den Palast, mein Urteil zu hören!‹ Und zu den Richtern gewandt: ›Eßt weder Zwiebeln noch Knoblauch, denn für Eure Reden braucht Ihr einen reinen Atem! Fürchtet den Dichter, denn das im Wahn brechende Auge des Dichters blickt von der Erde zum Himmel und vom Himmel zur Erde.‹

›Brian, hört mich an‹, sagte John Knox Mather, als sie das Schafott erreicht hatten. ›Ich habe Euch aufmerksam zugehört auf Eurem Weg hierher und auch vor dem Tribunal, aber obwohl ich Doktor der Theologie und anderer Künste und Wissenschaften bin, habe ich von all Eurem Gerede nichts verstanden. Ihr habt also tatsächlich den Verstand verloren.‹

Brian blieb stehen und blickte ihm in die Augen; mit einer Frechheit und Verachtung, die ich nie bei ihm vermutet hätte. ›Es gibt mehr Ding' im Himmel und auf Erden, als Eure Schulweisheit sich träumt, Horatio!‹

Die Leute fragten sich, wieso er Doktor Mather ›Horatio‹ genannt hatte . . .

Dann rief er noch: ›Die Zeit ist aus den Fugen, Schmach und Gram, daß ich zur Welt sie einzurichten kam!‹

Erst später haben sie begriffen, daß er die ganze Zeit nur Shakespeare zitiert hatte.« Ruth Summers lachte auf, doch dann perlten Tränen an ihren Wimpern, die so fahl waren wie die aller blonden Engländerinnen. »Welch große Seele wurde da zerstört«, murmelte sie vor sich hin.

Angélique hätte die beiden am liebsten beschworen: »Bleibt hier! Bleibt! Kehrt nicht nach Salem zurück, denn Euch werden sie auch noch umbringen.«

Doch sie kamen ihr zuvor: »Mach dir keine Vorwürfe! Es ist unser Schicksal! Wir sind nicht hergekommen, um zu bleiben. Wir wollten dir nur Bohnen von unserem Feld bringen, die du so gern aßest, mit lauwarmem Rahm und Ahornsirup übergossen. Den Ahornsaft haben wir im Frühling im Wäldchen hinter unserem Haus gesammelt und dann nach unserer Art eingedickt, damit er wie Honig wird. Zwei große Krüge haben wir dir mitgebracht. Dann haben wir noch für dich besten Chinatee, fest versiegelt; du erinnerst dich an dieses erfrischende und stärkende Getränk, das dir so guttat. Arzneien für deine Hausapotheke haben wir in Mengen dabei, unter anderem Rinde jener Weiden vom Teichufer, wo das Gottesurteil beschworen wird, ein Fiebermittel ohnegleichen.

Aber jetzt Schluß mit diesen verlockenden Ankündigungen! Wir haben Wichtigeres zu tun, und unsere Zeit ist bemessen. Vor allem sind wir nämlich gekommen, um dir die dritte Siebenerserie der Tarockkarten nochmals vorzulesen, die du aus Furcht vor der Zukunft nicht hattest hören wollen.«

»Wie habt Ihr erraten, daß ich sie heute hören wollte?«

»Wir sahen dich auf dem Fluß«, entgegnete Naoimi.

Zwölftes Kapitel

»Du warst allein und befehligtest ein Schiff«, fuhr die junge Engländerin aus Salem fort, als beschriebe sie ein Bild. »Durch die Nebel glittest du den Fluß hinab. Schatten aus deinem Leben eskortierten dich unter den Gestirnen. Sie folgten dir und liefen dir voraus. In diesem Fluß pflegen sich die Schatten deines Lebens zu versammeln, sobald es so weit ist, daß der Vorhang sich öffnet zum nächsten Akt. Die Rollen werden neu verteilt. Und so werden einige der Schatten, die dir bisher gefolgt waren, vorziehen und sich dir zeigen. Jene, die lange ferngeblieben waren, kamen heran und bedeuteten dir: ›Hier sind wir, du hattest uns vergessen.‹ Und andere, die dir vertraut geworden waren, zogen von dannen. Bei dieser Wechselbewegung befiel dich Angst, und du bedauertest deine Ablehnung, die dritte Siebenerserie zu hören, das dritte Gestirn, das eine unvorhergesehene Reise und einen Wechsel verhieß und dich abschreckte. Vorahnungen befielen dich vor den Verheißungen des Schicksals, und du bedauertest, dich der Gründe nicht zu entsinnen, die wir dir genannt hatten, damit du dich nicht im voraus ängstigtest, denn wir hatten in diesem Gestirn Triumph, Erfolg, Gelingen gelesen, hatten dein Siegeszeichen erkannt. Und als du es bedauertest, den Vorhang nicht aufgezogen zu haben, da dachtest du an uns.«

Angélique wurde bewußt, daß sie neulich bei ihrer Fahrt den St.-Lorenz-Strom hinab tatsächlich solchen Gedanken nachgehangen hatte. »Ich erinnerte mich an einen Wagen, der auf eine Reise hindeutete, von der ich nichts hatte wissen wollen. Aber das war kindisch von mir gewesen. Später fiel mir ein, daß ihr auch von Sieg gesprochen hattet.«

»Und nicht von einem vorübergehenden Sieg. Sondern dem SIEG schlechthin. Dir war vorbestimmt, auf neuen Fundamenten das neue Leben zu bauen; dieses Ziel verfolgtest du, und jetzt rückt es näher. Und so haben wir, dein Bedauern erratend, unsere Karten genommen, unser Haus versperrt, sind zum Hafen gegangen, wo etwa um die gleiche Stunde der Mann aus London im roten und sein Leutnant im blauen Rock eintrafen. Doch laßt uns zuerst Schatten und Schutz vor dem Wind suchen, laßt uns Tee trinken, denn die Sonne geht bald unter.«

Auf die aus drei Steinen gebaute Feuerstelle in einer Ecke des Schuppens hatte Naomi einen Kessel voll Wasser gestellt.

Das Mobiliar des Schuppens war mehr als spärlich. Als Tisch diente ein aufgebocktes Brett. Strohballen auf dem Lehmboden und eine Futterkrippe mit frischem Heu bewiesen, daß hier gelegentlich auch Pferde oder Vieh untergebracht wurden.

Die beiden jungen Frauen versicherten, sie hätten herrlich geschlafen, da draußen am Feuer ihre zuvorkommenden englischen Marinesoldaten Wache gehalten hatten. Nur bei dem Tee, den sie ihnen von Zeit zu Zeit gebracht, pflegten die Soldaten Grimassen zu schneiden. Diesen rauhen Briten waren die neuenglischen Siedler mehr als suspekt: Warum konnten sie nichts so machen wie andere auch? Gin oder Rum wäre ihnen doch lieber gewesen als dieser Tee, der jetzt in Neuengland Mode war! In die britische Metropole hatte er noch nicht Einlaß gefunden, doch die Puritaner der Neuen Welt, *dissidenters*, Baptisten und Kongregationalisten, die in den Niederlanden im Exil oder nach der Annexion Neu-Amsterdams in Amerika gelebt hatten, fanden wie die Holländer Geschmack an einem seltsamen und kostspieligen Gebräu, das aus China eingeführt wurde, eigentlich eine Arznei war und von den oberen Gesellschaftsschichten in Den Haag als Köstlichkeit gepriesen wurde. Es war schon mehr als eine Mode: ein Ritual. In allen Herrschaftshäusern Massachusetts wurde zu bestimmter Zeit Tee aus China serviert. Bei Mistress Cranmer in Salem hatte Angélique sogar einen eigenen Teesalon bemerkt, ein kleinerer, an das Vestibül angrenzender Raum.

Sie lächelte, als sie sah, wie die beiden Frauen aus ihren armseligen Gepäckstücken hauchdünne Täßchen aus chinesischem Porzellan hervorzauberten und auf dem grobschlächtigen Tisch aufstellten, denn Tee konnte, wie alle Adepten dieses Kults beteuerten, nur aus solchen Tassen getrunken werden. Dieser Luxus stand auch nicht, wie man hätte meinen können, im Widerspruch zur sonstigen strengen Lebensführung der Puritaner. Sie achteten den Handel, verherrlichten ein so seltenes, von so weit hergeschafftes Geschirr, zeugte es doch vom Heroismus ihrer Seefahrer und dem guten Zustand der auf ihren Werften der Neuen Welt gebauten Schiffe.

Diese Tassen und die Teekanne waren, wie Ruth erzählte, ein Geschenk von Mistress Cranmer, als Dank dafür, daß die beiden den alten Samuel Wexter, deren Vater, gepflegt und gerettet hatten.

Ruth bedauerte, daß sie in Ermangelung der Ingredienzien nicht den Stärkungstrank bereiten konnte, den sie Angélique so oft eingeflößt hatten: sehr starker Tee, geschlagene Eier,

Milch, Sahne, Vanille und in Butter geröstete Brotstückchen, das Ganze zu einer Suppe verrührt.

Nun wollten sie aber endlich von den Zwillingen hören, ihren *babies.* Sie trällerten das Lied, mit dem sie die beiden so oft in den Schlaf gewiegt hatten.

Bring back, bring back,
Bring back, my bonnie to me, to me.
O blow ye winds over the ocean,
O blow ye winds over the sea . . .

Doch da rief jemand und schreckte sie hoch. Der Mann im blauen Rock machte ihnen Zeichen und ließ bedrohlich seine Pistolen kreisen. »Es kommt jemand!« rief er.

Eine Frau stieg zu ihnen herauf. Sie lief, obwohl der Weg steil und die Kiepe auf ihrem Rücken und die Körbe, die sie schleppte, schwer waren. Sie schien heftig erregt zu sein, und bei all der Hast waren ein paar Haarsträhnen aus ihrer Haube geschlüpft.

»Es ist Eure Freundin Abigaël Berne.«

Noch nie hatte Angélique Abigaël so verwildert gesehen. Doch sie war es! Diese zerzauste und wie ein Esel beladene Frau war ihre sonst so ruhige Freundin Abigaël aus La Rochelle.

»Endlich finde ich euch!« rief sie, als sie die Frauen bemerkt hatte. »Und Ihr, Angélique, seid auch da! Gott sei gelobt! Nun sind wir gerettet!« Sie stellte ihre Lasten ab und begann sofort, obwohl noch ganz außer Atem und rot im Gesicht, ihre Haare wieder unter die Haube zu schieben. »Gabriel hat mich eingesperrt. Damit ich Euren Freundinnen aus Neuengland nicht entgegenlaufen oder ihnen gar Hilfe anbieten konnte. Hat man je so einen Blödsinn gehört, und das von einem Mann, der . . . den . . . dem ich so etwas nie zugetraut hätte! Geknebelt hat er mich nicht, aber viel hat nicht gefehlt!« Ihre Augen verrieten, daß sie die Tränen unterdrückte. »Nichtsdestotrotz hat er mich im Anbau eingesperrt, so daß ich auf Euer Rufen nicht antworten konnte, als ihr bei mir angeklopft habt«, sagte sie zu den beiden Engländerinnen gewandt. »Weder euch noch sonst jemandem konnte ich mich verständlich machen.«

»Und wer hat Euch befreit?«

»Laurier! Ist es nicht eine Schande, daß so ein kleiner Kerl mitansehen muß, wie sein Vater die ihm angetraute Frau behandelt. Wenn ich auch nur seine Stiefmutter bin, so achtet und liebt mich der Kleine doch. Es ist einfach unwürdig!«

Sie kam langsam wieder zu Atem. Ihre Spannung ließ nach. Es war unverkennbar, daß sie, die so gar nicht zu Zorn neigte, nach diesem ungewöhnlichen Ausbruch ermattet war wie nach dem Durchzug eines Taifuns. »Was ist bloß in alle gefahren?« jammerte sie. »Man möchte meinen, eine Windhose, ein Wirbelsturm risse sie mit!«

Sie lehnte sich gegen Angéliques Schulter, den Tränen nahe: »O Angélique! Ich habe ihn so geliebt! Was soll aus mir werden? Wenn er übergeschnappt ist wie alle anderen, mein Gabriel!«

»Trinkt etwas Tee, er ist noch warm«, ermunterten sie die beiden Engländerinnen.

Die drei Frauen nahmen sie in die Mitte und geleiteten sie unter das Blätterdach. Naomi schüttete die zartrose Flüssigkeit in die Tassen. »Es hat uns an nichts gefehlt, wie Ihr seht, liebe Mistress Berne. Wir hatten Tee und schwarzes Brot, um bei Kräften zu bleiben, und ... Soldaten als Wache.«

Sie wies auf die Männer draußen, die ihren Wachposten wieder eingenommen hatten.

Abigaël erklärte: »Ich habe euch Lebensmittel und Getränke mitgebracht. Und auch für mich ein paar Sachen zum Wechseln, denn ich weiß ja nicht, ob ich unter das Dach dieses Tyrannen zurückkehren werde ...«

»Abigaël! Und Eure kleinen Töchter?«

»Séverine hat sie auf Befehl ihres Vaters mitgenommen, als wäre ich eine Rabenmutter, als müßte man sie mir wegnehmen, weil ich ihrer nicht würdig bin. Hat man je so einen Irrsinn gehört?«

»Trinkt erst einmal, dann können wir weitersprechen.«

Abigaël trank gehorsam und begann sich zu beruhigen. Sie nickte betrübt. »Es stimmt schon, Gabriel hat sich sehr verändert. Er ist nicht mehr derselbe, seit das mit Séverine geschah.«

»Was ist Séverine denn geschehen?« fragte Angélique beunruhigt. Doch insgeheim war es ihr ein Trost, soeben gehört zu haben, daß Séverine ihre beiden jüngeren Schwestern mitgenommen hatte, denn dann war sie wenigstens noch am Leben, und das war das Wichtigste.

»Stimmt ja! Ihr könnt es ja gar nicht wissen«, seufzte

Abigaël resigniert. »Ihr seid ja nur so kurz hier gewesen, als Ihr Euch in diesem Frühjahr mit Honorine einschifftet. Da blieb uns ja keine Zeit zum Sprechen. Ihr brachtet Honorine ins Pensionat nach Montreal, und das war traurig genug. Wir werden dieses Kind nie wiedersehen«, jammerte die sanfte Abigaël Berne, die beim Gedanken an Honorine nun endlich ihr Schnupftuch vors Gesicht drücken und die zurückgehaltenen Tränen vergießen konnte.

»Liebste Freundin! Meine Liebe! Es tut mir ja so leid«, stammelte Angélique, indem sie den Arm um die zuckenden Schultern der Freundin legte. »Wir fühlen uns für alles verantwortlich, und das frißt uns letztlich auf. Je besser unsere Geschäfte gehen und je weiter die Gefahren zurücktreten, desto weniger Zeit haben wir für unsere Freunde, um mit ihnen den Frieden zu genießen, den wir uns alle so hart erkämpft haben.«

»Weil man eben auch kämpfen muß, um ihn zu erhalten«, sagte die junge Frau, die jetzt immerhin wieder lächeln konnte, trotz der Tränen. »Ich frage mich manchmal, ob die Erhaltung unseres Gutes uns nicht noch mehr Anstrengungen abverlangt als die Kämpfe zu Anfang, als wir es aufbauen mußten ... Oh, was ist das?«

Alle vier stießen einen Schrei aus, denn mit einem geschmeidigen Satz sprang eine samtige Kugel auf den Tisch.

»Herr Kater!«

»Ich glaubte ihn mit uns an Bord«, erzählte Angélique, nachdem sie den Freund aus düsteren Zeiten ausgiebig gestreichelt hatte. »Erst in Tadoussac haben wir gemerkt, daß er nicht bei uns war.«

»Er hat den Sommer in unserer Gesellschaft verbracht.«

»Wir haben uns auch nicht sonderlich beunruhigt, da wir ja wissen, daß er nur tut, was ihm behagt.«

Herr Kater reiste nach eigenem Belieben und nicht, weil andere es so beschlossen hatten. Man wußte nicht, welche Beweggründe oder Ahnungen er hatte, wenn er einen Ort verließ oder dablieb. Doch immer hing es allein von seinem Willen ab. Wollte er eine Reise nicht mitmachen, verschwand er einfach im Augenblick der Abfahrt, beliebte er aber daran teilzunehmen, schlüpfte er in die Reisetruhen oder versteckte sich irgendwo an Deck. Die Reise nach Montreal hatte ihn aus unerklärlichen Gründen nicht gereizt. Er hatte es vorgezogen,

Angéliques Rückkehr am Strand von Gouldsboro, dem Schauplatz seiner ersten Triumphe, abzuwarten.

»Ist er mir gefolgt? Oder kommt er als Vorbote von weiteren Besuchern?« fragte sich Abigaël besorgt.

Ihre englischen Bewacher ließen den Höhenweg zwar nicht aus den Augen, doch sie sahen nicht mehr so grimmig drein wie zuvor. Und tatsächlich war man beim Anblick der Gruppe, die jetzt das Plateau erreichte, versucht anzunehmen, in Gouldsboro sei alles wieder ins Gleichgewicht gekommen.

Seite an Seite mit Joffrey de Peyrac und Colin Paturel stieg behende der immer fröhliche Dünkirchner Korsar Vanereick den Fels hinan. Sobald er auf dem Gipfel der Klippe die vier weiblichen Silhouetten erkannt hatte, zog er seinen Hut und winkte. Ein blendend aussehender, etwa dreißigjähriger Mann in einem prachtvoll roten Gehrock, begleitete die Gruppe der Männer.

»Das ist unser Beschützer, der Kapitän aus London«, erklärte Ruth. In etwas größerem Abstand erkannte man nun auch die imposanten Gestalten von Monsieur Manigault und Monsieur Carrère, der hier immer noch der »Advokat« genannt wurde; sie repräsentierten die Mehrheit dieser Ansiedlung, die französischen Hugenotten aus La Rochelle. Ebenfalls mit Körben beladen folgten eine der Manigault-Töchter – war es Sarah, oder Deborah? – und Jérémie, der aus seinem College in Harvard für den Sommer nach hier zurückgekehrt war.

Allem Anschein nach nahm das Leben in Gouldsboro wieder seinen normalen Verlauf. Heute abend würde es auf dem großen Platz vor der »Herberge unter dem Fort« ein großes Fest geben, wo die schöne Ines y Perdito Tenares im Rhythmus der Kastagnetten Fandango tanzen sollte!

Dreizehntes Kapitel

Angélique hatte die Lesung des Dritten Gestirns auf den nächsten Tag verschoben, da sie erst Abigaëls Lage klären wollte. Wie ein Sturmwind rauschte sie ins Haus Gabriel Bernes: »Wo ist er?«

Abigaël war nach Hause zurückgekehrt und hatte ihre beiden kleinen Töchter vorgefunden. Doch sie war traurig und einsam. »Er ist noch nicht wieder aufgetaucht. Man hat mir nur ausgerichtet, er hätte mit den Bostoner Fischern, die am Mont-Désert Zwischenlandung machen, geschäftliche Dinge zu regeln. Ich frage mich, wie lange er noch grollen will.«

»Nutzen wir seine Abwesenheit für ein offenes Gespräch. Sagt mir ohne Umschweife, meine liebe Abigaël, was Séverine zugestoßen ist und den Zorn ihres Vaters gegen sie, und offensichtlich auch gegen mich, heraufbeschworen hat.«

Wenn man das Alter des Mädchens bedachte, konnte es eigentlich nur eine Liebesgeschichte sein.

»Gabriel ist Euch böse, weil er Euch für das Unglück verantwortlich macht. Weil Ihr sie im vorigen Jahr auf diese Reise mitgenommen habt, wo sie Menschen kennengelernt hat, die für ein unschuldiges junges Mädchen nicht der rechte Umgang sind. Eure Anschauungen hätten sie beeinflußt, sagt er immer wieder.«

»Nur Mut, erzählt mir alles! Andeutungen sind mir zu vage.«

Doch die gute Abigaël konnte sich nicht entschließen. Ein solches Bekenntnis fiel ihr zu schwer. Sie fing lieber nochmals von vorne an: »Der Winter war sehr hart. Gabriel taute nie richtig auf. Er war wütend auf Euch. Er machte sich Vorwürfe, weil er dem jungen Ding gestattet hatte, Euch auf dieser Reise nach Neuengland zu begleiten, wo sie doch Gefahr lief, Geschmack an einem viel zu freizügigen Leben zu finden – wovon wir leider auch bald den Beweis bekamen.«

»Freizügiges Leben? In Neuengland? Bei den Puritanern?! Das scheint mir unwahrscheinlich. Nicht einmal bei den Baptisten oder Lutheranern hätte sie Gelegenheit gehabt ...«

»Wir haben es aber nachgerechnet. Bei dieser Reise muß sie denjenigen kennengelernt haben, der ...«

Die gute Abigaël beichtete schließlich das Drama, das im Verlauf des Jahres ihre friedliche und glückliche Familie erschüttert hatte.

Im Herbst, kurz nachdem die Karawane nach Wapassou aufgebrochen war ... Nein, sie besann sich, es war später, der erste Schnee war gefallen und Weihnachten nahte, da erlitt Séverine einen plötzlichen Blutzsturz. Zum Glück hatte sie sofort nachts ihre Stiefmutter zu Hilfe gerufen, woraufhin diese sich Rat und Unterstützung holte bei Madame Carrère, auf deren Diskretion man sich ja verlassen konnte, und so hatte sie dem jungen Mädchen Beistand leisten können bei ... na ja ... es war eine Fehlgeburt, nach zwei- oder dreimonatiger Schwangerschaft. Ihre Gesundheit hatte keinen Schaden genommen, sie war schnell wieder auf den Beinen. Doch Scham und Unglück hatten Einzug gehalten in das Haus Berne. Séverine war verstockt, leugnete zwar nicht, weigerte sich aber, irgendwelche Details preiszugeben, und auch kein Wort der Reue kam über ihre Lippen.

»Es ist uns nicht gelungen zu erfahren, wer für ihre Schwangerschaft verantwortlich war. Unsere Berechnungen ergaben, daß sie diesen Fehltritt während ihrer Abwesenheit letzten Sommer begangen haben mußte. Wir glaubten auch zu verstehen, daß es sich um keinen jungen Mann aus Gouldsboro handelte. Mehr bekamen wir aus ihr nicht heraus. Sicher ist, daß sie dieser Erinnerung ständig nachsinnt und nicht die geringste Reue zeigt für ihr Benehmen. Wenn ihrem Vater der Kragen platzte, lächelte sie gar. Das einzige, was sie bekümmert, ist der Verlust dieses Kindes, auf das sie insgeheim sehnlichst gewartet hatte. Ich glaube, sie hätte es ausgetragen und sich dessen noch gerühmt.

Wenn wir ihr Vorhaltungen machten, hat sie uns verschiedentlich geantwortet: ›Dame Angélique würde mich verstehen.‹ Und das brachte Gabriel erneut in Rage. Das hat schließlich dazu geführt, daß er auch Euch grollt.

Ich glaube nicht, daß ich zu streng mit ihr war, denn ich bin ja nur ihre Stiefmutter. Ich sagte zu ihr: ›Séverine, man muß auch einmal erwachsen werden und weniger herausfordernd und leichtfertig sein.‹

Uns nahm sie übel, daß wir froh waren, durch ihre Fehlgeburt dem Skandal entronnen zu sein. Das war ihr schnell klargeworden.«

»Leicht war nie mit ihr umzugehen«, pflichtete Angélique bei. »In La Rochelle litt sie unter den Demütigungen, die man ihr zufügte, nur weil sie Protestantin war. Seitdem lehnt sie sich auf gegen die Gebote der Erwachsenen. Doch den Verdacht, daß ich sie verleitet hätte, sich so zu benehmen, weise ich energisch zurück, liebe Abigaël. Von mir hat sie ihn nicht, diesen übermäßigen Freiheitsanspruch, noch diese Verachtung für alle Vorschriften, in denen sie nur Zwang sieht, ohne zu erkennen, daß sie auf der Achtung des Lebens basieren und eine elementare Schutzmaßnahme sind. Welchen Stellenwert man dieser Liebe auch einräumen mag, eine Schwangerschaft bei einem unverheirateten Mädchen ist immer eine Tragödie. Es tut mir leid, daß sie Euch diesen Kummer bereitet hat, den ich aufrichtig teile, und obwohl ich katholisch bin und Ihr Protestanten, verstehe ich, daß Ihr den Fall so beurteilen müßt.«

»Angélique«, sagte Abigaël, indem sie der Freundin die Hand auf den Arm legte, »nichts trennt uns und wird uns je zu trennen vermögen. Ihr seid meine Schwester. Ja, mehr noch: eine Freundin. In vielen Punkten seid Ihr uns fremd, das stimmt. Doch als Ihr in La Rochelle plötzlich in unserer Mitte wart, da kam in unsere düsteren, ein wenig zu fest gefügten Behausungen gleichsam die Sonne. Ihr erinnertet mich an jene Engelsboten der Bibel, die in einem Lichtertaumel vom Himmel herabschießen und nicht gerade zart umgehen mit den verzagten Sterblichen. Und doch sind sie hilfreich, da sie uns daran erinnern, daß der Tag des Herrn naht und wir aufwachen und uns auf den Weg machen müssen. Im Bewußtsein, daß Eure so ungewohnte Anwesenheit nur Gutes verheißen konnte, nahm ich Euch in mein Haus auf, obwohl meine Eifersucht mir sofort Wunden schlug, denn ich liebte Gabriel seit eh und je. Dabei habe ich die Nachsicht übertrieben, das weiß ich sehr wohl. Doch Ihr würdet ihn aufrütteln, das war mir sofort klar, ihn auf den rechten Weg führen.«

»Und dabei hat er endlich begriffen, daß Ihr, süße Abigaël, geschaffen wart, um an seiner Seite durchs Leben zu gehen; er hatte es nur noch nicht wahrgenommen, weil er sich in seine Rechnungsbücher vergrub.«

»Wozu hätte Gott dem Menschen denn Leben eingehaucht? Doch wohl kaum für ein Dasein in Mittelmäßigkeit«, entgegnete Abigaël.

»Euer Gabriel ist ein Glückspilz, weil er Euch neben sich hat, und daran muß ich ihn wohl wieder einmal erinnern.«

»In gewisser Weise verstanden sowohl er wie ich, was Séverine meinte, als sie sich auf Euch berief. Auch ich verdanke es Euch, daß ich besser liebenlernte, daß ich begriff, daß Liebe ein Geschenk des Himmels ist und man sich ihr ruhig ohne Gewissensbisse hingeben darf«, fügte sie leicht errötend hinzu. »Noch heute ist mir bewußt, daß ich Gabriel nie das gleiche werde bieten können wie Ihr. Doch das ist nicht so wichtig. Eines kann nur ich: Ich schenke ihm Sicherheit. Er fürchtet nämlich alles, was den erlaubten Rahmen allzusehr sprengt. Und doch ist meine Fügsamkeit nicht gleichzusetzen mit Unterwürfigkeit: Sie ist Liebe. Aber es gibt Grenzen: Sein Verhalten Euren Salemer Freundinnen gegenüber konnte ich nicht gutheißen. Und sein Groll Euch gegenüber wegen Séverine ist ungerechtfertigt und übertrieben.«

»Abigaël, Ihr seid mein ganzer Trost. Ich hätte es verstanden, daß Ihr Euch als gute Ehefrau beugt, doch daß Ihr mich nicht verleugnet habt, tut meinem Herzen wohl.«

»Ihr, Angélique, habt mich gelehrt, den Kopf hoch zu tragen, und das unter Umständen, die noch viel demütigender waren für eine Frau als das, was mir jetzt widerfuhr. Ich habe die Lektion nicht vergessen. Was haben wir nicht schon alles erlebt an diesen Gestaden des Ozeans!«

»Siriki behauptet, der Teufelswind wehe hier recht häufig.«

»Die Leidenschaften wallen auf. Der Wind kommt und geht, und wenn wieder Ruhe einkehrt, beglückwünscht man sich dazu, seinem hinterhältigen Ansturm keine oder zumindest kaum Angriffsfläche geboten zu haben.«

Angéliques Gedanken kehrten zu Séverine zurück. Ob Nathanaël de Rambourg wohl etwas damit zu tun hatte? »Meines Erachtens käme nur Nathanaël in Frage. Ihr hättet mich früher informieren sollen, Abigaël. Ich werde mit Séverine und auch mit Maître Berne reden. Mir muß er zuhören. Sein Zorn über seine Tochter ist keine Entschuldigung für sein tyrannisches Gebaren Euch gegenüber.«

Die beiden Frauen verharrten noch lange Zeit in vertraulichem Gespräch. Angélique war die einzige, mit der Abigaël über alles reden konnte, was ihr am Herzen lag. »Man möchte meinen, Ihr, Angélique, verharrtet bewußt dort, wo alle Lebenswege sich kreuzen, seht Ihr doch alles, was von überall her auf Euch einströmt, als Bereicherung an.«

»Was aber nicht bedeutet, daß ich mich nicht of ängstige oder unsicher werde, wie jetzt zum Beispiel. In diesen vielen Jahren hat alles seinen Platz gefunden. Wir hatten Erfolg. Doch jetzt weiß ich, daß alles von neuem in Bewegung geraten wird, denn die Natur scheint sich mit einem einzigen Erfolg nicht zufriedenzugeben. Ihr tadelt mich vielleicht, daß ich so auf der Lauer liege, daß ich zu verstehen suche und, wie Ihr sagt, alles von überall her in mich aufnehme.«

»Ganz im Gegenteil: Ich beneide Euch um Eure Unerschrockenheit. Ich wäre zu feige, Euch in allem zu folgen.«

Abigaël gestand ihr Entsetzen bei dem Gedanken, daß Angélique sich die Zukunft lesen lassen wollte, denn Kartenlesen führte auch heute noch, vielleicht mehr noch als früher, allzu leicht auf den Scheiterhaufen!

»Ich muß aber doch wenigstens die großen Linien unseres Schicksals kennen und erfahren, wie mein Sieg geartet sein wird«, erklärte ihr Angélique.

»Gewiß. Und ich bin die letzte, die Euch davon abhalten wird«, gab Abigaël lachend zu. »Ich bin ja genauso neugierig darauf wie Ihr.«

Vierzehntes Kapitel

»Erinnert ihr euch noch, wie die Zacken dieses Sterns ausgelegt waren?« fragte Angélique.

»Gewiß! Es war ein besonders schöner Stern! Oft haben wir ihn vor uns ausgelegt und betrachtet, und dabei an dich gedacht.«

Angélique, Ruth und Naomi saßen hoch oben auf der Grasnarbe des Riffs rings um eine abgeflachte Granitplatte, auf der Ruth die Karten ausbreitete.

»Hier ist der *Wagen*, der dir so mißfallen hatte. Du hast uns nicht einmal Zeit gelassen, dir zu sagen, daß er mehrere Bedeutungen hat. Doch wenn er so wie jetzt gleich als erster obenauf erscheint, mit seinem Gegenspieler, dem *Narren*, dann signalisiert er in der Tat eine unvorhergesehene Reise, die noch bevorsteht, ohne daß sie beabsichtigt gewesen war. Hastiger Aufbruch, ohne Vorbereitung.«

»Wie damals, als wir binnen weniger Stunden La Rochelle verließen.«

Hier in der Neuen Welt wurden Reisen geplant und vorbereitet. Sie hatten ein festes Ziel. War der Winter vorbei, fuhren sie den Kennebec hinab nach Gouldsboro. Von dort aus schifften sie sich entweder nach Neuengland oder Neufrankreich ein, eingedeckt mit Waffen, Gepäck, Geschenken für die Freunde, Waren und Reserven.

»Spracht ihr von Flucht und Umweg?«

»Das war vielleicht zu voreilig«, räumte die junge Frau ein. »Immerhin, der *Narr* steht im Gegenpol, daher handelt es sich – ich wiederhole – um eine Reise, eine unerwartete, die einer Flucht ähnelt. Vergessen wir aber nicht, daß der *Wagen* selbst eine Doppelbedeutung hat und auch einen Sieg über die Feinde anzeigt. Daher sage ich lieber, diese fluchtähnliche, weil kurzfristig beschlossene Reise muß stattfinden, weil sie dazu dient, Feinden Einhalt zu gebieten oder sie unschädlich zu machen ...«

»Doch was ist es für eine Reise, und in welche Richtung geht sie?« fragte Angélique.

Ruth faßte besänftigend nach ihrem Handgelenk. »Fang nicht an, planlos herumzulaufen. Diese Reise betrifft dich nur wenig. Und entsinne dich meiner Empfehlung, denn die hier beschworenen Mächte sind stark. Es sind die des Odems. Erweise ihnen Achtung, indem du Ruhe bewahrst. Der Stern ist schön. Noch ist nichts vollendet. Dein Schicksal schreitet fort, aber heute – wie auch im Vorjahr – ist dies nur die Ankündigung dessen, was im Augenblick des Beginns um dich und bereit sein wird. Warum das so ist, werde ich dir gleich sagen, wie du auch erfahren sollst, durch welche Karte die anderen Arkana überhöht und ihre Bedeutung transzendiert werden.

Hier sehe ich die *Stärke* und gegenüber die *Gerechtigkeit.* Die Stärke, das ist der Löwe, Symbol der Sonne, vielleicht ein Monarch. Jedenfalls ein Mann, der mit der Gerechtigkeit souverän umgeht. Das bedeutet, daß der Mann, wer er auch immer sei, dir die Waffen liefert, dir gewährt, was dir zusteht. Gerechtigkeit herrscht. Das vom Menschen verfälschte Gleichgewicht ist wiederhergestellt, und zwar durch einen Akt der Gerechtigkeit, und dieser Zustand wird anhalten, denn das ist eine der Säulen deines zukünftigen Lebens. Was kannst du dir Besseres wünschen, du, die Frau, die so lange gekämpft hat, damit deine Stimme das Ohr des Tyrannen oder des Herrn, oder schlicht desjenigen erreicht, der deiner Weiblichkeit das Lebensrecht verweigerte?

Auf der gegenüberliegenden Achse sehe ich die *Sterne* und *Die Mäßigung*, die den Gedanken des allumfassenden Sieges, des andauernden Triumphes noch herausstreichen: Er ist dir gewiß, da er das Ergebnis einer lange währenden und vernünftigen Beharrlichkeit ist. Die Sterne bedeuten Geduld, das Annehmen des Lebens wie es ist, wie es sich darbietet. Unvollkommen, häufig gemein, aber auch wunderbar, berauschend. Mit dem Material, das uns gegeben, muß man ein Leben aufbauen. Und das kann man auch, da man über all dem steht, weil man von den Sternen geschützt wird. Trotz deines ungeduldigen Temperaments vermagst du es, von Natur aus. Und wenn nun als Gegenpol die Mäßigung auftaucht, dann ist uns klar, welch einmalige Kartenkonstellation dir hier beschert ist. Die Mäßigung bedeutet nämlich: Was im Dunkel war, tritt ins Licht. Aus schwarzem Schlamm kommt Gold hervor. Man muß nur langsam vorgehen, um die Dinge zur Vollendung zu führen, muß sie sich entwickeln lassen; sie enthüllen, wandeln sich ... Daß hier Sterne und Mäßigung einander gegenüberstehen, ist alles andere als ungünstig. Warum erst die Sterne und dann die Mäßigung? Eine bessere Konstellation! Denn die Geduld der Sterne erinnert uns daran, daß du vom Kosmos beschützt wirst. Zudem muß das Dunkel erst ans Licht treten. Und das ist eine langwierige Aufgabe, die du nur unter dem Schutz des Kosmos bewältigen kannst.

In der Mitte nun haben wir die *Welt* aufgedeckt, das Arkanum, das alle anderen mit einem Hauch von Erfolg und Ruhm überstäubt. Hier das Zeichen deines Sieges. Kein vorübergehender Sieg; er erstreckt sich vielmehr über das verheißene neue Leben. So wie die *Welt* hier liegt, bedeutet sie zunächst einmal nur die Möglichkeit eines langen Lebens. Die Heldin, du, wird aufmerksam gemacht, daß zahlreiche Wege vor ihr liegen und daß es nicht ausgeschlossen ist, daß sie mehrere gehen kann, da ihre Jahre nicht gezählt sind. Sobald sie sich befreit hat, kann sie aus ihrem Leben machen, was sie will, und sogar noch mehrere Leben leben. Zeit ist ihr gegeben, der höchste Gewinn und Erfolg, nicht nur ein materieller und praktischer. Der Gaukler wurde ausgeschaltet.«

»Wo ist denn der *Gaukler*?«

»Die nicht umgedrehte Karte. Er spielte auch keine große Rolle in dieser Siebenerserie. Der Gaukler, der Seiltänzer, der auf dem Seil schwankt, mischt immer dann mit, wenn es um geschäftlichen Erfolg, um geplante Geldgeschichten geht. Euer Vermögen besteht inzwischen. Euer Einsatz ist höher und Euer Vorhaben weiter gespannt. Schon lange habt ihr gelernt, auf ihn zu verzichten.

Der Davidstern, den wir hier vor Augen haben, verfolgt andere Ziele. Du mußt in ein neues Leben aufbrechen. Es handelt sich vielleicht nicht um eine neue Lebensform, sondern um dich. Du wirst nach einem langen Prozeß wie neu geboren auferstehen. Die *Welt* bezeichnet das Individuum, dem die Chance zufällt, sich, wenn es will, ein neues Leben oder zumindest eine neue Unschuld zu schaffen. Alle Möglichkeiten stehen ihm offen, ob Mann oder Frau. Daher siehst du hier ein androgynes Wesen, das aber doch eher einer sich entkleidenden Frau ähnelt: Man steht nackt vor seinem Schicksal, unschuldig, hat nichts zu verbergen, nichts zu bereuen.«

Angélique beugte sich vor, um die Darstellung der *Welt* näher zu betrachten: Eine leibhaftige Schönheit, mit Lorbeer bekränzt, die in beiden Händen goldene Stäbe hielt, während es ringsum Silbertröpfchen regnete.

»Es ist eine Frau, da sie dich darstellt, und wie du siehst, ist sie im wahrsten Sinne des Wortes ›überschüttet‹ mit allen Gnaden: Freude, Entzücken, Besinnlichkeit. Das siegreiche Individuum ist geblendet.«

»Und was hält sie in den Händen?«

»Ursprünglich Strahlen, die zu Stäben vergröbert wurden, ähnlich den orientalischen Figürchen, auf denen Erdstrahlen dargestellt sind. Doch hier sind alle Kräfte versammelt: Gut und Böse, Schwäche und Stärke, Yin und Yang, wie es bei den Chinesen heißt, also das weibliche und das männliche Prinzip. Alles in ihrer Hand. Der absolute Triumph.«

»Und wann wird das sein?«

»Es ist schon da!« murmelte sie. »Doch in Raum und Zeit mußt du noch eine letzte Prüfung bestehen.«

Sie legte ihren Finger auf den *Narren* mit dem goldenen Gürtel. »Er sagt es an, der *Narr*. Denn der *Wagen*, den du fürchtest, ist nicht gefährlich. Nur wenn er mit dem Narren zusammengespannt ist, bedeutet er Prüfung. Der Narr ist kein Tor, für den er oft gehalten wird. Er ist nur jemand, der sich unterscheidet von den anderen. Über den man nicht spricht, weil man sich nicht erklären kann, worin der Unterschied besteht. Der Narr ist jemand, der von der Norm abweicht, die die Menschen geschaffen haben, damit alle einander gleichen, einem gemeinsamen Brauch folgen, dem allgemeinen Gesetz.

Doch er ist nicht wie die andern. Was nicht heißt, daß er nicht bemerkenswert ist. Der Narr ist unschuldig und scheint schuldig in den Augen seiner Mitmenschen und vor dem gültigen Gesetz. Sein Gesetz ist in ihm selbst, und sein Richter hoch über ihm. Denn Gnade waltet oberhalb des Gesetzes. Narr oder Närrin sind solche, die gewisse Torheiten dulden oder begehen, und deswegen getadelt oder vielleicht sogar ausgestoßen werden. Sie begehen sie aber nicht aus Wahnsinn, sondern um einer höheren, einer ohne ihr Zutun in ihnen glimmenden Weisheit zu gehorchen.«

Sie unterbrach sich und blickte in die Runde. »Das bist du, das sind wir. Das ist der Mann, den du liebst, der Graf Peyrac, dein Gemahl, mit allen verbunden und dennoch abseits von allen. Und auch der dort drüben.« Sie wies auf den Mann im kornblumenblauen Rock, der unbeirrt mit verschlossener Miene Wache schob, jederzeit bereit, mit einem Pistolenschuß denjenigen niederzustrecken, der es wagen sollte, zwei armseligen, als gefährliche Verrückte geltenden Frauen Unheil zuzufügen. »Zu diesen Narren gehört auch der Mann aus London, der Kapitän im roten Rock, der uns nicht vergessen, sondern sogar abgeholt hat, um uns zu dir zu bringen.«

»Brian Newlin doch vermutlich auch?« fragte Angélique.

»Ja, das ist richtig. Ich danke dir, Schwester, daß du an ihn gedacht hast. Und so sind wir, wenn auch isoliert, doch nicht allein. Zahlreich sind die Narren der großen Arkana, die sich zum Reigen finden. Und jeder hat seinen Hofhund gehabt, der ihn in die Ferse biß und ihn so aufweckte. Wir dürfen aber auch nicht vergessen, daß er sein eigener, unabhängiger Schiedsrichter ist. Was nützte es aber, frei seinen Weg wählen zu dürfen, wenn man sich zu keiner Wahl bequemt? Da erfolgt der Biß. Der Hund packt uns an der Ferse. Man muß aufwachen, sich auf den Weg machen, die Notwendigkeit des Handelns einsehen. Man muß durch die auferlegte Prüfung hindurch, sonst erfüllen sich die Verheißungen des Schicksals nicht. Du weißt bereits, daß du die Prüfung bestehen wirst, da der Triumph unverkennbar da ist.«

»Welcher Art wird diese Prüfung denn wohl sein, wenn es sich nur um eine Reise handelt?« fragte Angélique nach längerem Schweigen. Sie hatte Angst, der gefürchteten Enthüllung nun immer näher zu rücken. Diese in lebhaften Farben gehaltenen »Zacken«, die aussahen, als verhießen sie eine nur von Erfolgen gekrönte Zukunft, bargen doch auch den giftigen Stachel, der ihren beflügelten Vorwärtsdrang einschränken und sie humpeln machen sollte.

»Und was bedeutet dieser bissige Köter?« Man mußte ihn ernst nehmen, diesen symbolischen Hofhund, dem Ruth und Naomi allem Anschein nach mit Gleichmut, wenn nicht gar Nachsicht begegneten, da sie wohl schon allzuoft von seinem Biß aufgescheucht worden waren.

Auf ihre Frage entgegnete Ruth lakonisch: »Ich weiß es nicht.«

Doch als sie sah, daß sie Angélique enttäuschte, indem sie sich weigerte, Näheres in Erfahrung zu bringen, wechselte sie einen Blick mit Naomi und versenkte sich in tiefe Meditation. Das Gesicht in die Hände und die Ellenbogen auf die Knie gestützt, blickte sie traumverloren auf das sich kräuselnde Meer.

Diese blauschillernde Fläche hob und senkte sich vor dem Saum des Horizontes wie ein von koketter Hand gerafftes Seidentuch. Ein leichter Schwindel befiel einen bei dieser Betrachtung. Hohnlachender Wind mit salzigem Sprühregen im Gefolge schreckte einen auf. Am Fuße der Klippe sah man die Gischtkronen der Grundwellen, lange bevor man den Anprall vernahm. Ein heftiger Windstoß riß Ruth die Kapuze vom Kopf, so daß ihre Haare flatterten. Ein hellgoldener Strahlenkranz. Doch wenn man genau hinsah, entdeckte man auch ein paar weiße Haare in dieser blonden Fülle. Sie zeugten frühzeitig von inneren Qualen, schwärenden Wunden, von diesem Leidensweg durch Ungerechtigkeit und Bann: »Die Hexe!« Angélique dachte an die Zauberinnen ihrer Kindheit zurück, an all die Dorfhexen, die Waldhexen, an Melusine, die man aufgehängt hatte ... Wie oft war sie als Kind mit ihnen durch das Land gestreift, wie viele Geheimnisse hatten sie ihr erschlossen! Wie viele waren es wohl, die im Laufe der Jahrhunderte auf dem Scheiterhaufen verbrannt worden waren?

Die junge Engländerin miditierte noch immer. Feierlich, wie mit Grabesstimme, sagte sie dann: »Du wirst mit einem Toten sprechen!«

Angélique erschauerte. »Was meint Ihr damit?«

»Ich weiß es nicht genau zu sagen«, erwiderte die Engländerin kopfschüttelnd. »Es ist so verschwommen! Seltsam.«

Angélique lag nichts an einer Vision aus dem Jenseits, wie Mère Madeleine sie zu haben pflegte: »Ich will mit keinem Toten sprechen.«

»Wie störrisch du bist! Du willst dein Schicksal kennen, das Unsichtbare entschlüsseln, aber nichts akzeptieren! Und wenn es dir bestimmt wäre, gehaßt und gesteinigt zu werden, wie es uns bestimmt ist?«

»Davon will ich nichts mehr wissen. Man hat oft genug mit Steinen nach mir geworfen!«

»Nun gut, du hast recht, meine Liebe. Es steht alles günstig. Viele Krümmungen hat dein Lebensweg gehabt, doch eines hast du dabei gewonnen: Du wirst nie mehr zu den Besiegten gehören, daher sehen wir ringsum nur Ruhm und Triumph. Doch höre: Es ist vergeblich und unvorsichtig, den Enthüllungen der Karten ein zu genaues Bild geben zu wollen. Unsere Interpretation ist nicht absolut eindeutig. So sagte ich dir vorhin schon bei dieser Karte, es könne sich um den König, Euren Herrscher, oder um deinen Gatten, oder gar um beide, wenn nicht gar um einen anderen, ihnen ähnelnden Mann handeln. Diese Dinge erfährt man erst hinterher. Wir sehen nur das Symbol. Was nützt es also, unserer Phantasie, die doch immer unvollkommen ist, freien Lauf zu lassen? Sei also bescheiden und geduldig diesen Vorhersagen gegenüber. Der Tag wird kommen, da du verstehst.«

Nach diesen Worten lachten und kicherten sie, wie Kinder, die sich verschworen haben und als einzige wissen, was an ihren Scherzen und Streitereien so geheimnisvoll und komisch ist.

Eine Welle brach sich am Fuße des Felsen, und der Wind zerstäubte die salzige Gischt. Alles war still und friedlich, atmete Eintracht. Harmlos schienen die Schiffe dort draußen in der Weite der *Baie Française*; diese Schiffe waren Rivalen, das wußte man, setzten alles daran, ihren eigenen Zielen zum Durchbruch zu verhelfen und die der anderen zu durchkreuzen, und doch sah es von hier oben so aus, als überließen sie sich einer elegischen Träumerei.

Nur der Wind spielte mit dem Haar der drei Frauen, die über den magischen Stern gebeugt verharrten.

Fünfzehntes Kapitel

Von dem »Glanzvollen Mann« und der »Päpstin« haben sie nichts gesagt, dachte Angélique, während sie zum Hafen hinunterging, um die Freundinnen zu verabschieden. Ganz befriedigt war sie nicht. Gewiß, sie hatten ihr eine ganze Kette von Triumphen und Siegen verheißen, doch Angélique verspürte nach ihrem Abstecher nach Neufrankreich immer noch eine gewisse Bedrohung. Es war doch merkwürdig, daß die beiden Seherinnen kein Wort über diese Personen verloren hatten, die beim letzten Mal ihr Entsetzen ausgelöst hatten. Es waren ja ihre Bezeichnungen gewesen: »der schwarze Mann« und »die schwarze Frau«, seine Komplizin, oder »der glanzvolle Mann« und »die Päpstin«; und wenn man bedachte, daß sie nichts von ihnen wußten und nie von ihnen hatten reden hören, so mußten einen diese Bezeichnungen verwundern.

Was soll's? Sie waren tot und begraben. Die Seherinnen hatten sie schon vergessen, und das war eher beruhigend. Doch hatte sie sich eigentlich mehr Aufklärung erhofft über diese nur flüchtig angedeuteten »Prüfungen«. Aber Ruth hatte nichts weiter gesagt. War sie zerstreut gewesen, oder fühlte sie sich Angélique weniger verbunden als damals in Salem? Hatte der Tod Agars sie tiefer ins Herz getroffen als sie zugab, oder hatten die Quälereien in den Gefängnissen ihre Gesundheit ausgehöhlt? Was immer der Grund gewesen sein mochte: Ruth sah nichts weiter. Angéliques Schicksal war voll und ganz beruhigend.

Von zwei englischen Matrosen gestützt, torkelte ein Betrunkener daher, spie laut rülpsend alles wieder aus, was er sich in der »Herberge unter dem Fort« einverleibt hatte, und fluchte lauthals auf diese »frog eaters«, die ihn großzügig mit hervorragenden französischen Weinen gelabt hatten. Man band ihm Hände und Füße zusammen und warf ihn in eine Schaluppe. Offenbar gehörte er zur Mannschaft des englischen Schiffes.

Es war Zeit, Abschied zu nehmen.

Ruth Summers wandte sich zu Angélique: »Quäle dich nicht!«

»Würde ich mich denn zu Unrecht quälen?«

»Du quälst dich, bevor die Zeit gekommen ist. Und das ist

dumm, denn du verschwendest deine Kräfte an ohnmächtige Phantome.«

Der Hafen war nicht ganz so menschenleer wie bei ihrer Ankunft. Joffrey war gekommen, um ihnen adieu zu sagen und Geschenke zu überreichen, unter anderem einen Ballen schwarzen Tuchs, aus dem sie sich neue und bequemere Mäntel schneidern konnten.

Angélique trat neben ihn und blickte dem auf den Wellenkämmen tanzenden Boot nach. Eng aneinandergedrängt in ihren dunklen Umhängen mit den spitzen Kapuzen, erinnerten sie an zwei schwarze Krähen, die sich unter Paradiesvögel verirrt hatten: da war das Rot und Blau der Offiziersröcke, das Gold der betreßten Federhüte, das Weiß der Spitzenjabots und Spitzenmanschetten der britischen Edelleute und die weiß-roten Streifen der Matrosenmützen. Das Klatschen der Ruder wurde übertönt von einem Abschiedslied, das von den Themseufern stammte.

Doch die beiden kehrten nach Salem zurück, in das reizende Städtchen der Neuen Welt mit seinem Flieder, seinen Kürbissen und – seinem Pranger.

Sechzehntes Kapitel

»Komm und hilf mir«, sagte Angélique zu Séverine Berne.

Nachdem die beiden Engländerinnen abgereist waren, die man in Gouldsboro zwar als Störenfriede empfunden, doch insgeheim aufgesucht hatte, um Arzneien oder gar Behandlung zu erbitten, war in der Ratsversammlung beschlossen worden, den Schuppen oben auf der Felsnase – wie die beiden es vorgeschlagen hatten – in ein Lazarett umzugestalten.

Zimmerleute und Tischler hatten die Deckenbalken, Türangeln und Schlösser neu verfugt, das Dach mit soliden neuen Schindeln aus hellem Lärchenholz ausgebessert, entlang der Wände Bretterregale für Phiolen, Dosen, Schüsseln, Mörser und Glasbehälter angebracht und ein paar große leere Truhen hinaufgeschleppt, in denen Wäsche, Watte, Verbandszeug, Decken, Öl und Kerzen für die Lampen und Holz zum Feuern verstaut werden konnten. Jetzt waren nur noch der gestampfte Boden zu kehren und Tisch und Schemel abzuwaschen.

Angélique und Séverine stiegen den steilen Pfad hinan, gefolgt von einem fröhlichen Schwarm junger Mädchen, unter ihnen auch Dorothée und Jeanneton von der Insel Monegan, und die kleine Engländerin Rose-Anne Williams, die das Massaker an den Brunswick-Falls überlebt hatte.

Ein wenig später, nachdem die kleinen Helferinnen Körbe voller Unrat aufgesammelt und abgeschleppt hatten, machten sich Angélique und Séverine daran, mit kräftigen Besen aus Birkenreisern den Platz und die Umgebung des Lazaretts zu säubern.

»Hast du eigentlich Nachricht von Nathanël de Rambourg?« fragte Angélique ohne Umschweife.

»Wieso gerade von ihm?« entgegnete Séverine, wobei sie geflissentlich in eine andere Richtung sah.

»Weil er vielleicht Gründe hätte, sich nach deinem Befinden zu erkundigen!«

Séverine zuckte mit den Achseln, ließ ein kurzes, spöttisches Lachen hören, in dem aber auch so etwas wie Nachsicht mitschwang. »Er? Das sollte mich wundern! Er denkt doch an nichts, an rein gar nichts! Er irrt herum wie eine riesige Möwe, die im Sturm die Orientierung verloren hat! Ach was, kein Vergleich, denn eine Möwe setzt alles daran, ihre Artgenossen wiederzufinden und zu überleben, während er ... Nichts dergleichen. Er hat nichts im Kopf! Nur Flausen. Ein Hohlkopf ...« Sie hielt im Kehren inne und wandte Angélique ihr Gesicht zu, in dem die großen schwarzen Augen blitzten und funkelten. »Stellt Euch vor, er wußte nicht einmal, woher das Wort Hugenotten stammt, mit dem man uns, die französischen Reformierten, etikettiert hat. Er hatte keinen Schimmer, daß es eine Abwandlung vom deutschen Eidgenossen ist, das die Genfer Patrioten, die in die Helvetische Eidgenossenschaft gegen den französischen Herzog von Savoyen aufgenommen werden wollten, in »eyguenot« umgewandelt hatten. Und da auch später wir Calvinisten uns gegen alle herkömmlichen Doktrinen ausgesprochen haben, gaben unsere katholischen Widersacher uns den Spitznamen »eyguenot«, der aus Genf, der Stadt Calvins, stammte. Allmählich hat er sich in *huguenot* gewandelt. Ich weiß das alles von der überaus gelehrten Tante Anna, mit der ich viel zusammen bin. Er hingegen, er ist unwissend, daß er einem leid tun könnte! Mein Vater hat schon recht, wenn er sagt, der reformierte Adel ist noch dümmer und ungebildeter als der katholische Adel.«

»Wenn du ihn so dumm und so wenig anziehend fandest, dann verstehe ich nicht, warum du ...«

»O Dame Angélique, das ist Eure Schuld«, fiel Séverine ihr ins Wort, nachdem sie zornig den Besen geschwenkt und sich dann in Angéliques Arme geworfen hatte.

»Sag so etwas nicht! Deine Eltern machen mir schon die schlimmsten Vorwürfe, ich hätte dich schlecht beraten, dich gar ermutigt ... was weiß ich ...«

»Ermutigt habt Ihr mich, weil Ihr so seid, wie Ihr seid, dadurch habe ich nämlich verstanden, daß die Liebe ein Geheimnis ist. Für mich gab es nur Heirat, Mitgift, glänzende Partie. Bis ich eines Tages begriff, daß Liebe jeglicher Logik entbehrt, daß die wahre Liebe wie ein Blitz einschlägt, daß sie uns allen zufällt, wir sie aber verlieren, weil wir sie nicht erkennen, uns vor ihr nicht beugen, weil wir nicht wissen, daß sie eine Gnade Gottes ist. Wie soll ich das nur ausdrücken? Die Wörter reichen nicht aus. Stundenlang müßte man reden über dieses Thema, das für das menschliche Auge nicht faßbar ist.

Es stimmt, ich fand ihn dumm, nicht einmal schön, und tolpatschig. Und doch... Wie soll ich Euch erklären, wie mir geschah? Es war im Vorjahr. Das gleiche englische Schiff, das zur Abreise rüstete und auch Eure Freundinnen aus Neuengland mitnahm. Sie waren bis zu unserem Haus heraufgekommen, um Euch adieu zu sagen. Geahnt hatte ich schon etwas, doch plötzlich war mir klar, er würde versuchen abzureisen, obwohl ich mir so viel Mühe gegeben hatte, ihn für Gouldsboro zu gewinnen. Er würde also abreisen und ich ihn nie mehr wiedersehen. Ich verließ das Haus durch den hinteren Ausgang und lief auf den Platz, wo ich ihn auch in der Menge entdeckte. Meine Vorahnung bestätigte sich, denn er trug sein Gepäck, seinen alten Seesack, zum Landesteg.

Was dann geschah, kann ich Euch nicht beschreiben. Es war, als schritten wir plötzlich auf einer Wolke. Sobald ich ihn erreicht hatte und unsere Blicke sich trafen, ließ er seinen Sack fallen und faßte mich bei der Hand. Stumm gingen wir dahin, entfernten uns von der Siedlung, bis tief hinein in das Dickicht des Waldes. Was für eine Kraft war in uns! Unser

Blut pulsierte! Er hatte keine Ahnung und ich auch nicht. Es war das erste Mal. Zum ersten Mal liebten wir uns und wußten nicht, wie uns geschah. Welche Wonne, trotz des Schmerzes! Der Himmel brach auf! Lust und Wonne veränderten sein Gesicht. Meine Hingabe, die ihn selig machte und mich jauchzen ließ! Oh, ich bin sicher, daß Adam und Eva, als sie sich zum ersten Mal im irdischen Paradies liebten, nicht glücklicher waren als wir. Ihr hattet recht, Dame Angélique. Die Ekstase wiegt jedes Leid, jedes Opfer auf!

Nein, tadelt mich nicht. Ihr sorgt Euch um mich, weil Ihr Euch für mich wie für eine Tochter verantwortlich fühlt, aber ich weiß, daß Ihr es gutheißt, wenn man unerschrocken seinem Weg folgt. Wer sich gegen alles abschirmt, ist deswegen noch kein Tugendlamm. Und was die Vorwürfe, die meine Eltern Euch machen, anbetrifft ...« Séverine lachte, warf den Kopf zurück und schüttelte ihr schwarzes Haar wie eine Fahne. »Nein! Nein! Teuerste Dame Angélique! Nicht Eure Worte, auch nicht der Brief, den Ihr mir vorgelesen habt, sind schuld. Laßt es mich nochmals sagen: Ihr lebt es vor! Wie Ihr und Euer Gatte miteinander lebt, hat mir gezeigt, was Liebe ist. Auch Abigaël und mein Vater, wenn sie es auch nicht hören wollen. Ich habe es ihnen gesagt. Mein Vater war wütend über diese Bemerkung. Aber ich mußte doch etwas finden, um mich gegen seinen Zorn zu wehren, als ich mich gezwungen sah, alles zuzugeben ...«

Tränen erstickten ihr Lachen. Betrübt senkte sie den Kopf. »Ich hab's verloren«, murmelte sie bitter.

Sie schluchzte kurz auf und erzählte von ihrer Enttäuschung, denn als sie ihr Blut hatte fließen sehen, war all ihre Hoffnung geschwunden, erlosch die Aussicht auf unbekannte Freuden, auf ein neues Leben, das ein Kind bedeutet.

»Ja, ich weiß, ich verstehe dich ...« Angélique erinnerte sich an ihren Kummer damals auf der Landstraße nach Paris, wo die Kutsche umgekippt war und sie dem Edelmann, der sie als Gefangene in Paris abliefern sollte, beinahe die Augen ausgekratzt hätte, denn durch sein Verschulden war der Wagen gekippt und wurde sie, die in Hoffnung war, des Glücks beraubt.

»Wärt Ihr doch da gewesen, Dame Angélique! Niemand wollte mich verstehen. Sie dachten nur an eines: Die Nachbarn dürfen's nicht erfahren.«

Angélique versuchte ihr verständlich zu machen, daß ihr Vater und dessen so sanfte und gute Frau sicher nur um die Existenz ihrer Familie gebangt hatten, denn sie wären ja gezwungen gewesen, auf heimtückische Fragen zu antworten, sich jede Laune, jede noch so ungerechtfertigte Kritik gefallen zu lassen, sich zu verteidigen, ihre Tochter zu verteidigen und für das unschuldige Kind ein normales Leben zu fordern. Und das hätten sie auch getan. Doch wer weiß, ob sie nicht gezwungen gewesen wären, mit ihrer Gemeinde, die weder mit Tadel noch mit Selbstgefälligkeit spart, gänzlich zu brechen, wenn nicht gar, Gouldsboro zu verlassen? Und was wäre dann mit Laurier und Martial geworden?

»Die Welt ist nun einmal so beschaffen. Du darfst es ihnen nicht verübeln.«

»Ich nehme es ihnen aber übel und werde es ihnen nie verzeihen.«

»Sei nicht so unbeugsam, kleine, unschuldige Närrin! Du bist jetzt eine Frau und kein Kind mehr, das glaubt, das Leben und die anderen müßten ihm alles zu Füßen legen. Bewahre dir diese Liebe! Daran tust du recht! Und bereite dich auf den Gatten vor, der kommen wird. Ich werde an Maître Molines nach New York schreiben. Er hat auch meinen Bruder Josselin, der jahrelang verschollen war, wiedergefunden. Es würde mich wundern, wenn er deinen Nathanël nicht zu packen bekäme. An ihn hast du also gedacht, als du mir sagtest: ›Mein Herz schlägt für einen geheimen Geliebten, und diese Liebe hilft mir zu überleben‹?«

»Ja.«

Angélique erzählte, daß Honorine von diesen Worten so beeindruckt gewesen war, daß sie sie beim Abschied von ihrer Mutter wiederholt hatte.

»Honorine! Liebstes Schwesterherz!« sagte Séverine mit melancholischem Lächeln. »Wie unberechenbar und lustig sie ist! Ich gäbe etwas darum, den Namen ihres geheimen Geliebten zu erfahren. Aber das wird uns wohl nie vergönnt sein. Sie hat immer schon ihre eigenen Gedanken gehabt und sie für viel zu wichtig gehalten, um sie den verantwortungslosen Erwachsenen anzuvertrauen.«

Angélique und Séverine nahmen ihre Besen wieder zur Hand und fegten eine Weile schweigend.

»Du hast also keinerlei Nachricht?«

»Von ihm? Nichts. Aber ich gebe die Hoffnung noch nicht auf und warte geduldig weiter, bis er zurückkommt. Ich will keinen andern. Er wird zurückkommen. Was wir miteinander empfunden haben, wird keine andere Frau ihm schenken können. Das kann er nicht vergessen. Und ich auch nicht.«

Siebzehntes Kapitel

Gabriel Berne war am Wegrand stehengeblieben und starrte mit finsterem und tadelndem Blick auf eine Gruppe junger Mädchen und Kinder, die sich unter vorgehaltener Hand schier totlachen wollten über den alten MacGregor und seine drei Söhne, die ihre Plaids umbanden. Ein gefundenes Fressen für die Kinder, diese vier Schotten! In gewisser Weise war sie natürlich komisch, diese Zeremonie, die immer wieder die Neugier der Passanten und das glucksende Gekicher der Kinder weckte, doch zu solch vorwurfsvollen Blicken gab sie eigentlich keinen Anlaß.

In Maître Berne hingegen schien sie unerfreuliche und bittere Gedanken auszulösen, die ihn so vollständig gefangennahmen, daß er Angélique, die nur mehr wenige Schritte von ihm entfernt war, nicht auszuweichen vermochte, was ihm doch nun schon seit Tagen meisterlich gelungen war. Sie hatte ihn überall gesucht, da sie Gouldsboro nicht verlassen wollte, ohne ihm die Meinung gesagt zu haben, und da sie ihn nun endlich entdeckt hatte, war sie auch schon auf ihn zugeeilt.

Es wurmte ihn, daß er sich hatte überrumpeln lassen. Daher ging er lieber gleich zum Angriff über: »Man sehe sich nur einmal diese Gören an!« brummte er mit weit ausladender Geste in Richtung der kichernden Kinder, doch Angélique zu grüßen, fiel ihm nicht ein. »Sie glucksen wie die Hühner, raunen sich ausfällige Bemerkungen zu über diese ungehobelten Kerle, die es wagen, sich am hellichten Tag im Hemd und ohne Beinkleider außerhalb ihrer Behausung auf offener Straße zur Schau zu stellen und mir nichts, dir nichts die guten Sitten unserer Siedlung zu verletzen!«

Angélique wandte ihre Aufmerksamkeit dem Schauspiel zu, das ihn derartig empörte.

Das freundliche Licht der Morgensonne hatte die drei kräftigen Burschen und ihren trotz der weißen Haarbüschel über den Ohren nicht weniger stämmigen Vater vor die Hütte gelockt, in der sie die Nacht verbracht hatten. In der Tat trugen sie nichts weiter als ihre Hemden mit den flatternden Zipfeln. Die Schotten der Neuen Welt wahrten die Tradition des safrangefärbten Hemdes aus angeblich irischem Leinen, das früher sogar mit Pech imprägniert war, um gegen Regen und sprühendes, salziges Meerwasser zu schützen.

Die vier Schotten traten ein paar Schritte vor, stellten sich in einigem Abstand zueinander auf und begannen feierlich, zunächst ihre großen blauen, quastengeschmückten Tellermützen aufzusetzen, schlüpften dann in jene roten Wollstrümpfe, die den Highlanders den Spitznamen »Red Shankes« eingebracht hatten und die sie unter dem Knie zwanglos mit einem Gras- oder Strohhalm zubanden. Doch die Zipfel ihrer Hemden peitschten im Wind, und das war's, was Maître Berne so aufbrachte!

»Sie haben nichts an! In London hörte ich von Offizieren, das sei praktisch, um sie auszupeitschen.«

Doch die Schotten der Insel Monegan, die mit keiner Armee mehr etwas zu tun haben wollten, konnten sich an so etwas wie Schläge schon gar nicht mehr erinnern. Nachdem sie mit einem Doppelknoten ein Tuch um ihren Hals gebunden hatten, machten sie sich an die wichtigste Phase ihrer Bekleidungszeremonie: Sie drapierten sich mit den riesigen Plaids in den Mustern und Farben des MacGregor-Clans, der unter Führung von Sir William Alexander 1628 aus Schottland eingewandert war und dessen Mitglieder zum größten Teil in die *Baie Française* ausgeschwärmt waren, um dort neue Wurzeln zu schlagen.

Als erstes legten die vier Männer ihre Koppeln auf den Boden, und zwar in genau bemessenem Abstand zueinander. Dann breitete jeder auf seiner Koppel sein buntkariertes Plaid, auch *tartan* genannt, aus, ein riesiges Stück Stoff, das ihnen nachts als Decke diente und das sie jetzt so legten, daß der Teil, der den Rock oder Kilt bilden sollte, kürzer war als der andere. Sorgfältig wurde nun das Plaid gefältelt, bis die beiden Koppelenden rechts und links vorschauten. Abschließend legte man sich darauf, kontrollierte, ob der untere Rand auch mit der Kniekehle abschloß, und schlug die Zipfel über sich zusammen. Die Koppelschlösser schnappten zu, die vier Männer sprangen auf, und jeder zupfte sich seinen Tartan zurecht, der eine länger, der andere kürzer. Bei schlechtem Wetter hüllten sie sich einfach bis zum Kopf darin ein.

Sie waren es gewohnt, außerhalb ihrer Inseln Anlaß für Heiterkeit zu bieten. Daher grüßten sie auch jetzt mit fröhlichem Lachen ihre kleinen Zuschauer, die eifrig geklatscht hatten und ihnen nachliefen, während sie zum Hauptplatz hinunterstiegen und in der »Herberge unter dem Fort« verschwanden. Gabriel Berne hatte sich abgewandt, um ihren herzlichen Gruß nicht erwidern zu müssen. »Wir sind überschwemmt mit Gesindel, taktlosem Pack!«

»Ich glaube eher, Euer schlechtes Gewissen läßt Euch die Gäste von Gouldsboro in trübem Licht erscheinen. Diese Leute von Monegan gehören sicherlich zu den angenehmsten, und wenn sie auch Schotten sind und – was Euch besonders zu ärgern scheint – nichts anhaben, so sind sie doch höchstwahrscheinlich Presbyterianer und somit, wie Ihr, Angehörige der reformierten Kirche. Aber, was soll's, genug damit. Ich habe Euch ernsthafte Vorhaltungen zu machen, Maître Berne, und glaubt ja nicht, ihnen ausweichen zu können!

Wie konntet Ihr eine so wunderbare Frau wie Abigaël nur so behandeln? Sie einsperren, sie jeder Hilfe berauben, ihre Kinder entfernen. Benimmt sich so ein zivilisierter Mann gegenüber seiner Frau, die solches in keiner Weise verdient? Ich höre so etwas zum ersten Mal und habe doch in meinem Leben Gott weiß wie viele üble Rohlinge und nichtswürdige Individuen kennengelernt! Doch keiner ist je derartig über die Stränge geschlagen! Das blieb Euch, Maître Gabriel Berne aus La Rochelle, vorbehalten!

Ihr verdientet es, daß sie sich so benimmt wie jene Abigajil der Bibel, die ihres bärbeißigen Gatten Nabal überdrüssig wurde; Nabal, der Mann aus Maon, ein sehr reicher Mann, der sein Gut im Karmel hatte: ›Der Name dieses Mannes war Nabal, und sein Weib hieß Abigajil. Die Frau war klug und von schöner Gestalt, aber der Mann war roh und bösartig . . .‹ Ihr wißt, was diesem Nabal geschah, als die arme Abigajil es müde wurde, überall herumzulaufen, um sein Unrecht wiedergutzumachen und das Blutvergießen zu verhindern, das die Grobheit und Gemeinheit ihres Mannes angerichtet hatte? Wißt Ihr es, oder muß ich es Euch erzählen?«

»Nein, um Himmels willen, nein!« protestierte Berne, der vergeblich versucht hatte, ihrem Wortschwall Einhalt zu gebieten. »Unnötig! Ich kenne meine Bibel und besser als Ihr!«

»Das wäre erst noch zu beweisen! Ich verhehle jedenfalls nicht, daß ich die Gründe sehr gut kenne, die Euch zu diesem unverzeihlichen Verhalten getrieben haben. Ihr wolltet verhindern, daß Abigaël *meine* Salemer Freundinnen empfing! Laßt mich hören, was Ihr zu Eurer Verteidigung vorzubringen habt, bevor ich mein Urteil fälle. Was haben diese Frauen Euch getan?«

»Sie sind Engländerinnen, Hexen und Sünderinnen.«

»›Wer ohne Sünde ist, werfe als erster einen Stein auf sie.‹« Sie wußte, Maître Berne konnte es nicht ertragen, wenn sie die Heilige Schrift zitierte.

Er bewunderte sie zwar, verehrte sie insgeheim, doch er tolerierte nicht, daß sie, deren Lebens- und Denkweise er als »gottlos und freidenkerisch« einschätzte, auf die Heilige Schrift verwies. Diese Anspielung auf Abigajil und Nabal war ihm ein Dorn im Auge, zumal er nichts dagegenzusetzen hatte.

»Und außerdem«, fuhr Angélique fort, »sind sie auch noch hübsch und liebenswert, was – wie ich weiß – in den Augen gewisser Leute ein unverzeihlicher Makel ist. Bisher habe ich Euch nicht zu diesen verbitterten und frauenfeindlichen Gemütern gezählt.«

»Es steht geschrieben: ›Die Hexen sollst du nicht am Leben lassen.‹«

»Worauf ich antworte: Sie tun nur Gutes. Und es steht doch auch geschrieben: ›An ihren Früchten sollt ihr sie erkennen!‹ Doch lassen wir's dabei bewenden. Wissen aber sollt Ihr, daß es mir höchst unangenehm ist, wenn Freundinnen, die mir lieb sind, von Freunden, an denen mein Herz ebenfalls hängt, abgewiesen werden! Für wen soll ich mich wohl entscheiden? So etwas ist unmöglich! Doch tadeln werde ich denjenigen, der mir aus Mangel an Nächstenliebe eine solche Wahl aufzwingen will.«

Gabriel Berne wurde abwechselnd rot und blaß und rang nach Luft. »Aber zugeben müßt Ihr doch, daß sie zwei absonderliche Wesen sind«, stieß er wütend hervor. »Eure Freundschaft entbehrt doch jeder Logik!« Diesen schneidenden Ton schlug er immer dann an, wenn er den Boden unter den Füßen verlor, entwaffnet von ihren Argumenten und dem Funkeln ihrer grünen Augen.

Doch das hatte er zu büßen: Angélique's Augen wurden stechend und kündigten ein Gewitter an: »Euch selbst haltet Ihr wohl nicht für einen absonderlichen Kerl, Maître Berne! Es schiene Euch wohl auch nicht logisch, wenn ich Euch meine Freundschaft entzöge?«

Gabriel Berne war so beleidigt und fassungslos, daß er nur noch stammelnd solche Ungeheuerlichkeit parieren konnte: ». . . Gefahr für unsere Kinder . . . Wenn ich sie nur schon von weitem sehe . . . Verwerfliches Gesindel! . . .«

Doch Angélique ließ sich nicht beirren: »In Eurer Jugend hattet Ihr mehr Verständnis für Sünderinnen. Ich entsinne mich noch, wie Ihr im Anschluß an einen Gottesdienst in Charenton eine barfüßig durch den Regen laufende Frau auf die Kruppe Eures Pferdes hinaufgezogen habt. Wenn ich recht verstehe, würdet Ihr sie heute seelenruhig im Schlamm weiter waten lassen, diese arme Dirne, die nach Paris hastete.«

»Sprecht nicht so, ich bitte Euch!«

»Was war ich in Euren Augen damals denn anderes? Und doch zeigtet Ihr Euch großmütig, wart Ihr ein herzlicher, aufrichtiger, mitleidsvoller junger Mann, der keine Hintergedanken hegte angesichts meines Elends.«

»Man ändert sich mit den Jahren«, verteidigte sich Berne. »Die Verantwortungen, die die Jahre uns auflasten, zwingen uns zu Besonnenheit. Abgesehen von den Jahren in Paris, wo ich mir die Hörner abstoßen und Jurisprudenz studieren durfte, bin ich ein ganz gewöhnlicher Mann. Ich habe nichts von einem Helden! Ja, in der Jugend träumt man von Heldentaten, will man Gerechtigkeit erzwingen für die Elenden, das ganze Universum reformieren. Aber später habe ich mir die Vernunft meines Vaters zu eigen gemacht, und der war ein weiser Mann. Jetzt bin ich, genau wie er, jedem Abenteuer abhold, des Kampfes unlustig und voller Respekt für das Gesetz.«

»In der Tat! Das habt Ihr bewiesen! Des Kampfes unlustig? Mir scheint, es war noch genug Kampfgeist in Euch, als Ihr mit Stöcken auf die Banditen losgingt, die im Raum von Les Sables d'Olonne Euren Warenkonvoi angriffen. Oder als Ihr vor meinen Augen in La Rochelle die Henkersknechte Baumiers erwürgtet und im Salz eingrubt, während die Polizei und die Schergen der kirchlichen Behörden, die einen Vorwand suchten, Euch ins Gefängnis zu werfen, an Eure Haustür klopften. War das Euer Respekt für das Gesetz?«

Gabriel Berne fuhr zusammen und starrte sie verwirrt an, als hätte er all das längst vergessen. Sie lächelte ihm zu, denn ihr machte es Freude, ihn an die Zeit zu erinnern, da er seinem Zorn und seinen Leidenschaften freien Lauf gelassen hatte.

Mühsam zwang er sich zur Ruhe und sagte: »Zunächst einmal mußten damals, als wir in Frankreich lebten, die Bürger erst lernen, sich zu verteidigen, um ihr Hab und Gut zu bewahren. Denn ihre früheren angestammten Verteidiger, die Aristokraten, schwangen den Degen nur mehr beim Duell, oder um sich vor dem König aufzuplustern. Ferner ist La Rochelle eine seit Richelieu belagerte Stadt, besetzt von Ortsfremden, von Feinden, die es darauf anlegen, die alteingesessene Bevölkerung zu verjagen. Wir Hugenotten, die wir seit mehr als einem Jahrhundert uns zur reformierten Kirche bekannten, wurden im Kampf geboren, den wir von Generation zu Generation fortsetzten. Ich habe nie etwas anderes als Kampf gekannt und auch nie von etwas anderem geträumt.«

»Wenn ich recht verstanden habe, wart Ihr bei alledem ein ganz gewöhnlicher, friedfertiger und sorgloser Mann. In der Tat, das Leben in La Rochelle war einfacher als hier, mit all den doppelten Steuerbelastungen, die Euch aufgebürdet waren, weil Ihr dem protestantischen Glauben nicht abschwort und auch noch für die Konvertiten zu zahlen hattet, die jahrelang steuerfrei blieben. Ihr lebtet in Seelenruhe inmitten Eurer Kinder, die man auf der Straße entführte, um sie den Jesuiten anzuvertrauen, inmitten der Polizeispitzel, die Eure Frauen und Töchter belästigten, bis Ihr sie schließlich eigenhändig erwürgen, einsalzen und in Mercelots Brunnen werfen mußtet ...«

»An diese Art Kampf waren wir gewöhnt!« schrie Berne. »Darum geht's ja gar nicht. Ihr könnt es nicht begreifen, was es heißt, vor dem Ruin zu stehen. Für Leute wie uns, für meinen Vater und Großvater, war Ruin fast gleichbedeutend mit dem Verlust des Lebens, schlimmer noch! Und das macht bitter und hart. Ruin bedeutet Versagen, ist eine Schande, ein Jammer. Hat man durch Arbeit und Entbehrung das selbstgesteckte Ziel erreicht und unerhoffte Erfolge gehabt, lebt man mit Gott und sich selbst in Frieden. Man spürt, daß man seine

Pflicht erfüllt hat, gegenüber seinen Kindern und Vorfahren. Es war der Wunsch meines Vaters, daß ich sein Handelskontor weiterführte und Gewinn erwirtschaftete. Als er sah, daß ich mich darauf vorbereitete, segnete er mich auf dem Totenbett und übergab mir die Frucht seiner Mühen, die Ihr habt aufblühen sehen. Alles verlieren, was unser Leben ausmacht, innerhalb weniger Stunden das Werk mehrerer Generationen im Stich lassen und es plündernden und lüsternen und ... katholischen Händen auszuliefern – wie oft habe ich mir das schon zum Vorwurf gemacht! Tapfer und tugendsam wäre es gewesen, in La Rochelle auszuharren.«

»Und auf den Galeeren zu enden?«

»Was weiß ich? Vielleicht wäre es besser gewesen.«

»Ein echtes Männerwort! Eure schutzlos ausgelieferten Kinder kümmern Euch wohl wenig.«

Als leibhaftige Illustration dieser Worte tauchte der kleine Laurier vor ihnen auf: rote Bäckchen, windgezauste Haare und ein triumphierendes Gesicht. Er trug Eimer voll Muscheln und hatte eine ganze Kinderschar im Gefolge, die jünger waren als er und Eimerchen und Körbchen voller triefender Herrlichkeiten schleppten, die das Meer ihnen entgegengespült hatte.

Gabriel Berne, der nicht aufgeben wollte, wandte brummig den Kopf. »Ihr wollt uns zu Heroismus zwingen!«

»Wenn es nur das ist, was Ihr mir vorzuwerfen habt, so fühle ich mich nicht schuldig. Obwohl die Hetzjagd durch die Heide, mit den Dragonern des Königs auf den Fersen und einer Horde störrischer Hugenotten, die man antreiben mußte, damit sie sich nicht von Säbeln zerhacken ließen, nicht gerade zu den angenehmsten und auch nicht zu den erfreulichsten Erinnerungen meines Lebens zählt.«

Gabriel Berne raste innerlich und zog es vor, nichts zu entgegnen. Nun waren sie schon mehrmals in heftiger Erregung zwischen den letzten Häusern des Dorfes und dem Waldsaum hin- und hergegangen und wußten beide, daß sie in diesem hitzigen Wortgefecht ein Thema umgangen hatten, das noch anzuschneiden war: der Fehltritt Séverines.

Gabriel Berne näherte sich ihm auf Umwegen, sprach von seinem Sohn Martial, der sein Studium in Neuengland wiederaufnehmen solle, denn es ginge ja nicht an, daß er hier nur auf dem Wasser herumpaddle, wenn er sich mit allerlei mehr oder minder dunklen Geschäftchen auch ein Taschengeld verdiene, Patrouille fahre, um das Dorf vor unliebsamen Überraschungen zu schützen, und beim Gouverneur Paturel Schreiberdienste versehe, weil der junge Mann, den Angélique für diesen Posten ausersehen, sich ja offenbar mir nichts, dir nichts in Luft aufgelöst habe! Nicht einmal eines Abschiedsgrußes habe er sie gewürdigt!

Gabriel Berne rang nach Luft und glich einem rasenden Stier. »Es würde mich nicht wundern, wenn dieser Narr, dieser skrupellose Nichtsnutz ...«

»Der Liebhaber von Séverine wäre«, ergänzte Angélique. »Nun, wenn dem so sein sollte – und es ist so! –, wozu dann dies Gejammer? Ihr habt doch immer gefürchtet, sie könnte sich in einen Papisten vergaffen, und dieser gehört der Reformierten Kirche und einer Familie hoher Abstammung an. Es wäre also keinesfalls ehrenrührig, ihm Eure Tochter zu geben!«

»Für mich wäre es ehrenrührig, meine Tochter einem Taugenichts zu geben, der sie zudem bereits entehrt hat!« schäumte Berne. Gerade der Hochadel habe der Reform nur geschadet, wetterte er, denn es sei ihm weniger um religiöse Überzeugungen als um eine Rebellion gegen die Macht des Königs gegangen. Zum Glück habe das fromme, fleißige, sich bescheidende Bürgertum ... Kurzum: Er brummelte unzusammenhängende Worte, aus denen hervorging, daß ein *de Rambourg* nichts Schmeichelhaftes an sich habe. Die beiden jungen Leute gehörten nun einmal zwei verschiedenen Welten, zwei verschiedenen Kasten an, und solche Barrieren seien nicht zu überschreiten und untersagten ihre Verbindung!

»Maître Berne«, unterbrach ihn Angélique, »darf ich Euch daran erinnern, daß wir uns in Amerika befinden und Eure Auffassung von Kasten überholt, ja geradezu lächerlich ist? Schaut mich an. Ich bin als Sancé de Monteloup geboren und habe den Grafen Joffrey de Peyrac de Morrens d'Irristru geheiratet. Wenn in dieser Diskussion auch unsere Temperamente aufeinanderprallen und wir uns schonungslos gewisse Wahrheiten ins Gesicht schleudern, so trennt uns dennoch keine Barriere, die Euch in die Kaste des Bürgertums von La Rochelle und mich, deren Ahnen sich bis zu den Kapetingern zurückverfolgen lassen, in die Kaste des Hochadels verwiese.«

»Bei Euch, Madame, ist das etwas ganz anderes!«

»Nein! Hier in der Neuen Welt sind wir zwar alle voneinander verschieden, aber einander doch ähnlich. Und das schweißt uns zusammen und macht unsere Stärke aus. Wie oft senke ich die Augen und sehe Eure Schuhe an ...«

»Meine Schuhe? Was soll denn das?«

»Ich weiß nicht, ob es noch dieselben sind, die ich vom Lichtschacht meiner Gefängniszelle aus sah: die Schuhe meines Retters! Er war ein Mann, der draußen vorbeiging; war er ein Bürger, ein Richter, ein Wächter, ein Priester oder Edelmann? Ich rief ihm zu: ›Wer Ihr auch sein mögt, rettet mein Kind, das ich allein im Wald zurückgelassen habe!‹* Und wegen dieser Erinnerung werde ich mich nie mit Euch überwerfen, wenn Ihr es auch schon oft genug verdient hättet!

Und jetzt komme ich auf unseren heutigen Zwist zurück. Damals, als Ihr mich in Euer Haus aufnahmt, hat Eure Herzensgüte mir wohlgetan. Oft wart Ihr traurig und mürrisch, aber Ihr wart gut. Und warum laßt Ihr hier, wo Ihr alles habt, um glücklich zu sein, Euer Herz verkümmern, warum verhärtet es sich?«

»In La Rochelle war ich zu Hause. Da war es leicht, gut und gerecht zu sein. Ich bin ein schlichter Mensch, laßt es Euch nochmals gesagt sein, und den meisten Männern ist das, was sie gewohnt sind und kennen, lieber als ein flüchtiges Glück, mit dem sie nichts Rechtes anzufangen wissen, weil es von ihnen einen Einsatz verlangt, der ihrer Natur eigentlich nicht entspricht, der sie auch weniger interessiert als ...«

»... Zahlenkolonnen zu schreiben, ich weiß. Und doch muß ich lachen, Maître Berne! Ihr habt schon einmal im höchstem Einsatz gespielt, mein Lieber, wart bereit, Euer Geschäft, Euer Leben, Eure Seele zu opfern. Glaubt Ihr, Ihr wäret der erste und einzige, dem solche Opfer abverlangt werden? Hat nicht auch Abraham seine Heimatstadt Ur geliebt und es als bitter empfunden, daß Gott ihm sagte: ›Mach dich auf, durchzieh das Land in seiner Länge und Breite, denn dir werde ich es geben‹?«

»Hört endlich auf damit! Ich verbiete es Euch, mir ständig aus der Bibel zu zitieren!«

»Mir soll's recht sein. Doch muß ich Euch noch daran ge-

* Siehe: Angélique, die Rebellin

mahnen, daß die Bibel und die Evangelien für Katholiken wie für Protestanten die ›Heilige Schrift‹ sind, beten wir doch alle zu demselben Gott!«

Gabriel Berne gab sich geschlagen. »Das Ende ist immer dasselbe: Man muß Euch folgen, oder Euch aufgeben. Ihr stürzt alles um, zerstört alles! Ihr zwingt einen, den Rahmen, den man um sein Leben gefügt, in Stücke zu brechen. Doch eines will ich Euch sagen: Der Tag wird kommen, da ich Euch nicht mehr werde folgen können, da mein Glaube, meine Überzeugungen mich zum Bruch zwingen werden, mich zwingen werden . . .« Er machte eine schneidende Handbewegung. ». . . Euch abzuschwören, allen beiden! Ihm und Euch! Trotz allem, was wir Monsieur de Peyrac verdanken. Es geht nämlich nicht um Gefühl oder Zuneigung, sondern einzig und allein ums Prinzip.«

»Meiner Ansicht nach ist Freundschaft keine Frage des Prinzips, keine Frage des Dogmas. Habe ich jemanden ins Herz geschlossen, vermag ich ihn nicht so leicht herauszureißen, und Ihr, Maître Berne, habt in meinem Herzen schon seit sehr langem Euren festen Platz.«

Zu keinem Protest mehr fähig, nickte Gabriel Berne: »Ihr seid entwaffnend«, seufzte er, »Ihr Frauen braucht Harmonie, Ihr könnt nicht leben, ohne Euch nicht dauernd von neuem an Euren Gefühlen aufzuwärmen.«

Sie schob ihren Arm unter seinen.

»Mich aufgeben oder mir folgen sagtet Ihr? Was soll das? Ich kenne Euch, Ihr seid ein geschickter Mann und werdet es schon einzurichten wissen, mir weder zu folgen noch mich aufzugeben.«

Arm in Arm stiegen sie erneut den Pfad hinan.

»Er ist Vollwaise«, sagte Angélique laut und vernehmlich. »Ein armer Kerl, so ganz ohne Familie.« Er begriff, daß sie wieder von Nathanaël sprach. »Er irrt an Amerikas Küsten umher, wo doch kein Platz für ihn ist, denn er ist allein, ist Franzose und reformierter Christ. Mein Bruder befand sich im gleichen Dilemma, als einziger Franzose und Katholik, bis er eine Frau fand, die ihn liebte. Dieser Nathanaël ist im Exil, wie wir alle, weil er vor dem Tode floh, der ihm an seinem Geburtsort drohte. Ich nehme an, Ihr seid einverstanden, daß ich an Molines schreibe. Er weiß alles, wird ihn ausfindig machen und in Erfahrung bringen, wie es um sein Erbe in Frankreich steht, um durch Verkauf oder Pacht höchstmöglichen Gewinn zu erzielen.«

»Wenn es stimmt, was wir erfahren haben, dann steht es für die Hugenotten in Frankreich noch um keinen Deut besser.«

»Aber die Gesetze sind noch immer in Kraft, und solange sie nicht widerrufen sind, kann man auf Anwendung dringen, um beschleunigte Abwicklung ersuchen.«

»Da müßte man schon mit dem König reden«, unterbrach Berne. »Doch das müßte jemand sein, den er auch vertrauensvoll anhört und der ihn nicht belügt. Ihr vielleicht!«

Angélique erzitterte und schwieg. Großer Gott! dachte sie bei sich. Diese Narren! Was könnte ich beim König in einer solchen Angelegenheit wohl erreichen? Wer bin ich denn, hier in der Ferne? Was vermag ich vor der geballten Kraft der Jesuiten, all dieser devoten Geister, die dem König weismachen, daß Frankreich wieder konvertiert und das Edikt von Nantes hinfällig geworden ist, weil es ja ohnehin keinen Sinn mehr hat. Außerdem müßte ich den Ozean überqueren. An den Hof zurückkehren. Nein, dazu bin ich noch nicht bereit!

Die Himbeersträucher um Abigaëls Haus zogen die Turteltauben an. Es waren hübsche, zartgliedrige und graziöse Vögel mit beigebläulichem Gefieder und schmalem langem Hals, deren ununterbrochenes Gurren etwas Einlullendes hatte. Wer nahe der Wälder lebte, beklagte sich über sie, doch Abigaël, die sich an allem erfreute, liebte sie. Das Gurren schläferte die Kinder besser ein als jedes Wiegenlied.

Lächelnd stand sie auf der Schwelle und blickte ihrem Gatten, der mit Angélique zu ihr heraufstieg, entgegen.

»Ihr seid hoffentlich nicht eifersüchtig, Abigaël?« rief Angélique ihr schon von weitem zu.

»Heute nicht. Aber ich bin's gewesen, und zwar schrecklich eifersüchtig, als ich Euch damals, in La Rochelle, in seiner Nähe entdeckte und feststellte, daß er zum ersten Mal, seit ich ihn kannte, sich nicht in seine Bibel oder seine Rechnungsbücher vergrub, sondern eine Frau anschaute, mit ganz anderen Augen als . . .«

»Was habe ich gesagt, Maître Berne? Hättet Ihr diesen Schatz Abigaël jemals geborgen, wenn Ihr in La Rochelle geblieben wärt? Erst als der Ozean uns kräftig durchgerüttelt hatte und sie Euch verwundet sah, hat sie sich verraten. Sonst hätte sie Euch nie ihre Gefühle enthüllt. Stimmt's, Abigaël?«

»Niemals! Vor allem bei einer solchen Rivalin, deren Schönheit und Charme all meine Chancen zunichte machten. Ich war verzweifelt und hätte mir beinahe das Leben genommen ...«

»Die Frauen sind närrisch«, grunzte Berne und trottete ins Haus. Er war rot geworden in diesem gespielten Kreuzfeuer und fand es eigentlich gar nicht unangenehm, zwei so prachtvollen Damen als Spielball zu dienen. Es ließ sich nicht leugnen, daß er heute jünger war als damals, als er über seinen Büchern hing. Aber auch die Männer sind Narren, gestand er sich, als er seinen angestammten Platz vor der Feuerstelle einnahm. Er zog Abigaëls Hand zu sich heran, um einen glühenden Kuß darauf zu drücken. Ein Narr, wer die Gewohnheit dem Glück vorzieht, dem Glück, einen anderen Menschen zu lieben. »Ihr habt recht, Dame Angélique.«

Vierter Teil

Die Zwingburg des Herzens

Achtzehntes Kapitel

Alljährlich, wenn sie gegen Anfang Oktober nach Wapassou, ihrem Lieblingswohnsitz, zurückkehrte, schwor sich Angélique, sich im nächsten Jahr einen ganzen Sommer hier zu gönnen. Der Zwang, die sonnigen Monate für Reisen zur Küste oder Besuche in Neufrankreich oder Neuengland zu nutzen, beraubte sie des Vergnügens, in Wapassou die Blütezeit zu erleben, wo die Heilpflanzen für die Arzneivorräte gesammelt und gepflückt werden mußten.

Zum Glück besaß sie in der befreundeten Familie Jonas und mehreren Frauen der Niederlassung kundige Helfer, die während ihrer Abwesenheit die Pflanzen zum richtigen Zeitpunkt und nach ihren Anweisungen ernteten.

An Arbeit mangelte es nicht in Wapassou, auf keinem Gebiet. Besonders dicht gedrängt war der Zeitplan in der Nachsaison, die oft prachtvoll, aber auch kurz sein konnte. Während hier die letzten großen Jagden gestartet und ausgiebig Wald- und Heidefrüchte sowie Pilze gesammelt wurden, mußten diejenigen, die mit immer größeren Karawanen von Süden her eintrafen, sich gleich nach den ersten Regengüssen an die Arbeit machen und alles verstauen und überprüfen, bevor die schlechte Jahreszeit einsetzte. Alle Aufgaben, die der Winter noch schwieriger, wenn nicht gar unmöglich gestalten würde, mußten erledigt sein. Das Brennholz war schon eingelagert, und ganze Bündel von Fackeln lagen bereit. Auch die Schneereifen, Pferdeschlitten und Rodel wurden repariert. Man hörte das Echo der letzten Hammerschläge an Wohn- und Gesindebauten, wo die Familien sich in Kürze mit Schweinen, Kühen und Pferden einschließen und von deren Umzäunung bald kaum mehr die Spitzen aus dem Schnee herausragen würden.

Die Ruhepause im Winter war wohlverdient.

Um das mächtige Fort von Wapassou, das von Jahr zu Jahr größer wurde, instand zu halten, waren mehere fleißige und gut geschulte Hilfstrupps nötig, denn da gab es unzählige Nebengebäude, in denen eine Unmenge Personen logierte, die alle Arten von gemeinsamen Tätigkeiten verrichteten, da mußte man sich um die Feuerstellen, die Öfen, die Räucherkammern, die Salzlake, um das Backen, das Waschen und sogar um Lampen und Kerzen kümmern. Von der Küste waren mehrere Fäßchen Tümmleröl heraufgeschafft worden, das ein schönes helles Licht gab.

In diesem Jahr hatte Angélique noch Zeit gehabt, die Wälder zu durchstreifen, um eine bestimmte Mischung von Beeren zu sammeln, die, in einem großen Kessel aufgekocht, auf der Wasseroberfläche eine feine zartgrüne Wachsschicht zurückließen. Dieses Wachs wurde wieder eingeschmolzen und in Formen gegossen und ergab die herrlichsten Duftkerzen.

Der alte Josuah vom Stützpunkt des Holländers Peter Boggen am Kennebec hatte ihr das Geheimnis der grünen Kerzen verraten, von dem sie schon angenommen hatte, Pater d'Orgeval habe es in sein Grab mitgenommen. Doch der Alte hatte es ihr enthüllt: man machte die Kerzen aus den Beeren eines Strauches, die *waxberries* genannt wurden. Warum hatte sie ihn nur nicht früher danach gefragt! Obwohl der alte Josuah Engländer war, kannte er die Geheimnisse der Pflanzen so gut wie ein Indianer. Als Kind war er mit den Pilgern der *Mayflower* an der kargen, öden Küste Massachussetts gestrandet und hatte im ersten Winter mehr als zwei Drittel der Siedler sterben sehen. Die Not hatte seine Generation gezwungen, sich alle Geheimnisse der Natur nutzbar zu machen. Und er selbst hatte Jahre zuvor dem Jesuiten, dem Pater d'Orgeval, dem es an Lichtern für sein Sanktuarium fehlte, die Herstellung dieser Kerzen beigebracht.

»Von dort drüben war er gekommen«, sagte er, auf einen Pfad weisend, der aus dem Wald herausführte. »Ich habe mich weder vor Schwarzröcken noch vor Franzosen je gefürchtet.«

»Was wollte er denn bei Eurem Handelskontor?«

»Ein paar Eisen- und Kurzwaren, aber auch Weizenbrot. Er sprach alle Algonkinsprachen und Irokesisch. Wenn er sich manchmal in meine Hütte setzte, lächelte er. Ich kann dieses Lächeln schwer beschreiben, es war als amüsierte er sich, als wären wir irgendwie Komplizen.«

»Sprechen wir von demselben Mann? Er wußte, daß Ihr Engländer seid?«

Der alte Joshua schien keine Ahnung zu haben, daß sein

Besucher in der Mönchskutte der erbittertste Feind der Engländer war. Er hatte ihn aufgenommen mit der schlichten Gastfreundschaft der Mayflower-Pilger, deren Sekte, auf dem Umweg über das holländische Leyden, die unerbittliche Strenge der ersten reformierten Christen bereits abgelegt hatten, um in ihren Herzen und Sitten nur die Güte und Milde der Gebote des Evangeliums zu bewahren.

Nun kannte sie das Geheimnis der grünen Kerzen, nach dem sie so sehr verlangt hatte. Doch sie hatte ein zwiespältiges Gefühl dabei, wie immer, wenn sie etwas entdeckte, das mit dem toten Feind zusammenhing. Doch als sie eine dieser grünen Kerzen in einem Silberleuchter entzündete, bemächtigte sich ihrer flüchtig ein Gefühl von Revanche, bevor sie erleichtert aufatmete bei dem Gedanken, daß jener nun nicht mehr auf dieser Erde weilte.

Kurz nachdem die Zwillinge ein Jahr alt geworden waren, hatten sie unter dem Jubelgeschrei und Gelächter aller Bewohner des Forts ihre ersten Gehversuche unternommen. Doch das Lachen verging, als sie kurze Zeit später unermüdlich durchs Haus watschelten, die Treppen hinunterkrochen, sich aus dem Staub machten, auf die Schemel kletterten und die Türen aufrissen und den ganzen Hausstand in helle Aufregung versetzten. Wiegefrauen, Stickerinnen und Ammen mußten die Wachen um Hilfe bitten. Die verschiedensten Ziehschwestern und -brüder hatten sich nämlich gleichzeitig verflüchtigt, und diesen ganzen Schwarm galt es einzufangen.

Seit Honorines Abreise war Charles-Henri der Älteste. Man verließ sich auf ihn, denn er war aufmerksam und den Zwillingen zärtlich zugetan und ergeben, so daß Raimon-Roger und Gloriandre sich angewöhnten, ohne ihn nicht sein zu können. Honorine wäre entzückt gewesen von Raimon-Rogers Haar, das in dichten braungoldenen Büscheln wuchs, die einen rötlichen Schimmer erahnen ließen. Das tiefschwarze Haar Gloriandres fiel ihr bereits über die Schultern herab. Sie wirkte wie ein Püppchen mit Engelsaugen. Bald wurde offenkundig, daß sie einen starken Willen hatte, doch niemals in Zorn geriet, und daß sich hinter ihrer sanften Kindlichkeit ein mächtiger Tatendrang verbarg.

Doch diese Charakterzüge bildeten sich erst im Laufe der Zeit heraus. Angélique behauptete, sie habe ja kaum Möglichkeit, ihre Persönlichkeit zu beweisen, da man sie widerspruchslos alles tun ließe, was ihr beliebe. Doch irgendwie rätselhaft war dieses Kind ... Häufig nahm Angélique es in die Arme, redete leise auf es ein und suchte diesen blauen, aufmerksamen Blick zu ergründen, der ihr jedoch niemals den verborgenen Gedanken verriet.

»Wie schön du bist!« murmelte sie, indem sie Gloriandre fest an sich drückte und die kühlen runden Bäckchen küßte. Glückseligkeit strahlte von dem kleinen Mädchen aus und übertrug sich sofort, und beim Gedanken, daß sie ein glückliches Kind geboren hatte, jubilierte Angélique.

Es gab aber auch Tage, da sie sich an die Geburt der Kleinen, an ihre geringen Überlebenschancen, an das Konzert der Seehunde erinnerte, die sich plötzlich nachts vor Salem eingefunden hatten, als gelte es, ein märchenhaftes Ereignis zu feiern. Sie erlebte alles noch einmal, blickte Gloriandre an und fragte sich, was sie an diesem Kindchen, das doch so wach und brav schien, immer wieder beunruhigte. Manchmal hatte sie den Eindruck, die Kleine sei noch gar nicht so ganz da. Ein Schauder befiel sie, und von Vorahnungen gepackt, drückte sie das Kind noch fester an sich. »Geh nicht wieder fort! Bleib bei uns!« Ihr fiel auf, daß auch Joffrey das gleiche Gefühl zu haben schien. Doch er machte sich keine Sorgen. Er fand es normal, wie er sagte, daß ein unter solch dramatischen Umständen geborenes Kind noch zögerte, sich endgültig an die Erde zu binden. Liebevoll lächelte er dem Töchterchen zu, trug es auf dem Arm, wo es einem Spielzeug glich, hinunter in sein Laboratorium und zeigte ihm allerlei glitzernde, seltsam geformte Dinge wie Gemmen und Goldklumpen.

Allen anderen, die sich um die Betreuung des Prinzeßchens zu kümmern hatten, lagen derartige Fragen ohnehin fern. Sie erfreute sich doch bester Gesundheit und war manchmal, genau wie ihr Brüderchen, ein richtiger kleiner Teufel.

Auch Raimon-Roger hatte früher wie abwesend gewirkt, doch das hatte sich längst gegeben. Wurde er getadelt, versteckte er sich hinter seiner Schwester, doch da er größer war als sie, sah es aus, als wolle er sie beschützen.

Ein Wirbelwind war ins Haus eingezogen mit diesen Kindern, ihren Tieren, dem Hund und dem Kater, der – was ein gutes Zeichen war – geruht hatte, sie nach Wapassou zu begleiten.

Auch die Indianer, die sich rings ums Fort einfanden, wurden von Jahr zu Jahr zahlreicher. Sobald die ersten Wetterunbilden einsetzten, brachten sie ihre Alten und Kranken herauf, und wenn sie später wiederkamen, waren immer einige in Stürmen umgekommen oder an Hunger gestorben.

Geraume Zeit vor Weihnachten hatte Angélique die Runde gemacht, um alle Familien, die auch immer zahlreicher wurden, zu besuchen. So entdeckte sie diesmal die englischen *lollards*, die von Südwesten her durch die Wälder gekommen waren und die zu einer Sekte gehörten, die schon unter den Christen des dreizehnten Jahrhunderts eine Außenseiterrolle gespielt hatten und ebenso wie die Waldenser, Anhänger des Lyonesers Jean Valdo, von den herrschenden Kirchen verstoßen worden waren und – wenn auch zahlenmäßig schwach – unbeirrt an ihrem Glauben festhielten. Wie der Sprecher der Gruppe ihr erklärte, kümmerten sich die *lollards* um die Kranken und besorgten auch unentgeltlich die Bestattung der Toten. Der Name *lollards* ging auf das niederdeutsche *lollen* oder *lullen* zurück und war ihnen angeheftet worden, da sie bei den Begräbnisfeierlichkeiten einlullende Totengesänge zu summen pflegten. Hier in Wapassou stand es jedem frei, seine Geschichte oder das, was er davon preisgeben wollte, zu erzählen. Freiwillig oder gezwungenermaßen waren sie ja alle Pilger unter dem Auge Gottes, und es machte ihnen Spaß, von anderen Ländern und fremden Gebräuchen zu hören. Streit war so gut wie unbekannt, hatte doch keine dieser kleinen, überwiegend aus Familienmitgliedern bestehenden Gemeinden eine Mehrheit in der bunt zusammengewürfelten Großgemeinschaft. Man beabsichtigte auch keine Verbrüderung, suchte nur nach einem Stück Land, um es zu bebauen und fruchtbar zu machen. Selbst war man ohnehin entwurzelt.

Eine Ratsversammlung wurde einberufen, um die Vertreter der einzelnen Bevölkerungsgruppen Wapassous zu befragen, wie sie Weihnachten zu begehen gedächten.

Dies war vielleicht das erste Mal, seit die Religionskriege die christliche Welt mit Blut besudelten, daß Vertreter verschiedener Sekten das Weihnachtsfest, den Tag der Geburt dessen, den sie den Messias nannten, als einen allen gemeinsamen Festtag anerkannten und sich bereit fanden, im Anschluß an den persönlichen Ritus ein gemeinsames Festmahl abzuhalten, wo auch Geschenke ausgetauscht werden sollten.

Sie sah Joffrey durch die Eingangshalle hasten und vernahm den beiläufig gesprochenen Satz: »Er hat sich zu Lymon White geflüchtet!«

Angélique holte ihn ein: »Von wem sprecht Ihr?«

Als sie bemerkte, daß er sich anschickte, das Fort zu verlassen, warf sie sich einen Umhang über und folgte ihm. Es war noch vor dem Abendessen, aber die Nacht brach jetzt schon früh herein. Draußen war es finster, der Wind fuhr durch die Äste und lud sich mit den Geräuschen des Waldes auf. Am Nachmittag war der erste Schnee gefallen und hatte den eisigen Boden mit einem dünnen Teppich überzogen.

Sie entfernten sich vom Fort, über dem, wie täglich vor dem Abendessen, angenehme Düfte aufstiegen. Zwei spanische Soldaten, die Laternen trugen, gingen dicht hinter ihnen. Joffrey de Peyrac erklärte ihr, was ihn beunruhigte, und sie sah ihn, was selten vorkam, besorgt und verärgert. Sie verstand, daß er sich vorwarf, nicht aufmerksam genug gewesen zu sein und es somit Don Juan Alvarez ermöglicht zu haben, ihn zu täuschen. Er hätte sich viel früher nach ihm erkundigen müssen, selbst wenn der Hauptmann der spanischen Garde seine Männer zum Stillschweigen verdonnert hatte. Doch seit ihrer Ankunft war so viel zu tun gewesen: all die Vorsorge für den Winter, die Inspektion der im Sommer erstellten Gebäude, die vielen Neuankömmlinge. So hatte er Don Alvarez nur flüchtig gesehen und seit einigen Tagen gänzlich aus dem Blick verloren. Auf seine Frage hatte er nun erfahren – und das Geständnis mußte Juan Carillo, der keine drei Mal im Jahr den Mund aufmachte, förmlich entrissen werden –, daß der spanische Edelmann, der seit Monaten krank war und seinen Tod nahen fühlte, sich zu dem Engländer Lymon White geflüchtet hatte, da er wünschte, seinen letzten Atemzug zu tun, ohne die vielköpfige Gemeinschaft, die das Fort bewohnte und nur bestürzt und traurig wäre, zu stören.

Das wäre der erste Todesfall in Wapassou.

Lymon White, einer der ersten vier Bergleute, die die Grube von Wapassou erschlossen hatten, hauste in dem alten Gebäude, das Peyracs Rekruten sowie seine Frau und Kinder den ersten Winter über beherbergt hatte. Als man sich später großzügiger einrichten konnte, hatte der Engländer, der an seinen Gewohnheiten festhielt und die Einsamkeit liebte, in diesem Haus zu bleiben gewünscht. Er war stumm, denn die Bostoner Puritaner hatten ihm wegen Gotteslästerung die Zunge abgeschnitten.

Er war ein frommer, fleißiger, sehr fähiger und hilfsbereiter Mann. Noch immer verrichtete er gewisse Arbeiten zur Aufbereitung des Erzes, wozu die Räumlichkeiten und Anlagen dieses alten kleinen Forts völlig ausreichten. Und da er von Beruf Waffenschmied war, hatte er sich seit eh und je um die Pflege und Instandsetzung der Waffen gekümmert. Man fand bei ihm Gebrauchs- und Jagdgewehre, Musketen, Entenflinten, Luntenschloßbüchsen, Steinschloßgewehre, Pistolen aller Art, ja sogar Armbrüste. Die Indianer holten sich bei ihm ganze Bündel von Degenklingen, ohne Scheide und ohne Schaft, dienten sie ihnen doch als Universalwerkzeug für Haushalt und Kampf, für Fischfang und Jagd.

Wenn man den großen Saal betrat, stand man in einem wahren Arsenal. Hier wurden auch Schießpulver und Kugeln hergestellt. Angélique kehrte gern in diese erste Behausung zurück, erinnerte hier doch alles an Zeiten, die – sind sie erst einmal siegreich überwunden – als glücklich erscheinen können.

Dem Spanier hatte der stumme Engländer sein eigenes Bett überlassen. Unbehagen befiel Angélique, als sie Don Juan Alvarez, von mehreren dicken Kissen gestützt, dort liegen sah. Er war stark abgemagert, und seine Haut schien gelblich. Auch sie machte sich Vorwürfe, nicht aufmerksam genug gewesen zu sein. Es lebten jetzt einfach zu viele Menschen in Wapassou, zu viele Kinder waren zu beaufsichtigen, zu viele Redselige waren anzuhören, so daß es jenen, die schweigen und ihren letzten Atemzug in einem verschwiegenem Winkel tun wollten, ein leichtes war.

»Warum nur?« fragte sie ihn, indem sie sich am Kopfende des Kranken auf die Knie warf. »Lieber Don Alvarez, nie habt Ihr Euch behandeln lassen wollen! Es war Euch zuwider, Euch vor einer Frau zu erniedrigen, selbst wenn es sich nur darum gehandelt hätte, sie um einen Kräutertrank zu bitten. Das Ergebnis seht Ihr jetzt.«

Sie streckte die Hand vor, um den Oberkörper des Kranken zu betasten, doch er hielt sie zurück. Es war die instinktive Geste eines Mannes, der die Schmerzen nicht mehr ertragen konnte und bei der geringsten Berührung jammern würde.

»Nein, Madame! Ich weiß, daß Eure Hände zu heilen vermögen, doch für mich kommt jede Hilfe zu spät.«

Sie hatte die Geschwulst gespürt.

Joffrey sagte ein paar Worte auf spanisch, der Muttersprache seines Gardehauptmanns; es waren, dem freundschaftlichen Ton nach zu urteilen, gutgemeinte Vorwürfe.

Auf dem Rückweg zum Fort spürte Angélique, wie Joffreys Spannung und sein dumpfer Schmerz sich auf sie übertrugen. Und sie hatte ihn immer für unerschütterlich gehalten! Seit wie vielen Jahren hatte er diese Gruppe spanischer Söldner eigentlich schon um sich? Wo hatte er sie angeworben? Welche Kämpfe hatten sie miteinander bestanden?

Doch er fragte: »Was haltet Ihr von seinem Zustand?«

»Er ist verloren!« Doch sie fügte hinzu: »Ich werde ihn heilen.«

»Sie hat ihn geheilt! Sie hat ihn gesund gemacht! Es heißt, er sei geheilt!«

Wie ein Lauffeuer verbreitete sich die Neuigkeit, und niemand wollte so recht daran glauben. Weil Angélique mehrmals pro Tag mit ihrem Beutel voller Pflanzen zur Hütte gegangen war, wo der Spanier im Sterben lag, weil sie kaum darüber sprach und niemandem etwas anvertraute, hatte sich allgemein die Ansicht herausgebildet, Don Juan Alvarez sei tatsächlich unheilbar krank, was allmählich zu jener melancholischen Resignation geführt hatte, die alles Tun und Lassen überschattet, wenn man, ohne es auszusprechen, in Erwartung eines Todesfalls lebt.

Einige prophezeiten schon ein trauriges und trübsinniges Weihnachtsfest.

Doch als es Weihnacht wurde, vermochte Don Juan Alvarez zwar noch nicht an den Festlichkeiten teilzunehmen, aber die Festtagswünsche seiner Freunde, die in Grüppchen kamen, konnte er bereits entgegennehmen. Er saß in einem großen Sessel, der die Form eines Tetraeders hatte, dem einzigen Möbelstück des Engländers, in welchem dieser seine Bibel zu lesen pflegte.

Angéliques Lohn war dieser wohlbekannte Glücksfunke im Blick des Mannes, den sie liebte. »Welch ein Schatz wurde mir mit Euch zuteil!« murmelte er, indem er sie fast vom Boden hochhob, um sie noch enger an sich zu pressen.

Sie wies darauf hin, daß sie doch nicht gesagt hätte, daß sie ihn heilen werde, wenn es ihr aussichtslos erschienen wäre. Sie hatte gespürt, daß sie ihn heilen konnte, das war alles. Hinzu kamen natürlich all die Bücher, all die medizinischen Werke, die er für sie hatte kommen lassen, all die Zauberbüchlein von Shapleigh, die sie Tag für Tag zu entziffern suchte und in denen sie erstaunliche Rezepte entdeckt hatte, deren Zusammensetzung sie natürlich ausprobieren mußte, und dabei waren ihr auch die Zauberformeln der alten Melusine wieder eingefallen. Während all dieser Jahre in Amerika, und vor allem in Wapassou, hatte sie Muße gehabt, allerlei Experimente durchzuführen, die sie in Frankreich schnell wieder hätte aufgeben müssen; zum einen wegen ihres Standes, zum anderen, weil jede heilkundige Frau dort sogleich Verdacht erregte, seit man die Hexenjagd freigegeben und ans Bett der Kranken Dummköpfe mit Universitätsdiplom und dem Titel »Doktor« zu rufen pflegte. Unzählige Stunden verbrachte sie in den zwei großen Räumen, wo Joffrey ihre Apotheke hatte einrichten lassen, die bald mit jenen der berühmtesten Klöster würde wetteifern können.

Während der Krankheit des Spaniers ließ sie in das Haus von Lymon White eine Unmenge von Glasbehältern und Pflanzenbeuteln schaffen, da sie dort einen unbenutzten Keller entdeckt hatte, dessen Wände mit einem feuchtigkeitsabstoßenden Anstrich überzogen waren. So wurde das ehemalige Fort Wapassou zunächst Waffenlager und dann Arzneilager, was sich schon in Bälde bezahlt machen sollte.

Ringsum lag tiefer Schnee, doch die heftigen Stürme waren noch nicht entfesselt. So konnte der Spanier zur Genesung ins Fort geschafft werden, wo man ihm eine Wohnung einrichtete, nicht weit von der Herrschaft entfernt, und wo die Kinder ihn besuchen konnten, denn er war der Pate von Raimon-Roger, wie einer der anderen spanischen Soldaten Pate von Gloriandre war. Da sie in Salem am Fuße der Treppe Wache gestanden hatten und die Neugeborenen, die zu sterben drohten, unverzüglich getauft werden mußten, hatte die irische Hebamme sie kurzerhand gebeten, ihren beiden zu Taufpatinnen bestimmten Töchtern als Paten zur Seite zu stehen. Schließlich war es ja nicht leicht, in einer Stadt wie Salem Katholiken aufzutreiben. Der Himmel hatte diese Spanier gesandt!

Mit schweren, zu Dreiecken gefugten Bohlen, die hinter Pferde gespannt wurden, begann man, Gräben auszuhöhlen und Wege durch den Schnee zu ebnen.

Angélique, die häufig auf diesen Wegen von Haus zu Haus ging, nahm so manches Mal den kleinen Charles-Henri mit. Er ähnelte Jérémie Manigault, seinem jungen Onkel, und hatte die dunklen Augen von Jenny.

Als sie wieder einmal von einem solchen Besuch zurückkehrten und ihre Schritte im Schnee knirschten, kreisten Angéliques Gedanken nur um dieses Kind. Der Kleine hatte keinen Menschen, gehörte zu niemandem, wenn sich hier auch alle liebevoll seiner annahmen und ihn verhätschelten. Jenny würde niemals wiederkehren, und ihr, Angélique, hatte sie ihn anvertraut.

»Charles-Henri«, hörte sie sich plötzlich sagen, »sag Mama zu mir.«

»Wie Honorine und die Zwillinge?«

»Ja, wie Honorine und die Zwillinge.«

Neunzehntes Kapitel

Dank der Briefe Florimonds waren die Jahre der Trennung zwischen ihnen und ihren beiden ältesten Söhnen nicht von jenem lastenden und dumpfen Schweigen geprägt, das sich für gewöhnlich breitmacht, wenn die einen den Ozean überqueren und die anderen zurückbleiben.

Florimond hatte länger als sein Bruder in Frankreich gelebt, und so besaßen Mutter und Sohn Erinnerungen, die er, der mitteilsam und gesellig war, mit Wonne wieder aufleben ließ. So schrieb er, daß er in der Rue des Francs-Bourgeois ihre erste Behausung wieder aufgesucht hatte, wo beide Kinder, als Zwei- oder Dreijährige, mit der Dienerin Barbe gelebt hatten, während die Mutter die »Taverne zur Roten Maske« führte. Und da er als erfahrener Waldläufer diese Spur weiterverfolgt hatte, war er auf David Chaillou und Javotte gestoßen, die wohlhabende Kaufleute geworden waren und nach wie vor an ganz Paris Schokolade ausschenkten – trotz der Konkurrenz des Tees!

Im Augenblick wußte sie beide Söhne bei bester Gesundheit. Da sie Dienst beim König taten und dieser ihre tägliche Anwesenheit in Versailles verlangte, hatten die beiden Brüder und ihre Gefährten sich in der Umgebung des Palastes ein Dach suchen müssen. Nicht ohne Mühe war ihnen dies schließlich auch gelungen, in der Nähe des Weilers Chesnay, wo unermüdlich für all das Volk, das den Monarchen umschwirrte, kleine Häuser errichtet wurden. Hier hatten sie recht fröhlich, wenn auch etwas beengt gelebt, bis zu dem Tage, da »Messire Cantor das Weite suchte«, nachdem ihm von zwei graziösen Händen Kost, ein weiträumigeres Logis und alles weitere geboten worden war. Doch mehr verriet Florimond nicht über Cantor und seine Liebschaften.

Immerhin hatte er in seinem letzten Brief den rätselhaften Satz seines früheren Schreibens ›Ich habe das Goldgewand wiedergefunden‹ entschlüsselt. Der Zufall hatte ihn eine von Angéliques Schwestern wiederfinden lassen. Seine Tante, Madame Hortense Fallot, war, wie er sagte, die einzige Frau von Paris, wenn nicht gar die einzige des ganzen Königreiches, der die neumodische Frisur *à la Fontanges* schmeichelte. Dieser Florimond wußte die Komplimente so geschickt vorzubringen, daß er gewiß überall gern gesehen war. So hatte er sich eines schönen Tages mit seinem Bruder Cantor am Domizil der Tante, die ein kleines Palais in dem für seine Herrschaftshäuser berühmten Marais-Viertel bewohnte, melden lassen. Ihre Schwester dürfte mit zunehmendem Alter kaum schöner geworden sein, sagte sich Angélique. Doch den Neffen gefiel die Tante, wußte sie doch mit viel Witz Erinnerungen aus deren beider Kindheit sowie von Schloß Monteloup, wo sie selbst und Angélique aufgewachsen, zu erzählen. »Ich war maßlos eifersüchtig auf sie«, hatte sie bekannt. »Ich wünschte mir, sie möge verschwinden. Das tat sie dann auch, bis sie eines schönen Tages – Gott sei's geklagt! – ganz verschwunden war. Wie habe ich ihr nachgetrauert, obwohl sie uns ja viel Verdruß bereitet hatte.«

Und dann war sie auf das Goldgewand zu sprechen gekommen. »Unter all den Sachen, die sie bei mir abgestellt hatte, befand sich auch ein golddurchwirktes Gewand, das sie bei ihrer Hochzeit oder am Tag, da sie dem König vorgestellt wurde, getragen hatte. Wir haben weder gewagt, uns seiner zu entledigen, noch es zu veräußern, nicht einmal, als wir aufgrund des Prozesses ihres Gatten in Ungnade gefallen waren und in bitterster Armut leben mußten.« Tante Hortense hatte die beiden auf den Dachboden geführt und ihnen das in einer Truhe verwahrte Goldgewand gezeigt. »Ich warte darauf, daß Eure Mutter zurückkehrt, um ihr dieses Kleid übergeben zu können, doch leider ist es inzwischen völlig aus der Mode gekommen.«

Durch Florimonds Briefe zog die Vergangenheit ein in dieses hölzerne Fort am Ende der Welt. Zwar duftete es noch nicht nach Bienenwachs und Benzoeharz, mit denen in den Herrschaftshäusern jahrhundertelang Böden und Möbel sorgfältig eingelassen wurden, doch Teppiche und Wandbespannungen gab es schon, die den Räumen ein elegantes Aussehen verliehen und die Wärme dämmten, da sie gegen Zugluft schützten.

Im nächsten Jahr wollte Angélique das von ihrem Bruder Gontran gemalte Bild ihrer Söhne zu Job Simon an der Ostküste bringen, damit der Holzschnitzer einen der Schönheit des Werkes angemessenen Rahmen fertigen und vergolden konnte.

Mit ein paar Bildern und Spiegeln an den Wänden und ein paar wertvollen Gegenständen, die alljährlich aus Europa oder Neuengland in Gouldsboro eintrafen, konnte sich hier jeder seine kleine Welt schaffen, abgeschirmt gegen den rauhen Wind und die ums Haus heulenden Schneestürme. Jeder, der im Exil lebte, trug etwas mit sich, das ihn mit seinem früheren Leben verband, mochte es ein Gegenstand, ein Schmuckstück oder ein Buch sein. Aufgepfropft auf den alten Stammbaum, sollte sich um ihn das neue Leben ranken, doch vor allem ging von ihm jenes Fluidum aus, das an Kindheit und Heimat erinnerte, selbst wenn das Leben häufig nur von Armut oder Verfolgung geprägt worden war.

Angélique erging es nicht anders. Sie hatte geglaubt, nach all den Schikanen und Qualen im Königreich Frankreich sämtliche Brücken hinter sich abgebrochen zu haben, doch nun, da sie in Florimonds Briefen blätterte und sich sein Leben in Paris vorstellte, war ihr doch kein Detail gleichgültig. Und daß der junge Mann es immer wieder bedauerte, auf den Rat der Eltern verzichten zu müssen, der allein für ihn von Bedeutung war, rührte sie zutiefst. Von diesen beiden Menschen, die gemeinsam oder jeder für sich Verrat, Gefahren und alle

Spielarten der menschlichen Gemeinheit erlebt und gemeistert hatten, waren viele Wesenszüge auf ihn übergegangen, die man sich im allgemeinen erst im Laufe eines langen Lebens aneignet. Er war umsichtig bis zum Mißtrauen, schlau wie ein Fuchs, durchschaute Winkelzüge und Niederträchtigkeit, verwehrte sich gegen jedes Komplizentum, obwohl er wie ein Leichtfuß wirkte, über alles und jedes lachte, hinreißend zu grüßen verstand und dem König zu schmeicheln wußte, kecker und taktvoller als so mancher in Ehren ergrauter Höfling. Er war ein gewitzter Bursche, der sich blendend zu verteidigen wußte und mit untrüglichem Blick, der ihm zum Verhängnis werden könnte, alle Schandtaten, Verbrechen und Ränke entdeckte, die aufgrund von Eigensucht, Ehrgeiz, Gier und geilster und unbezwingbarster Sinnes- und Herzensleidenschaft den Hof des angesehensten Monarchen der Welt in eine stinkende Kloake verwandelten.

Das ihm vom König übertragene Amt übte er gewissenhaft aus, doch wenn Angélique ihn richtig verstand, begnügte er sich nicht nur damit, dem König zu dienen, sondern fühlte sich auch berufen, über ihn zu wachen. Was sollte es anderes heißen, wenn er schrieb: »O liebe Mama, wie wertvoll wäre mir Euer Urteil! Ihr kennt sie doch, all diese Konstellationen des Hofes, auch die verworrensten.« Er hatte die Worte sorgsam gewählt, damit sie unverfänglich klangen, für den Fall, daß der Brief von bezahlten Spionen der verschiedensten Lager abgefangen würde.

Auch sie mußte sich bei ihrer Antwort zügeln: »Ich kenne die Gefahren, die einem begegnen können inmitten der Schar der Höflinge.« Doch noch während sie dies niederschrieb, wußte sie sogleich, daß sie unbesorgt sein konnte. Beide Söhne würden sich durch alle Intrigen hindurchschlängeln und sich behaupten. »Vielleicht werde auch ich eines Tages zurückkehren«, schrieb sie abschließend.

Doch vorerst genoß sie in vollen Zügen den Frieden hier in Wapassou. Da waren die beiden Jüngsten, Joffrey, der Zeit hatte, sie heranwachsen zu sehen, die vielen verschiedenen Aufgaben, die ihrer harrten – das alles war Glück aus einem soliden Stoff, dessen Fäden man nicht wieder zerreißen durfte!

Sie schloß die Augen und rief sich das Bild ihrer drei Kinder in der Ferne wach: Florimond, Cantor und Honorine. Sie konnte ihnen vertrauen, denn sie wußte sie immun, gegen alles gefeit!

Gereizt hätte es sie schon, etwas mehr über Cantors Liebschaften, über des Königs Maître de Plaisir und über die kleine Internatsschülerin am St.-Lorenz-Strom zu erfahren. Doch ihr Herz war bei ihnen, das mußte vorerst genügen!

Zwanzigstes Kapitel

Florimond in Paris . . .

An diesem sonnigen Wintertag, der die Fassaden der Häuser am Pont Notre-Dame lächeln machte, befand sich Florimond de Peyrac in einem bescheiden und bieder eingerichteten Raum im zweiten Stock eines solchen Hauses, wo niemand ihn je vermutet hätte, und unterhielt sich mit einem hochrangigen Polizeibeamten namens François Desgray, der rechten Hand einer der bedeutendsten Persönlichkeiten des Königreichs, des Präfekten der Zivil- und Kriminalpolizei, Monsieur de La Reynie. Desgray hatte ihn um diese heimliche Unterredung gebeten.

»Ich danke Euch, Monsieur de Peyrac, für die zahlreichen Auskünfte, die Ihr mir geliefert. Sie vervollständigen die unsrigen, die mühsamer einzuholen waren, da wir weniger Gelegenheit haben als Ihr, uns an jene Personen, die wir demaskieren wollen, heranzupirschen; doch dank Eurer Mithilfe wird es uns möglich sein, dem König eines schönen Tages einen zuverlässigen Bericht mit stichhaltigen Anklagepunkten vorzulegen, der ihn leider grausam treffen wird. Doch er ist Manns genug, den Tatsachen ins Auge zu blicken. Zu wiederholten Malen ließ er uns wissen, er wünsche völlige Aufklärung der Verbrechen, deren Urheber sich dem Vernehmen nach in seiner nächsten Umgebung befinden und über die sich bereits das Volk das Maul zerreißt. Allerdings wiegt er sich noch in der Illusion, die Wahrheit könne so beschaffen sein, daß sein Hof auch vom geringsten Verdacht des Skandals reingewaschen werden würde. Er hofft immer noch, daß eine unparteilich und peinlich genau arbeitende Justiz anhand der peinlich genauen und unparteilichen Recherchen seiner Polizei zu dem Schluß kommen wird, daß diese Gerüchte übertrieben sind und daß es genügen wird, an einigen wenigen und unbedeutenden Sündenböcken ein Exempel zu statuieren. Sei's drum. Vor dem Ausmaß des Desasters wird er sich vielleicht eines anderen besinnen, doch wir müssen ihm zumindest stichhaltige Gründe zur Einberufung eines öffentlichen Tribunals liefern, das er fordert und so bald wie möglich bestellt wissen will.

Daher will ich Euch nicht verhehlen, daß mir vor allem daran liegt, Euren jüngeren Bruder Cantor zu sprechen, denn er ist der einzige von uns allen, der eine der gefährlichsten Giftmischerinnen unseres Jahrhunderts gekannt und aus nächster Nähe gesehen hat, eine Freundin jener Marquise de Brinvilliers, die zu verhaften und aufs Schafott zu bringen mir vor einigen Jahren vergönnt war, während mir die andere durch die Finger geschlüpft und nach Amerika entfleucht ist. Euer Bruder hat sie dort gesehen und kann mir über ihr Geschick Auskunft geben. Das wäre einer jener für unseren Monarchen unbedeutenderen Namen, die man unter die ersten Akten schieben könnte und die bei Eröffnung besagten Tribunals die folgenden und schmerzlicher anzuhörenden in gewisser Weise abschirmen würden.«

»Mein Bruder hat nur seine Liebschaften im Kopf«, entgegnete Florimond mit der griesgrämigen Miene eines Familienvaters. »Wenn für mich diese galanten Spielchen kaum ins Gewicht fallen, so läßt sich das von ihm nicht behaupten. Zudem möchte ich Euch gleich darauf hinweisen, daß er von Natur aus nicht redselig ist und ihr kein Wort aus ihm herausbekommt, wenn es ihm nicht beliebt zu sprechen.«

»Wir werden einander schon verstehen«, meinte Desgray lächelnd. »Vergeßt nicht, daß Ihr beide schon als Kinder auf meinen Knien herumgehopst seid!«

»Gut.« Florimond heuchelte Resignation und seufzte. »Ich will versuchen, ihn aus dem Bett seiner Matresse zu locken, was kein leichtes Unterfangen sein wird. Ich werde Sorge tragen, ihn zu Euch zu schicken, selbst wenn ich ihn persönlich bis zu Euch eskortieren müßte.«

Nachdem Florimond de Peyrac sich behenden Schrittes entfernt hatte, trat François Desgray ans Fenster und betrachtete die Seine, die unten zwischen den Brückenbögen träge dahinfloß. Dann kehrte sein Blick zurück in den Raum und irrte über die schwarzweißen Bodenfliesen. Es war ein Reflex. Auch er lächelte jetzt, denn zum ersten Mal seit langem war ihm bewußt geworden, daß hier unter den Tischbeinen die marmorierte Masse seines ehrwürdigen und treuen Hundes Sorbonne zu liegen pflegte. »Das waren Zeiten ...«, murmelte er.

Seine Finger drehten das Schlüsselchen einer Schublade. Er zog sie auf, und da lag der Brief. Diesen nahm er behutsam heraus, denn an den Faltstellen war er schon recht brüchig, und hob ihn bedächtig an sein Gesicht. Die Worte wußte er auswendig: *»Desgray, mein Freund Desgray, ich schreibe Euch aus einem fernen Land, Ihr wißt, aus welchem. Ihr müßt es wissen oder es erahnen, da Ihr immer alles von mir gewußt habt ...«*

Als er diesen Brief in die Hand nahm, beabsichtigte er nicht, ihn nochmals zu lesen. Er bedeutete ihm unendlich viel, denn der Gedanke, daß *sie* die Feder geführt und diese Zeilen geschrieben, daß ihre zarten und noblen Finger ihn gefaltet, daß ein Hauch ihres Parfums darin eingefangen war, ein Hauch ihrer unfaßbaren Gegenwart noch an ihm haftete, ließ ihn erschauern. Es war eine Geste, die er schon oft wiederholt hatte, und lieber hätte er sich rädern lassen, als sie auch nur einer Menschenseele zu bekennen. Doch er konnte nicht widerstehen und nicht auf sie verzichten.

Er hatte in der Gesellschaft eine Mission zu erfüllen, die ihn zum Sektiererdasein verurteilte, doch was ihn am meisten erschreckte in all den Jahren, die er dem Verbrechen nachjagte, war die Erkenntnis, daß so viele ehrenwerte Leute es mit einer so vollkommenen Ahnungslosigkeit praktizierten, als ob die Gesellschaft dieser Zeit zu den manchmal gar als Tugend angesehenen Praktiken der Ausrottung heidnischer Zivilisationen zurückgekehrt sei. Doch da ein solcher Rückschritt nach jahrhundertelangem Christentum unmöglich war, mußte man wohl oder übel an eine Ansteckung durch teuflischen Wahn, durch unbewußten Irrsinn denken, der sich wie eine Epidemie in den Herzen, Hirnen und Seelen einnistete und sie blind machte für die von der Natur gezogenen Grenzen zwischen dem Verwerflichen und dem Normalen.

Wie jede Epidemie, würde auch diese Manie wieder vergehen. Er gehörte zu den Aufgeklärten und durfte sich weder anstecken noch unterkriegen lassen. Entsetzt, wenn nicht gar ratlos stand er auch vor jener unheimlichen mystischen Überspanntheit, vor allem bei den Frauen. Da gab es doch wahrhaftig welche, die sich am Bösen berauschten, sich ihre Hände mit Blut besudelten.

»Und wenn es dann Abend wird über Paris und die Stadt ahnungslos in abgrundtiefe Verderbnis versinkt, habe ich nur ihren Brief, um meine Wange daran zu kühlen. Ich kannte eine Frau, die nicht davor zurückscheute, ihren Dolch in das Herz eines Ungeheuers zu bohren, aber sie tat es, um ihr Kind zu verteidigen, und darin blieb sie Frau, denn jede Frau muß fähig sein zu töten, um ihre Kinder zu verteidigen. Doch diejenigen, mit denen ich es heute zu tun habe, die ich dank dieses Briefes verhaften konnte und die sich zum Verhör hier auf diesen Stuhl setzen müssen, würden sogar ihrem eigenen Kind das Herz durchbohren – und tun es manchmal auch –, wenn sie sich dadurch eine Begegnung mit dem Teufel und ein Zipfelchen seiner diabolischen Macht erkaufen könnten. Daher sind sie für mich schon gestorben, wenn nicht gar verwest, so schön sie auch sein mögen. Befällt mich während eines Verhörs Übelkeit, trete ich einfach ein paar Schritte zurück, öffne diese Schublade, werfe einen flüchtigen Blick auf diese von ihrer Hand beschriebenen Blätter, die immer greifbar sind, da ich sie auch bei mir trage, wenn ich auswärts zu tun habe, oder wenn keine Zeit bleibt, trete ich ans Fenster, blicke auf die Seine und murmele vor mich hin: ›Marquise der Engel! Marquise der Engel!‹ Der Zauber wirkt! ›Ich weiß, daß du existierst, und vielleicht kehrst du zurück?‹ Irgendwo auf der Welt leuchtet ein Licht. Das ist *sie.*

In irgendeiner fernen Nacht der Neuen Welt, die ich mir düster, eisig und von tausend unbekannten und seltsamen Schreien durchzogen ausmale, hat sie diese Zeilen für mich geschrieben. Wenn ich richtig verstehe, auf einem Schiff.

›Desgray, mein Freund Desgray, hört, was ich Euch zu sagen habe.‹ Und ich brauche sie nur wieder zu lesen, um vom gleichen Schwindel befallen zu werden, der mich ergriff, als ich das Siegel des von verschwiegenem Boten überbrachten Schreibens erbrach und sofort wußte, wer es geschrieben hatte und daß *sie* sich an mich wandte. Unvergeßlich der Geschmack ihrer Lippen auf den meinen ... Ihre stürmischen Küsse, die die Lippen eines widerlichen Polizisten adelten, der immer nur Beleidigungen brüllen muß, um Schrecken einzujagen und widerlichen Individuen Geständnisse zu entreißen. Ihr Blick, der nur mir galt, umhüllt mich mit seinem Licht, und der Wind trägt mir ihre Worte zu: ›Adieu, adieu, mein Freund Desgray.‹

Nur dadurch vermochte ich menschlich zu bleiben.«

Es klopfte an der Tür, und einer der Bogenschützen, die unten vor dem Tor Wache standen, kündigte einen weiteren Besucher an.

Dieser trat, von dem Wachposten geleitet, kurz darauf ein, und Desgray, der ihn sofort erkannte, empfing ihn mit einem breiten, herzlichen Lächeln. »Seid mir gegrüßt, Monsieur de Bardagne, und nehmt Platz.«

Der Ankömmling leistete dieser Aufforderung nicht Folge, sondern blieb, den Hut auf dem Kopf, stehen.

Er blickte um sich und fragte unvermittelt: »Sah ich nicht soeben den jungen Florimond de Peyrac aus Eurem Hause treten?«

»In der Tat.«

Nicolas de Bardagne erblaßte, errötete und stotterte: »Großer Gott! Sie sind in Paris!«

»Nein, noch nicht. Nur ihre ältesten Söhne weilen sozusagen als Gesandte beim König, seit fast drei Jahren.«

»Seit fast drei Jahren? Nein, so etwas, so lange schon!«

Er nahm auch jetzt nicht Platz, blieb eisig, doch sprudelte er hervor, dies sei seine erste Reise in die Hauptstadt seit seiner Rückkehr aus Kanada, und er führe aus, was er sich vorgenommen habe, nämlich bei diesem Anlaß den Herrn Polizeibeamten François Desgray aufzusuchen, um ihm ganz gehörig die Meinung zu sagen, da er ihm gegenüber hinterhältig gehandelt habe! Wie schändlich er hintergangen worden war, sei ihm allerdings erst spät klargeworden. Er, Nicolas de Bardagne, habe geglaubt, daß François Desgray ihn in Anerkennung seiner Verdienste und seiner Talente dem König für eine Mission in Neufrankreich vorgeschlagen habe, wohingegen Desgray genau gewußt, oder zumindest ziemlich sicher geahnt habe, *wen* der Gesandte des Königs dort treffen würde und welche Rolle diese Person in seinem Leben gespielt hatte, und das ganze Manöver habe dann dahin geführt, daß er, der die Vergangenheit besagter Person nicht kannte, dem König einen Bericht gesandt habe, der ihn für immer der Gunst seiner

Majestät beraubte. Was besonders peinigend gewesen sei, da er diesen ganzen harten Winter über in Quebec, und das seien Winter, wo man monatelang auf eine Antwort warte und nicht wisse, ob sie überhaupt kommen werde, daß er sich also diesen ganzen Winter über zu seiner Sachkenntnis beglückwünscht habe, im guten Glauben, das Beste herausgeholt zu haben, und dabei habe er gehandelt wie ein Dummkopf, wie ein Naivling, den man ja bewußt aus ihm gemacht habe.

Mit unergründlicher Miene, die Arme auf dem Rücken verschränkt, hörte Desgray ihn an. »Und bedauert Ihr, diesen langen Winter im Eisnebel von Quebec verbracht zu haben?«

»N . . . nein.«

»Warum beklagt Ihr Euch dann?«

»Hat mich diese Hinterlist denn etwa nicht zutiefst gedemütigt? *Sie, sie* hat natürlich sofort gewußt, wer da im Hintergrund die Fäden zog! Welche Hampelmannrolle Ihr mir zugedacht hattet! Sie wußte von Anfang bis Ende, daß ich der Lächerlichkeit preisgegeben war!«

»Hat sie sich Eurer erbarmt?«

Nicolas de Bardagne spürte, wie ihm die Röte ins Gesicht stieg. Er senkte die Augen und wich dem scharfen Blick des Polizisten aus. »Ja! Sie hat sich meiner erbarmt«, bekannte er schließlich mit erstickter Stimme.

Desgray hatte sich blitzartig zum Fenster gewandt und drehte ihm den Rücken zu, so daß er nicht wußte, welches Gesicht sich ihm nach diesem Geständnis zukehren würde. Er sah nur diesen vierschrötigen Körper, dessen Schultern plötzlich konvulsivisch zuckten, doch dann kehrte sich ihm ein lachendes Gesicht zu, in dem kräftige weiße Zähne blitzten. »Genau das hatte ich mir vorgestellt! Hahaha! Es gibt keine loyalere und großmütigere Frau als sie. Sie ist zu allem fähig. Zu allem – wenn es darum geht, eine Ungerechtigkeit auszumerzen, ein zu Unrecht törichtes Herz zu trösten, ein Herz, dem von einem gemeinen Büttel häßliche Wunden geschlagen wurden. Mein Lieber, Ihr seid verteufelt undankbar, wenn Ihr mir grollt, denn mir verdankt Ihr doch diesen Trost.«

Er rieb sich die Hände.

»Haha! Ich wüßte zu gern, wie oft sie sich gesagt hat: ›Dieser Desgray! Was für eine Ausgeburt des Satans!‹ wenn sie merkte, wie perfekt ich Euch zum Narren gehalten habe. Seht, ich begnüge mich damit, daß sie mich in ihrem Herzen verflucht!«

Sein Lachen erstickte plötzlich, und beide verharrten in Schweigen.

»Wird sie zurückkehren?« murmelte schließlich Bardagne.

»Der König hofft es. Aber laßt es Euch gesagt sein, Monsieur, für uns werden immer nur Brosamen bleiben. Und das ist gut so. Sie sind unendlich kostbar, denn so bleibt sie uns unvergeßlich. Wir sind Privilegierte, müßt Ihr wissen. Sollte sie eines Tages mit ihren Equipagen durch Eure Provinz kommen, begleitet – oder auch nicht – von dem Mann, den sie vergöttert, sollte sie also, wie ich schon sagte, auf dem Weg nach Aquitanien durch Eure Provinz Berry kommen, so wird sie – oder werden gar beide – auf Eurem Landsitz haltmachen. Dann dürft Ihr sie an Eurer Tafel empfangen. Ihr werdet ihr Eure Gärten, Euer Land und – wer weiß? – Eure reizende Frau, Eure glücklichen Kinder zeigen. Seid Ihr nicht bereit, für diese paar Stunden, die der Traum eines Lebens sein können, geduldig abzuwarten?

Was soll ich denn sagen? Ich, der gefürchtete Büttel, der für Verbrechen bezahlte Haudegen und für dieses Verbrechen zahlende noble Herren zittern machen muß, ich, der ich mir die Hände besudle, da ich all diese stinkenden Intrigen aufwühlen muß, der diese zahllosen abscheulichen Kreaturen, die einander an Widerwärtigkeit nur überbieten, deren Lippen nur zu lügen verstehen und deren Herzen aus Stein, wenn nicht gar verfault sind, auf dem Rost meiner hinterhältigen Fragen schmoren lassen muß, ich, der Paris und den Hof sanieren will und unermüdlich Gauner und Hexen, Giftmischer und Mörder verfolge – was glaubt Ihr, wer oder was mich anspornt bei all diesem undankbaren und oft gefährlichen Tun? Daß *sie* eines Tages zu uns zurückkehren kann, ohne ihr Leben aufs Spiel zu setzen! Daß *sie* eines Tages – und einen anderen Lohn erwarte ich mir nicht – in der Menge der Höflinge, die beim König antichambrieren, mich erkennt und mir ein verstohlenes Lächeln, ein winziges Augenzwinkern schenkt!

Das sind die wahren Geheimnisse der Männer. Diejenigen, auf die sie stolz sein könnten. Die sie erfreuen, die ihnen beweisen, daß auch sie unter einem guten Stern leben! Eine Zufallsbegegnung, meistens von kurzer Dauer und manchmal herzzerreißend, berechtigt sie, sich ein ganzes Leben lang zu sagen: ›Einmal zumindest habe ich geliebt.‹«

Einundzwanzigstes Kapitel

Cantor in Versailles ...

Die Marquise de Chaulnes spielte mit den Herren de Sougré, de Chavigny und d'Oremans Pikett, als hinten in der Galerie ein junger weißgekleideter Page vorbeiging, welcher, ohne daß man sein Nahen verspürt hätte, plötzlich hinter den Spielenden stand.

Man spielte nur um kleine Einsätze, da der König in Marly weilte, aber dennoch ließen sich die um den Spieltisch versammelten Personen durch die Anwesenheit des Knaben, der immer noch unbeweglich hinter ihnen stand, nicht stören.

»Wer schickt Euch, Monsieur de Peyrac?« fragte Sougré gereizt, nachdem er den Pagen als den jüngeren der beiden Brüder mit dem gascognischen Namen erkannt hatte. Man munkelte zwar, die beiden seien nicht aus der Gascogne, sondern – was weniger schmeichelhaft wäre – aus Neufrankreich gekommen. Immerhin hatten sie es von Anfang an verstanden, sich in der Umgebung des Monarchen ins rechte Licht zu rücken, und so hatte der ältere in kürzester Frist das sehr begehrte und sehr ehrenvolle Amt des Maître des Plaisirs du Roi übertragen bekommen, ein einträgliches, aber auch sehr heikles Geschäft.

»Wir hatten Euch eine Frage gestellt, junger Cantor«, ließ sich Monsieur de Sougré erneut vernehmen, war er doch stolz darauf, unter Beweis stellen zu können, daß er mit den Brüdern, denen der König unverhohlen Zuneigung schenkte und die mit der Grandezza von Gesandten am Hof aufgetaucht waren, bestens vertraut war. Trotz ihrer Jugend schienen sie bereits die ganze Welt bereist zu haben, und, was noch erstaunlicher war, alle Geheimnisse von Versailles zu kennen.

Madame de Chaulnes, verärgert über ihre mittelmäßigen

Karten, die sie ihren Einsatz kosten konnten, hatte bisher nicht auf den Eindringling geachtet. Doch als sie den Blick hob, wurden ihr zwei Dinge blitzartig bewußt: Dieser Knabe war eine strahlend schöne Erscheinung und hatte nur Augen für sie.

Madame de Chaulnes, mit ihrer schlanken Gestalt, ihren vollkommen geformten, weder zu kleinen noch zu üppigen Brüsten, ihrem zartrosa Teint, der nie, auch nicht bei Erregung rot anlief, und ihrem aschblonden Haar gehörte zu jenen Frauen, denen man ewig dreißig Jahre geben würde und die zumindest niemals das Kap der Vierzig zu überschreiten scheinen.

Indes, obgleich jünger als die Marquise de Montespan, fühlte sie sich von den Unbilden des Alters stärker betroffen als die stürmische Marquise, die, von den letzten Mutterschaften erneut aufgeblüht, dem ganzen Hof auch weiterhin das unbezähmbare Temperament einer heißblütigen Natur aufzwang, zumal, was dabei hilfreich war, ihr Körper im Zenith seiner Schönheit und Sinnlichkeit stand.

Ihre Angst vor dem Alter verschloß Madame de Chaulnes in ihrem Herzen, und niemals hätte sie ein Sterbenswörtchen darüber gesagt. Sie wußte, daß man sie ihr nicht ansah und daß man sie allgemein um ihr jugendliches Aussehen beneidete. So konnte es vorkommen, daß Uneingeweihte sie für eine der Ehrenjungfern hielten, soeben dem Kloster entronnen oder direkt aus der Provinz an den Hof verwiesen, um dort, im Dienste der hohen Herrschaften die Manieren der Welt des Adels, der man aufgrund eines wohlwollenden Geschicks durch Geburt ebenfalls angehörte, zu erlernen. Und wenn infolge eines solchen Irrtums die Genasführten ihrer Verblüffung Ausdruck gaben, pflegte sie zu lachen und daran zu erinnern, daß sie mit vierzehn Jahren an den Hof gekommen war und sich ihre ersten Sporen noch im Louvre unter der Fuchtel von Madame de Maray hatte verdienen müssen. Zu jener Zeit hatten die Jüngsten unter den Ehrenjungfern die Ehre gehabt, mit dem gleichaltrigen König das Tanzen zu erlernen.

Madame de Chaulnes besaß ein unvergleichliches Fingerspitzengefühl. Eine mehr als zwanzigjährige Erfahrung bei Hofe hatte sie mit allen Spitzfindigkeiten und allen Fußangeln, derer man sich dort bediente, vertraut gemacht. Als Hofdame der Königin hatte sie es verstanden, dieser ergeben zu dienen, ohne dem König zu mißfallen, und ihren Dienst zu versehen, ohne allzuoft anwesend zu sein. Man sah sie überall, was sie nicht daran hinderte, unversehens zu verschwinden und sich wegen Müdigkeit, wegen eines galanten Seitensprungs oder ganz einfach weil ihr der Sinn danach stand in ihr Heim in der Rue des Réservoirs, nicht weit vom Palast zu Versailles entfernt, zurückzuziehen. Sie wußte, daß sie das Maß an Einsamkeit geschaffen hatte, das höheren Orts gefiel, und niemandem wäre es je in den Sinn gekommen, einen Tadel gegen sie auszusprechen, denn jeder war überzeugt, daß alles, was sie tat, nur vollkommen sein konnte und ihrem absoluten Pflichtbewußtsein entsprach. Sie war die vollendete Hofdame, besaß Taktgefühl, das richtige Maß an Keckheit, Flair, Begeisterung für Tanz, Promenaden, Karten- und Würfelspiel. Sie spielte gut, gewann mit Zurückhaltung, verlor mit Anstand und beglich ihre Spielschulden stets binnen einer Stunde.

Man war gewohnt, sie im Dienste anderer in abhängiger Stellung zu sehen, obwohl sie in Wirklichkeit die unabhängigste Frau von Versailles war, und niemand erinnerte sich mehr, ob sie verwitwet war oder ob ihr Mann noch lebte und – falls dem so war – wo er wohnte: Auf seinen Ländereien? Bei der Armee? Wer weiß, vielleicht gar bei Hofe?

Dies war also die Frau, die an besagtem Morgen von ihren Karten aufsah und einen jungen Herrn bemerkte, der sie mit Augen, die den Glanz und die Härte von Edelsteinen und die Farbe von Smaragden besaßen, fixierte. Aus unerfindlichem Grunde, der vielleicht dem Widerschein der Spiegel oder der zu den südlichen Blumenrabatten hinausgehenden Fensterscheiben zuzuschreiben war, schienen sein Gesicht und seine ganze Gestalt aus Helligkeit geformt, als flösse in seinen Adern nicht Blut, sondern Licht. Diese Überlegung stellte sie an, während tiefe Stille einkehrte und sich derartig verdichtete, bis die anwesenden Personen – und auch sie selbst – sich stumpfsinnig vorkamen.

Mit einer Stimme, die zwar kräftig war, doch aus weiter Ferne zu kommen schien, hörte sie sich fragen: »So etwas! Was ist Euch, Messire? Ich bitte Euch, laßt endlich Eure Botschaft hören!«

»Die Botschaft lautet, Madame, daß Ihr mir unendlich gefallt.« Sein Ernst verlieh dieser Erklärung etwas Unverschämtes.

Madame de Chaulnes reckte sich auf und erstarrte. Aus unerklärlichen Gründen schien ihre Weltgewandtheit abhanden gekommen. »Was ... was meint Ihr?«

»Daß ich der glücklichste aller Männer wäre, wenn Ihr, Madame, mich zu empfangen geruhtet, in Eurem Bett!«

»Ihr seid von Sinnen!«

»Schätzt Ihr Eure Reize so gering ein, Madame, daß Ihr mein Ansuchen nicht verstehen und – da ihr es für kühn haltet – nicht als etwas völlig Natürliches und als Huldigung an Eure Vollkommenheit anzusehen vermögt?«

»Ist Euch Euer Alter bewußt?« warf sie ihm hin und fuhr zusammen, hätte sie doch beinahe lauthals hinzugefügt: »Und das meine?«

»Mein Alter, Madame? Gerade mein Alter führt mich zu Euch. Die Unwissenheit, die ihm anhaftet, verursacht mir mehr Hemmnisse als meine Liebesglut Privilegien. Da ich erst selten der Liebe frönte und noch nie mit einer Dame Eures Ranges, Eurer Schönheit und Eurer Hoffart, dünkte mich, als fände ich in Eurer göttlichen Erscheinung, die Weltgewandtheit und, wie mir scheint Allwissenheit ausstrahlt, eine Arznei für meine Not.«

Der Marquise de Chaulnes fehlten die Worte. Sie stammelte nur: »Eure ... Eure Not ... Eure Anmaßung übersteigt jedes Fassungsvermögen. Ich rate Euch *abzuwarten*. Ihr habt noch Milch an der Nase und wagt es ...«

»Abwarten? Solltet Ihr, Madame, zu jenen Preziösen gehören, die ihre Liebhaber fünf bis zehn Jahre schmachten lassen, um ihre Aufrichtigkeit und die Beständigkeit ihrer Gefühle zu erproben? Das steht Euch nicht an, und ich glaube es auch nicht. Denn was ich so hörte und was nicht schmeichelhaft sein sollte, in meinen Augen Eure Reize aber nur steigerte, sollt Ihr nicht sehr grausam, sondern schnell bereit sein, Euer Opfer auf dem Altar der Venus darzubringen, sofern der Opferpriester Euch gefällt!«

»Man höre sich diesen unverschämten Kerl an!« schrie Madame de Chaulnes, schrill auflachend. Mit bestürztem Blick suchte sie bei ihren Partnern Unterstützung für ihre Empörung. Doch sie halfen ihr nicht. Sie schauten verkniffen drein, hielten die Karten in der Hand, ließen den Kopf von einem zum anderen pendeln und wiesen sämtliche Symptome totaler Verblödung auf. Die Lebhaftigkeit und die Spitzen des Dialogs überstiegen ihr Fassungsvermögen.

Die Verwirrung, in die das plötzliche Auftauchen und die Worte des Knaben sie gestürzt hatten, und die Betroffenheit und Peinlichkeit, die sich ihrer Partner bemächtigt hatte, waren schuld daran, daß Madame de Chaulnes nicht bemerkte, wie ihr Tränen über die Wangen liefen und auf dem samtigen Puder eine schmale silbrige Furcht zogen. »Ihr verdientet es, daß ich Euch beim Wort nehme!«

»Das wäre höchstes Glück für mich, Madame. An welchem Ort? Zu welcher Zeit?«

»Bei mir zu Hause, Rue des Réservoirs. Nach der Mahlzeit der Königin.«

»Ich werde da sein.«

So viel Überheblichkeit, gepaart mit eisiger Herablassung bei einem Pagen, versteinerte und entsetzte sie beinahe. Durch Spott versuchte sie Terrain zu gewinnen: »Ihr werdet also kommen? Und mir die Frische Eurer Wangen, die pralle Fülle Eurer Lippen und ... Eurer jugendlichen Kraft zum Geschenk machen?«

»Und Ihr, Madame, was gedenkt Ihr mir im Austausch zu bieten?«

Sie war außer sich. Kühn und herausfordernd parierte sie: »Die Wissenschaft der Liebe. Lautete so nicht Euer Begehr, schöner Page? Ist das etwa wenig?«

Sie konnte und wollte nichts weiter hören, bebte innerlich vor Raserei, deren Ursache ihr nicht ganz eindeutig schien, raffte ihren Gewinn zusammen, ließ ihren Fächer peitschend einschnappen und lief davon.

Ihre Partner kamen langsam wieder zu sich, wie Leute, die unbewußt einem Schlafbedürfnis nachgegeben hatten und nach einem wirren Traum wieder erwachen. Die Gewohnheit, kein Ereignis ohne Erläuterung verstreichen zu lassen, verleitete sie trotz ihrer Bestürzung zu ein paar Worten. »Diesem Jüngling ermangelt es nicht an Kühnheit«, bemerkte Monsieur d'Oremans. »Sein Glück ist gemacht!«

»Was für ein Glück?« brummte Monsieur de Chavigny, mit den Achseln zuckend. »Er ist reicher als sie, und die Spatzen pfeifen es von den Dächern, daß er und sein Bruder die Gunst des Königs besitzen.«

»Was dann? Was ist ihm eingefallen?«
»Was ist *Ihnen* eingefallen?«
»*Ihr* vor allem.«
»Nein, *Ihm* . . .«
»Nein, *Ihr* . . .«

In ihre Gemächer zurückgekehrt, versetzte die Marquise ihre Dienerschaft in helle Aufregung, indem sie von jedem tausenderlei Handreichungen verlangte und sie gleichzeitig bat, sich alle so schnell wie möglich aus dem Staub zu machen. Sie wollte keine Menschenseele mehr um sich haben! Sie wußte selbst schon nicht mehr, was sie wollte und was sie erwartete. Kinder hatte sie nie geliebt, da sie selbst keine hatte. Dadurch war sie gewisser Privilegien beraubt, die den Müttern zugestanden wurden, vor allem, wenn sie einem Erben das Leben schenkten. Vor allem aber mißfielen ihr – und vielleicht gerade aus diesem Grund – die jungen Männer, und wie sie selbst verwundert feststellte, waren es vor allem die ganz jungen in der Übergangsphase von der Kindheit zur Pubertät, die einen regelrechten Grimm in ihr erweckten. Sie verabscheute diese gebrochenen Stimmen und ihr unverschämtes Gehabe, wenn sie sich als männlich aufspielten und sich Macht anmaßten. Dieser war wenigstens etwas älter. Man konnte ihn für sechzehn oder siebzehn halten. Aber an Unverfrorenheit stand er niemandem nach.

Sie war hin- und hergerissen. Sie würde ihm die Tür weisen, ihm eine Gardinenpredigt halten, oder, wenn er nicht weichen sollte, dann würde sie fliehen oder sich zur Wehr setzen . . .

Ob er kommen würde? Wenn er nicht käme, dann wäre sie – wie sie schon spürte – zu Wahnsinnstaten bereit, zu verrückten Reaktionen. Im Zorn würde sie die kostbaren Nippsachen, die sie so liebte, zertrümmern, ihre Lieblingsbilder, ja sogar ihren nagelneuen Feuerschutz aus Lyoneser Brokatseide durchbohren! Aber wenn er käme . . . Schon im voraus hatte sie einen ganz trockenen Mund vor Angst.

Doch als sie ihn vor sich sah, hätte man ihr erzählen können, er habe diese ganze Maskerade nur aufgezogen und dieses Komplott nur geschmiedet, um sie ohne Zeugen zu erdolchen – sie hätte es geglaubt.

Ihre Gefühle waren wohl von ihrem Gesicht abzulesen, denn nach kurzem Schweigen gab er seinem Erstaunen Ausdruck: »Madame, welche Angst erregt Euch so? Hier ist mein Degen, sollte Euch jemand bedrohen, so zeigt ihn mir, und ich werde ihm den Garaus machen.«

»Es stimmt, ich habe Angst.«

»Vor wem ängstigt Ihr Euch?«

»Vor Euch. Ich begreife nicht, was Ihr wollt.«

Starr vor Staunen blieb er unbeweglich stehen, doch dann zog ein Lächeln auf seine Lippen. Mit wenigen Schritten war er bei ihr, fiel auf die Knie, umfaßte sie mit den Armen und preßte seine Stirn gegen ihre Brust. Vor Erschütterung wäre sie beinahe ins Wanken geraten, doch er hielt sie mit ungeahnter Kraft fest an sich gepreßt. »Madame, was fürchtet Ihr bei mir? Ich bin nur ein in den Gefilden der Liebe unerfahrener junger Mann. Eure Person hat mir Vertrauen, und Eure Schönheit diese Verwirrung und diese Lust, diese Kühnheit, Euch zu begehren, eingeflößt. Alles Übrige liegt in Euren Händen. Sprecht, und ich werde gehorchen. Lehrt mich, und ich werde lernen. Ich liefere mich Euch aus.«

Sie zog ihn in die Höhe. Ihre Finger zitterten, als sie seinen engen Leibrock aufschnürten, an den Knöpfen seiner langgeschnittenen Weste aus Brokatseide entlanghuschten. Sie entkleidete ihn wie ein Kind. Schon wieder diese Furcht, die ihr die Kehle zuschnürte. Er war so gar nicht stürmisch, und das war ein Zeichen – wie sie sich einredete – von Gelangweiltsein, von Enttäuschung, wenn nicht gar Abscheu vor den Spuren des Alters, die er an ihr entdeckt hatte. Doch diese Angst verflog an jenem Tag, da sie erkannte, daß er ihrem Begehren absolut nicht widerstrebend nachkam, sondern mit dem Eifer seiner pulsierenden Jugend all ihre Sehnsüchte erfüllte, die andere, weniger Kraftvolle ihr zum Vorwurf gemacht und als übertriebene Ansprüche gebrandmarkt hatten. Er reagierte auf jedes Zeichen von ihr. Und sie lernte, jene bittenden Worte zu stammeln, die sie nie ausgesprochen hatte: »Mehr ... Bleib ein wenig! Mach weiter!«

Es waren Bitten, denen er nicht nur mit Eifer, sondern mit Dankbarkeit nachkam. Und sie fand ihre Sicherheit wieder, da er ihr eindeutige und unwiderlegbare Beweise seiner Sehnsucht und seines Bedürfnisses nach ihr lieferte. Auch sein Schweigen quälte sie nicht länger, zumal er, wenn sie sich erkühnte, danach zu fragen, ihr seine Gedanken absolut nicht verhehlte. Er war ein argloses Kind. Obwohl sie innerlich zitterte und immer wieder fürchtete, sein Mißfallen zu erregen, gierte sie doch danach, alles von ihm zu erfahren, und so fragte sie ihn manchmal, mit dem Finger über seine Stirn streichend und eine Haarlocke beiseite schiebend: »Wo bist du? Wovon träumst du?«

Sie konnte sich nicht satt sehen an seiner vollkommenen Schönheit, wie er da, auf einen Ellbogen gestützt, halb aufgerichtet vor ihr lag, den anderen Arm ausgestreckt auf das Knie, welches das Spitzenbettuch hob, und weiter oben diese glatte nackte Brust, die im Wechselspiel von Licht und Sonne wie Marmor glänzte.

»Ich denke an ihn«, antwortete er. »Er ist so fern und so allein. Arme, kleine Kreatur der Wälder. Es heißt, er sei blutrünstig, die Seele eines Dämons wohne in ihm, aber das ist falsch. Menschliche Intelligenz beseelt ihn, manchmal ist er intelligenter als seine menschlichen Verfolger. Gewiß, einige seiner Artgenossen sind blutrünstig, sind Bösewichte, weil sie zu gut wissen, wie sie sich verteidigen, wie sie schaden, wie sie die Fallen zerstören, wie sie denen, die sie quälen, das Leben versauern können. Doch meiner ist dafür viel zu nah bei den Menschen aufgezogen worden.«

Sie bekam tatsächlich heraus, daß er ihr hier ein wildes Tier beschrieb, eine in Frankreich unbekannte animalische Spezies, die im fernen Amerika, von wo er gekommen, beheimatet war. »Sie flößen Schrecken ein, weil die Natur ihnen eine schwarze Augenmaske mitgegeben hat, die sie den Wegelagerern ähnlich macht, und weil sie auf beiden Seiten des Kiefers zwei spitze, lange Zähne haben wie die Vampire, doch wenn Ihr wüßtet, Madame, welch rührende Seelen sie sind.« Er geriet ins Schwärmen bei der Beschreibung dieses Pelztieres, das er angeblich selber von klein auf herangezogen hatte und das ihm wie ein Hund oder eine Hauskatze überallhin gefolgt war. »Er denkt noch an mich. Eines Tages werden wir einander vergessen, aber ich weiß, daß er jetzt noch an mich denkt, trotz des starken Einflusses des Waldes, in dem er nun wieder zu leben lernt. Und wenn er mich nicht vergißt, so bedeutet das, daß zwischen uns nicht alles aus ist. Manchmal spüre ich, daß er nach mir ruft. Doch das ist kein Hilferuf, denn Furcht kennt er nicht. Er nimmt die Verbindung wieder auf, versteht Ihr das? Er will mir wieder nahe sein. Was haltet Ihr davon, Madame? Was haben wir noch miteinander zu tun, er und ich?«

Madame de Chaulnes bemühte sich ernstlich um eine Antwort, um einen passenden Rat, und diese Anstrengung lenkte ihre Gedanken in ihre eigene Kindheit zurück, wo sie mehr als einmal im Turm des väterlichen Schlosses mit einem alten Käuzchen geplaudert hatte.

Doch er lächelte bereits wieder, voller Gewissensbisse beim Anblick ihres eifrig besorgten Gesichts. »Liebste Freundin, das ist nun wirklich ein Gegenstand, dem nicht genügend Grazie anhaftet, um die Aufmerksamkeit einer schönen Hofdame zu fesseln.«

»Alles, was von Euch kommt, mein Liebster, ist mir kostbar. Ich liebe Eure Unschuld, und Ihr gebt mir die meine zurück.«

»Laßt es uns gleich beweisen!« rief er aus, indem er sie umfaßte und mit sehnlichen Küssen bedeckte. In seinen schönen, muskulösen Armen, die nur einen Hauch von blondem Flaum zeigten, fand sie Entzücken und Wonnen, die ihr die Sinne benahmen. Es entzückte sie, daß er geistreich war, obwohl er naiv wirkte, und daß er so sinnlich sein konnte, obwohl er nach außen hin so viel Reinheit ausstrahlte. Und ihre Wonne war so übermächtig, daß sie sich fragte, ob sie früher jemals Sinnlichkeit und Lust gekannt hatte. Im Vergleich zu der, die er ihr schenkte, war das, was andere Männer ihr geboten, nur abgeschmackte, fade Routine gewesen.

Von ihrer Zofe erfuhr sie überdies, daß er nur für sie allein lächelte. »Nicht einmal in Gegenwart des Königs, Madame, und trotz der Liebenswürdigkeit, die seine Majestät ihm entgegenbringt, pflegt dieser junge Herr eine Miene zu verziehen. Euer Kutscher hat es mir erzählt, und der weiß es von Monsieur Bontemps, dem Kammerdiener des Königs.«

»Das soll also heißen ..., du sagst, daß nur ich allein ihm ein Lächeln zu entlocken vermöchte?«

»Nicht einmal der König, wie ich schon sagte! Ich auch nicht. Und dabei hab ich's versucht. Ihr seid die einzige, Madame. Ein Beweis, daß Ihr ihm gefallt und daß der Umgang mit Euch ihm viel bedeutet. Eine andere Erklärung finde ich nicht.«

»Wirklich? Glaubst du?« Madame de Chaulnes zögerte. Sie erwartete das Verdikt des Zöfchens mit so angsterfüllten Augen, daß diese auf jeden Schalk verzichtete und ihr Herz sprechen ließ. Schließlich hatte Madame de Chaulnes ihr ein

Leben auf dem Bauernhof, wo sie nur Eimer hätte schleppen müssen, erspart, indem sie sie in ihre Dienste nahm, weil sie an dem zarten, graziösen Geschöpf Gefallen gefunden hatte. »Ihr verdient es, Madame«, sagte sie freundlich. »Glaubt mir ruhig, Ihr verdient es, Eurer Schönheit und Eurer Güte wegen.«

»Die Wollust verzehrt sie«, bekräftigte Monsieur de Maray, Höfling von Profession und eigentlich von Geburt, war er doch unversehens in den Gängen des Louvre zur Welt gekommen, da seine Mutter zum Gefolge der Königin Anna von Österreich gehört hatte und an jenem denkwürdigen Tag zu einer offiziellen Zeremonie bei Hof hatte erscheinen müssen. Er wußte von jedem alles, obwohl es gar nicht zutraf, was man hätte vermuten können, nämlich daß ihm jedermann sein Intimleben detailliert schilderte. Ganz im Gegenteil, man floh ihn, wenn man etwas zu verbergen hatte, wußte man doch, daß er mit einem Blick jedes Geheimnis erriet. Doch auch das war vergeblich; man hätte meinen können, er habe in jedem Alkovenwinkel ein bezahltes Teufelchen als Spion versteckt.

Es waren Tage und Monate schrankenlosen Sinnentaumels. Madame de Chaulnes lebte nur für diese himmlischen Stunden der Erwartung, deren Beklommenheit stets überreichlich aufgewogen wurde, himmlische Stunden der Lust, wo er die wahnwitzigsten Lehren gierig in sich aufsog und sofort bereit war, mit freudiger und unermüdlicher Glut die Lektion zu wiederholen. Alles an ihm schien ihr schön, reizvoll und ergötzlich. Sie entdeckte keinen Makel an ihm. Sie betete ihn an, als sie entdeckte, daß dieser so vollkommene, so unglaublich schöne Prinz, der inzwischen jede Macht über sie besaß und ihr schon mit einem spitzen Wort, einer Grimasse, mit einem Gähnen Höllenqualen bereitet hätte, kein Fünkchen Bosheit in sich hatte. Sie war trunken, ihrer Sinne nicht mehr mächtig. Sie schwelgte in Glück, ohne daß sie gewagt hätte, ihren Zustand als Glück zu bezeichnen. Es war *mehr* als Glück.

Nie wäre ihr der Gedanke gekommen, diese ungeahnte Leidenschaft zu beichten, um Absolution zu erlangen, wie sie es bisher bei jedem amourösen Abenteuer getan hatte. Ganz im Gegenteil: Ihr Geist war so verwirrt, daß sie manches Mal, wenn all ihre Sehnsüchte gestillt waren und sie nachts wach lag und ihn betrachtete, wie er im goldenen Schimmer des

Nachtlämpchens an ihrer Seite schlief, wenn sie diesen keuschen und eher scheuen Körper betrachtete, diesen Schmollmund, der absolut nicht schmollte, wenn sie ihn wachküßte, sich in Demut, Verwunderung und Dankbarkeit an Gott wandte, um ihn zu fragen, mit welcher guten Tat sie in ihrem egoistischen und leichtfertigen Leben sich dieses Geschenk des Himmels verdient hatte.

Zweiundzwanzigstes Kapitel

Honorine in Montreal . . .

Honorine half der Schwester Oberin beim Kerzenziehen. Mère Bourgeoys war Tochter eines Kerzenziehermeisters von Troyes und stolz auf ihre Herkunft. Der geschickten Pädagogin bot dieser Anlaß Gelegenheit zu einem freundschaftlichen und vertrauensvollen Gespräch, und für die Kinder war es eine Ehre, eine Auszeichnung, ihr helfen zu dürfen. Heute war es Honorine de Peyrac, die die Dochte straffte, an denen entlang das geschmolzene, von Mère Bourgeoys mit einer Kelle geschöpfte Wachs in die Formen lief.

Honorine, die ihre Aufgabe sehr ernst nahm, erzählte, daß man auch im Fort von Wapassou die Kerzen selbst herstellte und sie ihrer Mutter auch schon beim Aussortieren der Arzneipflanzen geholfen hatte. Marguerite Bourgeoys stellte ihr Fragen und hörte mit Interesse zu, denn schon mehrmals war ihr aufgefallen, daß Honorine begeistert von Wapassou erzählte und dennoch etwas Wesentliches verschwieg. »Ich will nicht nach Wapassou zurück«, erklärte sie jetzt unvermittelt. Mère Bourgeoys war beunruhigt, da ihr dieser Widerspruch nicht einleuchtete, doch schließlich gab Honorine den wahren Grund preis: »Ich kann den alten Mann auf der Klippe immer noch nicht sehen, und alle anderen sehen ihn. Das ist ungerecht. Ich dachte, wenn man Augen hätte zu sehen, dann sähe man auch alles.«

»Leider nicht! Das wäre viel zuviel für den einzelnen. Die Augen der Seele wählen aus, was ihnen notwendig erscheint, um Euch die Welt Eures Lebens entdecken zu lassen. Wir können nicht alle Geschenke auf einmal bekommen. Habt Geduld, eines Tages wird auch Euch dieses Geschenk zuteil.«

Honorine genoß es, wenn die Direktorin sie siezte, sobald es um ernsthafte Themen ging, und wieder duzte bei alltäglichen Fragen. Vertrauensvoll machte sie von Zeit zu Zeit eine Andeutung, aus der man die Ursache ihres verhohlenen Grolls herauszuhören vermeinte, doch niemals klang Eifersucht auf ihre jüngeren Geschwister oder Egoismus an, was die Nonne eigentlich erwartet hätte. Was sie am ärgsten getroffen zu haben schien, war die Abreise ihrer älteren Brüder; vor allem Cantor fehlte ihr. Als erster hatte ihr Bär Lanzelot sie verlassen. Sie hatte ihn nicht mehr vorgefunden, als sie aus Quebec zurückgekommen war. »Sie« hatten ihn in die Wälder ziehen lassen. Wenn sie wenigstens wüßte, ob er für den Winterschlaf ein schützendes Erdloch gefunden hatte ... Und erst die Wölfe! Wer würde denn jetzt, da ihr Bruder Cantor und sie nicht mehr da waren, mit den Wölfen reden?

»Jeder von uns vermag nur einen kleinen Teil der Aufgaben zum Wohle anderer zu übernehmen«, erklärte Mère Bourgeoys, die sich vor diesem bekümmerten Blick zu einer Antwort gedrängt fühlte. Sie erzählte von all den Kindern, denen sie das Lesen beigebracht hatte, die sie umsorgt hatte und die jetzt erwachsen waren und fern von ihr das Leben meistern mußten, vielleicht Gefahren ausgesetzt waren inmitten von Heiden oder auf Flüssen, ohne daß sie ihnen zu Hilfe kommen konnte, obwohl sie doch nach wie vor an ihnen hing. »Aber auch aus der Ferne können wir noch Hilfe leisten, indem wir lieben.«

»Ja, die Liebe der Liebenden«, murmelte Honorine mit verständnisvoller Miene.

Verdutzt sah die Nonne sie an, doch dann lächelte sie, weil ihr der Brief eingefallen war, den sie selbst an Madame de Peyrac geschrieben hatte. »Ja, die Liebe der Liebenden«, wiederholte sie. »Sie fürchtet nichts und vermag alles, da ihre Quelle die göttliche Liebe ist, und sie sorgt sich nur um das Wohl des geliebten Wesens. Sie macht das Unmögliche möglich. Und so können wir denen, die uns verlassen, die fern von uns sind, weiterhin helfen.«

»Sogar den Wölfen?«

»Auch den Wölfen. Der heilige Franz von Assisi würde es Euch beweisen.«

Nachdem diese beiden Fragen erledigt waren, schien Honorine von einer großen Last befreit. Sie plauderte munter, während die Zahl der Weißblechformen mit sechs oder acht Kerzen immer weiter anwuchs. Nachdem sie von verschiedenen Personen aus Wapassou erzählt hatte, beschrieb sie die Zwillinge und bekam eindeutig Heimweh. »Ich möchte sie wiedersehen«, jammerte sie. »Sie sind so lustig. Sie sprechen noch nicht, verstehen aber alles, was ich sage. Laßt Ihr mich im Sommer mit den Waldläufern ziehen, damit ich durch die Wälder nach Wapassou zurück kann?«

»Durch die Wälder? Aber das ist doch Wahnsinn!«

»Wieso? Ich werde mich als Knabe verkleiden und ganz brav sein im Kanu.«

»Das ist doch eine Gegend voller Gefahren! Man hat mir erzählt, daß die Wege plötzlich im Nichts enden und auch die Flüsse kaum befahrbar sind. Selbst härteste Männer können es kaum bewältigen.«

»Mit dem Schiff dauert es zu lange. Ich weiß es, denn ich habe mir die Karten meines Vaters und meines Bruders Florimond angeschaut.«

Was ihr wohl sonst noch einfallen mag? dachte die Oberin bei sich. Wenn sie es sich bloß nicht in den Kopf setzt, wie die kleinen Indianerinnen in die Wälder zu fliehen. Doch laut sagte sie: »Im Sommer werden Eure Eltern Euch besuchen kommen, und zwar per Schiff. Für uns alle wird das eine große Freude sein! Aber bis dahin müssen wir noch viele Fortschritte machen im Rechtschreiben!«

Sie begannen, die ausgekühlten Kerzen aus den Formen zu lösen, und Honorine mußte sie reinigen, indem sie mit ihrem Messerchen die Wachsreste abkratzte.

»Seid Ihr glücklich, Lesen und Schreiben zu lernen?« fragte Mère Bourgeoys, die ihren kleinen Zögling inzwischen gut genug kannte, um zu wissen, daß sie auf eine liebevolle Frage eine ehrliche Antwort bekommen würde.

»Deswegen bin ich ja hergekommen«, erwiderte die Kleine, ohne ihre Arbeit zu unterbrechen.

Angélique hatte die Oberin verständigt, daß Honorine selbst den Wunsch geäußert hatte, nach Montreal zu gehen, doch wollte sie es nochmals aus dem Munde des Kindes hören, denn vielleicht hatte sie es vergessen oder nur einer Laune nachgegeben oder aus Groll oder Eifersucht, wie die Oberin immer noch vermutete. Obwohl sie ein schlechtes Gewissen dabei hatte, formulierte sie ihre Frage nochmals um: »Habt Ihr es nie bedauert, daß Eure Eltern Euch so weit fortgeschickt haben, damit Ihr Lesen und Schreiben lernt? Denn Montreal ist ja noch weiter als Quebec.«

Honorine unterbrach ihre Arbeit und sah die Oberin eindringlich an. Etwas wie Strenge lag in diesem Blick, die jedoch bald von Sanftmut abgelöst wurde. Honorine lächelte, wenn auch etwas rätselhaft. Was gibt es Schöneres und Rührenderes als den Blick eines Kindes, das in vollem Vertrauen und in vollkommener Unschuld Einblick in seine keusche Seele gewährt, dachte die Oberin entzückt.

»Ich habe herkommen wollen!« antwortete schließlich Honorine. Und im Unterton hieß das: Als ob Ihr es nicht wüßtet! »Ich habe Euch in Tadoussac und auch in der Kathedrale beim Tedeum gesehen und das Licht um Euren Kopf so schön gefunden.«

Beinahe wäre die Nonne von Rührung überwältigt worden bei dieser unerwarteten Antwort. Doch sie sagte: »Mein kleines Mädchen, du bist wirklich anders als die anderen Kinder. Das mußt du hinnehmen, ohne dich aufzulehnen, und denen, die dich nicht immer verstehen, mußt du verzeihen. Denn du siehst Dinge, die nur wenige sehen.«

»Aber das Licht um Mère Delamares Kopf mag ich nicht!« entgegnete Honorine, während sie sorgfältig die weißen Wachssplitter aufsammelte. »Wenn Ihr fortgeht, Mère Bourgeoys, will ich auch fortgehen.«

»Aber, aber, kleines Mädchen! Es ist doch gar keine Rede davon, daß ich fortgehe.«

»Laßt mich nicht zurück, wenn Mère Delamare hier befiehlt. Sie ist mit Euch nicht zu vergleichen, und sie mag mich nicht!«

Das stimmt, dachte die Oberin bei sich, schlug ein kleines Kreuz über Honorines Stirn und sagte, man müsse zu Gott beten. Dann strich sie nachdenklich über die langen kupferfarbenen Haare, als wolle sie dem Kind ihren Segen geben, und ging zu praktischen Fragen über:

»Bald wird es Sommer sein, mein Kind. Du wirst unter der Hitze leiden mit deinem langen Haar. Und daß man dir Zöpfe flicht, magst du ja nicht. Soll ich es dir nicht bis zu den Schultern abschneiden, damit du dich freier fühlst?«

»Meine Mutter will das nicht. Sobald es um meine Haare geht, macht sie ein schreckliches Theater.« Sie erzählte, wie sie sich schon einmal einen Irokesenkopf hatte scheren wollen und was sie dabei für einen Ärger bekommen hatte. Marguerite Bourgeoys amüsierte sich bei dieser Schilderung königlich, lachte und lachte mit einer so offenen und mädchenhaften Fröhlichkeit, daß Honorine, entzückt über ihren Erfolg, die manchmal trotz allem ein wenig zu gestrenge Oberin zum Lachen gebracht zu haben, fröhlich davonlief, um mit ihren kleinen Freundinnen im Garten Ball zu spielen.

An diesen Ballspielen nahmen häufig auch Irokesenkinder aus der Missionsstation von Khanawake teil. Sie durften im Kloster leben, wenn sie mit ihren Familien nach Montreal kamen, wo diese den Markt besuchten, Einkäufe machten oder mit den Franzosen etwas aushandeln wollten.

Das Reservat der getauften Irokesen war mehrmals umgesiedelt worden, da es an seinem ursprünglichen Stützpunkt nahe des Huronen-Sees Zielscheibe für Angriffe ihrer heidnischen Artgenossen geworden war. Daher hatte man sich gezwungen gesehen, den größten Teil der christlichen Irokesen unterhalb von Montreal, im Schutz der französischen Forts und Dörfer, anzusiedeln. Zum jetzigen Zeitpunkt befand es sich auf dem rechten Ufer des St.-Lorenz-Stroms, gegenüber von La Chine, in einem Weiler namens Khanawake, was Stromschnelle bedeutete. Zwanzig Jahre früher lag es der Stadt noch näher, in Kantake La Prairie. Zählte man damals nicht mehr als fünf Hütten, so waren es mittlerweile mehr als fünfzig, in denen rund tausend Personen hausten. Vor vier Jahren war man wieder umgezogen, diesmal an die unschiffbare Stelle des Flusses, an den äußersten Winkel der gegen die Barbaren geschützten Grenze, zumal die Jesuiten ihre Schäflein so weit wie möglich dem Einfluß der Franzosen zu entziehen suchten. Mère Bourgeoys war der Ansicht, diese getauften Irokesen könnten allen nur ein gutes Beispiel geben, waren sie doch wegen ihres christlichen Glaubens immer wieder von anderen Indianern massakriert worden, und dennoch fühlten sie sich verantwortlich für das Seelenheil ihrer heidnischen Brüder und pflegten die freundschaftlichen Beziehungen zu ihren Familien der Fünf Nationen. Sie ertrugen es, ein Volk ohne Land und ohne Wurzeln zu sein, weil sie sich im Grunde nicht abgeschnitten fühlten vom Volk des »Langen

Hauses«, welches dort unten im »Geheiligten Tal« lebte, wo im Sonnenschutz der Sonnenblumenfelder Mais, Kürbis und Bohnen gediehen.

Honorine bedauerte, daß sie nicht waffenstrotzend und in bunter Kriegsbemalung im Kloster auftauchten, doch nach den Erklärungen von Mère Bourgeoys war sie bereit, sich damit zu begnügen, daß es nun einmal nur Irokesen aus der Missionsstation waren. Sie setzte sich gern zu ihnen, um ihre Sprechweise zu erlernen, und rühmte sich ihrer Bekanntschaft mit Tahutaget, dem großen Häuptling der Senekas, und Uttaké, dem Gott der Wolken. Sie selbst wurde von ihnen »rotes Wölkchen« genannt.

Unter den Frauen, die die Kinder begleiteten, wenn sie für mehrere Tage nach Ville-Marie kamen, war eine junge Indianerin, mit der Honorine leidenschaftlich gern spielte, lachte und betete. Vermutlich entdeckten die Augen der kleinen Französin einen hübschen Lichterkranz über dem zarten Kopf mit den schwarzen Zöpfen, die über der Stirn vom traditionellen perlenbestickten Band gehalten wurden. Sie hieß Catherine und war aus dem Stamm der Mohawks oder Agniers verstoßen worden, weil sie nach dem christlichen Lebensideal hatte leben und getauft werden wollen wie ihre Mutter, eine von den Irokesen entführte Christin aus dem Stamme der Algonkin. Catherines gesamte Familie war bei einer Blatternepidemie gestorben, die nur sie überlebt hatte.

Ein Onkel hatte das Waisenkind schikaniert, ihr einen Gatten aufzwingen wollen, und so hatte sie sich ins Reservat von Khanawake geflüchtet. Sie strahlte vor Glück, hatte sie doch endlich ihr gelobtes Land erreicht, mit all den Kirchen und Kapellen, wo der Gott der Liebe, den sie als Gemahl ihres Herzens auserkoren hatte, beheimatet war. Ihre Leute hatten dem Taufnamen Catherine oder Kateri, was für sie leichter auszusprechen war, die Bezeichnung Tetakwita hinzugefügt. Es war eines dieser bei ihnen beliebten doppeldeutigen Symbole und bedeutete »wer die Hindernisse umwirft«, in Anerkennung ihres Überlebenswillens auch in schlimmster Not, und außerdem besagte es »wer beim Laufen die Hände vor sich herstreckt, um nicht gegen Hindernisse anzulaufen«, denn nach den Blattern, die sie als Vierjährige niedergestreckt hatten, war sie so gut wie blind geblieben.

Fünfter Teil

Der Narr mit dem goldenen Gürtel

Dreiundzwanzigstes Kapitel

Abends zuvor waren sie in Tidmagouche an der Ostküste gelandet. Man hatte sie wissen lassen, die Reede sei überfüllt mit der Flotte der Saisonfischer, mit Schiffen, die nach Europa abgingen, und anderen, die von der Überfahrt zurückkehrten, und so hatten sie weiter südlich, in einem Hafen gegenüber der Insel Saint-Jean, Anker geworfen und waren mit ein paar Leuten der Schiffsmannschaft und Personen ihres Hausstands, die alle auf Kopf, Rücken oder an Tragestangen über den Schultern Bündel und Truhen mit dem nötigsten Hausrat schleppten, über den Landweg zum Stützpunkt Tidgamouche gewandert. Die Gegend war immer noch recht arm. Es gab nur Hafenanlagen, Lagerhallen und Baracken, in denen die Fischer aus Saint-Malô und der Bretagne, die alljährlich diesen Kiesstrand »mieteten«, logierten.

Das ehemalige, von Befestigungsmauern umgebene Haus von Nicolas Parys beherbergte stets den Grafen Peyrac und seine Frau, wenn sie hier für ein paar Tage haltmachten. Man hatte noch keine Zeit gefunden, das Haus geräumiger und behaglicher zu gestalten, und jedesmal nahm der Graf sich vor, die Arbeiten in Auftrag zu geben, doch es gab keine verläßlichen Männer am Ort, um sie zu beaufsichtigen, abgesehen vom alten Job Simon, der mit seinem zum Verkauf bestimmten Fischfang und seiner Schnitz- und Vergoldungswerkstatt für Galionsfiguren, seinem Seelentrost*, vollauf beschäftigt war. Der eher unangenehme und zur Eröffnung und Beaufsichtigung einer Baustelle ungeeignete Schwiegersohn von Nicolas Parys kam auch nicht in Frage, und so blieb Tidmagouche für sie nur ein Etappenziel.

Angélique kam niemals gern hierher zurück, sondern sie fühlte sich eher magisch angezogen von der Erregung jener anstrengenden und entscheidenden Tage, da sie hier in diesem gottverlassenen Winkel der Küste ihr Duell mit der Dä-

* Job Simon war Kapitän der untergegangenen *Licorne* gewesen und hatte nur seine Galionsfigur, das Eichhorn, gerettet. (A. d. Ü.)

monin ausgefochten hatte. Erinnerungsfetzen flogen ihr zu, wenn der Wind den Salzgeruch der Fischstände, vermischt mit dem Balsamduft des im Sommer glühend aufgeheizten Waldes, herübertrug.

In Tidmagouche machten sie auch halt, wenn sie die Hälfte der Strecke zwischen Quebec und Gouldsboro zurückgelegt hatten, und daher wurde sie hier immer von Ungeduld getrieben, konnte sie es doch kaum mehr erwarten, entweder auf ihre Güter im Süden zurückzukehren oder – wie diesmal – die Freunde in Quebec und vor allem Honorine in Montreal wie auch die Familie des so lange verschollenen Bruders wiederzusehen. Aus all diesen Gründen hätte es Angélique vollauf genügt, sich nur vierundzwanzig Stunden hier aufzuhalten, aber Tidmagouche war ein Treffpunkt, und Joffrey hatte immer allerlei Dinge zu regeln.

In diesem Jahr hatten die Zwillinge die Reise auf dem Kennebec vom Winterquartier Wapassou zum Heimathafen Gouldsboro mitgemacht, und man hatte sogar überlegt, sie nach Neufrankreich mitzunehmen, doch die Reise des kleinen Prinzen und der kleinen Prinzessin hätte eine doppelte Eskortierung erfordert und wohl auch allerlei Probleme mit sich gebracht, was sich für eine recht kurze, für Kleinkinder jedoch sehr lange Reise nicht gelohnt hätte. Daher wurde der Plan fallengelassen und Abigaël mit der Beaufsichtigung der Kleinen betraut, die in Gouldsboro ohnehin schon einen ganzen Hofstaat besaßen, der um ihre Gunst wetteiferte.

Angélique überließ es Monsieur Tissot und seinen Gehilfen, Ordnung im Haus zu machen, auf dem bereits das blaue Banner mit dem Silbertaler flatterte, und ging hinaus, erklomm die Steinterrasse und betrachtete das weite Rund der Küste unter dem Morgendunst, kniff die Augen zusammen unter dem diffusen Licht und lauschte auf all die Geräusche, die zu ihr heraufdrangen. Alles klang träge, als wären Geister am Werk. Vermutlich präparierten die Fischer auf den Trokkengerüsten den Kabeljau, Boote kamen und gingen, Seeleute zogen in Grüppchen zur Quelle, um frisches Wasser zu holen, während andere ihren Fang den scharfen Tranchiermessern der Händler überantworteten.

Es ließ sie nicht los! Immer wieder sah sie die andere vor sich in ihren exzentrischen Gewandungen, mit ihrer statuengleichen Anmut, dem unschuldigen Lächeln, den großen, rührenden Augen; eine Zeitlang hatte sie über dieses armselige Reich geherrscht, wo isoliert und einsam harmlose und brutale, von kindlicher Unschuld oder teuflischem Laster beseelte Männer lebten, die der Zufall oder der fürs Überleben notwendige Dorschfang hierher verschlagen hatte, und wo sie einen Sommer lang zu Füßen der Felsen außerhalb von Zeit und Raum ein kümmerliches Dasein fristeten.

Als sie im vorigen Jahr auf der Rückreise von Neufrankreich hier haltgemacht hatten, war sie noch ganz verwirrt gewesen von den Hirngespinsten Delphine du Rosoys und dem Verhör des Polizeipräfekten Garreau d'Entremont. Nur mühsam war es ihr gelungen, verworrene Grübeleien aus ihren Gedanken zu verscheuchen und nichts zu unternehmen, bevor die Zeit diese Informationen nicht zumindest etwas abgeklärt hätte. Diesmal war sie eher gerüstet, war es doch eine Hinreise, die sie in Begleitung von Joffrey unternahm, von dem sie sich diesmal auch bestimmt nicht trennen würde.

Post erwartete sie: Madame de Mercouville, eine beredte Briefschreiberin, teilte ihr mit, Delphine du Rosoy erwarte gegen Ende August ihr erstes Kind, und Angélique rechnete sich aus, daß sie bis dahin eigentlich dort sein müßten, spätestens aber zur Taufe. Ein weiteres, sehr liebevolles Schreiben stammte von Marguerite Bourgeoys, datiert allerdings schon im Juni, da es den ersten Booten mitgegeben worden war, die eine eisfreie St.-Lorenz-Mündung anzutreffen hofften, und dieses Schreiben enthielt detaillierte und erfreuliche Nachrichten über die kleine Honorine, die selbst ein Blatt beigefügt hatte, auf dem in großen Lettern makellos geschrieben stand: »Meine liebe Mama, mein lieber Papa«. Weiter hatte sie's nicht gebracht, denn das Blatt war bereits voll. Doch dieser erste sichtbare Beweis, daß das Kind gesund war, etwas Nettes sagen wollte und auch schon Fortschritte im Schreiben gemacht hatte, erfüllte sie mit Freude.

Es war eindeutig Sommer, denn es surrte und zirpte ringsum.

Angélique stieg durch hohes, von der Hitze schon fast strohgelb gefärbtes Gras den Pfad hinan. Es war das erste Mal, daß sie sich hierher vorwagte; bisher hatte sie es noch bei jedem Halt in Tidmagouche vermieden, auch nur den Kopf in Richtung der Wälder zu wenden.

Sie fand das Grab.

Wenn ihre Erinnerung sie nicht täuschte, hatte sie hier – anstandshalber – am Begräbnis teilgenommen. Trotz der alles überwuchernden Vegetation erkannte sie das Holzkreuz, das am Schaftende durch eine emsige Ameisenkolonie leicht verschoben worden war. Augenscheinlich hatte es in den letzten Jahren niemand für nötig befunden, die Grabstelle ringsum ein wenig zu säubern. Joffrey de Peyrac hatte nach der Bestattung auf das frisch aufgeschüttete Grab eine schwere Platte legen lassen und einem der bretonischen Fischer, der in seiner Heimat Steinmetz gewesen war, einen großzügigen Obulus gegeben, damit er Namen und Vornamen der reichen, adeligen und frommen französischen Herzogin, die an einem unwirtlichen Gestade der Neuen Welt tragisch ums Leben gekommen war, eingraviere.

Der Bretone hatte seine Arbeit gewissenhaft ausgeführt, wenn er auch Mühe gehabt hatte, den Vornamen *Ambroisine* und den Familiennamen *de Maudribourg* auf dem Stein unterzubringen; doch er hatte es geschafft, indem er die Namen auf mehrere Zeilen verteilte und gegen Ende die Buchstaben enger setzte. Unter das Sterbedatum hatte er sogar noch ein Kreuzchen eingeritzt; das Geburtsdatum war unbekannt.

Wenn man ihrer Anstandsdame Pétronille Damourt glauben darf, müßte sie älter gewesen sein als ich, erinnerte sich Angélique. Doch ihrem verzagten Auftreten nach zu urteilen, hätte sie viel jünger sein müssen. Noch eine, die das Geheimnis ewiger Jugend entdeckt hat! Aber durch Mithilfe von Mephisto!

Wenn man's recht bedachte – war sie wirklich so schön und so jung gewesen? War es nicht vielmehr die Wirkung eines Zaubers gewesen, der von ihrer ganzen Erscheinung ausging und den Leuten Schuppen auf die Augen legte?

Angélique neigte sich vor, um die Inschrift zu entziffern, über die eine Goldflechte ihren hauchdünnen Spitzenschleier webte. Sie zupfte ein wenig an dem Geflecht, kratzte vorsichtig die Staubkruste ab und strich mit ihrem Finger über die einzelnen Buchstaben. Sie richtete sich wieder auf und trat ein paar Schritte zurück, um das Grab aus einem gewissen Abstand zu betrachten. In diesem Augenblick verspürte sie weder Furcht noch Groll, die sie doch immer befielen, wenn nur der Name dieser Frau genannt wurde. Wer ruhte hier? Sie, der Körper, die sterbliche Hülle der Dämonin, der Sukkubus, wie der Jesuit Jean-Paul Maraîcher gesagt hatte – oder ein armes, seiner Herrin zutiefst ergebenes Mädchen namens Henriette Maillotin, ein wenig überspannt, zu jedem Opfer bereit für diejenige, die es vergötterte, und von ihr und ihren verschworenen Komplizen schamlos hintergangen, geopfert, ermordet?

Als damals die sterbliche Hülle der Herzogin von Maudribourg auf einer Bahre aus dem Wald gebracht worden war, hatte Angélique nicht die Nerven besessen, sich dem Leichnam zu nähern, und hatte somit nur von weitem blutbesudelte Rockfetzen und gelben und entenblauen Flitterkram, der wohl von ihrem merkwürdigen Aufputz stammte, wahrgenommen.

Doch die großherzige Marcelline, die darauf bestanden hatte, diesem verstümmelten Körper noch etwas Gutes zu tun, und ihm, bevor er in die Erde versenkt wurde, noch ein weißes Linnen umgelegt hatte, war zu Angélique getreten und hatte das Gesicht als unkenntlich beschrieben. »Ein Brei aus Fleisch und Knochen, als ob man sie erschlagen, mit einem Knüppel niedergemacht hätte.« Niemand hatte darauf geachtet, da man ja Wölfe und Luchse für die Schuldigen hielt.

Und die Haare, Marcelline? Wie waren ihre Haare? Lang? Schwarz?

Vermutlich blutverschmiert, büschelweise ausgerissen. Sie müßte trotz allem eines Tages Marcelline danach fragen ...

Sie ließ sich wieder in der Nähe des Grabes nieder. Es war ein friedlicher, heiterer Platz, umsummt von Insekten. Angélique wunderte sich, daß sie hier nicht das gleiche Unbehagen empfand wie in Tidmagouche. Malvenfarbene Weidenröschen, funkelnde Goldrauten, die wild wuchsen und hoch wie Kerzen wurden, standen um sie herum und schirmten sie ab gegen den Wind, der das Meer der Blütenköpfe wiegte und wellte. Weiße Akeleien, malvenfarbene Zwergastern mit gelben Herzen und rosarote Wiesenlupinen mischten sich mit wucherndem Gras, und eine arglose Liane rankte sich vorsichtig an dem Grabkreuz empor.

Da ist sie nicht! Denn wenn sie da wäre, *würden keine Blumen wachsen,* schoß es Angélique durch den Kopf.

Sie stand auf und ging davon, nachdem sie sich noch gezwungen hatte, wenigstens ein Kreuzzeichen zu schlagen. Sie versuchte sich zu überzeugen, daß ihre Überlegung mit den

Blumen kindisch sei, da die Natur solche Unterschiede nicht zu machen pflegt. Selbst wenn es der Herzogin von Maudribourg gelungen sein sollte, durch ihre Gerissenheit und durch ihre Herrschaft über Nicolas Parys oder einen der anderen ihr zu Füßen liegenden Männer ihr Leben zu retten, dann dürfte sie ohnehin mittlerweile nicht mehr ganz so teuflisch sein wie damals, versuchte Angélique sich einzureden. Diese schicksalsträchtigen Gefechte und Kämpfe können einfach nicht mit den gleichen Personen und unter den gleichen Bedingungen mehrmals ausgetragen werden, da beide Kontrahenten Wunden davontragen. Sie hatte sich zwar auch in der Vergangenheit nicht schlecht geschlagen, meinte Angélique, doch heute würde sie sich nicht einmal einwickeln lassen von den Schlichen und dem einschmeichelnden Lächeln dieses gewitzten Luders! Plötzlich überlief sie ein Schauder, und sie neigte sich demütig, da ihr ein Gefunkel in Ambroisines Augen eingefallen war, das den bernsteinfarbenen, verführerischen Glanz gleichsam durchbohrt hatte und keinem menschlichen Wesen zuzuschreiben war. Schaute nicht der Teufel manchmal durch solche Weiberaugen? Kein Geschöpf Gottes könnte sich rühmen, bei einer solchen Begegnung mit dem Geist der Finsternis nicht zu erzittern, sogar die Abgebrühtesten würden sich gelähmt ducken wie Kaninchen vor dem Auge der Schlange.

»Mea culpa!« murmelte Angélique. »In all diesen Kämpfen habe ich zumindest gelernt, mich nicht stärker zu glauben als der Satan. Denn Hoffart könnte mir zum Verhängnis werden.«

»Mit solchen Dingen scherzt man nicht«, hatte der Marquis de Ville-d'Avray, der doch immer zum Scherzen aufgelegt war, gesagt. »Ich habe die Schrift des Satans in diesem Zauberbuch erkannt. Laßt die Finger davon, meine Liebe!«

Er hatte die Unterschrift Madame de Maudribourgs vom Jesuiten Jeanrousse deuten lassen, und dieser hatte sich angeblich mehrmals bekreuzigt. Der Marquis nahm die verborgenen Gefahren sehr ernst, ohne jedoch auf sein affektiertes, weltmännisches Gehabe zu verzichten. Er überschüttete Ambroisine auch weiterhin mit Komplimenten und spielte den Naiven, was die beste Waffe war . . .

Als Angélique gerade noch mit Rührung an ihn zurückdachte, tauchte er auch schon auf. In Fleisch und Blut! Gemessenen Schrittes kam er heran, seinen Spazierstock mit dem Elfenbeinknauf so souverän und elegant wie der König hin- und herschwenkend, während seine roten Absätze auf dem sandigen Pfad gewichtig die Kiesel des Strandes zermalmten und der Satin seines Gehrocks und die Blumen auf seiner bestickten Weste prachtvoll in der dunstverhangenen Sonne der Ostküste schimmerten.

Er hatte sie entdeckt und blieb stehen. Das zuvorkommende Lächeln, das stets seine Lippen zierte, erstrahlte. »Angélique!« rief er aus. »*Ihr* seid hier? Und ich wußte es nicht!«

Auch sie war verdutzt und wollte ihren Augen nicht recht trauen. »Monsieur de Ville-d'Avray? Ich glaubte Euch in Frankreich!«

»Ich habe Marcelline besucht«, sagte er, als handle es sich dabei nur um einen Nachbarschaftsbesuch.

»Ihr habt den Ozean überquert, um Marcelline zu besuchen?« fragte sie ungläubig.

»Sie ist dessen würdig«, entgegnete er hochtrabend. »Ihren Sohn Cherubin habe ich gleich mitgebracht, damit sie ihn in die Arme schließen kann. Außerdem dürft Ihr nicht vergessen, daß ich nach wie vor Gouverneur von Akadien bin. Oder glaubt Ihr, ich würde so einfach mitansehen, wie die Brüder Defour und all die anderen Halunken ringsum während meiner Abwesenheit Schätze anhäufen und sich einbilden, mir niemals meine Anteile auszahlen zu müssen?! Das gilt natürlich nicht für Monsieur de Peyrac! In Paris hat mir sein Banquier stets rechtzeitig seinen Zehnten übergeben, wenngleich er aufgrund der Sonderstellung dieses Ostküstenstreifens, der immer als exterritorial gegolten hat, durchaus einen Vorwand gehabt hätte, sich davon dispensieren zu lassen. Der alte Parys hat sich nie sonderlich ereifert, mir zu Gefallen zu sein. Mittlerweile ist er ja tot und in Frankreich ruiniert! Geschieht ihm recht! Sein Schwiegersohn hat es mir soeben eröffnet. Kurzum: Ich bin nicht unzufrieden mit meiner Tournee. Ich hab sie alle zur Ader gelassen.«

»Reist Ihr nach Quebec weiter?«

»Quebec? Kommt gar nicht in Frage! Dort wird's immer sauertöpfischer. Meine Pläne sind indes noch schwankend. Seht selbst: Gestern war ich in Shediac und wollte nach Chignectou zurück, wo ich Cherubin gelassen hatte, doch da erfuhr ich plötzlich, daß Monsieur de Frontenac in Tidmagouche zwischenlanden würde. So zog ich es vor, hier auf ihn zu warten, anstatt ihm im Golf entgegenzufahren, wo man sich zwischen den Inseln so leicht verpaßt.«

»Monsieur de Frontenac ist auf dem Wege zur Ostküste? Davon hat uns niemand etwas gesagt.«

»Ich bin der einzige, der es weiß. Ich habe meine Spione. Wie immer zutiefst ergeben. Doch wohlgemerkt, wenn Monsieur de Peyrac mit Euch hier ist, wird auch er es gleich erfahren. Monsieur de Frontenac kommt auf der *Reine Anne*, einem Flaggschiff, begleitet von der *Indomptable* und einem kleinen Dreihunderttonner, der *Vaillant*. Eine schöne Eskorte, die der König ihm entgegengeschickt hat. Mir war's recht, ihn hier abzuwarten. Bei einer Überfahrt ist es immer günstig, in Gesellschaft zu reisen. Außerdem bin ich überzeugt, daß Monsieur de Frontenac die Anwesenheit eines verläßlichen Freundes, wie ich einer bin, durchaus schätzen wird.«

»Gedenkt er nach Frankreich zu reisen?«

Ville-d'Avray zuckte mit den Achseln und senkte den Blick. »Auf Befehl des Königs.« Nachdem er nach allen Seiten Ausschau gehalten, vertraute er ihr an: »Es sieht sehr schlecht für ihn aus. Seine Feinde, unter ihnen die Jesuiten, sind drauf und dran, seinen Ruf zunichte zu machen.«

»Das ist aber erstaunlich plötzlich gekommen! Was kann man der Amtsführung Monsieur de Frontenacs denn vorwerfen?«

»Die Intrige ist eine Waffe, die sich mit solchen Banalitäten nicht aufhält! Sicher ist, und das weiß nur ich allein, denn er ahnt noch nichts, doch Euch will ich's sagen, daß es bei meiner Abreise bereits hieß, man wolle ihm seine Amtsgeschäfte als Gouverneur von Neufrankreich entziehen. Aber pssst! Wenn er noch nichts weiß, genügt es, ihn davon in Kenntnis zu setzen, sobald es ruchbar wird.«

»Übertreibt Ihr nicht ein wenig?«

Angélique war bestürzt. Sie konnte sich auch nicht daran gewöhnen, mit Leuten zu sprechen, für die eine Atlantiküberquerung nichts anderes war als ein simpler Ausflug per Kutsche von Paris nach Tours.

In Kanada gab es zwei unterschiedliche Menschentypen. Die einen zögerten keinen Augenblick, den Ozean zu überqueren, um ihre Angelegenheiten in der Hauptstadt zu besprechen, und kümmerten sich nicht um Stürme, Piraten und Seekrankheit, während die anderen lieber sterben würden, als jemals wieder einen Fuß an Deck eines Schiffes zu setzen.

Ihr hatten die Ängste ihrer ersten Reise* den Eindruck von unüberwindbaren Entfernungen und endgültigen Trennungen eingeprägt. Als sie von Frontenacs Abreise nach Frankreich hörten, vermochte sie sich nicht vorzustellen, daß er vor dem Winter, wie er beabsichtigt hatte, in Quebec zurück sein könnte, und daher erschien ihr diese Mitteilung wie eine Katastrophe. »Wer legt es denn darauf an, diesem hervorragenden Gouverneur zu schaden? Ihr, die Ihr doch bei Hofe gut eingeführt seid ...«

»Oh! Gut?« Der Marquis machte eine Geste des Bedauerns. »Ihr wißt, daß Seine Majestät mich nicht liebt. Als ich mich in Versailles melden ließ – und das war doch immerhin nach jahrelanger Abwesenheit –, runzelte der König, der ein außergewöhnliches Gedächtnis besitzt, bei meinem Anblick die Brauen. Gewitzt wie ich bin, holte ich sogleich zum Schlagabtausch aus und sprach ihm von Euch. Seitdem duldet er mich, aber ich verhalte mich auch unauffällig. Meine Worte haben ihm allerdings nicht mißfallen, denn nachdem ich per Zufall auf Eure Kenntnisse und Eure Vorliebe für Aroma und Arzneipflanzen und Gewürze angespielt hatte, hörte ich auch schon munkeln, er habe für Euch in einem Winkel seines Gemüsegartens durch La Quintinie ein Kräutergärtlein anlegen lassen. Ihr seid nicht vergessen, liebe Angélique, ganz und gar nicht! Ich habe Eure Söhne gesehen. Ich werde Euch von ihnen erzählen. Sie sind sehr beliebt. Auch Madame Castel-Morgeat habe ich flüchtig gesehen, eine Schönheit!«

Er zwinkerte ihr schelmisch zu, doch da ihre Gedanken anderswo waren, entging ihr der tiefere Sinn dieser Andeutung.

Am Strand trafen sie mit dem Grafen de Peyrac zusammen, dem die Ankunft mehrerer Schiffe der Königlichen Marine aus Quebec gemeldet worden war und an Bord derer, dem Vernehmen nach, der Gouverneur Monsieur de Frontenac sein sollte.

Ville-d'Avray bestätigte dies. Schon jetzt genoß er die Überraschung, die seine Anwesenheit auslösen würde, doch mehr

* Siehe: Angélique und ihre Liebe

noch ergötzte ihn die Tatsache, daß er über alles und vor allen anderen, wie er soeben bewiesen hatte, Bescheid wußte, sogar über die Angelegenheiten, die die Kolonie betrafen.

Während in der Ferne Pyramiden geblähter weißer Segel und die hohen, vergoldeten Heckaufbauten der Linienschiffe auftauchten, stellte Joffrey dem Marquis die gleiche Frage wie zuvor Angélique.

»Habt Ihr eine Ahnung, wer es in Frankreich darauf anlegen könnte, Monsieur de Frontenac zu schaden?«

»Leider nein! Ich halte mich auch absichtlich fern der Gerüchteküche, da mir nicht daran gelegen ist aufzufallen. Ein Ohr, das im Marineministerium für mich lauert, raunte mir etwas von einem Ansuchen zu, das der ehemalige Besitzer der Ostküste, Nicolas Parys, bei seiner Rückkehr aus Amerika an den König gerichtet habe, um eine Gratifikation oder eine Pension, die er aufgrund seines Wirkens in der Neuen Welt verdient zu haben glaubte, zu erlangen. Doch inzwischen ist er tot, was die Kraft seiner Forderungen erheblich schmälert und ohne, wie es heißt, etwas zugestanden bekommen zu haben. Die Angelegenheit wäre eher gegen Euch gerichtet, Monsieur de Peyrac. Verteidigt Euch, falls sein Schwiegersohn sich Rechte anmaßt, unter Hinweis auf dieses Ansuchen.«

Vierundzwanzigstes Kapitel

Der Strand war schwarz von Menschen, die das Manövrieren der Schiffe beobachteten, denn an der Reede von Tidmagouche pflegten bescheidenere Flottenverbände festzumachen. Ein solches Aufgebot an hochrangigen und prächtig gekleideten Besuchern hatte man hier noch nie gesehen.

Ville-d'Avray wies mit der Spitze seines Spazierstocks auf ein Schiff, das zwar kleiner war als die der Ankömmlinge, dafür aber mit vergoldetem Schnitzwerk verziert war wie ein Schrein. Es hatte soeben den Anker gehoben und legte sich anmutig in den Wind, um den mächtigen Wellenbrechern seiner Majestät die Reede freizumachen. »Dies ist mein Schiff«, sagte er zu Angélique. »Monsieur de Peyrac hat es mir als Entschädigung für meine von den Banditen in die Luft gejagte arme *Asmodée* offeriert, Ihr erinnert Euch doch, nicht wahr?«

Als Galionsfigur im Bug hatte Angélique eine wunderschöne Sirene mit langem Haar und verführerischen Brüsten zu sehen vermeint, doch da das Schiff manövrierte, hatte sie jetzt die Dekorationen des Heckaufbaus im Blick. Über dem farbenfrohen, von einer Unzahl von Blumengirlanden und vergoldeten Früchten umrankten Spiegel der Deckkajüte prangte auf einem Wimpel der Name dieses hübschen Seevogels: Aphrodite!

»Wie gut, daß Ihr Monsieur de Saint-Chamond versprochen hattet, Eurem Schlachtschiff nicht wieder einen heidnischen Namen wie Asmodée* zu geben«, rief Angélique lachend aus. Doch noch schallender lachte sie, als sie die auf der Deckkajüte dargestellte Szene erkannte: Aphrodite, die Schaumgeborene. Wie zu erwarten, war jene eine bildschöne nackte Frau, deren Züge Eingeweihten vertraut vorkommen mußten ... »Damit habt Ihr nun wirklich Euren pikantesten Einfall in die Tat umgesetzt!«

»Es hat mich viel Mühe gekostet, den Künstler zu finden, der so etwas darzustellen vermochte. Ist die Ähnlichkeit nicht frappierend? Jedermann erkennt Euch. Dieses Kunstwerk stellt den Spiegel der *Coeur de Marie* von Monsieur Paturel eindeutig in den Schatten.«

»Vermischt Ihr da nicht ein wenig zu kühn die Darstellung und die Symbolik? Habt Ihr vergessen, daß dieses Schiff vor Euch den Komplizen von Madame de Maudribourg gehört hat und Teil jener Flotte war, die sie angeheuert hat, um uns zu vertreiben und zu vernichten?«

»Das ist es ja gerade. Gibt es etwas Besseres, um diesem Schiff den Teufel auszutreiben, als es unter den Schutz der Göttin der Schönheit zu stellen, deren Personifizierung Ihr seid? Wenn ich Euch nur sehe, seid Ihr von einem Strahlen und einem Charme erfüllt, der Euch – vielleicht ohne Euer Zutun – eigen ist und Euch unangreifbar macht, und jedesmal, wenn man zu befürchten versucht ist, er könnte etwas von seiner Substanz und seinem Reiz eingebüßt haben, ist das Gegenteil der Fall. Ihr seid um eine Nuance anders, aber noch verführerischer. Wie macht Ihr das bloß? Ich denke an den

* Asmodée: Dämon der Unkeuschheit, der Ausschweifung (A. d. Ü.)

König und werde es ihm beschreiben. Er erwartet Euch, doch gleichzeitig – und das habe ich im Gespür – fürchtet er jenen Augenblick, wo Ihr nach all den Jahren, die er nur von euch geträumt hat, wieder vor ihm auftaucht. Doch ich werde mit dem mir eigenen Taktgefühl all seine Befürchtungen zu zerstreuen wissen.«

»Haltet Euch da heraus!«

»O Angélique, wie hart Ihr mit mir redet!«

Nach den üblichen Manövern wurden die Schaluppen festgemacht, und Gouverneur Frontenac, dessen schlichter Aufzug von den neuen Uniformen der Königlichen Marine erheblich abstach, kam mit großen Schritten auf Graf Peyrac und dessen Gemahlin zu. »Ich bin selig, Euch beiden noch zu begegnen, bevor ich meine Reise fortsetze. Vielleicht ein verrückter Einfall, doch glaube ich, Eure Zustimmung zu finden. Ich habe mich nämlich entschlossen, nach Frankreich zu fahren, um mit dem König zu sprechen. Er wird meine Initiative wohl nicht tadeln. Ich will nur schnell hin und bin gleich wieder zurück. Doch es ist unumgänglich, daß wir ein offenes Wort miteinander reden, denn dort gibt es Personen, die mir übel mitspielen wollen.«

Angélique riskierte einen Seitenblick zu Ville-d'Avray. Nach dem, was er angedeutet, hatte sie zu verstehen geglaubt, der König habe Frontenac zurückbeordert, nachdem er so gut wie in Ungnade gefallen war. Schwindelte der Marquis immer noch so gern? Hatte sich sein Hang, Zwietracht zu stiften und dabei auszusehen, als könne er kein Wässerchen trüben, im Umgang mit den Großen gar noch verstärkt?

Ihre stumme Frage beantwortete er mit einem mitleidigen Blick gen Himmel, wandte sich dann zu Frontenac und sagte in einem Ton, als hätte er es mit einem Schwerkranken zu tun: »Wir werden gemeinsam reisen. Das wird nett werden.«

»Sieh einer an, Ihr seid auch da?« brummelte Frontenac, als er seiner ansichtig wurde. »Ihr wählt den schlechtesten Augenblick für Eure Rückkehr. In Quebec ist's nicht auszuhalten!«

»Ich beabsichtige keineswegs, nach Quebec zu reisen . . .«

Frontenac war gut gelaunt, wenn er es auch bedauerte, aufgrund dieser improvisierten Reise in diesem Jahr auf seine Expedition zum Fort Frontenac am Ontario-See verzichten zu müssen, wo er alljährlich den Irokesen einen prachtvollen Empfang zu bereiten pflegte, um sich zu vergewissern, daß das Kriegsbeil auch wirklich begraben war. Wie er sagte, hatte er das Für und Wider sorgfältig abgewogen und sich schließlich doch entschlossen, den Sommer und die günstigen Navigationsverhältnisse zu nutzen, um an zuständiger Stelle die üblen Streichen, die man ihm zu spielen gedachte, radikal auszumerzen. Seine Gemahlin, die in Versailles bestens eingeführt war, hatte ihm, wie er sich ausdrückte, den Floh ins Ohr gesetzt.

Da er nun schon einmal auf seine Frau zu sprechen gekommen war, glaubte er, sich an Angélique richten zu müssen: »Wenn auch der Bruch zwischen uns nicht zu kitten ist, so ist Euch doch bekannt, daß die ständige Anwesenheit meiner Frau Anne de la Grange bei Hofe geradezu ein Segen ist, denn wenn es um die Verteidigung der Interessen Kanadas geht, scheut sie vor nichts zurück, und vor allem müht sie sich redlich, die Intrigen, die im Umkreis des Königs gegen mich gesponnen werden, zu durchkreuzen. Doch diesmal, wie sie mir zu verstehen gab, gelingt es ihr nicht herauszufinden, woher das Unheil drohte, das sich da zusammenballt. Die Winkelzüge seien zu geschickt. Selbst die Montpensier, ihre alte Freundin, die, wie auch Ihr wißt, eine sehr aktive Intrigantin ist, scheint sich geschlagen zu geben. Ich muß selbst kommen. Ich weiß allerdings nicht, ob diese Damen meinen Einfluß nicht überschätzen, da ich die – wenn man so sagen darf – familiären Bande, die zwischen meinem Hause und dem der Bourbonen bestehen, offenbar ein wenig überdehnt habe. Mein Vater pflegte seiner Majestät Ludwig XIII., der mich aus der Taufe hob, beim Spiel Gesellschaft zu leisten; daher hatte ich mir angewöhnt, den König als meinen Cousin zu betrachten und es nicht nötig zu haben, ihm um den Bart zu streichen. Doch die Gräfin kann ich nicht enttäuschen, da sie weiß, wie hoch ich ihr Urteil einschätze. Ich habe nichts zu verlieren. In Quebec geht langsam alles drunter und drüber, und an Ort und Stelle läßt sich dieses Durcheinander tatsächlich nicht entwirren.«

Er zeigte ihnen ein Schreiben des Bischofs, von dem einer seiner Spione eine Kopie angefertigt hatte und aus dem hervorging, daß dieser ihn beschuldigte, das Fort in Cataracoui nur gebaut zu haben, um sich heimlich am Pelzhandel zu bereichern. »Sogar der Bischof läßt mich fallen, obwohl ich ihn gegen die Jesuiten unterstützt habe, und auch Carlon wirft mir Knüppel zwischen die Beine.«

»Carlon, dem die Verwaltung obliegt? Wir glaubten ihn in Ungnade.«

»So ist es, doch das hindert ihn nicht, all meine Pläne zu durchkreuzen, um einen seiner Verwandten, den ich hatte verhaften lassen wollen, zu stützen. Er bildet sich ein, alles wieder ins Lot zu bekommen, wenn er mich nur hinreichend desavouiert. Doch das sind Illusionen, denn sein Nachfolger ist bereits auf dem Weg. Carlon sieht ihm gefaßt entgegen, da man ihm gesagt hat, diese Bestellung eines Nachfolgers sei nur eine Gefälligkeit, um seinen Posten nicht unbesetzt zu lassen, während er in Frankreich Rechenschaft ablegt. Ich zumindest reise, ohne meine Vollmachten in andere Hände übergeben zu haben. Mein Sekretär wird die laufenden Amtsgeschäfte erledigen, was dem neuen Intendanten recht unbequem sein dürfte. Angeblich verfügt er über Befehle.«

»Befehle? Von wem?«

»Das ist eben aufzuklären. Nicht einmal Monsieur de La Vandrie, der mir die Depeschen des Königs mit den ersten Schiffen zustellte, ist eingeweiht! Es sei denn, er tut nur so.«

»Der König kann aber doch die Machtbefugnisse in der Kolonie nicht einfach aufheben!«

»Daher muß er in Kenntnis gesetzt werden, und das ist der Grund, warum ich nach Frankreich reise. Ich will nur kurz den König sprechen.« Er seufzte sorgenvoll. »Bestimmt wieder ein Hieb von den Jesuiten«, brummte er vor sich hin. »Seit der Abberufung von Pater de Maubeuge, der ein gemäßigter Mann war und diese Plünderer von den Großen Seen zumindest in einer Scheinreligiosität zu halten vermochte, schlagen alle über die Stränge.«

Um vertraulicher sprechen zu können, trat er noch näher an Joffrey, Angélique und Ville-d'Avray heran, um die sich die Offiziere von Peyracs Flotte geschart hatten, die er aber alle kannte, da sie in seinem Schloß Saint-Louis zu Gast gewesen waren: Barssempuy, Urville, Le Couennec und andere.

Er überließ es den Vertretern der Königlichen Marine und ihren federgeschmückten jungen Leutnants und Kadetten, mit den Taschentüchern zu wedeln, um den lästigen Geruch von

Salzlake und in der Sonne ausfließendem Lebertran zu verscheuchen, während die mit dem Einsalzen beschäftigten bretonischen Fischer in ihren mit Meerwasser imprägnierten Kitteln und von Fischschuppen übersäten Lederschürzen den Kreis um dieses farbenfrohe Völkchen, das sie sich aus der Nähe betrachten wollten, immer enger zogen.

Halblaut fuhr er fort: »Ihr könnt Euch nicht vorstellen, welcher Geist in Quebec herrscht. Es erinnert an die Zeit vor dem großen Erdbeben oder vor Eurer Ankunft, als dieser d'Orgeval alles und jeden zu beherrschen suchte, was ihm ja schließlich auch gelang, trotz seines demütigen und gemäßigten Gehabes. Niemand war mehr Herr in seinem Amt, seiner Hütte, seiner Kate, auch nicht der Gouverneur in seinem Palast. Ich atmete erleichtert auf, als ich von seinem Tod erfuhr, nun hatte die Kirche einen Märtyrer mehr und Neufrankreich einen Helden! Besser konnte es gar nicht kommen, das sage ich Euch unverhohlen.

Wie dem auch sei, ob tot oder lebendig, er stört immer noch meine Kreise. Man läßt seine Predigten wieder aufleben, damit jedermann sich auf den Kriegspfad begibt, zur Ehre seines Andenkens! Als ich Quebec verließ, ging das Gerücht, die flammenden Boote der wilden Jagd seien über der Stadt gesichtet worden. Ich habe sie nicht gesehen, aber auf das Volk macht so etwas, wie Ihr wißt, starken Einruck. Es sieht darin die Ankündigung von Unheil oder eine Botschaft aus dem Jenseits, deren Überbringer diejenigen sind, die sich an Bord befinden und die Lebenden an ihre Pflicht erinnern. Nun, und diesmal saß er drin.«

»Wer?«

»D'Orgeval. Sie haben ihn gesehen und wiedererkannt, wie man mir versicherte. In Gesellschaft der ersten Jesuiten- und Waldläufermärtyrer. Was kann ich dagegen tun? Diese Narren! Ich sah mich gezwungen, die Gendarmerie auf eine Horde Wahnsinniger loszulassen, die zur Ile d'Orléans übersetzen wollten, um Guillemette de Montsarrat-Behars, eine Gutsbesitzerin, die als Hexe verschrien ist, zu überfallen. Ich muß dem König begreiflich machen, welchen Konflikten ich hier am anderen Ende der Welt zu trotzen habe und welchen Schaden die Jesuiten den Interessen, die er als Monarch in der Neuen Welt verfolgt, zufügen, indem sie die Gemüter überhitzen.«

Joffrey de Peyrac legte seinem gascognischen Landsmann beruhigend die Hand auf die Schulter.

»Ihr habt eine mehrtägige Überfahrt hinter Euch, lieber Freund. Die Sonne steht im Zenith. Wenn wir noch länger auf diesem Strand herumstehen, werden wir bald schmelzen wie die Leber all dieser Fische. Wollt Ihr Euch nicht an Bord Eures Schiffes etwas erfrischen? Heute abend erwarte ich Euch zum Souper, damit wir in Ruhe all diese Probleme besprechen und Pläne schmieden können.«

Seine Stimme und diese Geste waren Balsam für Frontenac. Sein Lächeln kehrte zurück, während sich Graf Peyrac zu Monsieur de La Vandrie und dessen Stab begab, um sie zu einem türkischen Kaffee im Schatten seiner bescheidenen Kolonistenbehausung, die nur aus Rundhölzern und einem Steinsockel für Keller und Pulvermagazin bestand, einzuladen. So war der Höflichkeit Genüge getan, und er mußte sie nicht abends gemeinsam mit Frontenac empfangen. Man genoß dieses köstliche Gebräu, besichtigte artig hinter dem Hausherrn die Räumlichkeiten, die eher einem Glutofen glichen, und zog sich beglückt über eine leichte Meeresbrise auf die Schiffe zurück, während Tissot, der Maître d'hôtel, sogleich damit begann, den Festsaal des Forts herzurichten, um in würdiger Weise abends den Gouverneur von Neufrankreich zu bewirten.

Der Schwiegersohn von Nicolas Parys war ein schwerfälliger und schweigsamer Mann von etwa dreißig Jahren. Er war auf dem Lehen Saint-Pierre von Cap Breton geboren, wo damals kaum mehr als vier Kolonistenhütten und eine Kapelle für die Mic-Macs der Umgegend gestanden haben dürften. Auch heute waren es kaum mehr. Trotz allem ermangelte es dem Mann nicht an geistiger Wendigkeit und kaufmännischem Geschick. Die Saisonfischer und Matrosen, die in Scharen aus der Alten Welt herüberkamen, halfen den Kolonistenkindern Akadiens auf die Sprünge, wenn diese auch von Natur aus nicht besonders flink waren. Kaum hatten sie sprechen gelernt, wollten sie auch schon mitreden.

Auch Parys' Schwiegersohn wußte sich hartnäckig zu verteidigen. Er erklärte, der Alte habe tatsächlich ein Ansuchen an den König gestellt, doch das sei gleich nach seiner Rückkehr aus Amerika gewesen, vor drei oder vier Jahren. Daher könne man ja wohl kaum mit Fug und Recht behaupten, die plötzlichen Veränderungen in der von diesen Herren in Paris betriebenen Kolonialpolitik seien auf die Lektüre dieser Zeilen, die der Souverän vielleicht nicht einmal zu lesen geruht habe, zurückzuführen. Anschließend habe der Alte geheiratet und sei später dann in einer entfernten Provinz verstorben, wohin er sich zurückgezogen habe, um sein Eheglück zu genießen, wie auch das Vermögen aus dem Verkauf seiner Besitzungen in Akadien sowie eine recht ansehnliche, wenn auch verspätete Vergünstigung von seiten des Königs. Seine Witwe habe eine hochgestellte Persönlichkeit dieser Gegend geheiratet, einen Verwaltungsbeamten oder jemanden in ähnlicher Funktion, und schien keinerlei Interesse mehr zu haben an dem amerikanischen Erbe. Dies alles sei ihm wie auch der Tochter des besagten Nicolas Parys mitgeteilt worden, und zwar durch ein Schreiben, das in diesem Frühjahr mit einem der ersten bretonischen Schiffe hier eingetroffen war.

Aus einem verschnürten Plüschsack zog er ein dickes Bündel Papiere hervor, die zu entziffern ihn und seine Frau etliche Stunden Schweiß gekostet haben dürfte. Sie hatten wohl mehrfach die Farbe gewechselt, enthielten sie doch – und zwar aus der Feder von Notaren und Zivilbeamten – die ersten und einzigen Mitteilungen über den Alten seit seiner Abreise, doch als sie am Ende ihrer Mühen angelangt waren, hatten er und seine Frau erleichtert aufatmen können, denn da stand schwarz auf weiß, daß diese besagte Stiefmutter – eine lustige Witwe – keinerlei Absicht hege, ihnen das Erbe streitig zu machen, und das war der einzige Satz, den sie mit Wohlbehagen lasen. Der Alte hatte doch bestimmt etwas hinterlassen. Vielleicht »drüben«, wo er, wie er immer gesagt hatte, auch noch etwas besaß, abgesehen von dem aus Amerika mitgebrachten Vermögen; die Notare schienen ja auch anzudeuten, daß da etwas zu holen war. Wie dem auch sei: Hier in Akadien stand ihnen bestimmt etwas zu!

»Hier in Akadien, lieber Freund«, unterbrach ihn Ville-d'Avray, »ist die Sache eindeutig und schnell zu Papier zu bringen, ohne daß all dieser Firlefanz von Siegeln und Unterschriften nötig wäre. Laßt Euch auf keinen endlosen Prozeß ein, um Ländereien, die Euer Schwiegervater an Monsieur de Peyrac verkauft hat, in Euren Besitz zu bringen. Ich war Zeuge, als die Überschreibung aller Rechte in absolut rechtsgültiger Form erfolgte, und zwar vor Monsieur Carlon, dem höchsten Verwaltungsbeamten Neufrankreichs. Euch hat er Canso, die an Fischer zu vermietenden Uferstreifen, überlassen, und diese Fischer bringen Euch Euren Anteil am Steinkohlevorkommen mit. Und was das Erbe ›drüben‹ anbetrifft, so sehe ich keinen Hinderungsgrund für Euch, Euch einzuschiffen und selbst nach Frankreich zu fahren, um nachzusehen, woran Ihr seid.«

Ohne länger auf seinem vermeintlichen Anspruch zu beharren, trottete der Schwiegersohn des alten Nicolas Parys von dannen, gefolgt von seiner Frau. Nachdem er vor einem Krug guten englischen Gins, den er sich über Neufundland beschaffte, lange nachgedacht und meditiert hatte, sagte er zu seiner Frau, das Ganze sei nur eine Frage der Geduld. Man müsse abwarten und zunächst einmal herauskriegen, von wo der Wind wehe. Schließlich munkelte man ja schon, Monsieur de Frontenac sei in Ungnade gefallen und zurückbeordert. Vielleicht würde der Intendant Carlon bald nachfolgen, wer weiß? Und was wären sie denn dann noch wert, die Rechte dieses Abenteurer-Edelmannes ohne Ehrenzeichen, Recht und Glauben dieses sogenannten Grafen de Peyrac, der von all diesen Industrien an der Ostküste unverfroren den Zehent einstrich? An Gelegenheiten, ihn aus dem Sattel zu heben, dürfte es dann nicht mangeln, indem man entweder Erbrechte geltend machte oder ihn bei der Königlichen Marine als Piraten oder Verbündeten der Engländer denunzierte. Und dann wäre endlich er, der Schwiegersohn von Nicolas Parys, der König der Ostküste! Auch was den Vorschlag anbetraf, er, der sich nicht einmal je nach Quebec gewagt hatte, solle nach Europa fahren und sich mit den Banditen der Alten Welt zusammenraufen, da wolle er doch auch lieber abwarten. Vielleicht im nächsten Jahr. Zunächst einmal werde er all diesen Notaren, Schreiberlingen und Winkeladvokaten mitteilen, er käme gelegentlich selbst, um nach dem Rechten zu sehen, und sie sollten ihm seine Taler schön warm halten.

Im viertürmigen, nach außen hin bescheiden wirkenden Fort von Tidmagouche ließ sich in dem zwar niedrigen, aber weiträumigen Saal eine Tafel decken, die an Eleganz und Schliff genau den Vorstellungen entsprach, mit denen Joffrey de Peyrac seinen Gästen zu huldigen pflegte. Bei gebührendem Anlaß wurden hier Festessen gegeben, die sich mit den offiziellen Empfängen in Quebec durchaus messen konnten. Da wurden edle Weine und die verschiedensten Gaumenfreuden dargereicht auf vergoldetem Porzellan, und heute abend, zu Ehren des Gouverneurs, durfte man sogar böhmische Kristallgläser mit roten Lichtreflexen bewundern, die an Schönheit noch die des Königs übertrafen. Monsieur Tissot zelebrierte dieses Galadiner mit vier Assistenten, acht Bratenträgern und einer Schar von Küchenjungen, die, einer wie der andere, besser dressiert waren als eine vor dem König spielende Komödiantentruppe.

Monsieur de Frontenac empfand es als Ehre, so fürstlich empfangen zu werden, zumal er sich bereits darauf eingestellt hatte, mit einem kärglichen Stück Wildbret an Deck seines vor Anker liegenden Schiffes vorliebnehmen zu müssen. Er traf im Laufe des Abends ein, in Begleitung des stellvertretenden Stadtkommandanten von Quebec, Monsieur d'Avrensson, der nach seiner Abreise gleich wieder umkehren würde, und hatte wie üblich seinen Beraterstab und seine Diener im Gefolge sowie einige Notabeln der Stadtverwaltung. Seine Miene hatte sich wieder verdüstert, nachdem er vermutlich seinen Plan in Gedanken weiterverfolgt hatte, doch die Weine vertrieben bald seine gedrückte Stimmung und gaben ihm seinen natürlichen Frohsinn zurück. In der lebhaften Atmosphäre dieses ausklingenden Festmahls, wo diese Herren mit Schlachtenberichten, Heldentaten und Glanzleistungen einander überboten, wo aber auch Hofklatsch und Geplänkel über galante Abenteuer nicht ausgespart wurden, ließ er sich hinreißen, auf jenes berühmt-berüchtigte Gedicht anzuspielen, ja es sogar zu zitieren, das ihm zur Zeit, da er sich seiner Freiheiten noch brüsten konnte, nachdem er dem König seine Mätresse ausgespannt hatte, ein Exil jenseits des Atlantik, das man ehrenhafte Beförderung zu nennen beliebte, eingebracht hatte. Doch wie jedem echten Gascogner lag ihm Bedauern fern, hatte er sich doch über den Skandal, den sein Liedchen hervorgerufen, königlich amüsiert!

Der König, unser Herr, macht tolle Sachen,
er liebt die Montespan!
Ich, Frontenac, komm schier um vor Lachen,
weiß ich doch, was sie kann!

Bin nicht dumm, drum sing ich:
Nimm, lieber König,
o du mein König,
was ich ließ übrig,
was ich ließ übrig!

Und da die ausgezeichneten Weine ein Klima freundschaftlichen Einverständnisses geschaffen hatten, erntete er schallendes Gelächter. Der verspottete Herr war weit. Und auch wer sonst devotest zu katzbuckeln pflegte, weil seine Ausstrahlung ungeheuren Respekt einflößte, stellte sich jetzt genüßlich vor, wie er, kitzelig wie ein normaler Sterblicher, pikiert auf Rache sann. Im Augenblick legte man es darauf an, Frontenac zu schmeicheln, war man ihm doch insgeheim dankbar für seine Kühnheit, die einen entschädigte für die Mißachtung und all die Rüffel, die der König freigebig austeilte und die man schweigend und respektvoll hinnehmen mußte. Es war eine wohltuende Befreiung von verdrängtem Groll, der man sich ohne Gewissensbisse hingab, wußte man doch, daß sie nur von kurzer Dauer war.

Hatten sich die Alkoholschwaden erst einmal verflüchtigt, würden einige der hier anwesenden Personen, im Strom der Höflinge brav mitschwimmend, die Anekdote wieder mit anderen Augen sehen und den Kredit des allzu vorlauten Gouverneurs anders einschätzen. Frontenac brauchte nicht erst nüchtern zu werden, um das zu begreifen. Mahnten nicht schon die Augen seines Gastgebers freundschaftlich zur Vorsicht? Es war vielleicht wirklich nicht der richtige Augenblick, derartige Erinnerungen wieder aufleben zu lassen, hatte er sich doch bereits in das kühne Unterfangen einer Ozeanüberquerung gestürzt, um ein Gespräch unter Freunden mit dem König zu führen.

Angélique litt für ihn, denn er schien so vertrauensselig. Er wollte nur das Beste für die Kolonie, daher hatte er sich zu diesem Schritt, persönlich beim König vorstellig zu werden, entschlossen. Andererseits war er doch ein Mann mit politischem Verstand, der hellhörig und schon längst unruhig hätte werden müssen, denn wenn hier auch zwanglos geplaudert wurde, so mußte ein geschärftes Ohr doch auch die Untertöne und Nuancen heraushören. Daher konnte es ihm eigentlich nicht entgangen sein, daß seine Umgebung, seine erprobtesten Ratgeber wie auch seine verläßlichsten und ehrlichsten Freunde wie etwa Graf de Peyrac seinen Optimismus nicht teilten.

»Es mag sein, daß ich einen Irrtum begehe, aber solange ich diesen Besuch in Frankreich als notwendig empfinde, werde ich nicht davon Abstand nehmen.«

»Habt Ihr denn die Wahl?« warf Ville-d'Avray ein. »Hat nicht der König Euch vorgeladen?«

»Da irrt Ihr aber auf der ganzen Linie. *Ich* habe den Entschluß zu dieser Reise gefaßt. Fragt nur Monsieur de La Vandrie.«

»Monsieur de La Vandrie ist ein Schurke, der eifersüchtig ist auf Euch, der Euch haßt und schon drei seiner Freunde bereitstehen hat, um Euch von Eurem Gouverneursposten abzulösen.«

Frontenac fuhr hoch, rang nach Luft, trank hastig ein Glas Wasser, das sein Diener ihm reichte, und beruhigte sich wieder. »Ich glaube kein Wort von Euren Ungereimtheiten. Ich hatte eine Begegnung mit dem König schon längst für opportun erachtet.«

»Und dann kam La Vandrie, hatte Eure Abruforder in der Tasche, doch plötzlich Hemmungen, seinen Auftrag durchzuführen, entdeckte, daß Ihr ohnehin schon an eine Reise gedacht hattet, und brauchte Euch nur noch dazu zu ermuntern.«

»Dieser Halunke! Wenn es stimmt, was Ihr sagt, werde ich ihn aufsuchen und verlangen, daß er mir die Briefe aushändigt, wozu er bisher zu feige gewesen ist.«

»Es lohnt sich nicht, ihm zu zeigen, daß Ihr sein Spiel durchschaut habt. Gebt Euch gelassen, doch seid auf der Hut!«

»Und wenn man mich im Hafen verhaftet und zur Bastille eskortiert?«

»So weit ist es nun auch noch nicht!« protestierte Ville-d'Avray. Doch aus seinem Tonfall ließ sich schließen, daß dieser Gedanke nicht gänzlich abwegig war.

»Jetzt seid doch endlich einmal offen zu mir!« rief Frontenac plötzlich aus. Er stürzte sich auf Ville-d'Avray, packte ihn am Jabot und rüttelte ihn kräftig. »Sagt, was Ihr wißt!«

Ville-d'Avray beteuerte, er wisse nichts Bestimmtes. Als er im Mai abgereist sei – und jetzt war Anfang August –, habe er nur so etwas läuten hören, aber auch nur in den niederen Sphären der Ministerien. Er hätte gewettet, daß der König nichts davon wußte und weiterhin diesem Frontenac, dem er die zu den schönsten Hoffnungen berechtigende Versöhnung mit Graf und Gräfin Peyrac verdankte, sein Wohlwollen bewahrte. Doch müsse man auch bedenken, daß alles, was irgendwo laut gedacht werde, schnell Widerhall fände, während er, Ville-d'Avray, noch gemächlich in Akadien bei der schönen Marcelline verweilt habe. Und wenn er sich mittlerweise nun doch um Frontenac Sorgen mache, so sei das zum einen darauf zurückzuführen, daß ihm die Absichten von Monsieur de La Vandrie bekannt seien und zum anderen, weil er etwas gewittert habe. Und wenn seine Nase ihn warne, einem seiner Freunde drohe Unheil, so habe es noch immer gestimmt.

Frontenac wandte sich zu Joffrey de Peyrac um, als erwarte er dessen Stellungnahme. Der Graf redete ihm zu, er solle sich weiterhin als rechtmäßig eingesetzter Gouverneur verhalten, der seinem König einen Besuch abstattet, um die aus seinem Amt resultierenden Angelegenheiten zu besprechen. »Der König achtet diejenigen, die ihr Amt gewissenhaft ausüben, und zu diesen gehört Ihr. Der König von Frankreich wird sich niemals eines getreuen Dieners, den er hochschätzt, berauben lassen, nur um Intriganten einen Gefallen zu tun.«

»Das stimmt«, bekannte Frontenac. »Aber dieses dumme Spottlied«, murmelte er zerknirscht. »Ich habe ihn lächerlich gemacht, und das wird er mir nie verzeihen.« Der Zorn packte ihn beim Gedanken an all die falschen Beschuldigungen und Ungereimtheiten, die seine Feinde gegen ihn zusammengetragen hatten und die, wenn sie auch noch so hinterhältig waren, seine Glaubwürdigkeit bei einem ihm gegenüber wohl kaum zu Nachsicht geneigten Monarchen durchaus zu erschüttern vermöchten. »Wißt Ihr überhaupt, was sie alles aushecken, um mir am Zeug zu flicken? Da haben sie mir doch glatt vorgeworfen, die weiße Bourbonenfahne mit den goldenen Lilien als königlich-nationales Emblem für Neufrankreich gewählt zu haben. Als ob ich nicht wüßte, daß es sie erst seit Heinrich IV. gibt und die Franzosen sie ungern angenommen haben, weil die weiße Fahne die der Hugenotten war und an den weißen protestantischen Federbusch Heinrichs von Navarra erinnerte, als er gegen die Katholiken zu Felde zog und Paris aushungerte, bevor er Heinrich IV. und erster Bourbone auf dem Thron wurde. Ich weiß auch sehr wohl, daß die Franzosen immer noch mit der Oriflamme, dem roten Banner des heiligen Denis, und sogar mit dem noch älteren blauen, das auf den Mantel des heiligen Martin zurückgeht, liebäugeln. Doch als ich in Kanada ankam, mußte ich andere Dinge in Betracht ziehen. Für die Irokesen bedeutet Rot *Krieg* und ist gleichbedeutend mit *Tod*, während Weiß *Frieden* und Gold *Reichtum* bedeutet. Daher kam der in Frankreich selten verwendeten weißen Fahne mit den goldenen Lilien hier aufgrund ihres Symbolwertes eine große Bedeutung zu, und nur darum habe ich sie gewählt.«

»Und daran habt Ihr recht getan! Der König kann es Euch doch nicht verübeln, das Emblem seiner genealogischen Vorfahren, der Bourbonen, hochzuhalten, um ihn und somit Frankreich zu repräsentieren.«

»Wie soll man das wissen?« murmelte Frontenac resigniert. »Man hat es ihm vielleicht ganz anders dargestellt. Die Menschen sind ja so bösartig und so dumm. Ihnen ist alles recht, um mich zu Fall zu bringen. Sie haben ja sogar behauptet, ich hätte die Irokesen zu einem Krieg gegen uns ermuntert, weil ich ihnen einen Waffenschmied zur Verfügung gestellt habe, der ihre Waffen reparieren sollte. Dabei besitze ich doch«, Frontenac wirkte geradezu rührend in seinem Eifer, »eine riesige Sammlung Wampumketten von unschätzbarem Wert, welche die Häuptlinge der Fünf Nationen mir zu wiederholten Malen übergeben haben, was ich dem König beweisen kann.«

Die Anwesenden wechselten einen mitleidigen Blick, und Ville-d'Avray setzte eine skeptische Miene auf. »Ich möchte bezweifeln, daß der König und Monsieur Colbert die Bedeutung dieser unbekannten Trophäen richtig einzuschätzen vermögen.«

»Aber sie sind doch Sinnbild für den Frieden in Nordamerika! Frieden mit Irokesien! Sie symbolisieren freie Fahrt auf dem Mississippi!«

»Diese Feinheiten müssen seiner Majestät und Monsieur Colbert auf jeden Fall mündlich erklärt werden«, warf Monsieur d'Avrensson ein.

»Und zwar von jemandem, dessen Worte keiner von beiden Argwohn entgegenbringt«, ergänzte der Marquis. »Was mich anbetrifft, so möchte ich es trotz meiner Zuneigung zu Euch nicht übernehmen. Mit der Affäre des chinesischen Porzellans für Monsieur habe ich mir hinreichend die Finger verbrannt.«

»Ich werde mich schon verteidigen!«

Man muß die Angriffspunkte einfach der Reihe nach aus dem Feld räumen. Was Frontenac am meisten quälte, war die Unterstellung, er kämpfe um seinen Gouverneursposten, weil er sich bereichern wolle. Dabei hatte er für Kanada sogar in seine Privatschatulle gegriffen. »Wenn man mich an diesem Punkt anzugreifen sucht, werde ich die Geschäfte der Jesuiten nicht unerwähnt lassen ...«

Doch er verstummte, als ihm einfiel, daß derartiges Geschwätz den König nur in Mißstimmung versetzen würde, zumal am Hofe die Jesuiten niemals weit waren. »Nein! Nein!« schrie er plötzlich und fuchtelte wild mit den Armen, so daß er beinahe einen Pokal vom Tisch gefegt hätte, den ein Diener noch soeben auffing. »Nein, eine so wichtige Mission kann ich unmöglich durchführen, wenn ich so wenig Trümpfe in der Hand habe und über so wenig wirksame, emsige, aufrichtige Unterstützung verfüge. Was heißt überhaupt Trümpfe? Wenn ich nur schon einen hätte! Indianerpfeile sind ja nichts gegen diese Verleumdungen! Das Terrain ist schon präpariert, und zwar von Aufwieglern, die von unseren Mühen und Gefährdungen in diesen wilden Landstrichen nicht die geringste Ahnung haben, die sich nur an der Idee festbeißen, mir zu schaden, und wenn außerdem jedesmal, wenn ich den Mund aufmache, um die Interessen Kanadas geltend zu machen, zwischen dem König und mir die Erinnerung an meine kleinen Mißgriffe aufkommt, wie soll ich dann hoffen dürfen, Gehör zu finden? Auf welches Resultat darf ich warten? Und dabei habe ich doch immer nur das Wohl und den Ruhm Neufrankreichs, über dem sein Lilienbanner weht, vor Augen gehabt.«

Er stützte den Ellbogen auf den Tisch, barg die Stirn in seiner Hand und verharrte in Nachdenklichkeit. »Es muß sein!« hörte man ihn mehrmals murmeln. »Es muß sein! Es gibt keinen anderen Ausweg! Sonst wird diese Reise ein Fiasko, eine Maskerade!« Als er den Kopf hob, zeigte er eine entschlossene Miene, seine Augen glänzten vor Verzweiflung, doch die Unsicherheit war von seinen Gesichtszügen gewichen. »Was macht's schon, wenn es nach einem frechen Manöver, nach einer List aussieht! Ich bin daran gewöhnt, und dem König sind Überraschungen nicht unlieb, sofern es dabei um den Erfolg seiner Absichten geht und sofern er spürt, daß ihm dadurch ein Dienst erwiesen wird. Mein Plan ist gefaßt: *Ein* Mann an meiner Seite, der für mich spricht, kann ihn davon abbringen, meiner Person und meinen Jugendsünden zu viel Bedeutung beizumessen, *nur ein* Mann vermag seine Aufmerksamkeit zu fesseln und sein Gedächtnis in andere Bahnen zu lenken. Ihm wird er Gehör schenken, weil er als einziger in der Lage ist, deutlich und leidenschaftslos Fakten zu nennen und somit das Interesse Seiner Majestät für die Probleme der Kolonie zu wecken, die ihn für gewöhnlich nur langweilen und sogar reizen, um so mehr, als keiner in seiner Umgebung geneigt oder willens ist, ihm das Geheimnis zu entschlüsseln, *ein einziger* Mann, sage ich, und dieser Mann seid Ihr, Monsieur de Peyrac.«

Er war aufgestanden und starrte noch eine Weile einen Punkt an, als verlöre sich sein Blick im roten Gefunkel des Weins jenseits des Kristalls. Doch dann hob er sein Glas und wandte sich an den Gastgeber: »Monsieur de Peyrac de Morrens d'Irrustru, Bruder meiner Heimat. Im Namen der Freundschaft, die uns verbindet, im Namen der Dienste, die wir einander erwiesen, im Namen der großen und hehren Pläne, die wir gefaßt haben zum Wohle und zur Befriedung der Völker dieser Landstriche, die wir lieben: Ich ersuche Euch inständigst, bitte Euch demütigst, beschwöre Euch: *begleitet mich*!«

Fünfundzwanzigstes Kapitel

»Bruder meiner Heimat, ich beschwöre Euch, begleitet mich nach Frankreich, um für mich und Neufrankreich zu plädieren«, hatte Frontenac, an den Grafen de Peyrac gewandt, ausgerufen.

»*Niemals*!« erwiderte eine Frauenstimme. Es war Angélique, der urplötzlich der Sinn dieser Tirade aufgegangen war. »*Niemals*!« wiederholte sie kategorisch.

Und gleichzeitig wurde ihr bewußt, daß Frontenac recht hatte, daß es so kommen würde, weil es die beste Lösung war! Hatte nicht Molines bereits in einem seiner letzten Briefe auf den Nutzen eines Besuches angespielt, als Antwort auf die langmütige Geduld des Monarchen?

»Nein, nein, niemals! Ich werde ihn nicht fahren lassen!«

Europa! Das war viel zu weit, der Ozean war zu groß! Reiste man von einem Kontinent zum andern, so war das für immer. Sie hatte aufgehört, gen Osten zu blicken. Nur ab und zu, seit ihre Söhne dort weilten, machte sie eine Ausnahme, aber ihre Söhne würden zurückkehren. Heute ging es um ihr Leben. Und ihr Leben war Joffrey, ohne ihn konnte sie nicht leben. Und sie hatte sich geschworen, daß sie sich niemals mehr trennen würden. Eine Trennung konnte endgültig werden, wenn Entfernungen, Gefahren, ein vollzogener und nicht mehr gutzumachender Bruch mitspielten. Beim Ozean war das der Fall! Und wenn Joffrey einen Fuß auf französischen Boden setzte, konnte es geschehen! Joffrey de Peyrac vor dem König! Das konnte sein Untergang sein.

Nein, niemals, nie würde sie ihn ziehen lassen! Herausfordernd blickte sie in die Runde: Männer, die jeder auf seine Art ihre impulsive Reaktion, ihre Erregung, ihre Auflehnung so einfach hinnahmen, zur Kenntnis nahmen, beurteilten! Die einen erstaunt, die anderen verärgert, pikiert, amüsiert oder neugierig. Frontenac begriff nichts mehr. Er war so glücklich gewesen über seinen Einfall. Niemals hätte er einen Widerstand von Madame de Peyrac für möglich gehalten. Ville-d'Avray begriff sehr wohl, doch wunderte er sich nicht. Er wußte, was es bedeutete, jemanden zu lieben, und er wußte auch, zu welcher Liebe dieses Frauenherz fähig war. Er malte sich schon die bitteren Wortgefechte aus und hätte liebend gern gewettet.

Und Joffrey? Nein, Angélique weigerte sich, von dem geliebten Gesicht abzulesen, was todsicher dort geschrieben stand, nämlich daß er Frontenacs Vorschlag annahm. Er würde sie verraten, verlassen!

Sie stürzte nach draußen und rannte fluchtartig davon. Sie ließ den Weiler hinter sich, schlug einen Pfad entlang der Klippen ein und lief immer weiter, als könne sie dadurch ihrem Schicksal entfliehen, dem Dilemma, das sie quälen würde und das sie abschütteln müßte, um vor sich selbst und den anderen standhaft zu erscheinen, um sich letztlich zu beugen und weiterzuleben, wenn auch mit gebrochenem Herzen, da man ihr das Unvorstellbare, das Untolerierbare, das sie niemals mehr hatte hinnehmen, niemals mehr hatte erdulden wollen, einfach aufgezwungen hatte: die Trennung.

Nachdem sie das Ende des Pfades erreicht hatte, der jetzt steil zum Strand hin abfiel, kehrte sie um und brach entkräftet und verzweifelt zu Füßen eines bretonischen Kreuzes zusammen, das wagehalsige Kabeljaufischer hier vor mehr als einem Jahrhundert errichtet hatten. Doch bald raffte sie sich wieder auf und hastete davon, da ihr eingefallen war, daß von dieser Stelle aus die sanfte Marie durch den elenden Sekretär von Ambroisine, Armand Dacaux, in den Abgrund gestoßen worden war. Es gelang ihr nicht, ihre Gedanken zusammenzuhalten, sie konnte sich nur immer wieder vorsagen, daß sie diese abscheuliche Ostküste haßte, die ihr immer nur Unglück brachte.

Schließlich ließ sie sich am Wegrand nieder, obwohl es die gleiche Stelle war, wo sie in den Armen Piksaretts, des Abenaki, geschluchzt hatte, weil sie der Einbildung verfallen war, Joffrey betrüge sie mit ihrer perfiden Rivalin, der Dämonin. Das alles gehörte der Vergangenheit an. Sie hatte die Schlacht geschlagen und gewonnen und war als eine andere und gestählt aus ihr hervorgegangen. Doch jetzt war sie wieder ratlos vor diesem neuen Hindernis, das sich da aufbaute.

Flucht! Umweg! Das war doch die Bedeutung des Narren gewesen, den ein Hofhund in die Ferse beißt! Nein, nein, das nicht! Keine Flucht, keine neuen Umwege für uns, zumindest nicht wieder Unheil, mit dem man nicht fertig wird, und das dem physischen und psychischen Tod gleichkommt. Doch jetzt werden wir angeblich mit allem fertig. Wie hatten die Zacken der Tarockkarten gesagt? »Eine ungewollte Reise, die unternommen werden muß«, weil der Hund zugebissen hatte. Eine Pflicht, der man nicht ausweichen darf. Eine Reise? Angenommen! Wenn es uns so vorbestimmt ist und uns zum Wohle und Erfolg gereichen soll ... Aber keine Trennung, nein! Nicht zum zweiten Mal, nicht noch einmal! Diese Pein, diese Ängste! Keine Trennung! Ich werde mich mit allen Kräften widersetzen! Trennung ... das war das Meer der Finsternis. Sie – auf diesem, und er – auf jenem Ufer.

Gemeinsam waren sie in die Neue Welt gekommen, gemeinsam und Seite an Seite hatten sie einen gemeinsamen Kampf für ein gemeinsames Gelingen gekämpft. Die kurzfristigen Trennungen, die ihnen auferlegt worden waren, hatten dieses Gelingen gefestigt, und dieser Erfolg symbolisierte für sie die Möglichkeit, in Frieden beieinander zu leben, wie es ihnen zu Anbeginn ihrer Liebe damals in Toulouse vorbestimmt gewesen war. Wie oft hatten sie von diesem ersten entscheidenden Moment gesprochen! Es war Liebe auf den ersten Blick gewesen!

Was endlich wiedergewonnen war, durfte doch nicht erneut zerrissen werden! Hatten sie sich das nicht verdient? Wenigstens das? Hier tat sich ein Spalt auf, wieder ein Abgrund! Nein! Nicht erneut in den Irrtum verfallen! Sie durfte ihn nicht ziehen lassen!

Als sie das Fort von Tidmagouche erreichte, erwartete Joffrey sie in ihren Gemächern. Er hatte sie vermutlich vom Fenster aus kommen sehen. Mit verschränkten Armen stand er da, an den Türrahmen gelehnt, in jener geschmeidigen Pose, die er einzunehmen pflegte, um sein krankes Bein zu entlasten, den Kopf leicht geneigt, gedankenverloren, mit träumerischem Blick, der jedoch alles wahrnahm, mit jenem Lächeln in den Mundwinkeln, das Vertrauen einflößen sollte und doch manchmal so bedrohlich wirkte.

O du! Du bist nur du! Eine in dieser weiten Welt einsame Figur, dachte sie bei sich. Mit deinen Gedanken, deinen Träumen, deiner Wissenschaft, deiner Kraft und deinen Schwächen. Und ich? Wenn du aus meinem Leben verschwindest, ist rings um mich nur Leere.

»Wenn du verschwindest, ist rings um mich nur Leere«, sagte sie laut.

»Wie kann man so etwas Dummes sagen«, erwiderte er. »Wie kannst du, mein Liebling, so etwas sagen, gerade du, die du ganz allein schon die kapriziösesten Haken auf deinem Lebensweg geschlagen hast?«

»Davon ist nichts mehr übrig«, erwiderte sie, »du hast alles genommen.« Ihre eigene Existenz war wie weggefegt. Nur unter seinem Schutz, unter seiner Führung konnte sie von Freiheit träumen, ihre geheimen Pfade, ihre geheimen Pläne verfolgen. Doch kaum tauchte vor ihrem Geist die Vorstellung auf, er sei ihr fern, dann war sie nur mehr ein gefangenes Herz, nur mehr eine verschreckte Frau, eine von jenen, die sich an den Mann klammern, der fort will, die sich in seine Gewänder krallen, sich an seinem Harnisch die Nägel abbrechen, dem Reiter, der sich bereits in den Sattel geschwungen hat, die Füße küssen und mit der Stirn in den Sand sinken, sobald er sich entfernt.

»Die Frauen sind beneidenswert, weil sie sich derartig gehenlassen können«, sagte er, ihre tränennassen Augenlider und Wangen küssend. »Sie sind beneidenswert, weil man ihnen das Recht zugesteht, zu schreien, die Hände zu ringen, sich die Haare zu raufen, den Kopf in den Sand zu stecken, denn alle diese Gefühlsäußerungen lindern den übermächtigen Schmerz. Was würde man mir als Mann denn gestatten, wenn Ihr mich verließet, Ihr, die Zuflucht meines Herzens, der Trost meiner Bitternis, das ewige Versprechen himmlischer Liebestrunkenheit, wie sie schöner kein Mensch zu erträumen vermag? Was werde ich wohl sagen, wenn mir armseligem Mann in meinem elenden Dasein kein anderes Licht mehr leuchtet als die Hoffnung, Euch wiederzusehen, wenn ich jetzt das karge Metier diplomatischer Verhandlungen auf mich nehmen muß und nicht einmal den Trost besitze, mit Euch anschließend darüber zu sprechen? Ich, der nun einer eitlen Welt von Laffen Komödie vorspielen muß, ohne die Befriedigung, sie aus ihrer blasierten Umgebung zu locken, indem ich ihnen die herrlichste und blendendste Kreatur des Universums vor Augen führe, wenn mir als einzige Zerstreuung am Abend nach endlosen und listigen politischen Winkelzügen nur die Überzeugung bleibt, daß keine andere Frau als die, von der ich träume, mich zu beglücken und zu zerstreuen vermöchte und ich es daher vorziehe, in der Einsamkeit zu verharren umd von ihr zu träumen, in der Hoffnung, daß auch sie ...«

Sie hob den Kopf, den sie an seiner Schulter vergraben hatte, und lächelte. Und als das Lächeln sich in ein Lachen gewandelt hatte, rief sie aus: »Ich glaube kein Wort von Euren Einwänden und werde kein Mitleid haben mit Eurem Geschick! Ich ziehe alles in Zweifel, und vor allem den letzten Punkt!« Sie legte ihm die Finger auf die Lippen und verwehrte ihm den Einspruch. »Keine Versprechungen. Ich sagte bereits, ich glaube nichts und will auch nichts glauben. Ich will nichts denken, mir nichts vorstellen, mir nicht ausmalen, daß Ihr fern von mir lebt. Ach, was soll's? Mir ist alles gleichgültig! Was nützt es mir zu wissen, *wer* Ihr seid, fern von mir? Ihr seid, aber fern von mir. Wie könnte ich das ertragen?« Sie schluchzte von neuem. »Ich werde sterben!«

Sie rieb ihren Kopf an seiner Brust, umfing ihn mit ihren Armen, als wollte sie sich sättigen an seiner Wärme, an seinem Geruch, an allem, was sie an ihm liebte. Es war, als wollte sie Reserven speichern. Seine Arme hatten sie umschlossen, Leben pulsierte in seinem großen, schlanken Körper und ging ein in all seine Gesten, seine Mimik, und verlieh ihr mit jedem Augenblick Wonnen, die sie insgeheim auskostete und von denen sie zehrte. Er war so lebensvoll, daß die anderen neben ihm, alle anderen, ihr nicht nur schal, sondern tot erscheinen würden, ja, tödlich langweilig, unerträglich.

»Ihr wollt Euch also wirklich nicht überzeugen lassen«, sagte er schalkhaft, »daß ich ohne Euch sehr unglücklich sein werde?«

»Nein! Ich habe nicht das geringste Vertrauen. Ich kenne Euch zu gut! Es macht Euch so viel Vergnügen, die Menschen zu leiten, die Ränkeschmiede und all die undurchsichtigen Elemente zu zähmen, die Hindernisse niederzureißen und aus dem Nichts etwas zu schaffen, das Zerstörte wieder aufzubauen. Ihr seid ein Mann. Ihr spielt mit höchstem Einsatz, und der König selbst wird Euer Trumpf sein. Ihr zweifelt nicht, ihn zu überlisten, nachdem sich nun die Gelegenheit bietet. Ihr werdet viel zu beschäftigt sein und zu viele Glanzleistungen zu vollbringen haben, um überhaupt zu merken, wie die Zeit verstreicht!«

»Oho! Und Ihr, Madame, werdet Ihr vielleicht etwas anderes tun?« scherzte er, indem er ihr Gesicht in seine kräftigen und warmen Hände nahm, um sie zu zwingen, ihm in die Augen zu blicken. »Auch ich kenne Euch zu gut. Doch ich danke Gott für die Lebenslust, die Euch beseelt, denn sie wird Euch während meiner Abwesenheit über alles hinweghelfen. Ich bin sicher, daß Ihr bei meiner Rückkehr mir Euren Triumph über Eure und meine Feinde vermeldet und so schön wie eh und je, wenn nicht gar noch schöner sein werdet!«

»Schon gut, ich muß mich in mein Schicksal als Gattin fügen. Doch es ist betrüblicher als das Eure, denn es sind die Männer, die fortgehen.«

»Manchmal auch die Frauen. Ihr unterschätzt den Platz, den Ihr in meinem Leben einnehmt. Ich werde leiden, wenn ich mir vorstelle, wie Ihr Euch immer weiter entfernt, nach Gouldsboro zurückkehrt in ein Leben, von dem ich Monate lang ausgeschlossen sein werde, ohne das Recht zu haben, meinen Schmerz oder wenigstens meine Sorge und – verzeiht – meine Eifersucht hinauszuschreien, denn es quält mich, Euch von neuem allein zu wissen, Herrin über Euer Geschick, ganz abgesehen davon, daß die Lage in diesem Amerika, das ich hinter mir lasse, sich verschlimmern kann. Ich werde vergessen müssen, daß Ihr Euch in Gefahr befinden könntet.«

Diese Worte, in denen sie aufrichtige Besorgnis verspürte, halfen ihr, die Fassung wiederzugewinnen. »Ich werde für mich selbst geradestehen. Um mich fürchte ich nicht, Ihr könnt unbesorgt reisen.«

»Wenn dem so ist, dann müßt Ihr es auch mir zugestehen, müßt Ihr mir glauben, wenn ich Euch sage, daß ich aus Liebe zu Euch vorsichtig sein und mich aus allen Verstrickungen herauswinden werde. Heute ist Eure panische Aufregung gegenstandslos. Denken wir doch einmal kaltblütig nach, worum es geht: Es gilt, einen Winter lang durchzuhalten, wo wir einander fern, aber nicht ohne einander sein werden. Die Aufgabe, mit der Monsieur de Frontenac mich an seiner Seite betrauen will, ist von größter Wichtigkeit. Das wißt Ihr ebenso gut wie ich. Ich halte unser Einschreiten beim König diesmal wirklich für notwendig. Alles kann gerettet werden, wie auch alles verloren sein kann, wegen eines Wortes, das unausgesprochen bleibt, wegen eines Berichts, der über sinnlose Kriege, verhängnisvolle Verbannung entscheidet. Und während dieses Kampfes werdet Ihr bei mir sein wie ich bei Euch ...«

Indem er vorsichtig auf einem umgestürzten Schachbrett die Steine zurechtrückte, die alle jetzt viel vernünftiger und harmlos plaziert schienen, so daß sie diese Partie nicht zurückweisen konnten, gelang es ihm, ihre blinde und spontane Reaktion der Ablehnung einzudämmen. In seinen Armen, die sie eng umschlossen, gab sie schließlich zu, daß eine höhere Instanz, die ihr Schicksal und ihre Zukunft wie auch die ihrer Kinder, ihrer Besitzungen, ihrer Freunde und Verbündeten aufs Spiel setzte, sie zu diesem Opfer zwang. Wenn man es recht betrachtete, dann waren ja im Verhältnis zu den Vorteilen, die aus diesem Opfer erwachsen würden, die Prüfungen, die es zu bestehen galt, verschwindend gering. Alles würde gut ausgehen, wiederholte er unermüdlich. Diese Monate der Trennung würden sehr schnell vorübergehen.

Im Grunde glaubte sie ihm ja. Sie wußte, daß alles gutgehen würde. Sie sah ihn unbeschadet das Meer überqueren. War er jemals gefangengenommen worden? Hatte er jemals Schiffbruch erlitten? Sie sah ihn vor sich, wie er in einem Hafen Frankreichs an Land ging und seine Mittelsmänner sich sofort um ihn scharten; Mittelsmänner, auf die er in der ganzen Welt zählen konnte, wenn es um ihn und die Seinen ging. Dieses Netz war sorgfältig geknüpft worden. Sie sah ihn schon vor dem König stehen. Nichts war einfacher und natürlicher: Ein Grande des Königreichs aus einer alten Familie Aquitaniens nahm seinen Platz unter seinesgleichen wieder ein. »Eines Tages mußte es so kommen«, hätte Molines gesagt. Der König – und – Joffrey de Peyrac! Zwei Männer, die den Groll der Vergangenheit und sentimentale Vorurteile wegwischen würden und sich um so leichter zu respektieren und zu verstehen vermöchten, als der Vorwand für diese Rückkehr und dieses improvisierte Zusammentreffen genau das war, was ihnen beiden am Herzen lag, nämlich das Ansehen des Königs von Frankreich in seinen amerikanischen Besitzungen. Ludwig XIV. hatte immer schon alles selbst überprüfen wollen, und sie vertraute Joffrey. Er war so stark, so geschickt. Er durchschaute alles und jeden mit seinem klaren und umfassenden Blick ...

Sechsundzwanzigstes Kapitel

Als sie am nächsten Morgen das Haus verließ, traf sie auf den Marquis Ville-d'Avray, der sie erwartet hatte und wie selbstverständlich ihren Arm ergriff. Während er mit seiner gewohnten Grazie Fuß und Stockspitze in den Sand des Weges setzte, schilderte er ihr die Gärten des Königs.

»Ich meine nicht die Ziergärtchen und Vergnügungsparks, sondern die Gemüsegärten. Die Pracht all dieser Früchte, Gemüse und Blumen in ihrer geschmackvollen und kenntnisreichen Anordnung ist eine Augenweide. Man glaubt, auf einem

Gemälde spazierenzugehen. Und erst der Duft! Das Parfüm dieser Birnen entlang der Mauer der hundert Stufen, wo der König ein Spalier von fünfzig Birnbäumen hat setzen lassen! Wenn an lauen Sommerabenden dieser Duft die Luft durchzieht, dann müßte eine Person Eurer Gemütsart in wonnevoller und unschuldiger Lust schwelgen.«

»Warum erzählt Ihr mir von solchem Raffinement, da wir doch weit davon entfernt sind und ringsum nur wilde, ungebärdige Natur um uns haben und vom Gestank dieses ewigen Fischtrocknens eingehüllt sind? Und in Wapassou ist es mir nicht einmal gelungen, einen Apfelbaum aus der Normandie zum Blühen zu bringen.«

»Das ist ja gerade der Grund, warum ich uns als Kontrast das Reich des königlichen Gärtners vor Augen rufe: Ich weiß doch, wie Ihr das Leben liebt, wie empfänglich Ihr seid für derartige Schilderungen, die den Wunsch wecken könnten, sie wiedersehen zu wollen.«

»Ihr weißt sehr wohl, Etienne, daß ich Monsieur de Peyrac nicht begleiten kann. Alles hält mich hier zurück. Mein Platz ist bei meinen Kindern, unseren Freunden, Gefährten und Partnern, die uns zutiefst ergeben sind. Doch ganz abgesehen von der Verpflichtung, während der Abwesenheit meines Gatten hier die Stellung zu halten, bin ich nicht einmal sicher, mich je zu entschließen, nach Europa zurückzukehren.«

»Ihr werdet zurückgehen! Ihr werdet kommen! Erinnert Euch doch! Ich lud Euch nach Quebec ein, und Ihr sagtet: ›Es ist mir unmöglich, ungefährdet einen Fuß auf französisches Territorium zu setzen!‹ Dann seid Ihr doch gekommen, und wir haben eine höchst angenehme Wintersaison in unserer kleinen Hauptstadt verlebt, wo Euer Aufenthalt die freundschaftlichen Bande nur enger geknüpft hat.«

»Ein Erfolg, der nun plötzlich wieder in Frage gestellt scheint.«

»Was sagt Ihr da? Wie pessimistisch Ihr seid, liebste Angélique! Nichts dergleichen! Nichts weiter als eine Intrige von ein paar Eiferern und Neidern hat Frontenac aus der Fassung gebracht und ihn veranlaßt, nach Paris zu reisen, um das Ganze aufzuklären. Wenn ich's recht bedenke, weiß ich nicht einmal, ob das Gerücht, der König habe ihn abbeordert, fundiert ist! Frontenac hat recht. Er wird es erreichen, daß in seinem Haus reiner Tisch gemacht wird. Es ist nichts weiter als eine Intrige von Pelzhändlern, die sich Kolonisten nennen, von intoleranten Jesuiten, und ich möchte wetten, daß der König nicht einmal davon gehört hat.«

Er schien seiner Sache sehr sicher, und sie fragte sich, ob er ihr etwas verheimlichte oder ob sie ihm grundlos finstere Machenschaften unterstellte, weil sie geschwächt war durch ihre Liebe zu Joffrey, dem Mann ihres Lebens, geschwächt durch das Glück, an das sie gewöhnt war, wodurch in ihren Augen die Prüfung, die ihnen nun bevorstand, dramatische Ausmaße annahm.

Es war beschlossene Sache, und wenn es sie auch noch so schmerzte, wenn sie wie von Schlägen betäubt war und trotz allem noch inneren Widerstand, wenn nicht gar Angst empfand und manchmal am liebsten aufgeschrien hätte, so mußte sie doch ihren alltäglichen Verpflichtungen wieder nachkommen. Dieser Entschluß machte weitere Entschlüsse erforderlich. Sie waren ja bis hierher gereist, weil sie Honorine hatten besuchen wollen! Sie gedachte in Richtung Quebec und Montreal weiterzureisen, den mächtigen St.-Lorenz-Strom hinauf. Doch Joffrey de Peyrac erlaubte es nicht. Aus seiner Reaktion schloß Angélique, daß sein Mißtrauen geweckt war und er sie während der Abwesenheit von Frontenac nicht in Neufrankreich wissen wollte. »Und Honorine?«

Eine Kette von Enttäuschungen. Eine Lawine winziger Vorfälle, die nun aufgedeckt wurden, und schon machte die fröhliche Unbekümmertheit dieser Reise zu Honorine einer plötzlichen Unsicherheit Platz. Zwei Tage lang wurde heftig debattiert, wurden Meinungen ausgetauscht, abgewogen und verworfen, bis man schließlich zu dem Entschluß kam, daß Job Simons Schiff, die *Saint-Corentin,* mit Leutnant Barssempuy als Expeditionsleiter an Bord, jene Passagiere, denen man die Überfahrt zugesichert hatte, bis Quebec und Montreal bringen sollte. Unter ihnen befanden sich Monsieur de Vauvenart und seine Freundin, die Spitzenklöpplerin, Adhémar, Yolande und ihre Kinder, die den akadischen Verwandten in Quebec vorgestellt werden sollten, Yann Le Couennec, der Station machen würde, um die Maurin zu besuchen, und viele andere mehr.

Barssempuy und der Oratorianer Quentin würden als Boten von Monsieur und Madame de Peyrac bis Montreal weiterreisen, Honorine aufsuchen, mit Mère Bourgeoys sprechen, den

Seigneur du Loup und seine Familie besuchen, Neuigkeiten und Post mitbringen und in Quebec das Paar Adhémar und Yolande sowie Yann und – wer weiß? – seine Braut wieder an Bord nehmen.

Angélique schrieb Briefe in alle Himmelsrichtungen. Doch auch der Gedanke, daß Honorine Besuch aus Gouldsboro und Wapassou bekäme und man ihr Nachricht von dem Kinde überbringen würde, vermochte ihr Bedauern nicht zu stillen.

»Ich werde bis Ville-Marie fahren, um sie mit eigenen Augen zu sehen«, versprach ihr die brave Yolande. »Ich werde Euch in allein Einzelheiten berichten. Mein Anblick wird sie vielleicht ein klein wenig darüber hinwegtrösten, daß sie Euch, Madame, dieses Jahr nicht sieht.«

Ob Honorine Trost brauchte? fragte sich Angélique. Das Kind war so weit weg und hatte sich bestimmt schon sehr verändert. Das spürte sie. Bestimmt hatte sie sich schon daran gewöhnt, ein braves, gesittetes kleines Mädchen zu sein und unter der sanften Anleitung der reizenden Schwestern der Kongregation von Unserer Lieben Frau mit gleichaltrigen Kindern zu spielen, zu lernen und zu beten. Angélique fiel diese Trennung viel schwerer. Sie hatte sich so gefreut, die Kleine bald wiederzusehen. Nun mußte sie auch noch diesen Kummer ertragen, während Joffreys Abreise immer näher rückte.

Nach der *Saint-Corentin* würden die *Reine Anne* mit Frontenac und seinem Gefolge an Bord sowie die *Gloire du Soleil* und die *Mont-Désert* für den Grafen de Peyrac in See stechen.

Kurz bevor die *Saint-Corentin* in Richtung Gaspé auslief, nahm Angélique schnell noch Yolande beiseite. »Bring sie zurück!« raunte sie ihr hastig zu. »Bring sie zurück, wenn dein Herz es dir befiehlt. Bring sie zurück! Ich habe es Mère Bourgeoys in meinem Brief schon angedeutet. Soll sie mich ruhig für eine schwache und närrische Mutter halten, aber in Abwesenheit meines Gatten erschreckt mich der Gedanke, sie noch ein Jahr lang in weiter Ferne zu wissen.«

»Und wenn dic Kleine mir glücklich scheint und keine Lust hat zurückzukehren?« fragte Yolande, die das Komteßchen kannte. »Vergeßt nicht, Madame, daß sie selbst in die Klosterschule zu Mère Bourgeoys hatte gehen wollen.«

Angélique zögerte. »Wenn sie gesund und glücklich ist, dann läßt du sie dort. Dann werden wir uns eben erst im nächsten Sommer wiedersehen. Aber verlaß dich nicht nur auf das, was sie sagt. Sieh dich selbst um. Prüfe, ob ihr keine Gefahr droht. Beim geringsten Anzeichen für einen eventuellen Verlust unseres Ansehens in Neufrankreich, der uns Schwierigkeiten bereiten könnte, dorthin zurückzukehren, mußt du sie mitnehmen. Ich vertraue auf dich. Auch meinem Bruder werde ich schreiben. Und mit Monsieur de Barssempuy reden.« Je näher der Tag und die Stunde kamen, desto besser verstand sie den Schmerz und die Tapferkeit jener Frauen von einst, die den Kreuzfahrern nachblickten, die oft für Jahre, wenn nicht für immer fortblieben.

»Das war nicht dasselbe. Die Menschen früherer Zeiten liebten einander nicht wie wir. Man mußte ein Herz aus Stein haben, um solche Risse zu ertragen, einen hohlen und stumpfen Geist, der sich nur mit den materiellen Sorgen des täglichen Lebens befaßte, mit einem stumpfsinnigen Dasein in diesen rauhen, abgelegenen Ritterburgen des Mittelalters, ein Bedürfnis nach Säbelfechterei, um seinen Blutdurst und seine ungestüme Kraft auszuleben.«

Doch dann faßte sie sich wieder und leistete ihren Vorfahren Abbitte, die ausgezogen waren, um Christi Grab zu befreien. Und was wären außerdem die langen Winterabende in Wapassou ohne all die Ritterepen?

Liebe, leidenschaftliche Liebe, mystische Liebe zog sich durch die ganze Menschheitsgeschichte. Ein ewiges Lied, doch sie hörte nur die herzzerreißenden Klagetöne, das Abschiedswehklagen der Frauen, deren Männer ausziehen in den Krieg, Frauen, die dem Geliebten nachblicken, diesem tapferen, unerschrockenen Mann, der den Auftrag hat, die Welt zu stützen, die Schwachen und Unterdrückten zu verteidigen, Gerechtigkeit zu fordern durch die Kraft seiner Armmuskeln, die das schwere Schwert, die schwere Lanze, das schwere Beil, die schwere Muskete schwingen, um Frauen und Kinder zu verteidigen, mit all seinen Mitteln, die oft lächerlich gering, oft aber auch brutal und blutrünstig sind, doch immer wird seine Kühnheit den Auschlag geben, da nur im Kampf das Chaos, in dem er um sich schlagen muß, bewältigt werden kann, um etwas Neues erstehen zu lassen.

Doch Joffrey stürzte das Bild um. »Ihr werdet vor uns abreisen, Liebste. So bleibt Euch der Kummer erspart, unsere Segel langsam am Horizont verschwinden zu sehen.«

Aber das wollte sie nicht. Sie war eine Frau wie alle anderen, und die Frauen harren aus am Ufer. Er näherte sein Gesicht dem ihren und wiederholte mehrmals mit geschlossenen Augen: »Meine Liebste! Mein Lieb!«

Der Wind würde sie auseinanderreißen, unnachgiebig, und dann müßten sie, innerlich zerrissen, mit blutendem Herzen, unvorbereitet auf diesen Bruch, nur noch ein Teil ihrer selbst, jeder zu einem bestimmten Abenteuer ausziehen, eine Aufgabe, die eigentlich nur sie bewältigen konnten und die sie allein durchführen mußten, und wenn auch für Joffrey die Linien abgesteckt waren und er bereits die Belastung abwägen und die Etappen vorbereiten konnte, verspürte er plötzlich mit Erschrecken, daß Angélique eine schwerere Last, ein härterer Kampf bevorstand. Als er sich dessen bewußt wurde, schüttelte er sich und schnaubte wie ein Pferd, das wach wird, und wie er zuvor ihre maßlose Sorge um ihn durch Vernunftgründe geglättet und zerstreut hatte, bemühte er sich, auch seiner Sorge um sie Herr zu werden, gab es doch keinen greifbaren Anlaß, abgesehen von der für ihn wie für sie gleichermaßen schmerzlichen Trennung, die sie schon jahrelang erduldet hatten, die aber in seinem Wesen Angstspuren eingegraben hatte und ihn nie ganz unbesorgt sein ließ um das Schicksal dieser Frau, es sei denn, er wiche nicht von ihrer Seite, um sie zu schützen.

Angélique beobachtete ihn, wie er zeitweise sorgenvoll auf und ab ging. Er dachte nicht darüber nach, was er dem König vorzutragen plante, obwohl das seiner Natur entsprochen hätte, denn kaum hatte er eine Aufgabe übernommen und ein Ziel vor Augen, steuerte er unverzüglich darauf los. Es überraschte sie, als er schließlich zugab, daß er die ganze Zeit gegrübelt hatte, welcher Wohnsitz für sie während seiner Abwesenheit am günstigsten wäre. Lag Wapassou nicht zu weit, zu entfernt von der Küste? Er riet ihr, den Winter mit den Kindern in Gouldsboro zu verbringen. Er fühlte plötzlich wie die Engländer. Sie mußte am offenen Meer leben, denn dort konnte man fliehen, das Meer erschien ihm plötzlich wie eine wohlwollende Komplizin, der er diese kostbaren Wesen anvertrauen konnte.

»Sollte irgend etwas geschehen, könntet Ihr Euch sofort nach Salem oder nach New York zu Monsieur Molines einschiffen.«

»Was fürchtet Ihr?«

»Nichts, ehrlich gesagt, doch in Gouldsboro wäret Ihr nicht so allein, hättet Ihr mehr Menschen um Euch.«

»Ich liebe Wapassou. Auch dort habe ich vertraute Menschen um mich und bin daheim. Außerdem halte ich meine Anwesenheit für notwendig. Wapassou ist ein Vorposten, und die, die ihn verteidigen müssen, wissen, daß einer von uns den Winter über in ihrer Mitte ist, meint Ihr nicht auch?«

Es war doch offensichtlich, daß einer von ihnen auf amerikanischem Boden verweilen mußte, um über das Banner der Franzosen von Gouldsboro und Wapassou zu wachsen. Hinzu kam, daß die spontan entwickelte Strategie durchaus einer maßvollen Weiterentwicklung ihrer Beziehungen zum König angemessen war. Man begann mit einer Männerangelegenheit. Die Frau, der Zankapfel, würde später erscheinen, sobald die Zeit reif und die Atmosphäre beruhigt wäre.

Von der Heftigkeit ihres Kummers entwaffnet, blieb dem Grafen de Peyrac nur mehr die Feststellung, daß die Intensität seiner Liebe zu ihr ihm noch nie so bewußt geworden war wie heute. Noch nie waren sie einander so nahe gewesen, und so füllten sie die trüben Tage vor der Abreise mit Erinnerungen an Stunden der Anbetung, der Hingabe und der Zärtlichkeit, unvergleichlich, weil wohl niemals zuvor gewagt, von denen sie während seiner Abwesenheit würde träumen können. Und in dem Augenblick, da es keine Schranke mehr zwischen ihnen gab, mußten sie sich trennen. Zumindest empfanden sie es so. Das grausame Unrecht der Trennung überraschte sie auf dem Höhepunkt ihres Glücks, der vollkommenen Harmonie. Denn das gegenseitige Erkennen war ebenso grenzenlos wie ihre Lust. Was sie jetzt erlebten, eröffnete ein neues Kapitel der Geschichte ihres gemeinsamen Lebensweges, während sie geglaubt hatten, einen strahlenden und wolkenlosen Abschnitt ihrer Liebesgeschichte unter Schmerzen abschließen zu müssen.

»Kaum wieder vereint, sind wir auch schon wieder getrennt«, beklagte sich Angélique, was etwas ungerecht war, da sie mehrere Jahre Seite an Seite hatten verleben dürfen, obwohl es ihr vorkam, als hätten sie noch nicht genug Zeit gehabt, das Wunder ihrer Wiederbegegnung auszukosten. Sie hatte zu lange gebraucht, um ihr anfängliches Mißtrauen ihm gegenüber abzubauen, anstatt jeden Tag, jede Stunde zu nutzen. Und doch hatte jeder Tag, jede Stunde ihres gemeinsamen Lebens in der Neuen Welt die Fäden, aus denen ihre Liebe gewebt war, fester, farbenfroher, unzerreißbarer gemacht.

Es war der letzte Abend in ihrem Zufluchsort, dem Fort von Tidmagouche. Sie standen vor dem Rot des Himmels und küßten sich wie Wahnsinnige, wie Ertrinkende, wiederholten einander unermüdlich, dies sei die letzte Prüfung, die ihnen auferlegt werde, und wo jeder für den anderen das Recht erwerben wolle, für immer an der Seite des anderen zu bleiben. Im Grunde verließen sie einander gar nicht, da jeder den anderen mit seinen Gedanken unterstützte.

Diesmal, sagte er zu ihr, während er über ihr Haar strich und ihre Stirn mit beruhigenden Küssen bedeckte, diesmal wären sie, wenn sie es nur wolle, gar nicht getrennt. Wenn sie es wolle, könne sie ihm helfen, nicht nur, indem sie hier in Amerika ausharre und über Gouldsboro und Wapassou wache, sondern indem sie mit ihm durch die Liebe verbunden bleibe, deren ganze Tragweite ihm nun endlich klar vor Augen stehe. Das hätten sie früher außer acht gelassen, das hätten sie noch nicht beim ersten Mal gewußt, denn damals hätten sie einander noch nicht genug geliebt.

Die Abwesenheit hatte den Silberfaden ihrer Leidenschaft zerrissen. So standen sie vor der Leere und schrien vor ungestilltem Verlangen, vor Enttäuschung, die sie für endgültig hielten, so waren sie durch einen Verlust, den sie für irreparabel gehalten hatten, verstümmelt zurückgeblieben und doch nichts anderes gewesen als Kinder, die ratlos vor dem zerbrochenen Spielzeug verharren. Dabei hätten sie sich gegenseitig stützen können. Hatten sie es denn nicht getan? War es nicht dieser verzweifelte Liebesschrei gewesen, der sie schließlich doch wieder zusammengeführt und vereint hatte? Jetzt glaubten sie an die Macht der Liebe und sollten sich nicht beirren lassen durch ungerechtfertigte Angst, durch unbegründete Furcht, durch albernes Mißtrauen!

»Ich werde ohne Unterlaß an Euch, meine Liebste, denken«, sagte er. »Wie früher. Euren schönen Augen nachtrauern. Nein, nicht wie früher, wo sich Furcht und Mißtrauen eingeschlichen hatten, da ich der Frau, die ich anbetete, weil ich sie verloren hatte, Gleichgültigkeit und Leichtfertigkeit und die allen Frauen eigene Vergeßlichkeit unterstellte. Jetzt weiß ich, wer Ihr seid. Ihr seid *Ihr.* Und ich liebe alles an Euch. Ich fürchte nichts an Euch. Ich will Euch so, wie Ihr seid. Das ist mein ganzes Glück. Durch Euer tägliches Geschenk habe ich begriffen, daß ich Eure Lebensflamme bin, wie Ihr meine Lebensflamme seid. Niemand vermag dieses Feuer zu löschen, und nur das ist mir wichtig. Seid stark, mein Lieb, seid Ihr selbst, erfreut die Augen und beglückt die Herzen all unserer Völker und all unserer Königreiche. Lebt, lacht, singt und schafft ringsum Lebensfreude, weckt durch Euren Anblick in allen die Freude zu leben, zu lachen, etwas zu schaffen. So wie ich Euch vor mir sehe, so liebe ich Euch. Und so wie ich Euch kenne, so schätze ich Euch. Für mich seid Ihr makellos und habt Ihr nie gefehlt. Ihr seid mein Schatz, mein Universum, Ihr seid mein Leben. Lebt weiter, existiert weiter, schart weiterhin Freunde um Euch, pflegt wieder die Kranken, sammelt wieder Eure Heilpflanzen, um anderen Erleichterung zu verschaffen, lauscht weiterhin den Sagen und Legenden, sprecht weiterhin mit allen – und dann werdet Ihr sehen: Der Wind wird in unsere Segel blasen, ohne zu stürmen, und dann komme ich zurück. Es ist nur ein Winter, den es zu überstehen gilt. Die Tage werden einander folgen, wie Ihr sie liebt, jeder ein wenig anders, mit seinen eigenen kleinen Dramen und Komödien. Ihr werdet sehen: *Es ist nur ein Winter, den es zu überstehen gilt.* Gebt acht auf Euch! Bleibt mir schön brav am Leben. Das ist alles, worum ich Euch bitte.«

Der Schmerz dieses letzten Abends war so groß, daß sie weder Kraft noch Lust empfanden. Erst im Morgengrauen, nach einem leblosen Schlaf in des anderen Arm, erwachten sie, gnädig erlöst von diesem Alp. Sie lächelten einander zu, als sei es für die Ewigkeit, und im besänftigenden Licht des frühen Morgens umfingen sie einander mit einer Verzauberung, einer Freude und Vergessenheit, einer zärtlichen und wilden Lust, einer Zärtlichkeits- und Sinnestrunkenheit, als sei es ihre letzte Liebesnacht hier auf Erden.

»Seid unbesorgt, ich werde über ihn wachen«, raunte Ville-d'Avray Angélique ins Ohr, während er ihr wie ein Verliebter den Arm um die Schultern legte, um ihr Trost zu spenden. »Ich bin hin- und hergerissen«, jammerte er, »ich wäre besser bei Euch geblieben, und diene Euch doch mehr, wenn ich fahre. Ich werde mich um Monsieur de Peyrac kümmern, werde über ihn wachen«, wiederholte er nochmals. »Und das ist kein leeres Versprechen, denn bei Hofe macht mir so leicht keiner etwas vor, denn ich weiß alles von allen. Mich hält man nicht zum Narren.«

Seine erste Tat bestand darin, daß er als letzter an Land ausharrte, um Angélique beizustehen, die ersten schmerzlichen Stunden der Trennung zu überwinden. Die *Aphrodite* würde erst bei der nächsten Flut in See stechen und – wie er beteuerte – mit Leichtigkeit den Flottenverband einholen. Cherubin, den er aus Zeitmangel nicht mehr in Chignectou abholen konnte, würde ein Jahr in der *Baie Française* verbleiben und hoffentlich weder seine guten Manieren noch das mühsam erlernte Alphabet vergessen.

Wie viele Abschiede hatte man an diesen Ufern schon miterlebt! Man mußte tapfer bleiben. Vor den Augen eines an solche Szenerien gewöhnten Publikums konnten Angélique und Joffrey de Peyrac sich zwar küssen, denn man war ja nicht in Boston, doch mußten sie ihrem Rang als französische Aristokraten Rechnung tragen und eine gewisse Zurückhaltung üben. Joffrey machte die Runde, verabschiedete sich von jedem einzelnen und erteilte gute Ratschläge. Dann kehrte er zu Angélique zurück und blickte ihr in die Augen: Es waren die schönsten Augen der Welt!

Doch sie erstaunte ihn nochmals, als sie im letzten Augenblick ihn leise und dringlich beschwor: »Versprecht mir, versprecht mir!«

»Ich höre, mein Lieb ...«

»Versprecht mir, nicht nach Prag zu fahren.«

»Nach Prag?«

»Mir bleibt keine Zeit für Erklärungen. Gebt Euer Versprechen, nichts weiter!«

Er versprach es. Was ihr wohl jetzt wieder eingefallen war? Prag? Stimmt ja, schoß es ihm durch den Kopf. Er hatte ja immer davon geträumt, nach Prag zu gehen, als er noch wissenschaftlich tätig war. Während er in der Schaluppe Platz nahm und zu Angélique herübersah, lag ein amüsiertes Gefunkel in seinem Blick. »Ein hinreißendes Geschöpf, meine Frau, voller Überraschungen!«

Angélique war befriedigt und erleichtert, im letzten Augenblick noch daran gedacht zu haben, ihm dieses Versprechen zu entreißen. Monsieur de Frontenac hatte sie darauf gebracht, als er neulich die »Hexe« von der Ile d'Orléans erwähnte. Diese Guillemette hatte doch einmal etwas Ähnliches prophezeit ... Es war besser, seine Vorkehrungen zu treffen gegen das Schicksal.

Dieses kurze Intermezzo zerschlug die unerträgliche Spannung, die sie ergriffen hatte, als sich die ersten Ruderschläge vernehmen ließen, mit denen die Barke vom Ufer abstieß, um zu dem Schiff hinüberzufahren, das, ein paar Kabellängen entfernt, startklar gemacht wurde. Kommandorufe an die Schiffsjungen in der Takelung, Befehle vom Auslug hallten herüber, und man sah, wie das Schiff dem Start engegenfieberte, zumal es seine erste Ozeanüberquerung war. Joffrey de Peyrac hatte sie auf den Salemer Werften bauen lassen, diese prachtvolle *Gloire du Soleil*.

Geraume Zeit verharrte der Graf aufrecht im Heck und blickte zum Festland hinüber, wo eine geliebte Gestalt immer kleiner wurde. Er sah die Menschenmenge nicht, er sah nur sie. Niemals hatte er so tief bedauert, daß die Kraft des Menschen eben doch nicht alle Berge zu versetzen vermag und nicht er anstelle des geliebten Wesens die schwere Zeit, die nun bevorstand, leben konnte. Ein Gefühl der Ohnmacht zwang ihn, in höheren Sphären nach Mitteln zu suchen, um ihr beizustehen. »Ich werde immer bei dir bleiben, das verspreche ich dir, ich werde unaufhörlich bei dir sein, mein Lieb, meine Schöne, mein geliebtes Kind. Und im Kampf wird meine Kraft die deine verdoppeln.«

Enrico Enzi, einer seiner treuesten Gefolgsleute, vermeinte zu erkennen, wie in das plötzlich erbleichte Antlitz dieses Herrn, der keine Schwäche kannte, sich tiefe Furchen eingruben, und wie zum ersten Mal, seit er ihm auf Reisen, in Gefahren, Abenteuern und Schicksalsschlägen Beistand leistete, die schwarzen und herausfordernden Pupillen einen Glanz annahmen, der an Tränen gemahnte.

Angélique reiste auf der *Arc-en-Ciel*, die gleichzeitig wie die *Aphrodite* in See stechen sollte. Die Anwesenheit des quirligen Marquis war ihr tatsächlich eine große Hilfe. Nachdem er sie gezwungen hatte, mit ihm ein Fläschchen edlen Weines zu leeren, schilderte er ihr in allen Farben die Chronik der Ereignisse bei Hofe in Versailles, das Tun und Lassen von Monsieur in Saint-Cloud, wo die neue Madame, eine Prinzessin aus der Pfalz, die er in zweiter Ehe geheiratet hatte und die ein kraftstrotzendes und lebenslustiges Geschöpf war, ein höchst angenehmes Klima zu schaffen vermocht hatte. Und als Krönung seiner Chronik berichtete er ihr ausführlichst über ihre beiden Söhne Florimond und Cantor.

Doch nun mußten auch sie sich einschiffen, und es kam der Augenblick, wo die beiden Schiffe sich trennten, nachdem man einander lange zugewinkt und Fahnen geschwenkt hatte. Das eine drehte nach Westen ab und tauchte in die Nacht des Meers der Finsternis, während das andere gen Süden schwenkte, um entlang der wilden Küsten Neuschottlands zu fahren, von wo aus der Duft blühender Heide zu Angélique, die von nun an allein ihr Lebensschiff zu steuern hatte, herüberwehte.

In Gouldsboro warf sie sich in Abigaëls Arme und weinte hemmungslos. Abgigaël ließ sie gewähren, lauschte mit Interesse den gestammelten Erklärungen und hielt sie fürsorglich und mitleidsvoll umfaßt. »Habt Ihr denn, abgesehen von dieser mißlichen, Euch aufgezwungenen Trennung von einigen Monaten, noch einen anderen Grund für Eure Verzweiflung?«

»Ja und nein«, wimmerte Angélique. »Ich mußte lernen, daß es das Schicksal der Frauen ist, mit einer solchen Trennung fertig zu werden, eine Prüfung, die ihnen gewiß viel schwerer zusetzt als den Männern. Welchem liebenden Paar ist es wohl vergönnt, ein ganzes Leben lang Seite an Seite zu genießen? Vor allem in diesen wirren Zeiten. Doch ich verspüre ein Unbehagen, das mich noch weitere Pein fürchten läßt.«

Ein Satz Piksaretts war ihr eingefallen: »Vertraue deiner Intuition.« Und sie fürchtete sich vor einer Intuition, fürchtete, diese Niedergeschlagenheit sei weniger Anzeichen eines persönlichen und natürlichen Kummers, der sich meistern ließe, sondern eher die Vorankündigung von Unheil, das über sie, über sie alle, hereinbrechen könnte, solange Joffrey abwesend war. »Ich weiß nicht, ob ich mich täusche, aber manchmal befällt mich panische Angst. Dabei fürchte ich doch eigentlich nie für ihn, ebensowenig wie um meine Söhne, als sie uns verließen. Ich spürte, daß sie stark genug waren, wie er.«

Weil sie wußte, daß Abigaël nicht so leicht aus der Fassung

zu bringen war und mit der gleichen aufmerksamen Nachsicht dem Gebrabbel eines Säuglings wie den enigmatischen Erklärungen Séverines, dem Gezeter Madame Manigaults wie den Spitzfindigkeiten Tante Annas zu lauschen vermochte, vertraute Angélique ihr auch ihre Ängste an, die zwar nicht wirklich begründet waren, aber doch immer wieder hochkamen, wenn auf ihrer Lebensbahn, die sie sich harmonisch und heiter gewünscht hätte, Stolpersteine und Klippen sich aufbauten. »Es ist, wie wenn eine Brise das Meer kräuselt und dieses sich plötzlich verfärbt, weil das Wetter umschlägt. Dann wird alles kalt, alles verdüstert sich, versteht Ihr, Abigaël?«

Wie war es denn noch im vorigen Jahr, wo die Atmosphäre in Quebec ihr plötzlich so ganz anders vorgekommen war? Eine natürliche Erklärung wäre die Sommerhitze und die daraus resultierende Gereiztheit gewesen. Doch da war noch etwas anderes, und das war eine vorbedachte Tatsache: die von Garreau d'Entremont geforderte Aufklärung über den Untergang der *Licorne* und der Mädchen des Königs. Sie berichtete Abigaël von ihren Bemühungen, mit Delphine du Rosoy Klarheit zu schaffen, und wie es ihnen dennoch nicht gelungen war, das Schicksal eines der Mädchen eindeutig zu bestimmen, und wie daraus der fürchterliche Verdacht entstanden war, daß die Dämonin noch lebte.

»Habt Ihr mit Monsieur de Peyrac darüber gesprochen?«

»Was hätte ich ihm sagen sollen?«

Germaine Maillotins Schwester war irgendwann und irgendwo verschwunden, und niemand wußte genau zu bestimmen, wie und wo. »Und in diesem Jahr wird nun Monsieur de Frontenac abberufen. Dies alles mag ein zufälliges Zusammenspiel sein, doch es gefällt mir nicht, wenn Mißgeschicke und Pechsträhnen, Intrigen und Mißverständnisse sich häufen und bündeln.«

Abigaël hörte ihr aufmerksam zu. Schließlich meinte sie, wenn man *zu zweit* eine Situation überblicke, sehe man klarer, auch wenn sie noch so undeutlich sei. Man sähe sie schon von einem anderen Blickwinkel aus. Sollte es sich wirklich um ein Komplott gegen sie beide handeln, so sei es ja nur zu begrüßen, daß endlich durchgegriffen würde. Joffrey de Peyrac würde sich in Frankreich bestimmt nicht übers Ohr hauen lassen und der vielköpfigen Hydra, sofern es eine gäbe, den Garaus machen.

Beide Frauen waren darauf gefaßt, daß die kommenden Monate vermutlich tiefgreifende Änderungen bringen würden. Man mußte wachsam sein, seine Vorsicht verdoppeln. Es war eine Übergangszeit. »Alles ist Bewegung«, schloß Abigaël. »Licht und Schatten, Sonne und Sturm. Es wäre Selbstbetrug, wenn wir glaubten, als einzige Lebewesen uns der Bewegung entziehen zu können.«

Sechster Teil

Der Teufelswind

Siebenundzwanzigstes Kapitel

Der Wirbel begann mit der vorzeitigen Rückkehr von Adhémar und Yolande. Sie standen da, einer neben dem anderen, betroffen, steif und linkisch wie zwei buntbemalte Holzfiguren, ein Gehabe, das sie häufig an den Tag legten.

Angélique, die mit den Zwillingen an der Hand aus dem Fort kam und auf den Gasthof zuging, wo sie eine gute Mahlzeit einzunehmen gedachte, stutzte, als sie der beiden ansichtig wurde und überlegte, woher sie wohl kommen mochten, ob sie es wirklich waren, und wo sie sie eigentlich zum letzten Mal gesehen hatte. Es war doch in Tidmagouche gewesen! Wohin hatten sie denn fahren wollen? Wenn ihre Erinnerungen sie nicht täuschten, hatten sich die beiden mit ihren Kindern auf der *Saint-Corentin,* dem Gaffelsegler von Job Simon eingeschifft in der Absicht, Verwandte in Quebec zu besuchen und bis Montreal vorzustoßen, um Nachrichten von Honorine einzuholen und sie, wenn möglich, nach Hause mitzubringen. Selbst bei bestem Wind konnten sie noch nicht wieder zurück sein! Was bedeutete das?

Nach längeren Schweigen fragte sie die beiden: »Was macht ihr hier? Wo ist Honorine?«

»Wir sind nicht über Gaspé hinausgekommen«, erwiderte Yolande mit Grabesstimme.

»Wieso?«

»Schiffbruch.«

»Die *Saint-Corentin* ist untergegangen«, ergänzte Adhémar.

»Gesunken?«

»Ja, gesunken!«

Seit sie in diesem Land der Wilden weilten, war noch kein Schiff der Flotte von Gouldsboro gesunken. Sie starben an Altersschwäche oder wurden nach jahrelangen triumphalen Ozeanüberquerungen im Küstendienst eingesetzt, aber Schiffbruch hatte noch keines je erlitten.

Angélique hatte Mühe, ihnen zu glauben. »Ein Sturm?« fragte sie schließlich. Selbst wenn man sich auf sein Glück verließ, durfte man doch nicht vergessen, daß der St.-Lorenz-Strom genauso in Rage geraten konnte wie das Meer.

Sie schüttelten verneinend den Kopf und warfen sich, ruckartig wie Marionetten, vielsagende Blicke zu. Als Angélique gerade ansetzen wollte, sie mit Worten wachzurütteln, damit sie ihre Fassung und ihre Sprache wiederfänden, gab sich Yolande einen Ruck: »Man hat uns beschossen.«

»Eine Kanonenkugel! Zwei Kanonenkugeln unter der Wasserlinie!« ergänzte Adhémar. »Und schon sank die *Saint-Corentin,* und wir durften alle in den Wogen der Bitternis planschen.«

Einmal losgelassen, redeten sie beide auf einmal. Es war passiert, als die kleine Yacht schon ziemlich weit in das Mündungsgebiet des St.-Lorenz-Stroms vorgedrungen war. Von einem anderen Schiff aus, einem viel größeren, das im dichten Nebel nur flüchtig zu erkennen gewesen war, sei ein Blitz aufgeschossen, dann hätten sie das dumpfe Echo eines Kanonenschusses gehört und seien auch schon auf dem Boden gelegen. Das getroffene Schiff habe sich wimmernd auf die Seite gewälzt, während die Männer hastig zusammenströmten, um den Zimmerleuten zu helfen, die Löcher abzudichten. Monsieur de Barssempuy habe Befehl gegeben, die Schaluppe zu Wasser zu lassen und den Passagieren, unter denen sich ein paar Frauen befanden, empfohlen, darin Platz zu nehmen, während er selbst mit vier Männern der Besatzung in ein kleines Boot gestiegen sei. Mit kräftigen Ruderschlägen seien sie auf das unbewegliche Schiff zugefahren, das sich wie ein drohendes Phantom vor ihnen aufbaute. Barseempuy habe aufrecht im Boot gestanden, das Banner von Monsieur de Peyrac geschwenkt und zu wiederholten Malen in sein Sprachrohr gebrüllt, sie kämen aus Gouldsboro und er verlange Erklärungen, Hilfe und Unterstützung. Dann habe man sie nicht mehr gesehen, vermutlich sei das Boot um das Schiff herumgefahren.

Indessen seien alle Passagiere, die bei den Reparaturarbeiten sich nicht hatten nützlich machen können, dem Rat des Kapitäns gefolgt und in die Schaluppe umgestiegen. Und das sei gut gewesen, denn kurz darauf sei aus dem sich verdichtenden Nebel ein weiterer Blitz hervorgeschossen, und diesmal sei Job Simons Schiff unter der Wasserlinie getroffen worden, sei gekentert und gesunken.

»Sind alle entkommen?«

»Leider nicht! Zwei Männer, denen keine Zeit geblieben war, aus dem überfluteten Schiffsrumpf heraufzuklettern, sind mit der *Saint-Corentin* untergegangen.

Die anderen, die ins Wasser geschleudert worden seien, unter ihnen auch der alte Job Simon, der prustend und spuckend etwas von Verhängnis gefaselt habe, das ihn bis ans Ende der Tage verfolge, seien von der Schaluppe aufgefischt worden, die, überladen und selbst ständig vom Untergang bedroht, sich als einzige auf der Wasseroberfläche gehalten habe, abgetrieben von der eisigen Strömung des gewaltigen Stromes mitten hinein in das Nebelloch.

»Ihr habt wohl geträumt?!« Sie forschte auf ihren Gesichtern nach Anzeichen von Geistesverwirrung oder – wie sie kurz hoffte – von einem Komplott, das sie ausgeheckt hatten, um sie zum besten zu halten, was zwar ein übler, aber letztlich nur törichter Scherz gewesen wäre.

Nein, ihre Niedergeschlagenheit, ihre Fassungslosigkeit, ihre Starre waren nicht gespielt. Yolande begann zu schluchzen.

»Wo sind Eure Kinder?« rief Angélique, der plötzlich ein schrecklicher Verdacht kam.

Die junge Frau weinte noch hemmungsloser. Schluchzend, japsend und schniefend stammelte sie schließlich, Mélanie und Anselme seien in Sicherheit bei ihrer berühmten Großmutter, der schönen Marcelline, in der Mühle von Chignectou, was Angélique mit Erleichterung aufnahm.

Dabei wären die armen Kleinen drauf und dran gewesen, ihr Leben auf dieser wie ein plumper Holzschuh dahintreibenden Schaluppe zu verlieren! Schließlich waren sie der großen Barke des in der Gegend siedelnden Tancrède Beaujars begegnet, und der hatte sie an Bord genommen und bis zu seinem Lehnsgut oberhalb der Klippen von Gaspé gebracht. Da er ein Freund war von Monsieur und Madame de Peyrac, hatte er sich ihren Bericht angehört und ihnen dann geraten, nicht weiter in Richtung Quebec zu fahren. Seiner Ansicht nach braute sich dort mit dem neuen Gouverneur, der Monsieur de Frontenac ablösen sollte, etwas zusammen. Er hätte wetten mögen, daß es das offizielle Schiff war, auf dem jener anreiste, das ihnen so übel mitgespielt hatte.

»Kehrt so schnell wie möglich heim und setzt Monsieur de

Peyrac in Kenntnis«, hatte der alte Beaujars gesagt und ihnen seinen kleinen Kutter und seinen Lotsen zur Verfügung gestellt. »Bringt ihn mir zurück, sobald Ihr könnt, mit einer Ladung Steinkohle vom Cap Breton und ein paar Kisten getrockneten Kabeljau.«

Von Stützpunkt zu Stützpunkt waren die Schiffbrüchigen wieder bis Tidmagouche gelangt, doch als sie übersetzen wollten, war der Meeresarm zwischen der Ostküste und der Insel Saint-Jean von einer riesigen Seehundmeute blockiert, die sich in der Route geirrt hatten, die sie seit Generationen einzuschlagen pflegten.

»Immerhin ist dafür nicht der neue Gouverneur verantwortlich«, scherzte Angélique.

»Wenn die Menschen anfangen, den Kopf zu verlieren, gerät auch die Natur aus dem Gleichgewicht«, bemerkte Adhémar schulmeisterhaft.

»Sofern nicht das Gegenteil zutrifft: Wenn die Natur aus dem Gleichgewicht gerät, verlieren die Menschen den Kopf.«

Adhémar war wieder in seinen weinerlichen Klageton der ersten Zeit vefallen. Er winselte förmlich, als er schilderte: »O weh! Zweihunderttausend Seehunde in der Meerenge! Glaubt mir, Madame, es ist entsetzlich, mit ansehen zu müssen, wenn die Natur sich irrt. Und es ist auch ein Signal. Das Ende der Welt ist nicht mehr fern. Mit anderen Worten: Wir stehen am Beginn von katastrophalen ... Katastrophen.«

Sie waren also aufgehalten worden von diesen Seehunden, die sich in ihrer Route geirrt hatten, weil irgendein Gestirn, Mond oder Sonne, seine Bahn geändert hatte, und so waren sie in der Gegend um Shédiac an Land gegangen und hatten den Engpaß zu Fuß überquert, um in das Hinterland der *Baie Française* zu gelangen. Nachdem sie die Kinder Marcelline übergeben hatten, waren sie sofort wieder an Bord gegangen, um Gouldsboro zu warnen.

»Hat Tancrède wirklich von einem neuen Gouverneur gesprochen?« fragte Angélique verwundert. »War es nicht eher ein neuer Intendant?«

»Er hat Gouverneur gesagt.«

»Und was ist mit Barssempuy und seinen Leuten? Sollten sie noch in den Händen dieser Piraten sein? So redet doch!«

»Na ja, das war so: In dem heillosen Durcheinander, wo

die einen in die Schaluppe umsteigen und die anderen versuchen wollten, die *Saint-Corentin* zu retten, die sich erst langsam zur Seite neigte, weil der zweite Kanonenstoß sie noch nicht getroffen hatte, da war es ihnen, als der Nebel kurz aufriß, so vorgekommen, als hätten sie den Leutnant Barssempuy gesehen, an einer Rahe aufgehängt.«

»Aufgehängt?«

»Wir sind nicht die einzigen, die ihn gesehen haben. Fragt diese dort.«

Adhémar wies auf zwei Männer, die sich dem Grüppchen zugesellten und den schwindelerregenden Bericht bekräftigten. Sie stammten aus der *Baie Française* und hatten zur Mannschaft der *Saint-Corentin* gehört. Dem Schiffbruch entronnen, brachten sie ihre Familien herbei, um sich unter den Schutz des Freihafens Gouldsboro zu stellen. Da sie alle noch zitterten und wie Kinder zu schluchzen drohten, brachte Angélique sie erst einmal zu Colin Paturel, damit sie ihm das Vorgefallene der Reihe nach erzählten. Endlos hätte man rätseln können über die Ursache dieses Zwischenfalls, angefangen von einem irrtümlich abgegebenen Schuß, wegen des dichten Nebels, bis hin zu einer neuerlichen Kriegserklärung zwischen Frankreich und England, von der man in Amerika nur noch nichts erfahren hatte.

Doch unerklärt und unerklärlich blieb der Tod von Barssempuy. Angélique hoffte immer noch, es sei ein Hirngespinst. Sie empfand Sympathie für diesen jungen Mann, der mittlerweile gar nicht mehr so jung war, sie aber gerührt hatte durch seine reine und aufrichtige Liebe zu einem der Mädchen des Königs, der sanften Marie, die von Armand Dacaux, dem Sekretär der Dämonin, hinterhältig ermordet worden war und deren Verlust er nie hatte verschmerzen können. Mit Liebe und Leid hatte dieser adelige Abenteurer sein Räuber- und Verbrecherleben als Leutnant unter dem »Goldbart«, dem normannischen und für seine Bluttaten berüchtigten Piraten, gesühnt.

»Gehängt? Das ist doch unmöglich. Nicht einmal ein englischer Kapitän, der sich irrtümlich im St.-Lorenz-Gebiet befand, hätte so etwas gewagt!«

Diese armen, verschreckten Menschen mußten sich getäuscht haben. Planschend im Meer der Bitternis, wie Adhémar sich ausgedrückt hatte, aufgescheucht vom ersten Kanonenschuß und blind vom Nebel, der sie nur Umrisse ihres Angreifers erkennen ließ, hatten sie sich das Schlimmste ausgemalt. Und Joffrey war abgereist! Und Monsieur de Frontenac ebenfalls!

Doch diese Verkettung der Umstände und diese sich überschneidenden und gegenläufigen Nachrichten erinnerten fatal an jene Unordnung, die beim Eintreffen der Dämonin geherrscht hatte. Das gleiche hinterhältige Vorgehen.

Unfähig, ihre Gefühle zu präzisieren, dachte Angélique bei sich: Alles spitzt sich zu!

Und die Folge der Ereignisse ließ ihr auch keine Muße zu einer weiteren Einschätzung der Lage.

Achtundzwanzigstes Kapitel

Die Dämonin! Das Spinnennetz ihrer Listen verdichtete sich, umgarnte ihre Opfer, lähmte ihren Willen, schläferte ihre Wachsamkeit ein, verfälschte den Augenschein ...

Angélique spürte, wie das Netz sich erneut um sie alle schloß. Daher erstaunte es sie kaum, als sie am späteren Morgen vom Hafen herauf Schreie vernahm. Doch als sie eine Frau bemerkte, deren Haare zerzaust waren und die, von mehreren Männern gehalten, wild um sich schlug, fuhr sie zusammen: »Nein! Das kann doch nicht wahr sein!«

Kinder liefen schreiend herbei: »Dame Angélique! Kommt! Schnell! Da ist ein Frau an Land gegangen, die die Fallsucht hat!«

Sie zwang sich, Ruhe zu zeigen, denn nur so war das hysterische Gehabe, das sich ringsum mit den schrillen Schreien auszubreiten schien, einzudämmen. Von weitem sah sie die Gestalt einer jungen Frau, die den Händen, die sie zurückhielten, zu entkommen suchte. Da sie ihre Haube in dem Anfall heruntergerissen hatte, hingen ihr die Haare übers Gesicht, das unkenntlich war. Es dürfte eine Fremde sein, ein Gesicht, das man hier an den Gestaden der *Baie Française* nicht kannte, denn die Gouldsborianer schauten recht gleichgültig und etwas abfällig drein, als handele es sich um ein Schauspiel, dessen Ungehörigkeit und Peinlichkeit die Gemeinschaft nicht weiter berührte, weil die Akteure ja nicht aus den eigenen Reihen stammten. Auf einigen Gesichtern zeigte sich vielleicht eine Spur von Mitgefühl, denn es ist ja immer traurig, einen Menschen zu sehen, der den Verstand verloren hat, doch die meisten fanden diese Szene höchstens empörend und liefen aus purer Neugierde neben Angélique her, die dem Strand zustrebte und in den Kreis derer hineinzudringen suchte, die die Unglückliche, die auf die Knie gesunken war, umringten.

»Was ist hier los? Wer ist diese Frau?«

»Weiß man das? Sie hat uns ihren Namen nicht sagen wollen«, erklärte einer der Matrosen, der sie am Arm gepackt hielt. Er war Bretone und gehörte zur Mannschaft eines der Kabeljaufänger. Man hatte ihn beauftragt, mit seiner seetüchtigen Schaluppe diese Unglückliche hier abzuliefern, denn sie hatte immer nur »Gouldsboro! Gouldsboro!« geschrien und vom St.-Lorenz-Golf bis hierher in jeder Ansiedlung gefleht, man möge sie »aus Nächstenliebe« doch nach Gouldsboro bringen.

Während er sprach, hatte die recht zierliche und eher junge Frau in ihrer halb liegenden, halb knienden Stellung verharrt, doch geschah das wohl unfreiwillig, weil kräftige Männerhände sie hielten, und sie andernfalls wohl entkräftet mit dem Gesicht in den Sand gesunken wäre. Doch ruhiger war sie geworden, als sie Angéliques Stimme gehört hatte. Das konnte jedoch auch darauf zurückzuführen sein, daß in diesem Augenblick die Aufmerksamkeit von ihr abgelenkt wurde und man endlich aufhörte, ihr in allen erdenklichen Sprachen und Tonarten zuzubrüllen, sie solle endlich Ruhe geben! Doch plötzlich durchzuckte es sie krampfhaft, wie man es bei totgeglaubten Fischen sieht, die sich plötzlich aufbäumen und mit einem Satz, gebogen wie ein Pfeil, über Bord schießen, und so riß auch diese sich aus den Klauen der Männer los, warf sich Angélique zu Füßen und umklammerte deren Knie mit beiden Armen.

Als sie den Kopf hob, schrie sie mit gebrochener und verzweifelter Stimme: »Sie kommt, sie kommt!«

Und Angélique erkannte verblüfft in dieser aschfahlen, erdbeschmutzten und besudelten jungen Frau Delphine Barbier du Rosoy! »Delphine! Seid Ihr es wirklich? Delphine, was ist Euch geschehen? Warum seid Ihr gekommen? In einem solchen Zustand! Antwortet, Delphine!«

Die Lippen der jungen Frau zitterten. Weißlicher Schaum quoll aus ihren Mundwinkeln. Es schien ihr Mühe zu machen, ihre verklebte Zunge zu lösen.

»Sie ist durstig«, sagte jemand. Die Bretonen bestätigten, daß sie seit Tagen schon Nahrung und Trank verweigert und immer nur gestammelt habe: ›Gouldsboro! Schnell nach Gouldsboro!‹

»Vielleicht ist sie auch vor Angst gelähmt . . .«

Angélique umfaßte Delphines Gesicht mit beiden Händen und sprach beruhigend auf sie ein, damit das junge Ding seine Fassung wiederfand. Nun sei sie ja in sicherem Hafen gelandet, sagte sie zu ihr, hier könne sie sich erfrischen und ausruhen. Hier in Gouldsboro würde ihr bestimmt nichts geschehen.

Ihre Worte erreichten schließlich den verstörten Geist, und der Blick der jungen Frau verlor allmählich seine Starre. Doch es kostete sie Anstrengung, zusammenhängend zu sprechen. »Ich habe sie gesehen!« stieß sie mühsam hervor. »Ich habe sie gesehen! O weh! Ich wußte, daß unsere Vorahnungen berechtigt waren, und daß es nicht einfach wäre, sie für den Rest unseres Lebens loszuwerden. Sie hat uns eingeholt! Wir sind verloren! Ich habe sie gesehen!«

»Aber wen denn?«

»Sie!« hauchte Delphine du Rosoy, deren Pupillen sich weiteren. »Ihr wißt es doch. *Sie!* Die Herzogin, die Wohltäterin. Sie, die . . .« Das letzte Wort brachte sie nicht mehr hervor. Sie sank in sich zusammen.

Angélique ließ sie ins Fort schaffen, in ihre Gemächer, auf ihr eigenes Bett. Hier war es am leichtesten, jemanden zu pflegen, und hier konnte man am vertraulichsten sprechen.

Sie benetzte ihr die Lippen wie einer Fiebenden, und flößte ihr dann behutsam frisches Wasser ein, denn es stimmte, daß sie nach dieser Irrfahrt dem Verdursten nahe war. Delphine schluckte und trank und gewann allmählich Leben und etwas Farbe zurück. Mit einem tiefen Seufzer ließ sie sich in die Kissen sinken, doch kurz darauf zitterte sie von neuem am ganzen Körper. »Mein Gott! Was wird aus uns werden?« wimmerte sie, die Hände ringend. »Sie hat mich immer gehaßt, vor allem mich. Gehaßt, weil ich ihr entkommen bin, versucht habe, ihr zu entkommen. Sie wird mich umbringen, und Gildas, meinen armen Mann, töten. Sie hat geschworen, mich zu beseitigen.

Wie oft bin ich im Laufe dieser Jahre nachts aufgeschreckt, weil ich hörte, wie sie mich rief und mir drohte, daß sie Rache an mir nehmen würde, siebzig Mal sieben Mal. Und jetzt ist sie aus dem Grabe auferstanden! O Dame Angélique, steht mir bei!«

»Ich will Euch ja helfen, doch erst müßt Ihr ruhiger werden und mir erklären, was vorgefallen ist und Euch so entsetzt hat.«

»Was soll ich erklären? Ich habe sie gesehen, da stand sie, vor mir, lebendig, und ich sah ganz deutlich, daß sie mich auch gesehen hatte! Mein Gott, was für ein Schrecken!«

»Wo war das, Delphine? Wo befandet Ihr Euch, als Ihr sie saht? Im Bett? Habt Ihr vielleicht geträumt?«

»Nein! Ich stand am Kai, wie alle anderen. Ich wollte mir den neuen Gouverneur anschauen, dessen Schiff gerade gelandet war und den man uns angekündigt hatte. Er sollte mit seiner Gattin aus Frankreich kommen. Und plötzlich sah ich *sie,* umringt von ihrem Gefolge. Weh! Das Blut erstarrte mir in den Adern. Jetzt war der Augenblick also gekommen. Sie war wieder da!«

»Habt Ihr Euch nicht vielleicht durch eine gewisse Ähnlichkeit täuschen lassen? Ihr habt ja immer gefürchtet, sie könne wiederauferstehen.«

»Und zu recht! Hatten wir denn nicht längst das ganze Ausmaß ihrer Bosheit erahnt? Seit das Verschwinden von Henriette Maillotin erwiesen war, hatte ich keine Hoffnung mehr.« Sie wurde immer heftiger: »Wißt Ihr es etwa nicht genausogut wie ich? Das Grab dort in Tidmagouche ist das Grab von Henriette Maillotin, Germaines Schwester! Sie war der anderen zutiefst ergeben, hatte sie retten wollen, und wie teuer mußte sie dafür bezahlen! Sie haben sie ermordet, verunstaltet, im Wald ausgesetzt, in den Gewändern der Herzogin, während diese wieder frei herumlief und ihr Unwesen weiter treiben konnte.«

»Wie soll sie denn diese grauenvollen Verletzungen überlebt haben?«

»Das hat der alte Nicolas Parys besorgt. Auch er hatte Komplizen genug und kannte alle Schlupfwinkel auf den Inseln. Vergeßt doch nicht, daß er der König der Ostküste war, mächtiger als alle Sagamoren der Indianer und mächtiger sogar als Monsieur de Ville-d'Avray. So muß es gewesen sein, da bin ich mir ganz sicher. Zwei Komplizen der Hölle, die einander gewachsen waren.«

»Und wenn sie es wirklich wäre, warum soll sie dann so lange gewartet haben, um wieder aufzutauchen?«

Die junge Frau zuckte mit den Achseln.

»Wie soll man das wissen? Zeitbegriffe gelten für sie nicht, denn sie ist ewig. Sie ist der Dämon. Ein Dämon, der sich die Zeit genommen hat, in Vergessenheit zu geraten, diesen Tod beglaubigen zu lassen, wodurch sie dem Inquisitionstribunal entging, der sich die Zeit genommen hat, um Gesundheit und Schönheit wiederherzustellen und unseren eventuellen Anschuldigungen zu entgehen. In Frankreich, wohin sie zurückgekehrt war, wurde sie als Komplizin Madame de Brinvilliers gejagt. Man hatte sie zusammengeschlagen, und sie war in einem erbärmlichen Zustand, als Ihr sie ihren Händen entrissen habt.«

»Der alte Parys ist tot.«

»Deswegen kehrt sie zurück! Seht selbst, alles paßt! Was sind schon Jahre für sie? Kurz sind sie nur für uns, die wir unser zerstörtes Glück wiederaufbauen müssen. Für sie war es wohl nur eine Zeitspanne, um mit ihrem alten Liebhaber abzubrechen, ihn zu ruinieren, zu ermorden und sich von einem anderen heiraten zu lassen, der es ihr ermöglicht, unter einem neuen Namen nach Kanada zurückzukehren, wo sie, da sie ja von jedem alles weiß, andere an der Nase herumführen und ihre Rachegelüste uns gegenüber aufpolieren kann.«

»Nehmen wir einmal an, sie wäre es wirklich, müßten dann nicht auch andere, da Ihr sie so leicht und schnell erkannt habt, in Unruhe geraten sein? Sie liefe doch Gefahr, denunziert zu werden, auch heute noch.«

»Durch wen denn? Alle, die Zeugen gewesen waren, haben doch willentlich Schweigen über diese Affäre gebreitet. Wer würde es wagen?«

»Der Intendant Carlon, zum Beispiel. Er ist nicht zu unterschätzen.«

Delphine lachte resigniert. »Was vermag er denn? Der kann es sich auch nicht leisten, sie zu denunzieren. Er weiß sehr wohl, daß er sich lächerlich machen würde oder ein toter Mann wäre. Der neue Gouverneur hat sämtliche Vollmachten in Händen, im Augenblick auch die der Intendanz, der Verwaltungshoheit.«

»Das hindert doch nicht . . .«

»O doch . . . Ihr wißt noch nicht, daß der neue Gouverneur verheiratet ist und seine Frau ihn nach Kanada begleitet hat, und die Gattin des neuen Gouverneurs, Madame de Gorrestat, das ist *sie!* Und was die anderen anbetrifft, die wird sie täuschen. Sie hat nichts eingebüßt von ihrer diabolischen Kraft, und diese Kraft ist sogar noch mächtiger und undurchsichtiger denn je. Sie wird sie alle hinters Licht führen, in Quebec wie auch hier, wie sie Euch, sogar Euch getäuscht hat, als sie hier als angeblich Schiffbrüchige an Land ging, in Kleidern, die heimlich zerfetzt worden waren; und ihr Haar, in das sie verliebt war, es war seidig und duftig, und kein Mensch, niemand hat etwas gemerkt, nicht einmal Ihr, die Ihr ihr zu Hilfe geeilt seid, und auch wir nicht, die wir sie anbeteten und sie nur in vollkommener Schönheit sehen wollten. Die Menschen lieben eben die Illusion und fürchten die Wirklichkeit. Und ihr machte es Vergnügen, mit diesem Bedürfnis nach Traum und Vergessenheit zu spielen. Sie wird sie einlullen, wie alle anderen, und sie mit ihrem Lachen, mit ihrem wohlgesetzten Worten, mit ihren vielsagenden und vielversprechenden Blicken betören.«

Bei diesen Worten war es Angélique, als sähe sie bereits Ambroisines Gesicht, das sich ihr zuwandte und sie mit dem Strahlenbündel ihres betörenden Blicks umfing. »Das darf nicht sein!« schrie sie aus Leibeskräften, da auch sie die Wirklichkeit nicht gelten lassen wollte. »Delphine, war sie es wirklich?«

»Sie war anders, mag sein. Ein anderes Gesicht, andere Gesichtszüge. Eine andere Haarfarbe, aber die läßt sich ja leicht herbeizaubern, und die Haare waren kunstvoll getürmt, nach der neuesten Mode, eine Mode übrigens, die ihr nicht steht. Sie war anders, auch nicht mehr so schön, älter . . .«

»Na, seht Ihr!«

»Aber ihr Blick war derselbe, ihr Lächeln, ihre Manieren, und als sie mich angeschaut hat, war ich erstarrt wie ein Hase vor dem Blick einer Schlange. Sie schritt durch die Menge, mit ihrer Leibgarde, unaufhörlich lächelnd und kam ganz nahe bei mir vorbei, und ohne daß es jemand zu hören vermochte, murmelte sie: ›Heute abend noch wirst du sterben!‹ wobei sie mich fixierte und kaum merklich die Lippen bewegte.«

»Habt Ihr diese Worte wirklich gehört und ihre Stimme erkannt?«

Delphine seufzte und schloß ermattet die Augen. »Ich würde es vor Gott beschwören. Ihr Blick sagte dasselbe. Und da ich mich erinnerte, wie geschickt und schnell sie zuzuschlagen wußte, war mir auch gleich klar, daß ich ihr nicht die geringste Chance geben dürfte, mich ausfindig zu machen, wenn es erst Abend wäre und sie mir ihre Henkersknechte schickte! Quebec ist eine Mausefalle! Wenn ich ihr entkommen wollte, mußte ich noch im gleichen Augenblick fliehen. Den Trubel der Ankunft der Schiffe nutzend, stürzte ich mich in eine Schaluppe, die mich kurz darauf mit anderen Passagieren zu einem kleineren Schiff brachte, das nach Tadoussac auslief. Es legte bei der ersten Flut ab, und niemand achtete auf mich, da die Mannschaft die Abfahrt schon verzögert hatte, um der Ankunft dieses offiziellen Schiffes beizuwohnen, das den Gouverneur und andere königliche Beamte brachte, von denen man ja schon so mancherlei gehört hatte. Und so . . .« Sie unterbrach sich, als befiele sie neuerlich Schwäche. »Und so bin ich hier gelandet. Eine Verlorene, eine Sterbende, nach dieser schrecklichen Reise. Anfangs hatte ich keinerlei Vorstellung von dem Ort, an den diese Schaluppe mich brachte. Ich wollte nur fliehen, mich so weit wie möglich von Quebec entfernen. Allmählich drängte sich mir ein Gedanke auf. Ich mußte zu *Euch,* da Ihr die einzige wart, die einzige seid, die mich verstehen, mir glauben kann.« Sie schwieg, und wieder befiel sie Schüttelfrost.

»Meine liebe Delphine«, sagte Angélique, ihre Worte sorgfältig abwägend, »fürchtet Ihr nicht, einem voreiligen Impuls, einer Gefühlsaufwallung nachgegeben zu haben? Diese Person befand sich unter den Neuankömmlingen, viele fremde Gesichter. Wir kennen ja den Trubel, den die Ankunft der Schiffe auslöst. Vielleicht bestand eine Ähnlichkeit, und Ihr habt geglaubt . . .«

»Nein, nein! Diesen Blick vergißt man nicht! Und dieses triumphierende Lächeln, als sie mich ausgemacht hatte. Man erwartete den neuen Gouverneur, Monsieur de Gorrestat, und seine Gemahlin, und das war *sie,* laßt's Euch gesagt sein!«

»Eine zufällige Ähnlichkeit mit der angekündigten großen Dame hat Euch an andere unangenehme Umstände erinnert.«

Die junge Frau erbebte und schaute mit leerem Blick zu Angélique auf. »Ihr glaubt mir also nicht?«

Um sie aus ihrer Besessenheit herauszureißen, fragte Angélique: »Wo ist Gildas?«

»Gildas?« fragte Delphine völlig geistesabwesend.

»Ja, Gildas, Euer Gatte.«

Die andere strich sich mehrmals mit der Hand über die Stirn. »Gildas! Ach ja!« murmelte sie, wie aus einem Traum erwachend. »Armer Kerl! Wenn nur nicht ... Nein, zum Glück weiß er nichts. Er wird nichts begreifen. Ihm kann sie nichts tun. Und ich bin ihr jedenfalls entwischt.«

»Aber, Delphine, er ist doch Euer Mann! Habt Ihr ihn verständigt?«

»Nein, nein! Ich bin doch so schnell weggelaufen. Es mußte sein. Ihre Augen hatten gesagt: *Bevor es Abend wird!* Ich hatte nur noch einen Ausweg. So schnell wie möglich verschwinden, und da war der Fluß. Ich kenne ihre teuflische Geschicklichkeit, ich weiß, wie sie an mehreren Netzen gleichzeitig die Fäden spinnt, in denen wir uns dann verfangen wie die Fliegen, bevor wir überhaupt die Spinne entdeckt haben, die in der Mitte auf uns lauert. Ich kenne sie zu gut. Wie oft hat sie mich mit wenigen Worten in ihre Pläne eingeweiht, die im Handumdrehen ausgeführt waren, als wären die Worte Schlangen, die ihrem Mund entströmten und sich unverzüglich in die angegebene Richtung aufmachten.«

Während Angélique sich noch fragte, wie glaubwürdig Delphines Bericht wohl sei, schien diese zur Besinnung zu kommen. Sie setzte sich auf die Bettkante und stand mit sorgfältig bemessenen Gesten auf. Sie blickte um sich, schien zu erkennen, wo sie sich befand, strich mit beiden Händen ihr Kleid glatt und ging aufs Fenster zu. Sie stützte sich auf das Fensterbrett und blickte nach draußen. Sie war ruhig. Man konnte zusehen, wie allmählich ein Ausdruck melancholischer Freude ihr Gesicht belebte und ihre Züge erhellte. Langsam und bedächtig hob sie beide Arme gen Himmel wie in einer flehentlichen Geste, der aber eine seltsam beschwörerische Grazie innewohnte. »O Gouldsboro! Gouldsboro!« murmelte sie. »Wie ich dich liebe, und wie ich dich gleichzeitig hasse. Hier begann mein Leidensweg, doch auch meine Wiedergeburt. Alles wurde offenbar, und ihr wurde der Schleier heruntergerissen. Wie ich dich hasse, Gouldsboro, weil du mich gelehrt hast, wer sie war, und wie ich dich liebe, daß du mich von ihr losgelöst hast.«

Als Delphine in Gouldsboro war, hatte sie viel Mut bewiesen in all den Wechselfällen des Schicksals. Angélique hatte sofort erkannt, daß sie ihren Gefährtinnen überlegen war, da diese sich instinktiv um sie scharten. Sie hatte ihre Kaltblütigkeit und ihre Selbstbeherrschung stets geschätzt. Allein die Herzogin von Maudribourg hatte die Macht besessen, sie zu narren, doch als eine der ersten hatte sie sie durchschaut. Sie hatte bewiesen, daß sie nicht ein Mensch war, der wegen einer Kleinigkeit den Kopf verlor.

Ohne sich Angélique zuzuwenden, hub Delphine erneut an zu sprechen. Ihre Stimme hatte wieder den gewohnten Klang, wirkte nur resigniert, von einem betrüblichen Vorwurf verschleiert. »Warum zweifelt Ihr an mir, Madame de Peyrac? Und warum wollt Ihr in mir eine Verrückte sehen?« Sie blickte weiterhin nach draußen. »Ihr wehrt Euch dagegen, meine Befürchtungen zu teilen, aber es ist vergeblich. Gleich am Anfang fragtet Ihr mich nach der Zahl meiner Gefährtinnen. Und wir verstanden einander, als wir die von Monsieur d'Entremont verlangte Liste aufstellten. Ich bin wie Ihr, ich weiß, daß man immer noch hofft, solange nichts diese zögernde, geheimgehaltene Gewißheit abstützt, weil man Angst hat, sie könnte einmal ausgesprochen, Form annehmen. Aus den Erfahrungen und den warnenden Vorzeichen muß man aber doch zumindest eine heilsame Vorsicht ableiten und den Mut aufbringen, dem Verhängnis ins Auge zu blicken. Ich tue es, habe es immer getan. Und so konnte ich auch diesmal mein Leben retten. Ihr solltet mich lieber beglückwünschen, Dame Angélique, daß ich nicht einen Augenblick gezögert habe, anstatt Euch um mein Betragen und meine Verwirrung zu sorgen. Ihr kennt mich doch gut genug. Ihr wißt doch, Madame, daß unsere Dämonin mich zwar zu scheinbaren Wahnsinnstaten treiben, mich jedoch nicht wahnsinnig machen kann.«

Genau diese Überlegung hatte Angélique auch angestellt. Sie war bestürzt und wußte nicht mehr so recht, was sie von dem Ganzen halten sollte. Sie beobachtete Delphine gedankenverloren und suchte die sich im Gegenlicht abzeichnende Silhouette der jungen Frau zu ergründen. Da fiel ihr etwas auf: »Delphine, hatte man mir nicht gesagt, Ihr erwartetet ein

Kind? Wenn meine Berechnungen stimmen, müßtet Ihr doch jetzt im sechsten oder siebenten Monat sein.«

Delphine krampfte sich zusammen wie unter einem unerträglichen Schmerz. »Ich habe es verloren«, schrie sie schluchzend. Sie schlug beide Hände vors Gesicht. »O mein Gott! Ein solches Glück war mir verheißen. Und dann war's plötzlich vorbei. Armer Kleiner! Armer Gildas! Was für ein Kummer für ihn, er war so glücklich!«

Ob in diesem Drama wohl die Erklärung zu suchen war? Die Enttäuschung könnte ihren Geist verwirrt haben. Das kommt ja manchmal vor. Delphine erriet ihre Gedanken. »Täuscht Euch nicht. Das ist nicht in Quebec passiert.« Die junge Frau trat näher. »In Quebec ging es mir gut, ich bereitete mich auf eine glückliche Mutterschaft vor. Vielleicht war es ihr Blick, der es in mir getötet hat, obwohl ich eher die Strapazen und Aufregungen dieser entsetzlichen Reise dafür verantwortlich mache.«

Immer wieder nach Luft ringend, schilderte sie diese plötzliche Fehlgeburt. Es war ein herzzerreißender Bericht. »Es ist auf diesem verfluchten Schiff passiert. Schuld war dieser grauenvolle Sturm, der uns bei der Überquerung des St.-Lorenz-Golfs gerüttelt und geschüttelt hat. Wir Passagiere im Schiffsrumpf wurden von einer Wand zur anderen geschleudert und waren wie zerschmettert. Kurz nach dem Sturm hatte ich das Gefühl, als rissen meine Eingeweide auseinander, ich wurde fast ohnmächtig, und bald danach war es da, lag es da im Blut, auf dem schmierigen Schiffsboden. O mein armer Kleiner!« Sie schluchzte verzweifelt, sich vor und zurück wiegend. »Er war so süß, so herzig, so wunderbar. Die Matrosen wollten ihn ins Meer werfen, den Kormoranen zum Fraß vorwerfen. Ich habe ihn ihnen entrissen und so lange es ging an mein Herz gedrückt. Zum Schluß hat der Kapitän dann wohl begriffen, was mich so quälte, denn er brachte plötzlich ein Holzkistchen, das er mit Blei beschwert hatte. Eigenhändig habe ich das kleine, unvollendete Wesen hineingelegt, eigenhändig habe ich es an Deck getragen. Ich allein wollte es dem Meer übergeben. Doch als ich das Deck erreichte, wo die Luft frisch war und der Wind wehte, fiel ein Höllenlärm über mich her. Es klang, als wären alle Schreie der Verdammten entfesselt worden. Als ich mich der Reling näherte, war das Meer schwarz von Seehunden, die irrtümlich in diesen Engpaß hineingedrängt hatten und zu uns heraufheulten, weil Panik und Grauen sie gepackt hatte. Sogar das Schiff war in Gefahr inmitten dieser sich aufbäumenden Leiber. Da ich versteinert stand, entsetzt von diesem Anblick und diesem heiseren Gebell, nahm mir der Kapitän das Kistchen aus den Händen und warf es selbst ins Meer. Gott sei Dank! Ich sah es sofort untergehen, mitten im Gewimmel dieser schwarzglänzenden Tiere. Dieser Kapitän war ein anständiger Kerl.« Sie verstummte und ließ ihre Tränen rinnen. »Bei der nächsten Etappe am Golf haben mich Indianerinnen gepflegt. Ich erkannte niemanden mehr. Meine Träume kreisten nur um ein Ziel: bei Euch zu sein. Ich wiederholte immer wieder: Gouldsboro! Gouldsboro! Der Kapitän gab mich in die Obhut dieses Kabeljaufängers, und da mir die Leute von diesem Kahn hier versprochen hatten, mich zu Euch zu bringen, habe ich mich eingeschifft.«

Erschöpft hielt sie inne. Angélique war zutiefst betrübt. Wahrhaftig, das Schicksal der Frauen ist beklagenswert. Vorhin war sie noch bereit gewesen, Delphine der Schwäche zu bezichtigen, und jetzt fragte sie sich, wie diese junge Frau dies alles hatte erdulden können, ohne den Verstand zu verlieren. Ihr Bericht bewies, daß sie völlig bei Sinnen war. Schon Adhémar hatte von den Seehunden in der Meerenge gesprochen, das stimmte also. Bei ihrem Anblick mußte es der jungen Mutter noch schmerzlicher gewesen sein, sich von dem kleinen Körper zu trennen. Delphine war nicht verrückt, ganz im Gegenteil. Mit sehr viel Seelenstärke hatte sie das härteste Opfer unerschrocken auf sich genommen.

»Armes kleines Wesen«, murmelte Delphine mit unendlicher Traurigkeit. »Armer kleiner Schatz. Er sollte zu den ersten gehören, die der zurückgekehrten Dämonin zum Opfer fielen. Doch andere werden folgen!«

»Andere werden folgen«, hatte Delphine du Rosoy prophezeit. »Gebt gut auf Euch acht, Madame, denn der Haß, den sie gegen Euch hegt, hat sie nach Kanada zurückgeführt.« Von Zeit zu Zeit lief sie ans Fenster, um zum Hafen hinunterzublikken, als sei sie bereits darauf gefaßt, sie dort auftauchen zu sehen.

»Ruht Euch aus, Delphine! Sie wird nicht im Handumdrehen auftauchen. Mag sie auch ein Dämon sein, so ist sie doch nicht allgegenwärtig und gleichzeitig in Quebec und in Gouldsboro.« Liebevoll umfaßte sie die hageren, zitternden Schultern. »Ihr müßt Euch ausruhen, meine arme Delphine. Ich werde Euch pflegen. Hier werdet Ihr ungestört schlafen können, was Ihr seit Tagen entbehren mußtet. Laßt es Euch gesagt sein, hier seid Ihr in Sicherheit.«

»Und wenn sie, weil sie Euch in Quebec nicht gefunden hat, die Segel setzen läßt und Kus auf Gouldsboro nimmt?«

»Auch dann kann sie morgen noch nicht hier sein.«

»O doch, sie kann morgen schon hier sein«, schluchzte Delphine.

»Aber nein! Denkt doch nur einmal nach. Ihr habt Quebec unverzüglich verlassen, im Augenblick ihrer Ankunft. Und wenn sie dort als Gattin des neuen Gouverneurs auftritt, muß sie die offiziellen Empfänge mitmachen, ihr Haus bestellen. Selbst wenn sie Euch wirklich erkannt haben sollte, wird sie nicht sofort Eure Spur aufnehmen.«

»O doch, sie ist dazu fähig.«

»Aber nein ...«

»Sie kann ihre Schergen loslassen.«

»Und ich sage Euch, daß wir auf alle Fälle mehrere Tage Zeit haben, unsere Abwehr aufzubauen. Wir werden alles mit Monsieur Paturel besprechen. Hier sind wir unter Freunden und werden bestens verteidigt.«

Freundschaftlich preßte sie diesen gequälten, ausgemergelten Körper an sich, wiegte ihn, um ihm Ruhe einzuflößen. Dadurch brauchte auch sie nicht weiter zu denken, denn sie fürchtete, wenn sie alle Konsequenzen bedächte, selbst in Panik zu geraten. »Beruhigt Euch«, widerholte sie mindestens zum hundersten Mal. Doch irdische Argumente reichten nicht mehr aus.

»Liebste Freundin, was auch geschehen mag, Ihr dürft nicht vergessen, daß Hilfe und Frieden auf Erden jenen zuteil wird, die den Triumph des Guten wollen, was auch geschehen mag. Und selbst wenn sie plötzlich vor uns stehen sollte, eskortiert von allen Dämonen der Erde und der Hölle, erinnert Euch und vergeßt nie, daß Gott der stärkere ist!«

Neunundzwanzigstes Kapitel

Im Laufe des Abends brachte Angélique Delphine zu Tante Anna, die öfters ein Zimmer in ihrem Haus vermietete. Mit Colin Paturel konnte sie allerdings nicht sprechen, wie sie geplant hatte, da dieser sich auf einem Rundgang durch seinen Bezirk befand. Auch um ihre Kinder mußte sie sich kümmern, die sie bei den Bernes abholte. Mit knappen Worten teilte sie Abigaël die unerwartete Ankunft Delphines du Rosoys mit, ohne auf das einzugehen, was diese ihr erzählt hatte. Sie wollte sich einreden, zumindst vor Abigaël und bis sie greifbare Beweise in Händen hatte, daß Delphine von einer Ähnlichkeit, die zu einer Verwechslung geführt hatte, so erschüttert war.

Sie glaubte fast selbst daran, als sie am nächsten Morgen aufwachte und einem neuen Tag voller Pflichten entgegensah. Sie mußte langsam an die Abreise nach Wapassou denken und alles vorbereiten, was die Karawane mitnehmen sollte. Doch als vom Ufer Lärm heraufschallte, der die Ankunft von Schiffen ankündigte, rannte sie doch zum Hafen, um die noch fernen Ankömmlinge in Augenschein zu nehmen, in der Furcht, die Silhouette einer verabscheuten Frau auszumachen. Doch sie rief sich zur Raison: »Und wenn sie es wäre. Ich habe jetzt nichts mehr zu fürchten. Sie wurde besiegt. Ich bin bereit, sie zu empfangen.«

Doch als man kam, um ihr mitzuteilen, zwei fremde Damen fragten nach ihr, war sie überzeugt, dort unten am Strand das Entenblau und Goldgelb der Gewänder der Herzogin gesehen, ja wirklich *gesehen* zu haben. »Nun ist's also soweit!« Sie blieb stehen, um ihre Kräfte zu sammeln, doch als sie die Augen wieder öffnete, war keine Spur von prächtigen Gewändern oder leuchtenden Farben an den beiden Frauengestalten, die soeben gelandet waren, und, wie üblich, von einem ganzen Tross eskortiert wurden. Und wenn La Polak schwerfällig, fluchend und ihren kleinen Diener scheltend, über den Kiesstrand von Gouldsboro herantrabte, was durchaus zu den unvorhergesehenen Ereignissen zu zählen war, so war es doch keine unangenehme Überraschung, wie auch ihre Gestalt nicht im geringsten zu verwechseln war mit der beunruhigenden Elfenfigur der angeblich von den Toten auferstandenen, betörend schönen und gefährlichen Dame de Maudribourg, aus der inzwischen Madame de Gorrestat geworden war.

La Polak wetterte, denn ihr Gewicht ließ sie bis zu den Knöcheln in den nassen Sand einsinken. »So hilf mir doch!« Sie streckte Angélique, die ihren Augen noch nicht zu trauen wagte, ihren rundlichen Arm entgegen. »Stimmt schon! Hast richtig gesehen, ich bin's leibhaftig! Was dachtest du denn? Hältst mich wohl nicht für fähig, wie jedermann ein Schiff zu besteigen, um dich in deinem gottverlassenen Gouldsboro zu besuchen, was?«

Die sprühende Gischt hatte das hohe, offenbar aus feinstem Wäschestoff geformte Gebilde auf ihrem Kopf durchnäßt, das sie von Zeit zu Zeit energisch wieder aufrichtete, wenn es kläglich zusammenzusinken drohte.

»Das ist eine *fontanges«,* erklärte sie. »Mit diesem Firlefanz ist angeblich die Mätresse des Königs, die, wie du Angélique heißt, von früh bis spät ausstaffiert. Und deine Madame de Gorrestat hat diese alberne Mode in Quebec lanciert.«

»*Meine* Madame de Gorrestat«, warf Angélique ein, »was soll denn das heißen?«

»Julienne hat mich aufgeklärt«, raunte La Polak mit einem vielsagenden Augenzwinkern. »Ich weiß alles. Aber – Mund halten! Wir werden noch unter vier Augen reden, hab dir nämlich wahnsinnig viel zu erzählen. Doch jetzt pressiert erst mal eine kräftige Suppe mit Speck, garniert mit einem Glas Rotwein, denn ich fall schier um vor Schwäche.«

Jetzt sah Angélique auch Julienne, die zweite Reisende. Noch eines dieser Mädchen des Königs, die mit der *Licorne* an diesen Ufern Schiffbruch erlitten hatten, und die es offenbar hierhin zurückzog, da die Umstände ihr nicht ganz koscher vorkamen. Auch ihr Gatte Aristide, der reuige Pirat, war nicht weit; er schleppte die Lederbeutel der Damen von der Anlegestelle herauf und schien es trotz seines Spitzenjabots und seines aus feiner Wolle gefertigten und mit Hornknöpfen verzierten Anzugs und des kaum merklich schief aufgesetzten Dreispitzes, womit er seine Lässigkeit zu unterstreichen beliebte, keineswegs zu schätzen, sich erneut in Gouldsboro zu befinden, das er in längst vergessenen Zeiten, da er Gefangener gewesen war und Ketten getragen hatte, hinreichend kennengelernt hatte.

»Wenn es Julienne nicht gäbe, hättet Ihr mich hier nicht wiedergesehen, Madame«, sagte er, als er Angélique gewahrte. »Aber sie war nicht mehr zurückzuhalten in Quebec, als wäre der Teufel hinter ihr her.« Er senkte die Stimme und raunte: »Es heißt, die Wohltäterin, das ›Herz...chen‹ des Teufels wäre wieder am Leben!«

Seit Janine Gonfarel ihr »*deine* Gorrestat« hingeworfen hatte, war Angélique unfähig, auch nur ein Wort herauszubringen oder gar ihrer Freude und Überraschung freien Lauf zu lassen, was doch eigentlich selbstverständlich gewesen wäre unter anderen Umständen. Sie hatte eine Eiskugel im Magen. Hatte sie bisher Delphines Geschichte nicht so recht glauben wollen, gab es jetzt keinen Zweifel mehr. Man mußte der Tatsache ins Auge sehen, daß Ambroisine, die Dämonin, zurückgekehrt war!

Schweigend geleitete sie ihre Besucherinnen, die ihre Wortkargheit nicht beachteten und sich mit ihrem festgefrorenen Lächeln begnügten, Fragen stellten, sich selbst die Antworten gaben und ihrer Erleichterung Luft machten, endlich, nach so vielen Tagen auf dem Meer, ans Ziel gelangt zu sein. Sie öffnete ihnen die Tür zur »Herberge unter dem Fort« und schob sie dann in ein an den großen Saal angrenzendes Zimmer, wo man unbelauscht reden konnte und vor der allgemeinen Neugierde geschützt war.

Wie magisch angezogen und herbeigerufen, befand sich hier Delphine du Rosoy, die sich nun Julienne in die Arme warf. »Du hast sie also auch erkannt!« rief sie und schien in der Erregung ganz vergessen zu haben, daß sie doch immer eine gewisse Distanz gewahrt hatte zu Julienne, als sie beide noch zum Tross der von ihrer Wohltäterin Madame de Maudribourg nach Kanada geschafften Mädchen des Königs gehörten.

Juliennes Freude, als sie Delphine erkannte, war erstaunlich, denn sie waren einander immer aus dem Weg gegangen. »Delphine, meine Freundin, ich habe Euch oft für hochnäsig gehalten, aber wir haben doch gemeinsam Schiffbruch erlitten, nicht wahr? Gemeinsam haben wir Blut und Wasser geschwitzt unter der Fuchtel dieser Teufelin, gemeinsam haben wir in Quebec Frieden und Glück erfahren, und ich bin selig, daß es Euch gelungen ist, zu entkommen.«

Das Stichwort war gefallen. »Es stimmt also wirklich?«

fragte Angélique. »Auch Ihr, Julienne, habt sie wiedererkannt?«

»Wiedererkannt? Weiß Gott! Sie ist es, kein Zweifel. Es sind ihre Augen. Ihr Gesicht hat sich ein wenig verändert, kein Wunder nach den Verletzungen. Ich habe sie aus nächster Nähe gesehen. Sie ist nicht mehr so schön, aber sie ist es. Ich habe ihre Narben gesehen.« Julienne zumindest war niemals auf die Wohltäterin hereingefallen, was ihr damals die Feindseligkeit ihrer Gefährtinnen eingebracht hatte. »Was für ein Schlag! Ich hatte sie längst vergessen, diese Schlampe! Tot war sie, tot blieb sie. Und daß diese Madame de Gorrestat gelandet war, wußte ich nur vom Hörensagen. Keine Zeit, zum Hafen zu rennen, um den neuen Gouverneur und seiner Frau meine Aufwartung zu machen. Hab ja schließlich Arbeit, alle Hände voll zu tun mit all den Kranken oder Verwundeten, Indianern und Franzosen, die man uns ins Hôtel-Dieu anschleppt. Und da wurde neulich plötzlich Henriette gebracht.«

»Welche Henriette?«

»Henriette Goubay, die Gesellschafterin von Madame de Baumont. Erst im Frühjahr waren sie beide per Schiff aus Frankreich zurückgekommen. Ich hatte Henriette getroffen, und sie hat uns von Paris erzählt. Hatte sich mit dem Haushofmeister von Madame de Baumont verlobt. Glücklich war sie gewesen. Und da bringt man sie plötzlich halbtot daher! Ein Unfall, wie es hieß, ein Sturz! Ich rannte herbei, denn schließlich waren wir ja so etwas wie Leidensgenossinnen! Ich hab gleich gesehen, daß ihr nicht mehr zu helfen war, und als ich mich über sie beugte, um sie zu fragen: ›Arme Henriette, was ist dir geschehen?‹, da kam auch schon der von Mère Jannerot verständigte Priester mit der Letzten Ölung, und als ich hochblickte, wie magisch angezogen, da sah ich *sie,* ganz nah, auf der anderen Seite des Bettes, und da habe ich sie erkannt, weil sie mich ansah und lächelte. Sie war nicht tot, und war also wiedergekommen. Zuerst glaubte ich an eine Vision. Der Teufel war's. Doch dann begriff ich. Großer Gott! Welch ein Entsetzen! Madame de Baumont erklärte mir, Madame de Gorrestat, ihre Nachbarin, sei so gütig gewesen, Henriette zu Hilfe zu eilen, als diese vom Dach gefallen war, wo sie hatte prüfen sollen, ob die Feuerleiter auch fest verankert war; sie habe sie sofort bergen und in ihrer eigenen Kutsche zum Hôtel-Dieu bringen und einen Priester rufen lassen. Wer weiß, ob Henriette nicht abgestürzt ist, weil sie sie von oben gesehen und erkannt hatte, am Fenster des Nachbarhauses? Wer weiß, ob die andere ihr nicht den Todesstoß versetzt hat, auf dem Transport in der Kutsche? Wer wird es je erfahren? Und wenn mich nicht auch gleich der Schlag getroffen hat, dann nur, weil ich nicht so leicht totzukriegen bin und weil ich so meine Ahnungen hatte, seit der Brummbär mich ausgefragt hatte über die *Licorne,* weil Frankreich eine Liste von uns allen, mit Namen und Familienstand, verlangte. Außerdem habe ich zu viel erlebt, um mich nicht sofort zu verteidigen. Ich machte mir die Zeremonie der Letzten Ölung zunutze und hab mich durch den rückwärtigen Ausgang des Hôtel-Dieu aus dem Staub gemacht. Als erstes bin ich zu Delphine gerannt, aber sie war nicht daheim. Keine Zeit, auf sie zu warten, sagte ich mir. Also bin ich erst mal hinter Aristide hergejagt, der mit seinen Destillierapparaten irgendwo im Wald war.«

»Diese Herzogin kann sich auch nichts Neues einfallen lassen«, brummelte Aristide. »Da muß ich doch glatt wieder alles liegen und stehen lassen, obwohl ich dabei war, eines jener Lebenswässerchen zu brennen, nach denen sich selbst der Gouverneur die Finger abschlecken würde! Bloß um meiner Julienne nachzurennen und mich sofort einzuschiffen, weiß der Teufel, wohin!«

»Vielleicht habe ich dich damit gleich zweimal vom Tode bewahrt«, sagte Julienne. »Du hättest dich bestimmt vergiftet mit deiner Mixtur.«

Angélique hörte zwar diesen Wortwechsel, vermochte aber immer noch nicht zu bestimmen, ob sie nicht doch vielleicht alle einer Krise kollektiven Wahnsinns anheimgefallen waren. Sie hatte ja von jenen ungewöhnlichen Erscheinungen gehört, von den flammenden Booten am Himmel, den Stürmen, den Seehunden in der Meerenge, und so etwas konnte einfältige Gemüter ja durchaus verwirren.

»Henriette jedenfalls ist tot«, erklärte Julienne kategorisch, »und wenn wir uns nicht in Sicherheit gebracht hätten, wären wir bald an der Reihe gewesen.«

Jetzt schaltete sich La Polak ein und machte ein mysteriöses Gesicht, während sie raunend erzählte: »Ich hab sie natürlich gleich zu Gesicht bekommen, diese Gouverneuse, und sie hat mir von Anfang an nicht gefallen, so klebrig, so honigsüß ...

Aber ein altes Affenweibchen schneidet deswegen noch lange keine Grimassen! Erst habe ich mir zwar gedacht, ihr Besuch bei mir und die ganze Schöntuerei gelte meiner sprichwörtlich exzellenten Küche, die unbestritten die beste ist von ganz Quebec, doch so nach und nach kam sie auf dich zu sprechen: ›Ihr kennt Madame de Peyrac, nicht wahr?‹ Doch als ich erst deinen Namen aussprach, Angélique, da hättest du sie sehen sollen: Sie fuhr sich mit der Zunge über die Lippen, als schleckte sie sich die Lefzen nach einem gefundenen Fressen!«

»Beschreib sie mir.«

»Dazu kann ich nichts sagen. Höchstens die Augen, die manchmal wie Gold, dann wieder wie die Nacht sind. Aber das war nicht Grund genug, daß ich mich zu einer Seefahrt aufrappelte. Da war schon noch mehr. Eines Morgens ging mir vom Ursulinenkloster eine Botschaft zu, meine hölzernen Kronleuchter, die ich zum Vergolden gegeben hatte, wären fertig. Bloß, ich hatte diese Kerzenleuchter längst in meiner Hauskapelle stehen und von einer neuen Bestellung keine Ahnung. Aber, wie du weißt, ist es mein Prinzip, die kirchlichen Instanzen nicht vor den Kopf zu stoßen und ihnen gefällig zu sein, und wenn da auch ein Irrtum vorliegen mußte, so sagte ich mir doch, das Ganze wäre vielleicht ein Vorwand, um mich wissen zu lassen, man wünschte mich dort oben zu sehen. Ich verkündete also lauthals, ich wolle meine Kerzenleuchter bei den Ursulinen abholen und ließ mich in einem Tragsessel hinbringen.

In der Vergoldungswerkstatt angekommen, sah ich auch gleich Mère Madeleine, die dort pinselte, mutterseelenallein, doch als sie meiner ansichtig wurde, dachte ich, sie falle in Ohnmacht, dabei war ihr nur ein Stein vom Herzen gefallen, als ob ihr bei meinem Anblick der Herrgott erschienen wäre. ›Oh, Ihr seid gekommen, liebe Dame‹, sagte sie, mir fast die Hände küssend und zog mich zu ihrer Staffelei. ›Was für ein Glück‹, sagte sie dann, um sich blickend, ›wir sind allein. O Madame Gonfarel, Ihr, die Ihr die Freundin seid von Madame de Peyrac, Ihr müßt ihr eine Botschaft zukommen lassen. Ihr müßt ihr sagen, daß ich sie diesmal erkannt habe.‹

›Wen denn?‹ fragte ich.

›Die Dämonin Akadiens.‹ Und da ich sie anstarrte, fragte sie: ›Ja habt Ihr denn, meine gute Madame Gonfarel, nicht davon gehört, Ihr, die Ihr doch alles wißt, daß ich vor Jahren eine Vision hatte, in der mir die Dämonin Akadiens erschien?‹

›Aber natürlich‹, erwiderte ich. ›Oh, diese Vision kenne ich nur zu gut, wie jeder hier, und ich weiß auch, daß man die Unverfrorenheit besessen hat, Madame de Peyrac da hineinzuziehen. Aber Ihr habt sie ja entlastet. Und jetzt, sagt Ihr, habt Ihr die richtige gesehen?‹ Tuschelnd vertraute sie mir an, es sei die edle Dame, die sich abends zuvor mit dem neuen Gouverneur im Ursulinenkloster vorgestellt habe. ›Aber, aber, mein gutes Nönnchen‹, hab ich ihr genauso leise geantwortet, ›wenn Ihr doch überzeugt seid, daß besagte Dame Eure Dämonin ist, warum habt Ihr das denn nicht gleich Eurem Bischof oder Eurem Beichtvater vermeldet? Das ist doch Sache der Kirchenleute, da gibt's nichts zu fackeln! Was soll denn Madame de Peyrac wieder hineingezogen werden, die doch schon mehr als genug darunter zu leiden gehabt hat, meint Ihr nicht auch, mein kleines Nönnchen?‹

Da fing sie an zu weinen. ›Ich habe es ihnen ja gesagt, allen! Aber sie glauben mir nicht!‹ Und da begriff ich und beschloß, abzureisen. Du mußtest es ja erfahren, da du ihre Gegenspielerin bist. Dich sucht sie, angeblich um sich zu rächen.«

»In Quebec, ihrer obligaten ersten Station, hat sie mich nicht gefunden, und bis hierher zu kommen ist ja kein leichtes Unterfangen. Außerdem sind wir diesmal vorgewarnt. Hier sind wir in Deckung, und kein Gouverneur von Kanada, ob alt oder neu, hat irgendwelchen Einfluß«, versicherte Angélique.

»Aber sie könnte nach Montreal fahren«, wimmerte Delphine.

»Nach Montreal?« Angélique spürte, wie ihr die Farbe aus dem Gesicht wich. Angstschweiß trat ihr auf die Stirn. Montreal, da war Honorine! In Montreal befand sich Honorine ... Wenn die satanische Kreatur in Quebec erfahren haben sollte, daß Angéliques Tochter in Ville-Marie im Internat war, und daraufhin beschließen würde, nach Montreal zu fahren, um sich an Honorine schadlos zu halten?

Angélique sah auf allen Gesichtern den Abglanz des Entsetzens, das diese Vorstellung in ihr ausgelöst hatte. »Warum seid ihr bloß alle wie die Hasen davongelaufen?« herrschte sie die Freundinnen an. »Ihr hättet sie nicht aus den Augen lassen dürfen und, wenn sie wirklich nach Montreal gefahren wäre, auf dasselbe Schiff springen müssen wie sie!«

»Auf dasselbe Schiff wie sie?« echote Julienne mit vor Entsetzen geweiteten Augen.

»Ihr hättet sie überwachen, sie denunzieren, sie hindern müssen, Böses zu tun! Begreift ihr denn nicht? Wenn sie nach Montreal geht, und wenn sie es wirklich ist, dann wird Honorine ihr in die Hände fallen!«

La Polak sprang auf ihre Füße und schoß wie eine Kanonenkugel aus dem Zimmer, dessen Tür sie hinter sich zuknallte. Kurz darauf flog sie wie ein Windstoß wieder herein, gefolgt von Madame Carrère und ihren Töchtern, die sich ebenfalls kaum bremsen konnten und Schöpfkellen, Suppenschalen, einen Schwung Löffel und Messer auf den Tisch knallten, Becher austeilten, drei Zinnkrüge aufpflanzten und das Ganze mit zwei riesigen Terrinen krönten, aus denen Fischsuppe mit Schalentieren sowie Fleischragout dampften.

Angélique fand sich unversehens auf einer Bank wieder, von zwei gebieterischen Händen niedergedrückt, ohne zu wissen, ob diese Madame Carrère oder La Polak gehörten, und vor ihr standen ein voller Teller und ein gefülltes Glas, während man ihr wie einem Kind Besteck in die Hand drückte, und La Polak ihr das Glas an die Lippen setzte und erklärte, wenn sie nicht unverzüglich freiwillig trinke, würde sie es ihr mit Gewalt einflößen, und zwar geschickter als der Henker von Paris, wenn er einem zwei Henkelkannen kalten Wassers in den Magen kippte, damit man zugab, in der Kneipe an der Ecke zwei Unzen Schnaps stibitzt zu haben.

»Schöne Zeiten sind das! Verdammt noch mal! Das lassen wir uns nicht noch einmal bieten. Wir sind frei. Aber keiner dieser ›Gnädigsten‹, keine dieser Giftmischerinnen, dieser Banditinnen kommt mir hierher, um uns zu vergiften! Iß und trink, dann werden wir weiterreden! Der Besitzerin hier habe ich gesagt: Wird's bald, Frau Wirtin? Bringt uns was Gescheites zum Essen, aber schnell! So können wir nicht weitermachen, sonst kriegen wir die Fallsucht!«

Angélique verzichtete auf weiteres Nachdenken und erklärte sich bereit, mit den von den Aufregungen und den Strapazen der Reise erschöpften Freundinnen die Mahlzeit zu teilen.

Dreißigstes Kapitel

»Sie überwachen? Sie denunzieren? Du hast vielleicht Ideen!« wetterte La Polak, als sie alle wieder zu Kräften gekommen waren und sich ruhiger fühlten. »Du hast doch gehört, was mit Henriette passiert ist, und mit Madame Le Bacheoys, oder? Sie mordet schnell und hat gute Helfershelfer. Und dem sollen wir standhalten? Wenn sie Mère Madeleine nicht geglaubt haben, meinst du vielleicht, dann hätten wir Chancen, Gehör zu finden? Die Julienne oder ich?«

»Wer wird denn dann Honorine retten?« schrie Angélique auf, die Hände ringend. Die Entfernung von hier bis Montreal: Tage, Wochen, Monate konnte die Reise dauern, sofern auch nur eine Kleinigkeit schiefging, und diese träge Begriffsstutzigkeit der Menschen! Riesige Mauern, die sie daran hindern würden, dem geliebten Kind zu Hilfe zu eilen, türmten sich vor ihr auf. Sie stürzte nach draußen und hastete zu Colin, der glücklicherweise zurück war.

»Erstens einmal ist nicht gesagt, daß diese Frau sich unverzüglich nach Montreal aufmacht«, argumentierte Maître Berne. »Sie und ihr Gatte müssen sich zunächst einmal den Bürgern von Quebec widmen, wodurch sie in der Hauptstadt festgehalten werden. Und anschließend wird es zu spät in der Jahreszeit sein, um über den Fluß hinzugelangen.«

Der Rat tagte im Hause des Gouverneurs Paturel, wo man sich versammelt hatte, nicht ohne die Familie Berne in Kenntnis gesetzt und um Vorschläge und Unterstützung ersucht zu haben.

Colin enthielt sich jeder Bemerkung hinsichtlich der Wahrscheinlichkeit einer Wiederauferstehung der ehemaligen Wohltäterin der Mädchen des Königs. Nachdem er die einen wie die anderen aufmerksam angehört und unter den angsterfüllten Blicken der Anwesenden eine Weile geschwiegen hatte, machte er keine längeren Umschweife. Als erstes schlug er vor, sofort einen Boten nach Montreal zu schicken, und zwar auf dem Landweg, einen erfahrenen Waldläufer, der alle Pfade und Flußunterbrechungen kannte, mit Tauschgeld, Krimskrams und Schnaps reichlich versehen werden mußte, um die Wilden zu bewegen, ihn im Kanu so schnell wie möglich nach Montreal zu befördern, wo er Mère Bourgeoys einen Brief Angéliques aushändigen müßte, der die inständige Bitte enthielte, Honorine unter ständige Bewachung zu stellen, sie unter keinem Vorwand von der Leine zu lassen und sie niemanden anzuvertrauen. Es sei ihr jedoch freigestellt, wenn sie es für richtig hielte, ihren Onkel Josselin, den Seigneur du Loup, zu verständigen und im Einvernehmen mit ihm für das Kind eine Schiffspassage zu besorgen, damit sie, von Etappe zu Etappe, zumindest bis Gouldsboro gelange. Das Jahr war noch nicht so weit fortgeschritten, so daß sie den St.-Lorenz-Strom noch hinter sich lassen konnte, bevor das Eis begann.

Angélique kehrte in ihre Gemächer im Fort zurück, um diesen Brief zu schreiben, während Colin Paturel sich auf die Suche nach einem geeigneten Trapper begab. Erleichtert, wenigstens irgend etwas für Honorine tun zu können, versenkte sie sich in dieses Schreiben und wiegte sich im Knirschen des Gänsekiels auf dem Papier. Sie zögerte, der Nonne gegenüber die Gefahr zu betonen, die die Frau des neuen Gouverneurs, Madame de Gorrestat, gegebenenfalls repräsentierte, falls sie zufällig der Stadt Montreal einen Besuch abstatten sollte. An Honorine dürfte man diese Frau allerdings unter keinen Umständen heranlassen. Schließlich raffte sie sich doch auf, unmißverständlich zu sprechen, sie unterstrich den Namen besagter Madame de Gorrestat gleich zweimal und erklärte, sie sei ihre langjährige, geschworene Feindin. Nun konnte sie nur noch hoffen, daß die Oberin sie ernst nähme. Mère Bourgeoys war sehr feinfühlig und besaß ein gutes Gespür und würde sich von einer Ambroisine nicht so leicht hinters Licht führen lassen.

Von Zeit zu Zeit sah Angélique von ihrem Schreiben auf. Gegen die Fenster des Forts, diese schönen hellen Scheiben, die aus Europa stammten, prasselte ein Sommerregen; der Anprall ließ lauter kleine Tränen auf dem Glas zurück. Sogar die Natur teilte ihren Schmerz, ihre Auflehnung! Auch das Meer schien plötzlich entfesselt, es klatschte gegen den Strand wie eine sich austobende Wäscherin und peitschte den Wellenschaum in ungezügeltem Grimm. Man hörte sogar, wie der Sand sich unter den anbrandenden Stößen zusammenballte.

Es klopfte an der Tür, und da sie nicht antwortete, erlaubte sich Colin, auch ohne ihre Zustimmung durch den Türspalt zu lugen. Es beruhigte ihn, daß sie an ihrem Sekretär in Fensternähe saß und artig schrieb. Er hätte alles getan, um diese Last von ihr zu nehmen, doch er sagte nur, er habe nachgedacht. Das beste wäre wohl, Marguerite Bourgeoys wissen zu lassen, daß der kleinen Honorine Gefahr drohe, deren Einzelheiten man ihr allerdings erst später erklären könne, daß Angélique sie jedoch inständig ersuche, das Kind dem Boten zu übergeben, der sich einer Gruppe von Händlern oder Indianern anschließen würde, um mit ihnen das Gebiet des St.-Lorenz-Stroms zu verlassen und gen Maine zu wandern, von wo er sie direkt nach Wapassou bringen könne. Diese Art der Reise wäre zwar härter, aber unvergleichlich schneller als der Wasserweg und die Umfahrung der Küsten per Schiff. So lange der erste Schnee noch nicht gefallen war, stand einer solchen Expedition nichts im Wege.

»Das Kind ist kräftig genug«, sagte er. »Sie ist ja fast wild aufgewachsen. Es wird ihr nichts ausmachen, tagelang im Kanu zu sitzen, dort, wo der Fluß unterbrochen ist, auf dem Landweg weiterzumarschieren und unter freiem Himmel auf dem harten Boden zu schlafen. Ganz im Gegenteil: Sie wird entzückt sein, endlich wie ein kanadisches Rauhbein behandelt zu werden. Da wird sie auch ihre Kniehosen endlich tragen dürfen. Glaubt Ihr nicht auch, daß ihr das Freude machen wird?«

Den Boten hatte Colin auch schon gefunden. Es war ein Zeichen des Himmels gewesen und eine Ermunterung zu dieser zweiten Phase seines Plans, daß ihm der Mestize Pierre-André, der Sohn von Maupertuis, über den Weg gelaufen war, denn den kannte Honorine nun wirklich gut, hatte er doch in den ersten Zeiten häufig an ihrem Tisch gesessen, als treuer Kostgänger. Der junge Mann war über die Vermont-Berge nach Gouldsboro gekommen, um bei den Bostoner Schiffen Pelzwerk gegen Eisenwaren und englisches Schneidewerkzeug einzutauschen, und war sofort bereit gewesen, seinen Tauschhandel einzustellen, um zusammen mit seinem Bruder Honorine zu Hilfe zu eilen. Gegen Abend würde er sich auf den Weg machen.

Angélique blieb gerade noch Zeit, ihm persönlich ins Gewissen zu reden, ihn kurz über den Inhalt des äußerst dringlichen Schreibens in Kenntnis zu setzen und ihm einzuschärfen, daß es seine vordringlichste Aufgabe sei, sich Honorine übergeben zu lassen, um sie sicher nach Wapassou zu bringen. Colin hatte ihm das alles auch schon eingeschärft. Er wurde mit Proviant, mit Pemmikan und bestem Branntwein reichlich eingedeckt, um mühelos Führer und Träger anheuern zu können, und bekam auch noch Goldtaler für die Montrealer mit. Unterwegs würde er sich, wie er sagte, noch mit Pelzen eindekken, denn das war ein unentbehrliches Tauschgeld, zumal er wohl gegen Ende des Herbstpelzmarktes ankommen würde. Zu all dieser Ausrüstung kam noch seine Wendigkeit und Schläue als Eingeborener hinzu, der überall Komplizen hatte und dem Hause Peyrac zutiefst verbunden war. Was vermochte dagegen wohl eine Gouverneursfrau, und wenn sie noch so spitzfindige Winkelzüge ersann! Marguerite Bourgeoys kannte er ebenfalls, denn bei ihr hatte er lesen gelernt. Sie würde ihm vertrauen.

Angélique tat die ganze Nacht kein Auge zu, folgte sie doch in Gedanken jedem Schritt von Pierre-André und sah sich gleichzeitig schon wieder in Wapassou, wo sie Honorine ans Herz drücken durfte. Erst wenn dieser Augenblick gekommen war, würde die Auferstehung Ambroisines bedeutungslos werden. Dann war es an den anderen, mit diesem Sukkubus fertig zu werden! Im Schutze ihres Forts Wapassou, abgeschirmt gegen die Außenwelt durch ihre kampferprobten Soldaten sowie durch das Eis des Winters, würden sie und Honorine gemeinsam mit den Zwillingen der Rückkehr des Frühlings und der Heimkehr Joffreys entgegensehen und jeden Tag, der neue Freuden bringen würde, auskosten. Da waren die Kinder, die Freunde, die tollen Späße der Tiere, die Besuche der Indianer, und das ständig wechselnde Aussehen von Himmel und Erde. An manchen Tagen würde der Sturm pfeifen, und das wären Abende rings um die Feuerstelle mit Erzählungen und Gesang. An anderen Tagen wiederum würde die Sonne den funkelnden Schnee mit ihrem goldblauen Ballett umtanzen, und das wäre der Augenblick, um in Faschingskrapfen und anderen Herrlichkeiten des Karnevals zu schwelgen und sich dem unbändigen Vergnügen des Eislaufens und der fröhlichen Spaziergänge durch die belebende Kälte hinzugeben.

Colin lud sie zu Tisch.

Er wußte um die Bestürzung dieser Frauen, die ohne ihr Zutun in eine Serie fataler Ereignisse verstrickt waren, wodurch ihr Leben bedroht und ihre Ruhe gestört war, und er wußte auch, daß er ihnen weniger durch seine Ratschläge als durch seine Gegenwart jene Stütze verleihen konnte, derer sie so nötig bedurften. Daher achtete er darauf, daß sie sich Ruhe und Nahrung gönnten, denn jede beunruhigte Frau, ob Gattin, Mutter oder Verliebte, war schnell um den Schlaf gebracht und vergaß Speis und Trank.

Daher schickte er zu den Stunden der Mahlzeiten Wachen zu ihnen, um sie feierlich einzuladen. Und sie fanden auch Ruhe, wenn sie sich in seiner Gesellschaft zu Tische setzten. Er animierte sie zu plaudern und ermunterte La Polak, ihnen Quebec zu schildern. Wenn man ihr zuhörte, konnte man sich einfach nicht langweilen. Von Zeit zu Zeit warf er Angélique einen beschwörenden Blick zu, damit sie sich aufraffte, ihren Teller leer zu essen, und das Gefühl, so liebevoll überwacht zu werden, linderte tatsächlich ihren Schmerz. Wie Joffrey besaß auch Colin die Gabe, eine Situation zu entdramatisieren, ohne jedoch den Ernst der Lage zu leugnen.

»Eure Kinder sind vernünftiger als Ihr, Madame«, sagte er. »Seht nur, wie tüchtig sie essen, über alles erhaben.«

Die Kleinen waren nämlich oft mit von der Partie, wie manchmal auch Abigaël Berne und ihre Töchterchen sowie Laurier, Séverine und andere junge Leute, die er ebenfalls einlud. Ihm war es zu verdanken, wenn hier Vertrauen herrschte und manchmal sogar Fröhlichkeit aufkam. Schließlich brachte jeder abgelaufene Tag den Boten, der durch Berge, Wälder, Flüsse lief oder paddelte, der Stadt Montreal und dem Kind näher. Es blieb immer noch eine Hoffnung, die einem half, das Vertrauen hochzuhalten.

»*Sie* kommt in dieser Saison nicht mehr bis Montreal!«

Der Bote aber würde rechtzeitig ankommen. Delphine, von wohlmeinenden Menschen umringt, nahm langsam wieder Farbe an und wirkte nicht mehr wie ein gehetztes Wild.

Ein kleiner Kutter lief in den Hafen ein. Es war die *Saint-Antoine* von Monsieur de La Fallière, die sich in dieser Saison noch nicht hatte blicken lassen. Wie immer hatte er seinen gesamten Nachwuchs im Schlepptau, der sich mit Freudenschreien unter das hiesige Kindervolk mischte. Monsieur de la Fallière erzählte, er habe auf der Rückfahrt von Quebec nur kurz an seinem Lehen von Port-aux-Huîtes haltgemacht, um seine Leute einzusammeln, und gleich wieder die Segel gesetzt, um sich den Wind Gouldsboros, der ja offenbar Neuigkeiten verhieß, um die Nase wehen zu lassen.

»Wann genau wart Ihr in Quebec?« bestürmte man ihn, als er sich gerade bei Madame Carrère niedergesetzt hatte, wo er sich gleich über eine deftige Fleischsülze hermachte und sich nur unterbrach, um das Ganze mit einem Glas Bier hinunterzuspülen oder einem seiner plötzlich barfüßig auftauchenden Kinder einen Brocken zuzuwerfen, wie er es bei Möwen über dem Schiff getan hätte, um befriedigt festzustellen, daß dieser Happen auch hier im Flug aufgefangen wurde und das Kind wieder entfleuchte, während schon das nächste herbeischoß.

»Vor knapp einem Monat«, entgegnete er zwischen zwei Bissen. »Ich wollte mit dem neuen Gouverneur reden, wegen der Abgaben, die Ville-d'Avray mir unterschlagen hat.«

Doch er war zu spät gekommen. Der neue Gouverneur war schon nicht mehr da. Nach Montreal abgereist, mit seiner Gattin, um sich den ganzen St.-Lorenz entlang als Vize-König feiern zu lassen.

»Mit seiner Gattin . . .«

»Eine liebenswürdige Dame, dem Vernehmen nach«, kommentierte La Fallière, der nicht sonderlich hellhörig war und ja auch kräftig kauen mußte, wodurch ihm das lastende Schweigen, das seine Worte ausgelöst hatten, gar nicht auffiel.

»Warum hatte er es denn so eilig, sofort nach Montreal zu reisen, da er doch kaum erst angekommen war?« fragte Colin, der diese Frage von den verstummten und zitternden Lippen der anderen abgelesen hatte.

»Was weiß man.«

Der Herr von Port-aux-Huîtes unterbrach seine gastronomischen Aktivitäten, um nachzudenken. »Ihr habt eigentlich recht. Er hätte auf mich warten können. Ich habe alles verpaßt. Das Risiko, ihn weiter zu verfolgen, konnte ich ja nicht eingehen, sonst hätte ich Schwierigkeiten gehabt, mein Domizil wieder zu erreichen. Die Indianer sagen, der Winter wird früh einsetzen. Dann hätte ich im Eis festgehangen. Aber dieser neue Gouverneur, man könnte meinen, er hätte Pfeffer am Hintern, von seiner Frau ganz zu schweigen!«

Einunddreißigstes Kapitel

Angélique sank an Abigaëls Schulter. »Der Bote wird zu spät kommen. Sie wird sie töten! Sie wird sie umbringen!«

Abigaël erschauderte, gab sich aber gelassen. Ihre langen fahlen Wimpern senkten sich über ihren Blick, um das entsetzte Aufblitzen zu kaschieren. Angélique bedurfte jetzt mehr denn je beruhigender Worte, um nicht zu verzagen. Sie nahm sie mit nach Hause. Sämtliche Mitglieder der Familie Berne scharten sich um sie und versicherten und beteuerten, das Schicksal werde ihnen nicht so übel mitspielen.

Martial errechnete die Zeitspanne, die ein Flaggchiff brauchen würde, um den St.-Lorenz-Strom hinaufzufahren. Und wenn man davon ausginge, daß Madame de Gorrestat sich nicht unverzüglich zum Ordenshaus begab oder Marguerite Bourgeoys intuitiv mißtrauisch wäre, dann hätte Pierre-André längst Zeit genug, das Kloster rechtzeitig zu erreichen. Er war ja in Windeseile unterwegs. Auch Angélique empfand es als Segen, daß Kanada diese »Waldläufer« geschmiedet hatte, von denen man mit Fug und Recht behaupten konnte, daß sie zu außergewöhnlichen Leistungen fähig waren, da sie jedes Hindernis überwanden und auch noch dort durchschlüpften, wo jeder normale Mensch aufgeben würde.

»Wer bewiese denn«, hub man wieder an, »daß diese Frau überhaupt wußte, daß Angéliques Tochter sich auf der Insel Montreal befand? Vielleicht hatte sie keine Ahnung? Vielleicht würde sie es nie erfahren.«

»Sie wird es schnell in Erfahrung bringen.« Man bekam ja schon eine Gänsehaut, wenn man sich nur vorstellte, Ambroisine, die Dämonin, streifte durch die Straßen von Ville-Marie, um Honorines Witterung aufzunehmen.

Von Zeit zu Zeit witterten auch die hier spielenden kleinen Kinder – Elisabeth, Appoline und die Zwillinge – die Beklommenheit der Erwachsenen, und dann stürzten sie auf Angélique zu und streckten ihr ihre Ärmchen entgegen, um sie zu umarmen und zu küssen. Nur Charles-Henri traute sich nicht so recht, seinen Gefühlen freien Lauf zu lassen. Schweigend verharrte er im Schatten der Stühle, bis Abigaël, die verstanden hatte, daß er ihre Sorgen teilte und bekümmert war, ihn auf ihren Schoß nahm.

Auch der Kater hielt sich abseits; er hockte auf einer Ecke des Tisches, hatte die Augen zusammengekniffen und sah sie aus der Ferne zweifelnd und fragend an.

Gabriel Berne gab zu bedenken, daß alles, was man nach menschlichem Ermessen von Gouldsboro aus tun konnte, getan worden war. Jetzt mußte man stark sein im Glauben, denn wenn sie nur wollten, hatten sie doch alle Berge versetzende Kräfte mitbekommen.

An den folgenden Tagen, wenn sie allein war, hielt sie häufig inne und betrachtete die Landschaft um Gouldsboro, die den überraschungslosen Alltag an sich vorüberziehen ließ und noch nie so ruhig gewirkt hatte. Der Teufelswind blies zwar, doch anderswo! Diesmal fegte er über eine viel weitere Fläche als dieses versteckte Winkelchen der Welt. Er fuhr in so manche Seele, so manche Herzen. Wer plötzlich von stummem Entsetzen gepackt war, wer *sah,* wer *wußte,* war unversehens seinem eigenen Bruder entfremdet.

Doch dann erfuhr derjenige, den der Fluch inmitten einer gleichgültigen Menge ereilt und zu tödlicher Einsamkeit verurteilt hatte, das spontane Miteinander und Zusammenscharen jener, die gesandt sind, den Schmerz zu teilen oder am Drama teilzunehmen. Einem Drama, das in einem einzigen und kurzen Akt abgewickelt wurde und um das herum sich ein anderes, ein grandioseres oder ein noch rätselhafteres Drama abspielte. Der Grund wurde nie offenbar. Man konnte nicht alles in Erfahrung bringen. Man sah nur ein paar Schritte weit in diesem Wirbel. Der Teufelswind blies, aber nicht für alle. Das Geheimnis lief von einem Eingeweihten zum nächsten, und bis zum letzten Akt mußte das geheime Spiel durchgehalten werden, ohne daß man sich ablenken lassen durfte vom Spiel der Scheinwahrheiten, die voller Fallstricke waren.

Bei der Erinnerung, daß sie Ambroisine das Leben gerettet hatte, lehnte sich alles auf in Angélique. Jetzt war sie also wieder da, um ihr Kind zu bedrohen! Wo war denn da noch Gerechtigkeit? Sie wollte keine Opfer. Sie untersagte jedes Menschenopfer. Vor allem nicht Honorine! Ihre kleine Honorine!

Sie sah sie vor sich, ernst und aufmerksam unter ihren Gefährtinnen, um sich zum Reigen aufzustellen. Honorine, im Liebreiz ihrer acht Jahre, die vertrauensvoll in die Welt blickte, lebenshungrig war, lieben und geliebt werden wollte, nicht begriff, wie grausam man zu ihr sein, sie zurückstoßen oder links liegenlassen konnte, da sie doch nichts Böses getan hatte!

Angélique schrie innerlich auf und rief die himmlischen Streitkräfte zum Kampf um Gerechtigkeit herbei. »Saint Honoré, Saint Honoré, Ihr, die Ihr herabblickt vom Frontgiebel der kleinen Votivkapelle, ausgesetzt dem schneidenden Wind, der über die Höhen des Gâtinais fegt, wo die Rebellen Zuflucht suchten, als sie gegen des Königs Truppen kämpften. Wollt Ihr das Kind, das vor Euch auf die Schwelle gelegt wurde, wirklich verlassen? Getauft wurde es auf Euren Namen! Und Ihr, Abbé!? Laßt Ihr sie auch im Stich? Lesdiguières! Lesdiguières! Zu mir, zu mir!«

Sie hatte die Augen gen Himmel gerichtet und mit innerer Glut die Überirdischen beschworen, und da standen plötzlich neben ihr drei dunkle Gestalten. Es waren die Sklaven, und wenn man die kleine Zoë hinzurechnete, die ihrer Mutter mit ihrem runden, schwarzglänzenden Gesichtchen, aus dem zwei große aufmerksame Äuglein leuchteten, über die Schulter blickte, waren es eigentlich vier. Sie hatten schon eine Weile hier gestanden, doch Siriki hatte abgewartet, bis der Nebel ihrer Verzweiflung aufriß, um nun zu sagen: »Dame Angélique, wir kennen die Gefahr, die auf deinem Kind lastet. Bakari-Temba bietet dir seine Hilfe an.«

»Wer ist Bakari-Temba?« fragte Angélique, nachdem sie nur mühsam zur Erde zurückgefunden hatte.

»Der Sohn meiner Frau, ihr Ältester. Der mit ihr aus dem Lande des trockenen Grases in Afrika gekommen ist, wo auch ich herstamme.« Bei ihrem letzten kurzen Aufenthalt hatte Angélique die kleine Familie des treuen Dieners der Manigault nur flüchtig gesehen. Sie wußte nur, daß die schöne Ashanti von neuem schwanger war. Ihre Augen schweiften zu dem Knaben hinüber, den Siriki ihr benannt hatte. Er war nicht gewachsen seit dem Tag, wo Joffrey de Peyrac ihn auf dem Kai von Newport gekauft hatte und wo Angélique, nach einer schweren Krankheit erst so langsam wieder erwachend, ihn neben Timothy erblickt hatte und sich erneut im Königreich Marokko, im Harem Moulay Ismaels wähnte. Er würde auch nicht mehr wachsen. Daher hatte man den Eindruck, sein Kopf sei dicker und seine Beine seien noch dürrer und krummer geworden, während eine Schulter ganz aus den Fugen schien.

»Temba bietet dir seine Hilfe an«, wiederholte Siriki.

»Seine Hilfe? Wie kann er mir denn helfen?« fragte Angélique ungläubig, während sie gedankenlos das Kraushaar des kleinen Gnoms streichelte.

Siriki warf seiner Frau einen Blick zu, und nachdem er ein Zeichen der Zustimmung erhalten hatte, begann er seinen Bericht, den er so kurz wie möglich halten wollte, der aber nötig war, damit sie die Bedeutung ihres Angebots auch richtig erfaßte.

In dem Lande, aus dem die Ashantifrau und ihr Sohn kamen, zwang ein alter Brauch die Stämme, die geistig oder körperlich zurückgebliebenen Neugeborenen zu opfern. Das harte Leben, das diese nackten Schwarzen, die ihre Herden hüteten, erwartete, mitten in einer von wilden Tieren heimgesuchten Savanne oder am Saum eines Waldes, den fremde Rassen, Menschenfresser und Urvölker bewohnten, duldete nur starke Menschen, jagd- und kampferprobte Krieger. Da gab es keine unnützen Mitesser. Die verurteilten Kinder wurden auf die Kuppe eines riesigen Ameisenberges, nicht weit vom Dorf entfernt, gelegt, dessen fleischfressende Bewohnerinnen es sich angelegen sein ließen, das kümmerliche Menschenwesen in kürzester Frist zu vertilgen.

Selbst die Königin konnte sich diesem Gesetz nicht entziehen, als sie – welch beispielloses Unglück! – ein Kind gebar, das bucklig oder mißgestaltet zu bleiben drohte. Das Neugeborene wurde ohne Geleit den alles verschlingenden Insekten ausgeliefert. Zwei Tage später kam ein Jäger an diesem Ameisenturm vorbei, da er die Spur eines Löwen verfolgt hatte, die um diesen Hügel verlief. Er hörte das Wimmern eines Säuglings, trat näher und stellte fest, daß das zum Tode verurteilte Kind immer noch lebte und die Ameisen, wie man hier in der Neuen Welt sagte, »Reißaus genommen hatten«.

Dies war ein Beweis, daß das debile Kind unter dem Schutz der Götter stand, und so wurde es seiner Mutter, der Königin, zurückgegeben. Er war das einzige mißgestaltete und minderbemittelte Wesen unter all diesen prachtvollen Männern und Frauen seines Stammes, doch als er heranwuchs, brachte man ihm Furcht und Achtung entgegen, da er, wie sich bald herausstellte, über magische Kräfte verfügte.

Sklavenhändler kamen vorbei und bestachen den Nachbarkönig aus dem Großen Wald, er solle die Savannenjäger herausfordern und aus ihrem Gebiet herauslocken. Diese Abwesenheit der Männer nutzend, rafften sie alles, was an Frauen und Kindern im Dorf verblieben war, an sich. So gelangten die Königin und ihr schief gewachsener Sohn an die Küste Senegals, gingen aus den Händen ihrer arabischen Räuber in die eines holländischen Sklavenhändlers über, kamen bei der ersten Zwischenlandung nach St. Eustatius, dann nach Santo Domingo, um schließlich als unverkäufliche und als verhängnisvoll deklarierte Ware auf jenem Kai von Newport im Staate Providence, einer der sieben englischen Kolonien Nordamerikas, zu stranden, wo das jämmerliche Paar die Aufmerksamkeit des Grafen de Peyrac auf sich zog, der sie aus Mitleid kaufte. Und nun schwebte Gefahr über der Tochter ihres Wohltäters, daher ersuche der kleine Zauberer um Erlaubnis, ein – wie es in der westafrikanischen Umgangssprache hieß – »bilongo«, das heißt eine Beschwörung, vornehmen zu dürfen.

»Er hat die böse Frau im Traum gesehen. Er versichert, daß er etwas vermag, um sie zu hindern, Böses zu tun. Er hat auch schon aus Holz und Knochen ihr Ebenbild verfertigt.«

Zum Glück hatte das afrikanische Kind auf seinem Irrweg das notwendigste Werkzeug für seine Beschwörungen mitnehmen können, und dieses kleine Gepäck war ihm auch nicht geraubt worden, denn auf den holländischen Schiffen wurden die Sklaven, wenn sie gelehrig waren, gut behandelt. Mit dem gleichen Stolz, mit dem er sein Lieblingsspielzeug oder den Ertrag von Fischfang oder Sammlerfleiß vorgeführt hätte, öffnete er nun einen Beutel aus Antilopenleder und zeigte Angélique verschiedene Talismane, deren Bedeutung sie nicht kannte: eine Pantherklaue am Ende eines behaarten Stiels, Federn, Säckchen voller Haare, Staub und Pulver sowie Roßhaarringe unterschiedlicher Größe.

Auch eine kleine Hartholzfigur war darunter, die er in groben Zügen zu schnitzen versucht hatte und die wohl Ambroisine darstellen sollte. Kopf und Hals genügten, wie er sagte. Steine in ihrer Augenfarbe müßten noch eingesetzt werden.

»Du traust dem Braten nicht«, bemerkte Siriki, der Angéliques Gesicht aufmerksam beobachtete. »Du tust Unrecht, wenn du skeptisch bist in einer so bedeutungsschweren Stunde, wo das Leben deines Kindes auf dem Spiel steht.«

»Du siehst aber doch selbst, daß die Zauberkünste deines kleinen Hexenmeisters es nicht verhindern konnten, daß er und seine Mutter von Sklavenhändlern geraubt wurden.«

Siriki rollte furchterregend mit den Augen, von denen man nur mehr das Weiße sah. »Hast du vergessen, daß die beiden Pflanzer, die in St. Eustatius und in Santo Domingo meine Frau ihrer Schönheit wegen gekauft hatten, in den darauffolgenden Stunden gestorben sind, ohne sie berührt zu haben? Und daß dies der Grund war, weswegen die Engländer und Franzosen auf den Antillen sie loswerden wollten und sie nach Rhode Island schickten, weil sie nicht mehr aus noch ein wußten, ja sie nicht einmal zu töten wagten, aus Angst, noch größeres Unheil heraufzubeschwören?« Da sie schwieg, fuhr er mit monotoner Stimme fort: »Weißt du nicht, daß die Magie die Waffe des Schwachen ist? Was der Frau, dem Kind, dem Sklaven verbleibt, um sich gegen die dumpfe Kraft des Mannes und seiner Eisen- und Feuerwaffen zu wehren. Doch nur wenige sind eingeweiht. Und deswegen weitet der Mann mit seiner Kraft und seinen Waffen seine Macht über die Schwachen aus, denen kein Ausweg bleibt. Du magst einwenden, daß auch ich ein Mann, ein männliches Wesen bin, daß ich die kleine Zoë gezeugt habe, und doch bin ich nichts mehr als meine vielgeliebte Frau und ihr Sohn, denn auch ich bin ein Sklave. Man muß als Mann Gefangener gewesen sein, Stärkeren in die Hände gefallen sein, um zu begreifen, welch ein Fluch auf Frauen, Kindern und Schwachen lastet. Ich bin der Schwäche des Kindes entwachsen, um in die Schwäche des Unterdrückten zu gelangen.

Islamische Händler haben mich aus meinem Stamm entführt, als ich noch nicht alt genug war, von den Meinen ausgeschickt zu werden, um in der Savanne meinen ersten Löwen zu töten und damit zu beweisen, daß ich ein Mann geworden war. Die arabischen Händler haben mich durch den Sand geschleift, geschlagen, ausgehungert, besudelt, aber ich war nicht schön oder jung genug, um einem Pascha zu gefallen, nicht stark genug, um Lasten zu schleppen, zu schwach, als ich vom anderen Ende der Wüste ankam, um die Operation der Eunuchen zu erdulden. Ich war ein Nichts, und mein Körper war so ausgemergelt, daß ich nicht einmal mehr dem Händler, der mich verschacherte, zur Ehre gereichte. Man stopfte mich einfach zu den anderen auf das Sklavenschiff. In La Rochelle hat Amos Manigault mich gekauft, so nutzlos ich auch war, und in seinem Haus habe ich jenem Gott huldigen gelernt, der gekommen ist, die Schwachen und Unterdrückten zu verteidigen. Was soll's mir, daß seine Anhänger, meine Herrschaft, von der wahren Lehre ein wenig abgekommen sind. In ihrem Haus hat er, der gekreuzigte Gott, mir zugeraunt: Deinetwegen bin ich gekommen. Lern meine Sprache und meine Macht kennen. Und wenn die Magie zur Verteidigung des Schwachen und Unschuldigen eingesetzt wird, so ist sie das Instrument Gottes.«

Er atmete einmal kräftig durch, und bevor es ihr noch gelungen war, ihn zu unterbrechen, hob er von neuem an: »Hast du vergessen, daß auch Jesus ein Magier war und sich nur durch diese Waffe offenbarte? Gab es jemand Schwächeren unter den Menschen seiner Zeit als diesen Jesus? Ein Mann aus dem niederen Volke, ein Handwerker, der mit seinen Händen arbeitete, der arm war, Bürger eines besetzten Staates, besetzt von kriegerischen Völkern, zu denen auch diese Römer gehörten, die, das Schwert in der Hand, den Helm auf dem Kopf, mit ledernem Schurz umwickelt, über das ganze Erdenrund herrschten! Wer war er, dieser aller Mittel entblößte junge Mann, der trotz seiner Stärke keine Gewalt anzuwenden vermochte und sich nicht durch Kraft und Waffengeklirr durchsetzen wollte? Alles war ihm verweigert worden in seiner Kindheit, in seiner Jugend, mit Ausnahme der Unterdrükkung. Die magische Kraft machte ihn stark. Er verjagte die Dämonen, die arme Kreaturen quälten und sich überall eingeschlichen hatten, er vermehrte auf wunderbare Weise das Brot, heilte die Kranken, rief die Toten ins Leben zurück. Und seine Schüler? Die ersten Christen? Auch sie waren arme Leute, Unwissende. Was waren sie ohne das Wunder, vor dem Mächtige, Reiche und Leviten sich nur verneigen konnten, ja sogar auf die Knie fallen mußten und sagen: Ich glaube . . .?«

»Siriki, du betäubst mich mit deinen Predigten!« seufzte Angélique. »Ich weiß schon nicht mehr, wo mir der Kopf steht.«

Unvermittelt sagte der hochgewachsene Neger ein paar

Worte in seiner Muttersprache zu dem Knaben, der ihm in zungenfertigen Sätzen antwortete.

Anschließend ging alles sehr schnell.

»Er sagt, daß er bereit ist, den Dämon dieser Frau zu bezwingen, wenn er nur einen Gegenstand bekäme, ein Kleidungsstück, das ihr gehört, das sie getragen oder angefaßt hat; am besten wären abgebissene Fingernägel oder Haarsträhnen . . .«

»Gegenstände? Abgebissene Fingernägel? Von diesem Weib? Ihr seid wohl verrückt! Wer würde denn auch nur das Geringste aufbewahren, was dieser Kreatur gehört hat? Und sollte jemandem etwas in die Finger gefallen sein, so hat er es längst weggeworfen oder verbrannt und Gebete dazu gesprochen. Ich weiß, daß Madame Carrère sogar die Nadeln weggeworfen hat, mit denen sie ihre Gewänder geflickt hatte.«

Der alte Siriki dachte nach und schlug dann vor: »Und wenn wir die zwei Frauen fragen würden, die aus Quebec gekommen sind und sie kürzlich noch gesehen haben?«

Die Gruppe machte sich auf die Suche nach Delphine und La Polak. Doch beide kreischten nur: »Einen Gegenstand, ein Gewand von ihr? Da sei Gott vor! Wir hätten es sofort ins Feuer geworfen. Wir haben uns doch aus dem Staub gemacht, ohne Zeit zu haben, unsere eigenen Fetzen zusammenzuraffen!«

Doch gegen diese Behauptung verwehrte sich Aristide Beaumarchand, der die Koffer von Madame Gonfarel geschleppt hatte, und die waren verteufelt schwer gewesen.

Da dieses Gespräch in der »Herberge unter dem Fort« stattfand, trat Madame Carrère hinzu, die bestätigte, nicht nur die Nadeln weggeworfen zu haben, mit denen sie den ganzen Plunder der Herzogin ausgebessert hatte, sondern sogar den Fingerhut und die Garnröllchen. Allerdings hatte sie gezögert und es nur mit Bedauern getan, denn Kurzwaren waren teuer in diesen Breiten, aber das war ihr immer noch lieber als irgend etwas aufzubewahren, was auch nur im entferntesten mit dieser teuflischen Kreatur und Giftmischerin in Kontakt gekommen war oder sie daran erinnern könnte.

Unterdessen war auch Séverine Berne aufgetaucht, der zu Ohren gekommen war, was man hier suchte. Sie erinnerte sich, daß Tante Anna, bei der sie einen Teil des Winters über wohnte, um ihr Gesellschaft zu leisten, etwas von einem indischen Schal erzählt hatte, den sie als Dank für ihre Gastfreundschaft von der Herzogin de Maudribourg geschenkt bekommen hatte. Sie hatte sie ja in einem an ihre Behausung angrenzenden Schuppen logiert. Tante Anna brauchte ein Weilchen, bis sie begriff, wonach man sie fragte, obwohl das Zusammenleben mit einer Dämonin ihre Gesundheit keineswegs beeinträchtigt hatte, ebensowenig wie die ihrer Gesellschafterin und Dienerin, der alten Rebecca. Ohne daß sie es nötig gehabt hätte, zu Kampfer zu greifen, der zur Austreibung böser Geister aus den Betten empfohlen wurde, hatten beide das schaurige Abenteuer unversehrt überstanden.

Den Schal? Das Geschenk von Madame de Maudribourg? Sie hatte ihn niemals getragen. Womit sie bewies, daß sie doch nicht ganz so hinter dem Mond lebte, wie sie tat. Sie hatte ihn nicht einmal je berührt. Trotz der gelehrten Gespräche, die sie miteinander geführt hatten, vermochte Tante Anna dieser Madame de Maudribourg keine Sympathie entgegenzubringen. Der Schal befand sich immer noch im Schuppen, und erst neulich, als sie in ihren Überseekoffern nach Mathematikbüchern gekramt hatte, war er ihr aufgefallen. Da war auch noch ein gesticktes Täschchen gewesen, mit Halsbändern und Toilettenartikeln, die Madame de Maudribourg vergessen hatte. Und da weder sie noch Rebecca, noch Séverine Muße gehabt hatten, in diesem Anbau, der bequem war, weil man ihn als Abstellkammer nutzen konnte, Ordnung zu machen und aufzuräumen, dürfte wohl alles noch an seinem Platz sein. Schleunigst begab man sich dorthin.

Tante Anna, der niemand Hilfe angeboten hatte, tauchte heiteren Gemüts in ihre Rumpelkammer. »Ha, da haben wir's ja schon! Das alles hat sie mir hier zurückgelassen.« Sie wandte sich um und hielt ihnen mit Unschuldsmiene den staubigen Schal und das gestickte Täschchen hin, in dem sich tatsächlich Halskordeln, ein Kamm und eine Bürste befanden. Und an Bürste und Kamm hingen – o Wunder! – lange schwarze Haare!

Vor diesen schaurigen Relikten, die niemand hier, weder Angélique noch Séverine oder Madame Carrère, hätten anfassen mögen, auch wenn man ihnen alles Gold der Erde geboten hätte, die Tante Anna aber schließlich doch auf die Erde legte, kniete der junge Bakari nieder.

Aus der Ferne sahen sie ihm zu, wie er verschiedene rituelle

Handlungen vollzog, wobei er vor sich hin murmelte und aus einem gewissen Abstand mehrmals spuckte, was aber eher nach dem Zischen einer Schlange klang, während seine Hände, deren Fingerkuppen einander berührten, in Richtung besagter Gegenstände ruckartige Bewegungen ausführten, die man von Reptilien kennt, deren Köpfe vorschnellen, um das Gift zu verspritzen.

Schließlich ergriff Temba mit pinzettengleich gespitzten Fingern den Schal, die Halskordeln, den Kamm und die Haare, um jedes Teil einzeln in ein Beutelchen aus Elchblasenhaut zu stecken, das er zuschnürte, bevor er alles in einen groben Bettelsack aus schlecht gegerbtem Leder stopfte. Mit der einen Hand nahm er diesen Sack auf, während die andere seinen persönlichen »Medizinmannbeutel« umklammert hielt. Feinperliger Schweiß näßte seine breite, gewölbte Stirn. Er stand aufrecht, hatte die Lider gesenkt und leierte mit kummervoller Miene eine ganze Litanei unverständlicher Sätze, näherte sich den Umstehenden, ging an ihnen vorbei und rannte plötzlich davon, ohne jemanden angeblickt zu haben.

Verhaltenen Schritts zogen auch sie davon und verabschiedeten sich von Tante Anna. Angélique kam es vor, als habe sich die Gesichtsfarbe des großen Siriki und der hochgewachsenen Ashanti grau verfärbt. »Was hat er zu euch gesagt?«

»Er sagte, dieser Dämon ist sehr, sehr stark, weil er von ganz besonderer Art ist und ihm zahlreiche Dämonen beistehen. Doch ist nichts zu befürchten. Hat er erst einmal den Obersten der Geister verscheucht, werden die anderen kleineren Geister die Flucht ergreifen wie Läuse, die einen Kadaver verschmähen, und von ihnen ist dann nichts mehr zu befürchten. Es wird schwer sein, sehr schwer, aber er versichert, daß deine Tochter gerettet wird. Sein Zauber wird obsiegen, denn er wird sich an Zambia, den Gott des Himmels, wenden, der mächtiger ist als der Gott der Erde.«

»Droht ihm eine Gefahr?«

»Er kann sterben dabei«, flüsterte Siriki. »Und meine Frau weiß es.«

Am Abend vor ihrer Abreise nach Wapassou speiste sie mit Colin. Einfach dazusitzen in seiner Gegenwart, ohne heucheln, sprechen oder antworten zu müssen, tat ihr gut. Die unerschütterliche Ruhe, die er ausstrahlte, und die leidenschaftliche Liebe zu ihr, die sie spürte, betäubten ihren Schmerz wie eine Droge. Wenn sie sich sehr anstrengte, gelang es ihr, ein paar Löffel Suppe zum Munde zu führen, und wenn sie die Augen hob, begegnete sie seinem blauen Blick, der nicht von ihr abließ. »Woran denkst du, Colin?«

»Ich dachte daran, wie unnahbar die Frauen werden, wenn ihr Kind in Gefahr ist. Und wie ohnmächtig wir Männer doch sind, da wir ihnen diese Angst nicht nehmen können.«

»Ihr vermögt mehr, als ihr glaubt. Es tut gut, nicht allein zu sein in der Liebe zu einem Kind.«

Und sie erinnerte sich an Joffrey, der sich vor der kleinen Honorine, die damals noch ein Baby war, verneigt hatte, als sie ihn mit Inbrunst gefragt hatte: »Warum liebst du mich? Warum?«

In einer weit ausholenden Reverenz hatte er geantwortet: »Weil ich Euer Vater bin, Komteßchen.«

Sie war nicht allein. Colin legte seine warme, breite Hand auf die ihre. »Du bist nicht allein.« Es war wie das Echo ihres Gedankens. »Unsere Liebe wacht neben dir. Unsere Liebe wacht über sie.« Und mit dem Brustton der Überzeugung wiederholte er den Satz, den Siriki zu ihr gesagt hatte: »Fürchte nichts. Deine Tochter wird gerettet werden.«

Siebenter Teil

Honorines Odyssee

Honorine wußte, daß die Frau mit den großen Augen [illegible] Tod wollte. Als der Blick der Dame auf sie gefallen war, hatte sie sich sehr unwohl gefühlt, und in der Nacht hatte sie von den großen Augen, die überall waren, geträumt. [illegible] bande, die [illegible].

Seit Marc Bolugeay fort war, litt sie an einer Krankheit, die sie am Atmen und manchmal auch am Schlucken hinderte. Hätte sie die Symptome der Krankenschwester beschrieben, würde diese ihr vielleicht erklärt haben, diese Krankheit nenne man Angst. Doch diese Krankheit hatte sie noch nie gehabt.

»Nicht einmal die [illegible], die das [illegible] wollte, konnte ich lange ertragen, [illegible] wie diese Frau mit den großen Augen.«

Und da Marc Bolugeay fort war [illegible] und ihre [illegible] auch noch [illegible]. Sie wurde mit der Hilfe des [illegible] in der [illegible] Immer [illegible]. Wenn diese Frau [illegible], würden sie alle [illegible] und immer [illegible] aufpassen, sie umzubringen, diese [illegible] Frau zu sehen und [illegible] zu töten. Und [illegible] spüren, wie diese Banditen sich von ihr [illegible] wie [illegible] Mal, doch diesmal wäre keine [illegible] zur Stelle, um sich einzuschalten. Sie wäre hilflos [illegible] Regen [illegible]. Wenn sie sie [illegible], würden sie alle [illegible] und über sie [illegible] die [illegible] entwischen lassen. Und wäre gefangen!

Als ihr [illegible] wurde, Madame de Contenat, [illegible] Laufe des Nachmittags ablöste, daß sie zum Fest [illegible], beschloß sie, sich zu verstecken. Doch man würde sie [illegible] haben. Das beste wäre, zu fliehen. Aber wo [illegible]?

Plötzlich kam ihr ein Gedanke. »Ich werde zu meinem Onkel und meiner Tante laufen, zum Seigneur du [illegible], der in der Nähe von La Chine wohnt.«

Wie gut, daß ihr das eingefallen war. [illegible] eine Farm

Zweiunddreißigstes Kapitel

Honorine wußte, daß die Frau mit den gelben Augen ihren Tod wollte! Als der Blick der Dame auf sie gefallen war, hatte sie sich sehr unwohl gefühlt, und in der Nacht hatte sie von den gelben Augen, die über ihr waren, geträumt. »Dame Lombarde, die Giftmischerin.«

Seit Mère Bourgeoys fort war, litt sie an einer Krankheit, die sie am Atmen und manchmal auch am Schlafen hinderte. Hätte sie die Symptome der Krankenschwester beschrieben, würde diese ihr vielleicht erklärt haben, diese Krankheit nenne man Angst. Doch diese Krankheit hatte sie noch nie gehabt.

»Nicht einmal die Bärin, die uns töten wollte, um ihr Junges zu verteidigen, war so blutrünstig wie diese Frau mit den gelben Augen...«

Und da riefen Mère Jalmain und ihre kleinen Freundinnen auch noch entzückt: ›Ihr werdet mit der Frau des Gouverneurs in der Kutsche fahren!‹ Dumme Gänse! Wenn diese Frau wiederkäme, würden sie alle, kichernd und dummes Zeug plappernd, auf sie einwirken, dieser abscheulichen Frau zu folgen und mit ihr fortzufahren. Und sie würde spüren, wie diese Pranke sich um ihr Handgelenk schloß, wie beim ersten Mal, doch diesmal wäre keine Mère Bourgeoys zur Stelle, um sich einzuschalten. Sie wäre hilflos! Dagegen waren sogar ihr Bogen und ihre Pfeile machtlos. Wenn sie es dennoch versuchte, würden sie alle nur lachen und über sie spotten. Und sie würde sich mitschleifen lassen. Und wäre gefangen!

Als ihr mitgeteilt wurde, Madame de Gorrestat würde sie im Laufe des Nachmittags abholen, um sie zum Fest mitzunehmen, beschloß sie, sich zu verstecken. Doch man würde sie bald aufgespürt haben. Das beste wäre, zu fliehen. Aber wohin?

Plötzlich kam ihr ein Gedanke. »Ich werde zu meinem Onkel und meiner Tante laufen, zum Seigneur du Loup, der in der Nähe von La Chine wohnt.«

Wie gut, daß ihr das eingefallen war! »Ich habe eine Familie!« Sie gehörte zu dieser Familie. Eine Familie muß ihre Mitglieder verteidigen, das war wie bei den Indianerstämmen. Während man bei Fremden, selbst wenn sie einen sehr gern haben, niemals sicher sein kann, daß sie einen nicht doch links liegenlassen. Man ist ja nicht Teil ihrer Familie. »Mein Onkel, meine Tante, meine Cousins«, wiederholte sie befriedigt. Und ihre Tante war so nett.

Das Gartentor war ja offen! Da könnte sie ihren Plan gleich in die Tat umsetzen! Doch ihre zwei Schatztruhen konnte sie doch nicht einfach zurücklassen! Und weil sie gezögert hatte, mußte sie nun in der Pause mit den anderen in den Hof gehen, wo um zehn Uhr jeder ein Butterbrot und eine Birne bekam. Honorine steckte Brot und Birne in ihre Leinenschürze. Sie hatte einen langen Weg vor sich und müßte unterwegs etwas zu essen haben.

Es gelang ihr, unbemerkt ins Haus zu schlüpfen und bis zum ersten Stock, wo die Schlafsäle lagen, vorzudringen. Auf einen Stuhl und auf einen daraufgesetzten Schemel zu klettern, um das Regal zu erreichen, war keine Kleinigkeit. Nachdem sie ihre beiden Kästchen zurückerobert hatte und unversehrt den Boden erreichte, schnappte sie sich den Indianerbeutel von Mélanie Couture – das wird ihr eine Lehre sein, ihn nie zu verleihen! –, stopfte all ihr Hab und Gut hinein und hängte ihn sich an der Kordel über die Schulter.

Nun stapfte sie am Flußufer entlang und war glücklich, unbemerkt aus dem Garten in die freie Natur gelangt zu sein. Da sie nicht recht wußte, welche Richtung sie einschlagen sollte, ging sie nur zögernd weiter. Bläulicher Dunst überzog die Landschaft mit Pastellfarben, verwischte die Umrisse der Schilfbüschel und Kopfweiden und machte das jenseitige Ufer unsichtbar. Wenn der Nebel noch dichter würde, wäre auch sie unkenntlich, hoffte Honorine. Wurde ihr Auge vom nervösen Tanz einer Libelle oder vom Summen eines Stechmückenschwarm gefesselt, blieb sie zeitweilig stehen. Ein kleines, verträumtes Persönchen in Drillichkleidchen und Sommerschürzchen, mit einem schweren Beutel, der gegen die Waden baumelte. Die Haare, die dem Häubchen aus feinem weißen Linnen entschlüpften, legten einen rotgoldenen Kranz um ihre Schultern, wie Morgenrot, das durch den Nebel schimmert.

Eine jugendliche Stimme sang hinter dem Blätterschleier

der Weiden, und ein Boot mit einem einzigen Segel, das soeben fallen gelassen worden war, glitt auf das Ufer zu und stieß an.

Pierre Lemoine, ein großer junger Mann, erkannte Honorine. »Geht Ihr spazieren, Demoiselle?«

»Ich muß mich zu meinem Onkel und meiner Tante begeben«, erwiderte Honorine gewichtig. »Nach Saint-Pierre, zum Seigneur du Loup.«

Plötzlich kam ihr ein Gedanke: »Könnt Ihr mich hinfahren?«

»Warum nicht?« sagte der junge Mann begeistert. Er war ein Sohn des Flusses und tat nichts lieber, als sein Boot durch die Fluten zu steuern. Er ließ keine Gelegenheit aus, auf endlosen Fahrten den Genuß, zwischen Himmel und Wasser frei und sein eigener Herr zu sein, auszukosten. Er hieß sie einsteigen, auf dem Bänkchen Platz nehmen, ruderte bis in die Mitte des Flusses, wo er pfeifend das viereckige Segel aufzog.

Der Wind war gut. Der Strömung ausweichend, deren Tükken er alle kannte, brauchte der junge Bootsmann nur zwei Stunden, um die Bucht zu erreichen, wo die Bewohner der Gegend um Saint-Pierre zu landen pflegten. Jenseits der Gemeinde St. Martin hatte sich der Nebel aufgelöst, und unter dem blauen Himmel glänzte der Fluß wie eine Schlangenhaut. Am stärkeren Sog kündigten sich schon die Stromschnellen von La Chine an.

»Ihr habt noch ein gutes Stück zu gehen«, sagte Pierre Lemoire, nachdem er Honorine ans Ufer geholfen hatte, »aber ich werde Euch eine Abkürzung zeigen. Sobald Ihr die Rotbuche dort oben erreicht habt, schlagt Ihr nicht den Königsweg ein, der einen großen Umweg macht, sondern haltet Euch scharf rechts und geht an einem Wäldchen entlang, bis Ihr auf einen Pfad stoßt, der quer durch große Weiden verläuft. Am anderen Ende befindet sich das Landhaus des Seigneur du Loup.«

Sie sah ihm nach, als er sich fröhlich trällernd wieder entfernte. Der hatte es gut! Er war ein Junge und konnte durch die Wälder streunen, bis zu den Süßen Meeren oder bis ins Tal der Irokesen vordringen!

Sie war erfreut, die Gegend wiederzuerkennen. Hier war sie schon einmal gewesen, als sie mit ihrer Mutter hergekommen war.

Kurz vor dem Abschied hatte Angélique ihr noch nahegelegt, immer, wenn sie traurig wäre, ihre Familie zu besuchen. Doch bisher hatte sie noch nie das Bedürfnis verspürt, weil sie noch nie so richtig traurig gewesen war. Bei Mère Bourgeoys fühlte sie sich ja sehr glücklich. Ihr Onkel und ihre Tante hatten sie ab und zu besucht, aber sie hatte ein brummiges Gesicht gemacht. Warum eigentlich? Trotzdem würde ihr Onkel sie bestimmt verteidigen! Er würde sagen: »Dies ist die Tochter meiner Schwester! Kommt Ihr nicht zu nahe!«

Wenn sie einmal groß wäre, würde sie auch Gloriandres Kinder verteidigen. Sie würde sagen: »Das ist die Tochter meiner Schwester.« Sie versuchte sich Gloriandre mit Kindern vorzustellen und trottete tapfer vor sich hin. Es war sehr heiß. Schweiß bedeckte ihre Stirn, und ihr Beutel wurde immer schwerer. Sie hängte ihn über die andere Schulter. Sie fragte sich, ob sie wohl auch berechtigt wäre, Florimonds und Cantors Kinder zu verteidigen. Cantor wäre bestimmt dagegen, denn er traute ihr nicht. Und Florimond war viel zu gewitzt, als daß er es so weit kommen ließe, daß seine Kinder bei jemand anderem als ihm Schutz suchen müßten. Also blieben ihr nur die Kinder der Zwillinge. Sie waren nicht sonderlich selbständig und wären ihr bestimmt dankbar für ihre Hilfe. Außerdem hätten sie ja gar nicht mitzureden, denn schließlich war sie ihre ältere Schwester.

Diese Überlegungen, die ihren Geist beschäftigten, hatten ihr ein großes Stück weitergeholfen. Mit gesenktem Kopf hatte sie intensiv nachgedacht, doch als sie jetzt hochschaute, sah sie den Pfad vor sich, von dem Pierre Lemoine gesprochen hatte und der weite, leicht abschüssige Wiesen durchquerte, auf denen Schafe und Kühe weideten. Sie schlug ihn ein. Von neuem senkte sie den Kopf, um nicht mutlos zu werden vor der noch zu bewältigenden Entfernung. Sie glaubte über die Wiesen herüber Rädergeratter und galoppierende Pferde zu vernehmen, doch sie achtete nicht weiter darauf. Der Pfad stieg an, und sie war müde.

Endlich erkannte sie, oben auf der Anhöhe, die Rauchfänge des Landhauses ihres Onkels Josselin. Ihr kleines Herz klopfte. Jetzt wäre sie aber bald in ihrer Familie! Tante Luce würde ihr entgegenkommen, sich bücken, um sie zu küssen, und dann könnte sie, Honorine, ihre Arme um den Hals der Tante schlingen und ihr Gesicht im Schatten ihrer Schulter verstecken. Wie gut, daß es Frauen wie ihre Tante Luce gab, die Kinder lieben und sie nicht fürchten! Sie hastete jetzt vorwärts und geriet ganz außer Atem. Ihr ausgetrockneter Mund brannte.

Sie erreichte die Kuppe des Hügels, und der Pfad lief weiter über das Plateau, doch sie hatte nur Augen für das Haus, das jetzt in voller Größe vor ihr lag, mit seiner weißen, von der Sonne rötlich gefärbten Fassade und dem schönen, großen, blauen Dach. Zäune umschlossen die Felder, über die sie dahinlief. Und an diese Zäune gelehnt sah sie ein Grüppchen Menschen, Edelleute, denn im Gegenlicht hoben sich die wippenden Federbüsche ihrer Kopfbedeckungen hübsch ab.

Sie waren gerade angekommen, über den beschwerlichen Weg, dafür aber in einer Kutsche. Dieser Weg hieß ja auch, zumindest auf der Spanne von einer Meile, der »Königsweg«. Doch die Edelleute versperrten Honorine den Zugang zum Haus ihres Onkels. Unter ihnen befand sich eine Frau in festlichem Aufputz.

Als das Kind sie erkannte, blieb es wie versteinert stehen. Die Frau mit den gelben Augen!

Dreiunddreißigstes Kapitel

Sie hatten sie in diese staubige Remise gebracht, auf der Rückseite eines uralten und – weil der Besitzer in Frankreich war – unbewohnten Holzhauses, das durch einen ungepflegten Garten von den anderen Herrenhäusern und der Straße isoliert war. Mitleidslos und unempfänglich für ihr Entsetzen schauten sie auf sie herab.

»Die ist spitzfindiger als alle Nonnen zusammen«, zischte Ambroisine, mit den Zähnen knirschend, »aber es hat ihr nichts genützt, mich zu fürchten und zu fliehen.«

Sie beäugte das kleine zitternde Wesen, das hier vor ihnen stand, und fand es ergötzlich, sich hinter diesem rundlichen Gesicht eines verschreckten Kindes das einer verzweifelten Angélique vorzustellen. Sie jubilierte und juchzte vor hysterischer Freude. So lange hatte sie auf Rache gesonnen, und jetzt hielt sie sie in Händen!

»Wir werden wiederkommen, um dich abzuholen«, sagte sie, »und dann werden wir uns mit dir amüsieren, mein Herzchen! Du wirst es noch bedauern, das Licht der Welt erblickt zu haben und die Tochter deiner Mutter gewesen zu sein.« Mit kleinen Schritten trat sie näher, und das Gefunkel in ihren Augen wurde immer bedrohlicher. »Ja, ja! Bedaure es nur, ihre Tochter zu sein! Mach es dir schön klar. Ihretwegen werde ich dich in Qualen verenden lassen. Möchtest du schon einen Vorgeschmack dessen, was dir bevorsteht?«

Sie packte eine unter dem Häubchen hervorlugende Haarsträhne und zog so heftig daran, daß sie einen Fetzen Fleisch mit ausriß. Honorine schrie nicht. Sie öffnete den Mund, und kein Ton kam heraus.

Ambroisine lachte gellend. »Seht Ihr, daß sie vor Angst verstummt ist? Man braucht sich keine Sorgen zu machen, sie wird nicht schreien. Auch die Kette vor der Tür ist unnötig, sie wird sich auch nicht rühren. Ziehen wir uns zurück. Wir haben schon genug Zeit verloren bei der Verfolgungsjagd. Man könnte sich über meine Abwesenheit wundern. Nach den Festlichkeiten werden wir zurückkehren, und dann nehmen wir sie mit. Ihr wißt, wohin.«

Dennoch legten sie die Kette vor, und Honorine hörte das Drehen des Schlüssels im Schloß. Das änderte nichts. Die Frau mit den gelben Augen hatte recht. Sie würde nicht fliehen, denn sie konnte sich nicht mehr rühren. Honorine schämte sich schrecklich und war wütend auf sich selbst. Und das tat ihr am meisten weh, mehr noch als der Schmerz der vorne eingerissenen Stirn, von wo aus Blut über Schläfe und Wange rann.

Die Schlange, die das Kaninchen betäubt.

»Und ich bin das Kaninchen!« Wieso war sie nicht gelaufen? Warum hatte sie nicht gekämpft? Der Schrecken machte sie bewegungsunfähig. Sie öffnete den Mund, und kein Ton kam heraus, und das würde immer so bleiben. »Seht Ihr, daß sie vor Angst verstummt ist?« hatte die Frau mit widerlichem Lachen gesagt. Sie würde nie mehr laufen, nie mehr lachen. Wie Eis erstarrte jeder Gedanke in ihrem Kopf. Ihr Herz schmolz. Zeitweise hatte sie den Eindruck, auf den Grund ihrer selbst hinabzusinken, zu ertrinken, doch dann kam sie wieder an die Oberfläche, und das war noch grauenvoller, weil das Gedächtnis wieder einsetzte. Die Zeit verging, die Zeit dauerte an, der Schatten kam näher. Sie vernahm entferntes Gejohle, Stimmenlärm, aus dem sich ein dämonisches Lachen heraushob.

Sie kehrten zurück. »Ich will sterben.« Die Tür öffnete sich . . .

Es war nicht die Tür, sondern ein Brett in der wackeligen Schuppenwand, das beiseite geschoben worden war und durch dessen Lichtspalt eine schmale und geschmeidige Gestalt hereinschlüpfte. Honorine erkannte die junge Indianerin Catherine, mit der sie sich am Tag des Festes im Kloster so herrlich vergnügt hatte. »Kateri! Kateri!« wollte sie schreien. »Rette mich!« Doch die Irokesin konnte diesen Schrei, der aus ihrem Inneren kam und nicht über ihre Lippen drang, nicht hören und sie in diesem düsteren Loch auch nicht sehen. »Sie ist fast blind! Sie wird mich nicht sehen! Ich bin verloren!«

Ohnmächtig, hilflos, stammelte sie nur mehr: »Sie wird mich nicht sehen! Sie kann mich nicht sehen!« Bis zu dem Augenblick, wo ein Freudentaumel sie erfaßte, da sie begriff, daß Catherine Tetakwita ja ihretwegen in diesen Schuppen eingedrungen war, daß sie nach ihr, der kleinen Honorine, suchte. Denn als sie sie schließlich ausgemacht hatte in ihrem Winkel, unbeweglich, wie eine Statue, wie ein hölzerner Totempfahl, trat ein sanftes und triumphierendes Lächeln auf ihre Züge. Die Stimmen und das teuflische Lachen dort draußen kamen näher. Die junge Indianerin legte einen Finger auf ihren Mund. Sie bedeutete Honorine, ihr zu folgen. Und als ihr klar wurde, daß diese sich nicht zu rühren vermochte, trug sie sie auf ihren zarten Armen davon.

Diejenigen, die jetzt ankamen und vor dem Schuppen stehenblieben, eingedenk der Ohnmacht ihres unschuldigen Opfers, das nun zur Schlachtbank geführt werden sollte, hatten keine Eile, den Schlüssel umzudrehen, kosteten sie doch bereits den Vorgeschmack jener satanischen Genüsse aus, die verderbte Kreaturen empfinden, wenn sie ein schwaches, zur Verteidigung unfähiges Wesen einschüchtern, beherrschen und quälen können, da solches für die meisten von diesen an Lastern und Ausschweifungen übersättigten Lüstlinge der einzige noch erstrebenswerte Genuß ist, weswegen sie auch, ihrer dämonischen Muse mit geilem Gelächter folgend, nur allzu bereit sind, dieser bei ihrem grausigen und schlüpfrigen Zeitvertreib zu assistieren, und sich erst viel später erinnern, auf dem Weg hierher eine Indianerin im typischen Sklavenumhang der Rothäute und mit einem Kind auf dem Arm füchtig an der Wegbiegung wahrgenommen zu haben.

»O Catherine! Du hast mich gerettet!« brach es aus Honorine hervor. Sie schlang ihre Arme um den Hals der jungen Irokesin: »O Catherine, du hast mich gerettet . . . im letzten Augenblick!«

Achter Teil

Die Herbstfeuer

Zwischen Kennebec und Penobscot im amerikanischen Maine zog die Karawane dahin, und unter dem Laubdach der Pfade erschollen Kinderstimmen.

»Immer wenn Unheil naht, kommt unser Herr Kater nicht mit.«

»Wie sieht das Unheil aus?«

»Es ist ein großer schwarzer Kerl mit einem großen Sack.«

»Ob Herr Unheil ihn frißt, unseren Herrn Kater?«

Es waren Charles-Henri und die Zwillinge, die sich über Herrn Kater Gedanken machten, denn beim Aufbruch der Karawane nach Wapassou war er unauffindbar gewesen, so daß sie bis zur nächsten Saison ohne ihren Spielgefährten auskommen mußten. Angélique behagte das nicht. Sie fürchtete zwar nicht um Herrn Kater, der immer dort, wo er zu sein beliebte, triumphierend wieder auftauchte. Doch es wollte ihr nicht aus dem Kopf, daß er, wenn er sie, Angélique, verließ, schwerwiegende Gründe haben mußte. Und während die Schritte der Maultiere mit den Kindern und die ihres Pferdes auf dem steinigen Pfad widerhallten, fragte sie sich, ob der Kater nicht vielleicht den Fluch der Dämonin floh, der auf ihr lastete und ansteckend sein konnte. Darüber unterhielten sich nämlich die Kinder, die, jedes in einem Sesselchen, auf den munteren und trittsicheren Maultieren festgeschnallt waren. Die Gespräche, die Gouldsboro bewegt hatten, waren bei ihnen nicht auf taube Ohren gestoßen, und wie sie aus ihrem ernsthaften Wortwechsel entnahm, den Charles-Henri gleichzeitig kommentierte wie auch übersetzte, da die Sprache der redseligen Zwillinge nicht immer und noch längst nicht für jeden so ganz verständlich war, hatten sie sich in ihren kleinen Köpfen bereits eine Vorstellung von diesem riesenhaften und düsteren Unhold gemacht, das, wie sie spürten, über den verängstigten Erwachsenen schwebte.

»Ich will aber nicht, daß der Unhold Herrn Kater frißt«, erklärte Gloriandre, deren rosige Lippen schon zitterten, weil die Tränen nahe waren.

Vierunddreißigstes Kapitel

Zwischen Kennebec und Penobscot im amerikanischen Maine zog die Karawane dahin, und unter dem Laubdach der Pfade erschollen Kinderstimmen.

»Immer wenn Unheil naht, kommt unser Herr Kater nicht mit.«

»Wie sieht das Unheil aus?«

»Es ist ein großer schwarzer Kerl mit einem großen Sack.«

»Ob Herr Unheil ihn frißt, unseren Herrn Kater?«

Es waren Charles-Henri und die Zwillinge, die sich über Herrn Kater Gedanken machten, denn beim Aufbruch der Karawane nach Wapassou war er unauffindbar gewesen, so daß sie bis zur nächsten Saison ohne ihren Spielgefährten auskommen mußten. Angélique behagte das nicht. Sie fürchtete zwar nicht um Herrn Kater, der immer dort, wo er zu sein beliebte, triumphierend wieder auftauchte. Doch es wollte ihr nicht aus dem Kopf, daß er, wenn er sie, Angélique, verließ, schwerwiegende Gründe haben müßte. Und während die Schritte der Maultiere mit den Kindern und die ihres Pferdes auf dem steinigen Pfad widerhallten, fragte sie sich, ob der Kater nicht vielleicht den Fluch der Dämonin floh, der auf ihr lastete und ansteckend sein konnte. Darüber unterhielten sich nämlich die Kinder, die, jedes in einem Sesselchen, auf den munteren und trittsicheren Maultieren festgeschnallt waren. Die Gespräche, die Gouldsboro bewegt hatten, waren auch bei ihnen nicht auf taube Ohren gestoßen, und wie sie aus diesem ernsthaften Wortwechsel entnahm, den Charles-Henri gleichzeitig kommentierte wie auch übersetzte, da die Sprache der redseligen Zwillinge nicht immer und noch längst nicht für jeden so ganz verständlich war, hatten sie sich in ihren kleinen Köpfen bereits eine Vorstellung von diesem riesenhaften und düsteren Unheil gemacht, das, wie sie spürten, über den verängstigten Erwachsenen schwebte.

»Ich will aber nicht, daß der Unhold Herrn Kater frißt«, erklärte Gloriandre, deren rosige Lippen schon zitterten, weil die Tränen nahe waren.

»Herr Kater wird sich schon nicht fressen lassen«, beruhigte Angélique sie sogleich. »Ganz im Gegenteil! Wer weiß, ob nicht Herr Kater dem Unheil letztlich die Augen auskratzt.«

»Das Unheil hat aber keine Augen«, erwiderte Raimon-Roger, wobei er sie hochnäsig ansah und seine schwarz-braunen Augen rundete, die mit seinen goldbraunen Locken und seinem hellen Teint so hübsch kontrastierten, daß man, wenn er einen so anstarrte, nur noch diese Augen sah.

Angélique erfreute sich an ihrem Geplapper während der Reise. Abwechselnd hob sie eines der Kinder vor sich in den Sattel und genoß es, ihre Arme um einen kleinen, vertrauensseligen Körper zu schließen, ein noch unverbrauchtes Herz klopfen zu fühlen und mitzuerleben, wie, einem Vogel gleich, dem zum ersten Mal das Singen gelingt, ein wacher Geist sich zu entfalten suchte. Auf diese Weise knüpfte sie über Stunden hinweg enge und wärmende Bande zwischen sich und ihnen, die im Laufe ihrer beider Leben sich noch verstärken und vervollkommnen würden.

Gloriande mit ihren blauen Augen und dem nachtschwarzen Haar, das auch die schönste aller Nächte beschämt hätte, und Raimon-Roger, der »rothaarige Graf«, eigentlich häßlich und in seiner Häßlichkeit doch auch wieder schön, der sein Leben lang Faszination ausstrahlen würde, ohne daß man bestimmen könnte, wieso es dazu kam. Und dann war da noch dieser Charles-Henri, das fremde, vom Schicksal gezeichnete, überaus tapfere Kind, das selten, aber dann um so liebreizender lächelte und sie mit so viel unverhohlener Freude anblickte, wenn es an der Reihe war, vor ihr im Sattel sitzen zu dürfen, daß sie unweigerlich an den Blick des toten Kindes, dessen Namen er trug, erinnert wurde.

»Der Elch ist ein melancholisches Tier trübseligen Charakters, dem Feuchtigkeit behagt.«

Auf ihrem Wege kamen sie an einem kleinen, grünlich schillernden Weiher vorbei, wo sie jedes Mal einen Elch, dessen prachtvolle Schaufeln sich wie Flügel zum Wind hin öffneten, beim Trinken beobachtet hatten. Angélique war überzeugt, daß es immer dasselbe Tier war, das sie hier erwartete, es war nur jedes Jahr etwas größer. Sie sagte zu ihm: »Sei gegrüßt, Hüter des Kennebec«, und die Kinder wiederholten diesen Gruß.

Sie ließen sich über einen Monat Zeit, dem Kennebec flußaufwärts bis Wapassou zu folgen. Da die Saison noch nicht weit fortgeschritten war und die Karawane es somit nicht eilig hatte, konnte man ruhig in den mittlerweile vertrauten Etappen haltmachen. In Wolvich, dem englischen Dorf Maines, wo ihr Feind-Freund Phips geboren war, hoffte Angélique den Arzneienkundigen Shapleigh anzutreffen. Doch er ließ sich nicht blicken, und so konnten sie nur bedauern, weder ihn noch seine indianische Frau, seinen Sohn oder seine Schwiegertochter, die Gloriandres Amme gewesen war, anzutreffen. Angélique ärgerte sich, ihn verpaßt zu haben, denn ihre Chinarindenvorräte gegen Malaria gingen zur Neige, und er war der einzige, der ihr welche besorgen konnte.

Das Mündungsgebiet des großen Stromes entfaltete sein verschlungenes Netz zahlloser Halbinseln und Inselchen, die mit schwarzen Tannen, deren niedrige Äste ins Wasser hingen, gespickt waren. Durch dieses Labyrinth schlängelten sich Indianerkanus und Boote, deren Masten und Segel die Baumwipfel überragten. Jahr für Jahr schipperten die Piraten der karibischen Inseln ein paar *miles* in dieses Wattenmeer hinauf, in der vagen Hoffnung auf ein Eldorado, das am Handelskontor des Holländers Peter Boggen auf der Insel Houssnok endete, da seine größten Reichtümer fast ausschließlich in riesigen Weißbrotfladen, die er für die danach lechzenden Indianer der Umgegend herstellte, sowie in Bierfässern bestanden. Trost fanden die Piraten rund um einen Kessel mit einem dampfenden Gebräu, dem Geheimnis des Holländers, in das zwei Gallonen besten Madeiraweines, drei Gallonen Wasser, sieben Pfund Zucker, fein gemahlenes Hafermehl, Rosinen, Zitronen und Gewürze Eingang fanden, wonach das Ganze in einem riesigen Silbergefäß flambiert wurde.

Von hier aus umfuhren sie die aufgelassene Missionsstation Norridgewook, die Pater d'Orgeval geleitet hatte, machten ein paar Tage bei der Mine am Sault-Barré halt, die dem Irländer O'Connell unterstand, der, seit er die Hebamme Gloria Hillery geheiratet hatte, etwas umgänglicher geworden war.

Im Verlauf dieser Reise gab es nur einen einzigen Zwischenfall, doch der war beachtlich.

Kurz nachdem sie das Bergwerk am Sault-Barré verlassen hatten, machten die Träger an der Spitze der Karawane kehrt und erklärten mit verstörter Miene, sie hätten Irokesen gesehen, und zwar eine ganze Menge. Seit Jahren, seit den dramatischen Ereignissen um Katarunk, war kein einziger Irokesenstamm auf Raubzug oder Kriegspfad in dieser Gegend gesichtet worden.

»Waren es nicht eher Huronen?«

Doch die Eingeborenen verneinten beharrlich. Ihr durch die Massaker der Vergangenheit geschärfter Instinkt täuschte sie nicht. Einige von ihnen schlichen sich bereits ans Ende der Karawane und wollten offensichtlich fliehen. Auch die Soldaten, die als Vorhut marschiert waren, bildeten nun einen Ring um Angélique und die Kinder.

Angélique hob sich leicht im Sattel, blickte um sich und erkannte, daß sie nicht mehr weit entfernt waren von der sogenannten Bucht der drei Ammen. Viele Gebäude waren mittlerweile errichtet worden, denn von dort aus war der Fluß mit Barken befahrbar, auf die man auch die Pferde verlud. »Versuchen wir, bis dorthin durchzukommen«, schlug sie vor. »Dort können wir uns neu gruppieren und, wenn nötig, ein Lager zu unserer Verteidigung aufschlagen.«

Sie war nicht wirklich besorgt, da sie das »Wort« der Mütter der Fünf Irokesen-Nationen, das ihr schon in Quebec gute Dienste geleistet hatte, mit sich führte. Ihr Auge schweifte über den Fluß, um den Späher ausfindig zu machen, der nicht weit sein dürfte. Und tatsächlich: dort drüben auf dem jenseitigen Ufer stand zwischen den Bäumen und ebenso unbeweglich wie sie Uttaké, der Häuptling der Mohawks.

Er war es, trotz einer anderen Haartracht. Sein Schopf war kürzer und struppig wie eine Bürste, mit zinnoberrot gefärbtem Wachs eingeschmiert und mit einer einzigen schwarzen Rabenfeder besteckt. Er war allein. Doch den weiten Weg vom Tal der Fünf Seen bis hierher in feindliches Gebiet hatte er sicher nicht allein zurückgelegt. Folglich verbarg sich hinter jedem Baum des Waldes ein lauernder Irokese.

O'Connell, der der Karawane bis zur nächsten Etappe Geleitschutz zugesichert hatte, tat einen hörbaren Atemzug. Als die Irokesen das letzte Mal hier gewesen waren, hatte er in der grauenvollen Feuersbrunst von Katarunk all sein Hab und Gut, all seine Pelzvorräte eingebüßt. Das durfte doch nicht noch einmal geschehen!

Uttaké hob die Hand und grüßte Angélique: »Sei mir gegrüßt, Orakawanentaton!«

Mit feierlicher Erhabenheit sprach er diesen langen Namen aus; es war der Name des Polarsterns, den sie Angélique gegeben hatten, und er bedeutete: »der Stern, der uns am Firmament leitet und nicht abweicht von dem uns gewiesenen Weg des Heils.«

Sie erwiderte: »Sei mir gegrüßt, Uttakawatha.«

»Wir sind gekommen, um die Gebeine unserer Toten zu waschen«, verkündete Uttaké. Der Fluß war schmal, so daß man miteinander sprechen konnte, ohne seine Stimme sonderlich anzustrengen. Außerdem prallten die Stimmen auf die Wasseroberfläche auf, die ein Echo zurückwarf. »Die Zeit ist gekommen, da wir unseren Toten von Katarunk Ehrerbietung erweisen müssen. Wir können sie zwar noch nicht zu den Ihren zurückbringen zum großen Totenfest, aber wir müssen ihre Gebeine waschen und sie in neue Bibergewänder hüllen, um sie zu ehren. Sie würden es uns verübeln, wenn wir sie nicht besuchten, sie, unsere Brüder und unsere Häuptlinge, die in Katarunk verräterischen Mördern anheimgefallen sind. Später werden wir nochmals wiederkehren und sie ins Land der Langen Häuser, wo ihr Platz ist, zurückholen, doch heute müssen wir ihnen unseren Besuch abstatten und sie durch unsere Anwesenheit trösten.

Leider werden wir ihnen noch nicht von der hehren Tat des großen Irokesenbündnisses berichten können. Die Versprechen, die wir dir und deinem Gatten Ticonderoga sowie auch Onontio gegeben haben, fesseln die stolzen Irokesen, machen sie zu Gefangenen ihrer Dörfer und ihrer Pflanzungen, wie die Frauen, doch dabei büßen sie ihren Kampfgeist und ihre Kriegskunst ein, während diese Huronenhunde wie auch die herumziehenden Algonkins, dieses Natterngezücht der Erde, sich diesen Zustand zunutze machen, um die Schneide ihres Kriegsbeils zu schärfen und die Kugel ihres Tomahawks zu polieren. Aber was soll's? Wir haben einander unser ›Wort‹ gegeben, und das werde ich nicht widerrufen.

Dir zuliebe habe ich *Osquenon* gerufen, und das heißt Friede. Ich widerrufe nicht, wiederhole es sogar nochmals.« Er hob von neuem den Arm und stieß seinen Schrei *»Osquenon!«* aus, der von den hinter den Bäumen und im Dickicht versteckten sichtbaren Kriegern dumpf grollend zurückhallte: »Osquenon!«

Uttaké wiederholte seine Versprechungen und versicherte

nochmals, er sei in Begleitung von etwa zweihundert Kriegern, die als Abgesandte der Fünf Nationen den hier verstorbenen Ahnen ihre Aufwartung zu machen hätten, an diesen Ort zurückgekehrt – was seine Gesprächspartner auf dem anderen Flußufer erneut erschauern ließ –, doch geschehe dies nur, um einer heiligen und traditionellen Pflicht nachzukommen. Seine Absichten seien friedlicher Natur, und niemand habe etwas zu befürchten, sofern sie nicht angegriffen und daran gehindert würden, den Kennebec zu überschreiten, um ihre Toten zu ehren, und später dann nochmals, um in ihre heimatlichen Gefilde zurückzukehren. »Die Zeremonie wird sechs bis acht Tage dauern. Während dieser Zeit müßt Ihr Euch in Eurem Lager dort oben flußaufwärts gedulden. Aber daß es mir keiner vorzeitig verläßt! Sobald Euch mitgeteilt wird, daß das Totenfest beendet ist, werden wir bereits über alle Berge sein und nicht mehr Gefahr laufen, daß auch nur ein einziger von uns durch Verrat in Gefangenschaft gerät.«

»Wer wird uns denn mitteilen, daß die Zeremonie beendet ist und wir uns wieder auf den Weg machen können?«

»Ein Adler wird Euer Lager überfliegen.«

»Ein Adler wird unser Lager überfliegen, ihr habt's gehört! So einfach ist das!« knurrte O'Connell. »Wie soll man sich nur daran gewöhnen, in solch einem Land zu leben? Man stelle sich nur einmal vor: Da werden sie herrliche Biberpelze nehmen, die ein Vermögen darstellen, um verrottete Skelettreste oder verweste Kadaver voller Eiter und Würmer darin einzuhüllen und später in der Erde zu vergraben! So eine Verschwendung!«

Doch auch er war gezwungen, wie alle anderen, sich in Geduld zu fassen und die sechs bis sieben Tage, die das Totenfest dauern würde, im Lager auszuharren.

Das ehemalige Katarunk war nicht mehr weit, und von Zeit zu Zeit rollte über die Baumwipfel wie Donnergrollen ein langgezogenes »Hae! Hae!« herüber.

»Ist das ihr Kriegsruf?«

»Nein, dies ist der Ruf der Seelen!«

Als in großer Höhe ein Adler das Lager überflog, wagte niemand, diesem Zeichen zu glauben. Schüchtern und scheu machten sie sich erneut auf den Weg. Doch es geschah ihnen nichts.

Die letzten Akazien, die ersten dicht an dicht stehenden Nadelhölzer, vereinzelt nur noch Eichen und Tulpenbäume, und dann der königliche, alles beherrschende Ahorn, dessen Farbenpracht noch besser hervortreten würde, wenn erst die Herbstlichter da waren, um die scharfkantigen, spitzen Blätter mit Purpur zu überziehen. Den Kammlinien folgend, zogen sie durch erfrischend kühle Wälder, die die Gipfel des Granitgesteins zierten, und von dort oben überblickten sie die von Gletscherseen bestirnte Hochebene, während im Hintergrund sich die majestätisch und prachtvoll ins Blau des Himmels aufragenden höchsten Berge Maines aufreihten, um ihnen mit den ersten Herbstfarben ein Geleit zu geben, das sich mit feierlichem Chorgesang oder wild orchestriertem Trompetengeschmetter durchaus hätte messen können.

Eine über mehrere Nächte plötzlich hereinbrechende Kälte entfachte die Goldlohe der Birken unter den ringsum noch beharrlich in allen Grüntönen des Sommers schillernden Laubkuppeln. Tagsüber brannte die Sonne und zwang sie, während der Stunden größter Hitze zu rasten.

Eine berauschende, wollüstige Farbenpracht: In der Ferne die malvenfarbenen Berge, die rosaroten, kirschroten Ahornwälder, und immer wieder Gold, Grüngold, Honiggold, Bernsteingold, sich spiegelnd in Seen von tiefem Blau, das sich in der Mitte silbrig und entlang der Ufer dunkelviolett oder smaragdgrün verfärbte.

Angélique dachte an ihren Bruder Gontran, der es verstanden hätte, dieses Farbenspiel auf den Deckengemälden von Versailles sichtbar zu machen.

Zwei Tagesreisen vor dem Ziel ging ein Gewitter nieder und überschwemmte den an einem ausgetrockneten Bachbett entlangführenden Saumpfad mit Sturzbächen. Sie mußten die Pferde zurückschicken, den Großteil ihres Gepäcks in einem Höhlenversteck an der Flanke des Felsens zurücklassen und mit den Kindern auf dem Rücken zu Fuß weiterwandern. Doch das schöne Wetter kam wieder. Und die zwei Tage des Gehens und Kletterns entlang der die Stromschnellen markierenden Kaskaden, wo jegliches Gepäck getragen werden mußte, vergingen wie im Flug und ähnelten einem Spaziergang.

Und dann kam der immer wieder von neuem genossene Augenblick, wo man, aus dem Walde heraustretend, das Muhen der Kühe hörte, die auf den ehemals sumpfigen, inzwischen aber trockengelegten weiten Grünflächen am Rande Wapassous friedlich weideten. An den Ufern des schieferfarbenen, tiefgründigen Sees reckte goldenes Schilf die starren Stiele, während sich dazwischen, in rotgelbem Hirsegefaser, das Wasserwild tummelte.

Die Strahlen der Abendsonne meißelten die Züge des »Alten Mannes vom Berg« auf dem Riff deutlich sichtbar heraus. Angéliques Herz krampfte sich zusammen beim Gedanken an Honorine, die immer so traurig gewesen war, ihn nicht zu erkennen. Sie dachte unaufhörlich an Honorine, doch zügelte sie ihre Phantasie, um sich nicht auszumalen, daß das ohnehin schon von grausamen Prüfungen gezeichnete kurze Leben des Kindes durch vielleicht noch grausamere und schaurigere, die ihm womöglich bevorstanden, belastet werden könnte. Auch die optimistischsten Prognosen konnten sie nicht hoffen lassen, Honorine schon in Wapassou vorzufinden, aber sicher würde man sie bald schon mit Pierre-André dort in Empfang nehmen dürfen.

In Wapassou war alles an seinem Platz: die Stallungen, die Wohngemächer, die Gemeinschaftssäle, die Vorratsscheunen, der große Brunnen im Eingangshof und auch die zwei weiteren, die sich wie in den Quebecer und Montrealer Häusern innerhalb der Küchen befanden.

Frauen und Kinder gingen ihren Beschäftigungen nach. Weiße Wäsche wurde eingeholt, die nahe am braunen Wasser, dem »Humuswasser«, das besser wusch als jedes andere, zum Trocknen ausgelegt worden war. Wildgänse waren vorübergezogen, und so hatte man Vorräte an köstlicher Gänseleberpastete anlegen können. Aus den kuppelförmigen Wigwams des kleinen Indianerlagers stiegen senkrecht, wie aus Duftzerstäubern, schmale Streifchen trägen Rauchs empor.

Vom Burgfried aus blickte sie lange in die Nacht, die sich auf die endlosen, terrassenförmigen Weiten herabsenkte und deren ausgreifender Schatten das Gold und Purpur gemächlich erstickte und auslöschte. Die blaue Flagge mit dem Silbertaler des Grafen Joffrey de Peyrac flatterte über dem Fort.

Doch die idyllische Ruhe Wapassous barg noch eine Schattenseite. In der Euphorie der Rückkehr und der Freude, ihr Heim wiederzufinden, wurde sie sich dessen erst nach Tagen bewußt. Die Ansiedlung schien ihr plötzlich entvölkert. Fast alle Männer fehlten, sogar Porgani, der Italiener, der schon mehrmals die Siedlung mit soviel Grandezza behütet und geleitet hatte, daß er bei Abwesenheit des Grafen von allen als unumstrittener Herr anerkannt wurde. Es hatte sie allerdings gewundert, daß er ihr nicht entgegengekommen war. Antine, der Oberst der Söldner, die er in seinem helvetischen Heimatkanton ausgehoben hatte, vertrat ihn mit Eifer, und sein Adlatus Curt Ritz unterstützte ihn dabei, doch zur militärischen Verteidigung waren ihnen nur mehr drei Soldaten verblieben. Die Erklärung, die man ihr lieferte, daß nämlich alle anderen mit den Metallak-Stämmen an den großen Herbstjagden teilnähmen, war nicht außergewöhnlich und bot keinen Anlaß zur Beunruhigung.

Das war seit dem ersten Herbst zur Tradition geworden, wo sie bar jeglicher Habe, ohne Vorräte und sozusagen ohne Dach über dem Kopf angekommen waren und den Winter vor sich hatten. Dank der großen Jagd vor Einbruch der Reifnebel, an der die auf den Ruf Mopountooks, des Häuptlings der Metallak, herbeigeeilten Stämme teilgenommen hatten, war für mehrere Monate ihr Überleben gesichert worden.

Nun hatten die zurückbleibenden Frauen und Kinder alle Hände voll zu tun, das nach der triumphalen Rückkehr der Jäger geplante Fest vorzubereiten und gleichzeitig ihre bescheideneren Aufgaben, die in der Nachsaison fällig waren, zu verrichten: Beeren mußten gesammelt und auf Weidensieben zum Trocknen ausgelegt werden, Pilze wurden aufgefädelt und zur Konservierung von einem Deckenbalken zum anderen an straff gezogenen Bändern aufgehängt.

Viel Zeit und viele fleißige Hände waren nötig für diese unscheinbaren Arbeiten, und Angélique bemerkte gleich bei ihrem ersten Rundgang, daß noch nichts geschehen war, noch vieles im argen lag. Auch die Kohlköpfe auf der anderen Hangseite waren noch nicht beschnitten und umgedreht worden, um beim ersten Frost in der Erde zu gefrieren. Dabei hätte ein Teil längst in die großen Fässer mit Salzlauge eingelegt werden müssen, um als Sauerkraut gegen Skorbut verabreicht werden zu können. Furcht vor Salzmangel wurde als Entschuldigung vorgebracht. Sie hatte daran gedacht und ein paar Säcke voll mitgebracht, die zunächst von den Maultieren, dann aber von Männern geschleppt worden waren. Unlustig bewaffneten sich die Soldaten mit einem Buschmesser, um den Kohl zu beschneiden, so daß sie, um sie anzuspornen, sich bemüßigt sah, sie daran zu erinnern, daß Monsieur de Peyrac ganz besonderen Wert legte auf seine Sauerkrautfässer und recht ungnädig sein würde, wenn hier nichts geschah.

»Es sind Euch auffallend wenige Männer verblieben, Monsieur Antine, ist man nicht ein wenig zu freizügig vorgegangen? Wenn nun etwas passierte? Ein Überfall? Oder sonst ein Zwischenfall?«

Doch in Wapassou war man glücklich und sah sie nur verwundert an. Was sollte hier wohl passieren? Man hatte das Fort und ringsherum das Dorf, das jeder im Umkreis von Hunderten von Meilen, trotz seines frankoenglischen Zwittercharakters, längst als Rast- oder Zwischenstation, als unentbehrlichen Zufluchtsort, als neutrale Zone ansah, wo Gespräche abgewickelt oder Handels- und Bündnisverträge geschlossen werden konnten. Die Atmosphäre hier ähnelte, wie jene behaupteten, die afrikanische Länder bereist hatten, der paradiesischen Ruhe rings um die Oasen, wo bei Einbruch der Dunkelheit Löwen und Gazellen friedlich Seite an Seite äsen und trinken. Mit Wonne hätte Angélique diesen schönen Märchen Glauben geschenkt.

Das Wetter blieb ihnen hold. Angélique war froh darüber, denn jeder gewonnene Tag bedeutete Sicherheit für Honorine: keine Wirbelstürme, keine windgeknickten Bäume, keine umgekippten Kanus würden ihre Heimkehr gefährden. Das geringste Geräusch am Waldsaum ließ sie auffahren, in der Hoffnung, die Karawane des Mestizen Pierre-André unversehrt ankommen zu sehen.

Eines Tages, als sie wie so häufig aus der Burgeinfriedung herausgetreten war, näherte sich ihr ein Indianer, den man schon um das Fort hatte herumstreifen sehen. Mit Zeichen gab er ihr zu verstehen, ihm zu folgen, doch trotz ihrer Fragen gab er ihr keine Erklärungen, lächelte nur ermunternd, zwinkerte ihr zu und zeigte ein recht aufdringliches Mienenspiel. Da sie zu verstehen vermeinte, er wolle sie zu seiner kranken Frau oder seinem erkrankten Kind holen, ließ sie sich herbei, ihm zu folgen.

Er stieg den Hügel hinter dem Fort hinan, durchschritt das die Kuppe krönende Wäldchen und ging auf der anderen Seite wieder hinunter, sich ständig vergewissernd, ob sie ihm auch folgte, bis tief hinunter in die von einem im Sommer ausgetrockneten Bachbett ausgehöhlte Schlucht. Und dort erhob sich auf einem Ufervorsprung ein prachtvoller und riesiger Sumachstrauch, der den flammenden Dornbusch Moses' an Farbenpracht noch übertraf. Aus diesem Laubwerk und diesen von den Herbstfarben verklärten Geäst drang eine Stimme. Jemand mußte sich in der Krone verborgen halten. Doch schien sie keine göttliche Botschaft verkünden zu wollen, wie es dem Schwiegersohn Labans widerfuhr, sondern eher das Brummen eines reizbaren Bären nachzuahmen.

War es ein Bauchredner, aus dessen undeutlichem Gebrumm und Geknurre Angélique schließlich französische Laute herauszuhören vermeinte? Es rief sie jemand: »Nachbarin! Nachbarin!«

»Wer seid Ihr?« rief sie zurück.

»Euer Nachbar.«

»Was soll das dann? Zeigt Euch doch!«

»Seid Ihr allein?«

»Allein? Ja, abgesehen von diesem Indianer, der mich hergeführt hat.«

Im Gesträuch bewegte sich etwas. Es war auch schwerfällig und massiv wie ein Bär, doch es entpuppte sich als ein kanadischer Waldläufer, dessen rote Fellkappe mit dem Blattwerk des Sumachbusches verschmolz.

An seinen Stiefeln erkannte sie ihn. »Monsieur Banistère!«

»Ihr könnt mich ruhig Banistère de la Case nennen. Ich habe meinen Prozeß zur Erhebung in den Adelsstand nämlich gewonnen.«

»Ich beglückwünsche Euch dazu.«

Ein kleineres Wesen huschte an seine Seite. Es war der älteste seiner vier Söhne.

»Kommt doch beide mit ins Fort, um Euch auszuruhen und zu erfrischen.«

Argwöhnisch blickte der barsche Banistère um sich. »Kommt nicht in Frage! Ich will mich keinesfalls zeigen, und niemand soll je behaupten können, er habe mich in Euren Gefilden gesehen. Man glaubt mich auf dem Wege zu den Süßen Gewässern, meine Kanus und mein Gepäck habe ich am Maagog-Katarakt versteckt. War ein verdammter Umweg bis hierher zu euch – beim Tabernakel Unseres Herrn! –, aber ich muß Euch heimlich sprechen.«

Mit gebieterischer Geste befahl er den Indianer und seinen Sohn näher heran. Der Indianer tänzelte und lachte und streckte eine Art Feldflasche vor, die aus zusammengenähten Rindenstücken bestand, die mit Harz lackiert waren, während der Sohn ein Fäßchen, das er auf der Schulter getragen hatte, absetzte, entkorkte und in das hingehaltene Gefäß ein Maß Feuerwasser goß, dessen starker Duft an herben Weihrauch gemahnte und sich mit den Gerüchen trockener Blätter und Waldbeeren, die aus dieser glühendheißen Schlucht aufstiegen, vermischte. Auf eine weitere Geste hin, die keinen Widerspruch zuließ und eher an einen geschwungenen Knüppel denken ließ, machte sich der Indianer aus dem Staub.

»Vater und Mutter würden sie töten für ein halbes Maß Schnaps«, brummte Banistère verächtlich. Nach einem prüfenden Blick auf seinen Sohn riß er diesem die Mütze vom Kopf. »Man grüßt eine Dame, wenn man ein französischer Edelmann aus der Provinz Kanada ist!« Doch seine eigene in die niedrige Stirn gepreßte Kopfbedeckung behielt er auf.

Angélique wiederholte ihren Versuch, ihn zu überreden, mit ihr nach Haus zu kommen, doch er hob einen Finger an die Lippen, beäugte lauernd seine Umgebung und trat näher an sie heran. Er hatte sich schon immer von der Quebecer Gesellschaft verfolgt gefühlt, und sein Mißtrauen schien trotz seines erfolgreichen Prozesses nicht geringer. Er flüsterte ihr zu: »Ich bringe Euch Nachricht von der kleinen Nachbarin, Eurer Tochter!«

»Meiner Tochter! Honorine!«

»Psst!« befahl er wiederum.

»Honorine!« wiederholte sie leiser. »Oh, sagt mir, ich flehe Euch an, sagt mir, wo ist sie!«

»Sie ist in Irokesien!«

Fünfunddreißigstes Kapitel

Es war einer jener hellen Tage Anfang Oktober, an denen die Luft schon nach Winter roch. An solchen Tagen konnte man klar denken.

Nie würde Angélique diesen Augenblick vergessen, als das

auf ihrer Seele lastende Gewicht plötzlich leichter geworden war: Honorine war gerettet. Was hatte sie nicht alles durchgemacht in diesen letzten Wochen: Panisches Entsetzen, panische Angst und ohnmächtigen Zorn, als sie erkannte, daß ihre Vorahnungen nicht getrogen hatten und die wiederauferstandene Ambroinsine tatsächlich an ihrer Tochter Rache zu nehmen gedachte. Sie erzitterte, als sie entdeckte, mit welch teuflischem Geschick das grauenvolle Weib alles darangesetzt hatte, um die arme Kleine fernzuhalten von jenen, die sie hätten verteidigen und schützen können; sie erzitterte, als sie erfuhr, wie verbissen sie nach ihr fahndete, als es dem Kind gelungen war, ihr zu entkommen.

Sie hatte noch nachträglich Angst und trug schwer an ihrer Enttäuschung, daß der von ihr entsandte Bote Ambroisine zumindest an Schnelligkeit nicht zu schlagen vermocht hatte, dabei hatte angeblich nur wenig gefehlt. Und nun war ihre Tochter noch weiter entfernt, mehr als sechshundert Meilen von Wapassou! Doch ihre Angst wurde gedämpft durch die Gewißheit, daß sie in Sicherheit war dank des tapferen Einsatzes eines jungen, getauften Irokesenmädchens, das es vermocht hatte, das Kind den verbrecherischen Plänen seiner perversen Henker zu entziehen. Mit Fragen hatte sie ihn bestürmt, den armen Banistère, der an prompte Antworten nicht gewöhnt war, und nachdem sie das Wesentliche erfahren hatte, durfte er auch ruhig berichten, wie es ihm beliebte.

Passiert war es wegen der neuen Frau des Gouverneurs, der Dame de Gorrestat. Was für ein Glück, daß die bisherigen Gouverneure Neufrankreichs nicht alle ihre Frauen mitgebracht hatten! Diese hier wog gleich ein gutes Dutzend auf! Gleichzeitig tuschelte man in Montreal etwas von einem kleinen Mädchen, das aus dem Klosterinternat der Kongregation Unserer Lieben Frau ausgerückt oder entführt, jedenfalls verschwunden war, und für dessen Ergreifung besagte Dame Gorrestat, die sich als Freundin der Familie des Kindes ausgab, ein Vermögen ausgesetzt hatte, um die geschicktesten Spurenleser oder Trapper zu ködern.

»Diese Heuchlerin«, murmelte Angélique zitternd.

So hatte auch er sich bis zum Schloß vorgepirscht, wo der Gouverneur, dessen Gemahlin, ihre Eskorte und ihr Gesinde untergebracht waren, und sich inmitten jener berühmten und verdienstvollen Waldläufer wiedergefunden, die sämtliche Dialekte sämtlicher wilden Stämme bis hinaus über das Sioux-Land beherrschten. »Jedem von uns hat sie eine Börse voller Louisdors in die Hand gedrückt und gesagt: ›Macht nur das Kind ausfindig, und ich werde Euch mit dem Doppelten entlohnen.‹ Da kam mir der Gedanke, doch einmal bei Khanawake nachzusehen, dem Reservat der getauften Irokesen, das gegenüber von La Chine liegt. Und gleichzeitig erklärte auch die Gouverneursfrau, sie wolle den armen, blutrünstigen Wilden der Missionsstation Khanawake, die endlich zum christlichen Glauben gefunden hatten, einen Besuch abstatten. Sie setzte auch tatsächlich über den Fluß, mit all ihrem Gefolge, begleitet von den Jesuiten, die selig waren, ihr die Früchte ihrer missionarischen Mühen vor Augen führen zu können.

Ein hübsches Geschwader, das da über den St.-Lorenz zog! Wenn Ihr mich fragt, dann hatte besagte Dame genauso viel Spürsinn wie wir, denn sie verfolgte ja dieselbe Fährte. Als ich das Lager betrat, hörte man schon ihre Stimmen auf dem Wasser, und von der Insel Montreal aus landete auch kurz darauf das ganze bunte Volk. Dame Gorrestat machte sich auch gleich daran, zwischen den langgestreckten Häusern der bereits getauften oder zur Taufe sich vorbereitenden Irokesen herumzuschwadronieren.

Ich meinerseits war gleich zur großen Hütte der Agniers gelaufen, aus der mir schon mein Sohn entgegenkam und rief: ›Papa, hier ist sie. Jetzt sind wir reich!‹

In den langen Hütten der Irokesen ist es nie sehr hell. Da muß man schon ein geschärftes Auge haben. Aber ich erkannte sie gleich und sagte zu ihr: ›Heda! Du! Bist du nicht das kleine Biest, das man überall in Montreal sucht?‹

Mit beiden Händen krallte sie sich in meinem Ärmel fest. ›Nachbar! Meine Mutter hat Euch Eure Stiefel und Eure Taler aufgehoben, und Ihr habt uns doch gerettet, als uns eines Abends ein Soldat übel mitspielen wollte. Bitte rettet mich auch jetzt! Rettet mich vor der Frau mit den gelben Augen! Sie ist sehr böse.‹ Die Kleine hat Anstand. Sie hat genau die richtigen Worte gefunden: ›Nachbar! Nachbar! Verratet mich nicht, um der Liebe meiner Mutter willen!‹«

Angélique hörte ihm gespannt zu. Sie wagte kaum zu atmen und krampfte ihre Finger ineinander, deren Gelenke schon ganz weiß waren. Dieser bärbeißige Kerl schien beeindruckt von der Szene, die sich dargeboten hatte, wie auch von der gespannten Aufmerksamkeit der Irokesen, die das lange Haus, in dem Honorine Obdach gefunden, bewohnten. Wie aus einem Munde hatten sie erklärt, lieber ihr Leben lassen zu wollen, als die Kleine der Frau, die sie so fürchtete, wieder auszuliefern.

»Alle wie sie da waren, Frauen, Kinder, Greise und ein paar von diesen ›Helden‹, die sich unbedingt zu Christus hatten bekennen wollen, alle standen sie um mich herum und sagten: ›Akwirashes, bist du verrückt? Siehst du nicht, daß diese Frau, die dort kommt, ein Dämon ist?‹ Die einen, die Madame de Gorrestat in der Stadt schon gesehen und ihre Besonderheit gleich bemerkt hatten, nannten sie ›Assonteka‹, und das war der Name, den sie der Nacht geben, aber nur dann, wenn sie ihnen bedrohlich erscheint, und wörtlich heißt das: ›Sie trägt Nacht.‹ Doch die meisten nannten sie ›Atchonwithas‹, was ›zweigesichtig‹ heißt, und wenn es auf eine Frau angewandt wird, bedeutet es ›Hexe‹.

Die Wilden, die mich umringten, murmelten mißbilligend. Sie waren entsetzt, ja geradezu empört, daß der von ihnen geachtete Jesuitenpater nicht wie sie die schwarzen Strahlen wahrnahm, die von der großen französischen Dame, vor der alle Welt katzbuckelte, ausgingen. Um diese Zeit ging sie von Hütte zu Hütte, verschenkte kostbares Lächeln, während ihre Augen wie giftige Pfeile habgierig sämtliche Schlupfwinkel absuchten.

In der Hütte der Agniers war ich immer noch von den Rothäuten beiderlei Geschlechts umringt. ›Akwirashes‹, sagten sie zu mir, ›du, der du der Blutsbruder eines unserer großen verstorbenen Häuptlinge warst, von dem noch ein Funke Geist in dir wohnt, wie kannst du dich so närrisch verhalten? Wenn du das Kind auslieferst, wird dich das Gold dieser Frau ersticken. Es wird deinen Tod verursachen und – was noch schlimmer ist für dich – deinen Ruin.‹

Ich war nicht mundfaul. ›Halt den Schnabel‹, herrschte ich seinen Sohn an. ›Wenn du sie verpfeifst, werde ich dich eigenhändig skalpieren.‹

Und dann richtete ich es so ein, daß ich, als die Besucher vor dieser Hütte, in der das Kind versteckt war, vorbeikamen, mit meinem Körper den Eingang versperrte, so daß niemand einen Blick nach innen zu werfen vermochte. Ein Cousin der jungen Catherine Tetakwita nahm mich beiseite und sagte: ›Morgen früh, bevor die Sonne aufgeht, wird das Kind mit uns unterwegs sein zum Tal der Fünf Seen. Bis dorthin wird ihr niemand folgen, denn kein Verräter wagt sich ins Territorium der Irokesen vor, wo er unweigerlich seinen Schopf lassen müßte. Und was die weiße Frau anbetrifft, so vermag sie aufgrund ihres Geschlechts und ihres Ranges nicht über die schnellen Gewässer La Chines hinauszugelangen. Durch die Lüfte kann sie nicht fliegen, obwohl ihre schwarze Seele auch dazu fähig wäre. Aber ihr Menschsein hält sie am Boden fest. Unser Häuptling Uttaké wird dir für alles, was du für das Kind und seine Familie tun kannst, dankbar sein.‹«

Und so war Monsieur Banistère de la Case von seinem Wege abgewichen, der ihn zur Südspitze des Illinois-Sees hätte führen sollen, wo er sein Winterquartier als Pelzankäufer aufzuschlagen gedachte. Den Umweg über Wapassou hatte er auf sich genommen, um die Eltern Honorines über das Schicksal des Mädchens in Kenntnis zu setzen. Madame de Gorrestat hatte sie nicht in die Finger gekriegt. Doch sie würde nicht lockerlassen und weigerte sich schon, nach Quebec zurückzukehren, weswegen die Montrealer sie schon scheel anschauten, trotz der Ehrerbietung, die sie ihr schuldeten. Schließlich hatte sich bei ihnen in der Person von Madame d'Arreboust schon eine fremde Person eingenistet, und an weiteren frömmelnden Wesen war ihnen absolut nicht gelegen.

Gleich mehrmals drückte Angélique die schwieligen Hände ihres ehemaligen Nachbarn mit Inbrunst. Sie wußte nicht, wie sie ihm ihre Dankbarkeit bezeigen sollte. Mit einer Mischung aus Neid und Verzückung blickte sie ihn an, denn er hatte ja Honorine lebendig und außerhalb der Gefahrenzone mit eigenen Augen gesehen. »Wie schaut sie aus? Beschreibt sie mir. Wie ist sie geworden?«

»Zufrieden schaut sie aus«, erwiderte Banistère, nachdem er ein Weilchen nachgedacht hatte, denn ein Mann wie er pflegte derartige Überlegungen nicht anzustellen. »Natürlich schaut sie aus wie ein Irokesenkind, von Kopf bis Fuß mit Bärenfett beschmiert, aber ... ja, zufrieden, das kann man wohl behaupten: rundum zufrieden!«

»Ich kann es mir vorstellen«, sagte Angélique, mit einer Andeutung von Lächeln. »Sie hat ja immer schon vom Leben in den Wäldern geträumt!«

»Grämt Euch nicht, es wird ihr gutgehen bei den Wilden. Sie sind gut zu Kindern, und sie hat ihnen gefallen. Sie standen alle um sie herum und lachten sich tot über die Geschichten, die sie ihnen erzählte. Doch klug war es von ihnen, sie bis ins Tal der Irokesen zu schicken, anstatt sie in unmittelbarer Nähe von Montreal versteckt zu halten, wo die böse Frau sie schließlich doch erwischt hätte. Uttaké, der große Häuptling der Agniers, ist Euer Freund. Er wird sie unter seinen Schutz nehmen und sie Euch, sobald es Frühling wird, zurückbringen. Nur dieser Winter muß durchgestanden werden.«

Das war ja der gleiche Satz, den Joffrey zu ihr gesagt hatte: »Es ist ja nur ein Winter, den es zu überstehen gilt.«

Banistère schickte sich an zu gehen, doch kehrte er noch einmal um. »Seid auf der Hut, Nachbarin. Diese Frau liebt Euch nicht. Und die Indianer nennen sie Atchonwithas.« Er entfernte sich und verschwand, gefolgt von seinem Sprößling, und nicht das geringste Geräusch ihrer Schritte war zu hören.

Auf dem Rückweg zum Fort schwankte sie durch die Wiese, trunken und taumelnd vor unermeßlichem Glück. Honorine war Ambroisines Klauen entwichen! Honorine war gerettet worden!

Als sie an einer der Quellen vorbeikam, auf die Mopountook sie aufmerksam gemacht hatte, kniete sie nieder, trank mit Inbrunst das eisige Wasser und badete ihr brennendes Gesicht. Da fielen ihr die Worte ein, die Honorine am Tag vor der Geburt der Zwillinge zu ihr gesagt hatte: »Man muß trinken! Das Wasser ist schwer! Es hilft den Engeln herabzusteigen ...«

Im Fort liefen, tränenüberströmt, Raimon-Roger und Gloriandre der Mutter entgegen. Hand in Hand trippelten sie auf sie zu, denn das war ihnen der höchste Trost in den Unbilden dieses harten Daseins, und trotz ihrer Tränen fand sie sie so schön, daß sie beide auf einmal hochhob und leidenschaftlich abküßte. »Was ist denn geschehen, meine Püppchen? Was für ein Unglück ist denn über Euch hereingebrochen?«

»Der dumme Hund ist weggelaufen«, erklärte Charles-Henri, der wie immer den beiden Knirpsen auf den Fersen gefolgt war. Und aus deren weinerlichem Gejammer ließ sich das gleiche heraushören: Der dumme Hund war weggelaufen.

Er war ihr nachgelaufen, als sie sich entfernte, und war nicht mehr zurückgekommen. Sie erinnerte sich tatsächlich, daß sie, während sie mit Banistère sprach, ein Tier bemerkt hatte, das sich ins Gebüsch schlug. Hatte der Hund seine ehemaligen Herren gewittert? Hatte er sie wiedererkannt und beschlossen, ihnen nachzulaufen, sogar bis zu den Großen Seen?

Für die Kinder war das ein bitterer Verlust, nachdem schon der Kater nicht mitgekommen war. Angélique schickte die »Großen« aus, die über Heide und Hügel nach ihm rufen sollten, doch er kehrte nicht zurück.

Wenn er ihnen nachgelaufen ist, dann ist er wirklich dumm, sagte sich Angélique. Oder klüger als wir glauben ...

»Und wer wird uns jetzt melden, daß ein Brand ausgebrochen ist?« fragte Charles-Henri.

Bald würden die Jäger zurück sein. Sie würden Fleisch mitbringen, und das müßte geräuchert werden, daher bereitete man schon die Weidengeflechte für den Rauchfang vor. Und das große Herbstfest stand bevor. Ein Lichtblick in all den Kümmernissen.

Ein Lichtblick? Oder ein Unheil? Unermeßliche Matten voller prallroter Preiselbeeren erstreckten sich bis hinunter zum See, bis zur Umzäunung des alten, kleinen Forts, wo sie den ersten Winter verbracht hatten, und wo jetzt nur noch der stumme Engländer Lymon White inmitten seiner Waffen hauste und Erz zutage förderte, um Kugeln und Schießpulver herzustellen. Was nur an Frauen, Kindern und Körben aufzutreiben war, hatte Angélique, von den Zwillingen und Charles-Henri eskortiert, zur Beerenernte zusammengetrommelt. Der Tag war warm und klar, und der Duft der reifen Beeren erfüllte die Luft. Mit hölzernen Kämmen bewaffnet, machte sich jeder an die Arbeit, damit vor Sonnenuntergang so viel wie möglich eingebracht werden konnte.

Angélique hatte kurz innegehalten und lachte beim Anblick der rot beschmierten Gesichter der drei Kleinen in ihrer Nähe. Das bescheidene Fort Lymon Whites war nur wenige Schritte entfernt; sie betrachtete es mit freundschaftlichen Gefühlen, denn es war ihr erstes, wenn auch rustikales Obdach gewesen, wo sie heroische, doch durchaus nicht reizlose Tage zugebracht hatten.

Der Engländer mit dem langen weißen Haar und dem stummen Lachen trat auf die Schwelle und winkte ihnen von weitem ein herzliches Willkommen. Plötzlich hörte sie Judy Goldman, die älteste Tochter der Quäkerfamilie, die sie letztes Jahr aufgenommen hatten, laut schreien. Sie hatte gerade erst das junge Mädchen verlassen, das, mit zwei vollen Körben beladen, zu einem Handkarren gegangen war, wo das Sammelgut in größere Rindenbehälter gekippt und später zum Fort gebracht werden sollte. Angélique wandte sich um und bemerkte einen Indianer, der Judy am Handgelenk gepackt hatte und sie trotz ihres Widerstandes hastig mit sich zog. Gleichzeitig erschollen weitere Schreie. Ein Indianer jagte mit erhobenem Tomahawk den Hang herunter, die Preiselbeerstauden überspringend. Sie sah diese Szene, war aber so verdutzt, daß ihr die Bedeutung nicht klar wurde, und da schloß sich auch schon eine warme, fettige Hand um ihren Unterarm. Eine rote Hand! Mit einem kleinen Federreif um das muskulöse, terrakottafarbene Gelenk. Das bunt bemalte Gesicht eines Abenaki war zwei Fingerbreit von dem ihren entfernt; es neigte sich über sie, aber es gehörte nicht Piksarett.

Schreiend suchte sie sich ihm zu entwinden. »Laß mich los!« rief sie in allen Dialekten, die ihr einfielen. Die Kreuze, die Rosenkränze und die Bärenzahnketten des Indianers hüpften auf seiner Brust, doch er ließ nicht locker, und das erinnerte sie an den Überfall und die Erstürmung des englischen Dorfes Brunswick-Falls.

Ein Schuß hallte. Der Wilde, der sie umklammert hielt, schlug um sich wie ein am Köder hängender Fisch und stürzte zu Boden, was auch sie zu Fall brachte. Lymon White auf der Schwelle des Forts hatte eines der Langrohrgewehre seines Arsenals angelegt und geschossen. Denn von seinem Platz aus überblickte er den Hügel und sah, was sie nicht sehen konnte. Doch als Angélique die leblose Hand des zu Boden gestreckten Wilden abgeschüttelt und sich wieder aufgerichtet hatte, sah auch sie und begriff sofort: Keine Sekunde war mehr zu verlieren!

Es war nicht das erste Mal, daß sich ihren Augen ein solches Schauspiel darbot, doch noch kurz zuvor hätte niemand es sich auszumalen vermocht. Von den Höhen des Waldsaums her purzelte ein ganzer Schwarm Indianer mit erhobenen Tomahawks quer durch die purpurroten Preiselbeermatten zu ihnen herunter. »Lauf, so schnell du kannst, lauf immer geradeaus«, rief sie Charles-Henri zu, auf die Hütte Lymon Whites zeigend.

Der stumme Engländer hastete dem kleinen Buben entgegen, packte ihn, drängte ihn ins Innere, legte erneut an und schoß, um Angélique zu decken, die, unter jedem Arm einen Zwilling, hinter ihm in die große Eingangshalle des ehemaligen Forts stürzte. »Macht die Tür zu! Legt den Balken vor! Schnell!«

Lymon White bedurfte dieses Ansporns nicht. Kaum hatte er den schweren Torflügel zugeworfen, als auch schon ein geschleudertes Buschmesser dagegenprallte und steckenblieb. Und nachdem der schwere Eichenbalken in seinen Eisenhalterungen verankert war, nahm er seine Waffe wieder auf und holte eine andere aus dem Ständer, die er Angélique zuwarf. Er wies auf das Zimmer, in dem ein Bett stand, bedeutete ihr, die Kinder dort abzusetzen und dann mit ihm die Leiter zum Dach zu erklimmen.

Dieses erste Fort Wapassou war nämlich mit einer überdachten Verteidigungsplattform ausgerüstet, da es überhaupt nur von oben einzunehmen war wegen des tief in den Hang eingelassenen und somit schwer zugänglichen Tores. Eine kurze, zinnenbewehrte Rampe bot dem Schützen Deckung.

Aus der Falltür geradezu herausspringend, eröffneten Angélique und der Stumme ein Trommelfeuer, wobei jeder Schuß traf. Vor diesem Widerstand wichen die Indianer zurück, hielten sich auf Abstand, schienen zu beraten, wandten dann den Rücken und liefen im Gänsemarsch in Richtung auf das große Fort davon.

Der erste Ansturm war schweigend und spärlich bestückt vor sich gegangen. Doch jetzt hörte man von überallher Geheul, Schreie und Rufe. Urplötzlich verstummte wiederum auch dieses Getöse, und ein verblüffendes Schweigen trat ein. Wären auf den Preiselbeerfeldern nicht ein paar Abenakileichen gelegen, hätte man meinen können, die vorangegangene Szene geträumt zu haben.

»Aber was ist denn das für ein Wahnwitz?« murmelte Angélique. Von ihrem Standort aus konnte sie nur die Spitze des

Burgfrieds und ein wenig tiefer die Bastei des linken Flügels erkennen. Was sie jedoch dort entdeckte, verschlug ihr den Atem. Auf dem Bergfried ließ jemand, dessen Uniform sie hinter der Brustwehr nicht zu deuten vermochte, das blaue Banner mit dem Silbertaler des Grafen Peyrac herunter, um kurz darauf an der Fahnenstange ein anderes Banner hochzuziehen, dessen Zeichnung sie trotz der Entfernung deutlich zu erkennen vermochte. Auf weißer Seide zeigte es in den vier Ecken je ein rotes und in der Mitte ein von einem Schwert durchbohrtes Herz.

Instinktiv lud sie ihre Waffe, die der stumme Engländer ihr in den ersten Augenblicken des Angriffs gereicht hatte, neuerlich durch. Es war ein deutsches Steinschloßgewehr, in dessen Buchenschaft reliefartig Jagdszenen geschnitzt waren. Eine schöne, aber sehr schwere Waffe mit einem Kolbenmagazin, das Zunder, mehrere Ladungen Pulver und ein Säckchen Kugeln enthielt, was zwar ihr Gewicht noch vergrößerte, das Nachladen aber erheblich beschleunigte. So hatte sie schon mehrmals schießen können, bevor Lymon White mit neuer Munition und einem ganzen Bündel Musketen wieder neben sie trat.

Doch es blieb ihr keine Zeit, sich eine handlichere Waffe auszuwählen, denn ein unbewaffneter Edelmann tauchte am Bug des Hanges auf und stieg langsam zu ihnen herab. Es war ein Offizier in einem Umhang aus grauem Tuch, auf dem ein weißes Kreuz prangte.

Sie erkannte den Grafen Loménie-Chambord.

Sechsunddreißigstes Kapitel

Die Hände um das Gewehr geklammert, blickte sie ihm entgegen, und ihre Spannung stieg mit jedem seiner Schritte. Es war ihr nicht geheuer, ihn näher kommen zu lassen, dabei war er ihr Freund ...

Als er nahe genug war, um sie zu hören, rief sie ihn an. »Bleibt stehen, Monsieur de Loménie. Keinen Schritt weiter, oder ich schieße.«

Er gehorchte, blickte in ihre Richtung und wagte seinen Augen nicht zu trauen, als er sie entdeckte. Unwillkürlich tat er eine Bewegung nach vorne, aber sie gebot ihm von neuem Einhalt.

»Rührt Euch nicht vom Fleck. Ich kann Euch sehr gut hören von hier oben aus. Ihr seid mir Erklärungen schuldig.« Sie wollte nicht, daß er ihr zu nahe kam und ihrer Ziellinie entwich. Der Fahnenaustausch auf dem Gipfel des Burgfrieds war eine Kriegserklärung und berechtigte sie zu höchstem Mißtrauen. Sie wußte nicht, was mit den Verteidigern des großen Forts geschehen war. Doch wenn sie ihn zu Verhandlungen empfing, konnte man sich auf alles mögliche gefaßt machen. Während sie miteinander sprachen, konnten die Soldaten und Verbündeten Loménie-Chambords das kleine Fort in Beschlag nehmen, vielleicht sogar auf sein Geheiß. Lymon White vermochte es allein nicht zu verteidigen. Und war diese letzte Bastion des Widerstandes erst einmal gefallen, wäre ihre Situation ausweglos.

»Madame de Peyrac?«

»Monsieur le Chevalier?«

Sie sah, daß er bleich war wie der Tod. Und da er keine weiteren Worte fand, rief sie: »Ich höre!«

»Liebe Angélique, ergebt Euch.«

»Wozu? Oder wem?«

»Dem göttlichen Gesetz. Denen, die tugendsam genug sind, seine Hüter zu sein.«

»Zählt Ihr zu den Hütern des göttlichen Gesetzes auch den neuen Gouverneur oder dessen Ratgeber, seine Frau?«

Schlagartig sah er bestürzt und verstört aus. »Wovon sprecht Ihr?« Er schien nicht zu wissen, daß Neufrankreich einen neuen Gouverneur hatte.

»Schon gut, wenn Ihr also nicht von diesem finsteren Gnom oder seinem dämonischen Weib geschickt seid, dann wird es wohl *er* sein«, entgegnete sie mit funkensprühendem Blick, »*er*, dessen Standarte Ihr soeben gehißt habt, *er* also schickt Euch, immer wieder *er*, unser verbissener Feind, selbst wenn er tot ist. Ihr seid sein gefügiges Instrument.«

»Angélique!« schrie er auf und tat einen Schritt vorwärts, »Ihr müßt verstehen!«

Sie stürzte wieder hinter die schützenden Zinnen, behielt ihn aber im Visier. »Kommt nicht in meine Nähe!«

Er hielt erneut inne und sprach sanft zu ihr hinauf, als

wollte er ihre Wut besänftigen. Er erklärte, er befände sich seit über einem Monat auf Feldzug und habe von einem Rudel Irokesen gehört, das sich am Kennebec herumtreibe. Dadurch sei er in die Nähe von Wapassou geraten, und da sei ihm eine himmlische Erleuchtung zuteil geworden, die eine Antwort gab auf all die quälenden Fragen, die er sich seit langen Monaten stellte. »Ich wußte plötzlich, daß die Stunde gekommen war, meine Mission zu erfüllen, vor der ich einst zurückgewichen war.«

»Ich verstehe! Ihr wolltet nachholen, was Ihr in Katarunk versäumt habt. Ohne Euch Gedanken zu machen, daß Ihr damit mich und meine Kinder treffen würdet.«

»Ich konnte doch nicht ahnen, daß Ihr hier wart. Man hatte mir berichtet, Ihr und Monsieur de Peyrac wäret abgereist, wie jeden Sommer.«

»Und so seid Ihr gekommen wie ein Dieb! Wie in Katarunk, zum zweiten Mal!«

Er wollte sie nicht hören und redete weiter, wollte seine Mission zu Ende führen, wie er auch unbeirrt zum Kalvarienberg gegangen wäre. »Ihr werdet uns folgen, Madame, mit Euren Kindern und Eurem Gesinde. Von Wapassou aus werden wir zur *Baie Française* hinuntersteigen, um das herrliche Land Akadien wieder in Besitz zu nehmen. Die Saison macht es noch möglich.«

»Und Ihr glaubt wirklich, ich würde Euch unsere Niederlassungen am Kennebec und Penobscot ausliefern und Euch den Weg nach Gouldsboro freigeben?«

»Liebste Freundin«, erwiderte er. »Ihr seid eine Frau, eine charmante Frau, über die ich mir keinerlei Urteil anmaße, aber doch eine Frau. Ihr müßt begreifen, daß weder Ihr noch Euer Gatte etwas gegen einen Heiligen vermögt. Sterbend wies uns Sébastien d'Orgeval den Weg und rückte die Dinge wieder ins wahre Licht. Zweifel und Suche nach anderen Wegen führen in die Irre; die Mißachtung der Verbote führt in die Sünde. Wir müssen das Böse geißeln.«

»Ihr seid schon auf dem Irrweg. Das Böse befindet sich nicht da, wo Ihr es zu sehen vermeint. Ihr seid, was Ihr immer gewesen seid, nämlich unser Freund.«

»Ich bin verblendet gewesen wie Adam. Ihr wart meine Versuchung. Aber ich habe es zu spät erkannt. Doch, ergebt Euch, Madame, und Euch wird vergeben werden.«

»Ihr seid von Sinnen. Alles, was Ihr da sagt, ist falsch, und das wißt Ihr genau! Kommt zu Euch, Chevalier! Erwachet! Sie ist nicht hier, die Versucherin. Hier ist sie nicht! Ihr seid auf dem Irrweg! Ihr habt Euch selbst getäuscht! Gewinnt Eure Fassung zurück, fährt Eure Truppen zurück, pfeift Eure Wilden zurück und laßt uns in Frieden.« Vielleicht war es unklug, daß sie hinzugefügt hatte: »Wapassou gehört Euch nicht, und ich werde es bis zum bitteren Ende verteidigen. Durch Euer Handeln verletzt Ihr die Verträge und desavouiert den König.«

In die Enge getrieben, versteifte er sich. »Jede Parzelle dieser Erde gehört Gott«, erwiderte er mit lauter Stimme, »und sie muß zurückgelegt werden in die Hände jener, die ihm dienen nach seinen Gesetzen. Denn es steht geschrieben: ›Wer nicht mit *mir* ist, ist gegen *mich*...‹« Er schien in einem Wirbel widersprüchlicher Gedanken befangen, und sein edles Antlitz war von Pein entstellt. »Ihr waret die Versuchung«, hob er nochmals an. »Ich wollte es nicht wissen, und doch ähnelt sich alles und beginnt immer von neuem. Die ewige Tragödie. Die Frau, die seit Urzeiten den Mann in die Irre führt, der zum Hüter der Gebote und des Willens Gottes bestimmt ist. Ich hätte mich entsinnen müssen und nicht vergessen dürfen, daß schon Adam dieser verführerischen Stimme, die ihn in die Irre führte, erlegen ist.«

Plötzlich verspürte Angélique Müdigkeit in den Armen, die immer noch die schwere Muskete hielten, denn sie hatte darin keine Übung mehr. Die Verspannung in den Schultern verursachte ihr einen stechenden Schmerz, der bis in den Nacken und von dort in die angespannt das lebende Ziel fixierenden Gesichtsmuskeln zog. In der Verlängerung ihres Gewehrlaufs stand dieser grau gekleidete Mann mit dem weißen Kreuz auf der Brust, gleichsam Zeichen seines mystischen Wahns, und allmählich kam er immer näher und sprach Worte, die ihr völlig abwegig, ja einfach töricht klangen.

Vor allem töricht, dachte sie bei sich, während sie Lust verspürte, vor Entrüstung aufzuschreien. Sie hatte ihn doch aus nächster Nähe und so gewandelt erlebt, als jemanden, der Licht und Wahrheit ausstrahlte und sich nicht fürchtete, die ausgetretenen Pfade zu verlassen, um zu versuchen, in weiterer Ferne andere Aspekte der vergessenen Heilsbotschaft ausfindig zu machen. Wo war er nur, ihr Freund, der in Quebec, im Garten des Gouverneurspalastes, so keusch seine Lippen den ihren genähert hatte?

Der Offizier, der Edelmann, der Malteserritter, der dort stand und sich bemühte, sie wieder für die angeblich religiösen Geheimnisse eines politischen Spiels, das nur Krieg und endlose Massaker bedeutete und auch ihr Untergang wäre, zu erwärmen, war doch nur seine seelenlose Hülle. Der *andere,* der Fanatiker, der Jesuit, sein liebster Freund, hatte sich seiner bemächtigt und sein Herz zernagt. Jetzt wußte sie, daß er sie mit anderen Augen ansah, mit den Augen des toten Jesuiten, und daß gegen diese Vision keines ihrer Argumente mehr verfing.

Schon wieder trat er näher.

»Bleibt stehen! Haltet ein!« kreischte sie jetzt. »Kommt mir nicht in die Nähe!« Sie reckte sich auf, kaum selbst mehr bei Sinnen, in Verzweiflung ertränkt von diesem Phantom des Freundes, des Ritters, der sich hatte bezwingen lassen vom Willen eines anderen, der sich, ohne es zu wissen, hatte einfangen lassen von den Netzen der dämonischen Komplizin des Jesuiten, von Ambroisine, die wieder auf kanadischem Boden war und dort wandelte mit einem von Süße verklärten Gesicht, während sie ihn anflehen mußte stehenzubleiben; sie richtete sich auf, toll von Schmerz und Auflehnung, entsetzt über ihre Machtlosigkeit, kopflos bei dem Gedanken, sie könnte der Versuchung erliegen und sich geschlagen geben, nur um Schluß zu machen und ihn nicht zu verlieren, und diese Versuchung nagte an ihr, das spürte sie, wie sie auch in panischer Angst feststellte, daß ihr Widerstandswille dahinschmolz und sie erkannte, daß ihre Gewißheit, Wapassou verteidigen zu müssen um jeden Preis, abzubröckeln begann, daß ihr Geist sich verwirrte, der ihr doch eben noch zu verstehen gegeben hatte, daß alles nur schlimmer würde, wenn sie sich ergäbe, daß es ihr und ihrer Kinder baldiger Untergang wäre, daß sie, wenn sie aufgab, die Ihren und alles, was sie geschaffen hatten, zunichte machen würde, daß sie, wenn sie abtrünnig würde, Joffrey, der in der Ferne für sie kämpfte und sich auf ihre Standhaftigkeit verließ, verraten würde, ihn bloßstellen würde, ihn schlimmer nicht zu treffen vermöchte, und diesmal hätte sie zugeschlagen. Dann hätten *sie* es endlich geschafft. Den »über den anderen stehenden Mann« endlich bezwungen, vor allem über ihre Liebe, ihre beleidigende Liebe.

Niemals!

Wirren Blickes bäumte sie sich auf, ankämpfend gegen die aus ihren Worten geborenen unsichtbaren Monstren verschwommener Gestalt, die sich auf sie zu stürzen drohten, um sie zu lähmen und zu knebeln, und nun brach eine fremde Stimme aus ihr hervor, die weit über den Horizont der Wälder und Berge hinaus trug: »Ihr täuscht Euch! *Die Schlange ist nicht hier!* Sie ist dort, woher Ihr kommt, sie hat sich bereits um Euch geringelt, hat Euch bezwungen, Monsieur de Loménie. Und sie erstickt Euch, sie erstickt Euch!«

Plötzlich wurde ihr bewußt, daß dieses Zwiegespräch und ihre wahnsinnige Erregung ihm zugute kommen könnte, wenn sie ihre Waffe fallen ließe und sich weiterhin aufrecht als Zielscheibe für einen versteckten Schützen darböte; daher stürzte sie wieder hinter die schützenden Zinnen, legte das Gewehr an, den Finger am Abzug und die Wange am Lauf und spürte, wie ihr die Verzierungen des Schafts ins Fleisch einschnitten, was ihre wollüstige Raserei aber nur noch verstärkte. »Meine Waffe«, flüsterte sie, »laß du mich nicht im Stich! Ich habe nur noch dich!« Dann rief sie laut: »Keinen Schritt weiter, Chevalier! Oder ich strecke Euch nieder.«

Doch er hörte nicht auf sie und kam immer weiter auf sie zu, als sähe er sie nicht oder, ganz im Gegenteil, als sähe er nur sie.

Sie drückte ab.

Nun lag er da im Gras, hingestreckt, und wie ihr schien, stand sie schon seit Stunden hier und betrachtete diesen leblosen Körper, dem sie nicht mehr zu helfen vermochte. Da lag er, von ihr getötet, ihr Freund, der im Tode so armselig verlassene Malteserritter, dessen schlanker, von zahllosen Waffengängen, Gebetsübungen und gesellschaftlichem Schliff gestählter Körper in diesem letzten Schlaf seinen milden und vornehmen Ausdruck wiederfand.

Der Abend brach herein, und im schwefeligen Licht der Dämmerung, das Schatten und Helligkeit deutlich hervortreten ließ, bemerkte sie rings um den leblosen Körper eine Blutlache, die sich allmählich ausbreitete.

Ihr Bewußtsein war ausgeschaltet; hypnotisiert hielt sie Wache. Sie spürte das Schmerzen ihrer Arme nicht mehr, die ganz steif geworden waren, und wußte auch nicht mehr, warum sie hier an dieser Schutzwehr aus Rundhölzern stand. Die Hand des Stummen, die ihren Arm berührte, holte sie in die Wirklichkeit zurück, und sie realisierte, daß weit und breit kein Mensch mehr war, daß sich alle ins Fort zurückgezogen hatten. »Sie werden in der Nacht zurückkehren«, flüsterte sie. Er nickte bestätigend, und von seinem Mienenspiel ließ sich ablesen, daß es höchstwahrscheinlich war, daß sie in der Nacht einen neuen Sturmangriff versuchen würden. Und sie erinnerte sich daran, was sie im Tumult um Katarunk gelernt hatte, nämlich daß die getauften Indianer gefährlicher waren als die anderen, da sie sich nicht fürchteten, auch nachts zu kämpfen.

Sie wandte ihre Aufmerksamkeit von dem Toten ab und blickte in die nun wieder ruhig daliegende und vom Halbdunkel überdeckte Landschaft. Die Abendbrise wehte Rauchgeruch herüber. Scherenschnittartig zeichneten sich noch immer der Burgfried und das Ecktürmchen des großen Forts Wapassou vom Himmel ab. Wenn alle Belagerer in seinem Innern Platz gefunden hatten, so mußte es sich um eine relativ kleine Gruppe handeln, die zusammengestellt worden war, um in einer raschen und endgültigen Blitzaktion noch in diesem Herbst mit den fremden Niederlassungen an Kennebec und Penobscot kurzen Prozeß zu machen.

Doch nun hatte man ihnen ihren militärischen Anführer getötet, vielleicht den einzigen Offizier, der fähig war, eine solche Expedition zu leiten. Da man nicht wußte, wie die Lage sich nach diesem Todesfall weiter entwickeln würde, mußte man in dieser Nacht besonders wachsam sein.

Angélique wollte nicht schlafen diese Nacht. Nur für kurze Zeit überließ sie dem Stummen die Wache auf der Plattform, um nach den Kindern zu sehen. Sie schliefen friedlich in dem großen Bett, nachdem sie Heidelbeeren und von White gespendete Fladen verspeist hatten. Angélique prüfte nochmals sämtliche Ausgänge, inspizierte die Flaschen und Flacons mit Weinbrand, die der Herr des Hauses besaß, fand einen duftenden Wacholdergeist, den er selbst herstellte, und nahm einen kräftigen Schluck. Mit Munition, einem weiteren Bündel Gewehre und funktionsbereiten Pistolen sowie Eisenkugeln, mit denen man notfalls die Feldschlange stopfen könnte, kletterte sie wieder nach oben.

Eine mondlose Nacht kündigte sich an. In der tiefblauen,

gestochen scharfen, nebellosen Dämmerung war der zu Boden gestreckte Mann noch deutlich zu erkennen; der Leichnam des Chevalier de Loménie-Chambord zeichnete ein großes, schwarzes Kreuz ins Gras. Nach und nach verschwamm alles in undurchdringlicher Dunkelheit. Angélique stand Wache, umringt von ihren Waffen. Sie ließ den Zunder der Lunte brennen, um sofort feuern zu können und nicht einen Augenblick zu verlieren; die türkischen Zündhütchen wären zwar weniger archaisch gewesen, doch sie könnten feucht werden oder beschädigt sein und versagen.

Die Nacht schritt fort, und Angélique, in Habachtstellung, die Waffe in der Hand und den Finger am Abzug, gelähmt in ihrem Denkvermögen, hatte das unbestimmte Gefühl, als nähere sich ein unvorhergesehener Feind, der sie *von innen her* bezwang, sie durch Gift, das er in ihre Adern pumpte, fesselte. Sie wandelte sich, wurde zu Stein, zu einer Salzsäule. Sie wußte nicht, was ihr geschah. Ein Schock, als sei ein Schilderhaus über ihr zusammengebrochen, hätte sie beinahe aus dem Gleichgewicht gebracht und wie einen Block zu Boden gestürzt.

Ein gelbliches Flämmchen neben ihr bohrte sich durch den Nebel, den sie gar nicht so dicht in Erinnerung hatte, und das fahle, nur fleckenweise helle Gesicht des Stummen tauchte vor ihr auf und wurde im Lichtkreis eines glitzernden Dunstes zu einem Traumgesicht. Wieder gab er ihr durch Zeichen etwas zu verstehen, und jetzt war er ganz nahe; er bewegte seine schmalen Lippen über einem zungenlosen Mund, der ein schwarzes Loch war, und wies zu wiederholten Malen mit dem Finger zum Firmament hinauf. Wollte er ihr sagen, daß sie dem Himmel Vertrauen schenken sollte? Oder war es eher eine Warnung, daß die Gefahr von dort oben kommen würde?

Offenbar war ihm klargeworden, daß sie ihn nicht verstand, denn er änderte seine Taktik, indem er die Flamme seines Feuerzünders ihren Händen näherte, die die Muskete umklammert hielten. Sie spürte kein Brennen, sondern nur Wärme, doch diese Wärme verursachte ihr plötzlich einen schier unerträglichen Schmerz, und im gleichen Moment, da sie merkte, daß ihre Finger leblos und leichenfahl am Stahl der Waffe festgeklebt waren, verstand sie auch die Botschaft auf den Lippen des Stummen und die Bedeutung seines in die Tiefen der sternlosen Nacht weisenden Fingers.

Die Kälte! Über den noch vor wenigen Stunden in all seinen feurigen Farben funkelnden und prangenden Herbst war jäh wie eine planetarische Katastrophe die Kälte hereingebrochen. Und wenn die schwere Pelzdecke, die Lymon White heraufgebracht und um Angélique gehüllt hatte, sie unter ihrem Gewicht beinahe begraben hätte, so war es deswegen, weil Angélique drauf und dran war, an Ort und Stelle festzufrieren.

Als es ihm gelungen war, mit der Wärme seines Feuerzünders wieder etwas Leben in ihre Hände zu bringen, mußte er sie behutsam, eine nach der anderen, von der Waffe ablösen, bevor er ihnen dicke Pelzhandschuhe, die er ebenfalls heraufgebracht hatte, überstülpen konnte. Sie hätte am liebsten aufgeschrien, als das Blut in ihren steifgefrorenen Händen wieder zu zirkulieren begann. Doch jetzt gab er ihr durch Zeichen zu verstehen, daß er unten bereits Feuer gemacht und auch die Kinder in ihrem Bett fest zugedeckt hatte.

Im Morgengrauen wurde die Nacht abgelöst von einer hohen, grauen Nebelwand, schillernd vor Eispartikeln, die sich ein paar Schritte vor dem Fort aufgebaut hatten. Gegen die Tagesmitte zog der Nebel sich gleichsam bedauernd zurück und legte einen Zipfel Wiese frei, dessen noch lebhaftes, von den roten Schleifspuren der Preiselbeerbüschel aufgerissenes Grün erstrahlte, als wolle es Revanche üben und seiner Empörung über den brutalen Kälteüberfall Ausdruck geben, und Angélique sah, daß der Leichnam des Chevalier de Loménie-Chambord verschwunden war.

Sie hatten ihn also im Schutze der Nacht abgeholt. Doch vermutlich hatte der Tod ihres Hauptmanns, der plötzliche Temperatursturz und der verbissene Widerstand des kleinen Forts sie entmutigt, diese Nacht auch gleich zu nutzen, um erneut gegen das Bollwerk anzustürmen und es einzunehmen. Und noch zur gleichen Tagesmitte verschloß sich, einem feindseligen Wesen gleich, dieser undurchdringliche und überall abgedichtete und alles ertränkende Nebel von neuem. Aber die beißende Kälte gab nach, und in dem grauen Einerlei ringsum begannen dicke Schneeflocken zu tanzen.

Am folgenden Morgen war der Nebel immer noch da, und der Schnee hatte alles begraben. Er stieg fast bis zur Plattform hinauf, bis zum Dach der kleinen Behausung und hatte Tür und Fenster bereits verstopft. Angélique und der Stumme hatten die ganze Nacht lang abwechselnd Wache gestanden und Schnee gefegt, denn Windböen wirbelten ihn bis unter ihr schützendes Dach. Aus Rinden und Häuten hatten sie schließlich ein zweites Dach errichtet, um die Patronen und das Pulver zu schützen.

Der Rückzug der Eindringlinge aus Kanada erfolgte auf die für sie typische Art: lautlos und wie ein Hauch. Die beiden Wachposten erfuhren nichts davon und begriffen es erst, als sich hinter dem perlenden Schneevorhang ein gedämpfter rosiger Schein ausbreitete.

Es war um Mitternacht, und Angélique meinte, es sei die Morgenröte. Aber der rosige Schein verbreiterte sich, ohne jedoch die Finsternis einer in sich verschlossenen Welt zu zerstreuen, in der der drängende, lautlose Schnee ausdauernd sein Werk verrichtete. Dieses gewaltige Leuchten auf der anderen Seite des Hanges rührte, wie ihr endlich bewußt wurde, von der riesigen Feuersbrunst her, die in dieser Nacht das Fort Wapassou, die »Burgvogtei« der Trapper, die dort stets gastliche Aufnahme gefunden hatten, verschlang.

Das Feuer, der Schnee – ein seltsamer Wettstreit in gierigem Verschlingen und Verschütten. Doch der in rasender Wut die Flammen anfachende Wind durchkreuzte die Ziele des Schneefalls, dessen Menge vielleicht ausgereicht hätte, sie zu ersticken. Wie viele Stunden dauerte dieser Brand?

Der Schneesturm hatte Angélique und den Engländer gezwungen, die Dachplattform zu verlassen. Unablässig hatten sie dieses bedrängende Leichentuch des Schnees von sich abschütteln müssen, bis sie schließlich kaum mehr wußten, ob sie noch ein Haus unter den Füßen hatten. Sie schlüpften durch die Falltür, schleiften ihre Waffen hinter sich her und hatten den Eindruck, in den Schoß der Erde hinabzusteigen, um ihre unbewohnbar gewordene Oberfläche zu fliehen.

Doch der Alptraum war zu Ende, als sie eintauchten in die Stille, in die Wärme, in das Licht und die wohltuende Behaglichkeit eines Ortes, der sich der Hysterie der Elemente entzogen hatte. Dort spielten die drei Kinder wie kleine Mäuse mit dem, was Lymon White ihnen zur Verfügung gestellt hatte. Da gab es Sand in einem Bottich und Förmchen . . .

Als Angélique und Lymon White es eine Woche später riskierten, aus diesem Mauseloch herauszuschlüpfen, war es längst zu spät. Der Schnee hockte behäbig auf den geschwärzten Ruinen und versperrte jeglichen Zugang. Dann kam der Frost, der die weiten Flächen mit einem Eispanzer umschloß, gegen den man nichts vermochte, und dann die Stürme, die den Schnee vereisten, Schnee, immer wieder Schnee ...

Und dann kam ein Tag, wo die Novembernebel sich zerstreuten. Der stumme Lymon White zog seine Schneeschuhe an, packte eine winzige Portion Proviant in seinen Ranzen, dafür aber eine gewaltige Portion Munition für sein Gewehr, gab Angélique durch Zeichen zu verstehen, daß er sich gen Süden durchzuschlagen gedachte, um zum Kennebec und zur Küste zu gelangen und die Ihren von den letzten Ereignissen zu verständigen, woraufhin er das kleine Fort verließ. Ein viel zu waghalsiges Unternehmen für einen einzigen Mann in einer solchen Jahreszeit! Trotz allem hoffte sie.

Die Zeit verging. Die Tage wurden kürzer, die Nächte länger und dunkler. Sie nutzte die kurzfristigen Aufhellungen, schlüpfte nach draußen, um die Fallen zu inspizieren oder ein Stück Wild vor die Flinte zu bekommen. Doch vergeblich. Der pfeifende Sturm hatte den Vorhang bereits wieder zugezogen. Die Erinnerung und die Verbitterung über die Zerstörung Wapassous fielen von ihr ab, verwischten sich, um einer schaurigen Bedrängnis Platz zu machen. Der Winter hielt sie mit drei kleinen Kindern gefangen, und wenn in einigen Wochen keinerlei Hilfe eingetroffen wäre, liefen sie alle vier Gefahr, in diesem eingeschneiten kleinen Fort Hungers zu sterben.

Das Heulen und Rasen des mal hier, mal da blindlings zuschlagenden Blizzards sollte ihr wohl verständlich machen, daß es dem Höllenhund auch manchmal gestattet ist, sich auf der Erde auszutoben. Wann würde der Erzengel kommen, um dem Vormarsch des von der Dämonin beschworenen Unheils Einhalt zu gebieten?

Neunter Teil

Die Reise des Erzengels

Siebenunddreißigstes Kapitel

Seit dem Vorzimmer des Königs war der Erzengel der Dame nun auf den Fersen. Ein Vorhangzipfel schob sich zur Seite, eine Tür öffnete sich auf einen schmalen Gang, ein paar Stufen waren zu nehmen. Will man der Chronik Glauben schenken, so führten sie vom Salon Madame de Maintenons zum Billardsaal, wo der König allabendlich seine Partie zu spielen beliebte.

Ihm voraus ein Page, die Portiere raffend, und im Innern Damen, in Brokatroben versinkend, und eine, die sich erhob. Zwei sich kreuzende Blicke, ein goldener und ein smaragdener. Und in das dunkle Labyrinth eines Palastes namens Versailles drang die salzhaltige Luft einer abgelegenen Küste Amerikas, der faulige Gestank von in der Sonne trocknenden Fischen und der Aufschrei einer vor einem [illegible] Körper auf die Knie gesunkenen Frau: »Zahl! Zahl! Du darfst nicht stechen!«

»Sie ist es! Kein Zweifel«, hatte Cantor de Peyrac gedacht. Und schon hatte er dem Lakai einen Louisdor in die Hand gedrückt. »Schnell! Den Namen der Frau, die eben hier vorbeiging!«

Der Lakai wußte ihn nicht, doch angespornt von dem ihm soeben in den Schoß gefallenen Reichtum, brauchte er nicht länger als eine Minute, um kehrtzumachen und sich in die Versammlung einzuschleichen, die den Billardtisch des Königs umringte und kurz darauf dem schönen und großzügigen Fremden ins Ohr zu flüstern: »Madame de Corrélat«.

»Ihr Gatte? Welcher?« Seine Frage warf ihm der Page zugleich mit einem zweiten Obulus hin.

Diesmal verließ der Lakai für eine Stunde lang seinen Posten als Fackelträger, wobei er sich ausrechnete, daß diese Desertion, wenn sie ihm auch Tadel einbrächte, ihn doch weniger kosten würde, als im Dienste dieses jungen Herrn zu verdienen war. Noch bevor der König seine Partie beendet hatte, war er zurück und raunte Cantor alles, was er hatte herausbringen können, ins Ohr.

Siebenunddreißigstes Kapitel

Seit dem Vorzimmer des Königs war der Erzengel der Dämonin auf den Fersen. Ein Vorhangzipfel schob sich zur Seite, eine Tür öffnete sich auf einen schmalen Gang, ein paar Stufen waren zu nehmen. Will man der Chronik Glauben schenken, so führten sie vom Salon Madame de Maintenons zum Billardsaal, wo der König allabendlich seine Partie zu spielen beliebte.

Ihm voraus ein Page, die Portiere raffend, und im Innern Damen, in Brokatroben versinkend, und eine, die sich erhob. Zwei sich kreuzende Blicke, ein goldener und ein smaragdener. Und in das dunkle Labyrinth eines Palastes namens Versailles drang die salzhaltige Luft einer abgelegenen Küste Amerikas, der faulige Gestank von in der Sonne trocknenden Fischen und der Aufschrei einer vor einem harpunierten Körper auf die Knie gesunkenen Frau: »Zalil! Zalil! Du darfst nicht sterben!«

»Sie ist es! Kein Zweifel«, hatte Cantor de Peyrac gedacht. Und schon hatte er dem Lakai einen Louisdor in die Hand gedrückt. »Schnell! Den Namen der Frau, die eben hier vorbeiging!«

Der Lakai wußte ihn nicht, doch angespornt von dem ihm soeben in den Schoß gefallenen Reichtum, brauchte er nicht länger als eine Minute, um kehrtzumachen und sich in die Versammlung einzuschleichen, die den Billardtisch des Königs umringte und kurz darauf dem schönen und großzügigen Pagen ins Ohr zu flüstern: »Madame de Gorrestat.«

»Ihr Gatte? Welcher? Seine Titel?« warf ihm der Page zugleich mit einem zweiten Obulus hin.

Diesmal verließ der Lakai für eine Stunde lang seinen Posten als Fackelträger, wobei er sich ausrechnete, daß diese Desertion, wenn sie ihm auch Tadel einbrächte, ihn doch weniger kosten würde, als im Dienste dieses jungen Herrn zu verdienen war. Noch bevor der König seine Partie beendet hatte, war er zurück und raunte Cantor alles, was er hatte zusammentragen können, ins Ohr.

Diese Dame war die Gemahlin des auf Geheiß des Königs erst kürzlich in Versailles angelangten Gouverneurs des Nivernais. Gerüchten zufolge erwartete ihn hier eine ansehnliche Nominierung. Seine Gattin, eine sehr fähige, diskrete und angenehme Person, hatte Madame de Maintenon gefallen, die sie in ihren Damenzirkel aufgenommen hatte, was die beste Möglichkeit bot, der Sonne nahe zu sein. Er erfuhr, daß das Paar bereits Anstalten traf, sich von Le Havre aus in Richtung Kanada einzuschiffen, wo Monsieur de Gorrestat zum Gouverneur ernannt worden war. Und schon am nächsten Morgen wußte er, daß es tatsächlich die »Witwe« des alten Parys war, die mit Monsieur de Gorrestat in den Hafen der Ehe gesegelt war.

Alles deckte sich.

Unverzüglich verlangte es Cantor nach einem Reisebillet über die Ozeane, doch erst mußte das Geld aufgetrieben werden. Ihm war klar, daß er keinen Tag, nicht eine Stunde zu verlieren hatte. Er stürzte zu Madame de Chaulnes, seiner Mätresse, die Besorgnis zeigte, da sie ihren jungen Liebhaber seit achtundvierzig Stunden nicht gesehen hatte. Er war nicht bereit, ihr die Gründe für seinen überstürzten Entschluß zu nennen, und ließ sie daher nur kurz wissen, er müsse sich unverzüglich nach Neufrankreich einschiffen und benötige für dieses Vorhaben eine Summe von zwanzigtausend Pfund.

Madame de Chaulnes glaubte, die Welt bräche entzwei. Sie stieß einen schrecklichen Schrei aus und fühlte sich, kaum hatte das Echo ihre Ohren erreicht, versteinert vor Scham, vor Not und einer Begierde, die durch Mark und Bein ging. Es war der Brunftschrei eines Tieres. »Nein! Ihr nicht! *Niemals!* Verlaßt mich nicht!«

Verdutzt und indigniert blickte er sie an. »Solltet Ihr nicht wissen, Madame, daß nichts ewig währt? Daher muß man die Frucht pflücken und genießen, wenn sie sich darbietet. Ihr wußtet es sehr wohl, als Ihr mich in Euer Bett aufnahmt. Nichts währt ewig auf der Welt! Ich muß abreisen!«

Sie sah ihn schon vor sich, allein über Wege galoppierend, von Banditen angegriffen, ertrunken ... »Aber das Meer!« wimmerte sie.

Er lachte. Das Meer? Das war doch nicht der Rede wert. Ein paar unbequeme Wochen, wo man sich träumend, trällernd, mit dem Schicksal des Schiffes auf Gedeih und Verderb verbunden, auf den launigen Wellen dahinschaukeln ließ. Nur eine Frage der Geduld!

Beim Anblick seiner funkensprühenden Jugend überkam sie Bedauern, das Leben nicht so fröhlich genommen zu haben, als sie so alt war wie er. »Du willst zu ihm zurück? Zu dem kleinen Tier der Wälder?«

Cantor runzelte die Brauen. Ein Schatten huschte über sein Gesicht. »Es ist keineswegs sicher, daß ich ihn wiederfinde«, sagte er sorgenvoll.

»Hat er Euch gerufen?«

»Ich weiß es nicht ...«

»Verstimmt den König nicht.«

»Mein Bruder wird das einrenken.«

Sie wechselten Worte, während Madame de Chaulnes Truhen und Kassetten öffnete und in Cantors hingestreckte Geldkatze Louisdors schüttete, die zu zählen sie sich nicht einmal die Mühe machte. »Ich werde dich nicht fortlassen ...«

»Eure Pflicht ist verbindlich, Madame.«

»Mein Gott, was ist denn los? Ist Eure Familie dort drüben in Amerika in Gefahr?«

»Viel schlimmer!«

Sie ließ ihren Kopf auf seine Schulter fallen und näßte sie mit Tränen. »Mein schöner Engel, sagt es mir doch wenigstens, wen wollt Ihr durchbohren?«

»Das Böse!«

Er reckte sich. Sie trat beiseite, sah ihn nur mehr durch einen Nebel. Sie würde auf ihn warten und sich seine Gesten, sein so seltenes Lachen, seine weisen Worte immer wieder ins Gedächtnis rufen: »Solltet Ihr, Madame, wirklich nicht wissen, daß nichts ewig ...«

»Danke!« rief er. »Und betet, betet für mich!« Damit lief er zur Tür.

»Nein, Ihr werdet doch nicht einfach davonlaufen, ohne mir Lebewohl zu sagen!«

Verwirrt kam er noch einmal zurück und nahm sie in die Arme. Als er sie küßte, wußte sie, daß er ein Mann war, ein Mann, dem sie in ihrer Jugend nur allzugern begegnet wäre. Mit dem sie hätte leben wollen, Tag um Tag. »Wartet, mein Liebling, da fällt mir noch etwas ein. Zwei Diamanten aus Ohrgehängen, Perlen einer Kette, die Ihr zu Geld machen könntet.«

Sie übergab sie ihm, füllte randvoll seine Hände, schloß seine Finger um diese Schmuckstücke, als vertraue sie ihm ihr armes Herz an, das er mitnehmen durfte. Und er küßte diese freigebigen Hände, die die seinen hielten. »Danke, danke. Ich werde meinem Bruder ein paar Zeilen hinterlassen, damit Euch alles so bald wie möglich zurückerstattet wird.«

Sie wimmerte, doch ihre Tränen waren versiegt. »Nein, behaltet alles. So bleibt wenigstens etwas von mir bei Euch.«

Wie beim ersten Mal warf er sich vor ihr zu Boden und umfaßte ihre Knie. »Süße Freundin, seid gesegnet!«

Ihr Leben lang würde sie die Erinnerung an diese ihre Hüften umfangenden jungen Arme, an diese sich an ihren Leib pressende Jünglingsstirn bewahren. Mit dieser Wegzehrung würde sie sterben, denn nur dies lohnte sich bewahrt zu werden, wie der einzige Schatz eines ganzen Lebens!

Die Verfolgung startete Cantor de Peyrac im Havre-de-Grâce, einem Hafen der Normandie. Das Schiff, das den provisorischen Gouverneur Neufrankreichs sowie seine Gemahlin und ihr Gefolge davontrug, war vor zwei Tagen in See gestochen. Man konnte nur noch hoffen, daß der soeben über dem Ärmelkanal aufgezogene Sturm sie bis zum Golf der Gascogne abtreiben und so lange aufhalten würde, bis Cantor auch für sich eine Schiffspassage aufgetrieben hatte, was sich als schwierig erwies. Die Saisonfischerflotten und Flottillen, die Handelssegler, die Post und auch Passagiere nach Neufrankreich mitnahmen, hatten bereits alle, wie nach Absprache, die Segel gesetzt und starteten fast gleichzeitig zur Ozeanüberquerung. Es gelang ihm jedoch, noch ein kleineres Schiff ausfindig zu machen, das durch unumgängliche Reparaturen in letzter Minute im Hafen festgehalten worden war. Es war zwar eher eine klapperige Kiste, doch als Cantor erfuhr, daß der Kapitän schnurgerade Kurs auf den St.-Lorenz zu nehmen gedachte, bot er einen stattlichen Preis, um an Bord zu gelangen. Er wußte aus Erfahrung, daß eine knirschende Nußschale mit geringer Besatzung, die aber aus Kerlen bestand, die mehr auf dem Wasser als an Land waren, die Ozeanriesen mit ihren drei Decks und fünfundzwanzig Kanonen an Schnelligkeit durchaus zu überbieten vermochte.

Gleichzeitig entnahm er dem Mienenspiel der Matrosen, daß seine Erscheinung und seine mit Louisdors gefüllte Geldkatze in diesen Köpfen ganz präzise Diebstahls- und Mordpläne entstehen ließen. Und wirklich: Bereits in der zweiten Nacht auf See huschten zwei Gestalten in die Kombüse, wo er schlief, stürzten sich auf den dort ausgestreckten Körper, hieben mit Messerstichen auf ihn ein, bis sie selbst unter zwei kräftigen Schlägen auf den Hinterkopf zu Boden sanken.

Cantor de Peyrac weckte den Kapitän, ersuchte ihn, ihn zu begleiten und die Verwundungen, die man ihm zugedacht hatte, an der an seiner Stelle dort ausgestreckten Stoffpuppe festzustellen. »Kapitän«, sagte er, »ich bin bereit, Euch für einen Ehrenmann zu halten und zu glauben, daß Ihr mit diesem Komplott nichts zu tun habt, doch muß ich mich wundern, daß Euch, die Ihr Eure Männer kennt, nicht mehr daran liegt, den guten Ruf Eures Schiffes zu wahren. Ich bin Euch ausgeliefert, Ihr aber auch mir. Ich schlage Euch ein Geschäft vor. Wenn ich lebend die Ufer Kanadas erreiche, sollt Ihr die Hälfte dieser Börse voller Gold bekommen. Wenn Ihr mich aber tötet, um alles an Euch zu reißen, werdet ihr nicht nur mit Euren Gaunern teilen müssen, sondern die wenigen Louisdors, die Euch noch verbleiben werden, kaum mehr genießen können, da Eure Tage gezählt wären. Ich habe nämlich meiner Familie mitgeteilt, auf welchem Schiff ich reise. Und welchen Winkel der Erde Ihr auch ansteuern würdet, die Leute meines Vaters werden Euch immer ausfindig machen und Euch bestenfalls die Kehle durchschneiden. Seinen Namen werde ich Euch allerdings verschweigen, damit Ihr nicht auf die Idee kommt, mich gefangenzunehmen, um Lösegeld zu fordern.«

Unterdessen kam einer der Matrosen, der geschickt genug gewesen war, die ihm von Cantor nur flüchtig umgelegten Fesseln zu lösen, mit einem Messer bewaffnet, dem Kapitän zu Hilfe. Cantor schoß herum und entlud aus allernächster Nähe seine Pistole.

»Ihr habt mir einen meiner Männer getötet«, sagte der Kapitän, nachdem er den Leichnam ein Weilchen betrachtet htte, als sei ihm nicht ganz klar, was da vor ihren Füßen lag.

»Wer nicht zu töten weiß, kann nicht leben«, erwiderte sein junger Gesprächspartner. »Diese Wahrheit wiederholt mir mein älterer Bruder allmorgendlich, und Unterweisung erfuhren wir beide von unserem Vater und seinem Beispiel. Und

Euch, Kapitän, sei dieser Zwischenfall Beweis für die Ernsthaftigkeit meiner Worte. Überlegt es Euch gut. Die Hälfte dieses Goldes, das ich bei mir trage, im Austausch für mein Leben; oder all meine Habe und meinen Tod, wobei Ihr den Reichtum aber nicht lange genießen werdet. Ganz abgesehen davon, daß Eure schurkischen Matrosen es Euch ohnehin werden rauben wollen. Also: Schützt mich vor diesen Halunken mit aller Macht und Gewalt, die Ihr auf diesem Schiff innehabt, wo Ihr nach menschlichem Gesetz unumschränkter Herr seid nach Gott. Und was diesen hier betrifft, der sich schuldhaft von seinem Wachtposten entfernt hat, um eine schändliche Tat zu begehen, empfehle ich Euch, ihm gemäß dem vorgesehenen Strafmaß ein Halseisen umzulegen, eine milde Bestrafung im Vergleich zu dem üblicheren dreifachen Kielholen.«

Die Vorahnungen des jungen Seehelden erwiesen sich als richtig. Wie ein Straßenköter, der es mit Rassehunden aufnimmt, umlief die Klapperkiste Regenschauer, Windböen, Piraten und Flauten und hielt mit schöner Geschwindigkeit ihren Kurs, immer der Nase nach.

Es war eine jener leichten Fahrten, wo nichts los war und die Matrosen sich langweilten. Der blonde junge Mann, der mit dem Rücken an der Reling lehnte, in eine griechische Hirtenflöte blies und sich stundenlang in irgendwelche Bilder vertiefte, war eine ständige Versuchung für die Banditen, die immer noch, auf Umwegen allerdings, an seinen Reichtum zu kommen versuchten. Man schickte einen Mann aus Dieppe zu ihm, den man »Leo, den Muselmanen« nannte, da er zehn Jahre lang Gefangener der Barbaresken in Algier gewesen war und seitdem am Turban und an Knaben Gefallen fand.

Sein süßes Lächeln, mit dem er Cantor zu erobern suchte, erstarrte, als er, kaum vor dem Knaben auf den Knien gelandet, die Spitze eines Hirschfängers in seinen Rippen verspürte. »Was wünschst du von mir?« fragte der blonde junge Mann. Der Turbangekrönte suchte sich verständlich zu machen. Cantor hielt ihn mit der einen Hand fest und piekste ihn mit der anderen, die den Hirschfänger hielt, was ihm die Luft nahm. »Du kennst wohl das Bordreglement: ›Schuld und Sühne‹? Wie heißen die Begriffe für das, wozu du mich verführen willst?«

Mit leiernder Schülerstimme rezitierte Cantor: »Schuld: Sodomie; Sühne: Erwürgen und ins Meer werfen oder Aussetzen auf einer öden Insel, manchmal sogar ohne Wasser.«

»Unser Kapitän drückt bei solchen Spielchen ein Auge zu.«

»Ich kann ihn veranlassen, es wieder zu öffnen. Ich habe dafür bezahlt.«

Der arme, abgeblitzte »Muselmane« machte sich aus dem Staub und erklärte seinen Genossen, daß hier wirklich nichts zu machen war. Er hatte nicht einmal einen Zipfel von der Börse mit den Louisdors zu Gesicht bekommen. Dafür aber im halbgeöffneten Kapuzenmantel des Blondschopfs ein komplettes Arsenal gesehen. Zwei Pistolen, einen Hirschfänger und ein kleines Beil, wie die Indianer es besitzen; außerdem einen Degen am Wehrgehänge, und in jedem Stiefel dürfte ein Dolch stecken.

Von nun an blieb alles ruhig. Die Hälfte der Reise hatte man bereits hinter sich. Der große Kontinent Amerika war näher als das vertraute Europa.

Achtunddreißigstes Kapitel

In Neufundland bestätigte sich, daß das Schiff mit dem Gouverneur, seiner Gemahlin und seiner Eskorte wie vorgesehen nach Quebec weiterfuhr. Dem Hörensagen nach war niemand bei dieser Zwischenstation an Land gegangen, um sich von hier aus in die *Baie Française* einzuschiffen. So konnte er in bezug auf seine Familie beruhigt sein.

In Tadoussac verließ er die Klapperkiste, nachdem er beim Kapitän seine Schulden beglichen hatte. Fröhlichkeit beseelte ihn, war er doch in die Heimat zurückgekehrt, wo es nach Feuer, Pelzwerk und – etwas fader – nach Fluß roch, direkt erholsam nach den vielen Tagen auf salziger See. Aber das Wasser blieb noch lange salzig, bis kurz vor Quebec. Er genoß die Natur, die ihm Freundin war, doch den Menschen wollte er sich nicht zu erkennen geben. Ein den Herbst ankündigender, recht kühler Nebel erlaubte es ihm, sich einen Zipfel seines Mantels vors Gesicht zu schlagen, und auf den Schiffen, die er benützte, um den St.-Lorenz-Strom hinaufzufahren, schlief er die meiste Zeit mit tief in die Stirn gedrücktem Hut. Als die Ile d'Orléans in Sicht kam, wußte er schon, daß er sein möglichstes tun würde, sein Inkognito zu wahren, bis er die Witterung aufgenommen, die Klatschmäuler ausgehorcht und in Erfahrung gebracht hätte, wie Quebec den provisorischen Gouverneur und seine Gemahlin, die all ihren Wohltäterinnencharme aufbieten würde, um die Herzen zu erobern, aufnahm. Seine wachen Sinne sollten ihm eine unbekannte Vision der Stadt vermitteln.

Hoch aufgereckt im Dunst wirkte diese schöne Stadt mit ihren Kirch- und Glockentürmen wie eine von düsterem Zauber gebannte, versunkene Stadt. Indes, sie war nicht ausgestorben und auch nicht verschlafen. In ihr und um sie herum schwirrten Phantome in geschäftigem Treiben. Die Totenglocke erklang.

Die Ohren spitzend, um Worte der Passanten zu erhaschen, stieg er mit der Menge bergan und erfuhr, daß man Madame Le Bachoys zu Grabe trug. Ein Frösteln kroch ihm den Rükken herauf, bis in die Haarwurzeln. Die Verbrechen nahmen also ihren Anfang.

Als er den Platz vor der Kathedrale erreicht hatte, postierte er sich in einer Ecke und sah den vorbeiziehenden Leichenzug. Gemessenen Schrittes und Psalmen singend, bewegten sich die schwarzgekleideten Menschen vorwärts. Nieselregen verschleierte die Baumwipfel, die Kirchturmspitze und das Kuppeldach. Die wilden Kirschbäume entlang des Baches waren blutrot. Es war schon Herbst.

Er schlug sich nach rechts durch, überquerte den Platz, das Gesicht versteckt zwischen Mantelkragen und »Tapabor«, jenem bäuerischen Hut, den er wegen seiner altmodischen breiten Krempe, die gegen Sonne, Regen und aufdringliche Blicke schützte, unterwegs gekauft hatte.

Er schickte sich an, die »Straße zur kleinen Kapelle« hinaufzusteigen. Die Taverne »Zur aufgehenden Sonne« war geschlossen. Das triefende Wirtshausschild schien zu weinen. Er hatte beabsichtigt, bei Mademoiselle d'Hourredanne anzuklopfen, doch die Fensterläden waren verriegelt. Das Haus schien leer. Ersticktes Bellen ließ ihn erahnen, daß die englische Gefangene, die hier als Dienerin tätig war, mit der kanadischen Hündin allein war.

Er ging weiter hinauf, denn hier, das wußte er, und man hatte es ihm auch gesagt, pflegte Winter um Winter sein Vielfraß herumzustreunen. »Er wird meine Nähe wittern ...«

Doch gleichzeitig verlor dieser Ort an Realität. Ville-d'Avrays Haus war zwar da, und auch die Ulme, wie auch das kleine Huronenlager mit den Rindenwigwams und den zwei bronzenen Atlasfiguren im Gras. Aber das alles schien nur Staffage zu sein. Es war unvorstellbar, daß seine so schöne Mutter mit ihrer Schar von Kindern, von Wilden und all jenen hohen Herren, die nur danach lechzten, ein Lächeln oder ein Wort von ihr zu erhaschen, diesen schlammigen, öden und bedrückenden Weg gegangen waren. Alles war verwischt. Es war nur noch der Abglanz eines traurigen, von Geheimnis und Bedrohung umwitterten Traums.

Als er sah, daß ein schmaler Rauchstreif über dem Hause des Marquis sich im Nieseln auflöste, sprang er über die Böschung, rannte durch den Hof und beugte sich über den Fenstersims des großen Saales, wo er den Schein eines Feuerchens im Kamin gewahrte. Er entdeckte Ville-d'Avrays Dienerin – jene, die nicht hatte bleiben wollen, als sie erfuhr, sie würde ihren Herrn nicht ganz für sich allein haben; sie war mit dem Putzen des Silbers beschäftigt, als sollte schon morgen in diesem ausgestorbenen Hause eine vornehme Gesellschaft sich zu einem Imbiß oder einem Souper einfinden.

Er klopfte. Sie erkannte ihn sofort, verzog aber keine Miene. »He! Um diese Zeit? Schleppt Ihr mir vielleicht die ganze Familie an?«

»Keine Sorge! Aber ich bringe Euch Nachricht von Eurem Herrn, den ich mehrmals in Versailles, beim König, gesehen habe.«

Um der Heuchelei der Großen auf die Schliche zu kommen und nicht auf ihre schönen »Frätzchen« hereinzufallen, verließ sich Cantor immer auf die einfachen Leute. Diener, Kutscher und Zofen schweigen zwar, denken sich aber ihr Teil. Und diese Frau, von der ihm weder Name noch Vorname einfiel, war ihm in diesem Augenblick vertrauter als alle anderen, die er seit seiner Abreise getroffen hatte. Welch eine Erleichterung, ein offenes Wort riskieren zu können, ohne viel Firlefanz. Eine Mimik, ein Schnüffeln, ein Schulterzucken, das war beredt genug und war die Wahrheit.

Er hatte den Suppennapf noch nicht ausgelöffelt, den sie

dem ausgehungerten jungen Weltreisenden hingesetzt hatte, und wußte schon, was sie über die Frau des neuen Gouverneurs, diese Madame de Gorrestat, dachte. Wenn all diese Damen sich zu ihrer Ankunft beglückwünschten, ihre Frömmigkeit, ihre grenzenlose Freigebigkeit, ihren freundlichen Umgang rühmten, so verließ sie, Jehanne Serein, geboren in Kanada, sich lieber auf ihre Nase, die ihr sagte, daß sich hinter dieser Frau etwas Schändliches, etwas Böses verbarg. Das Leben hatte es ihr beigebracht, die Hexen zu erkennen, die echten, die manchmal ein hübsches Schnäuzchen haben. Ihre Muskete war geladen, wenn man solche Dinge auch nicht unbedingt mit der Muskete aus der Welt räumen konnte.

»Denkt darüber, was Ihr wollt, mein Bürschchen, aber den Teufel, den gibt's! Ich täusche mich nie. Den gibt's bei uns, wie überall anderswo auch. Erinnert Euch nur an diese Herren, die in einem schwarzen Stein ihr Unwesen trieben und die der Exorzist mit Kreuz und Banner hatte herausholen müssen.«

»Im schwarzen Stein hatte er *sie* gesehen«, erwiderte Cantor. Und nun schilderte er ihr lang und breit, welche Dramen und Hexereien einen Sommer lang die Akadischen Gefilde heimgesucht hatten und die diese Frau, die er in Versailles erkannt hatte und seitdem verfolgte, angezettelt hatte.

Es war ein langer Bericht mit zahlreichen Episoden, den sie mit gespannter Aufmerksamkeit anhörte, ihm gegenüber und, wie er, nach vorne gebeugt, die Ellbogen aufgestützt, um näher, halblaut sprechen zu können, und der Spätnachmittag ging in die Nacht über, während die verschiedenen Kirch- und Glockentürme draußen die Stunden zählten, und Jehanne Serein ein paar knappe Bemerkungen einwarf.

»Kein Wunder, genau das passiert jetzt hier. Die Stadt ist wahnsinnig, wie irregeleitet. Und deswegen ist auch die Henriette von Madame de Baumont gestorben.«

Er entdeckte, daß bereits mehrere unerklärliche Anschläge stattgefunden hatten. Die Delphine hatte die Flucht ergriffen, und was noch viel schlimmer war, Janine Gonfarel, die Wirtin vom »Französischen Schiff«, war spurlos verschwunden.

Sie beugte sich noch weiter vor. »Man müßte herausbringen, was Mère Madeleine quält, die der Herr Gouverneur besucht hat und die den Gerüchten zufolge bei seinem Anblick vor Entsetzen in Ohnmacht gefallen ist.«

Inzwischen schlug es zwei oder drei Uhr Nacht vom Turm der Kathedrale, es war die Stunde tiefster Ruhe, und plötzlich hielten der junge Waldläufer und die Frau aus Kanada in ihrem Gespräch inne und blickten einander an, da ihre Sinne gewarnt worden waren von winzigen Veränderungen im Gewebe der nächtlichen Stille.

Cantor warf einen hastigen Blick zu den Fenstern und stellte erleichtert fest, daß sie gegen Ende des Tages die inneren Läden geschlossen hatte. Von draußen konnte ihn niemand hier an diesem Tisch sitzen sehen, auf dem eine dicke Kerze zu einer aufgedunsenen Pyramide zusammengeschmolzen war.

Beide dachten das gleiche. »Sie« kommen! »Sie« umzingeln das Haus!

Mit einem Rucken des Kinns hieß sie ihn aufstehen. Lautlos stiegen sie in die Keller hinunter. Wie früher schon gab es hier dösende Schafe und Stroh, unter das er sich eingrub. Die Dienerin logierte in dem Verschlag auf halber Höhe der Steintreppe. Er war voller Bewunderung, wie flink sie sich ein Nachthäubchen übergestülpt und einen Umhang über die Schultern geschlungen hatte, denn schon erbebte die Tür im Erdgeschoß unter dem dumpfen Getrommel der Fausthiebe, das Gebrüll und Gefluche untermalte: »Macht auf!«

Wie eine aus dem Tiefschlaf gerissene Frau war sie hinaufgewankt, und aus seinem Versteck hörte er heftigen Wortwechsel, der zeitweise nach einem deftigen Streit klang. Er wunderte sich, daß die – wie er spürte – zahlreich ums Haus aufmarschierte Truppe es nicht längst gestürmt hatte, um es von unten bis oben zu durchsuchen.

Sie kam allein zurück. Also hatte sie es wirklich geschafft, »denen« Respekt abzunötigen vor dem geheiligten Dach ihres Herrn, dem Marquis de Ville-d'Avray. Es war dieser Schnüffler vom Amt für Religiöse Angelegenheiten gewesen, mit einem Haufen Feldjäger und Leuten vom neuen Gouverneur, weil der Schnüffler, wenn Schiffe ankamen, seine Nase in den Wind halten mußte, um eventuelle Reformierte, also Protestanten, die heimlich auf dem Boden Neufrankreichs Fuß zu fassen suchten, aufzuspüren, und da suchte man jetzt einen jungen Blondschopf, der sich bei Ankunft nicht gemeldet hatte, um seinen katholischen Glauben zu beeiden.

Die treue Hüterin des Hauses Ville-d'Avrays hatte sich

nicht herumkriegen lassen, den Balken wegzunehmen und den Schlüssel zu drehen. »Das ist doch wohl die Höhe! Was fällt Euch denn ein, mitten in der Nacht!« Sie hatte sich nur herbeigelassen, die obere Klappe der Seitentür zu öffnen und sich hineingelehnt wie in ein Fenster, und so hätten sie nur ins Haus herein gekonnt, wenn sie sie gewaltsam zur Seite gestoßen und die ziemlich hohe Halbtür übersprungen hätten. Doch der vom Amt für Religiöse Angelegenheiten hatte es vorgezogen, sich mit seinen Mannen zurückzuziehen, aber nicht ohne zu betonen, er könne wiederkommen.

Von neuem senkte sich die Stimme. »Sie hat Befehl gegeben, oder vielmehr er hat auf ihren Befehl hin Befehl gegeben, Euren Vielfraß, Euren ›carcajou‹, aufzustöbern und zu töten. Männer und Wilde, fürstlich belohnt, kämmen seit mehr als einer Woche die Umgebung der Stadt durch, überall, wo man seinen Schlupfwinkel vermutet.«

Cantor fühlte, wie ihm das Blut aus den Wangen wich. Das sah *ihr* ähnlich! Hätte noch ein Zweifel über die Identität der Dämonin bestanden, so war dies Beweis genug. Unerbittlich lauerte sie all jenen auf, die sie einmal beleidigt hatten, an denen sie Rache nehmen mußte, selbst wenn es ein harmloses Tierchen der Wälder war!

Hatte sie ihn erkannt im Vorzimmer des Königs, ihn, Cantor de Peyrac, den Jüngling, der sie einst zurückstieß, den Sohn jener, die sie nicht zu besiegen vermocht hatte?

»Mein Vielfraß wird stärker sein als sie alle«, erkärte er mit dem Brustton der Überzeugung, während er zärtlich an Wolverine dachte.

»Und ob! Ist doch klar!« bestätigte sie ermunternd. »Das weiß doch jedes Kind, daß so ein Carcajou schlauer ist als ein Mensch!« Und dann meinte sie noch, jetzt brauche er sich zumindest keine Sorge mehr zu machen, wie er unbemerkt und ohne verhaftet zu werden aus dem Haus gelange. Da er ja als erstes Mère Madeleine aufsuchen wolle, stehe dem nichts im Wege, denn seitdem man Quebec unterhöhle, was nichts wie Ärger und Mammutprozesse nach sich ziehe, wäre man ja blöde, dieses Maulwurfnetz nicht zu nutzen, das doch so bequem sei, wenn draußen der Wind pfeife und man die Nase nicht hinauszustrecken wage oder das Auge des Nachbarn fürchte. Er solle also nicht vergessen, daß der Keller von Monsieur de Ville-d'Avray direkt in den dieses Rüpels Banistère hineinpurzele, der mit den Ursulinen prozessiere, deren Laufgräben versehentlich in sein Geheimlager eingebrochen seien, das er unter einem Stück Land, das ihm gehöre, angelegt habe.

Und so kam es, daß Cantor de Peyrac sich noch in tiefster Nacht, nachdem er von einem Keller zum anderen gelaufen und zwischen Wein- und Käsevorräten des Ursulinenklosters zur Erde zurückgekehrt war, bis in die Vergoldungswerkstatt der von Erscheinungen heimgesuchten Nonne vorpirschen konnte.

Neununddreißigstes Kapitel

»Sie« glaubten ihr nicht. »Sie« glaubten ihr nicht mehr. Und das hielt nun schon an, seit die Frau des neuen Gouverneurs das Ursulinenkloster besucht hatte.

Ständigen Kreuzverhören, Rügen und Strafen ausgesetzt, war Schwester Madeleine, die kleine Nonne mit den hellseherischen Fähigkeiten, in die Vergoldungswerkstatt verbannt worden, wo sie zur Sühne ohne Unterlaß arbeiten mußte, bei Tage kein Wort mit ihren Ordensschwestern sprechen durfte und bei Nacht aufstehen mußte, um den Kessel mit Handschuhlederleim oder den mit »roucou« und Gummigutt, der das Vermeil ergab, zu überwachen, da er bei gleichmäßiger und kleiner Flamme auf einem Rechaud köcheln mußte.

Man hatte sogar schon überlegt, sie von der täglichen heiligen Kommunion auszuschließen, aber sie hatte derartig geweint, daß die Oberin Mitleid mit ihr bekam. »Möge Gott Euch beistehen, möge Er Euch Reue einflößen. Gebt zu, daß Ihr Euch hattet interessant machen wollen, daß Ihr Euch in eine Politik einmischen wolltet, die uns nichts angeht. Gewiß, wir trauern Monsieur de Frontenac nach, doch Ihr habt es an Fingerspitzengefühl mangeln lassen.«

»Ehrwürdige Mutter, ich habe nur die heilige Wahrheit gesagt. Sie ist es, die ich aus den Wassern emporsteigen sah, die Dämonin!«

»Genug! Fangt nicht wieder an mit Eurer Marotte. Diese Angelegenheit ist längst geregelt, und Eure Visionen haben uns genug Verdruß eingebracht. Jetzt wollen wir uns nicht auch noch den neuen Gouverneur zum Feind machen.«

Da stand sie nun, allein und machtlos, mit ihrem schweren und schaurigen Geheimnis. Ihr Herz erstarrte zu Eis: »Herr, werdet Ihr mich verlassen?«

Die Stadt verwandelte sich, war wie umgestülpt, und trug eine widersprüchliche Maske zur Schau. Man sprach nur mehr von der Frömmigkeit, der Bescheidenheit, der Nächstenliebe von Madame de Gorrestat.

Sie spitzte die Ohren, wenn Geplauder über die Klostermauern drang. Als einzige hatte Madame Le Bachoys in diesen Lobgesang einen schockierenden Satz eingeflochten, in dem man eine Kriegserklärung sah, hervorgerufen vielleicht durch Eifersucht oder durch die Treue, die so manche Monsieur de Frontenac bewahrten. In Anwesenheit Madame Le Bachoys' hatte jemand bemerkt, wie graziös doch die Gestik dieser neuen Ersten Dame Neufrankreichs sei, worauf Madame Le Bachoys erwidert hatte: »Auch die Schlange bewegt sich graziös.«

Daraus hatte Mère Madeleine Hoffnung geschöpft. Madame Le Bachoys galt als Sünderin, aber das war ein Zeichen für Kühnheit, für Mut!

Wenn die arme Nonne doch nur heimlich mit ihr sprechen könnte! Es gelang Mère Madeleine, ihr eine Mitteilung zukommen zu lassen bezüglich eines Tabernakels, den die Bürger der Unterstadt als Geschenk für eine Gemeinde an der Küste bei Beaupré in Auftrag gegeben hatten. Doch als die Überbringerin dieser Botschaft zurückkam, berichtete sie, die tapfere Dame habe einen Schlagfluß erlitten, und man fürchte um ihr Leben. Während sie den lieben langen Tag mit ihren Instrumenten hantierte, betete Mère Madeleine für ihre Genesung, aber dann vernahm sie die Totenglocke. Man behauptete, Madame Le Bachoys habe allzu heftig der Liebe gefrönt, und eines Tages hätte es so kommen müssen. Sie war tot.

Verzweiflung und Entsetzen überfielen das Herz der kleinen Nonne. Sie fürchtete weniger um ihr Leben, obwohl sie wußte, daß die »andere« ihr eines Tages den Todesstoß versetzen würde, doch was würde nicht alles über dieses kaum dem Heidentum entrissene Land, dem sie ihr Leben geweiht hatte, an Unheil hereinbrechen! Zu sterben war ihr gleichgültig.

Wieso hatte sie nicht längst begriffen, daß noch nichts geschehen war. Das hätte sie den Richtern, den Beichtvätern sagen sollen, als sie sie ausgefragt und Madame de Peyrac gegenübergestellt hatten. Noch ist nichts passiert! Seid also nicht so ungeduldig, Euch in Gewißheit zu wiegen oder Euer Schlußwort zu sprechen. Aber sie hatten beschlossen, die Affäre mit der Vision sei ad acta zu legen. Doch jetzt stand Akadien der Angriff des den Wassern entstiegenen sukkubischen Dämons bevor. Und niemand war mehr darauf gefaßt.

In der ausgestorbenen Werkstatt sank sie auf die Knie: »Herr! Erbarmt Euch!« In diesem der Mandorla Christi gleichen mandelförmigen Lichtschein erstand vor ihren Augen das ewig gleiche Bild, der Schrecken dieser Jahre des Kampfes und der Konfrontationen, die sie hatte über sich ergehen lassen müssen: das Bildnis der nackten Frau von außerordentlicher Schönheit, deren Augen obszöne Gefühle verrieten. Sie zitterte am ganzen Leibe. »Herr, wirst Du nichts tun, um uns zu retten?«

Da war doch ein leises Geräusch hinter ihr ...

Sie wandte sich um und sah den Erzengel.

Vierzigstes Kapitel

Gott hatte sich ihrer erbarmt! Dort stand er, der Erzengel ihrer Vision, der gleiche, der ihr erschienen war, der mit einem Schwert bewaffnet die bösen Geister weichen ließ, während ein Ungeheuer mit spitzen Zähnen, dem er zu befehlen schien, sich auf die Dämonin warf und sie zerstückelte. Und der siegreiche Erzengel glich jener Frau, die der diabolischen Erscheinung die Stirn bot: Madame de Peyrac.

Eine Welle der Freude überflutete sie, wie ein Fluß, der ausgedörrtes Land zu neuem Leben erweckt. Warum hatte sie gezweifelt? Wußte sie nicht, daß das Gute siegen würde?

Er kam auf sie zu, einen Finger auf die Lippen gelegt. »Schwester, ich heiße Cantor de Peyrac. Ihr kennt meine Mutter.«

Jetzt verstand sie. Gott, Du bist gut! Du verstehst es, Dich der Menschen zu bedienen, um Deine Gerechtigkeit walten zu lassen und den Unschuldigen beizustehen. Rührung überwältigte sie; sie mußte ihre tränennasse Brille abnehmen, um sie zu trocknen. Doch dann kam wieder diese bohrende Angst. Wenn Madame de Peyrac sich in Quebec befand, war sie in Gefahr.

Er schüttelte den Kopf. »Nein, seid unbesorgt. Sie befindet sich auf ihren Gütern, und meine Eltern wissen nicht einmal, daß ich nach Amerika zurückgekehrt bin. Als ich erfuhr, Madame de Gorrestat sei unterwegs nach Kanada, bin ich gleich zu Euch geeilt, Schwester.«

»Ihr wißt also, wer sie ist?«

»Ich weiß es.«

Schwester Madeleines Lippen zitterten. Sie faltete die Hände und sagte überstürzt: »Hindert Sie, Monsieur, Böses zu tun! Es ist schrecklich, niemand glaubt mir.«

»Niemand! Und diejenigen, die wissen, schweigen oder zittern. Schweigen ringsum. Ich bin allein. Schweigen tut not. Kein Wort mehr! Und um Euch das zu sagen, bin ich gekommen. Aber Ihr solltet auch erfahren, daß ich auf dem Weg bin.«

»Aber wie seid Ihr eigentlich hereingekommen?«

»Still«, wiederholte er sanft. »Tut so, als sei nichts gewesen. Zieht ihren Urteilsspruch nicht auf Euch. Demütigt Euch! Laßt ihr Eure Entschuldigung überbringen. Demütigt Euch! Wo ist sie?«

»Man sagt, sie sei augenblicklich in Montreal.«

»Was nicht heißen muß, daß sie nicht hinter sich Tod sät. Vermeidet es, Schwester, mit jemandem zusammenzusein, der von draußen kommt und nach Euch fragt, wer es auch immer sein mag. Wenn nötig, mißachtet die heilige Ordensregel. Sonst wird es ihr gelingen, Euch zu töten, auch Euch.«

»Ich fürchte den Tod nicht.«

»Es ist verboten, dem Zerstörer den Sieg zu überlassen«, flüsterte er ihr zu, »wenn man ihn kennt. Widersetzt Euch ihrer List, seid stärker! Und ich gehe ihr nach.«

In seinen Augen war ein so süßer und blendender Glanz, daß sie sich in diesem Strahlen verlor. Als sie merkte, daß er verschwunden war, fühlte sie sich schwach und trunken zugleich, wie eine von einer langen und hartnäckigen Krankheit Genesende. Noch zitterte sie, doch von nun an würde sie stark sein.

Einundvierzigstes Kapitel

Cantor öffnete das Gartentor des Ursulinenklosters, überquerte den Rasen und sprang über die Mauer. Hier suchte ihn niemand, und der Morgennebel war dicht genug. Er ging bis zum St.-Charles-Fluß hinunter. Dort würden die Jäger patrouillieren, um seinen Vielfraß aufzuspüren.

Zeitweise hörte man schwere Schritte durch den Sumpf waten, und nicht weit von ihm entfernt sah er verschwommene Gestalten, die einander zuriefen.

Er antwortete, als ob er dazugehörte, denn zu erkennen war er nicht in dem Dunst.

»Ist er gefunden, der Carcajou?«

»Noch nicht! Dieser Satansbraten!«

Die Sonne begann durchzustoßen und die Nebelschwaden zu zerstreuen, die sich in einem flüchtigen Regen auflösten.

In der Ferne rief jemand: »Er ist gefunden!«

Klopfenden Herzens beschleunigte Cantor seinen Schritt, die Hände an den Waffen. Von weitem sah der zur Strecke gebrachte Körper kleiner und zierlicher aus, als er ihn in Erinnerung gehabt hatte. Sollte er Not gelitten haben beim Leben in den Wäldern? Oder hatte er sich auf der Wildbahn nicht zu verteidigen vermocht, weil er kaum daran gewöhnt war? Wolverine ... Doch als er dicht neben dem zur Hälfte umgedrehten Tier stand, begriff er. Es war ein Weibchen. Es war nicht Wolverine.

Er kniete neben dem leblosen Tier nieder und untersuchte es. Trotz der schwarzen Banditenmaske um die Augen, die den Indianern so großen Schrecken einjagte, wirkte die kleine Carcajou-Dame mit den geschlossenen Lidern so sanft. Ihr mächtiger behaarter Körper mit dem langen prachtvollen Schwanz, den die Umstehenden gierig betrachteten, kontrastierte mit dem kleinen Kopf und dem kurzen Schnäuzchen. Die wie im Schmerz hochgezogenen Lefzen legten kaum die gefürchteten Fangzähne zu beiden Seiten des Kiefers frei, denn es war keine Zeit geblieben, sie drohend zu fletschen und zur Verteidigung zu nutzen, weil die Falle zugeschnappt hatte. Die kurzen Vorderläufe mit den eng stehenden Krallen waren steif und ihrer Kraft beraubt.

Er streichelte die seidige Stirn zwischen den kleinen runden

Öhrchen. Er ahnte etwas. Sein Weibchen war's, Wolverines Weibchen.

Cantor erhob sich und sah die schweigend um ihn herumstehenden Männer an. Dort drüben, weiter hinten, waren die Wälder, deren Wipfel der perlende Regen mit Fransen versah und wo die Jäger bald wieder Wolverine nachpirschen würden.

Sie haben sein Weibchen getötet. Ein Verbrechen in der Reihe derer, die sie im Kielwasser der Dämonin verübten und noch verüben werden. Aber jetzt bin ich da, Wolverine! Bestimmt war er dort drüben. Oder ganz nah. Er hatte alles gesehen. Die Gefangennahme und das Ausweiden. Nie würde er das vergessen. Selbst wenn er ihn, Cantor, wiedererkannte, war noch längst nicht sicher, daß er ihn an sich herankommen ließ, denn auch er gehörte ja zu den Menschen, und diese hatten seine Gefährtin getötet, nachdem sie ihnen beiden endlose Tage und grausame Nächte lang aufgelauert und nachgestellt hatten.

Cantors Augen kehrten zu den Männern zurück, die ihn beobachteten. Man erkannte ihn nicht. In seiner lautlosen und bezwingenden Art ging er von einem zum anderen, drückte jedem der Treiber ein Geldstück in die Hand und bat sie, die Jagd abzublasen und es bei diesem Stück Beute bewenden zu lassen.

»Na ja, die Frau Gouverneur hat uns auch gut bezahlt, damit wir dem Carcajou, der seit zwei Wintern um Quebec herumschleicht und uns Schaden zufügt, den Garaus machen«, wandte einer der Männer ein.

»Wir mußten auch versprechen, ihr bei ihrer Rückkehr aus Montreal den Balg zu zeigen.«

»Einen Balg? Den habt ihr ja hier«, entgegnete er. »Das dürfte doch genügen, um sie zufriedenzustellen.«

Er war schon nicht mehr da. Lautlos entfernte er sich, während in der Gruppe heftig diskutiert wurde, wer nun die sterbliche Hülle dieses Vielfraßweibchens bekommen sollte.

Den restlichen Vormittag kämpfte er sich durch Dickicht und Unterholz jenes Waldes, den die Pflüge der Bauern bis auf die Gipfel der Berge zurückgedrängt hatten, der jedoch dort, wo das Land noch nicht zum Roden freigegeben war, sich noch recht weit bis auf die Stadt zu vorschob. Es kam ihm so vor, als sei der Vielfraß nicht weit, vielleicht vor ihm, oder hinter ihm, sicher beobachtete er ihn, und daher sprach er ständig vor sich hin, mischte französische, englische, indianische oder lautmalende Wörter zu einer Sprache, mit der sie beide sich früher verständigt hatten.

Als er schon fast den Saum der verwüsteten Talmulde erreicht hatte, witterte er eine im Buschwerk sich duckende, dunkle Masse mit einem wachsamen menschlichen Blick. So viel Trauer, aber auch so viel ungläubige Freude lag in diesen Augen, die unter wilden Johannisbeersträuchern hervorlugten, so viel Leid, aber auch unbeschreibliches Glück. »Verzeih mir, Wolverine, ich bin nicht rechtzeitig gekommen«, sagte er. »Aber wir werden dein Weibchen rächen . . .«

Und er redete noch weiter, bis er spürte, daß das Freundschaftsband wieder geknüpft war. Dann begann er zu laufen, galoppierte und übersprang alle Hindernisse im Unterholz, lief zum Ufer des großen Flusses, des Wasserweges, und rief aus vollem Herzen: »Folge mir, Wolverine, komm mit mir, komm jetzt mit mir! Bleib jetzt bei mir, Wolverine! Komm mit mir nach Montreal!«

Zweiundvierzigstes Kapitel

Bevor er sich jener zeigte, die er von so weit her verfolgt hatte, jener Madame de Maudribourg, mittlerweile Gattin des neuen Gouverneurs, durchstreifte Cantor die Straßen von Ville-Marie bei Montreal. Die Stadt zu Füßen des Mont-Royal trug noch das Gepräge des großen Pelzmarktes, der alljährlich im Herbst, sobald die Nachbarstämme eintrafen, hier abgehalten wurde.

Cantor war noch nie in Montreal gewesen und fühlte sich fremd. Zwei Ziele hatte er vor Augen: Ambroisine mußte überrumpelt und in die Falle gelockt werden, und Honorine war zu schützen, in Sicherheit zu bringen, sofern es nicht schon zu spät war. Da er sich nicht entscheiden konnte, was er als erstes tun sollte, streunte er ziellos umher, immer wieder die gleichen Wege einschlagend, bis ihm bewußt wurde, wie unvorsichtig das war. Wenn er noch länger Maulaffen feilhielte, würde man auf ihn aufmerksam werden. Man drehte sich bereits nach ihm um. Und Neuigkeiten sprachen sich hier schnell herum. Er durfte ja auch nicht vergessen, daß besagte Madame de Gorrestat bereits vor seiner Abreise aus Versailles versucht hatte, ihn ermorden zu lassen und in Quebec ihn hatte festnehmen lassen wollen.

Ohne weitere Umschweife entschied er sich für das Kloster Unserer Lieben Frau. Er machte sich nichts vor: Sein Zögern, sich nach Honorine zu erkundigen, war Angst, Angst zu erfahren, daß er zu spät kam. Eine böse Ahnung quälte ihn. Er kannte sie zu gut, diese teuflische Kreatur, der er diesmal endgültig den Garaus machen wollte. Das hatte er sich geschworen. Wenn *sie* schon vor drei Wochen hier angekommen war, so hatte *sie* bestimmt nicht gezögert, sich auf Angéliques Tochter zu stürzen, denn dies war ja das eigentliche Ziel ihrer angeblich offiziellen Besuchsreise, das sagte ihm sein Instinkt. Daher wunderte er sich auch gar nicht, als eine unter weiß eingefaßtem schwarzen Schleier hochmütig dreinblickende Nonne ihm in dem nach Bohnerwachs und frisch gepflückten Äpfeln riechenden Sprechzimmer erklärte, Honorine de Peyrac wohne nicht mehr hier. Doch als bei den recht wirren Erklärungen der Nonne der Name Madame de Gorrestat fiel, stockte ihm das Herz. Trotz allem gab er sich einen Ruck und forderte in knappem und unwirschem Ton Erläuterungen, aus denen er schließlich entnahm, daß die Kleine, die ja ohnehin recht unfolgsam war und schon mehrmals versucht hatte auszubrechen, einfach verschwunden war. Madame de Gorrestat, die sich als sehr gute Freundin Madame de Peyracs ausgewiesen hätte, habe sich für das Kind interessiert. Als sie von seinem Verschwinden gehört hätte, habe sie gleich Himmel und Erde in Bewegung gesetzt, um sie wiederzufinden. Himmel und Erde! Eher Hölle!, dachte er bei sich. Kurzum, es sei rührend gewesen, zu sehen, mit welcher Hingabe diese große Dame, die sie von nun an regelmäßig an der Seite dessen, der den höchsten Posten der Kolonie innehatte, würden begrüßen dürfen – und das sei, wie sie langatmig ausführte, ein weiterer Gnadenbeweis, da die Kolonie bisher nur Gouverneure gehabt hätte, die auf den sanften und großmütigen Einfluß einer Gefährtin hätten verzichten müssen, so daß man schon jetzt prophezeien könne, daß dies den Werken der Nächstenliebe zugute kommen würde, weil dieser Bereich dem weiblichen Denken und Tun eher zugänglich sei –, es sei also berührend und ermutigend gewesen, feststellen zu können, mit welcher Hingabe sie alle Welt in Bewegung gesetzt habe, um den kleinen entwichenen Zögling aufzustöbern, ganz zu schweigen von der spontanen Hilfe, die sie den besorgten und notleidenden Nonnen Unserer Lieben Frau habe zuteil werden lassen.

Ungerührt studierte Cantor jene, die hier zu ihm sprach, und sie mißfiel ihm. So verlangte er, Marguerite Bourgeoys zu sprechen, denn plötzlich war ihm eingefallen, daß er diese ja, ohne ihr besondere Aufmerksamkeit geschenkt zu haben, in Tadoussac und Quebec gesehen hatte, und daß diese aufgeweckte und hilfsbereite Frau eine *wirkliche* Freundin seiner Mutter war.

Doch mit verkniffenen Lippen erklärte Mère Delamare, Mère Bourgeoys, ihre Oberin, deren Aufgaben sie augenblicklich versehe, sei von Seiner Eminenz, dem Herrn Bischof, unvermittelt nach Quebec gerufen worden, und es sei sogar möglich, daß sie nach Frankreich reisen müsse, um dem Erzbischof von Paris Bericht zu erstatten sowie auch nach Rom, wegen der Statuten dieses nicht gänzlich in Klausur lebenden Lehrordens, der in Kirchenkreisen immer wieder Kontroversen auslöste.

Der junge Mann verließ den Klosterbereich erregten Gemüts; er empfand Zorn auf diese Frauenwelt, Angst um Honorine und Grauen beim Gedanken an Ambroisine. Der Alptraum begann von neuem. An der Umzäunung des Gemüsegartens angelangt, blickte er zurück auf das niedrige weiße Haus am Ende der Allee, dessen Hintergrund die graue Weite des Flusses bildete, die mit dem graugetönten Blau des Himmels verschwamm. In der Ferne zeichnete sich wie eine gezogene Linie der endlose amerikanische Wald ab, die der aufkommende Nebel, der Vorbote des Frosts, zu verwischen drohte.

Unter braungoldenen Apfel- und Kirschbäumen saßen kleine Mädchen im Gras, bissen in Brote mit Rübenkraut und sahen ihn neugierig an. Doch hinter diesem Bild der Unschuld schlich sich ein düsterer Schatten heran. Die Luft war vergiftet von einem verderbten Atem, der die Farben verblassen ließ, dem glücklichen Leben seinen Glanz nahm und beide mit Sünde durchtränkte. Wie hatte Mère Bourgeoys eine solche Person an ihre Stelle setzen können, die mit verzücktem Blick von diesem Ausbund an Lasterhaftigkeit namens Ambroisine sprach? Noch eine, die sich hatte einfangen lassen und nun plötzlich, inmitten der heiligen Frauen, zur Hüterin des Bösen geworden war.

Während er eine Eichenallee hinaufging, die zur befahrbaren Straße führte und ihn für das Haus unsichtbar machte, hörte er hinter sich jemanden laufen. Er erkannte eine junge Nonne, deren schwere Röcke sich geräuschvoll aufplusterten, und die ihn einzuholen suchte. »Monsieur, wenn ich recht verstanden habe, seid Ihr der Bruder unserer kleinen Honorine. Oh, macht Ihr sie ausfindig, lieber Herr! Was wird Mère Bourgeoys sonst sagen, wenn sie zurückkehrt? Sie hatte genaue Anweisungen gegeben, damit das Kind mit der Karawane ziehen konnte, wie es der Bote Eurer Mutter verlangt hatte. Wie konnte sich unsere Schwester Delamare nur so einwickeln lassen?«

Der junge Mann fragte sie aus und begriff, wie alles abgelaufen war. Ambroisine hatte alle Vorrechte ihres Ranges und ihre sanfte und unbeugsame Macht über gutherzige Wesen – wie auch über schwarze Seelen – ausgespielt, alles zum Stokken gebracht und nach Lust und Laune eine Kehrtwendung befohlen. Sie hatte Honorines Abreise kurzerhand aufgeschoben und sie zurückbringen lassen. Dann war die Kleine verschwunden, doch offensichtlich nicht in Ambroisines Hände gefallen, da diese sie ja suchen ließ. Falls es nicht nur eine Finte war, die ein Verbrechen verschleiern sollte. Sie war zu allem fähig. Irgendwann würde man vielleicht den verstümmelten kleinen Körper finden . . .

Cantors Herz schmerzte vor Beklemmung.

»Ich wage es nicht laut zu sagen«, wisperte die kleine Nonne, angstvoll nach rechts und links lugend, »aber ich war froh, daß die Kleine ausgerissen war, denn diese Person, die Frau des neuen Gouverneurs, war mir grauenvoll vorgekommen.«

»Und darin habt Ihr völlig recht, Schwester«, warf er ein, »denn ich weiß aus sicherer Quelle, aus kirchlichen Quellen, daß sie ein Dämon ist, ein sukkubischer Dämon.«

Sie stieß einen Schrei des Grauens aus, schlug beide Hände vors Gesicht und rannte schluchzend auf das Haus zu.

Cantor war wütend. Waren diese Nonnen denn von allen guten Geistern verlassen? Die eine legte ihre Verantwortung als Oberin einfach in andere Hände, wegen einer Reise, die mindestens zwei Jahre dauern konnte, auf daß die andere, kaum hatte die Oberin den Rücken gekehrt, deren Anweisungen durchkreuzte und eine dritte sich versteckte, aus Angst vor Tadel, weil sie die Kinder zu schützen suchte. Doch dann faßte er sich wieder. Die Frauen waren zu bedauern. Denn überall, wo die Dämonin auftauchte, geriet alles in Unordnung.

Doch was war aus Honorine geworden?

Er ging zum Fluß hinunter, wanderte am Ufer entlang und wußte immer noch nicht, was er nun tun sollte. Um es mit dieser Feindin, mit dieser gerissenen, schlangenzüngigen Kreatur aufzunehmen, mußte er all seine Kräfte sammeln. Seine Gedanken waren bei Honorine, und hinter den Worten, die er im Sprechzimmer hatte anhören müssen – »ungehorsam, wie sie war«, »sie ist verschwunden«, »hat einen fürchterlichen Wutanfall bekommen und ist abgehauen« –, erstand vor seinen Augen dieser rothaarige Dreikäsehoch mit seinem kleinen Gesichtchen, das sich auf einem niedlichen Hals emporreckte in einer unvergleichlich herausfordernden und würdevollen Pose. Welch unbezähmbare Kraft steckte in diesem Persönchen! Daher neigte man ihr gegenüber auch so leicht zu Härte und Ungerechtigkeit. Und ich als erster ... dachte er, voller Gewissensbisse.

Wütend war er auf alle Frauen, und wenn er bedachte, daß Honorine eigentlich immer schon vom Schicksal ungerecht behandelt worden war, dann erstreckte sich sein Zorn auf all jene, die für sie verantwortlich gewesen waren und sie nicht, wie sie es verdiente, geliebt hatten, und somit auch er selbst. Jeder wollte es loswerden, dieses Kind. Auch er hatte in Wapassou Strafe für sie verlangt. Sie ging ihm auf die Nerven, weil sie so fordernd und so empfindlich war und ihre Mutter, ja sogar ihren Vater, mit Beschlag belegte, obwohl sie dazu gar kein Recht hatte. Woher stammte sie eigentlich, diese Göre? Es war wohl besser, man dachte nicht darüber nach, sonst bekäme man nur wieder Lust, sie loswerden zu wollen.

Das war ja nun wirklich eingetreten! Man wußte nicht einmal mehr, wo sie war. Und das hatten alle gewünscht. Aber das war entsetzlich, das lastete schwerer als ein Bleiklumpen auf der Seele. Sie war doch noch so klein und so drollig. Gewiß, auch hochnäsig, dickköpfig, aber wehrlos. »Was ist schon ein Kind?« wie die Irokesen sagen. »Man kann seine

Taten nicht ernst nehmen, da es keinen Verstand hat. Und was schuldet ihm der Erwachsene? Er muß es verteidigen, bis es zu Kräften kommt und sein Verstand sich entwickelt!«

Aber Honorine war entwurzelt und den Stürmen ausgeliefert worden. Er erinnerte sich, daß sie ihm kleine Blumensträuße gebracht und seine Stiefel geputzt hatte, um ihm Freude zu machen. Sie hatte ihn immer geliebt. Er war ihr Lieblingsbruder. Warum hatte er sie zurückgestoßen? Er verstand es selbst nicht mehr. Sie war doch nur ein Kind! Was sollte diese dumme Eifersucht, die sein Herz zerfraß? Und jetzt war Honorine verloren, durch ihrer aller Schuld, durch seine Schuld. Tränen schossen ihm aus den Augen. Krampfhaft suchte er sie zurückzuhalten. Ich werde ihrer Spur folgen! Bis ans Ende der Welt. Ich werde dieser Megäre ein Geständnis entreißen. Ich werde sie finden, unsere Honorine, und sie zurückbringen!

Allein folgte er dem Lauf des Flusses. Inzwischen war er schon weit von der Stadt entfernt und hatte auch schon die letzten, zwischen Gärten und Feldern verstreuten Häuser hinter sich gelassen. An seinen Stiefelschäften raschelte das hohe Gras, und um seinen Kopf surrten die Insekten, die das Ende des Sommers und den Beginn der kalten Nächte ankündigten, indem sie jetzt noch gierig fraßen, um der Kälte nicht zum Opfer zu fallen.

Instinktiv marschierte er gen Westen, genau entgegengesetzt zu seinem Lagerplatz, den er am äußersten Zipfel der Insel unter den Weiden aufgeschlagen hatte, wo kaum jemand siedelte, wo auf einer Anhöhe nur eine verlassene Mühle stand, weil der Besitzer dieses Fleckchen Lands niemals Nachschub zur Besiedelung seines Bodens herangeschafft hatte. Die Sulpizianer, die es ihm abgetreten hatten, verhandelten bereits wieder über einen Rückkauf, doch die Angelegenheit zog sich hin, und inzwischen hatte das Wasserwild von dem Terrain Besitz ergriffen.

Cantor de Peyrac war dort am Morgen gelandet. Er hatte sich der Insel Montreal nur mit Vorsicht genähert, mit zahlreichen Manövern seine Spuren verwischt und bei jeder Etappe Wolverine vorgefunden, der ihm jetzt den Fluß entlang folgte. Der Instinkt verriet dem Tier auch auf Entfernung die Absichten seines Herrn, und so erwartete es ihn manchmal unter einem Strauch, genau dort, wo Cantor eine Barke oder ein Schiff verließ, auf dem er eine Tagespassage den St.-Lorenz-Strom hinauf gebucht hatte. Manches Mal sah er es auch erst Stunden später, wenn er schon am nächtlichen Ufer vor seinem Lagerfeuer saß.

Mit dem Boot hatte er das Tier übergesetzt, und so befand sich auch der Vielfraß auf der Insel. Schnelles Handeln war vonnöten, bevor er von Hunden, Indianern, pflügenden Bauern, Fischern, Jägern oder Liebespärchen aufgestöbert und als gesichtet gemeldet würde. Cantor mußte einen Plan schmieden. Doch mußte erst diese Sturmflut von Gram, die über ihm zusammengeschlagen war, zur Ruhe kommen. Honorine ...

Die Stimme eines jungen Mannes, der auf dem Wasser ein Lied trällerte, drang an Cantors Ohr. Er hob den Kopf und gewahrte, daß der von weit her kommende Nebel den ganzen Fluß überdeckte. Dann tauchte eine Barke aus dem Nebel auf, und in dem gut gebauten, etwa achtzehnjährigen Steuermann erkannte Cantor Pierre Lemoine, den dritten Sohn eines Händlers aus Ville-Marie. Der älteste, Charles de Longueil, diente als Leutnant im St.-Lorenz-Regiment in Versailles und gehörte zu ihrer Clique.

Nach einem prüfenden Blick begrüßten sie einander. Auch Pierre Lemoine war kurzfristig bei Hofe gewesen. Trotz seiner Jugend war er ein erfahrener Seemann, der schon selbständig Ozeanüberquerungen geleitet hatte. »Ich glaubte Euch in Frankreich. Bringt Ihr Nachricht von unserem Bruder Charles? Jacques, unser zweiter Bruder, hat uns neulich von ihm erzählt, denn er gehört zur Eskorte von Monsieur de Gorrestat, dem neuen Gouverneur.« Als er sah, daß Cantor die Brauen runzelte, ergänzte er: »Was nicht heißen soll, daß wir einverstanden sind mit ihm. Jacques ist ja ein bißchen verrückt. Er hat bei der Kabale gegen Monsieur de Frontenac mitgemischt. Aber das wird sich alles wieder beruhigen, wenn erst der Winter einzieht. Und Ihr? Ihr seid vielleicht auch mit dem Gouverneur angekommen, fällt mir jetzt erst ein?«

»Ich bin gekommen, um meine kleine Schwester Honorine zu suchen.«

Pierre Lemoine band sein Boot an einem Uferpfahl fest und sprang an Land. Er war nach La Chine unterwegs und hatte beschlossen, eine Pause einzulegen, bis der Nebel verflogen war. »Eure kleine Schwester, sagtet Ihr?« fragte er nachdenklich. »Stellt Euch vor, es ist noch keine drei Wochen her, da stand sie da, an genau der gleichen Stelle, wo Ihr jetzt steht. Ganz allein, ein winziges Persönchen mit einem dicken Bündel. Ich entdeckte sie, und sie sagte, sie wolle zu ihrem Onkel und ihrer Tante, zum Seigneur du Loup. Ich habe sie in meinem Boot bis kurz unterhalb des Besitzes vom Seigneur du Loup gebracht.«

»Mein Onkel de Sancé!« rief Cantor selig aus, denn das war der Anfang einer Spur, um Honorine wiederzufinden. Es hatte ihn nicht sonderlich interessiert, daß man Verwandtschaft in Kanada entdeckt hatte. Er hatte genug mit all den anderen, die Florimond in Paris aufstöberte.

Nun stieg auch er in die Barke des jungen Kanadiers. Dort würde er etwas erfahren. Dieser Knirps, alle Achtung, dachte er und fühlte sich wie neugeboren. Das hat die Kleine schlau gemacht!

Eine frische Brise hatte den Dunst verscheucht. Schließlich setzte Pierre Lemoine Cantor unterhalb der Steigung ab und sagte ihm noch, er habe vor, zum Oberlauf des St.-Lorenz-Stroms aufzubrechen, und wenn er wolle, könne er ihn in La Chine finden, wo er Gepäck und Waren an Bord nehmen würde.

Dreiundvierzigstes Kapitel

Eine Elfe mit blondem Haar kam laufend und tänzelnd die noch grüne Wiese herab auf ihn zu. Ihr Blick schien ihm vertraut. Er fand sie entzückend, und als sie wenige Schritte vor ihm stehenblieb, um ihn nachdenklich zu betrachten, erinnerte er sich, daß eine der Töchter dieses nach fast dreißigjährigem Schweigen wiedergefundenen Onkels Ähnlichkeit mit seiner Mutter haben sollte. Ursprünglich war ihm das unmöglich erschienen, doch jetzt mußte er innerlich Abbitte leisten.

Von nun an wäre er nicht mehr der einzige, der dem König beim Anblick seines Gesichts Seufzer entlockte, was dem jungen Pagen zwar schmeichelte, doch ihn zugleich beunruhigte, da er ohne sein Zutun für Seine Majestät auch unliebsame Erinnerungen heraufbeschwor.

Die Ähnlichkeit der jungen Leute war so frappierend, daß sie schließlich beide lachen mußten.

»Cousinchen, kommt in meine Arme! Wie heißt Ihr?«

»Marie-Ange. Und Ihr seid vermutlich Cantor!«

Er blickte umher und wunderte sich, keine anderen Menschen zu sehen, als wäre die junge Elfe die einzige Bewohnerin dieses wie durch Zauberhand eingeschläferten Anwesens. Ihre Eltern seien abwesend, erklärte sie ihm, sie seien nach Quebec gerufen worden, um den Gouverneur, der Monsieur de Frontenac ablöste, willkommen zu heißen. Und dabei sei besagter Gouverneur, kaum waren Monsieur und Madame du Loup aufgebrochen, schon in Montreal aufgetaucht.

»Was soll denn bloß all dieses Gereise und Gerenne wegen des Gouverneurs?« rief Cantor entrüstet aus. »Verlieren jetzt hier alle den Verstand?«

»Es sieht so aus.«

»Wieso?«

»Weil der neue Gouverneur und vor allem seine Gemahlin das ganze Land auf den Kopf stellen.«

Endlich jemand, der noch klar bei Sinnen war! Sie sah ihn an mit ihren hellen und ruhigen, ein wenig spöttischen Augen. »Warum bedrückt es Euch so, meine Eltern nicht anzutreffen?«

»Sie hätten mir Auskunft geben können über meine kleine Schwester Honorine. Ich weiß, daß sie versucht hat, zu ihnen zu gelangen.«

»Wenn Ihr wegen Eurer Schwester in Sorge seid, so kann *ich* Euch Auskunft geben.«

Beinahe hätte er sie kräftig gerüttelt. »Ihr habt sie gesehen?«

»Nein. Aber ich weiß, was mit ihr los ist. Ein Indianer hat mir Nachricht von ihr gebracht.«

»So redet schon! Ich beschwöre Euch!«

»Zunächst wurde sie bei den Irokesen der Missionsstation Khanawake, gegenüber von La Chine, versteckt gehalten, und dann haben die Indianer sie weiter ins Inland mitgenommen.«

»Warum?«

»Damit sie der Frau, die sie töten wollte, entgeht.«

Welch eine Erleichterung! Cantor wurde wohl ums Herz. »Cousinchen, Ihr gefallt mir!« rief er aus, indem er liebevoll einen Arm um das junge Mädchen schlang. »Kommt und erzählt mir das alles, aber an einem ungestörten und gegen neugierige Blicke, die auch von weit her noch alles belauern, abgeschirmten Ort.«

Er hatte erwartet, sie würde ihn ins Haus bitten, aber sie führte ihn zum Gesindetrakt und zog ihn mit sich in ein großräumiges Gebäude, das halb als Scheune und halb als Lager diente. An Haken unter der Decke hingen riesige Posten Pelzwerk. In einer Ecke war ein Gutteil der Heuernte zusammengeballt, und dort setzten sie sich nieder. Er bemerkte einige Toilettenartikel wie Kamm und Bürste, die auf einer Truhe lagen, aber auch ein Kissen, einen weiten Umhang und ein Kohlebecken, wie man es auf den Schiffen verwendet.

Die Eltern waren kaum abgereist, erzählte Marie-Ange, da war auch schon die Hölle los. »Sie« waren wiedergekommen. Das Dumme war nur, daß sie nicht gleich begriffen hatte, daß diesmal der Besuch nicht ihnen galt. »Ich hatte sie von weitem kommen sehen. Ihre Kutsche stand unten vor der großen Wiese, auf dem Königsweg. Ich wußte nicht, was sie dort taten oder worauf sie warteten. Das habe ich erst später erfahren. Die Kleine erwarteten sie dort, und sie haben sie auch erwischt.«

»Großer Gott!« Cantor wurde bleich wie der Tod.

Doch sie legte ihm gleich ihre Hand auf den Arm. »Ich hab Euch doch schon gesagt, daß sie ihnen entkommen ist! Habt ein wenig Geduld. Laßt mich weitererzählen. Am nächsten Morgen sind sie von neuem erschienen, all diese Franzosen, die mit ihren roten Hacken, ihren Spitzen und Federn wie Papageien aussehen. Diesmal sind sie zum Herrenhaus hinaufgegangen. Madame La Gouverneur an ihrer Spitze. Ich habe meinen kleinen Brüdern gesagt: ›Machen wir uns lieber aus dem Staub! Gehen wir durch die Hintertür und verstecken wir uns im Wald.‹ Sie fanden das Haus leer. Aber nachdem sie es betreten hatten, wollte ich nicht mehr zurückkehren. Meine Brüder habe ich in die Stadt geschickt, die größeren zu den Herren Sulpizianern, wo sie erzogen werden, und den jüngsten zu meiner Schwester, die mit einem Offizier in der Garnison Saint-Armand verheiratet ist. Ich habe mich inzwischen in diesem Lagerhaus einquartiert. Ein paar Tage später bemerkte ich den Indianer, der um das Anwesen herumstrich und jemanden suchte, um seine Botschaft loszuwerden. Ich habe ihn gerufen, und er hat mir alles erzählt.

Honorine konnte mit Hilfe eines getauften Indianermädchens vom Stamme der Agniers fliehen und wurde von ihnen in Khanawake versteckt. Doch als sie sahen, wie diese Frau wieder und wieder hartnäckig nach ihr suchen ließ und ihr sogar die Jesuitenpatres Hilfe leisteten, weil sie überzeugt waren, ein gutes Werk zu tun, waren die Indianer völlig entgeistert. Sie haben Honorine einer Karawane von Irokesen der Fünf Nationen anvertraut, die, obwohl getauft, sich lieber in Richtung Irokesien zurückzogen.«

»Sie ist gerettet!« Cantor sprang auf und warf vor Freude seinen Hut in die Luft. Er packte Marie-Ange bei den Händen und wirbelte sie herum. »Meine Schwester ist gerettet! Cousinchen, Ihr habt mir einen Stein vom Herzen genommen! Diese Aasgeier, diese Raubtiere des Hofes werden sie in den Tiefen unserer Wälder nicht weiter verfolgen können!«

»Sie haben es auch gar nicht versucht. Man munkelt, Madame de Gorrestat habe nur mit Mühe ihr Mißfallen über die mißglückte Suche zu kaschieren vermocht.«

»Welchen Weg haben die Leute von Khanawake eingeschlagen, um ins Land der Fünf Nationen zurückzukehren?«

»Das weiß ich nicht. Der Getaufte hat mir gesagt, der Weg müsse ein Geheimnis bleiben, um das Kind so wenig wie möglich zu gefährden.«

»Auch recht, ich werde sie schon finden, doch später erst. Zunächst muß ich dem Dämon den Garaus machen. Und glaubt mir, meine Liebe, es wird nicht leicht sein, die Erde von seiner gottlosen Gegenwart zu befreien.«

Da er durch eine Bewegung andeutete, daß er sich verabschieden wollte, hielt das junge Mädchen ihn zurück. »Es wird schon dunkel. Folgt der Straße, denn dieser Flußabschnitt ist nachts nicht schiffbar. Was wollt Ihr denn jetzt überhaupt in der Stadt, wo man Euch erkennen könnte? Bleibt zumindest bis morgen. Es wird ein neuer Tag sein, und Ihr werdet neue Kräfte gesammelt haben. Ich werde Euch etwas zu essen holen.«

Während sie hinaushuschte, ließ Cantor sich rücklings ins Heu fallen und streckte seine schmerzenden Glieder aus. Jetzt, da er beruhigt war über Honorines Geschick, fühlte er sich wie zerschlagen. Er hatte keine Kraft mehr, einen klaren

Gedanken zu fassen und war nur noch überwältigt von dieser Begegnung mit Marie-Ange, seiner Cousine. Sie hatte wirklich Ähnlichkeit mit seiner Mutter! Man konnte sich mühelos vorstellen, daß diese in ihrer Jugend in Monteloup von der gleichen Lebhaftigkeit beflügelt war. So war sie ja jetzt noch, wenn irgend etwas dringlich war, eine Arbeit vollendet oder eine Anweisung gegeben werden mußte; dann lief sie durch die Wiesen oder die Häuser, eilte hurtig eine Treppe oder einen Waldpfad hinauf, ohne auf ihr Alter oder die Würde ihres Ranges Rücksicht zu nehmen. Erstaunlich war, daß Marie-Ange auch etwas von der Seele Angéliques geerbt hatte. Er fühlte sich in ihrer Nähe so vertraut, als hätte er sie schon immer gekannt, als wäre sie seine Spielgefährtin gewesen im Schloß Plessis oder in Versailles.

Mit großen Scheiben Brot, Wurst und einem Krug Apfelwein kehrte sie zurück. Während er aß, streckte sie sich neben ihm im Heu aus und erzählte, ihr Vater habe ihr vorgeschlagen, sie nach Frankreich zu schicken, damit sie das Leben einer jungen Adeligen kennenlerne. Auf einen Ellbogen gestützt, sah sie ihn mit vor Befriedigung glänzenden Augen prüfend an.

Das war ihm irgendwie peinlich. Diese kanadischen Mädchen waren für ihre Keckheit bekannt. Privilegiert durch ihr Geschlecht, in diesem Land, wo es an Frauen mangelte, unschuldig und natürlich wie alle Kinder, die außerhalb der Zwänge und Ungleichheiten einer alten hierarchisch gefügten Gesellschaft aufwachsen, übten sie sich nicht gerade in Reserviertheit und belasteten sich auch nicht mit Skrupeln, die ihnen gegenstandslos erschienen. Die Tändeleien und Schwärmereien der Pariser Salons waren ihnen fremd. Die Pfarrer ihrer Gemeinden und die Nonnen, die sie unterrichteten, taten recht daran, sie übergangslos von der Fuchtel der Schule unter die der Ehe zu überstellen. Von ihrem vierzehnten Lebensjahr an waren sie nette zuvorkommende Siedlerfrauen, bereit, die winterliche Einsamkeit, die jährlichen Geburten und die Feld- und Stallarbeit auf abgelegenen Lehen zu bewältigen. Die sechzehn-, fast siebzehnjährige Marie-Ange du Loup, die noch unverheiratet war, alle Bewerber abwies und sich auch nicht zur Nonne berufen fühlte, befand sich in einer Situation, die bald kritisch werden dürfte. Vermutlich war sie kindlicher und zugleich reifer als ihre wie sie in Neufrankreich geborenen und aufgewachsenen Gefährtinnen, doch diese wurden von der Wiege bis zur Ehe mit dem einzigen Ziel, Pionierfrauen und Familiengründerinnen zu werden, großgezogen. Hier opferte man keine Jahre, um gesellschaftlichen Schliff zu erlangen.

»Cousin, wäre es nicht an der Zeit, daß wir Du zueinander sagten?«

»Wie du willst, Cousinchen.«

Sie erhob sich, um eine große Pelzdecke zu holen, die sie über sie beide, die nun Seite an Seite im Heu lagen, weil schon die Kälte der Dämmerung spürbar war, ausbreitete.

»Woran denkst du?« fragte sie.

»An den morgigen Kampf«, erwiderte er. Er legte die Handflächen vor der Brust aneinander und nahm die Pose eines mit geschlossenen Augen ruhenden Kriegers ein. Er war ihr dankbar, daß sie keine weiteren Fragen stellte und ihn auch keineswegs zu zerstreuen suchte, sondern nur ihr Näschen vertrauensvoll an seiner Schulter vergrub und einschlief.

Vierundvierzigstes Kapitel

Madame de Gorrestat, alias Ambroisine de Maudribourg, blickte mißgelaunt in die Welt. Sie saß vor ihrem Frisiertisch, der ihr zeitweise ein Gesicht zurückwarf, an das sie noch nicht ganz gewöhnt war. So geschickt sie sich auch schminkte und kokette Haarlöckchen über Schläfen und Wangen kräuseln ließ, so waren doch immer noch gewisse aufgedunsene oder vernarbte Stellen zu sehen, die sie nicht gänzlich zu verwischen vermochte.

Hier saß sie nun inmitten dieses Hauses aus behäbigen Quadersteinen, das ihre Montrealer Gastgeber ihr zur Verfügung gestellt hatten. Die Wohnräume waren recht spärlich möbliert, doch besonders unwohl fühlte sie sich, seit sie erfahren hatte, daß Angélique vor ihr in diesem Haus empfangen worden war. Das Verschwinden des Kindes Honorine war ihr wie ein böses Omen vorgekommen. Sie begann, das Ungewöhnliche dieser Örtlichkeiten zu spüren. Sie hätte sich entsinnen sollen, daß ferne Länder fremde Kräfte freisetzen. Das hatte sie schon in Gouldsboro empfunden. Doch hier war es noch viel schlimmer, denn die Langeweile, die ihren Tatendrang lähmte, kam noch hinzu.

Alles hier war sterbenslangweilig. In Gouldsboro hingegen ... Da war zunächst einmal Angélique. Eine schöne Frau, die anzuschauen, zu erobern und leiden zu machen ein Genuß war. Jede Minute in ihrer Nähe und jeden gelungenen Schlag hatte sie ausgekostet. Was gab es denn Köstlicheres, als ihr den Stachel der Eifersucht ins Herz zu bohren und den grünen Blick sich verdunkeln zu sehen, als sie ihr zu verstehen gegeben hatte, Joffrey de Peyrac, der Mann, den sie bis zum Wahnsinn liebte, sei auf dem besten Wege, ihr, Madame de Maudribourgs, Liebhaber zu werden!

Doch bei dieser Erinnerung verdüsterte sich Ambroisine. Er! Er! Warum hatte dieser galante Mann mit dem südländischen Blut ihren Avancen nur nicht nachgegeben? Jahre hatte sie gebraucht, um das zu verstehen. Er verachtete mich. Er deckte all meine Lügen auf. Vom ersten Augenblick an hat er mir mißtraut. Ich bildete mir ein, er würde mir auf den Leim gehen, während jede seiner heimtückischen Fragen nur darauf abzielte, mich zu entlarven.

Noch heute knirschte sie darob mit den Zähnen. Noch heute, wo sie an Ort und Stelle Rache zu nehmen gedachte, stieg Bitterkeit in ihr auf, wenn sie sich des Fegefeuers erinnerte, das die geschlagene Dämonin hatte erdulden müssen.

Was waren das für Jahre gewesen! Immer nur Heuchelei! Nicht einmal das geheime und genüßliche Vergnügen, einer Landpomeranze den Mann zu stehlen und sie zu quälen, ganz zu schweigen von jener Wollust, wenn angeblich unbestechliche Männer wie Kirchenleute oder devote hohe Beamte vor ihren Reizen die Waffen streckten ... Nichts dergleichen! Sie hatte brav sein müssen, damit man ihr nichts vorwerfen konnte.

Doch an ihrem Plan hatte sie während all dieser Jahre unbeirrt festgehalten. Sie konnte sich beglückwünschen, jeden Verdacht im Keim erstickt zu haben. Eine bittere und unbegreifliche, auf amerikanischem Boden gemachte Erfahrung hatte sie vorsichtig werden lassen. Anfänglich war sie nur eine diskret die Straßen entlanghuschende Gestalt, die wohl verschleiert ging, weil sie neben ihrem reichen Liebhaber, einem aus den

Kolonien zurückgekehrten Mann namens Nicolas Parys, ein Schattendasein führte. In Wirklichkeit brauchten die Wundmale ihres Gesichtes Zeit, sich zurückzubilden.

Insgesamt gesehen erwies sich der alte Parys als braver Geselle und tüchtiger Komplize. Beide hielten sich an ihren Vertrag, den sie eines düsteren Abends an der Ostküste von Tidmagouche ausgehandelt hatten. Er wollte sie besitzen, hatte es immer gewollt und wollte es auch noch, als das Gesicht entstellt, der Körper aber noch intakt war. So richtig suhlen wollte er sich, wie ein Schwein. Und sie wollte um jeden Preis gerettet werden, ihren Feinden entkommen, die sie, wenn sie überlebte, als Mörderin, Hexe und Giftmischerin der königlichen Justiz ausliefern würden. Sie mußte untertauchen, für immer verschwinden. Mochte der alte Parys seine fleischlichen Gelüste an ihr stillen. Schon immer hatte sie die Greise vorgezogen, deren nachlassende Männlichkeit unzählige Kunstgriffe zur Entfachung neuer Glut erforderte, und darin war Ambroisine seit frühester Jugend Meisterin.

Der Pakt wurde geschlossen. Weder der eine noch die andere empfand Skrupel, als sie Henriette Maillotin, die ihr bei der Flucht behilflich gewesen war, ermordeten, verunstalteten und den wilden Tieren der Nacht auslieferten, damit sie diese junge Frau, die Ambroisine im Grab ersetzen sollte, gänzlich unkenntlich machten.

Das Schiff hatte sie in Sicherheit gebracht, und Frankreich ermöglichte es dem Paar, auch die letzten Spuren zu verwischen. In den Tiefen der Provinz findet man für klingende Münze mühelos Notare oder Geschäftemacher, ja sogar Geistliche, die sich bereitfinden, aufgrund der bloßen Nennung eines Taufnamens, Geburtsdatum und -ortes, wenn sie auch allesamt erfunden sind, einen Trauschein auszustellen. Und um sich einen Spaß zu machen, hatte Ambroisine sich als Geburtsprovinz das Poitou ausgesucht. Doch diese Laune sollte sie büßen müssen, denn diese fingierte Identität erinnerte sie unaufhörlich daran, daß sie Angélique damit zwar hatte täuschen können, diese letzlich aber doch die Stärkere gewesen war.

Daher geriet sie bei jedem Gedanken an das Poitou keineswegs in Entzücken, sondern in Rage. Was, wie sie sich eingestand, im Grunde ausgezeichnet war, so konnte sie wenigstens ihren Racheplan nicht vergessen. Wer weiß, vielleicht hätte sie bei diesem braven, zurückgezogenen und unauffälligen Leben ihr einziges Ziel, sich an den beiden, vor allem aber an »ihr« zu rächen, gar vergessen, und das wäre um so schlimmer gewesen, als sie eine Mission zu erfüllen hatte, die ihr von einem Meister, der keinen Mißerfolg duldete, aufgetragen war. Hatte sie nicht zeitweilig sogar versucht, zu vergessen? Doch sogleich überliefen sie Kälteschauer, die ihren Haß auf »die dort drüben«, die sie mattgesetzt hatten, neu entfachten.

All diese Jahre! Sie hatte nur in den Spiegel gestarrt und der Heilung und Wiedergeburt ihres Antlitzes zugeschaut. Gewisse Spuren ließen sich niemals tilgen, aber nicht das war es, was sie am meisten berührte. Sie war nicht mehr genau dieselbe, was ihr manchmal sogar behagte. Aber sie war nicht mehr ganz so schön, auch nicht mehr ganz so jung, und das war, wie sie sich einredete, die Schuld von Angélique, denn sie hatte den Eindruck gewonnen, Angélique schöpfte ihre eigene Schönheit und Jugend aus ihrer Niederlage. Je tiefer ich sank, desto strahlender wurde sie. Ja, selbst in Tidmagouche, wo sie krank war und ich ihr Schicksal in Händen hielt . . .

Die Jahre, die für Ambroisine, die Einsiedlerin, die von der Bühne Abgetretene, verstrichen, nährten ihren Hader. Die blutunterlaufenen Stellen traten zurück. Und die Spiegel verrieten ihr, daß der Tag nahe war, wo sie wieder ans Tageslicht treten könnte, und der alte Parys mit Hilfe eines Gifttranks abzutreten hätte. Anschließend würde sie, seine Witwe, in eine andere Stadt ausweichen und sich unverhüllt und unter einem neuen Namen der Öffentlichkeit zeigen.

Alles war nach ihren lang gehegten Plänen und Wünschen abgelaufen. Erst nachdem sie in Nevers den Provinzgouverneur Monsieur de Gorrestat geheiratet hatte, rekrutierte sie nach und nach ihre Gefolgschaft: mittellose Gutsbesitzer oder skrupellose Diener, schwarze Seelen ihrer Spezies, die sie mit ihrem Vermögen an sich fesselte und die es, gut bezahlt und auf tausenderlei Arten bestens entlohnt, übernahmen, auf ihren Befehl hin zu intrigieren, Verbündete oder Komplizen zu kaufen, und, wenn nötig, Plagegeister zum Verstummen zu bringen.

War nicht der erste ihrer unfreiwilligen Komplizen dieser mit wenig Intelligenz, dafür um so mehr Eitelkeit begabte Mann mit glänzenden Beziehungen und zuverlässiger Rükkendeckung, den sie sich als neuen Ehemann erkoren, Monsieur de Gorrestat? Nachdem sie alle Gelegenheiten austariert hatte, gelang es ihr in kürzester Frist, ihn für die kolonialen Angelegenheiten zu gewinnen und schließlich zu veranlassen, ein Amt in Neufrankreich anzustreben. Zahlreiche Interventionen brachten ihm eines schönen Tages die Bestellung zum interimistischen Gouverneur ein, während Monsieur de Frontenac zum Rapport zu Seiner Majestät bestellt wurde. Wie die Dinge lagen, galt es quasi als sicher, daß Frontenac in Ungnade fallen würde und sein Stellvertreter sich für mehrere Jahre als Vizekönig fühlen dürfte.

Ambroisine, seine Gemahlin, die sich Armande, geborene Richemont, nannte, und die wegen ihres Mutes, ihrem Mann in so ferne und rauhe Länder zu folgen, weidlich bewundert wurde, hatte in Paris noch ein bis zwei Wochen lang Zeit gehabt, ihre Nase in ein paar Ämter zu stecken, die sie bereits schriftlich und über Gesetzeshüter ersucht hatte, die Affäre der *Licorne* aufzuklären. Es hatte ja seinen Reiz, unter dem Vorwand verwandtschaftlicher Bande Nachricht vom Verbleib Madame de Maudribourgs und ihrer Expedition zu erbitten. Anschließend begab sie sich nach Versailles, um dem König ihre Aufwartung zu machen. Doch dieser hatte keinen Blick für sie gehabt.

Es war eine Reverenz zuviel gewesen. In einem Türrahmen hatte sich der grüne Blick eines Jünglings mit jähem Aufleuchten in den ihren versenkt. Unverzüglich rollte die Kutsche der Gorrestat gen Le Havre, und Ambroisine freute sich, die Stadt hinter sich zu lassen und aufs offene Meer zu gelangen. Vor der Überfahrt hatte sie keine Angst, und es mißfiel ihr auch nicht, mit der Provinz Kanada zu beginnen, wozu ihr Rang als Frau des Gouverneurs sie verpflichtete. Das erste Mal war sie als Wohltäterin gekommen und hatte frei entscheiden können, wohin sie sich begab. Doch diesmal mußte sie zuerst nach Quebec, und so hatte sie sich schon im voraus in Geduld gefaßt und ihr huldvollstes Lächeln einstudiert.

Aber was bildeten die sich eigentlich alle ein? Sie war doch nicht hergekommen, um sich von all diesen Kolonistentölpeln beweihräuchern zu lassen! Nie hatte sie vorgehabt, in Quebec zu versauern, in dieser Stadt der eisigen Antipoden, die sich immer noch erfrechte, sich Hauptstadt zu nennen. Ein »kleines Versailles«, wie dieser alberne Ville-d'Avray gesagt hatte. Und Frontenac, dieser komische Kauz, glaubte daran.

Doch ihre neue Funktion verlangte von ihr, daß sie an Land ging, sich empfangen und, wenn nötig, akklamieren ließ, und so ganz unnütz war es, recht besehen, auch nicht, denn sie hatte durchaus ein paar Hühnchen zu rupfen mit denjenigen, die ihr als Huldiger ihrer schlimmsten Feinde, Joffrey und Angélique de Peyrac, genannt werden würden, und die ja auch auf die Ungnade Pater Sébastien d'Orgevals hingearbeitet hatten. Als sie von dessen Tod erfuhr, bedurfte sie keines weiteren Ansporns.

Gouldsboro wird später drankommen, sagte sie sich. Gedulden wir uns, solange die Zeit es erfordert ...

Sie hatte recht behalten. Schon in den ersten Tagen ihrer Schiffsreise auf dem St.-Lorenz-Strom lieferte ihr die Gegenwart Gesichter der Vergangenheit. Nun waren die, die hätten sterben sollen, bereits tot. Ha! Wie hatte sie jubiliert, als sie an der Rahe ihres Flaggschiffes Leutnant Barssempuy baumeln sah, der sie haßte, weil sie seine Freundin, die sanfte Marie, hatte hinrichten lassen. »Es sind Engländer!« hatte sie ihrem Gatten, dem neuen Gouverneur, eingeredet. »Verräterische Feinde, die in das Mündungsgebiet des St.-Lorenz-Stroms eingedrungen sind. Richtet sie hin, um zu beweisen, daß Ihr nicht wie Frontenac Nachsicht übt mit diesen Feinden Frankreichs und den mit ihnen verbündeten, abtrünnigen französischen Hugenotten.«

Bedauerlicherweise hatte man wegen des Nebels nicht die ganze Besatzung dieser kleinen Yacht, die unter der als Freibrief dienenden Flagge des Grafen Peyrac segelte, festnehmen können.

In Quebec, wo sie sich von einigen Blicken erkannt oder beargwöhnt fühlte, hatte sie schleunigst Gerichtstag gehalten. Leider waren ihr diese dumme Delphine und die dicke Wirtin vom »Französischen Schiff«, deren Antipathie sie gleich gespürt hatte, durch die Maschen geschlüpft. Warum? Wieso? Es war ihr nicht ganz geheuer, das Spinnennetz ihrer Listen war also irgendwo brüchig.

Doch das Glück und der »gute« Stern, an dessen Wirkung sie schon fast gezweifelt hatte, kehrten zu ihr zurück, als sie erfuhr, die Tochter von Graf und Gräfin Peyrac – das kleine Mädchen, für das Angélique an den Gestaden Gouldsboro Amethyste gesammelt hatte – sei im Pensionat bei den Nonnen der Kongregation Unserer Lieben Frau in Montreal. So spielte ihr der Zufall das Kind ihrer Feinde zu. Schon im voraus leckte sie sich die Lippen. Diesmal war der Teufel auf ihrer Seite. Die Insel Montreal, am Oberlauf des Flusses, war zwar noch weit, aber die Wonnen, die sie empfinden würde, wenn sie ihr kleines Opfer erst gefangen und gequält hatte, würden diese Unannehmlichkeiten des Reisens auf den Flüssen, unter den Huldigungsbeweisen dieser scheinheiligen, gefährlichen und grobschlächtigen Siedler oder Bauern, die Bewohner genannt werden wollten und sich als Herren fühlten, weil man ihnen die Jagd- und Fischrechte überlassen hatte, wettmachen.

Doch mit ihrem wachsenden Abscheu wuchs ihre heimliche Freude, denn später hätte sie ja Zeit genug, ihnen ihre Arroganz heimzuzahlen. Notfalls würde sie auch eine Wintersaison im Eis am kleinen Quebecer »Hof« verbringen, da dies, wie man ihr sagte, unvermeidlich war.

Auf später, Gouldsboro! Du kannst warten, Gouldsboro, ich werde dich wiederfinden! Die Rache kann auch kalt genossen werden. Und mit gellendem Lachen fügte sie hinzu: Rache ist immer süß!

Diesen fetten Brocken konnte sie sich ruhig aufheben, nachdem sie als Vorspeise ja Honorinchen entführen und zu Tode quälen würde. Stückweise würde sie ihrer verhaßten, heiß begehrten und glühend verfluchten Feindin Angélique, mit ihrer erstaunlichen Schönheit, ihrer unfaßlichen Ausstrahlung, Angélique, der Mutter dieses Kindes, Beweise zuschikken! »Machen wir uns hurtig auf nach Montreal«, hatte sie zu ihrem Gatten gesagt. »Noch vor dem Winter müssen wir all unsere Untergebenen kennen, um in jedem einzelnen die Erinnerung an Frontenac auszumerzen.«

In der Tat, bis hierher hatte alles geklappt. Bis zu dem Augenblick, da sie diesem rasenden kleinen Unhold gegenüberstand, der sie brüllend als Giftmischerin beschimpfte: »Das ist Dame Lombarde! Das ist Dame Lombarde, die Giftmischerin . . .«

Wieviel Geduld und Selbstlosigkeit waren nötig gewesen, um den schlechten Eindruck dieses Auftritts wettzumachen. Diese Kanadier lagen ja wie Memmen vor ihren Kindern auf den Knien und gaben ihnen in allem recht.

Immerhin war es ihr gelungen, Mère Bourgeoys auszuschalten, die sie durch den Bischof nach Quebec beordern ließ, auch Onkel und Tante waren abkommandiert worden, deren Existenz ihr geradezu zuwider war, denn zwischen Familienmitgliedern besteht eine geheime Bindung, eine natürliche Komplizenschaft, selbst wenn sie einander kaum kennen oder sich nicht verstehen. Die wichtigsten Beschützer des Kindes waren also entfernt, und als sie am Kloster erfuhr, die Kleine sei geflohen, hatte sie sie flugs wieder eingefangen. Und nun wieder ein unerklärlicher Rückschlag: Ihre Beute verschwand, löste sich in Luft auf. Alle Nachforschungen und all das aufgebotene Geld waren für die Katz!

Doch jetzt sah Ambroisine klar. Nicht sie hatte ihre geheimen Kräfte eingebüßt während der langen Jahre der Tatenlosigkeit in der französischen Provinz, nicht der Satan beraubte sie seines Schutzes, den sie immer überreichlich genossen hatte, nicht die Franzosen und Indianer Kanadas waren standhafter oder weniger leicht zum Narren zu halten wie die Menschen der Alten Welt. Nein, in Schach gehalten wurde Ambroisine, die Dämonin, wieder einmal von »ihnen«, die sie anzugreifen gewagt hatte. Folglich war die Kleine ebenso gefährlich wie ihre Mutter. Schlimmer noch! Was war es denn nur, daß sich ihr derartig widersetzte?

Vor sich auf dem Frisiertisch breitete sie den Inhalt der beiden Kästchen aus, die im Indianerbeutel des Kindes gefunden worden waren.

Es war ein buntes Sammelsurium von unterschiedlichem Wert, wie beispielsweise ein Türkis, Federn, Muscheln, ein eingravierter Pottwalzahn, doch einiges davon mußte Angélique gehört haben, bevor sie es dem Kind gegeben hatte.

Da lag auch noch, wie ein Bausch, eine Strähne langer roter Haare, die sie in ihrer Wut dem Kind ausgerissen hatte. Sie faßte sie zwischen Daumen und Zeigefinger und ließ sie nachdenklich in ihre andere Hand gleiten. Wo steckte sie nur, diese elendige Kreatur? Wie konnte man sie nur erwischen? Ihr Unheil zufügen? Mit Haaren läßt sich vieles anfangen ...

In Paris hätte es ihr an nützlichen Adressen und Namen von Sehern und Wahrsagerinnen nicht ermangelt. Aber hier? Sie hätte einen Magier in ihre Dienste nehmen müssen. Doch hätte sie das gekonnt, ohne Argwohn, Nachforschungen und die Polizei im Schlepptau zu haben?

Auf der Durchreise in Paris hatte sie vorgehabt, die berühmteste Hexe, die Mauvoisin, genannt La Voisin, aufzusuchen. Doch als sie sich dem Haus genähert hatte, war gerade eine Gruppe dieser »Missionsbrüder« von Monsieur Vincent de Paul herausgekommen, die dem gemeinen Volk predigten, und da ihr das Ganze ebenso beunruhigend wie unerklärlich vorgekommen war, hatte sie überstürzt kehrtgemacht. Zwei Tage später erfuhr ganz Paris die Verhaftung besagter Seherin. Ambroisine zitterte noch heute. Hinter dieser Verhaftung steckte, wie üblich, dieser widerliche Polizist François Desgray. Wegen dieses Individuums war ihre Abreise nach Le Havre einer Flucht gleichgekommen. Wie beim ersten Mal, als sie ihm mit knapper Not entgangen war, als er gerade ihre Busenfreundin, die Marquise de Brinvilliers, verhaftet hatte. Diesmal traf der Polizist die Festung der Giftmischer mitten ins Herz.

Da Neuigkeiten flinke Beine haben, erfuhren Monsieur und Madame de Gorrestat noch bevor sie sich einschifften, daß die Voisin angeklagt wurde wegen des Versuches, den König zu vergiften. Athénaïs de Montespan verließ fluchtartig den Hof. »Beim Verhör wird sie meinen Namen preisgeben. Ich war ja einst, mit meiner lieben Brinvilliers, eine ihrer eifrigsten Kundinnen. Aber soll sie mich ruhig nennen. Ich bin ja tot, tot!« Ihr Lachen wurde zu einem makabren, echolosen Gekicher. »Die Herzogin von Maudribourg ist tot!« sagte sie laut. Doch gleichzeitig fühlte sie sich gedrängt, ängstlich um sich zu blicken. War das nicht ungerecht? Immer auf der Flucht. Immer dieses Versteckspiel.

Doch Ambroisine war erleichtert gewesen, sich einschiffen und in die Neue Welt fliehen zu können, wo ihr Inkognito leichter zu wahren war; wie beim ersten Mal wiederholte sich auf unerklärliche Weise alles noch einmal und floh sie diesen Desgray und seinen Vorgesetzten, den Obersten Polizeichef des Königreiches, Monsieur de La Reynie, diese Spürhunde des Königs. Es war klüger, diesen Schnüfflern keine Spur zu hinterlassen. Und was den Magier anbetraf, so hatte sie sich auf Monsieur de Varange, Experte in der Kunst der Hexerei, verlassen, den sie in Quebec vorzufinden dachte. Und nun sollte auch der tot sein, verschollen. Sein Verschwinden war zusammengefallen mit dem Besuch von Monsieur und Madame de Peyrac in Quebec.

Warum verschwand Varange in dem Augenblick, wo »sie« ankamen? Als habe er den Platz räumen wollen. Ein schrecklicher Verdacht stieg in ihr auf. »Sie« stecken auch hinter diesem Tod, hinter diesem Verschwinden. »Sie hat ihn getötet!« schrie sie auf.

Sie war so sicher in ihrer Ahnung, daß sie nicht mehr zu unterscheiden vermochte, ob sie vor Besessenheit delirierte oder ob ihr auf magische Weise die Realität mitgeteilt worden war. Angélique hatte Monsieur de Varange getötet. Das konnte nur sie sein. Wo? Wann? Warum? Wie hatte sie es erraten, daß der alte Liederjahn ihr Komplize war? Unmöglich, das herauszufinden. Aber Angélique hatte ihn getötet, den Grafen de Varange. »Ich werde überall herumschreien, daß sie es war, und dann wird man mich für wahnsinnig halten. Mich argwöhnisch anschauen. Selbst dieser Garreau d'Entremont, der nur auf eine derartige Denunziation wartet. Auch er weiß, daß sie Varange getötet hat.«

Aber er würde Beweise verlangen. Diese neue Polizei, die der König eingesetzt hatte, verlangte immer Beweise. Früher hatte es genügt, jemanden zu denunzieren, ihn anzuklagen, als Hexer zu verschreien. Heute wollten sie Beweise sehen.

Und die Elite des französischen Adels würde in die Bastille oder ins Exil, wenn nicht gar aufs Schafott geschickt werden, bloß wegen dieser Kadaver von Neugeborenen, die in schwarzen, auf dem Bauch von Dirnen gelesenen Messen, für die man mit klingender Münze bezahlt hatte, geopfert worden waren. Eine lächerliche Vorstellung, die die Verhältnisse auf den Kopf stellten! Was zählten denn schon diese namenlosen Würmer, echte menschliche Larven, im Verhältnis zu den hohen Persönlichkeiten, die dieses Opfer fürstlich bezahlten? »Menschliche Larven, widerliche, sich windende, gähnende weiße Würmer!« wiederholte sie nochmals, wobei sie vor Abscheu eine Grimasse schnitt, »namenlos, und nicht einmal getauft ... Oder doch! Angeblich hatte die Voisin oder eine der anderen Vetteln sie ja getauft, bevor sie ihnen die Nadel ins Herz bohrte. Diese Närrin! Sie wird es teuer bezahlen, daß sie dem Satan seine Beute entrissen hat.«

Beweise! Sie konnte Angélique nicht anklagen, ohne Beweise beizubringen!

Ihre Gedanken waren mit ihr durchgegangen, jäh gebot sie ihnen Einhalt. Keine weiteren Pläne mehr! Angst packte sie. Angst! Das war das erste Mal. Da sie sie noch nie verspürt hatte, mußte es doch wohl Angst sein, die sie jetzt an der Gurgel packte. Sie hatte sie verdrängt, sie hatte vergessen wollen, was in Akadien geschehen war. Ihre Niederlage, das totale Scheitern! Aber hatte sie nicht überlebt, um dieses einzigen Zieles willen: ihre Mission zu vollenden? Ansonsten hatte sie keinerlei Grund zu überleben! Wenn sie es dieses Mal nicht schaffte, würde ihr kein weiterer Aufschub gewährt werden. Angst und Haß ließen ihr Herz anschwellen und weckten wollüstige Krämpfe in ihrem Innersten. Ihre Hände öffneten und schlossen sich im wilden Begehren nach einem Kinderhals, einem kleinen, weißen, festen, stolz aufgereckten, süßen kleinen Kinderhals, nach dem Hälschen Honorines, die die Verheißung war von Angéliques Leid. »Wie ich sie beide hasse!«

Enttäuschung und Begierde nach diesen kurz aufgeflammten Visionen quälten sie so, daß sich ihre Sinne verwirrten. »Welche Wollust«, murmelte sie mehrmals, während aus ihren Eingeweiden ein langer Seufzer emporstieg. Ihre Eingeweide meldeten sich wieder. Gott sei Dank! hätte sie beinahe geseufzt, wenn ihr geheimer Pakt mit den Mächten der Hölle ihr nicht den Gebrauch dieses Wortes verboten hätte; nur laut, und zur Täuschung, durfte sie so etwas sagen. Wie schwer es doch ist, in so schwachem Fleisch Wohnstatt zu nehmen! Sie sehnte sich so nach einer körperlichen Vereinigung, um diese fast schmerzhafte Glut zu stillen, die die geilen Vorspiegelungen ihrer Pläne, die sie noch unterdrückten mußte, und ihrer Rache, die noch nicht vollendet war, in ihr entfacht hatten. Genießen wollte sie, aber nicht leiden. Ihr Körper zeigte sich plötzlich so schwach, unterjocht, überwältigt von den Kräften, die sie entfesselt hatte.

Bin jetzt tatsächlich auch ich eine menschliche Kreatur geworden? fragte sie sich mit Schaudern.

Die Stimme eines Domestiken, der ihr mitteilte, ein junger Mann wünsche sie zu sprechen, drang an ihr Ohr. »Laßt ihn herein!«

Sie spürte, daß wenige Schritte hinter ihr jemand auf der Schwelle stand. Sie wandte sich um, und ein heftiger Schauer lief ihr über den Rücken, eine Mischung aus Angst und Befriedigung. Derjenige, der soeben eingetreten war, war eine Antwort auf ihre Zweifel und ihre Unschlüssigkeit. Sie stand ihrem Widersacher lieber Aug in Aug gegenüber. Im Nahkampf war sie die Stärkere. Und wenn es sich um einen hübschen jungen Mann handelte, wie bei diesem hier, dann war die Partie im voraus gewonnen. Frauen waren leicht zum Weinen zu bringen, zu knicken, in ihrer Existenz zu zerstören, doch bändigen ließen sie sich nicht, von einigen wenigen Ausnahmen abgesehen. Doch diese törichten, ihren Sinnen und ihrer Eitelkeit sklavisch ausgelieferten Männer waren fast zu leicht herumzukriegen und in die Knie zu zwingen.

Doch hier war wieder diese verteufelte Angst im Spiel. Seitdem sie sich in Versailles, im Vorzimmer des Königs, von ihm erkannt gefühlt hatte, war eine dumpfe Gewißheit in ihr, die ihr sagte, daß er es dabei nicht bewenden lassen würde. Daher hatte sie ihn ja auch sofort töten lassen wollen. Der Anschlag war also mißlungen?

Die bohrende Angst war immer da gewesen. Lächerlich! Da sie doch mit ihrem Gatten Le Havre erreicht hatte und sich nach Neufrankreich einschiffte. Trotz allem hatte sie ihn immer vor Augen gehabt, diesen Cantor de Peyrac, der die Augen seiner Mutter hatte und ihr, Madame de Gorrestat, nachspionierte. Innerlich war sie überzeugt gewesen, daß er sich wohl auch einschiffen würde, und daher hatte sie, bevor sie Quebec in Richtung Montreal verließ, Vorsorge getroffen: Sie hatte ihn ihren Leuten, die in Quebec verblieben, geschildert und genaue Anweisungen hinterlassen, wie mit ihm – und auch dem Vielfraß – zu verfahren sei. Das Tier war erlegt worden, doch wie war *er* ihnen denn nun wieder durch die Finger geschlüpft?

Anmutig zog er seinen Filz zu einem tiefen Gruß. »Erkennt Ihr mich, Madame?«

»Gewiß«, entgegnete sie mit einer herausfordernden Kopfbewegung. »Wie sollte ich wohl nicht, da Ihr mich seit Versailles verfolgt. Darf ich erfahren, warum?«

»Ich habe Euch erkannt, Madame, während Euch alle seit mehreren Jahren schon für tot halten. Ist es nicht normal, sich vergewissern zu wollen, daß die Augen keiner Täuschung erlegen sind?«

»Und um diese maßlose Neugierde zu stillen, konnte Euch wohl nichts mehr davon abhalten, zu den Antipoden zu reisen. Ihr spottet wohl, Monsieur! Oder Ihr lügt . . .«

»Glaubt Ihr, Madame, mein Ungestüm und meine Leidenschaft schreckten vor einer Ozeanüberquerung zurück? Was ist das denn im Vergleich zu diesem Wunder, das ich mit eigenen Augen sehen darf? Ihr lebt! Tatsächlich geschah es nicht aus simpler Neugierde, daß ich Eure Spur aufnahm, ich wünschte Begierden ganz anderer Art zu stillen. Oh, Madame!« fuhr er fort, ohne ihr Zeit zu lassen, die Falschheit dieser Erklärungen zu erkennen, »wie viele Tränen habe ich vergossen, wie viele Gewissensqualen erlitten, wieviel Bedauern hat mein Herz zerrissen! Wie übel hat man Euch zugerichtet auf dem Strand von Tidmagouche, und ganz zu Unrecht. Der Wahnsinn der Menschen kennt keine Grenzen, wenn Eifersucht sie verzehrt. Um Euch dies zu sagen, Madame, habe ich die Meere überquert, da ein gesegneter Zufall mir die Möglichkeit bot, Euch um Vergebung zu bitten und mein Gewissen zu beruhigen.«

Glaubte sie ihm? In Ambroisines schmalen Augen war ein kaltes und starres, mörderisches Funkeln. Sie hob wieder an: »Man sah Euch in Quebec herumlaufen . . .«

»Ich war auf der Suche nach Euch.«

»Ich glaube Euch nicht, schöner Page.«

Wie schön er doch war, dieser Cantor de Peyrac. Bei seinem Namen und seiner Schönheit knirschte sie mit den Zähnen, während ihr gleichzeitig das Wasser im Munde zusammenlief. Bei ihrem kurzen Aufenthalt in Versailles hatte sie aus dem Geschwätz herausgehört, eine der Ehrendamen der Königin sei ganz verrückt nach ihm. Und das ging so weit, daß die Königin, anstatt sie zu rügen und sich von ihr zu trennen, ihr, weil sie an ihr hing, einen unbegrenzten Liebesurlaub gewährt hatte, damit sie ihren trunkenen Jüngling nach Herzenlust beglücken konnte.

Ein kleiner Gott, ein kleiner Herr, schon voller Kraft und Hochmut, und wie er behauptete, hatte er alles aufgegeben, nur um ihr hierher, in diese grobschlächtige Provinz zu folgen. »Ihr verletzt mich, Madame, wenn Ihr an meinem Erinnerungsvermögen und an meiner Glut zweifelt. Wie konnte ich es Euch besser beweisen als durch diese wahnwitzige Tat, Euch nachzureisen? Welches Ziel sollte ich sonst wohl verfolgen bei diesem irrsinnigen Wettlauf? Versteht doch! Ich hatte Euch wiedererkannt und legte unverzüglich meine Charge bei Hof nieder. Mit dem Risiko, in Ungnade zu fallen, doch darauf verschwendete ich keinen Gedanken! Wer würde so etwas tun, ohne von dem brennenden und aufrichtigen Gefühl getrieben zu sein, das ich Euch freimütig eingestehe? Wenn Ihr dies unterschätzt, treibt Ihr mich in Verzweiflung und unterschätzt Ihr auch die Kraft des Feuers, das Ihr in mir entfacht habt. Ah, Madame de Maudribourg! Ein Name, an den ich kaum zu glauben wage.«

»Psst!« fuhr sie auf. »Sprecht ihn nicht aus!« Verstört blickte sie um sich. Ihre Persönlichkeit spaltete sich. Sie war zwar noch, wenn auch mühsam, Madame de Gorrestat, die Frau des neuen Gouverneurs, die die Honoratioren der Kolonie bereits erobert und ihren Ruf als fromme, keusche Wohltäterin bereits gefestigt hatter, doch seit er hier aufgetaucht, war sie vor allem jene Abenteurerin der Neuen Welt – und wie hatte ihr diese Rolle gefallen! –, die etliche Jahre früher an den Gestaden Akadiens eine geheime Odyssee erlebt hatte, deren Wechselfälle wie Trugbilder ihre Erinnerung immer wieder heimgesucht hatten. »Tidmagouche«, murmelte sie bitter. Ihre Mundwinkel hingen herunter, und sie erriet, daß diese Grimasse sie häßlich machte, doch dies war ihr im Moment gleichgültig. »Tidmagouche, ich erinnere mich keineswegs, daß Ihr mir hättet Gerechtigkeit widerfahren lassen.«

»Ich war noch ein Kind.«

»Gerade das gefiel mir«, murmelte sie halblaut mit einem verschlagenen und grausamen Lächeln. Verfluche mich, Allmächtiger, für diese Sünde, dachte sie bei sich, aber zumindest das hat mein Körper geschafft: zu betäuben, zu verwirren und zu narren! Sie zitterte am ganzen Leibe. Würde sie jetzt in Schmähungen ausbrechen, Feuer und Galle spucken wie am Strand von Tidmagouche, oder war dieses Zittern gar Anzeichen für ihre Kapitulation? Er hatte ihre Schwächen und ihre Ängste aufgedeckt. Das war der Punkt, wo man sie packen konnte, um sie in die Vergangenheit zurückzuholen und sie die Gegenwart fürchten zu lehren. Sie wollte nicht erkannt werden. Noch hatte sie nicht alle Zeugen ihrer Vergangenheit ausgemerzt. Da war noch so manches, was sie beunruhigte; dessen sie sich noch nicht sicher war. Ihre Schönheit, unter anderem, ihre verführerische Wirkung ...

»Ihr seid es also tatsächlich«, hauchte er, als sei er geblendet. »Ihr habt auf Euren Namen reagiert. Ich war noch etwas im Zweifel.«

»Wieso?« unterbrach sie ihn angstvoll. »Habe ich mich denn so verändert?«

»Ja, Ihr habt Euch verändert, aber ich habe Euch dennoch wiedererkannt. Welches Wunder bewirkt es eigentlich, daß

Ihr schöner seid als in meiner Erinnerung, daß Ihr meinem Traumbild noch weitaus mehr entsprecht, Madame de ...«

»Nennt mich nicht beim Namen!« gebot sie von neuem.

»Also darf ich Ambroisine sagen? Ambroisine! Dieser zauberhafte Name, der durch meine Nächte geisterte, der unablässig in mir widerhallte ...« Mit winzigen, kaum wahrnehmbaren Schritten näherte er sich ihr. Die grünen Augen hielten dem Bernsteinblick stand und fesselten ihn, bis diese beiden Lichter in einer Art Waffenstillstand, einer vorübergehenden Flaute, wieder voneinander abließen.

Ihre Sinne waren gefangen von diesem kernigen jungen Körper, dessen Nähe sie spürte, und sie beschloß, ihm zu glauben, denn sie gierte und lechzte nach dieser urwüchsigen und bestimmt nicht trügerischen Sinnenlust. Ihr Hunger nach ihm verzehrte sie, schüttelte ihren Körper, aber brach sich gleichzeitig an der heranbrandenden Flut ihres dämonischen Mißtrauens. Sie war in einem Widerstreit befangen. Zurückgeholt in ein fernes, vergessenes, ausgelöschtes Leben, in dem er auf einem Strand, kaum jünger, kaum kindlicher, vor ihr gestanden hatte, verlor sie die Kontrolle über ihre Worte. »Und doch habt Ihr Euch unter jene gemischt, die sich auf mich stürzten, um mich zu massakrieren.«

»Gott behüte, Madame, ganz im Gegenteil: Ich hatte Mitleid, erlitt mit Euch die Grausamkeiten, die sie Euch zufügten. Ihr müßt mir glauben.«

Ein Giftpfeil schoß aus Ambroisines Augen. »Ich glaube Euch nicht!« wiederholte sie. »Ich erinnere mich an Eure Bosheit, als ich in Gouldsboro versuchte, Euch zu streicheln.«

»Ich war doch noch ein Kind, Madame, die Liebe und die Fleischeslust waren mir unbekannt und schreckten mich.«

»Ich war ja bereit, Euch einzuweihen.«

»Das machte mich zittern.«

»Ihr fürchtetet den Zorn Eurer Mutter, die eifersüchtig auf mich war. Wegen meiner Schönheit, die mit der ihren rivalisierte. Eure Mutter haßte mich, weil es mir gelungen war, Euren Vater zu verführen und weil ich auch die Blicke der anderen Männer auf mich zog.«

Cantor spürte, wie er blaß wurde. Entsetzen und Abscheu schnürten ihm die Kehle zu, aber zum Glück hatte sie sich wieder ihrem Spiegel zugewandt, in dem sie sich prüfend betrachtete, wobei ihr nicht bewußt wurde, daß sie gerade durch dieses Verhalten eine Unsicherheit verriet, was die Dauer ihrer Schönheit und ihrer Macht betraf. Befriedigt lächelte sie wieder. »Später verleugnete er mich dann. Er log, aber nur, um *sie* zufriedenzustellen. Und auch Ihr, Muttersöhnchen, Ihr wart zu feige, Euch Ihr zu widersetzen! Ist es nicht inzwischen etwas spät, mich um Verzeihung anzuflehen?«

Niemals mehr, schwor er sich angewidert, würde er auch nur einer Frau Gehör schenken, die ihm ein Tête-à-Tête vorschlüge und von Liebeswonnen säuselte. Während sie redete, irritierte ihn ein langer, rotgoldener Faden, den sie sich nervös immer wieder um den Finger wickelte, ein geschmeidiger, schillernder Kupferfaden, von dem er seinen Blick nicht zu lösen vermochte, bis ihm aufging, daß das ja Haare von Honorine waren, ein paar lange Härchen von diesem Rotschopf, die diese Furie ausgerissen haben mußte. Ich werde dich töten, schwor er sich mit einer düsteren, schmerzhaften Beharrlichkeit, die allein seinen unbändigen Zorn zu zähmen vermochte. Ich werde dich töten, Dämonin! Gott stehe mir bei und führe mein Schwert!

»›Sie‹ haben mir die Stirn geboten«, murmelte sie vor sich hin. »Die Frauen, nur sie! Sie sind mir entkommen! Das kann man nicht hinnehmen, das muß bestraft werden! Ah, wie ich diese beiden Weiber hasse! Ihm habe ich's nicht verübelt, mich zurückgestoßen zu haben, nein! Er war ein Mann. Der Mann hat alle Rechte, hat das Recht, der Stärkere zu sein. Denn er ist der Schwächere. Mit ihm mache ich eines schönen Tages, was ich will. Aber die Frauen, nein! Die Frauen haben nicht das Recht, über *mich* zu triumphieren, denn die Frauen gehören mir. Frauen sind für mich Opfer oder Komplizinnen. Ah! Wie ich diese beiden Weiber hasse!«

Er stand ein wenig abseits hinter ihr und erriet, daß sie von Angélique und Honorine sprach. Glühende Empörung verschleierte seinen Blick. Seine Mutter! Und ein Kind, seine Halbschwester! Welches Bewenden es mit diesem Kind auch haben mochte, es war seinem Schutz unterstellt! Wie konnte diese abscheuliche Kreatur es nur wagen, in seiner Gegenwart solche Töne anzuschlagen, als gäbe es für sie keinen Zweifel mehr, daß sie ihn schon herumgekriegt hatte! Sei auf der Hut, befahl er sich selbst, indem er alle Gedanken aus seinem Hirn verscheuchte. Sie darf nicht argwöhnen, was dich bewegt . . .

Er überraschte den Blick, den sie ihm aus dem Spiegel zuwarf, ein Blick, um seine Gefühle zu erraten, um sich beim geringsten Anzeichen von Zorn oder Mißbilligung, von nicht gänzlicher Unterwerfung, wie eine Furie auf ihn zu stürzen und ihn in die Knie zu zwingen. Sie prüfte, ob die Fesseln der fleischlichen Begierde auch hielten, ob er genügend geblendet war, um alles, was nicht sie war, gleichgültig hinzunehmen, ob er taub genug war, die wie unabsichtlich vor ihm gesprochenen Worte, die seinen Zorn reizen sollten, zu überhören. Wenn sie auch nur das geringste davon ahnte, was er wirklich für sie empfand, würde sie seinen Tod beschließen. Doch sie las in diesen hellen, auf sie gerichteten Augen nichts anderes als ein unerschrockenes Leuchten, jene geistesabwesende, besessene, fast dümmliche Starre, die eine noch in Fesseln gehaltene, kaum mehr zu bändigende Gier so häufig dem Blick der Männer verleiht. Sie gluckste befriedigt, denn sie war empfänglich für diese gebieterische Sprache.

Hatte er sie getäuscht? Er wollte es hoffen. Schweiß lief ihm über den Rücken, denn er fürchtete immer wieder, sie zu reizen, wenn auch nur einer seiner Gedanken eine andere Richtung einschlug. Er mußte die Schläue und Kaltblütigkeit seines Vaters in sich ballen. Wie oft hatte ihn diese Verschleierungstaktik des Grafen de Peyrac irritiert und enttäuscht, seine kindliche Sensibilität verletzt, obwohl ja auch er Schutz fand im Schatten dieser Kraft und über diesen Schutz nur glücklich sein konnte. Er begriff, daß die Waffe sich an der Schärfe des Gegners wetzt, am Ausmaß der Gefahr sich schmiedet, und daß man Schurkerei nur abwenden kann, wenn man sich als der noch größere Schurke erweist.

Er tat wieder einen Schritt auf sie zu. Möge mein Körper zumindest dazu taugen, dachte er bei sich, möge mein Körper, der sie ins Joch zwingt, zumindest ... Zum Wohle aller!

Sie sah nur diesen entschlossenen, wollüstigen Mund, der immer näher kam, und nun gab sie sich geschlagen. Er murmelte: »Wo? Und wann?«

Ein solches Ultimatum hatte er bereits einmal gestellt, und mit Erfolg. Florimond hatte ihm derartige Strategien und Formulierungen verraten, die angeblich todsicher ihre Wirkung taten.

Sie erbebte. Die gierige Lust, die sich auf ihren Zügen abzeichnete, verursachte ihm Ekel. Keuchend kam ihre Antwort: »Heute abend, an der Spitze der Insel, flußabwärts. Da steht eine von Erlen und Espen umgebene aufgelassene Mühle. Und der Nebel steht der Nacht bei, um jene zu verhüllen, die nicht gesehen werden wollen. Dort werde ich auf Euch warten, am Saum des Waldstücks ...«

Fünfundvierzigstes Kapitel

Zu dieser abendlichen Stunde war sie im Schatten der verlassenen Mühle unter dem grauen Umhang, den sie sich von einem ihrer Zimmermädchen ausgeborgt hatte, nicht zu erkennen. Sie wartete. Doch tausenderlei fremdartige Geräusche schreckten sie immer wieder auf, und erstaunt stellte sie fest, daß sie Ungeduld und Angst empfand, ein Gefühl, das ihr gänzlich unbekannt war. Da sprangen Frösche im stehenden Gewässer einer schwammigen, schilfbewachsenen Wiese, aus den Wäldern her knisterte es, man hörte den gedämpften Aufprall schwerer Tatzen, und an die Holzschindeln der Mühle klatschten Flügel wie flaue Segel und weckten die noch schlafenden flaumigen Käuzchen, die daraufhin gleich zweimal ihren schaurigen Ruf ertönen ließen.

Wie dumm war sie doch gewesen, sich auf solch eine Eskapade einzulassen. Er müßte längst tot sein! Es war so einfach und wäre das Richtige gewesen. Nein! sagte sie sich bereits schon zu wiederholten Malen, ich werde ihn töten, aber erst ... danach!

Und bei diesem Gedanken leckte sie sich die Lippen. Irgend etwas entglitt ihr, als seien ihr die Zügel, die sie immer – ja, immer – so fest in Händen gehalten hatte, durch die Finger gerutscht. Woher kam diese verzehrende Lust, den Körper dieses jungen Mannes zu genießen, alles über ihn erfahren zu wollen, die Kraft seiner Arme spüren und sich in seinem hellen Blick ertränken zu wollen, diese Augen, die sie doch nur an ihre Rivalin erinnerten, an jene weibliche Kreatur, die ihre Schwester hätte sein können und die sie doch mit Leichtigkeit hätte unterjochen müssen. Doch die andere hatte triumphiert. »Alles. Aber nicht den Verzicht auf diesen Augenblick«, murmelte sie. Ihr Leib verzehrte sich in einem Verlangen, das ihr von Sekunde zu Sekunde rätselhafter wurde, da es sich wie eine hinterlistige Schlange in all ihre Gliedmaßen einschlich.

Dann hörte sie Pferdegetrappel. Die letzten Strahlen eines fahlen, eher lilienweiß als rosa getönten Sonnenuntergangs beschienen Kopf und Brust eines von dem heißersehnten jungen Helden gerittenen Schimmels. Warum kam er zu Pferd?

Er war nicht von dieser Welt. Sie war geblendet vom Glanz seiner goldenen Locken unter dem breiten, federgeschmückten Hut, die, als das Licht auf sie fiel, wie eine Aureole wirkten. Trunken von seinem Anblick verlor sie jegliche Vorstellung von ihrer eigenen Körperlichkeit. Sie war bewegungsunfähig, konnte keinen Schritt tun. Das Feuer ihrer Leidenschaft löste sich von ihr ab, als habe man ihr die versengten purpurnen Fetzen Stück um Stück heruntergerissen. Ist das das Glück, das die Menschen empfinden? fragte sie sich, und in jähem Entsetzen wurde ihr bewußt, daß dieser Körper, dieser als gelehriges Instrument verhätschelte, vertraute Kumpan sie in eine Falle lockte. Wie von einer Spirale gezogen, wurde ihr Leib zu einer ihr rätselhaften, verzehrenden und geradezu heiligen Flamme, zu diesem Feuer aus rotgoldenem Blut, für das »sie« sogar ihre Seele verkauften, ein zischendes, wunderbares Emporsteigen, das aber verhängnisvoll war, weil es Ungehorsam dem Herrn gegenüber bedeutete, was ihr namenlosen Schrecken einflößen und den Schmerz der Trennung zweier unvereinbarer Naturen mit sich bringen würde. Diese Vorstellung, ebenso unerträglich wie das Gevierteiltwerden, nahm sie derartig gefangen, daß sie weder hörte noch sah, wie eine dunkle, pelzige Kugel, wie von einer Kanone abgefeuert, durchs Gras schoß. Der Angreifer hatte die blitzenden Augen und die gräßliche Fratze des aus dem Himmel in die Hölle Verstoßenen. Die Schönheit, die Luzifer einst eigen gewesen, verblieb jenem dort drüben, der auf seinem silbernen Pferd vom Waldsaum her mit Augen, die klar waren wie ungetrübtes, azurenes Wasser, zu ihr herüber sah.

»Engelsantlitz, sei verflucht!« schrie sie gellend.

Der Anprall des Tieres warf sie zu Boden, und noch im gleichen Augenblick wurde sie seine Beute, über die es sich hemmungslos hermachte.

»Laß mich heran«, sagte Cantor. Obwohl es ihn ekelte und er heiliges Entsetzen empfand, war er abgesessen und strich nun in der Finsternis um diese Szene des Grauens herum, um den rasenden Vielfraß zu beruhigen. Doch dieser wollte nicht weichen. Er ließ nicht von ihr ab, und wenn er auch nur einen Schritt zurückwich, stürzte er sich von neuem auf seine Beute.

»Laß mich heran! Ich muß an sie heran!« Mit dem Tier, das er aufgezogen, dann aber in die freie Wildbahn hatte aussetzen müssen, hatte er in den letzten Tagen in halblautem Gemurmel oder in Gedanken ständig über die Mörderin, die er beseitigen müsse, geredet. Was wußte Wolverine? Erinnerte er sich an die riesigen, Bären ähnlichen Hunde, die Ambroisine in Tidmagouche auf ihn gehetzt hatte? Erriet er, daß die Jäger, die rings um Quebec nach ihm suchten und unter seinen Augen sein Weibchen getötet hatten, ihrem Befehl gehorcht hatten? Hatte er, wie einst der kleine Kater, die wahre Natur dieses Wesens erkannt?

»Laß mich zu ihr! Ich muß hin! Ich habe es versprochen. Ich muß ihr meinen Hirschfänger ins Herz stoßen, um sicher zu sein, daß sie tot ist. Ich hab's versprochen. Nachher kannst du mit ihr tun, was du willst!«

Das von Panik ergriffene Pferd wieherte, bäumte sich auf und zerrte an dem Ast, an dem es angebunden war. Es brach ihn schließlich auch entzwei und galoppierte fluchtartig davon ...

Nun brach das Gewitter los. Ein Gewitter ohne Regen. Ein Zickzackblitz rasierte förmlich die Dächer von Ville-Marie, prallte gegen die Schindeln des Hauses, das dem Gouverneur überlassen worden war, schoß wie eine fehlgeleitete Feuerkugel wieder hoch und stürzte sich in einen der Kamine. Bis eine Kette zum Fluß gebildet worden war und die Eimer herausgezogen wurden, war alles niedergebrannt. Es standen nur noch die geschwärzten Steinmauern.

Die Domestiken und Zofen hatten sich mit knapper Not retten können. Der Herr Gouverneur befand sich an diesem Abend bei den Herren Sulpizianern. Aus diesem Grunde suchte man nicht sofort nach Madame de Gorrestat, da man ohnehin annahm, sie sei eine Beute der Flammen geworden. Erst als die Ruinen ausgekühlt waren und man sie durchsuchen konnte, wunderte man sich, keine Spur von ihr zu entdecken. Doch im gleichen Augenblick lief ein Trappenjäger herbei und berichtete von einem grauenvoll verstümmelten Kadaver bei der Mühle an der Spitze der Insel.

Angesichts der unkenntlichen, aus Fleisch- und Stoffetzen bestehenden Reste, an denen sich schon Füchse gütlich getan hatten, zweifelte man immer noch. Doch als man ganz in der Nähe in der Astgabel einer Ulme einen Frauenkopf mit blutverklebtem, lang herunterhängendem Haar entdeckte, bestand für die erst kürzlich aus Frankreich gekommenen Offiziere und Edelleute, die Zeuge dieses grauenvollen Spektakels wurden und sich nur noch, an die Bäume gelehnt, übergeben konnten, kein Zweifel mehr über die Identität.

Hastig bestattete man mit allen Ehren die Überreste der unglücklichen Gemahlin des neuen Gouverneurs, deren Wohltaten man lautstark rühmte, deren Verschwinden aber vielen insgeheim das Herz erleichterte.

In Montreal forschte man den Verbrechen nicht so ernsthaft nach wie in Quebec, der Hauptstadt, wo einem Garreau d'Entremont so viel daran lag, königliche Justiz walten zu lassen, wobei ihn die sich an den Reformen des Zivil- und Kriminalpolizeichefs des Königreiches, Monsieur de La Reynie, orientierenden Ordnungshüter unterstützten.

Hier befand man sich auf einem Vorposten, in einer Pionierregion. Monsieur de Gorrestat, der das Bedürfnis verspürte zu handeln, ließ einen Irokesen aufknüpfen. Nicht umsonst hatte er, de Gorrestat, den Plan gefaßt, seine Vorgänger an rühmlichen Taten zu überrunden, die nur als Gouverneur agiert hatten, während er als Vizekönig zu herrschen trachtete, und so kam ihm der zu rächende Tod seiner Gemahlin als Vorwand wie gerufen, um unverzüglich eine Vergeltungskampagne ins Tal der Fünf Nationen zu starten.

Es bestand kein Zweifel, daß er in Montreal, wo es an zu rächenden Toten nicht mangelte, für seinen Plan begeisterte Anhänger finden würde. Vier Kompanien, ebenso viele von seiten der Miliz und kaum weniger aus den Reihen der Abenakis, Algonkins und Huronen, rotteten sich zusammen und schifften singend und von Inbrunst angefeuert den St.-Lorenz-Strom hinauf, in Richtung auf das Fort Frontenac.

Monsieur de Gorrestat ließ Pater Raguet, ihren Missionar, zu sich kommen, der mit Pater de Guérande, ihrem Feldgeistlichen, die einzelnen Kantone aufsuchte, um sie zu veranlassen, zu Ehren des neuen Gouverneurs eine Delegation nach Cataracoui zu entsenden. Die Stämme, die es bedauert hatten, daß ihr übliches Treffen mit Monsieur de Frontenac, wo immer so üppig geschmaust und getanzt worden war, diesen Sommer nicht stattgefunden hatte, ließen sich von dieser wenn auch verspäteten, so doch schmeichelhaften Einladung, die auch ihre Neugier befriedigen würde, locken. Und so machte sich eine stattliche Anzahl von Häuptlingen und Respektspersonen aus den Fünf Nationen, jeweils von einer kleinen Eskorte von Kriegern begleitet, auf den Weg zum Ontario-See.

Nach dem Festschmaus, als sie ganz benommen waren von all den Genüssen, ließ Monsieur de Gorrestat sie von seinen Truppen umzingeln und fesseln, um sie mit einem Strick um den Hals an Pflöcke binden zu lassen, die von Zimmerleuten bei den Festvorbereitungen insgeheim hergestellt worden waren. Nun mochten sie ihre Totenklagen singen! Fünfundvierzig Irokesenfürsten wurden auf diese Weise gefangengenommen und über Ville-Marie nach Quebec expediert, wo einige stante pede auf Schiffe verfrachtet wurden, um auf den Galeeren von Marseille Dienst zu tun.

Kaum hatte Monsieur de Gorrestat Nachricht bekommen, daß die fünfundvierzig Abgesandten der Fünf Nationen auf französische Galeeren expediert waren, warf er, noch immer rasend vor Zorn und wie besessen von grandiosen Heldentaten, seine Truppen gegen die Irokesenkantone. So nah wie möglich bei Cataracoui, am Südostufer des Ontario-Sees, ließ er sie ausschiffen.

Seit mehreren Jahren schon verhielten die hier beheimateten Onnontagues sich friedfertig und widersetzten sich dem Aufruf zum großen Franzosenmassaker, den Uttaké, der wildeste Häuptling der Agniers, unaufhörlich erließ. Doch ihre Mäßigung wurde nicht belohnt. Sechshundert Berufssoldaten, dreihundert Milizionäre und ebenso viele verbündete Wilde fielen über sie her. In wenigen Tagen wurden zwei ihrer größten Siedlungen, Cassouets und Touansho, ein Raub der Flammen. Ihren zahlreichen, in den verschiedensten Gegenden noch jagenden Kriegern blieb keine Zeit mehr, sich zu sammeln.

Und plötzlich, als sei die Natur des delierenden Wahnsinns der Menschen überdrüssig, hieb der Winter mit schwerer Pranke auf den kaum begonnenen und Milde verheißenden Herbst ein. Die sommerlich gewandeten Soldaten aus Frankreich erwachten im Schnee, sofern sie nicht im Schlaf erfroren waren. Etliche wurden von umstürzenden Bäumen, die ihre Blätter noch nicht abgeworfen und dem Gewicht des unerwarteten Schnees nicht standzuhalten vermochten, erschlagen.

Das war der Zusammenbruch. Ohne Schneeschuhe und unzureichend gekleidet versanken die Männer in den Schneewehen, in den unkenntlichen Sümpfen, in den nicht zur Gänze zugefrorenen Seen, die sie für Wiesen hielten. Unter Führung der kanadischen Milizsoldaten, die über den plötzlichen Kälteeinbruch ebenfalls überrascht waren, aber das Land kannten, schleppten sich die mühsam zusammengehaltenen Truppen bis zu den Forts und befestigten Missionsstationen.

Anfänglich hoffte man auf eine Rückkehr des schönen, milden Wetters, auf einen normalen Ablauf der Jahreszeiten, aber das war in diesem Jahr niemanden vergönnt. Bis zu den Südküsten des Atlantiks und den Ostufern des St.-Lorenz-Golfs, die ein schwärzliches und grünliches Meer benagte und mit Eiskugeln bombardierte, erstreckte sich die weiße Wüste, die diese unbegrenzten Weiten für lange Monate überdeckte. Und an einem einsamen Ort namens Wapassou waren eine Frau und drei kleine Kinder in einem eingeschneiten Fort gefangen, wo sie, wenn keine Hilfe kam, binnen weniger Wochen verhungern mußten.

Zehnter Teil

Die weiße Wüste

Sechsundvierzigstes Kapitel

Angélique befiel ein Gefühl der Bangigkeit, dem sie um keinen Preis nachgeben wollte.

Gleich, als sie die Augen öffnete, war es dagewesen. Noch ehe sie an der Schwelle des Schlafs und des gnädigen Vergessens die Rückkehr eines neuen Morgens wahrgenommen hatte, war ihr, als drücke eine kalte Hand ihre Kehle zu, und auf der Brust spürte sie eine Last, die sie am Atmen hinderte. Ihr Unbehagen verriet, wie tief sie in ihrem Innern um ihre fatale Lage wußte. Es war eine Erkenntnis, die ihr das Unterbewußtsein aufzwang, das viel hellsichtiger war als der Verstand, die sie aber dennoch augenblicklich zu verdrängen suchte, wie man ein störrisches Pferd mit Verwünschungen und heftigen Worten zur Ordnung ruft. Die Flüche, die man in einem solchen Fall gebrauchte, waren ihr noch vom Hof der Wunder geläufig. Am überzeugendsten und hilfreichsten von allen war das Wort ›Merde!‹. Jeder Franzose, ob Mann oder Frau, arm oder reich, schien es von Geburt an zu kennen und in einem Winkel seines Herzens zu bewahren, um damit unter besonders mißlichen Umständen seinem Unmut Ausdruck zu verleihen. Dieses Wort konnte sowohl Eingeständnis einer Niederlage wie die Feststellung einer soeben auf fatale Weise verlorenen Chance sein. Manchmal war es auch nur der verschleierte Vorwurf der eigenen Dummheit, ein anderes Mal die ohnmächtige Auflehnung gegen die Widrigkeiten des Schicksals.

Erst als sie diesen Fluch mehrmals und mit dem nötigen Nachdruck wiederholt hatte, war ihr wohler. Sie fühlte sich erleichtert und ihr Mut kehrte zurück. Nun hatte sie wieder einen klaren Kopf, und ihr unerschütterliches Selbstbewußtsein half ihr, die Dinge optimistischer zu sehen.

Es nützte in der Tat wenig, Beschimpfungen auszustoßen. Sie hatten noch für einige Tage zu essen, und bis dahin würde sich eine Lösung gefunden haben ... oder der Treck würde eingetroffen sein. Sie sprang aus dem Bett, zog sich an und schüttelte Haar und Kleider, wie um sich von ihrem Unheil zu befreien. Nachdem sie ein paarmal den teils grinsenden, teils vor Entsetzen weit aufgerissenen Augen Charles-Henris und der Zwillinge begegnet war, lachte sie hellauf; auch den kleinen Ungeheuern, wie Yolande sie nannte, schien ihre morgendliche Ansprache nicht entgangen zu sein. Lauerten sie doch, seit sie alles verstehen konnten, geradezu nach allem »Verbotenen«, wie es Angéliques Schimpfrede gegen die Ungerechtigkeit und die »Schweinereien« des Daseins zur Genüge enthalten hatte.

»Aufstehen, ihr Winzlinge! Es ist nicht mehr so kalt. Wir wollen versuchen, Lymon Whites Fallen zu finden!«

Die Kinder spielten gerne draußen, sobald das Wetter es erlaubte. Und Angélique bemerkte mit Genugtuung, daß es ihnen nicht nur darum ging, sich an der frischen Luft auszutoben, sondern daß sie auch glücklich waren, ihre vertraute Umgebung wiederzusehen. Für die Kinder war es noch immer das alte Wapassou.

So bemühte auch sie sich, die verwüstete Gegend mit anderen Augen zu betrachten, so als sähe sie hinter einem verstümmelten Gesicht ein geliebtes Wesen.

Die Kinder hatten recht. Das Glück, das sie in Wapassou erfahren hatte, konnte durch nichts ausgelöscht werden, sowenig wie ihre angestammten Rechte, ihre Erfolge und ihre Wagnisse. Er hatte gesagt: Ich baue dir ein Königreich. Das hier war kein Königreich. Der Ausdruck erschien ihr unpassend für ein Stück Amerika. Es war eine kleine Republik. Und oft spielte sie abends mit den Kindern das Spiel der »Kleinen Republik«.

Sie fragte sie: »Wer wohnt in unserer kleinen Republik?«

Und sie waren mit Eifer dabei, sich die Gesichter derjenigen ins Gedächtnis zu rufen, die sie geliebt hatten und die ihnen jetzt fehlten.

Charles-Henri war der Sprecher der Zwillinge, wenn sie nicht verstand, was sie in ihrem Ungestüm zu sagen versuchten. »Sie meinen Colin, oder den Hund, oder Grenadine«, erklärte er.

Sie half dem Gedächtnis der Kinder nach, indem sie Bilder von früher heraufbeschwor, an die sie sich zwar nur vage erinnerten, die aber dennoch viel von ihnen selbst verrieten. »Erinnert ihr euch an den? Oder an die?« fragte sie. »War er nett?

Oder war er böse? Was würdest du sagen, Raimon-Roger? Hat er etwas getan, das dir nicht gefiel?«

Von denen, die ihnen ganz entfallen waren, erzählte sie ihnen. Sie tat dies im Ton einer Sage, um sie wie Märchenhelden erscheinen zu lassen und um den Kindern durch kleine Geschichten zu vermitteln, was ihre Freunde, die Bewohner dieser kleinen Republik, geleistet hatten. Es war wie eine Chronik, die sie vor ihnen ausbreitete und die auch sie selbst erfreute. Deutlich traten ihr in solchen Stunden die Gesichter dieser so vertrauten Schar vor Augen. Bilder, denen die unverblümten Kommentare der Kinder eine neue, ja manchmal sogar überraschende Note verliehen.

Diese Gespräche erlaubten ihnen, sich in eine fröhliche Beschwörung besserer Zeiten zu flüchten und zu vergessen, wie eintönig die Stunden waren, nur unterbrochen durch die kargen Mahlzeiten und den nicht minder bang erwarteten, heilsamen Schlaf. Auch wenn sich die Kinder dieser Monotonie kaum bewußt waren und unbeschwert ihrem Drang nachgaben, sich zu bewegen, zu spielen, zu springen und zu laufen oder Dummheiten anzustellen, so wußte Angélique doch sehr wohl, daß es ihre größte Schwierigkeit sein würde, ihrem Dasein als lebendig Begrabene einen normalen Tagesablauf zu erhalten.

Indem sie von den alten Freunden erzählte und versprach, daß man sie bald wiedersehen würde, bevölkerte sie den für die Kinder so leeren Zufluchtsort. Schließlich waren sie seit ihrer Geburt an das Leben in einer Gemeinschaft gewöhnt. Und auch ihr tat es wohl, all die glücklichen Jahre an sich vorüberziehen zu lassen, die sie in Joffreys Nähe verbracht hatte, jenes überquellende Leben, das sich unter ihrem Schutz und ihrer mitreißenden Aktivität entwickelt und gefestigt hatte.

Erst nach und nach wurde Angélique sich der Rolle bewußt, die sie in der kürzlich stattgefundenen Tragödie gespielt hatte, deren letzter Akt – der Tod des Grafen von Loménie-Chambord – schwer auf ihrem Herzen lastete. Sie sagte sich immer wieder, daß sie jene aufgehalten hatte, die gekommen waren in dem Glauben, aus ihrer Abwesenheit Nutzen ziehen zu können, wie damals in Katarunk. Aber sie war auf dem Posten gewesen. Wenn Angélique nicht dagewesen wäre, oder wenn sie kapituliert hätte, dann wären sie entlang des Kennebec nach Süden gezogen und hätten nacheinander die zerstreuten Minen und Posten eingenommen, die Joffrey de Peyrac gehörten. Schließlich hätten sie auch noch Gouldsboro besetzt, was kaum ohne größeres Blutvergießen abgegangen wäre. Unter diesen Umständen hätte, ob mit oder ohne Hilfe von Saint-Castine, bald statt eines Banners mit dem silbernen Schild eines freien Edelmannes dasjenige des Königs von Frankreich auf der Zitadelle des Forts geflattert. Ein Zustand, der viel heikler gewesen wäre als ihre jetzige Lage.

Wapassou war niedergebrannt worden. Aber die Rächer Pater d'Orgevals hatten es dabei bewenden lassen und sich wieder in den Norden zurückgezogen.

Ich habe sie aufgehalten! sagte sich Angélique immer wieder. In diesem Punkt ließ sie sich Gerechtigkeit widerfahren, nicht zuletzt, um ihren Mut zu stärken.

Um ehrlich zu sein, diesmal hatten Joffrey und sie sich trotz allem Anschein das Heft nicht aus der Hand nehmen lassen. Je älter und erfahrener man wurde, desto weniger erforderlich war es, in ständiger Alarmbereitschaft zu verharren, was ohnehin unerträglich wäre. Man erwarb sich vielmehr eine Art sechsten Sinn, der es erlaubte, den schwachen Punkten der Festung rechtzeitig zu Hilfe zu eilen. Beide hatten sie sich während ihres Zusammenlebens in diesem Verteidigungsspiel vervollkommnet, fast ohne sich dessen bewußt zu sein. Ihr Instinkt war eins geworden. Wenn sie es recht übelegte, so war die Entscheidung, daß er Frontenac begleiten und sie nach Wapassou zurückkehren sollte, trotz aller Debatten und trotz des Trennungsschmerzes fast wie von selbst gefallen. Eben weil sie so getroffen werden mußte.

Das bedeutete nicht, daß damit alles gerettet war. Aber es war die bessere Strategie gewesen, die zumindest das Schlimmste verhütet hatte.

»Das Schlimmste ist verhütet worden«, murmelte sie, indem sie einen herausfordernden Blick in die vereiste Ferne warf, die mit jedem Tag, ja mit jeder Stunde in neuen Tönen aufleuchtete. »Es ist ein logisches Gesetz der Natur, die auf unserer Seite ist. Wir haben uns rechtzeitig auf die Zinnen begeben, als der Feind nahte, und wir haben rechtzeitig zu den Waffen gegriffen. Warum zeigt die Natur uns jetzt ihre blinde Grausamkeit?«

Aufrecht auf dem Wall stehend und sich nach allen Seiten wendend, sprach sie ihren einsamen Monolog. Im Lauf der

Tage hörte sie auf, die Stimme zu erheben. Es war verschwendete Energie. Aber sie fuhr fort, sich mit ihrem einzigen Gesprächspartner, der Landschaft, auseinanderzusetzen. Es geschah in einer Mischung von Gefühlen, die schwankten zwischen Schreck und ausgelassenster Freude, zwischen Zuversicht und Furcht, zwischen der sicheren Gewißheit, Herr über die Elemente zu sein, bis hin zur verzweifelten Selbstaufgabe ob dieser blinden Übermacht.

Nach und nach erkannte sie die Starrheit der Natur, ihre steinerne Unbeugsamkeit und unermeßliche Grausamkeit des Schicksals. Sie, Angélique, stand stellvertretend für die Menschheit zitternd vor den Toren des Paradieses. Schwer waren sie hinter ihr ins Schloß gefallen, bewacht von dem Engel mit dem Flammenschwert. Vor ihr lagen Kälte, Hunger, Schmerzen und der Schweiß, in dem sie ihr tägliches Brot essen sollte, aber auch Schönheit und das Geheimnis verborgener Schätze, ungeahnte Tröstungen in diesem Abenteuer Leben, das sich vor ihr entfaltete und das es zu ergründen galt.

So ging sie zu ihren Ausflügen, die sie fast täglich unternahm, wie zu einem Rendezvous, zu einem Ball oder zu einem Fest. Zu diesem Vergnügen trat ein Gefühl der Erwartung, eine Gewißheit, daß diesmal, an diesem ganz bestimmten Tag sich etwas in der Ferne rühren würde, daß der Treck auftauchen und daß Hilfe kommen müsse. Sie wußte, selbst wenn der Horizont reglos und stumm verharren würde, sie würde gestärkt zurückkehren, würde einen Hauch von Hoffnung mitbringen. Von dem grandiosen Schauspiel, das vor ihr ablief, ging ein Strom des Vertrauens aus, das ihr Wesen festigte und ihr die segensreichen Wahrheiten näherbrachte. »Durch mich allein erkennst du die allmächtige Güte Gottes . . .«

Auf der Plattform oder am Rand des Abhangs stehend, machte sie ein paar Schritte, wie um sich ganz dieser Einsamkeit anheimzugeben, in der es niemanden gab als sie, ein zerbrechliches menschliches Wesen, dessen Herz trotz allem weiterschlug, durch dessen Adern warmes Blut floß und dessen Anwesenheit von ganz entscheidender Bedeutung war.

In dieser Morgenstunde glich das Übermaß der Farben, Formen und Linien einer gigantischen Opernaufführung.

Siebenundvierzigstes Kapitel

Der neue Morgen erhob sich über zwei langgestreckten schwarzgrauen Wolken, die reglos hinter dem Mont-Kathadin verharrten. Ihr goldener Saum kündete vom Aufstieg des Tagesgestirns, dem Wagen des Sonnengottes, beladen mit neuen Gefahren und doch voll tröstlichen Glanzes.

Angélique stand auf ihrem kleinen Hügel aus gefrorenem Schnee und wartete auf den Sonnenaufgang.

Wenn sie morgens in aller Frühe aufstand, nahm sie als erstes den Kochkessel, der über der schwachen Glut des Herdes hing, und goß das heiße Wasser über die ledernen Türangeln. Wenn die Beschläge erst einmal vereist waren, würde sie nicht mehr die Kraft haben, das schwere Holztor zu bewegen und sich einen Weg nach draußen zu verschaffen. War in der Nacht Schnee gefallen, so mußte sie den Zugang freischaufeln und auch die ins Eis gehauenen Stufen, über die man den Graben verlassen konnte, der von Winter zu Winter tiefer wurde. Anfangs war Wapassou nicht viel mehr gewesen als ein Unterschlupf für vier Minenarbeiter. Er war an den Hang gebaut, in dessen Innern sich die Stollen erstreckten. Obwohl er zur Hälfte geschützt in der Erde lag, begrub der Schnee ihn mehr und mehr unter seiner Last. Jedes Jahr, wenn sie hier überwinterten, war es dasselbe Problem gewesen; denn die Erweiterungen und Ausbauten waren noch nicht bis zum Haupteingang fortgeschritten. Wenn sie nicht unermüdlich Schnee schaufelte, lief sie Gefahr, von der Außenwelt abgeschnitten zu sein.

Draußen im Morgengrauen prüfte sie Windrichtung und Temperatur. Falls weder das eine noch das andere ihr gefährlich erschien, stieg sie auf eine kleine Anhöhe, von wo sie einen freien Blick über das Land hatte, während der Tag anbrach.

Wenn sie nicht zum Fegen aufgelegt war, konnte sie über eine Falltreppe im Inneren des Hauses hinaus auf eine Plattform gelangen. Auch von dort genoß man eine, wenn auch beschränkte Aussicht, da der Hügel, an den das Fort gebaut war, einen Teil des zu Wapassou gehörenden Silbersees verdeckte. Er lag unter einer dicken Schneedecke und breitete sich wie eine endlose, weiße Ebene zu ihren Füßen aus.

Zur Zeit der großen Kälte, wenn der Winter seinen Höhepunkt erreicht hatte, war die Stunde vor Sonnenaufgang am leichtesten zu ertragen. Die nächtlichen Stürme hatten sich gelegt, und das Eis schien seinen harten Griff etwas zu lockern, um Mensch und Tier eine Art Atempause zu gönnen. Angélique liebte diese Stunde, die Besserung zu versprechen schien. Sie verspürte keinerlei Angst, wenn sie allein da oben stand, eingehüllt in das Dunkel von Himmel und Erde, das kein Licht zu durchdringen schien. Sie hatte ein wenig den Begriff für Zeit verloren, und wenn das erste Licht des Tages die stumme weiße Wüste zu entschleiern begann, dann fiel es ihr schwer, daran zu glauben, daß nun der Augenblick des Jahres gekommen war, an dem die Leute von Wapassou zu sagen pflegten: »Der Winter hat sich eingerichtet.«

Auf keinen Fall kam sie hier herauf, um über ihre Einsamkeit nachzusinnen. Gab es nicht etwas, das jeden Tag sicher und jeden Tag neu war? Der Aufgang der Sonne? Das war Leben, das war Bewegung, das war Sprache. Ein grandioses Theater öffnete sich über die ganze Weite des Horizonts, und niemals war es dasselbe Bild.

Manchmal war dies der einzige Augenblick des Tages, an dem sie die Sonne zu sehen bekam. Wie eine übergroße rosa Knospe entstieg sie einem zarten Nebel, um dann hinter einem dichten Wolkenvorhang zu verschwinden. Aber es gab auch Tage, wo das Schauspiel sich in aller Pracht entfaltete, wo Vorhang um Vorhang zerriß und unter den Klängen aller Instrumente die Sonne sich bereit machte, ihren Lauf über eine reine, in Weiß und Blau erstrahlende Welt zu beginnen.

Die beiden Wolken glichen jetzt riesigen Walfischen, begleitet von einem ganzen Rudel junger Wale, die aus dem Himmelsblau auftauchten. Ihre düsteren grauen Rücken ließen auf Sturm schließen. Ihr Bauch dagegen war leuchtend weiß. Allmählich zerflossen ihre Formen, teilten sich, wurden zu Inseln, Küsten und Kontinenten mit honiggelben Stränden am Rande eines blauen und türkisen Ozeans. Aus diesem Meer von Jade würde sich in wenigen Minuten die Sonne erheben.

Im Westen färbte das Licht die ersten Bergspitzen rot. Edelsteine schienen wie von magischer Hand über den Hängen ausgeschüttet. Amethyste, Perlen und Diamanten, die zwischen den dunklen, noch schlafenden Bergrücken aufleuchteten. Aus den Tälern lösten sich graue Nebelschwaden. Träge folgten sie dem Lauf der Flüsse und legten sich über ihre Ufer. Wie ein Tuch deckte der Nebel die Landschaft zu. Heute würde sich die Sonne länger behaupten können als an anderen Tagen, wenn winterliche Wolken sie von ihrem Platz verdrängten. Um die Mittagszeit, wenn die Sonne im Zenit stand, würde sie die Kinder ins Freie lassen.

Wie jeden Morgen fiel es ihr schwer, sich von dem Zauber dieser Aussicht loszureißen. Die Kälte mußte sie erst ganz durchdringen und ihr Hände und Füße gefühllos machen, bis sie sich entschließen konnte, zurück ins Warme zu gehen. An diesem Morgen jedoch hielt etwas sie zurück. Sie war schon an der Tür gewesen, als sie noch einmal umkehrte in dem unbestimmten Gefühl, etwas übersehen zu haben. Und tatsächlich: Zwischen den fernen Nebelschwaden, die über den gefrorenen Sümpfen und zu Eis erstarrten Seen waberten, zeigte sich ein einzelner weißer Fleck. Er war einmal heller, einmal dunkler und veränderte ständig seine Form; manchmal war er rund und wie von einem plötzlichen Windstoß getragen, dann wieder stieg er kerzengerade in die Höhe wie ein weißer Faden. Aber immer verharrte er an derselben Stelle.

Als sie ihn geortet hatte, ließ sie ihn nicht mehr aus den Augen. Sie hielt den Atem an, um besser beobachten zu können. Der Fleck war so weit entfernt, daß er nur ein Traum zu sein schien. Aber er vermischte sich weder mit dem Nebel über den Flüssen noch mit dem übrigen Dunst. Es war *Rauch.*

Von Freude überwältigt kehrte sie ins Haus zurück. Noch wagte sie nicht an das Wunder zu glauben. War es wirklich Rauch? Mehrmals am Tage ging sie hinaus, um nach dem erspähten Zeichen zu forschen, und jedesmal war es noch da.

»Andauernd gehst du nach draußen!« beklagten sich die Kinder. Schließlich zweifelte sie nicht mehr. Es war Rauch. Und hinter dem Rauch waren Menschen. Wer sie auch sein mochten, sie brachten Hilfe.

Bei Einbruch der Dunkelheit stieg sie noch einmal auf die Plattform. Doch es gab keinen roten Punkt in der Ferne, der darauf hingedeutet hätte, daß dort ein Feuer brannte. »Sie« hatten das Feuer gelöscht und ihr Lager verlassen, tröstete sie sich. »Sie« waren auf dem Weg zu ihr! Angélique verließ ihren Posten erst, als es stockdunkel war und ihr die Kälte so in die Glieder kroch, daß sie sich kaum mehr bewegen konnte.

Trotz der Enttäuschung glaubte sie fest daran, Grund zur Hoffnung zu haben.

»Sie« kamen. »Sie« waren auf dem Weg zu ihr. Das Feuer hatte einen letzten Halt bedeutet, bevor sie noch in dieser Nacht in Wapassou eintreffen würden. Nur noch ein paar Stunden, und die Minenarbeiter von Sault-Barré oder die aus Croissant, vielleicht sogar eine Abordnung aus Gouldsboro würden den Schneehang herunterkugeln und an ihre Tür schlagen, wie bei jenem ersten Mal, als sie sich von Katarunk aus im strömenden Regen hierher gerettet hatten. Man würde sich beglückwünschen und sich die Hände schütteln: O'Connel, Lymon White, Colin Paturel . . .

Sie entzündete ein Feuer in der großen Halle. Viel mehr konnte sie zu ihrem Empfang nicht tun, außer vielleicht noch Schnaps und Wein bereitzustellen. Eine in den Schnee gesteckte Fackel sollte ihnen ein Leuchtsignal geben.

Sie holte Strohsäcke und Decken herbei und wartete. Sie wachte die ganze Nacht, hielt das Feuer in Brand und glaubte jeden Augenblick, das Geräusch von Schritten oder Stimmen im Brausen des Windes zu hören. Mehrmals stürzte sie zur Tür, um die Freunde in der eiskalten Nacht willkommen zu heißen.

Doch am nächsten Morgen war niemand gekommen, und alles war so still wie eh und je. Sie stieg auf die Plattform: Der Rauch war wieder da. Er schien sich an ihrer Ungeduld zu ergötzen, sich in kleine Wölkchen aufzuteilen, in Federbällchen zu zerstieben und sich endlich ganz aufzulösen, um mit einem Male doch wieder da zu sein. Er war wie ein menschlicher Atem, ein Zeichen in dieser verlassenen Schneewüste, das Leben verhieß.

Sie war jetzt entschlossen hinzugehen. Wenn dort draußen Menschen waren, dann bedeutete das Hilfe. Eine Chance, die sie nicht verstreichen lassen durfte. Der Gedanke, die drei Kinder allein zu lassen, und sei es nur für ein paar Stunden, beunruhigte sie. Sie waren noch so klein. Charles-Henri bekam strikteste Anweisung, sich vom Feuer fernzuhalten, das sie mit langsambrennenden Torfklumpen bedeckt hatte, um ein Aufflammen zu verhindern.

»Und wenn das Feuer ausgeht?«

»Dann legt ihr euch ins Bett und deckt euch warm zu. Ich bleibe nicht lange. Bevor es dunkel wird, bin ich zurück.«

Sie schlüpfte in Lymon Whites Kniehosen, warf sich ihren wollenen Umhang über die Schultern und zog die Kapuze ins Gesicht, auf die sie noch eine Pelzmütze stülpte, wie sie alle männlichen Bewohner von Wapassou zu tragen pflegten.

Dann suchte sie die leichtesten Schneeschuhe aus, bewaffnete sich mit einer Muskete und befestigte ein Pulverhorn und ein Säckchen mit Kugeln an ihrem Gürtel.

Die Kinder begleiteten sie bis zur Tür und versprachen brav zu sein. Und wenn mir etwas zustößt? fragte sie sich entsetzt. Was wird dann aus ihnen?

In der Ungewißheit, was sie am Ende ihrer Expedition erwartete, ging sie zurück und schrieb auf ein Blatt Papier: »Drei kleine Kinder sind allein im Fort Wapassou. Rettet sie um Gottes willen!« Den Zettel steckte sie in die Tasche ihres Kleids. Sollte sie verwundet werden oder gar ... Sie mußte auf das Schlimmste gefaßt sein. Andererseits war sie sicher, daß sie sich nur in dieses Abenteuer stürzte, um zu klären, ob es sich wirklich um Rauch handelte oder nicht. Am meisten fürchtete sie sich davor, das Opfer einer Halluzination zu sein.

»Ihr dürft in der Halle spielen«, erlaubte sie den Kindern. »Aber nicht hinausgehen!«

»Auch nicht, um Schneebälle zu werfen?«

»Großer Gott, nein! Ich sage euch, ihr geht auf keinen Fall hinaus! Bitte, sei ein guter Junge, Charles-Henri, und ein großer Bruder wie Thomas. Weißt du noch, was er dir gesagt hat? Immer die Befehle befolgen! Mein Befehl ist: nicht hinausgehen!«

Für die Zwillinge galt nur eines: Charles-Henri zu gehorchen. Sie schärfte den Kindern noch einmal ein, was sie zu tun und zu lassen hatten, richtete ein letztes Stoßgebet an ihren Schutzengel und machte sich auf den Weg.

Sie bewegte sich vorwärts, ohne abschätzen zu können, welche Wegstrecke sie vor sich hatte. Sie wußte nicht, ob der Punkt, den sie anvisierte, nahe war oder Stunden, wenn nicht sogar Tage weit entfernt lag.

Der Rauch da vorne war ein so winziger Hauch, ein kaum wahrnehmbarer Fleck, daß sie zweifelte, ob sie sich das Ganze etwa nur einbildete. Doch mit jedem Schritt konnte sie das Zeichen deutlicher ausmachen, obwohl ihre Augen tränten vor Kälte und vor Anstrengung, soviel Mühe kostete es sie, im

Gleißen des Schnees seine Spur nicht zu verlieren. Aber schließlich sah sie es ganz klar vor einer Reihe dunkler Bäume.

Waren es Freunde oder Feinde, die dort ein Feuer entzündet hatten? Und würden sie am Ende glauben, es handle sich um ein Tier, und auf sie schießen, wenn sie unförmig und schwankend über die weiße Ebene auf sie zukam? Der Rauch war jetzt so nah, daß sie ihn bereits riechen konnte. Trotz der Gefahr zitterte Angélique vor Ungeduld.

Plötzlich gab der Boden unter ihr nach. Zu spät hatte sie den Rand eines Abgrunds bemerkt, der sich vor ihr auftat. In letzter Sekunde gelang es ihr, sich an einem überhängenden Strauch festzuhalten.

Achtundvierzigstes Kapitel

Als Angélique sich hinunterbeugte, erkannte sie, daß eben aus dieser Schlucht der Rauch aufstieg. In diesem Augenblick brach der vereiste Zweig, an dem sie sich festgeklammert hatte, und sie kullerte den Abhang hinunter. Dank der dichten Schneedecke verletzte sie sich nicht an den Felsvorsprüngen und kam unbeschadet unten an.

Mühsam befreite sie sich aus den Schneemassen, die sich bei ihrem Sturz gelöst hatten, und fand auch nach einigem Suchen die ihr entglittene Waffe wieder sowie einen Handschuh, den sie verloren hatte. Der Schnee war ihr bis in die Ärmel, den Halsausschnitt und unter die Kapuze gedrungen. Mit rudernden Armbewegungen gelang es ihr, wieder festen Boden zu gewinnen. Vor ihr erhob sich ein zu zahllosen Eiszapfen erstarrter Wasserfall. Daneben standen zwei Indianer-Wigwams, aus deren gewölbten, mit Rinde gedeckten Dächern der Rauch drang. Im Umkreis der Hütten war der Schnee festgetreten, und Angélique entdeckte nicht nur einen Schlitten, sondern auch ein Pferdegeschirr und glaubte, im Innern einer der Hütten einen Hund knurren zu hören.

Den Finger am Abzug, blieb sie stehen. Sie war des Umgangs mit Menschen während dieser langen Wochen der Einsamkeit so sehr entwöhnt, daß sie zögerte ...

Jetzt wurde eine der Rindenplatten beiseite geschoben, und das Gesicht einer Indianerin zeigte sich in der Öffnung. Es verschwand jedoch ebenso schnell wieder. Statt dessen erschien ein Indianer, der in geduckter Haltung mit der Spitze eines federgeschmückten und ölgetränkten Haarschmucks voran aus der Hütte trat. Er richtete sich zu voller Größe auf und betrachtete interessiert die Eingedrungene, die wenige Schritte entfernt hinter einem Busch stand. Sein ausgeprägtes Profil mit dem zurückweichenden Kinn und die kleinen stechenden Augen ließen Angélique vermuten, daß es sich um einen Abenaki aus dem Süden handelte. Er erinnerte sie an Piksarett. Der Anblick ihrer Muskete schien ihn nicht aus der Ruhe zu bringen.

Aufs Geratewohl begrüßte sie ihn in ihrer Sprache. Er antwortete auf französisch: »Sei gegrüßt. Ich bin Pengashi vom Stamme der Wapanog. Woher kommst du, Kind?«

Ihrem Aussehen nach mußte er sie für einen jungen Weißen halten. Sie deutete hinauf zum Rand der Schlucht. »Von Wapassou, ganz da hinten.«

Er kniff die Augen zusammen. »Ich dachte, dort sei alles tot? Von weitem habe ich die Ruinen der Häuser und des Forts gesehen.«

Als sie sich zu erkennen gab, schien er angenehm überrascht. Sie erklärte ihm, daß in Wapassou nur sie und die drei Kinder übriggeblieben seien, worauf er den Weg freigab und sie bat, in seine Hütte einzutreten.

Sie steckte ihre Schneeschuhe vor der Hütte in den Schnee und glitt durch die schmale Öffnung. Nachdem die Rindentür wieder geschlossen war, wirkte der enge Raum, in dem man nur sitzen konnte, geradezu gemütlich. Alles war in beißenden Qualm gehüllt, aber Angélique roch deutlich, daß in dem Kessel über dem Feuer ein Eintopf kochte.

Diese Indianer waren offensichtlich ganz arme Leute, und Angélique hatte große Hemmungen, sie um Nahrungsmittel zu bitten. Pengashi berichtete, sie seien auf dem Weg zur Küste vom Winter überrascht worden und hätten noch nicht einmal mehr Zeit gehabt, genügend Fleisch- und Fischreserven zu räuchern.

Den Angehörigen seines Stammes in den Bergen, die er in seiner Not aufgesucht hatte, war es ähnlich ergangen, und so versuchte jeder, sich auf eigene Faust durchzuschlagen. Sein älterer Bruder hatte ihm geraten, sich nach Norden zu begeben und den Winter in Wapassou unter dem Schutz der Weißen zu verbringen. Aber nach einer langen und mühsamen Reise war er einigen Gruppen versprengter Abenakis und Algonkins begegnet, die ihm berichteten, das Fort des Mannes des Donners sei zerstört und er werde dort keine Menschenseele mehr antreffen. Er hatte darauf bestanden, sich selbst davon zu übezeugen, und war erst umgekehrt, als er die geschwärzten Ruinen mit eigenen Augen gesehen hatte. Weil sie nur noch wenig Vorräte besaßen, hatte er einen Lagerplatz gesucht, um Fallen auszulegen und eines der wenigen Tiere zu fangen, die ihnen dieser strenge Winter ließ. Seit drei Tagen waren sie hier und so damit beschäftigt, sich mit Nahrung zu versorgen, daß er nicht aus seiner Schlucht herausgekommen war und daher auch nicht den Rauch des Forts entdeckt hatte. Jetzt wollte er nach Norden weiterziehen und mit seiner Familie in den Missionen am Richelieu-Fluß oder im Fort Saint-Anne Schutz suchen.

Während er sprach, hatte er kleine Züge aus seiner Pfeife genommen und selbstzufrieden genickt.

»Am Richelieu?« fragte Angélique. »Und im Fort Saint-Anne? Das ist beides viel zu weit. Warum folgst du nicht dem warmen Strom bis Quebec? Das wäre doch viel näher.«

Er schüttelte den Kopf. Er hatte gehört, daß die Armee des neuen Gouverneurs in den Forts am Richelieu und an den nahe gelegenen Seen überwintere und daß man im Herbst riesige Mengen an Verpflegung dorthingeschafft habe. So seien er und seine Familie nicht nur vor dem Verhungern geschützt, er habe es im Frühjahr auch nicht mehr weit, um sich an dem großen Kriegszug gegen die fünf Irokesenstämme zu beteiligen, der sich schon jetzt anbahne.

Unvermittelt fragte er nach den Namen der Kinder, die bei ihr im Fort waren, und als sie ihm antwortete, schien er wiederum äußerst befriedigt. »Charles-Henri! Charles-Henri!« rief er mehrmals hintereinander. Dann beugte er sich mit listigem Blick zu ihr. »Ich bin Jenny Manigaults Schwager!« verriet er ihr.

Kurz gesagt, er war der Bruder von Passaconaway, dem Häuptling der Pemacook, der Jenny mitgenommen hatte, die ihren Sohn Charles-Henri in Angéliques Obhut zurückgelassen hatte.

Pengashi schien nicht viel davon zu halten, daß sein älterer Bruder sich mit einer Französin eingelassen hatte. »Wir haben ihn alle von Anfang an gewarnt, ich, seine Eltern und seine Freunde. ›Nimm dich in acht‹, haben wir ihm gesagt. ›Du hast eine Französin entführt, das wird Streit geben mit unseren weißen Verbündeten in Kanada.‹ Er hat sich dann in den Grünen Bergen versteckt und mir später erzählt, ihm sei zu Ohren gekommen, daß seine französische Gefangene die gleiche Religion habe wie die Engländer. Aus diesem Grund könne er sie ihren französischen Landsleuten nicht zurückgeben. In deren Augen sei sie eine Feindin. Sie wären nicht bereit, sie zurückzukaufen, sondern würden sie anderen Abenakis als Beute überlassen. Ihm sei jetzt klargeworden, daß niemand kommen würde, um sie ihm wegzunehmen, wenn er nur schlau genug sei, sich beide Seiten vom Hals zu halten.«

Das letzte Mal hatte er seinen Bruder gesehen, als dieser seine Zelte abgebrochen hatte und mit seiner Familie weitergezogen war. Bei ihm gewesen waren Jenny und das Kind, das er von ihr hatte – ein kleines Mädchen – und eine junge Cousine, die im Krieg gegen König Philipp ihre Angehörigen verloren hatte. Der Winter in den Grünen Bergen war früh eingefallen, und sein Bruder plante, bis zur Küste vorzustoßen, immer auf der Hut vor den englischen Siedlern, die ständig weiter in die Berge vordrangen, um die Wälder zu roden, und die überall, wo sie eine Indianerfeder erblickten, sofort feindliche Franzosen oder Abenakis vermuteten, die es auf ihren Skalp abgesehen hatten. Passaconaway war im Gegensatz zu Pengashi und seiner Familie nicht getauft. Er mißtraute den Weißen, die kommen und ihm Jenny wegnehmen könnten, den Franzosen, weil sie von deren Abstammung, den Engländern, weil sie von deren Religion war.

»Mein Bruder wäre sicher glücklich, wenn ich Jenny Nachricht von ihrem Sohn bringen würde.«

»Wenn du weiter nach Norden ziehst, wirst du deinen Bruder nicht wiedersehen, und du wirst Jenny auch keine Nachrichten von ihrem Sohn bringen können«, sagte Angélique, aber das beeindruckte den Indianer nicht. Der Krieg gegen die Irokesen würde ihn auf jeden Fall in die Gegend führen, wo sein Bruder sich mit seinem kleinen Stamm versteckt hielt. Waren die Irokesen erst einmal vernichtet, konnte Pengashi sich einem Stamm anschließen, der es auf die Skalps der englischen Grenzbewohner abgesehen hatte, und dies wiederum würde ihn in das Hinterland von New Hampshire und der Grünen Berge führen. Er selbst würde sich dann einige Tage aus den Kämpfen zurückziehen und sich auf die Suche nach den Seinen machen.

Im Wigwam von Pengashi waren zwei Frauen. Die jüngere stillte ein Baby. Es war seine ältere Tochter, deren Mann bei einem Sturz vom Baum ums Leben gekommen war. »Der Schnee kam zu früh«, erklärte der Indianer. »Die Bäume hatten ihre Blätter noch nicht verloren und brachen unter der doppelten Last.«

Die andere, seine Frau, beobachtete Angélique nicht unbedingt freundlich. Wie alle Indianerinnen hatte sie ihr Haar sorgfältig mit Bärenfett präpariert. Selbst in dieser offensichtlichen Notlage schien sie diese Gewohnheit nicht aufzugeben. Sie fragte Angélique, ob sie nicht einen Kamm aus Schildpatt oder Bein für sie habe. Der ihre sei zerbrochen. Pengashi gebot ihr zu schweigen, und Angélique hörte aus seinen Worten, daß er ihr vorwarf, das kostbare Bärenfett zu verschwenden, während sie alle Entbehrungen hinnehmen mußten.

Die junge Witwe wollte wissen, ob die weiße Frau ihr nicht etwas Scharpie für ihr Baby besorgen könne. Auch sie beklagte den frühen Winter, der sie daran gehindert hatte, einen ausreichenden Vorrat dieses Flaums zu sammeln, den sie von Schilfrohren gewannen und den Babys zwischen die Beinchen stopften, um ihre Fellkleidung nicht zu beschmutzen. Auch hier schritt der Indianer ein, indem er Frau und Tochter daran erinnerte, daß sie die letzten Reste zum Entfetten ihrer Haare benutzt hatten, nur um sie nach der Wäsche aufs neue einzufetten. Diese Frauen dachten nur an ihre Haare! Dabei hatten sie nicht einmal genug zu essen. Doch schon im nächsten Augenblick bat er selbst Angélique um Alkohol und eine Decke, da er nicht zweimal zu den Schiffen oder den Handelsposten der Holländer habe gehen können, um alles zu kaufen, was sie brauchten.

Angélique bedauerte, keinen Alkohol mitgebracht zu haben. Sie war aufgebrochen in dem Glauben, ein Wunder zu erleben, und hatte nicht daran gedacht, sich mit Waren für einen Tauschhandel einzudecken. Sie erklärte noch einmal ihre Lage, beklagte, daß ihre Nahrungsmittel zur Neige gingen und daß sie bis jetzt vergebens auf Hilfe gewartet hätten, die ein weiterer Überlebender zu holen bereit gewesen sei. Während sie sprach, konne sie nicht umhin, sehnsüchtige Blicke nach dem Gefäß mit Bärenfett und dem Rest Maissuppe zu werfen, den die ebenfalls anwesenden Kinder inzwischen dem gierig wartenden Hund überlassen hatten.

Mit dem seiner Rasse eigenen Einfühlungsvermögen hatte Pengashi offenbar die stumme Sprache ihrer Blicke verstanden. Er rauchte seine Pfeife zu Ende und gab ihr augenzwinkernd zu verstehen, sie solle ihm folgen. Draußen führte er sie in den zweiten Wigwam, in dem sich ein weißhaariger Mann und eine ebenso alte Frau befanden. Der Mann rauchte eine kleine Tonpfeife, die er hin und wieder an die Frau weiterreichte, damit auch sie einige Züge nehmen konnte. Ein junges Mädchen von etwa zwölf Jahren kauerte am Herd, eifrig damit beschäftigt, die Innenseite eines Fells zu schaben und die Nerven- und Sehnenfasern in einen Topf zu sammeln.

Angélique und ihr Gastgeber nahmen Platz, worauf Pengashi seinen Eltern erklärte, wer Angélique war und warum sie gekommen sei. Sie hörten zu und rauchten weiter, ohne mit einer Miene zu verraten, daß sie verstanden hatten. Pengashi nahm daran jedoch keinerlei Anstoß und begegnete den Eltern mit der gebührenden Nachsicht.

Angélique fing einen neugierigen Blick des kleinen Mädchens auf und erkannte mit Erstaunen, was für helle Augen es hatte und wie blaß seine Haut trotz Schmutz und Sonnenbräune war. In dem mageren Gesichtchen gab es sogar ein paar Sommersprossen. Die zum Zopf geflochtenen und mit einem perlenbestickten Band zurückgehaltenen Haare starrten zwar ebenfalls von Fett, hatten aber einen unverkennbar rotblonden Schimmer. Noch eine kleine englische Gefangene.

»Mein Bruder war so verrückt mit seiner weißen Frau, daß ich Lust bekam, auch eine in meinem Wigwam zu haben. Vor ein paar Jahren sind wir mit einem befreundeten Stamm dem Kriegszug des Schwarzrocks gefolgt, der uns bis in die Gegend von Porthmouth führte. Dort habe ich die Kleine mitgenommen. Sie war so winzig und so blond. Ich selbst habe ihr die ersten Mokassins übergestreift. Irgendwie war es mir gelungen, sie auf dem Marsch zuzuschneiden und zu nähen. Ich zog ihr die Mokassins an, und damit war alles entschieden. Sie war kein Kind der Yennglis mehr. Bald wird sie groß genug sein, daß ich sie zu meiner Frau machen kann. Deshalb mag

Ganita sie nicht. Also habe ich sie meinen Eltern als Dienerin gegeben.«

Angélique hörte ihm zu, achtete aber viel mehr auf das, was er tat. Er hatte im Hintergrund des Wigwams eine der Rindenplatten angehoben, die das Dach des Wigwams bildeten, und ein großes, in Häute gehülltes Paket hereingeholt. Nachdem er die Öffnung sorgfältig wieder verschlossen hatte, herrschte er die kleine Engländerin an, sie solle das Feuer schüren. Als der Raum wieder erwärmt war, entfernte er die kältestarrenden Häute und zeigte Angélique nicht ohne Stolz einen dicken Block gefrorener, rötlicher Masse.

»Die Jagd war gut, vorgestern. Ein junges Reh. Aber meine Frau Ganita weiß nichts davon. Bei ihr wäre gleich alles in den Kochtopf gewandert. Sie hat keinen Verstand. Meine Eltern verraten nichts. Sie sind auch nicht dafür, alles zu verprassen. Der Winter ist ein schlimmer Feind. Man kann sich nicht genug gegen ihn wappnen.«

Er nahm eine gut gespitzte alte Degenklinge aus einer Ecke und hieb mit drei oder vier wohlgezielten Schlägen ein gutes Stück von dem Fleisch ab, das er in ein ebenso sorgfältig abgeschnittenes Stück Haut einhüllte. Während die kleine Dienerin auf seine Anweisung hin das Päckchen an den Rändern zusammenheftete, was sie mit großer Geschicklichkeit tat, holte er von einem anderen Teil des Daches einen Sack herunter, dem er zwei Wurzelrüben und einen mit Lederriemen verschnürten Beutel entnahm. Dann zählte er in seine hohle Hand – so hingebungsvoll wie ein Geiziger seine Goldstücke – einige Kügelchen von schwarzer oder bräunlicher Farbe, von denen schon ein paar Gramm eine Kostbarkeit darzustellen schienen.

Er zögerte, fügte noch vier oder fünf hinzu, schien sich plötzlich eines Besseren zu besinnen und schüttete dann doch entschlossen noch ein wenig nach. Als seine Hand voll war, bat er Angélique, die ihren aufzuhalten und das wertvolle Gut entgegenzunehmen. »Laß die Beeren im Wasser quellen«, sagte er. »Sie sind gut gegen die Landkrankheit.« Er meinte damit den Skorbut.

Sie dankte ihm überschwenglich. Aber er wehrte ab. »Ich bin der Schwager von Jenny Manigault«, als verpflichteten ihn diese verwandtschaftlichen Beziehungen zur Hilfsbereitschaft. »Hättest du vielleicht etwas bei dir, daß ich ihr geben könnte, wenn ich sie wiedersehe? Mein Bruder behauptet immer, ich sei ein Lügner. Damit könnte ich ihm das Gegenteil beweisen.«

Angélique überlegte, was sie ihm dalassen könnte. Für Jenny würde ein geschriebenes Wort genügen. Aber sie hatte weder Papier noch Tinte oder Feder bei sich, und sie trug auch keinen Schmuck, abgesehen von einem Ring, der für ihre abgemagerten Finger ohnehin zu groß geworden war. Sie streifte ihn ohne Bedauern ab und erklärte dem Wilden, Jenny werde dieses Schmuckstück leicht erkennen, da sie es oft an ihrer Hand gesehen habe.

»Kannst du mir auch dein Gewehr geben?« fragte Pengashi, nachdem er den Ring in einer kleinen Dose verwahrt hatte, die jeder Indianer auf der Brust zu tragen pflegt. »Ich habe das Recht auf ein Gewehr, denn ich bin getauft.«

In diesem Fall konnte sie leicht großzügig sein. Im Arsenal von Wapassou lagerten noch so viele Waffen, daß sie auf dieses gut verzichten konnte.

Pengashi strahlte. »Ich habe auch noch ein kleines Geschenk, das Jenny mir für ihren Sohn gegeben hat. Aber ich kann es nicht wiederfinden. Ich vermute, daß dieses verrückte Weib Ganita es mir gestohlen hat. Aber keine Sorge, ich werde sie zwingen, es herauszurücken. Komm in drei Tagen wieder. Wer weiß, vielleicht kann ich – mit Hilfe des Gewehrs, und wenn der Große Manitu mir weiter wohlgesonnen ist – ein bißchen Fleisch mit dir teilen.«

Getauft oder nicht, wenn es um die Jagd ging, zog er es noch immer vor, sich an Manitu zu wenden. Sie versprach, Branntwein und eine Decke für seine alte Mutter sowie Scharpie für das Baby mitzubringen.

In ihrer Freude über die empfangenen Lebensmittel erschien ihr der Rückweg viel weniger beschwerlich. Noch vor Einbruch der Nacht erreichte sie das Fort und drückte erleichtert die Kinder ans Herz. Wie tapfer sie doch gewesen waren! Sie hatten sich nicht gefürchtet und auch keine Dummheiten angestellt, solange sie weg war.

»Wir haben gegessen und dann geschlafen«, sagte Charles-Henri. Angélique behielt sich vor, ihm später von seiner Mutter zu erzählen.

Dieser Pengashi mit seinem idiotischem Plan, in die Grünen Berge zurückzukehren! Als ob der Unglückliche es überhaupt bis zu den Missionsstationen im Norden schaffen würde! Es war besser, ihn noch etwas hinzuhalten und einige Tage verstreichen lassen, bis sie sein Lager wieder aufsuchte. In der Zwischenzeit kam starker Wind auf, der den Schnee wie mit eisernen Besen hinwegfegte. Es war trocken, aber bitter kalt. Sie geduldete sich, wohl wissend, daß sie keine zwei Schritte würde gehen können, ohne umgeweht zu werden.

Endlich legte sich der Sturm. Zurück blieb eine kahle Welt unter einem glashart gefrorenen Panzer, darüber ein bedrohlich lastender, niedriger Himmel. Tintenschwarz standen die Koniferen, ohne das geringste Stäubchen Schnee auf ihren Zweigen. Die nackten Laubbäume hatten die Farbe ausgebleichter Knochen, und nur ihre dicksten Äste waren ungeknickt aus dem Desaster hervorgegangen. Der Tag war schon zu weit fortgeschritten, um sich noch auf den Weg zu den Indianern zu machen. Sie mußte bis zum nächsten Morgen warten. Alles lag bereit: eine Halbliterflasche Schnaps, ein Kamm, Scharpie und, obwohl sie selbst ziemlich knapp war, zwei Wolldecken aus feinster englischer Wolle für die beiden Alten.

In der Nacht jedoch begann Schnee zu fallen. Aus Furcht, sich zu verirren, wartete sie noch einen Tag und einen zweiten. Der Wind hatte sich jetzt gänzlich gelegt. Aber die lautlos herabsinkenden Schneemassen schienen unerschöpflich. Am darauffolgenden Morgen endlich trat Wetterbesserung ein. Die Flocken fielen weniger dicht, tanzten nur noch vereinzelt durch die Luft und verloren sich schließlich ganz. Die Sicht war gerade ausreichend, um nicht die Orientierung zu verlieren.

Wieder ermahnte sie Charles-Henri, auf die Kinder achtzugeben. Nachdem sie den Eingang freigeschaufelt hatte, kletterte sie hinaus und machte sich auf den Weg. Von dem Rauch war nichts mehr zu erblicken. Ihn schienen die abziehenden Wolken und Nebelfetzen am Horizont verschluckt zu haben.

Wieder begann es zu schneien. Aber noch schlief der Wind. Warum sich also abschrecken lassen?

Diesmal hatte sie ein Bündel Reisig mitgenommen, um ihren Weg zu markieren. Doch schon bald bedauerte sie, die Zweige nicht länger geschnitten zu haben. Denn der Schnee fiel ohne Unterlaß und drohte sie bis zu ihrer Rückkehr völlig zuzudecken. Trotz ihrer Schneeschuhe sank sie bei jedem

Schritt bis zu den Knien ein. Sie kam nur langsam voran. Unbeholfen wie ein Bär arbeitete sie sich vorwärts.

Wie beim ersten Mal übersah sie den steil abfallenden Felsvorsprung und wurde unversehens in die Tiefe gerissen. Und wieder dämpfte der hohe Schnee den sonst nicht ungefährlichen Fall. Die kleine Schlucht hatte ein fast geisterhaftes Aussehen angenommen. Wie stumme weiße Wächter standen die schneebehangenen Bäume. Selbst der Wasserfall war unter einer dicken Schneeschicht verschwunden. Von den Wigwams keine Spur.

Sie sind weitergezogen! durchfuhr es Angélique. Als sie nähertrat, entdeckte sie voller Erleichterung plötzlich doch unter einer dicken Schneehaube die Konturen einer der beiden Hütten. Daß kein Rauch zu sehen war, beunruhigte sie im ersten Moment wenig. Hauptsache, sie waren noch da. Sie rief, aber nichts rührte sich. Sie schob die als Tür dienende Rindenplatte zur Seite. In der Hütte saßen die beiden Alten mit gekreuzten Beinen nebeneinander, der Alte mit seiner Pelzmütze auf dem Kopf, die Frau mit dem perlenbestickten Band und dem Federschmuck, so, wie Angélique sie vor Tagen verlassen hatte.

Sie grüßte. Eine dünne Schicht pulverigen Schnees, der durch ein Loch im Dach eingedrungen war, lag über den verkohlten Holzscheiten im Herd und bedeckte auch die Kleider der beiden Alten, die dem Schnee, der bereits bis in die Falten ihrer Gewänder drang, keine Beachtung zu schenken schienen. Aus starren Augen blickten sie Angélique an.

Es dauerte eine Weile, bis sie begriff, daß die beiden tot waren.

Also waren Pengashi und seine Familie in Wind und Sturm aufgebrochen in die weiten, verschneiten Ebenen, einer ebenso fernen wie ungewissen Zukunft entgegen. Der Augenblick war gekommen, an dem der Alte gesagt hatte: »Mein Sohn, ich bleibe hier. Ich bin am Ende meines Weges angelangt.« Wie Ritus und Tradition es vorschrieben, hatte Pengashi ihnen den Wigwam über ihren Köpfen gelassen, hatte ein letztes Feuer für sie entzündet, einen letzten Topf Körnerbrei in die Glut gestellt und die Pfeife des Vaters mit einer letzten Prise Tabak versorgt, bevor er die Hütte sorgfältig von außen verschlossen hatte und mit Frau und Kindern fortgezogen war.

Angélique kniete reglos vor den beiden Mumien, bis sich auch auf ihren Kleidern eine feine weiße Schicht bildete und sie bis ins Mark fror. Instinktiv streckte sie die Hand nach dem Kochtopf aus. Aber wie erwartet war er leer und halb mit Schnee gefüllt.

Gemeinsam hatten die beiden die letzte Pfeife geraucht, und als das letzte Holzscheit verglüht war, brüderlich die letzten Bissen irdischer Nahrung geteilt. Dann hatten sie, im Dunkeln und in zunehmender Kälte, die Hände auf den Knien, den Tod erwartet. Als ein abgebrochener Ast das Dach der Hütte eindrückte, waren sie schon weit weg in den ewigen Jagdgründen des Großen Manitu, wo es nur noch Wärme und Licht gab.

Angélique hörte nicht auf, sie in dem fahlen Lichtschein, der durch die offene Tür drang, zu betrachten. Ohne zu wissen warum, verharrte sie, gefesselt von diesem gleichzeitig makabren und doch edlen, ja fast heiteren Anblick. Die Dahingeschiedenen wirkten so lebendig, daß sie an sich halten mußte, um ihnen nicht die Decken über die Schultern zu legen, die sie mitgebracht hatte.

Mit einem Mal zog eine Einzelheit ihre Aufmerksamkeit auf sich. In den offenen Händen der beiden Alten lag je ein mittelgroßer, unförmiger Klumpen. Es hätte ein mit Schnee bedeckter Batzen Lehm sein können. Doch als sie näherrückte, erkannte sie, daß es Nahrung war. Zwei große Brocken hartgefrorenen Maisbreis, vermischt mit Fleisch und getrockneten Früchten. Die letzte Mahlzeit der Alten, die jene nicht angerührt hatten.

Sie bebte vor übergroßer Freude. Mit zitternden Fingern löste sie die beiden Stücke aus den abgemagerten Händen. Fragend blickte sie in die beiden Gesichter und murmelte: »Ist das für mich? Wußtet ihr, daß ich zurückkommen würde?«

Auf der Brust der Toten, zwischen den Bärenzähnen, den Stachelschweinborsten und den aufgefädelten Muscheln, zwischen Ketten und Anhängern glänzten die winzigen Kreuze aus Gold, wie sie die getauften Indianer des Südostens trugen.

Durfte sie in dieser Geste eine allerletzte Gabe an den Gott der Nächstenliebe sehen, zu dem die Schwarzröcke die Indianer beten gelehrt hatten? Hatten sie gedacht, daß dies eine überflüssige Ration auf einem Erdenweg sei, den zu verlassen sie sich anschickten, um in ein Land zu gelangen, in dem sie auf ewig gesättigt sein würden? Die weiße Frau in Wapassou und ihre Kinder dagegen hatten Hunger.

Von Dankbarkeit überwältigt versenkte Angélique den Fund in ihrem Sack. Auf der Gabe der Frau lag noch ein kleiner Lederbeutel, den sie ebenfalls an sich nahm, da er offenbar auch ein Geschenk war. Als sie die Hütte verlassen wollte, stieß sie an einen in Häute gewickelten Gegenstand, den sie vorher nicht bemerkt hatte. An seiner Form erkannte sie, daß es eine Falle für kleine Pelztiere war. Sie erinnerte sich, wie sie Pengashi erzählt hatte, daß sie ihre eigenen Fallen, die der stumme Engländer im Herbst ausgelegt hatte, nicht mehr finden konnte. Als Gegengabe für ihr Gewehr hatte der Indianer ihr eines seiner Jagdgeräte überlassen und ihr damit eine weitere Chance des Überlebens eröffnet.

Auf den Knien kroch sie aus dem Wigwam und sah die beiden Alten ein letztes Mal an. »Danke! Danke! Gott segne euch.«

Sie schloß die Tür und sicherte sie sorgfältig. Auch das Loch im Dach deckte sie mit herumliegenden Ästen zu. Kein Raubtier sollte so rasch Zugang zu den beiden finden.

Neunundvierzigstes Kapitel

Der kleine Lederbeutel – das Geschenk der alten Indianerin – enthielt ein Paar silbergefaßte Granatohrringe, eben jene, die Jenny Manigault aus La Rochelle an dem Tag getragen hatte, als sie von den Indianern entführt worden war.

Angélique betrachtete sie gerührt und hoffte, daß auch ihr Ring eines Tages sein Ziel erreichen würde. Sie war schon im Begriff, Charles-Henri das Geschenk seiner Mutter auszuhändigen und ihm von ihr zu berichten, da besann sie sich anders.

Der Hunger hatte sie anfällig gemacht. Alle vier reagierten sie empfindsamer denn je. Jede Kleinigkeit zerrte an ihren Nerven. Man konnte nie wissen, welche Folgen ein Schock auslösen würde.

Was sie als Erwachsene belastete, spürten auch die Kinder,

obwohl deren Ängste leichter zu zerstreuen waren als ihre eigenen. Trotzdem fürchtete sie, den Jungen aus seinem seelischen Gleichgewicht zu bringen. Sie wußte, daß er seine Irrfahrt mit den Indianern, die ihn zwei Sommer lang von Wigwam zu Wigwam führte, in keiner guten Erinnerung hatte. Er vermied es stets, davon zu sprechen, und gab keine Antwort, wenn man ihn danach fragte. Hatte er sie, Angélique, auch als neue Mutter akzeptiert, so mußte doch die Trennung von Jenny eine schmerzhafte Wunde in ihm hinterlassen haben. Sie wieder aufzureißen, würde vielleicht bedeuten, sein Heimweh neu zu wecken und ihn in große Schwermut zu stürzen. Es hatte Monate gedauert, bis er in Wapassou wieder lachen gelernt hatte.

Sie würde ihm die Schmuckstücke geben, wenn er größer war oder wenn sie diesen Alptraum hinter sich hatten. Wenn sie wieder alle vereint um einen Tisch saßen, bei Abigaël, die er so liebte, denn sie war die einzige gewesen, die ihn in seiner Verlassenheit hatte trösten können.

Sobald sie konnte, stellte sie die Falle auf, die Pengashi ihr geschenkt hatte. Sie wählte eine Stelle im Schutz eines Baumes, die ihr für den Wildwechsel günstig erschien. Sie opferte ein kleines Stück Fleisch als Köder, wobei sie sich ständig fragte, ob sie auch sachgemäß vorging. Warum hatte sie sich nur nie richtig darum gekümmert, wie diese gräßlichen Maschinen funktionierten? Armseliges Rüstzeug von Wilddieben! Ihr Vater, der Landedelmann, hatte immer gegen die heimtückischen Kerle gewettert, die ihm sein Kaninchengehege plünderten, um sonntags einen Hasen im Topf zu haben. Erwischt vom Jagdaufseher, riskierte so ein Kerl es, gehängt zu werden. So lautete das Gesetz der Grundbesitzer. All dies fiel ihr ein, während sie sich mit steifen Fingern an dem eisernen Gerät zu schaffen machte und dabei riskierte, daß es um ihr Handgelenk zuschnappte.

Hier in Amerika wurde das Wild mit dem Gewehr erlegt. Die Indianer benutzten häufig noch Pfeil und Bogen, da Feuerwaffen in der Regel den Häuptlingen vorbehalten waren. Fallen waren für Pelztiere da. Ihre Felle dienten den Indianern als Tauschware, die sie im Frühjahr zu den Handelsstationen brachten oder den Waldläufern und Scouts gaben, die in ihren Kanus die Flüsse heraufkamen und Waren feilboten: Beile, Messer, Degenklingen, Töpfe, Branntwein und noch vieles mehr, auf das die Eingeborenen scharf waren, sich aber nicht selbst beschaffen konnten.

Da in Wapassou grundsätzlich keine Geschäfte mit Pelzhandel gemacht wurden, um die Franzosen nicht zu verärgern, hatte Angélique sich auch nie dafür interessiert. Außerdem haßte sie die Vorstellung, daß überall in der amerikanischen Wildnis dauernd eine Falle um die Pfote eines unschuldigen Tieres zuschnappte. In ihrer Jugend war sie nicht so gewesen. Erst Honorines Mitleid mit jeder gequälten Kreatur hatte auf sie abgefärbt.

Sie hatte menschliche Wesen getroffen, und schon empfand sie ihre Lage schlimmer als zuvor. Sie hatten ihren Lebensmittelvorrat um ein paar Tage gestreckt, aber ihr die Hoffnung genommen. Die Begegnung mit dieser kleinen, durch die Eiswüste irrenden Familie hatte sie das Maß ihrer Isolation erst richtig erfassen lassen.

Sie klammerte sich an den Gedanken, daß Pengashi von ihr sprechen würde, daß bekannt werden würde, daß sie noch am Leben war. Aber würde Pengashi selbst jemals wieder zu den Lebenden zurückkehren? Der Weg war endlos, die Stürme tödlich. Alles jagdbare Wild, sei es in der Luft oder am Boden, war dem Winter zum Opfer gefallen. Vielleicht war die Schußwaffe Pengashis letzte Chance.

Sie träumte von Speck und von Bohnen, die man in Salem mit süßer Sahne zubereitete, und rief Ruth und Naomi an, sie sollten ihr helfen. Einmal erwachte sie an ihrem eigenen, verzweifelten Schreien, das auch die Kinder erschreckte. Berge dampfender Platten erschienen ihr im Traum. Gelage, die sie an der Tafel des Königs erlebt hatte.

Sie dachte an die Tage ihrer Ankunft in der Neuen Welt, an die Stute Wallis, die – ebenso beunruhigt und verstört wie sie selbst – sich beim Anblick der Riesenschildkröte, dem Symbol der Irokesen, aufgebäumt hatte. Ihre Pferde! Ach, ihre Pferde! Im letzten Herbst, als die Indianer angriffen und sie zu Lymon Whites Hütte gelaufen war, um sich zu verstecken, hatte sie eine Vision von den Pferden gehabt. Wie in Panik waren sie in der Ferne über die Prärien galoppiert, vorausahnend, daß das Ende von Wapassou gekommen war und es besser war zu fliehen. Sie wußte nicht, ob dieses Erlebnis ihr schmerzlich war oder neue Kraft verlieh. Sie laufen nach Süden, hatte sie gedacht. Sie nehmen den Weg in die Steppe und in die Hochebenen. Frei, wie sie sind, werden sie ihrem Instinkt folgen und sich zu Herden zusammenschließen. Aber Maine war ein so schwieriges Land mit seinen Wäldern und Abgründen. Und der Winter war zu früh gekommen . . . Aber sie wollte nicht an die Grausamkeit der Natur denken. Sie wollte sich viel lieber vorstellen, die Pferde seien glücklich, das weite Land wiedergefunden zu haben. Sie waren daran gewöhnt, draußen zu sein. Am Ende jedes Sommers waren einige von ihnen in ihre alte Wildheit zurückgefallen und hatten sich nicht mehr zureiten lassen.

Die Zwillinge brüllten aus vollem Hals, und Charles-Henri hatte sich zu ihr herübergebeugt. »Du weinst, Mama! Und du hast gerufen: Die Pferde! Die Pferde!«

Sie richtete sich auf und zog die drei Kleinen an ihre Brust. »Still, still! Ich habe sie galoppieren sehen. Wir brauchen nicht traurig zu sein. Sie finden ihren Weg. Sie gehen an einen Ort, wo es weniger Schnee und viel Gras gibt, und sie werden sich über ganz Amerika verbreiten.«

Die Stille machte einen wahnsinnig, wenn man nicht gegen sie anging. Sie zwang sich, mit den Kindern zu sprechen und sie abzulenken. Sie erzählte ihnen von dem Hund, der soviel Klugheit bewiesen hatte, daß er kurz vor dem Brand weggelaufen war und Honorine gesucht hatte, die sich bei den Irokesen aufhielt. Wenn Honorine zurückkam, würde sie ihnen das Bogenschießen beibringen.

Ihre blassen Gesichter belebten sich, wenn sie den Namen Honorine hörten. Honorine, ihr Herzblatt, ihr großer Schatz! Honorine würde überleben. Sie war stärker als sie alle.

Fünfzigstes Kapitel

Angélique begann zu zweifeln, daß das Schlimmste verhindert worden sei.

»Du hast mich verraten!« klagte sie den stummen Horizont an, wenn sie auf ihrer Plattform stand. »Du hast ein Versprechen gegeben, wir hatten einen Kontrakt geschlossen. Wir brachten dir Pferde und besiedelten dein Land. Wir brachten dir Menschen guten Willens, die Arbeitskraft ihrer Hände, das Feuer ihrer Herzen und die Flamme ihres Geistes ...«

Das Schlimmste wäre der Tod der Kinder und dann ihr eigener. Daß Joffrey die Nachricht ihres Todes erhalten würde, er, der gesagt hatte: »Jetzt kann ich nie mehr ohne dich leben.« Er, allein, von ihr im Stich gelassen – das konnte sie ihm nicht antun. Daran würde er zerbrechen, dieser unbezähmbare Mann. Seine Feinde würden triumphieren. Hatten sie nicht geschworen, diese unerschöpfliche Kraft, diesen freien Geist auszulöschen?

Er hätte Grund, ihr bis in alle Ewigkeit vorzuwerfen: »Du hast mir das Herz gebrochen, mir, der sich nie von den Banden der Liebe gefangennehmen lassen wollte. Und dann hast du dich davongemacht und mich wehrlos denen ausgeliefert, die meinen Untergang geplant haben, den Kirchenmännern, den Betschwestern, den Dummköpfen, den Ignoranten, den Pedanten, den Neidern, den Taugenichtsen, den Mittelmäßigen und den fanatischen Tyrannen – wie diesem Sonnenkönig, der dich mir streitig machen wollte, dich, meine geliebte Angélique, die du auch ein Tyrann bist, erbarmungslos genug, um mich zu verlassen, nachdem du mich zuvor all meiner Kräfte beraubt hast, wie Dalila es einst mit Samson tat.«

»Nein! Nein! Du sollst nicht so sprechen! Ich schwöre dir, ich werde überleben!«

Nein, das Schlimmste wäre der Tod der Kinder und daß sie vor ihn treten mußte, wie damals ... Dieser Teufelskreis, der sich zu schließen drohte, Spottlied eines gnadenlosen Sängers, der ihrer beider Herzen in Stücke riß. Dazu der Chor der Kleingläubigen, der Mißgünstigen, die vor Vergnügen kreischten: »Diesmal, diesmal sind sie besiegt!«

Nicht daran denken! Nicht daran denken! befahl sich Angélique, als solche Wahnvorstellungen sie zu peinigen begannen. Denn sie wußte, daß sie damit nur unnütz ihre Kräfte vergeudete. Sie hatte nicht einmal mehr den Mut, ihr Schicksal zu verfluchen, wie sie es anfangs allmorgendlich getan hatte. Es waren nicht die derben Flüche des Hofes der Wunder, die ihr beim Erwachen über die Lippen kamen; vielmehr hörte sie sich im Halbschlaf murmeln: »Lieber Gott! Lieber Gott! Lieber Gott!« Sie war am Ende.

Sie kochte Gürtel und kleine Lederstücke, um daraus eine Art Gelee zu gewinnen, das sie zusammen mit den wenigen, streng rationierten Löffeln Nahrung zu sich nahmen, die ihnen noch verblieben waren. Noch zwei Tage, vielleicht auch drei. Und dann? Um den Kindern eine weitere Ration zu sichern, verzichtete sie auf die ihre und begnügte sich mit einem Schluck Branntwein. Am meisten fürchtete sie sich davor, von Halluzinationen heimgesucht zu werden. Und doch würden sie eintreten. Man mußte sich damit abfinden. Es war eines der Phänomene, die der Hunger mit sich brachte.

Sie goß etwas Branntwein in die hohle Hand und massierte damit die Beine der Kinder, um ihre Lebensgeister zu wecken. Das Unterste zuoberst kehrend, fand sie in einer Dose ein Restchen türkischen Kaffee. Auch Lymon White hatte seine kleinen Schwächen gehabt. Das war ein Festtag! Sie trank den Kaffee wie kostbaren Nektar und gab auch den Kindern davon. Charles-Henri schnitt eine Grimasse. »Das schmeckt scheußlich!« Trotzdem trank er gierig und war danach, wie auch die Zwillinge, nicht mehr ganz so verzagt.

Sollte sie einfach losmarschieren? Hinüber bis an den Wald? Würde sie es schaffen? Und was würde sie dort vorfinden?

Es war wieder Schnee gefallen. Heute hätte sie nicht mehr die Kraft gehabt, sich bis zu Pengashis Hütte zu schleppen.

Sooft sie nachsehen ging, war die Falle leer. Schließlich nahm sie den Köder mit nach Hause, und sie aßen ihn selbst.

Einmal suchte sie die Falle vergebens, verirrte sich in den Schneeverwehungen und fand nur zurück, indem sie sich an dem schwachen Geruch des Rauchs orientierte. Ein andermal wurde sie draußen ohnmächtig und erwachte steif vor Kälte. Auf allen vieren kroch sie ins Haus. Sie wußte später nicht mehr, woher sie die Kraft genommen hatte.

War sie bei klarem Verstand, so nahm sie alle Kraft zusammen und wuchtete am Morgen die Tür auf, um nach der Sonne zu sehen. Die wenigen Schritte, die sie sich vom Haus entfernte, waren wie eine Flucht. Sie konnte nicht mehr mitansehen, wie die Kinder mehr und mehr verfielen. Sie wärmte ihre vor Kälte schlotternden Körper mit heißem Tee, dem sie viele beruhigende Kräuter zusetzte. Im Schlaf vergaßen sie die Schrecken des Hungers.

Sie erinnerte sich an die alte Rebecca aus La Rochelle, die als junge Mutter von drei kleinen Kindern die Belagerung der Stadt durch Kardinal Richelieu erlebt hatte. »Was soll man in einer Stadt finden«, hatte sie berichtet, »wenn alles, was man essen kann, schon gegessen ist? Man läßt nicht mal einem Grashalm die Zeit, zwischen zwei Pflastersteinen hervorzusprießen. Mein Ältester ist als erster gestorben. Eines Morgens glaubte ich, er schlafe. Aber er war tot.«

In solchen Augenblicken stürzte Angélique zum Bett der Kinder und lauschte auf ihren Atem.

An diesem Abend war der Sonnenuntergang von einem grellen, giftigen Gelb. Davor lagen die fast wasserblau gefärbten Bergrücken. Ein Kontrast, der einmalig schön, aber beängstigend war. In der Nacht hörte man den Blizzard pfeifen. Er kam mit brutaler Gewalt und weckte sogar die Kinder, obwohl sie an die heulenden Winterstürme und an das Klappern der Läden gewöhnt waren. In ihrer Angst glaubten sie, das Dach werde eingedrückt, und Angélique preßte sie an sich, bedeckte ihre Gesichter mit Küssen und flüsterte ihnen beruhigende Worte ins Ohr. »Es geht vorbei! Es geht vorbei! Es wird bald vorüber sein.« Aber das Brausen hörte nicht auf. Nächte und Tage folgten aufeinander, ohne daß sie hätte sagen können, wann es Tag und wann Nacht war.

Einundfünfzigstes Kapitel

Sie mußte sich aufraffen und sich auf dem beschränkten Raum, der ihr verblieben war, soviel wie möglich bewegen. Wenn sie sich in dem einen Zimmer vergrub, würde sie bald nicht mehr aufstehen können und langsam in tödlichen Schlaf versinken, die Kleinen an ihrer Brust, die auch hinüberdämmern würden, sobald sie aufhören würde, ihnen ihre eigene Wärme und Lebenskraft zu geben.

»Steh auf! Bewege dich!«

Sie richtete sich auf, spannte ihre Muskeln, bewegte sich wie ein Automat. Dann warf sie wie gewohnt ihre Pelerine über, trat aus ihrem Zimmer und ging den Flur entlang, so wie sie es tagaus, tagein im Haupthaus von Wapassou getan hatte: über den Hof gehen, Ställe und Vorratsspeicher inspizieren, über den Wall steigen, die nahe gelegenen Indianerlager besuchen und bei den Bauern vorbeisehen, die sich nach und nach,

Familie um Familie, draußen vor den Mauern angesiedelt hatten. Nun war draußen eine weiße Wüste und der Ausgang von den Schneemassen blockiert. Ein andermal, nahm sie sich vor, wenn sie sich stärker fühlte, würde sie die Tür aufstemmen und sich Schritt für Schritt zu der Falle schleppen.

Laut stampfend ging sie in der Halle auf und ab, um wenigstens das Geräusch ihrer Schritte zu hören. Sie zog einen Hokker unter den Fensterschacht, die einzige Öffnung nach draußen, durch die, wenn auch spärlich, ein trüber Schimmer des Tageslichts in ihr dumpfes Grab drang. Vielleicht war es von dort aus leichter, ins Freie zu gelangen.

Sie löste mit einem Messer die davorgespannt Ölhaut. Eine Mauer aus Eis bedeckte fast die ganze Öffnung. Kaum war dieser Schutzwall durchstoßen, da überfiel sie ein Schwall eiskalter Luft. Sie schlug den Mantelkragen hoch und spähte hinaus. Die Schneeoberfläche war in rötliches Licht getaucht. Also war es Abend. So konnte sie zumindest den Ablauf von Tag und Nacht wieder bestimmen, vorausgesetzt, der Sturm brach nicht aufs neue los und begrub die ganze Welt in ewiger Finsternis.

Sie setzte die Tierhaut, die als Fensterscheibe diente, wieder ein und dichtete die Öffnung zusätzlich mit Moos und Fellen ab, die sie notdürftig festnagelte. Wenn sie schon Werkzeug besaß, so wollte sie es auch benutzen. Von nun an würde sie jeden Tag ein Stück dieses Vorhangs lüften, um nach der Tageszeit und dem Wetter zu sehen. Sie war am ganzen Körper schweißbedeckt, ahnte aber, daß diese Betätigung sie aufgerichtet hatte. Es war notwendig, sich zu bewegen, wenn der Würgegriff des Eises nicht Körper und Geist erfassen sollte.

Sie fütterte die Kinder, langsam und löffelweise, immer in Angst vor ihrem Hunger, den sie nicht stillen konnte. Dann wusch sie die Kleinen, wiegte sie in ihren Armen und wickelte sie in Katzenfelle. Wenn sie lächelten oder gar lachten und ein paar Worte stammelten, war sie glücklich. Doch erst ihr Schlaf, selbst wenn er nur Zeichen äußerster Erschöpfung war, ließ sie aufatmen. Waren sie wach, dann las sie überdeutlich in ihren Gesichtchen, was sie entbehrten. Dann mußte sie jeden Tag damit rechnen, die ersten Symptome des todbringenden Skorbuts an ihnen zu entdecken, des »Übels der Erde«, wie die Indianer diese Mangelkrankheit zu nennen pflegten.

Für drei oder vier, vielleicht auch fünf Tage würden ihre Vorräte noch reichen: Schmalz, Pökelfleisch und Mais. Dann hatten sie nichts mehr zu essen. Die letzten Bissen waren verschlungen. Die Kinder dämmerten dahin. Angélique floh, selbst vor Hunger wankend, an das Fenster, zog sich mühsam hinauf und zwängte sich durch den ins Eis geschlagenen Spalt. »Ich will sie nicht sterben sehen!« wiederholte sie immer wieder, während sie über die spiegelnde Eisfläche lief. Sie glitt aus und fiel über die aus dem Schnee ragenden Eisteile der Falle. Ein Schneehase hatte sich darin gefangen. Er war so weiß, daß er sich kaum von seiner Umgebung abhob, hartgefroren und steif wie die eisernen Fänge, die ihn festhielten. Wie durch ein Wunder gelang es ihr, ihn freizubekommen. Sie schloß den Hasen in die Arme und drückte ihn an ihre Brust. »Danke! Danke, kleiner Bruder! Wie gut von dir, daß du gekommen bist!«

Für drei Tage Nahrung! War dies das Zeichen, daß sie durchkommen, daß sie das Ende des Tunnels erblicken würden? Daß rechtzeitig Hilfe eintreffen würde? Sie herzte den kleinen Hasen mit den steifgefrorenen Ohren. »Danke, kleiner Bruder, danke!«

Am nächsten Morgen kehrte sie zu der Falle zurück. Aus abgeschabten Hautstückchen und Knöchelchen fertigte sie einen Köder, der größere und fleischigere Tiere anlocken sollte.

Aber sie konnte nicht mehr nachsehen gehen; denn wieder kam der Sturm und verurteilte sie dazu, in ihrem Gefängnis auszuharren. Jeder Versuch, sich hinauszuwagen, hätte ihren Tod bedeutet. Von neuem erhob sich das Gespenst des Hungers.

Ein düsterer Abend war auf einen lichtlosen Tag gefolgt, der Vorrat erschöpft, der Tod nahe.

Ein Geräusch von draußen hatte sie in die Halle gelockt, wo sie nach etlichem Bemühen feststellen mußte, daß ihr Schlupfloch unpassierbar geworden war. Alles war zugeschüttet, verbarrikadiert. Ob es Schnee, Eis oder gar ein umgestürzter Baum war, sie wußte es nicht. War es Nacht oder Tag? Ihren Berechnungen nach war es Nacht. Aber was nützte es ihr, die Stunden zu zählen? Sie würden sterben. Sie ging in der öden, vor Kälte starrenden Halle auf und ab. In ihrem Kopf begann sich alles zu drehen. In einem irren Reigen stiegen die Etappen ihres Lebens in ihr auf, die sie bis hierher geführt hatten.

Eine nie gekannte Bitterkeit, geboren aus Hunger und Verzweiflung, durchdrang ihr ganzes Denken. Sie sah sich von Feindseligkeit umzingelt und erkannte mit plötzlicher Klarheit, daß sie trotz aller Freundschaft, die sie sich erworben hatte, immer von Feinden umgeben gewesen war. Keine Feinde, die Grund gehabt hätten, ihr nach dem Leben zu trachten, sondern solche, die ganz einfach ihre Feinde waren, weil sie nicht ihre Freunde sein konnten.

Welchen Fehler hatte sie begangen, daß sie so bestraft wurde? Hätte sie sich beugen sollen? War es falsch gewesen zu glauben, man könne recht behalten gegenüber allen? Gegenüber der ganzen Welt und vor allem gegenüber den Vertretern der Kirche?

Loménie hatte sie beschworen: »Wir haben nicht das Recht, die Lehren unserer Kindheit zu vergessen. Der Tod eines Heiligen hat sie mir ins Gedächtnis gerufen. Gebt auf, Angélique, gebt auf, denn ich sage Euch, Ihr werdet Euch nicht gegen ihn behaupten.«

Seine Voraussage war eingetroffen. Aber sie, die Verlorene, Vernichtete, war noch nicht am Ende.

Welchen unverzeihlichen Fehler hatte sie begangen, für den sie mit dem Tod ihrer Kinder bezahlen mußte? Hatte es ihr an Demut gemangelt? Hatten sie gesündigt durch Übermut, Leichtgläubigkeit, durch allzuviel Selbstvertrauen? Wer würde ihr diese Fragen jemals beantworten? Sie blickte sich forschend um, als könnte sie aus den dunklen Ecken, wo das Licht der Fackel nicht mehr hinreichte, Zeugen hervorlocken, von denen sie sich Aufklärung erhoffte.

An Anklägern fehlte es ihr nicht. Aber wer würde sagen: Du hast mich nicht enttäuscht, du hast mich aufgerichtet mit deinem Mut, du hast unsere Sache nicht verraten . . .

Sie wartete. Aber alles blieb still. Die Fackel knisterte, so wie ein Trauernder weinte, in kleinen, immer schwächer werdenden Stößen. Auch sie würde bald erlöschen.

Der Traum war aus. Sie hatten alles getan, um die Neue Welt aufzubauen. Wapassou, Gouldsboro, Salem und Quebec, wie hatte sie diese Orte geliebt. Und doch war Quebec ausgezogen, Wapassou zu zerstören, und Salem würde sich nicht scheuen, Ruth und Naomi eines Tages an den Galgen zu bringen. Gesichter zogen an ihr vorbei. Und zum ersten Mal vermochte sie, hinter ihre Fassade zu blicken. Alles war plötzlich so klar und so einleuchtend.

Sie hatte von Illusionen gelebt. Illusionen hatten das Bild bestimmt, das sie von Gouldsboro im Herzen hegte. Die Illusionen eines Kindes ... Eine seltsame Ruhe überkam sie. Der Vorhang, vor dem sie zu lange fiebernd gewartet hatte, war zerrissen. Fast kam es einer Erleichterung gleich, daß sie nicht weiter Hoffnungen nachzuhängen brauchte, die sich nicht erfüllen würden. Wie oft hatte sie davon geträumt, sich eines Tages in Gouldsboro inmitten ihrer Freunde niederzulassen. Wenn alle Schwierigkeiten und alles Trennende überwunden sein würden.

Hunger und Verzweiflung hatten eine Leere in ihr entstehen lassen, die einen schwindelerregenden Rausch auslöste. Ohne dagegen anzukommen, sah sie sich einer Flut sich überstürzender, zusammenhangloser Gedanken ausgeliefert, die jedoch einer gewissen Logik und Hellsichtigkeit nicht entbehrten.

Es kam nicht darauf an, Gott zu dienen. Wichtig war offenbar nur die rituelle Form, in der man seine Huldigung darbrachte. Der Geist war Dogmen und Praktiken gewichen, die ihren unnachgiebigen Verfechtern mehr bedeuteten und um deren Bestand sie mehr bangten als um die Frage, ob ihr Tun dem Allmächtigen wohlgefällig war.

Loménie hatte recht gehabt. Man kämpfte nicht gegen einen Heiligen. Und drei Dinge waren es, denen dieser Heilige den Krieg angesagt hatte: Es war die *Frau,* Rivalin des Mannes in der Liebe Gottes und von Natur aus entartet, danach die *Schönheit,* in seinen Augen kein Geschenk des Himmels, sondern ein Hinterhalt des Satans, und schließlich die *Freiheit des Geistes,* die jeder Irrlehre Tür und Tor öffnete und einer Frau am allerwenigstens zustand.

Er wird triumphieren, dachte sie. Und wir haben verloren. Es würde niemand aufstehen, mit dem Finger auf ihn zeigen und rufen: »Du bist ein Verbrecher, Sébastien d'Orgeval! Ein Zerstörer!«

In diesem Augenblick, als die Erkenntnis ihres Untergangs sie wie eine Woge überschwemmte, schlug draußen etwas gegen die Tür. Es war ein Geräusch, das in der Grabesstille lange widerhallte, kurz und unvermittelt, aber unüberhörbar.

Irgend etwas stieß gegen das Holz, und während sie zitternd den Atem anhielt und ihren Ohren nicht zu trauen wagte, ertönte ein zweiter, dumpferer Schlag wie von einer gewaltigen Faust, dem Kolben eines Gewehres oder einem mit beiden Händen geführten Stock. Dann war alles wieder still.

Diesmal war sie sicher. Das Geräusch kam von der Tür. Wie erstarrt stand sie da und horchte in das Pfeifen des Windes hinaus, um sicher zu sein, daß sie nicht Opfer einer Halluzination geworden war. Dann fühlte sie ungläubige, überschäumende Freude in sich aufsteigen. Die Glückseligkeit über dieses Wunder durchflutete sie mit solcher Macht, daß sie glaubte zu fallen, wenn sie auch nur einen Schritt machte. »Ich wußte, daß du kommen würdest, Uttaké, ich wußte es! Du würdest mich nicht im Stich lassen! Du und deine Leute würden kommen!«

Sie zitterte am ganzen Körper. Bald würde sie den Kindern eine schöne, heiße Bohnensuppe kochen können. Ach, meine Kleinen, wie euch das schmecken wird! Und Reis! Ein paar Handvoll dieser braunen Körner, wie man sie in Illinois im Schwemmland der großen Seen erntete, und das »Übel der Erde« war gebannt.

Würde sie die Kraft besitzen, die Tür zu öffnen? Sie mußte! Mit unsicheren Schritten und steif wie eine Greisin bewegte sie sich vorwärts. Als sie den Riegel zurückgeschoben und den Schlüssel im Schloß gedreht hatte, hielt sie inne, die Hände auf das dicke Eichenholz gestützt. Wenn es nun doch eine Halluzination gewesen war? Nein! Nein! Hatte sie nicht im Grunde ihres Herzens nie die Hoffnung aufgegeben, daß ein Wunder geschehen würde? Wie in einem Alptraum mußte sie kämpfen und all ihre Kraft aufbieten, um die schwere Tür zu öffnen.

Der Sturm wütete nicht mehr ganz so stark. Sie sah den Mond hinter grauschwarzen, zerrissenen Wolken, die über einem Himmel aus geschmolzenem Blei dahinjagten. Die Schneewehen schimmerten hell. Aber keine menschliche Silhouette hob sich von dem abwechselnd hellen und dunklen Hintergrund ab. Hatte sie geträumt?

Sie spähte mit tränenden Augen hinaus. Noch weigerte sie sich, die neugefaßte Hoffnung schwinden zu lassen. Sie hatte einen, nein zwei Schläge gehört! Und sie spürte, daß etwas sich ereignet hatte. Irgend etwas war anders geworden, hatte das Unabänderliche, Lastende ihrer Einsamkeit durchbrochen. Die Nacht war nicht mehr öde und menschenleer.

Den Blick auf den Wall gerichtet, trat sie einen Schritt vor. Doch als sei der Sturm von neuem entfesselt, trieb er im selben Moment eine schwarze Wolkenbank vor die leuchtende Scheibe des Mondes. Angélique strauchelte und wäre um ein Haar über ein Hindernis gefallen.

Sie war an etwas Hartes, Dunkles gestoßen. Im ersten Augenblick dachte sie, man habe ihr einen Felsbrocken vor die Schwelle geworfen. Dann ertastete sie die Falten eines weichen Materials. Leder oder grober Stoff, das schon von einer dünnen Schicht feiner Graupeln überzogen war. Ein Sack! Ein schwerer Sack! Ein Sack, voll mit Lebensmitteln und Vorräten! Sie hatte nicht geträumt! »Sie« waren gekommen ...

Sie legte die Arme um die schwarze Masse, die offensichtlich vom Wall heruntergeworfen worden war und nun den Eingang versperrte. Es war ein riesiger Sack, zum Platzen voll und gut verschnürt. Bohnen! Mais! Getrocknete Kürbisse! Nahrungsmittel in Hülle und Fülle!

Da sie ihn nicht von der Stelle bewegen konnte, suchte sie fieberhaft nach einem abstehenden Zipfel oder einer Falte, an der sie ihn zu der tiefer liegenden Tür zerren konnte, aber sie war zu schwach. Sie dachte daran, ins Haus zu gehen und ihre Handschuhe holen. Aber um nichts in der Welt hätte sie sich von ihrer Beute entfernt. Zu groß war ihre Furcht, der Traum würde sich in Luft auflösen, sobald sie den Rücken kehrte.

Der Sturm tobte und peitschte ganze Ladungen von Schnee in den Graben, wo sie sich mit ihrem Fund abmühte. Endlich fand sie eine Stelle, wo sie anpacken konnte. Der Rest war verhältnismäßig leicht. Auf den Knien und den Kopf vornübergebeugt, um ihr Gesicht vor den nadelscharfen Graupeln zu schützen, arbeitete sie sich rückwärts zur Tür und hievte das unförmige Bündel über die Schwelle.

Das Licht der Fackel flackerte im Windzug. Sie hatte es geschafft. Aber sie mußte um jeden Preis vermeiden, daß sie im Dunkeln stand, und deshalb so schnell wie möglich die Tür wieder schließen, bevor der hereingewehte Schnee sie zu blokkieren drohte. Also noch einmal zurück. Den Schnee wegräumen, die Tür herziehen, zudrücken, festmachen, verriegeln, abschließen und den Balken vorlegen.

Jetzt war wieder Stille. Am Ende ihrer Kräfte, lehnte Angélique sich mit dem Rücken gegen die Tür. Die Anstrengung war so groß gewesen, daß sie von der zuvor empfundenen Freude nichts mehr verspürte. Sie war erschöpft, halb ohnmächtig, und vermochte kaum ihren keuchenden Atem unter Kontrolle zu bringen, der ihr die Lungen verbrannte und stoßweise durch die ausgetrocknete Kehle und die von der Kälte gefühllos gewordenen Lippen drang. Die Halle, in der sie soeben noch gefröstelt hatte, erschien ihr jetzt zum Ersticken warm. Endlich wurde sie ruhiger.

Sie hatte die Augen geschlossen. Jetzt öffnete sie die Lider. Der Sack war noch da. Der Sack, der für sie und die Kinder die Rettung bedeutete. Im spärlichen Licht der Fackel kam er ihr eigentümlich lang vor. Von einem plötzlichen Verdacht befallen, kniete sie nieder. Der schmelzende Schnee gab eine längliche Hülle aus grob gegerbter Tierhaut frei, die von einem Ende zum anderen mit Lederbändern kreuzweise verschnürt war. Eines der Enden war halb offen, und Angélique erkannte, von plötzlichem Schrecken erfaßt, in der Tiefe des Spalts die Züge eines menschlichen Gesichts.

Zaghaft streckte sie die Hand aus und schob das Leder zurück. Zum Vorschein kam das rußgeschwärzte Gesicht eines Mannes, die wächsernen Lider geschlossen. Angélique war wie versteinert, niedergeschmettert von grenzenloser Enttäuschung. Man hatte ihr nicht einen Sack mit Lebensmitteln vor die Tür gelegt, sondern eine Leiche.

Ihre Sinne weigerten sich zu begreifen. Was ihr eben noch als das höchste Glück erschienen war, hätte sie nun am liebsten ungeschehen gemacht. Es durfte nicht sein! Das Schicksal hatte nicht das Recht, ihr in der Not so mitzuspielen. Welches Unheil wollte man ihr nun noch mit diesem Totenkopf zufügen?

Aus der Blässe der Lider schloß sie, daß es sich um einen Weißen, zweifellos einen Franzosen, handelte. Verkrustete Brandwunden, geronnenes Blut und ein schwarzer, struppiger Bart bedeckten das übrige Gesicht. Die Lippen waren zwei dünne schwarze Striche, die zwei Reihen Zähne freigaben und dem malträtierten Schädel dadurch ein makabres Grinsen verliehen. War es ein Waldläufer, der sich verirrt hatte? War er erschöpft an ihre Tür gekommen, um dort zu sterben? Nein! Dann wäre er nicht von Kopf bis Fuß in einen Sack eingenäht gewesen wie in ein Leichentuch.

»Sie« waren also doch da gewesen. Aber wer waren »sie«? Franzosen? Indianer? Irokesen? Abenakis? Menschliche Wesen in der tödlichen Winternacht, die ihr, anstatt sich zu erkennen zu geben, einen Toten auf die Schwelle legten und sich danach geistergleich entfernten. Zu einer so grausamen und sinnlosen Tat waren nur die Irokesen fähig. Aber warum?

Mechanisch lockerte sie eines der Bänder und erweiterte die Öffnung. Als sie das störrische Leder zurückschlug, löste sich mit ihm eine zweite Schicht, die daran zu kleben schien. Es war ein Stück schwarzen Stoffs, an dem ein Fleischfetzen haftete. Haut und Fleisch dieses Mannes waren offenbar schon in Verwesung übergegangen. Es war das Fleisch eines Verbrannten, das bei der geringsten Berührung zerfiel.

Angélique stockte der Atem. Entsetzen und Mitleid schnürten ihr die Kehle zu. Ein Märtyrer! Ein Priester! Halb mit den Wunden verkrustet, lag auf seiner Brust das kleine, unscheinbare Kruzifix der Missionare. Armer Mann!

Plötzlich fuhr sie zurück, außer sich vor Schreck, die Augen ungläubig aufgerissen. »Was hast du getan, Uttaké? Was hast du getan?«

Sie hörte nicht auf zu zittern, wenn auch mehr vor ohnmächtigem Zorn als vor Bestürzung. Die grauenvolle Vorstellung, daß sie im Begriff war, einen Alptraum zu erleben, und sich bei ihr erste Anzeichen beginnender Verrücktheit bemerkbar machten, wich einem Gefühl fataler Unausweichlichkeit. Sie hatte gewußt, daß es eines Tages geschehen würde. Es war fast so, als hätte sie jenen Augenblick schon viele Male durchlebt. Den Augenblick, wo sie – rot wie ein Blutstropfen – im Schnittpunkt des Kreuzes den leuchtendroten Rubin des Jesuiten Sébastien d'Orgeval aufblitzen sah.

Zweiundfünfzigstes Kapitel

Sie hätte sich gerne gesagt: Es ist nur Blut. Aber sie vermochte nichts dergleichen. Ihr Kopf war leer. Was kommen mußte, war gekommen. Sie hätte sich sagen können: Es ist ein anderer Priester, der *sein* Kruzifix trägt. Aber ihr Verstand verweigerte ihr jegliches Erbarmen. Es wäre sinnlos gewesen, sich etwas vorzumachen. Sie wußte, dieses Kreuz gehörte dem Märtyrer, der da leblos vor ihr lag. Es war *sein* Körper! Dieser Leichnam, das war *er*!

Da war er nun, *er*, ihr Verfolger! Der Mann ohne Gesicht. Uttakè hatte sein Versprechen gehalten. »Ich werde dir den Körper deines Feindes vor die Füße werfen . . .«

Hier lag er, zu ihren Füßen, der oft verfluchte Jesuit. Schon halb verfault, zerschlagen, verbrannt und auf wieviel hundert Arten gemartert?

Sébastien d'Orgeval war tot! Und sie, die Frau, die er, ohne sie zu kennen, mit seinem Haß verfolgt hatte, stand über ihm, lebend, den gleichfalls fast erloschenen Blick auf seine bejammernswerten Überreste gerichtet.

Wie lange hatte sie so gestanden? Ein paar Sekunden? Minuten? Während dieser Zeit jedenfalls verschonte eine barmherzige Natur sie vor jeglichen Empfindungen. Sie verspürte weder Schmerz noch Empörung, noch Haß oder Freude, geschweige denn Triumph . . .

Langsam kam sie wieder zu sich. Sie zitterte jetzt nicht mehr. Hunger und Angst waren verflogen. In ihr war nur eine große Leere, die sich, langsam wie ein graues, lautlos steigendes Meer, mit unendlicher Trauer füllte. Welch bitterer, nutzloser Sieg! Die Flut der Trauer erreichte ihre Lippen und ließ sie erbeben. Wie das ferne Rauschen einer Meeresmuschel klang ein kummervolles Klagen an ihr Ohr, so sehnend und herzzerreißend, als rufe ein menschliches Wesen um Hilfe. Und wieder kehrte Angélique in die Wirklichkeit zurück. Zurück zu den tanzenden Schatten der Fackel auf den grob behauenen Wänden von Wapassou, zurück in ihre Grabesstille und zurück zu dem ausgestreckt daliegenden Toten, von dem jenes schaurige Stöhnen ausging. Und obwohl sie glaubte, schon den höchsten Grad von Verzweiflung durchlebt zu haben, den ein Mensch ertragen konnte, fühlte sie neues Entsetzen in sich aufsteigen.

Wenn das Klagen den Lippen dieses Toten entstieg, bedeutete dies also, daß er noch lebte?

Sie glaubte, den Verstand zu verlieren. Wie von einer Peitsche getrieben, begann ihr Gehirn zu arbeiten. Sie durfte sich nicht länger einem gnädigen Delirium hingeben. Sie mußte den Tatsachen ins Auge sehen, so ungeheuerlich sie auch sein mochten. Wenn jenes Stöhnen wirklich aus dem Munde dieses Toten kam, dann nützte alles Widerstreben nichts. Sie mußte sich damit abfinden, daß der Mann *lebte.*

Doch warum hatte Uttakė das getan? Warum hatte er ihn lebend vor ihre Tür geworfen? Um einem seiner rachsüchtigen, kannibalischen Gesetze zu genügen? Um zu erreichen, daß Angélique ihm den Todesstoß versetzte und ihn – verspeiste? War es das, was er wollte? Folgte er damit der Ethik seiner primitiven Rasse, die Weisheit und Wahnsinn, Großmut und Roheit, Rache und Verspeisen auf so grausige Weise vermengten?

Ihre Eingeweide revoltierten. Brechreiz preßte ihr die Hand vor den Mund. Sie stürzte zur Tür, um den schaurigen Bildern zu entfliehen, die sich ihr aufdrängten: Fleisch, gesotten und gebraten, Knochen und Mark, eine heiße Bouillon mit Fettaugen, endlich satt sein, leben!

Geschüttelt von Ekel und Zorn, fand sie die Kraft, den schweren Balken noch einmal zu heben, den Riegel zurückzuschieben und aufzuschließen. »Kommt zurück!« rief sie hinaus. »Kommt zurück, Indianer! Kommt zurück!« Der Blizzard empfing sie mit tausend Nadelstichen und gnadenlosem Geheul. Doch sie hörte nicht auf zu schreien. »Hierher, ihr Mohawks und Irokesen! Hierher! Ihr habt nicht das Recht, mir das anzutun!« Sie vermischte französische Worte und Irokesensprache. Würden sie ihren Ruf hören, hinter Eis und Schnee versteckt? »Ihr habt mich betrogen, Indianer, schmählich betrogen! Ihr wollt mich töten! Euretwegen werde ich sterben!«

Entkräftet sank sie in den weichen Schnee. Später würde sie sich an die unendliche Erleichterung erinnern, die sie dabei empfunden hatte. Der Gedanke an die Kinder schreckte sie auf. Sie glaubte, drei kleine Gestalten zu sehen, die weinend nach ihr riefen. Mit einem Satz war sie auf den Beinen. »Sie werden auf der Stelle erfrieren!«

Doch ihre ausgebreiteten Arme blieben leer. Diesmal war sie sicher, einer Halluzination erlegen zu sein. Noch im Haus verfolgte sie die Horrorvorstellung, sie seien aufgewacht und hinausgelaufen, um sie zu suchen. Doch als sie sich taumelnd vor Müdigkeit zu dem großen Bett schleppte, lagen sie dort friedlich vereint und schliefen. Charles-Henri in der Mitte, in jedem Arm einen der Zwillinge, ihre Köpfchen an seine Schulter geschmiegt.

Beruhigt kehrte sie zur Tür zurück, die sie in ihrer Aufregung offen gelassen hatte. Sie spürte keine Schwäche mehr. Ihre Sorge, beinahe den Tod der Kinder verschuldet zu haben, war so groß gewesen, daß alles andere nicht mehr zählte. Ein Gefühl der Schuld quälte sie. Wie hatte sie sich nur so gehenlassen können? War sie nicht der einzige Halt, den die drei kleinen Wesen hatten?

Sie betrachtete die Kinder und fand ihre Wangen rosig angehaucht. War es der Trank aus Flechten und Beeren, die sie ihnen vor dem Schlafen eingeflößt hatte? Sie fand einen Rest davon im Topf, erwärmte ihn und trank ihn aus. Ja, das tat gut. Mehr brauchte sie nicht. Sie saß am Rand der Feuerstelle und lehnte sich gegen den Kamin. Das Feuer aus Ulmenholz versprach, lange vorzuhalten. Ob sie sich etwas ausruhen konnte? Sie schlief ein, erwachte fröstelnd und legte Holz nach. Dann glitt sie zu den Kindern unter die Felldecke. Dort war es angenehm warm. Wieder schlief sie ein. Sie war glücklich.

Beim Erwachen schwebte sie kurze Zeit zwischen dem Vergessen, das der Schlaf ihr beschert hatte, und der vagen Vorahnung dessen, was sie erwartete.

Ihr erster Blick galt den Kindern. Und wie immer setzte ihr Herzschlag für einen Moment aus, als sie dachte, der Tod könnte sie ereilt haben, während sie schlief. Aber sie schlummerten alle drei. Auf ihren schmalen Gesichtchen glaubte sie einen Abglanz von Glückseligkeit zu erkennen, die sie selbst empfunden hatte. Doch das war nicht gut. Sie schliefen zuviel. Sie mußte sie wecken. Aber dann würden sie essen wollen. Und sie hatte nichts mehr, was sie ihnen geben konnte.

Langsam stiegen die Ereignisse des Vorabends wieder vor ihr auf. Es hatte zwei Schläge an der Tür gegeben und einen Sack mit Lebensmitteln. Laut seufzend durchlitt sie noch einmal die bittere Enttäuschung – nein, keine Lebensmittel! An den Rest wollte sie nicht denken. Ich habe nur geträumt!

Aber da war eine Leiche gewesen, und die Leiche hatte gelebt.

Alles nur Träume! beruhigte sie sich.

Es herrschte absolute Stille. Der Sturm hatte sich gelegt. An dem alabasterartigen Licht, das von draußen hereindrang, erkannte sie, daß die Sonne schien und der Himmel klar war. Hatte sie wirklich nur geträumt?

Sie betrachtete ihre zerschundenen Hände, und alle Einzelheiten ihres barbarischen Kampfes gegen das Eis, gegen die Tür und gegen das Gewicht des Sacks kamen ihr wieder zum Bewußtsein und verursachten ihr einen bitteren Geschmack im Mund.

Und dann dieser schwarze Leichnam vor ihr auf dem Fußboden... Was, wenn er tatsächlich noch drüben lag in der Halle? Was habe ich getan? dachte sie entsetzt. Er war auf den Tod verwundet, und sie hatte ihn sterben lassen! Sie konnte sich nicht erklären, was sie bewogen hatte, vor dem Schrecklichen zu fliehen und im Schlaf Vergessen zu suchen. Ging ihr Wahnsinn schon so weit, daß sie wirklich glauben konnte, es handle sich um Pater d'Orgeval? Hatte sie tatsächlich einen Rubin auf seinem Kruzifix gesehen? War es nicht vielmehr Blut gewesen? Hatte sie nicht selbst festgestellt, daß der Mann über und über mit Wunden bedeckt war? Sie mußte den Kopf verloren haben.

Langsam erhob sie sich, strich ihre Kleider glatt und warf sich einen Umhang über die Schultern. Unter der Asche befand sich noch Glut, und schon bald flackerte ein munteres Feuer auf. Im Vergleich zu ihrem warmen Zimmer war der Flur eisig. Ihr Atem bildete weiße Wölkchen, als sie sich an der Wand entlangtastete. Noch hoffte sie im stillen, die Spuren des gestrigen Alptraums seien verschwunden.

Aber er war noch da. Schwarz und reglos lag er inmitten der Halle, wie sie ihn am Abend zuvor verlassen hatte. Sie verharrte auf der Schwelle und beobachtete ihn aus der Ferne. Was hast du getan? fragte sie sich wieder. Der Unglückliche war im Sterben gelegen, und jetzt war er endgültig tot. Von Panik ergriffen war sie davongelaufen, ohne zu bedenken, daß sie ihn, selbst wenn es ihr Todfeind gewesen wäre, nicht hätte sterben lassen dürfen.

Von Mitleid ergriffen und von Selbstvorwürfen gequält kniete sie sich neben ihn. Als sie das starre Leder zurückzog, bot sich ihr dasselbe wachsbleiche Gesicht mit den geschlossenen Lidern dar, das sie am Abend vorher gesehen hatte: wie aus Marmor gemeißelt, totenblaß unter dem schwarzen, gekräuselten Bart und aus zahllosen Wunden blutend. »Verzeih mir!« füsterte sie. »Bitte, verzeih mir!«

Es war ein Weißer, ein katholischer Missionar, vermutlich Franzose, ein Jesuit. Was sie bei seinem Anblick so erschreckt und in die Flucht gejagt hatte, verstand sie jetzt nicht mehr. Er war ein Weißer wie sie, ein Christ, ein Märtyrer – ein Bruder.

Und sie hatte ihm nicht geholfen. »Verzeih mir, Vater; denn ich habe gesündigt. Verzeih mir, armer Mann!« Ihre Augen waren blind von Tränen. Doch was sollte sie nun tun, jetzt, wo er tot war, durch ihre Schuld?

Ihr Blick suchte das Kreuz auf seiner Brust und fand – den Rubin!

Sie durchforschte das zerschundene Gesicht, Zug um Zug. Wer war dieser unbekannte Jesuit, und warum trug er das Kreuz Pater d'Orgevals? Ein Schauder befiel sie. Sie hatte auf dem reglosen Gesicht einen Anflug von Schweiß bemerkt. Nicht auszudenken, daß er noch lebte!

Fieberhaft suchte sie in ihren Taschen, fand den kleinen Spiegel und hielt ihn vor seinen Mund. Ihre Hand zitterte, und was sie sah, verschwamm vor ihren Augen. Aber die den Spiegel trübende Spur eines Atems war unleugbar.

Er lebte!

Augenblicklich kehrten ihre Zuversicht und ihr Elan zurück. Ich werde ihn pflegen! Ich muß ihn retten! Eifer erfaßte sie. Wenn es ihr gelang, diesen Mann dem Tod zu entreißen, dann waren sie alle gerettet. Das war das Zeichen der Erlösung, das der Himmel ihr geschickt hatte.

Sie ging und schürte das Feuer unter den Wasserkesseln. Die Kinder schliefen immer noch. Mit einem kleinen Krug und ihrem Medikamentenkoffer kam sie zurück. Sie hatte dem Getränk, das sie ihm einflößen wollte, eine gute Portion Alkohol zugesetzt. Es würde ihn entweder umbringen oder stärken. Dieses Risiko mußte sie eingehen. Bisher hatte sie nicht umsonst ihr Vertrauen auf den lateinischen Namen, Aqua vitae, Wasser des Lebens, gesetzt.

Die Kiefer hinter den aufgesprungenen Lippen ließen sich nicht auseinanderbiegen. Aber einige Zähne fehlten, ausgebrochen oder ausgefallen, und durch diesen Spalt träufelte sie Tropfen um Tropfen ihres Getränks. Es bedurfte endloser Geduld, weil sie dauernd fürchtete, die kostbare Flüssigkeit zu verschütten. Aber als das Gefäß leer war, konnte sie sicher sein, daß ihre Medizin wenigstens seinen ausgetrockneten Mund benetzt hatte und langsam den erstarrten Körper beleben würde. Er durfte sich, das wußte sie, auf keinen Fall zu rasch erwärmen. Denn gerade die Kälte hatte ihn am Leben erhalten. Sie hatte verhindert, daß seine Wunden aufbrachen, und ihn, wie ein Tier im Winterschlaf, mit einem Minimum an Lebenskraft auskommen lassen.

Mit dem Schönheitswasser, das schon immer ihr Geheimrezept gewesen war, wusch sie sein Gesicht. Auf die mit Blut verklebten Augenlider gab sie lindernden Balsam. Die Verbrennungen auf der Brust mit den daranhängenden Stofffetzen erfordeten ein Übermaß an Geduld. An sie wagte sie sich heute noch nicht. Auch das Kruzifix beließ sie in der klaffenden Wunde auf seiner Brust.

Als nächstes galt es, den Körper aus seiner ledernen Hülle zu schälen. Der am Kopfende entdeckte Riemen ließ den Schluß zu, daß »sie« ihn daran meilenweit über das Eis gezogen hatten. Grob gegerbtes Leder war so robust und gleitfähig wie die Kufen eines Schlittens.

Ein hin und her schleudernder Körper hinter halbnackten Wilden, Irokesen oder Abenakis, die mit weiten Sprüngen einem nur in ihren Köpfen vorgezeichneten Weg folgten, über Berg und Tal, durch das unberührte, strahlende Weiß des Tages und die blinde Schwärze der Nacht, durch die heulenden Stürme hindurch. Und das alles nur, um diesen Körper in seinem Leichentuch aus Leder auf die Schwelle einer Behausung zu werfen, in der sie, die Dame vom Silbersee, und ihre Kinder sich von Gott und der Welt verlassen zu Tode hungerten. Sie würde diese Indianer niemals verstehen.

Das starre Leder gab und gab nicht nach. Sie mußte es Stück für Stück wie eine Rinde abschneiden. Unter der harten Hülle stieß sie zu ihrem Erstaunen auf seltsame kleine Kissen, die offenbar dazu gedient hatten, den Sack auszupolstern. Als erstes förderte sie einen prallgefüllten Beutel aus Wildleder zutage, dessen Inhalt sie erriet, noch ehe sie die Verschnürung gelöst hatte. So grenzenlos ihre Enttäuschung am Vorabend gewesen war, so ungeheuer war jetzt ihre Freude. »O Uttaké, Uttaké! Herr der Wolken!«

Wie schon einmal schickte er ihr Bohnen, Bohnen aus dem Tal der Fünf Seen!

Ein Geiziger, der seine Goldstücke zählte, hätte in diesem Augenblick nicht hingerissener sein können, als der Inhalt des Beutels in Angéliques hohle Hand kullerte. Andere Taschen und Säckchen enthielten Reiskörner, die man zum Keimen bringen konnte, Kürbiskerne und getrocknetes Kürbisfleisch, dazu Mais, Erbsen und noch mehr Bohnen. »Danke, lieber Gott! Danke!«

Sie war niedergekniet. Ein winziger Sonnenstrahl stahl sich durch das schmale Fenster und fiel auf ihre erhobenen Hände. Die Düsternis war gewichen. Das Leben ging weiter. »Die Kinder, wir alle, sind gerettet! Lieber Gott, ich danke dir!«

Sie hatte laut gesprochen und vor Glück gelacht. In dem Gefühl, daß jemand sie beobachtete, wandte sie den Kopf und bemerkte die geöffneten Lider des Todgeweihten. Aus ihnen drang ein verschwommener und farbloser, aber immerhin wahrnehmbarer Blick.

So bizarr das Mittel auch sein mochte, das der listige Uttaké benutzt hatte, um ihr zu helfen, dieser Unglückliche war ihr Retter. Er hatte ihr das Heil gebracht, und sie hatte den festen Willen, diesen Geist von der Schwelle des Todes zurückzuholen, vor der er so viele Tage umhergeirrt war. »Ihr seid in Sicherheit, Pater«, sagte sie laut. »Ihr habt nichts mehr zu befürchten. Ich werde Euch pflegen – und heilen.«

Ihre Worte sollten ihm zeigen, daß er lebte, und ihm helfen, sich an das zu erinnern, was vor seiner Bewußtlosigkeit geschehen war. »Hört Ihr mich, Pater? Wenn Ihr mich hört, dann gebt mir ein Zeichen. Versucht Eure Lider zu bewegen.«

Es verging eine lange Zeit. Aber seine Lider rührten sich nicht. Auch seine Augen blieben starr und ausdruckslos. Lag er im Sterben?

Es waren seine Lippen, die sich als erstes bewegten. Nach mehreren vergeblichen Versuchen entrang sich ihnen ein Laut, und wie aus weiter Ferne, mühsam, aber deutlich hörbar, fragte seine Stimme: »Wer . . . wer seid Ihr?«

Sie zögerte wie vor einer Schwelle, die zu überschreiten gefährlich war. In seinen leeren Blick hinein sagte sie: »Ich bin die Gräfin de Peyrac.«

Er rührte sich nicht. Aber sie hätte schwören können, ein jähes Aufblitzen im wäßrigen Blau dieser toten Augen gesehen zu haben. Oder war es nur Einbildung? Die Furcht ihrer geheimen Ängste? Jedenfalls konnte nichts sie dazu bringen, nun ihrerseits zu fragen. »Ich gehe jetzt das Essen für die Kinder zubereiten«, sagte sie »Danach sehen wir weiter.«

Und da war es wieder. Die farblosen Augen belebten sich.

In ihnen erschien noch einmal dieser intensive blaue Glanz, der sich in der Iris ausbreitete und ihr Ausdruck verlieh. Es war ein sehr klares, aber reines Blau und doch glashart und kalt, wie das gleißende Blau eines Saphirs. Der Blick hielt dem ihren stand. Die ganze Energie des tatenlosen Körpers schien sich darin zu sammeln. Zugleich erhob sich wieder diese halb erstickte, brüchige Stimme, die die Augen Lügen strafte. Sie mußte sich zu ihm herunterbeugen, um zu verstehen, was er sagte. Es war zum Erbarmen und zerriß einem fast das Herz, wie die schwache Stimme und die ausgedörrten Lippen sich abmühten, die althergebrachten Formen der Höflichkeit zu wahren und in der Sprache der gebildeten Stände zu flüstern: »Er ... erlauben Sie, Madame, d-daß ich m-mich vor ... vorstelle ... Ich ... ich bin ... Sébastien ... d-d'Orgeval ...«

Der Sonnenstrahl wanderte weiter wie der Zeiger einer Uhr. Im Fort war es totenstill. Nichts schien sich zu regen außer ihrer beider Atem. Jeder das Zeichen eines zum Zerreißen gespannten Lebensfadens, dessen Widerstandskraft nur noch karg bemessen war.

Es hätte sich nicht auf diese Weise zutragen dürfen. Es war zu spät. Trotzdem war es geschehen.

Angélique de Peyrac und der Jesuit Sébastien d'Orgeval sahen sich von Angesicht zu Angesicht.

Elfter Teil

Das Floß der Einsamkeit

Dreiundfünfzigstes Kapitel

Ein Teller Maisbrei mit Pemmikan scheint zu den Segnungen des Lebens zu gehören, die dazu angetan sind, Tote aufzuerwecken, alle Übel dieser Welt zu heilen und den Glauben an einen gütigen und barmherzigen Gott wiederzufinden.

Offenbar reichte diese bescheidene Gabe aus, die Kinder, die in ihrem Hunger dahinsiechten wie Blumen, denen das Wasser entzogen wurde, vom Rande des Grabes zurückzuholen. Wie kleine Vögelchen hatte Angélique sie gefüttert, immer darauf bedacht, daß sie zwischen den einzelnen Bissen ein wenig schliefen. Jetzt waren sie erwacht und wie früher an einem ganz normalen Morgen in Wapassou mit ihren mageren Beinchen aus dem Bett geklettert, begierig, die vielerlei Versprechungen eines neuen Tages zu entdecken.

Charles-Henri hatte sich sehr sorgfältig angezogen und auch den Zwillingen befohlen, wenigstens einen Kittel über ihre Nachthemden zu streifen. Dann hatte er sich vor Angélique aufgepflanzt und gefragt: »Was kann ich tun, Mutter? Kann ich Ihnen helfen, ›den Toten‹ zu pflegen?«

Hatte er bereits eine Gelegenheit gefunden, aus dem Zimmer zu schlüpfen, und dabei den in der Halle liegenden Körper entdeckt? Sicher war es so. Sie waren alle drei in einer viel besseren Verfassung als Angélique selbst, die wie schon so oft aus einem Schlaf erwacht war, der mehr einer Ohnmacht glich.

Wie eine fleißige Ameise hatte sie am Abend vorher all jene unschätzbaren Dinge in das gemeinsame Zimmer getragen: Beutel mit Pemmikan und wildem Reis, Säckchen mit Mais und Bohnen und Scheiben getrockneten Kürbis, die sie schon beiseite gelegt und in tägliche Rationen aufgeteilt hatte. Ach, es gab wieder kostbare Vorräte, für viele, viele Tage zu essen!

Sie hatte den Kochkessel über die Feuerstelle gehängt und eine Handvoll Weizen hineingeworfen, in einen zweiten Topf Bohnen und etwas Natron, damit sie schneller weich wurden. Daneben hatte sie Pemmikan in warmem Wasser aufgelöst und den Kindern zusammen mit gestoßenen Kürbisstückchen eingeflößt. Sie hatten geschluckt, ohne die Augen zu öffnen. Erst dann hatte sie an sich gedacht und auch gegessen. Die Worte des sterbenden Paters, er sei Sébastien d'Orgeval, hatte sie in den hintersten Winkel ihres Gedächtnisses verbannt.

Noch immer war ihr Uttakés Handlungsweise ein Rätsel. Sie war verunsichert, glaubte erneut, das Opfer von Wahnvorstellungen geworden zu sein. Hatte Uttaké ihr nicht selbst sagen lassen, Pater d'Orgeval sei tot? Sie konnte noch nicht einmal mit Sicherheit sagen, daß es Uttaké, der Häuptling des Irokesenstammes der Mohawk, gewesen war, der ihr die rettenden Lebensmittel schickte. Und der unglückselige Märtyrer? Konnte er nicht ebensogut ein Jesuit aus dem Gebiet der Großen Seen sein, der unter der Folter verrückt geworden war?

Sie hörte sich murmeln: »Ich kann diese Wilden nicht länger ertragen. Ich kann es nicht!« Dann wandte sie sich dem Knaben zu. »Nein, danke«, sagte sie. »Du bist ein guter Junge, Charles-Henri. Aber es ist mir lieber, wenn du hierbleibst und auf die Zwillinge aufpaßt, damit sie nicht ins Feuer fallen oder irgendwelche Dummheiten machen.«

Sie griff nach einer Bürste und brachte die Haare der Kinder in Ordnung, und dann ihre eigenen. Ein bißchen Suppe im Magen genügte, und schon fühlte sie sich wieder wie ein Mensch. Nahrung war die Grundbedingung allen Lebens! Doch nicht wieder denken, jetzt. Nicht unnütz das Gehirn strapazieren. Es mußten noch so viele Tage bestanden werden, bevor der Winter vorüber war.

Und doch war dieser Tag, trotz ihrer immer noch prekären Lage, der Anfang ihrer Rettung. Als sie bereits in tiefe Verzweiflung gefallen war und sich eingestanden hatte, daß sie am Ende waren, geschah ein Wunder, das ihr die Gewißheit gab, daß sie alle diese lange Winterreise lebend überstehen würden.

Doch was war mit ihm, dem Sterbenden?

»Ich muß verrückt sein«, sagte sie, die Haarbürste noch in der Hand. »Ich lasse ihn einfach liegen, schon zum zweiten Mal!«

Sie war müde. Während sie sich eine Ruhepause gönnte, um neue Kraft zu schöpfen, sagte sie sich: Noch ein Weilchen! Eine ganz kleine Weile! Er ist tot oder wird bald sterben! Was könnte ich tun? Wer ist er überhaupt?

Sie glaubte nicht wirklich, daß er zu ihr gesprochen hatte. Seine Behauptung, er sei Sébastien d'Orgeval, vermischte sich in ihrem Geist mit den Bildern ihrer Träume und Angstvorstellungen. Sie glaubte nun felsenfest an die Todesnachricht, die Pater de Marville ihr überbracht hatte. Alles andere war ausgeschlossen.

Unterdessen legte sie sich einen Plan zurecht, wie sie den Unglücklichen behandeln würde. Kräuter, Salben und Scharpie hatte sie. Auch Fleischbrühe. Schließlich brauchte er Nahrung, wenn er aus seiner Lethargie erwachte. Sie würde ihn im Zimmer nebenan unterbringen. Dort herrschte zwar eisige Kälte, aber da er sie bis jetzt überstanden hatte, würde sie wenigstens seine Unempfindlichkeit gewährleisten. Danach mußte man ihn in dieses Zimmer schaffen und ihm in der Nähe des Feuers ein Lager bereiten. Würde er sich jemals wieder erwärmen? Würde er ins Leben zurückfinden, dem Tode entkommen? Würde aus einem Leichnam, einem bejammernswerten Stück Fleisch, das sie zu pflegen gedachte wie ein kleines Kind, jemals wieder ein Mensch werden? Ein menschliches Wesen, das sich verständlich machen konnte und ihr winterliches Asyl mit ihnen teilte?

Es widerstrebte ihr, dem kleinen Jungen zu zeigen, bis zu welchem Grad ein menschliches Wesen von seinen Artgenossen erniedrigt werden konnte. Aber der in Amerika geborene Charles-Henri hätte diesen Anblick vielleicht mit mehr Unbefangenheit ertragen als sie. Vielleicht hätte er, wie alle Kinder, das Land seiner Geburt akzeptiert, wie es war, mit seiner Wildheit und seinen strengen Regeln, in denen jeder die symbolhafte Rolle spielte, die ihm aufgrund unwandelbarer Riten zugewiesen war; nicht anders als in den Ritter- und Mysterienspielen des alten Europa, die vor dem Hintergrund von Kirchen und Kathedralen aufgeführt wurden.

Hier, vor der Kulisse der Wälder und der Wasserfälle, der uferlosen Seen und einsamen Täler, lief ein anderes Schauspiel ab. Hier stießen zwei Welten mit unversönlichen Fronten aufeinander: Auf der einen Seite die Missionare im schwarzen Habit mit ihrem Übereifer, die heidnischen Seelen zu Gott hinzuführen; auf der anderen die bartlosen, nackten, mit Federn geschmückten und tätowierten Indianer mit ihrer barbarischen, unerklärlichen Leidenschaft für den Tod durch die Folter, der für sie ein Ehrenkodex war, ob es sich nun um ihren eigenen oder um den ihrer Feinde handelte.

Sie würde ihn von Kopf bis Fuß behandeln müssen. Wie geplant würde sie in der großen Halle mit der Pflege beginnen, wo er seit seiner Ankunft lag. Er atmete noch, wenn auch so schwach, daß sie sich fragte, an welcher Stelle sie anfangen sollte, um nicht durch eine unbedachte oder zu heftige Geste diesen hauchdünnen Lebensfaden zu durchtrennen.

Als sie das Kruzifix aus dem geschwärten Fleisch zu lösen versuchte, entstand trotz aller Vorsicht und soviel sie auch mit warmem Wasser tupfte, ein tiefes, rotes Mal, aus dem unaufhörlich Blut sickerte. Sie blickte auf das kleine Kreuz aus Buchsbaumholz mit dem rotleuchtenden Rubin in ihrer Hand. Sie wusch es sorgfältig ab und legte es auf ein Tuch. Die Kordel, an der er es um den Hals trug, hatte sie durchtrennen müssen.

Es war schwer zu sagen, womit der Mann bekleidet war. Nachdem sie nicht ohne Mühe ein derbes Büffelfell entfernt hatte, lösten sich Stück für Stück die schwarzen Fetzen seiner Soutane. Darunter Verbrennungen über Verbrennungen, von denen einige einen fauligen Geruch verströmten.

»Armer Mann! Armer Mann!« konnte sie nicht umhin, immer wieder zu murmeln, während sie eine Wunde nach der anderen säuberte und sich nicht erklären konnte, wie er sich mit so vielen Brandwunden hatte am Leben erhalten können. Als sie ihn wieder und wieder gewaschen hatte, seinen Körper, seine zum Skelett abgemagerten Arme und Beine, machte sie eine seltsame Entdeckung. Die Verbrennungen, die teils von glühend gemachten Tomahawks herrührten, teils von glühenden Nadeln, die durch die Muskeln gestochen wurden, waren nach einem ganz bestimmten Muster angeordnet. Ausgespart war nur eine verhältnismäßig große Fläche rings um sein Geschlecht, das keinerlei Schaden erlitten hatte.

Es war typisch für die Irokesen, daß sie das Heiligste, das ihr Opfer in ihren Augen besaß, schonten. Sie banden ihre Feinde nicht an den Marterpfahl, um sie zu erniedrigen. Im Gegenteil, die Sitte der Irokesen, den unterlegenen Gegner durch die grausame Folter zu vernichten, war eine Ehre, die man einem tapferen Gegner nicht verweigern durfte, ohne sich selbst schuldig zu machen. Die Folter zu ertragen oder perfekt anzuwenden, war eine der wichtigsten Lehren, die sie erhielten. Es war eine Disziplin, die ihr Leben von der Geburt bis zum Tode beherrschte. Jeder Krieger, der dieser Bezeichnung würdig war, wünschte nichts mehr, als daß dieser Tod so ausgedehnt und schrecklich wie möglich sein möge.

Aus Unterhaltungen mit Kanadiern wußte Angélique, daß die Irokesen auf das Anwenden von Foltern spezialisiert waren. Sie brachten es fertig, einen Gefangenen länger als zwölf Stunden, ja bis zu zwei Tagen zu foltern, ohne daß er starb oder das Bewußtsein verlor. Um das zu erreichen, achteten sie sorgfältig darauf, kein Blut fließen zu lassen. »Es ist eine Wissenschaft«, hatten ihr ein L'Aubignière oder ein Nicolas Perrot fast ehrfürchtig versichert. »Unsere Huronen, die zum Stamm der Irokesen gehören, haben es darin zu wahrer Meisterschaft gebracht.«

Diesmal konnte man sich des Eindrucks nicht erwehren, sie hätten den Missionar mit der Absicht gefoltert, ihn am Leben zu erhalten. Aber viel hatte auch hier nicht gefehlt!

Übelkeit überkam sie. Trotz der durchdringenden Kälte, die in der großen Halle herrschte, war sie in Schweiß gebadet. Sie forschte auf dem Gesicht des Verwundeten nach irgendeiner Reaktion. Aber außer dem schwachen Hauch eines Atems war kein Lebenszeichen zu bemerken. Mehr schlecht als recht entfernte sie mit der Schere den zerzausten Bart, der voller Knoten und mit geronnenem Blut verklebt war.

Zum Schluß lag er, bedeckt mit Salbe und Verbänden umwickelt, vor ihr. Das Schwierigste würde sein, ihn ins Zimmer zu transportieren. Beim ersten Versuch stöhnte er laut auf. Da er vorher keinen Laut von sich gegeben hatte, erkannte Angélique, daß er erst jetzt mit wiederkehrendem Bewußtsein auch seine Schmerzen fühlte.

»Ich muß Sie von hier wegbringen«, erklärte sie laut und hoffte, daß ihre Stimme ihn dort, wo er war, erreichte.

Aber er versank in neue Bewußtlosigkeit, gab ein mattes Röcheln von sich und schien noch schwerer zu werden als vorher. Bis sie im Zimmer anlangte und ihm den Spiegel vor die Lippen halten konnte, war sie überzeugt, er habe bereits seinen letzten Atemzug getan.

Sie hatte erwogen, ihn in der Nähe des Feuers auf einen Strohsack zu legen. Doch diese Lösung befriedigte sie nicht. Einerseits war der Boden zu kalt, andererseits würde er, wenn die Flammen zu hoch aufloderten, die Hitze nicht überleben. Verbrennungen hatte er auch jetzt schon genug.

Charles-Henri fand die Lösung, auf die sie in ihrer Müdigkeit nicht gekommen war. »Wir legen ihn in unser Bett. Dort ist es immer warm. Er schläft auf der einen Seite, wir auf der anderen, und du in der Mitte. Dann kannst du auf uns alle aufpassen.«

»Du hast recht, mein Junge.«

Diesmal nahm sie die Hilfe des Kindes an. Mit zusammengebissenen Zähnen und unter Aufbietung aller Kräfte packte der Kleine die weiß umhüllten Beine, während sie den marionettenhaft steifen Körper unter den Armen faßte und so gut es ging auf das große Bett hob. Sie mußten mehrere Male ansetzen, und ihrer beider Stöhnen klang wie ein Echo auf das des Kranken, dessen Kopf vor und zurück fiel wie bei einer nicht mehr ganz heilen Puppe. Endlich lag er lang ausgestreckt im Bett, wie es sich für einen ehrbaren Kranken gehörte, der entweder auf dem Wege der Besserung war oder demnächst sein Leben aushauchen würde.

Mit Hilfe von erhitzten, in Felle gewickelten Steinen und warmen Tüchern würde sie dafür sorgen, daß er wieder warm wurde. Auf keinen Fall sollte er im Kampf gegen die Kälte seine letzten Kräfte aufbrauchen. Jetzt, wo er aus dem Koma erwacht war, durfte er nicht wieder zurückfallen in jenen Zustand der Lethargie, der den Tod ankündigte. Nach der entscheidenden Wende mußte seine Genesung unverzüglich dahin führen, daß er das Bewußtsein wiedererlangte und so zu den Lebenden zurückkehrte. Über die mit Roßhaar und Kräutern gefüllten Kissen, auf die sie das gequälte Haupt bettete, hatte sie ein weißes Tuch gebreitet. Wenn sie in der Nacht neben ihm lag, konnte sie seine Lippen befeuchten und ihn in kleinen Schlucken trinken lassen. Sie würde darauf achten, ob das Fieber anstieg oder eine neuerliche Schwäche auftrat. Sie konnte seine Leiden lindern, die Verbände wechseln oder die schmerzhafte Entzündung einer Wunde mit kühlender Salbe behandeln.

Nachdem der Kranke im Bett untergebracht war und er wie seine Betreuerin sich ein wenig ausgeruht hatten, tat sie ein übriges und schnitt ihm die Haare. Dabei entdeckte sie an seinem Hinterkopf eine halb verwilderte Tonsur. Er war also doch ein Priester. Danach rieb sie ihm Kopf und Schläfen mit

Kräuteressig ein. Die vom Schnee gereizten Augen bedeckte sie mit Kompressen, um der drohenden Schneeblindheit vorzubeugen.

Ihr war bewußt, daß diese Pflege, die sie mit großem Geschick ausführte, war sie ihr doch seit ihrer Kindheit vertraut, sie einander näherbringen würde. Der Fremde wurde zum Kind, sie zur Mutter. Sie versuchte, sich vor Augen zu führen, daß der Jesuit d'Orgeval war, ihr Feind, eigentlich ihr Mörder, und glaubte es immer weniger; denn pflegen und pflegen lassen ist unmittelbarer Ausdruck von Frieden und gegenseitigem Vertrauen.

Sie kämpfte von Anfang an gegen die Zuneigung, die sich täglich mehr zwischen ihnen entspann und die ihrerseits durch ihre Aufopferung, seinerseits durch seine Abhängigkeit genährt werden würde. Wie er so dalag, nicht mehr als ein Hauch von Leben in sich, war es schwer zu glauben, daß er überhaupt existent war. So schrak sie mehrmals am Tag auf, wenn sie seine reglose Gestalt auf dem Bett ausgestreckt sah.

Als sie am Abend die Kinder zu Bett gebracht hatte, als Arzneien und Getränke bereitgestellt waren, die vielleicht in der Nacht notwendig werden würden, und als schließlich auch noch das Feuer mit Asche bedeckt war, zögerte sie, sich neben die erbarmungswürdige, schon halb in Todesstarre übergegangene Mumie zu legen. Zahllose Fragen stürmten auf sie ein und trübten die zuerst empfundene Freude über die erhaltenen Lebensmittel, durch die das Leben der Kinder gerettet worden war.

Was hätte sie tun sollen? Hatte sie richtig gehandelt? Was war die Pflicht eines Menschen in ihrer Zeit? Sie pflegte ihn. Aber wer war er? War er ein Schwindler? Oder etwa doch ihr unerbittlicher Feind? In beiden Fällen war Vorsicht geboten. Sie hatte Ambroisine gerettet, hatte sie den Männern entrissen, die sie töten wollten, und hatte ihr damit ermöglicht, ihre Verbrechen fortzuführen. Sie, Angélique, hatte ihre eigene Tochter in Gefahr gebracht!

Sie hatte das Kreuz des Jesuiten auf den Umbau des Kamins gestellt, und der Schein des Feuers ließ den Rubin rot aufleuchten. »Vergib mir, Kreuz!« betete sie laut. »Ich weiß sehr wohl, daß du es bist, von dem alles Heil kommt.«

Die Nacht verlief ruhig. Am Morgen erwachte sie, überzeugt, daß sie diesen gewaltsamen Einbruch in ihre und der

Kinder Abgeschiedenheit nur geträumt habe. Mit einer Mischung aus Befriedigung und Entsetzen fand sie ihn neben sich. Sie konnte nicht vergessen, was sie seiner Ankunft verdankte: Die rosigen Wangen ihrer Kinder und die Rückkehr des Lebens in das vom Schnee begrabene Fort, das im Begriff gewesen war, ihr Grab zu werden.

Als die Kinder anfingen, im Haus herumzulaufen, und offensichtlich das Bedürfnis hatten, sich Bewegung zu verschaffen und ihre neugewonnenen Kräfte zu erproben, faßte sie den Entschluß, mit ihnen nach draußen zu gehen und sie frische Luft schöpfen zu lassen.

Die Sonne lachte. Das konnte man durch die Ritzen der Fenster und Türen erahnen, die sie sorgsam und auf jede nur denkbare Weise gegen die Kälte abgedichtet hatte. Aber allein der Gedanke an diese Sonne dort oben über ihrer verräucherten Höhle weckte in ihnen den Wunsch, sich von ihr liebkosen zu lassen. Die Sonne besaß heilsame Kräfte. Mehr als einmal hatte Angélique die Heilung von schwärenden Wunden, von Ekzemen und Flechten erlebt, hatte der Kranke sich nur lange genug den wohltätigen Strahlen ausgesetzt. Ein wenig Sonne nur, und entkräftete Kinder bekamen wieder Appetit und neue Lebensfreude. Joffrey hatte ihr erzählt, wie ein Bauer aus den Cevennen ihn als kleinen Jungen halb tot zu seiner Mutter zurückgebracht hatte, nachdem seine Amme in einem Massaker umgekommen war, und wie seine Mutter ihn viele Jahre lang auf die Schloßterrasse von Toulouse in die Sonne gelegt hatte, auf daß er wieder gesunde.

Sie hob die Kinder, eines nach dem anderen, durch die Falltür auf die kleine Plattform und kletterte dann selbst hinaus. Dort verharrten sie zitternd in einem gleißenden, lähmenden Licht, das ihren an das Halbdunkel gewöhnten Augen weh tat und ihre vom Rauch geröteten Lider schmerzte. Obwohl sie bis zur Nasenspitze eingepackt waren, überfiel sie die Kälte, als sollten sie ebenso steif gefrieren wie die kleinen Vögel, die zur selben Zeit in den Wäldern von den Ästen fielen. Als Charles-Henri etwas sagen wollte, ließ ein kalter Luftzug ihm die Worte im Hals erstarren, und er blieb so, mit offenem Mund, unfähig, ihn wieder zu schließen.

Angélique beeilte sich, sie zurückzubefördern, und floh mit ihnen in das gemeinsame Zimmer, nachdem die Falltür wieder fest verschlossen war. Dann entzündete sie auf dem Herd ein gewaltiges Feuer und machte in einem großen Kessel Wasser heiß. Wie sie waren, hatte sie die Kinder in das große Bett neben den »Toten« gesteckt. Jetzt brachte sie ihnen ein heißes Getränk mit einem großen Eßlöffel Honig, den sie in einem Körbchen aus Rinde unter den übersandten Gaben entdeckt hatte. Danach schleppte sie das heiße Wasser ins Zimmer und goß es in einen hölzernen Bottich. Das Bad war fertig. Sie entkleidete die Kinder und setzte sie alle drei hinein. Sie waren blaß und steif, wie wenn mehr noch als die Kälte der Anblick dieser endlosen weißen Wüste aus Eis sie habe erstarren lassen.

Bald bekamen sie wieder Farbe, ihre Lebensgeister kehrten zurück, und sie plapperten ohne Ende. Die Zwillinge standen im Wasser und erzählten mit leuchtenden Augen eine Geschichte, von der Angélique nur die Hälfte verstand. Die Worte: Schiff, Vogel und nicht! nicht!, kamen unaufhörlich darin vor.

Als sie den eifrig nickenden Charles-Henri fragte, was sie meinten, erklärte er: »Sie sagen, die Wasser seien noch nicht zurückgegangen. Man dürfe die Taube noch nicht fliegen lassen. Wissen Sie, Mutter, die Arche Noah. Ich habe ihnen erzählt, daß wir in der Arche Noah sind. Die Geschichte gefällt ihnen. Aber sie sagen, es sei noch zu kalt, um die Taube nach draußen zu lassen. O Mama, wie recht sie haben! Sie hätte nichts, worauf sie sich setzen könnte! Sie könnte auch nicht fliegen! Siehst du, wie sie ihre Arme heben und wieder fallen lassen? Sie wollen Ihnen zeigen, daß die Taube noch nicht fliegen kann.«

»Platsch!« rief Raimon-Roger und ließ sich ins Wasser plumpsen, und augenblicklich tat seine Schwester Gloriande es ihm nach.

»Sehen Sie, so würde sie herunterfallen, platsch, wie ein Stein...« Charles-Henri wandte sich zum Bett und rief: »Nicht wahr, Toter, man darf die Taube noch nicht hinausschicken?«

»Mit wem sprichst du?« fragte Angélique.

»Mit dem Toten. Ich spreche oft mit ihm, wenn Sie kochen oder Holz holen.«

»Und er antwortet dir?«

»Nein. Aber er versteht alles.«

Die Temperaturen sanken weiter, und der Sturm, den sie hatte kommen sehen, brach mit Gewalt über sie herein. Die Kälte war zu groß, als daß es hätte schneien können. So brauste ein trockener Blizzard, vom Pol kommend, ein »Nordait«, wie die Kanadier ihn nannten, mit einer solchen Geschwindigkeit und Macht über die Erde, daß Bäume entwurzelt, Wäldchen abrasiert und Rindenhütten der Indianerdörfer mitsamt ihren Bewohnern hinweggefegt wurden. In diesem Jahr war der Winter, der das Land am St.-Lorenz-Strom zwischen Labrador und dem Südwesten von Maine heimsuchte, so schlimm, daß die Bären in den Höhlen erfroren, wo sie ihren Winterschlaf hielten.

Das Fort war glücklicherweise tief in die Erde versenkt und halb in den Berg hineingebaut. Aber es gab Tage, da fürchtete Angélique, dieser heulende Wind könnte sich im Dach verfangen und es über ihren Köpfen wegreißen, das arme Wapassou wie einen Topf ohne Deckel zurücklassend.

Sie hatte einen reichlichen Vorrat Holz in ihr gemeinsames Zimmer geschafft, damit sie diese allerletzte Zuflucht seltener zu verlassen brauchte; denn der Sturm war so gewaltig, daß sogar hier, im Innern des Hauses, die Türen bebten. Drei, vier Tage rührten sie sich nicht unter ihren Felldecken hervor und suchten im Schlaf Vergessen vor den wilden Mächten der Natur, die außerhalb der Mauern tobten. Angélique stand nur auf, um das Feuer zu schüren, um Türen und Fenster zu kontrollieren und um die Nahrung zuzubereiten, wobei sie schon wieder darauf achten mußte, daß die Vorräte sich nicht zu rasch erschöpften. Sie stopfte die kleinen, gierig aufgesperrten Mäuler und ließ die Kinder und den Kranken trinken. Meist gab sie ihnen einen Aufguß aus Kamille und Lindenblüten, der einen friedlichen Schlaf versprach und dem entnervenden Getöse von draußen seinen Schrecken nahm.

Die Kinder schienen sich ohnehin kaum zu ängstigen. Die Stürme Nordamerikas hatten ihr kurzes Leben von Anfang an begleitet. Sie schliefen wieder viel, doch war ihr Schlaf jetzt ein gesünderer. Angélique dagegen lag häufig wach, gönnte sich nur kurze Ruhepausen und war ständig auf der Hut vor den Angriffen von draußen, die ihr Leben bedrohten; Sturmschäden an den Baulichkeiten oder ein Umsichgreifen des Feuers, dessen Qualm nicht selten vom Wind in den Rauchfang zurückgedrückt wurde. Auch galt es, die Verbände des

Kranken zu erneuern, eine langwierige und undankbare Aufgabe, die mit zu ihrer Erschöpfung beitrug.

Er war weiterhin ohne Bewußtsein und rührte sich nicht. Zuweilen schien er sehr weit weg zu sein, an einem Ort, wo er neue Kräfte sammelte. Dann wieder kündete die Teilnahmslosigkeit, in die er versank, von dem nahen Ende, dem er entgegendämmerte.

Er verlöscht, dachte sie, nachdem einige Tage so vergangen waren.

Er verweigerte die Nahrungsaufnahme. Stur ließ er alles aus den Mundwinkeln laufen und brachte Angélique damit an den Rand der Verzweiflung. Denn einerseits war die Nahrung zu kostbar, um sie zu vergeuden, und andererseits gab er dadurch zu verstehen, daß sein Selbsterhaltungstrieb schwand.

Sie sprach leise und beschwörend auf ihn ein, wußte sie doch, daß man das Unterbewußtsein erreichen konnte, auch wenn es nicht den Anschein hatte. Allein durch Worte, Laute oder Töne war es möglich, ihn wachzurütteln und aus seiner Apathie herauszuholen. Wie für die Kinder, so suchte sie auch für ihn, den Geistlichen, nach Dingen, die in ihm den Willen wecken würden zu leben, und die ihn anspornten, an die Oberfläche seines Wesens zurückzukehren und Nahrung aufzunehmen. »Man muß leben, Pater, es ist unsere Pflicht, Gott will es so! Öffnen Sie den Mund! Versuchen Sie zu schlucken! Geben Sie sich ein bißchen Mühe, um der Liebe Gottes willen! Um der Heiligen Jungfrau willen!«

Aber ihre frommen Ermahnungen zeitigten keine Wirkung. Manchmal schien er lebloser zu sein als am Tag seiner Ankunft.

Die Wunden in seinem Gesicht jedoch begannen zu heilen. Schon als Angélique sie zum ersten Mal behandelt hatte, war ihr klargeworden, daß es sich nicht um Brandwunden handelte. Es waren Verletzungen, die von spitzen oder hakenförmigen Gegenständen herzurühren schienen. Ihre tiefen Einkerbungen waren entzündet gewesen und hatten stark geeitert. Nach einigen Tagen waren die Schwellungen zurückgegangen und es hatte sich Schorf gebildet, der den Kranken noch mehr verunstaltete. Jetzt, wo die Krusten abgefallen waren, begannen die Spuren der Mißhandlungen zu schwinden. Die Haut heilte, blieb aber fahl. Die hohlen Wangen wurden voller, und in die steile, leicht gewölbte Stirn fielen dunkle Locken. Sie umrahmten ein Gesicht, das nicht der Schönheit entbehrte. Es war eine männliche, ausgewogene Schönheit – die Schönheit Christi, hatten ein paar schwärmerische Büßer sie genannt, wenn sie von ihrem Beichtvater sprachen, dem Jesuiten Sébastien d'Orgeval.

Vierundfünfzigstes Kapitel

Am Ende des sechsten Tages begann der Blizzard abzuebben, und eines Nachts schlief der Wind ganz ein. Eine sonderbare Stille breitete sich aus und schenkte Angélique den besten Schlaf seit langer Zeit und geradezu paradiesische Träume.

Ob sie nun instinktiv spürte, daß der Sturm vorüber war und sie in ihrer Wachsamkeit nachlassen durfte, oder ob der Augenblick gekommen war, wo sich wie in jedem Drama nach den ausgestandenen Schrecken ein erster schwacher Hoffnungsschimmer zeigte, jedenfalls schlief sie selig wie ein Kind und träumte, alles zuvor Durchlittene sei nur ein böser Alptraum gewesen. In diesem Alptraum waren sie und die Kinder in einem Loch unter der Erde eingeschlossen, während ein grauenhafter Sturm über ihre Köpfe hinwegbrauste. Was für ein dummer Traum, wo dieser Frühlingstag doch so herrlich war und die Vögel in den Bäumen zwitscherten!

Sie ging an Joffreys Arm durch die Alleen eines Parks, vielleicht war es auch ein Wäldchen, in dem Licht und Schatten spielten und erlesene Düfte sie umschmeichelten. Es gab Eichen und Kastanien, dazwischen kleine Buchenhaine mit ein paar Eschen, Blautannen oder Koniferen, die dunkle Akzente auf das seidige Grün des Laubs warfen. Es war ein sehr gepflegter Wald mit sauber angelegten Wegen, auf deren Sand sie unbesorgt die Spitze ihres rosa bestickten zarten Seidenstiefels setzen konnte. Es war ein Genuß, auf einem solchen Weg mit so zierlichen Seidenstiefelchen zu gehen.

Sie spürte Joffreys Nähe, die Wärme seines Arms, auf den sie sich stützte, sein Bein, das sie im Gehen streifte. Sie fühlte seinen Blick bewundernd auf sich ruhen, fühlte die Sanftheit seiner Lippen, die ihr Gesicht, ihre Lider, ihren Mund, ihre Stirn und ihr Haar berührten, immer wieder angezogen von ihrem lebensvollen Körper, ihrer zarten, warmen Haut, ihrem Lächeln und ihrer Gegenwart, und doch nie ihrer müde werdend.

Sie erreichten eine kleine Anhöhe und hielten inne, das Rauschen des Waldes hinter sich. Einen Arm um ihre Schultern gelegt, wies Joffrey mit dem andern auf ein kleines helles Schloß zu ihren Füßen, vor dem sich ein französischer Palastgarten wie ein Mosaik aus Blau, Rot und Lila ausbreitete. Ringsum erstreckte sich Wald mit kleinen Lichtungen, mit Felspartien und murmelnden Bächen, mit Hirschen, Rehen und Wildschweinrudeln, an den sich Bauernhöfe und wogende Felder anschlossen. Im Schoß dieses Waldes bildete das kleine Schloß eine honigfarbene, lichtumflossene Insel.

Und mit einem Mal wußte Angélique, daß sich an jenem Morgen bei ihrem Erwachen ein Vogel auf einem der Wege niedergelassen hatte, ein weißer Vogel mit einem Strahlenkranz: die Taube aus der Arche Noah.

Sie fragte: »Gibt es hier einen Taubenschlag?«

»Ja«, erwiderte Joffrey, »den gibt es.«

Sie war so glücklich, daß sie glaubte, ein Märchen zu erleben, obwohl doch alles Wirklichkeit war.

Und Joffrey legte seinen Arm fester um sie und sagte: »Ich habe dir viele Paläste und Wohnungen gebaut, aber dies ist ein *Geschenk des Königs* . . .«

Die Kralle eines Geiers umklammerte ihr Handgelenk, ohne daß sie fähig gewesen wäre, einen Schrei auszustoßen. Wo war dieser Geier plötzlich hergekommen? War er aus dem lichten Blau herabgestürzt, das so blau war wie der Himmel über der Ile de France? War es die weiße Taube, auf die er es abgesehen hatte?

In einem Zustand wortloser Pein erwachte sie.

Die Kralle, die sie umfaßt hielt, war eine Hand. Eine ekelhafte Hand mit verstümmelten Fingern.

Ein Mann, den sie nicht kannte, beugte sich mit irrem Blick über sie, so nah, daß er fast ihr Gesicht berührte, und wiederholte immer wieder: »Draußen ist ein Elch, ein Einzelgänger! Wachen Sie auf, Madame!«

Die rauhe, Gehorsam gebietende Stimme riß sie aus ihrem Traum. »Stehen Sie auf, stehen Sie auf! Ein Elch ist draußen! Ein Einzelgänger! Sie müssen ihn erlegen. Dann haben Sie Fleisch, Fleisch bis zum nächsten Frühjahr . . .«

Die Nachricht drang in Angéliques Gehirn. Sie schüttelte den Geier ab und sprang mit einem Satz aus dem Bett. Ihr Herz raste. Mit weit aufgerissenen Augen fragte sie sich, wer der bärtige Mann war, der statt ihres »Toten« in ihrem Bett lag, und der wiederholte: »Erlegen Sie ihn, und Sie werden bis zum Frühjahr Fleisch haben ...«

Mechanisch begann sie ihren Kittel überzuziehen und in ihre Stiefel zu schlüpfen. Dann nahm sie das Gewehr von der Wand und suchte Pulverhorn und Kugeln. Plötzlich wandte sie sich um und starrte den Unbekannten an, der wie von weit her zu ihr gesprochen hatte und der nicht aufhörte, sie mit glühenden Blicken zu durchbohren. »Was erzählen Sie da? Woher wollen Sie wissen, daß draußen ein Tier ist?«

»Ich habe lange genug als Gefangener bei den Irokesen gelebt, um zu wissen, wann ein Stück Wild umherstreift. Beeilen Sie sich! Worauf warten Sie? Man darf nicht zulassen, daß es sich entfernt.«

»Sie phantasieren ...«

»Nein! Ich weiß es, schnell, lassen Sie ihn nicht entkommen!«

Das Leben – wenn sie überhaupt noch lebte – war doch sehr merkwürdig. Es war das erste Mal, daß sie sich mit ihm unterhielt, von Mensch zu Mensch. Er war da, er lebte. Pater Sébastien d'Orgeval, wirklich und wahrhaftig, hier vor ihren Augen. Und sie redeten miteinander, stritten über Fleisch, über Nahrungsmittel, von denen ihr Leben abhing, ganz so, als seien sie vom Hunger gehetzte Indianer, nicht anders als alle wahren Geschöpfe dieser weißen Wüste in den Fängen dieses höllischen Winters.

»Beeilen Sie sich doch! Beeilen Sie sich! Worauf warten Sie noch?«

»Ich kann nicht hinaus. Es ist zu kalt. Und ich bin zu schwach.«

Sie konnte das Gewehr nicht mehr halten und lehnte es an die Wand.

»Sie wollen es nur nicht glauben«, erwiderte er zornig. »Aber es ist so. *Da draußen ist Leben!* Sie müssen gehen!«

Sie war versucht, ihm zu glauben. Sie war bereit, sich einer Illusion hinzugeben, ein Wunder zu erhoffen. Aber jeder Schritt dorthin erschien ihr unüberwindlich. Wie sollte sie hinauskommen? Etwa aufs Dach steigen? Die Schneeschuhe anlegen? Wie sollte sie im tiefen Schnee vorwärtskommen? Sie würde stürzen, einsam und verlassen sterben. Niemand käme, der ihr beistehen würde. »Wenn ich falle, wird niemand da sein. Die Kinder werden sterben.«

»Kommen Sie her.« Wieder diese fremde, beschwörende Stimme. »Kommen Sie! Kommen Sie hierher!« Er lag halb aufgerichtet im Bett und gab ihr Zeichen.

Und sie gehorchte, unsicher, ob der Befehl von ihm kam. Sie hatte ihn im Verdacht, verrückt geworden zu sein, und konnte sich ihm doch nicht widersetzen.

»Näher!«

Er streckte zwei steife Arme nach ihr aus, und zwei nach ihr greifende Hände bezwangen ihre letzte Gegenwehr. Was wollte er von ihr? Er bedeutete ihr, sich neben dem Bett niederzuknien. Dann zog er mit eiserner Energie, gegen die sie machtlos war, ihren Kopf an seine Schulter und hielt ihn fest. Dicht über sich hörte sie ihn sprechen. »Sie können es! Sie haben stets alles vollbracht und alle besiegt! Dieser Elch bedeutet Fleisch für Sie und die Kinder bis zum Frühjahr. Sie müssen ihn erlegen, Sie werden es schaffen!«

»Und wenn ich ihn verfehle?«

»Sie werden ihn nicht verfehlen. Sagt man nicht, Sie schießen so gut, Madame de Peyrac? Besser als jeder Bogenschütze? Siegen Sie! Siegen Sie noch einmal, Madame de Peyrac. Sie haben schon einmal eine Armee geführt ...«

Plötzlich stand sie aufrecht, von Kopf bis Fuß gerüstet und von Kampfgeist beseelt. Sie ging in die Halle, um den Ausgang durch die Falltür zu benutzen und so auf die obere Plattform zu gelangen. Von dort aus konnte sie sich Gewißheit verschaffen, ob sich tatsächlich ein Elch in die Umgebung des Forts verirrt hatte, wie der Pater behauptete.

Es war Vollmond und die Nacht zwar klar, aber noch eisiger, als sie befürchtet hatte. Unzählige winzige Sterne flimmerten am Firmament und belebten das samtene Blau. Auf der Erde war alles weiß oder schwarz. Weiß die vereiste Ebene, schwarz die Baumgruppen und der Saum des Waldes, aus dem hauchzarte Nebelschleier aufstiegen und den Silberglanz des Mondes einfingen. Der Blizzard hatte den Schnee von den Bäumen gefegt und sie als schwarze Silhouetten zurückgelassen.

Sie blickte sich um, wartete auf das Geräusch eines Trittes, das Auftauchen eines Schattens. Nichts rührte sich. Ihre Augen schmerzten. An ihren Wimpern bildeten sich kleine Eiskristalle. Sie hatte ihm nicht glauben wollen. Aber jetzt, wo sich seine Ankündigung als trügerisch erwies, erkannte sie an ihrer Enttäuschung, wie sehr die Hoffnung bereits von ihr Besitz ergriffen hatte.

Sie ging die ganze Plattform ab und spähte in alle Himmelsrichtungen. Wäre wirklich ein Tier in der Nähe des Forts gewesen, hätte sie seine Spuren sehen müssen. Aber im weiten Umkreis war der Schnee wie ein makelloser weißer Teppich, den seit langem weder eines Menschen Fuß betreten noch der Huf eines Tieres gestreift hatte. Sie suchte mit den Augen das nahe Unterholz ab. Sie wollte nichts unversucht lassen und hatte schon beschlossen, über den Wall zu klettern und das Wild im Wäldchen aufzuspüren, falls es sich dort versteckt halten sollte. In diesem Augenblick nahm sie eine Bewegung im Gehölz wahr. Nach allen Seiten sichernd, trat das Tier aus dem Schutz der Bäume. Die Umrisse seines Körpers hoben sich riesig von dem weißen Untergrund ab. Hinter ihm regte sich jetzt noch etwas, und ein viel kleinerer Elch folgte ihm.

Zwei! Es waren zwei! Ein Weibchen und ein Junges!

Sie würde zuerst das erwachsene Tier aufs Korn nehmen und dann versuchen, noch das Kleine zu erwischen. Die hölzerne Brüstung mußte als Auflage dienen.

Die Schweißtropfen auf ihrer Stirn gefroren und piekten unangenehm. Ihre Zunge war so trocken und ihr Durst so groß, daß sie sich eine Handvoll Schnee in den Mund schob. Der Schmerz war Schock und Wohltat zugleich. Auf jeden Fall konnte sie klarer denken. Sie mußte langsam und präzise vorgehen, ohne zu zittern. Sie schätzte, daß bei dieser Entfernung noch eine Chance bestünde zu treffen. Doch als sei es gewarnt, schnaubte das Tier plötzlich und drehte ab.

Auf dem hartgefrorenen Schnee entfernte sich der Elch in leichtem Trab, und seine leiser werdenden Hufschläge klopften den Takt zu Angéliques bitterer Enttäuschung. Jetzt konnte sie nicht mehr von der Plattform aus schießen. Es war zu weit.

Das Junge, das im Begriff gewesen war, seiner Mutter zu folgen, zögerte und blieb stehen. Angélique beschloß, einen Schuß zu wagen. Wenigstens das Junge wollte sie versuchen zu erlegen.

Plötzlich kam die Alte im Galopp zurück. Als Angélique erkannte, daß die dunkle Masse direkt auf sie zukam, ging sie in Stellung. Der Finger, mit dem sie den Abzug bedienen wollte, war an einem Eisenteil angefroren und hinterließ einen Fetzen Haut, als sie ihn wegzog. Sie spürte keinen Schmerz. Er war unwichtig in einem so entscheidenden Augenblick. Sie wollte das Tier so nahe kommen lassen wie möglich. Als es jedoch seinen Lauf verlangsamte und witternd den unförmigen Kopf hob, fürchtete sie, es könnte eine andere Richtung einschlagen, und schoß.

Sie hatte, alle ihre Jagdkünste aufbietend, den Widerrist ins Visier genommen, um das Tier ins Herz zu treffen. Der ständig sich bewegende Kopf schien ihr ein zu unsicheres Ziel.

Während der Schuß in tausendfältigem Echo bis hin zu den Appalachen widerhallte, stand das Tier noch immer. Eilig lud sie erneut, ohne zu wissen, welche Finger sie zu Hilfe nehmen sollte. Sie spürte keinen mehr. Als sie, zitternd vor Ungeduld und Aufregung, die Waffe hob, um von neuem zu zielen, sah sie den Elch nicht mehr. An seiner Stelle hob sich ein schwarzer Klumpen vom fahlen Weiß der Ebene ab. Das Junge hatte kehrtgemacht und sich in den Schutz des Wäldchens geflüchtet.

Der Elch war wie vom Blitz getroffen zusammengesackt. Nur das Gewicht seines massigen Körpers, verteilt auf vier stämmige Beine und gut federnde, stabile Hufe, hatte ihn noch für einige Sekunden aufrecht erhalten.

Ein Freudenrausch erfaßte Angélique ob ihres ungeheuren Erfolgs, und noch berauschender war die Tatsache, daß ihr Weiterleben nun gesichert war. Sie hatte mit diesem Tier auch den Winter besiegt. Sie stolperte die Stufen der Leiter hinab und flog förmlich durch Halle und Flur. »Ich habe ihn! Ich habe ihn!« Lachend und weinend zugleich warf sie sich auf das Fußende des Betts. »Ich habe ihn! Ich habe ihn! Danke, lieber Pater, danke! Wir sind gerettet! Wir sind gerettet!«

»Haben Sie das Tier hereingeholt?« Er stieß sie so heftig zurück, daß sie fast umgefallen wäre. »Haben Sie ihn geholt? Sie dürfen ihn nicht den Wölfen überlassen!«

Sie schrie auf – vor Empörung, Erschöpfung, vor Mutlosigkeit! »Sie sind grausam! Warum lassen Sie mich nicht zu Atem kommen? Mich ausruhen? Die Wölfe, sagen Sie? Die Wölfe, o mein Gott!«

»Wenn Sie warten, bis sie da sind, lassen sie ihnen nichts mehr übrig. Beeilen Sie sich, Sie dumme Frau! Sie sind nicht weit, ich habe sie gehört!«

Waren die Lichter, die sie am Waldrand zu sehen geglaubt hatte, ihre Augen gewesen? Nein. Er wollte ganz einfach ihren Tod. Er wollte, daß sie noch einmal in die Eiseskälte hinausging und darin umkam. Nein, sie konnte nicht mehr! Morgen würde sie gehen und das Tier hereinholen.

»Laufen Sie, laufen Sie!« wiederholte er. »Und nehmen Sie sich vor den Wölfen in acht. Eine Fackel ist die beste Waffe. Und eine doppelläufige Pistole, falls sie eine haben. Wenn nicht, reicht auch die Fackel. Und nehmen Sie einen Schlitten mit oder ein kräftiges Tuch, damit Sie das Tier über den Schnee ziehen können. Sie brauchen auch Leinenbinden zum Festknoten – sie sind besser geeignet als steife Schnüre – und Lederriemen zum Ziehen! Gehen Sie, gehen Sie!«

»Ich schaffe es nicht bis dorthin!«

»Ich sage Ihnen, gehen Sie! Die Zeit drängt.«

Die doppelläufige Pistole war unbrauchbar. In der Halle griff sie eine besonders lange, gut getränkte Fackel und entzündete sie am Herd. Sie hatte sich wieder unter Kontrolle, obwohl sie innerlich vor Zorn kochte. Doch eine solche Gemütsaufwallung verhalf nicht selten zu segensreicher Kaltblütigkeit, indem sie den Geist von den unüberwindlich scheinenden Problemen ablenkte. Sie war jetzt ganz ruhig.

Hin und wieder hatte sie sich gefragt, ob sie den Jesuiten, der ihr so übel mitgespielt hatte, hassen könnte. In diesem Augenblick war sie sicher, daß sie ihn abgrundtief haßte. Sie war empört und wütend darüber, wie er sie zurückgestoßen hatte. »Beeilen Sie sich, Sie dumme Frau!« hatte er sie angeschrien. Natürlich mußte sie zugeben, daß die Art, wie sie sich weinend vor Freude auf ihn geworfen hatte, von absoluter Unbeherrschtheit zeugte. Es war unverzeihlich gewesen, sich so gehenzulassen und als Jäger die lauernde Gefahr der Wölfe zu vergessen.

Sie legte sich einen Plan zurecht, wie sie vorgehen sollte. Das Tier draußen zu zerlegen, war unmöglich. Sie mußte es, so wie es war, durch die Eingangstür in die Halle schaffen. Die Anstrengungen, die sie am Tag »seiner« Ankunft unternommen hatte, um die Tür zu öffnen, kamen ihr nun zugute. Riegel, Balken und Schloß ließen sich leicht bedienen. Sie hatte sie inzwischen mit Flechtenöl geschmiert, so daß es jetzt nur einiger Schläge mit Pickel und Spaten bedurfte, um beide Flügel zu öffnen.

Der Graben war glattgefegt vom Wind, und die Reste des Sacks, in dem die Indianer ihr den Pater gebracht hatten, glitten mühelos über den hartgefrorenen Schnee. Die Fackel in der Hand und ausgerüstet mit einem Sack voller Leinenbinden und Stricke, kletterte sie über den Wall und zog den provisorischen Schlitten hinter sich her. Drüben angekommen, vernahm sie ein leises Heulen.

Schreiend und die Fackel schwingend, begann sie zu laufen. Der Elch lag, wie er gefallen war. Um ihn herum stakste das Junge auf seinen langen dünnen Beinen. An allen Gliedern zitternd blieb es stehen und blickte in die Runde, als sei es in einer Falle gefangen. Angélique hielt inne und steckte die Fackel in den Schnee. Der junge Elch war so verschreckt, daß ihr geräuschvolles Herankommen ihn nicht einmal in die Flucht geschlagen hatte. Sie erlegte ihn ohne jede Schwierigkeit. Zwei! dachte sie, als er neben das Muttertier fiel. Damit ist unser Überleben bis zum Frühjahr gesichert.

In diesem Augenblick kamen sie wie eine Woge auf sie zu. Rücken an Rücken stürmten die Wölfe aus dem Wald. Der Feuerstoß hatte sie nur kurz aufgehalten. Jetzt preschten sie auf die erspähte Beute zu, das Grau ihrer Leiber gespickt mit dem gelben Glanz ihrer Augen. Doch Angélique ließ sich nicht aus der Ruhe bringen. »Zu spät, Freunde«, rief sie ihnen zu. »Das Fleisch gehört mir.«

Sie bohrte die Fackel neben dem Kadaver in den Schnee und schuf so einen Lichtkreis, der die ausgehungerten, aber das menschliche Feuer fürchtenden Bestien abhalten würde.

Dann lud sie ihr Gewehr und legte es in Reichweite.

Ohne das Knäuel der Wölfe aus den Augen zu lassen, die in fieberhafter Aufregung durcheinanderliefen, wuchtete sie, halb zerrend, halb schiebend, das riesige Tier auf den Schlitten. Sie packte es dabei an den Ohren und Beinen, immer in der Sorge, es sei schon am Boden angefroren. Sie arbeitete mit Beil und Messer, kam auch ziemlich rasch zum Ziel, schnürte das Tier mit Hilfe der Binden fest und packte das Kleine obenauf. Die Fackel befestigte sie am Ende, wo sie durch das Gewicht der beiden Tiere gehalten wurde. Das Gewehr quer über dem Schlitten, schwang sie sich die Lederriemen über die

Schulter und setzte sich mit ihrer seltsamen Fuhre in Bewegung. Einmal in Gang, war das Fortkommen auf dem vereisten Boden kein Problem. Sie ging, ja lief fast, so schnell sie konnte, wohl wissend, daß die Wölfe ihr folgen würden. Noch hielt der Schein der Fackel sie zurück und ebenso der Funkenregen, der ihnen bei jedem Stoß des Schlittens entgegenstob. Doch plötzlich begann die treue Helferin bedenklich zu schwanken. Angélique schaffte es gerade noch, den Schlitten zum Stehen zu bringen und nach hinten zu stürzen, um die Fackel wieder festzumachen.

Die Fackel hatte sich gelöst, weil das nur schlecht vertäute junge Tier vom Schlitten gerutscht war. Zum Glück lag es nur etwa zehn Schritte entfernt. Ein Mißgeschick, das anfangs sogar die Wölfe hatte zurückweichen lassen, da sie von jedem Geräusch und jeder jähen Bewegung abgeschreckt wurden. Doch jetzt war Eile geboten. Die noch brennende Fackel hoch erhoben, lief Angélique zurück, um das Junge zu holen und wieder aufzuladen. Dabei jedoch stolperte sie und fiel. Als sie sich aufrappelte, standen die Wölfe schon ihr gegenüber auf der anderen Seite des Tiers, bereit, ihre Zähne in sein Fell zu schlagen. Sie wirbelte ihre Fackel im Kreis und schrie: »Zurück, zurück!«

Aber sie ließen sich kaum zurückdrängen. Die Pfoten in den Boden gekrallt und den Rücken halb zum Sprung, halb in Abwehr gekrümmt, blickten sie die Wölfe an, deren Augen Honorine so sehr liebte. Sie schienen weniger leuchtend als aus der Ferne und fast noch sanfter als Hundeaugen, beinahe menschlich sogar, flehend und voller Trauer. Sie sah ihre abgemagerten Flanken, sah, daß sie nur zu sechst, höchstens zu zehn waren, und erkannte, daß sie von derselben lebensbedrohenden Geißel beherrscht waren wie sie: vom Hunger. Sie hatten nichts Wildes an sich. Wild war nur sie, die ihnen nichts von der Beute lassen wollte. Ich lasse ihnen das Junge, dachte sie. Ich muß es tun.

Sie begann rückwärts zu kriechen, die Fackel immer noch erhoben, um sie so lange wie möglich auf Abstand zu halten. »Ich schenke es euch!« rief sie laut.

Diesmal wichen sie mit einem Satz zurück, erschreckt durch die menschliche Stimme, die in der eisigen Luft erstaunlich klar und kraftvoll klang. »Ich lasse es euch, weil ihr Hunger habt, und weil wir Brüder sind, Brüder!«

Hunger, Hunger, Hunger! Brüder, Brüder, Brüder! ertönte das Echo.

Solange sie die Wölfe im Auge behielt, rührten sie sich nicht. Erst als Angélique beim Schlitten war und sich aufrichtete, fielen sie gierig über das Elchjunge her.

Mit doppelter Energie warf sich Angélique in die Riemen. Das Gelände war leicht abschüssig, was den Rückweg erleichterte, der vom Holpern und Schleifen des Schlittens begleitet war, sooft dieser ein Hindernis streifte. Die Ohren erfüllt von diesem Geräusch, hastete sie dem Fort entgegen und machte auch nicht halt, als die Fackel übers Eis rollte und knisternd verlöschte.

Im Schatten des Forts übersah sie die aufgetauten und wieder zugefrorenen Löcher und strauchelte. Die Ladung verschob sich, mußte unter Ziehen und Zerren wieder befestigt und mit tauben Fingern neu verknotet werden.

Am Rand des Grabens angekommen, kippte sie den Schlitten hinunter und sprang selbst hinterher. Die ganze Zeit über fragte sie sich, ob die Wölfe, nachdem sie mit dem jungen Tier kurzen Prozeß gemacht hatten, ihr nicht wieder folgten. Als sie die Augen hob, glaubte sie einen zu erkennen, der größer und älter schien als die anderen und dessen Flanken noch eingefallener waren. Seine spitze Schnauze hob sich über den Rand des Grabens, während sie sich unten an der Tür abmühte und das schwere Tier hineinzuschaffen versuchte.

Da quälte sie sich nun ab mit diesem Elch, der so groß war wie ein Pferd und dessen Gewicht beim Herunterfallen ihr Gewehr wie einen Zweig geknickt hatte. Und dann diese Tür, die nicht aufgehen wollte. Und das alles, während der Wolf ihr zusah.

Trugbild einer überreizten Phantasie! Viel später würde der Wolf mit der langen Schnauze und den schrägen, träumerischen Augen mit dem fast menschlichen Ausdruck – den sie sich vielleicht auch nur eingebildet hatte – einen bittersüßen Balsam auf ihr Herz legen. Sie würde sich daran erinnern, wie sie ihn aus aufgesprungenen Lippen angefleht hatte, er möge ihr nichts tun; sie würde den Kindern erzählen, daß das Echo gerufen hatte: Wir sind Brüder, Brüder, Brüder!, und wie schwierig es gewesen war, den massigen Elch ins Haus zu bugsieren. Das würde sie zum Lachen bringen, und sie würden vor Vergnügen kreischen und in die Hände klatschen. So wie man erleichtert lacht, wenn einem das Komische im Tragischen bewußt wird.

Meine Kinder, würde sie sagen, schließlich war er drinnen, der Elch, und die Türen waren fest verschlossen. Weder Wolf noch Mensch konnten kommen und ihn uns wegholen. Von jetzt an werden wir Fleisch haben. Viel Fleisch bis weit ins Frühjahr hinein!

»Ich habe es den Wölfen gelassen«, erklärte sie trotzig. »Ich habe ihnen das Junge geschenkt.«

Es sah aus, als mache er sich lustig über sie, als fände er ihre Erregtheit kindisch. »Morgen früh gehen Sie nachsehen, ob Sie Ihnen wenigstens die Hufe übriggelassen haben. Man kann eine kräftige Suppe daraus kochen, sehr nahrhaft, eine letzte Reserve sozusagen. Und jetzt muß der Elch zerlegt werden – man darf es nicht anstehen lassen«, fügte er ungeduldig hinzu, als habe er schon mit ihrem Widerspruch gerechnet. »Man muß die Eingeweide herausnehmen, sie verderben sonst die guten Teile. Die Zunge muß abgetrennt und mit Innereien, Gallenblase und Harnblase gesondert aufbewahrt werden. Besitzen Sie so etwas wie eine große Lederschürze?«

So ging es die ganze Nacht. Unaufhörlich wies er ihr neue Arbeiten an. Sie hatte sämtliche Herdstellen unter Feuer und alle verfügbaren Töpfe, Schüsseln und Platten in Gebrauch. Die Haare zerzaust und die Hände mit Blut verschmiert, fragte sie: »Und jetzt?«

»Jetzt nehmen Sie eine Säge, ein Beil, ein Küchenmesser, und sägen Sie, schneiden Sie, schaben Sie, hacken Sie . . .«

Beim Zerlegen machte sie eine Entdeckung. »Warum ist es kein Weibchen?« fragte sie erstaunt.

»Weil es ein Männchen ist«, gab er zurück und schnitt dazu wieder jene Grimasse, die ihr wie ein spöttisches Lächeln vorkam.

Es war zum Aus-der-Haut-Fahren. Warum nahm er keinerlei Rücksicht auf ihren Zustand? Sie war zum Umfallen müde! »Es war aber ein Junges dabei.«

»Das Junge war zweifellos nicht mehr ganz so jung, aber abgemagert und kleiner als der Alte.«

Er gab ihr genaue Anweisungen, wie sie das Herz, eine besondere Delikatesse, entnehmen sollte.

»Er hat kein Herz mehr«, unterbrach sie ihn schroff. »Meine Kugel hat es zerrissen.«

»Sie haben auf das Herz gezielt?«

»Ja.«

»Mit einer einzigen Kugel?«

»Ja.«

»Auf welche Entfernung?«

»Auf Schußweite.«

Und immer wieder dieses spöttische Aufblitzen.

Sie merkte nicht, daß der Tag angebrochen und der Morgen schon halb vorüber war, bis Charles-Henri vor ihr stand und ihr seine Hilfe anbot. Er hatte den Zwillingen frische Sachen angezogen, und beide platschten vergnügt zwischen den Elchvierteln herum und bestaunten die Ohren und die großen Augen unter den borstigen Lidern. Armer Elch! hätte Honorine an ihrer Stelle gesagt. Doch solche Empfindsamkeit war ihnen fremd.

»Gönnen Sie mir wenigstens die Zeit, mich um meine Kinder zu kümmern und ihnen eine Fleischbrühe zuzubereiten!« schrie sie ihren Quälgeist und Lehrmeister an.

Er erkundigte sich, ob sie die wichtigsten Teile in Haut oder Rinde gewickelt und auf Eis gelegt habe, und gestattete dann, daß sie ihre Arbeit unterbrach. Aber selbst dann noch diktierte er ihr das Rezept für die Bouillon und gab an, welche Fleischstücke sie nehmen solle. Es sei das Rezept seiner Tante Nenibush, sagte er, und sie begann ernstlich an seinem Verstand zu zweifeln. Vielleicht war auch sie es, die langsam, aber sicher verrückt wurde, nachdem sie stundenlang diesen Dunst von Blut und heißen Eingeweiden eingeatmet hatte. Sie ekelte sich nicht nur, sie war auch überreizt. Sie gab den Kindern von der Brühe zu trinken und empfand dabei ein solches Glücksgefühl, daß sie ihre müden Glieder und die stundenlange Mühsal ganz vergaß. Als sie ihrerseits trank, hätte sie sich am liebsten vor Wohlbehagen gleich auf dem Bett ausgestreckt. Doch vorher war auch er noch mit dem köstlichen heißen Nektar zu versorgen, und sie brachte ihm eine Schale, um ihn in kleinen Schlucken trinken zu lassen.

Sie versprach, seine Verbände zu erneuern, sobald sie ein wenig Ordnung gemacht habe, aber er wehrte ab. »Das Kind hat sich darum gekümmert. Ich kann warten. Ruhen Sie sich aus, Madame.«

»Erstaunlich!« scherzte sie. »Sie gönnen mir eine Ruhepause? Welch unerwartete Großmut!«

Sie ging zum Herd zurück und war überrascht, wie beschwingt sie sich plötzlich fühlte. Ihre Bewegungen waren wieder die einer Lebenden und nicht mehr die einer halb Toten. Der Sensenmann war vertrieben, dank des Jesuiten, dieses wohlmeinenden nächtlichen Gesandten der Irokesen. Natürlich blieb er absolut hassenswert, aber es war ein gutes Gefühl, sich wieder über jemanden aufregen zu können. Das Leben verlief wieder in alten Bahnen. Die Ungewißheit war gebannt. Sie fühlten wieder Boden unter den Füßen, denn sie hatten es warm und sie hatten zu essen.

Wie zwei blaue Seen in einer schmutziggrauen Landschaft blickten seine Augen sie an. »Ich glaube, ich muß mich bei Ihnen entschuldigen, Madame. Ich war nicht sehr höflich zu Ihnen. Aber das Wild war vor unserer Tür. Jede Sekunde war kostbar.«

»Das war noch lange kein Grund, mich so zu beleidigen, wie Sie es getan haben. Ausgerechnet Sie, der Sie die Ursache unseres ganzen Unglücks sind, der Sie mich und diese armen kleinen Kinder in diese Notlage gebracht und noch im Tode ihr Zerstörungswerk fortgesetzt haben. Sie sind es doch, dem wir den Untergang all dessen verdanken, was wir hier erträumt und mit so vielen Mühen und Opfern aufgebaut haben.«

Als er schwieg, holte sie tief Atem und ließ ihrem Zorn freien Lauf. »Ich habe Ihnen gleich gesagt, daß es über meine Kräfte ginge, dieses Riesentier mit bloßen Händen hereinzuschaffen. Hätten Sie mir helfen wollen? Oder eines dieser ausgehungerten Kinder? Was wissen Sie schon? Sie lehnen mich ab. Aus Ihnen spricht nichts als Verachtung, Hochmut und Selbstgerechtigkeit. Glauben Sie, es macht mir Spaß, Ihre Wunden eine nach der anderen zu verbinden und nicht zu ruhen, bis Sie dem Leben zurückgegeben sind? Sie, dem ich ohne eigenes Verschulden soviel Unheil, Leid und Tod verdanke? Und der mich obendrein noch beleidigt? Wie sehr müssen Sie doch die Frauen hassen!«

Sie sah, wie er bleich wurde und sein Blick sich trübte. Aber sie konnte sich nicht zurückhalten. Dies war die Stunde, wo er aus ihrem Mund die Wahrheit erfahren mußte. Um so schlimmer, wenn er darüber wieder in Apathie verfiel und dalag wie ein morscher, ausgelaugter Baum. Viel mehr war er ohnehin nicht gewesen.

Als sie innehielt, begann er selbst zu sprechen, mit einer Stimme, die zwar rauh und stockend, aber gut verständlich war. »Sie haben recht, Madame. Ich schulde Ihnen zahllose Erklärungen. Der Umgang mit den Wilden färbt ab, und alle Niedertracht und Schlechtigkeit im Herzen eines Menschen drängt an die Oberfläche, so er nicht Manns genug ist, dem Verfall zu wehren ...« Er schloß die Augen. »Verzeihen Sie mir, Madame«, wiederholte er immer wieder mit inbrünstigem Flehen. »Verzeihen Sie, verzeihen Sie!« Dann verstummte er.

Diese plötzliche Demut ließ ihren Zorn schwinden. Er fiel in sich zusammen wie ein kurzes, wenn auch heftiges Strohfeuer, das sie bar aller Kräfte zurückließ, so daß sie sich erschöpft an die Wand lehnen mußte. »Ich weiß nicht, was in mich gefahren war«, gestand sie leise. »So zu schreien und mich derart aufzuführen, nachdem ich den Elch erlegt hatte! Ich bin fast übergeschnappt. Warum, weiß ich nicht mehr, vielleicht vor Freude, vielleicht aber auch aus Dankbarkeit Ihnen gegenüber. Oder in einer Art Siegesrausch ...«

»Unser Fleisch ist schwach gegenüber dem, was in uns vorgeht«, erwiderte er. »In uns sind Dinge verborgen, die wir nie aussprechen würden und die doch plötzlich hervorbrechen wie der Trotz und die Enttäuschung eines Kindes. Wir benehmen uns wie Verrückte, wenn wir erkennen, daß wir wider alles Erwarten einen Sieg davongetragen haben.«

»Ja, ich war nicht darauf vorbereitet, einen solchen Triumph zu erleben«, gab sie zu. Und ihr Herz klopfte, ohne daß sie hätte erklären können, warum.

»Man ist auf alles vorbereitet, was einem widerfährt«, wandte er ein. »Nur ist es nicht immer das, was man erwartet hat. Deshalb wirft es uns um ...« Seine Stimme wurde leiser. »Gott allein weiß, daß ich auf nichts von alledem vorbereitet war, was ich erlebt habe. Alles kam anders als erwartet.«

Er war offenbar klar und bei vollem Verstand gewesen, während er sprach, obwohl seine Worte hier an diesem Ort und aus seinem Mund ihr dennoch merkwürdig erschienen. Doch jetzt, wo er schwieg, schien er wieder zu entschwinden, als habe die Kraft des Geistes, die ihn für einige Stunden beseelte, ihn wieder gänzlich verlassen. Sie sah sein bleiches Gesicht, die spitze Nase und die blau geäderten Lider und erkannte, daß der Kampf um den Elch ihm die letzten Kräfte abverlangt hatte. Er hatte sein Äußerstes gegeben, und sein letztes Wort war gewesen: Verzeihen Sie mir. Dann war er verschieden.

Es traf sie wie ein Schlag aus heiterem Himmel. Er war tot. Diesmal war er wahrhaftig tot. Sie fiel neben dem Bett auf die Knie, und die Enttäuschung war so tief, daß sie jeden Siegesrausch zunichte machte. Sie würde wieder allein sein. Wieder ganz allein mit den Kindern, denn er war tot.

Sie legte ihre Stirn auf die leblose Hand und begann zu schluchzen.

Das Geplapper der Kinder weckte sie. Sie hatte so tief geschlafen, daß sie sich nur schwer zurechtfand. Über ihre Schultern war eine Felldecke gebreitet. Sie hatte geschlafen, am Boden kniend, die Stirn auf der Hand des Toten.

»Wer hat mich zugedeckt?« fragte sie Charles-Henri, der neben ihr stand.

»Er!« antwortete das Kind und deutete auf den Liegenden.

Also war er doch nicht tot. Dieses Auferstehen und Wiederentschwinden hatte etwas Verwirrendes. Allmählich fragte sie sich, ob sie vielleicht von einem echten Toten heimgesucht wurde, der im einen Augenblick tot zu sein schien und im nächsten wieder in seinen Körper zurückschlüpfte. Seine wächserne Hand war die eines Toten. Sie betrachtete sie prüfend. Eine lange, schmale Hand, die trotz der Verstümmelung nichts von ihrem Adel verloren hatte. Sie strich mehrmals darüber und spürte, wie eiskalt diese Hand war. Sie hatte nichts von der Wärme ihrer Stirn angenommen.

»Warum haben Sie geweint?« fragte er.

»Wann?«

»Bevor Sie einschliefen.«

»Weil ich dachte, Sie seien tot.«

Sie antwortete ihm, als spreche sie zu einem Geist, und spürte doch gleichzeitig, wie die Hand, die sie in der ihren hielt, zitterte. »Also würden Sie meinen Tod bedauern?« fragte er erregt. »Sie hätten Mitleid mit mir, Ihrem ärgsten Feind?«

Ohne sich dessen bewußt zu sein, verharrte sie reglos, die

Wange an seiner Hand, ganz diesem Zittern hingegeben. Welche Kraft in ihm ist! dachte sie. Und sie erinnerte sich, wie er gesagt hatte: »Kommen Sie her! Hierher zu mir!« und wie er ihren Kopf zwischen seine Hände genommen und an seine Schulter gedrückt hatte, um seine Stärke auf sie zu übertragen, er, der Sterbende, gab ihr die Kraft, aufzustehen, hinauszugehen und den Elch zu erlegen.

Noch eine ganze Weile blieb sie so, auf den Knien, wie sie sich ausgeruht, gesund geschlafen hatte. Dann hob sie lächelnd den Kopf. Ihr war, als lächelten die wunden Lippen zurück. War es möglich, daß sie Burgfrieden geschlossen hatten?

Fünfundfünfzigstes Kapitel

Sie hatte zur Kenntnis genommen, daß er jener vor zwei Jahren von den Irokesen zu Tode gemarterte Sébastien d'Orgeval war. Es wirklich zu begreifen, würde mehr Zeit in Anspruch nehmen. Das Gebäude, das die Vergangenheit aus zahllosen Bildern errichtet hatte, war zu Staub zerfallen, um in neuer Brutalität vor ihr zu erstehen. Pater d'Orgeval war tot und dieser hier ein Betrüger. Sie mußte sich gedulden, bis sie Antwort auf ihre Fragen erhalten würde. Heftiges Fieber hatte den Kranken befallen, und als Angélique am Morgen seine Beine untersuchte, war das eine angeschwollen und die Haut gespannt. Würde es brandig werden? In diesem Fall gab es nur zwei Möglichkeiten, den Tod oder die Amputation des befallenen Gliedes.

O nein! Nur das nicht! Sie hatte einen ganzen Elch zerlegt. Aber ihre Säge ansetzen und einem lebenden Menschen das Bein abnehmen zu müssen, das war zuviel!

Er würde leben, wie sie alle. Es hatte zu viele Zeichen gegeben. Sie würde es mit allen Mitteln versuchen, die ihr zur Verfügung standen.

Das Gespenst des Wundbrands wich. Aber das Fieber blieb. Er war unruhig, warf den Kopf von einer Seite zur anderen und stöhnte: »Oh, wenn sie doch schweigen würde! Wenn sie doch endlich schweigen würde!«

Doch die meiste Zeit murmelte er unverständliche Sätze in irokesischer Sprache.

Als das Fieber sank, war er so kraftlos, daß Angélique von neuem den Eindruck hatte, ein Toter teile ihre Behausung, was ihr unerträglich erschien. Jetzt, wo sie Fleisch für viele Wochen hatten, wollte sie fröhlich sein und sich entspannen.

Wenn er wirklich Pater d'Orgeval war, dann war es ein quälender Gedanke, daß die Indianer ihn, den großen Missionar, bis zu einem solchen Grade erniedrigt und vernichtet, ja bis in die geistige Umnachtung getrieben hatten. Die Krankheit, die an ihm zehrte, ging weit über die körperlichen Übel hinaus. Jene Kraft, die für Augenblicke seinen Geist erhellte, schien nicht demselben Individuum zu gehören, das sich den Visionen seines Deliriums überließ oder teilnahmslos dem Tod entgegendämmerte.

Sie hätte die Spuren der Mißhandlungen gerne getilgt, um ihn wieder zu dem zu machen, der er *vorher* gewesen war. Der große, unnachgiebige, unduldsame Pater d'Orgeval, der seine Truppen in den Kampf führte und sein gesticktes Banner schwang, der betend vor dem Altar lag und sich kasteite, der die Frauen haßte, weil er nur die schlechten unter ihnen kannte, und sie bekämpfte wie die Inkarnation des Bösen, der aber andererseits unter dem Verrat seiner Freunde litt und von dem man sagte, daß er die Gabe habe, allgegenwärtig zu sein, in Akadien, an den Großen Seen und in Quebec, der alles wußte und tausend Intrigen anzettelte und der duftende grüne Kerzen zu ziehen verstand.

Eines Morgens – sie war gerade dabei, den Kindern die Haare zu bürsten und ihnen eine Geschichte zu erzählen – spürte sie, daß er sie beobachtete. Als sie sich umdrehte, bemerkte sie in seinem nun wieder wachen Blick eine gewisse Hinterlist. Er deutete ein spöttisches Grinsen an, das ihr vulgär erschien und das sie nicht deuten konnte. Aber es weckte wieder die alten Zweifel in ihr. Der dort lag, war ein Betrüger, ein Waldläufer auf Abwegen, exkommuniziert, dem Trunk ergeben, der sich mit der Soutane und dem Kreuz des verstorbenen Paters tarnte.

Er fixierte sie so lange mit seinem höhnischen Lächeln, bis sie unwillig fragte: »Wer sind Sie?«

Ihre direkte Frage schien ihn zu beunruhigen. Das Lächeln verschwand. »Das habe ich Ihnen doch gesagt. Ich bin d'Orgeval von der Gesellschaft Jesu.« Sein Blick flackerte und drohte wieder so stumpf zu werden wie nach dem Fieber.

»Nein! Sie sind nicht Pater d'Orgeval. Er war ein Mann von Adel. Sie aber sind nichtswürdig! Sie haben sein Kruzifix gestohlen und geben sich für ihn aus. Sie sind nicht *er*, das spüre ich.«

Sie ging zum Bett und musterte das fremde Gesicht, das plötzlich Angst verriet. »Wer sind Sie?« fragte sie noch einmal. »Sie sind nicht der Jesuit und Märtyrer d'Orgeval. Ich werde Sie entlarven.«

Sie zog einen Hocker heran und setzte sich neben sein Bett, ohne ihn aus den Augen zu lassen. Sie war fest entschlossen, ihm eine Falle zu stellen. »Erzählen Sie mir von Ihrer Milchschwester«, begann sie in unverfänglichem Ton.

Er schien verschüchtert wie ein Kind, das Angst hat, nicht die richtige Antwort zu wissen.

»Ja«, drängte sie, »Ihre Milchschwester, deren Name mit einem A beginnt, wie derjenige der Dämonin. Sollten Sie Ambroisine, diese Ausgeburt des Teufels, vergessen haben?«

Seine ohnehin schon fahle Haut wurde noch blasser. Er drehte den Kopf zur Wand und sagte zögernd: »Sie ... sie war nicht meine Milchschwester, sie war die von Zalil.« Dann lächelte er bitter und fuhr nach kurzem Schweigen fort: »Zugegeben, Zalils Mutter war vor ihm auch meine Amme. Zalils älterer Bruder, den sie gleichzeitig mit mir stillte, mein echter Milchbruder also, hatte einen Klumpfuß. Soweit ich mich erinnere, lag ich neben ihm, und er wollte mich umbringen. Man hat mir erzählt, ich hätte ihn schließlich in unserer gemeinsamen Wiege erdrosselt.«

Angélique erinnerte sich mit Schaudern der Worte Ambroisines, die diese mit Inbrunst zu wiederholen beliebte: »Wir waren drei fluchbeladene Kinder daheim in den Bergen der Dauphiné.« Sie riß sich von diesem Gedanken los und protestierte heftig. »Unsinn! Man hat Ihnen das nur eingeredet, um Sie zu erschrecken und Sie gefügiger zu machen. Schließlich waren Sie in Ihrer Kindheit von abartigen, grausamen Frauen umgeben. Ihre Ambroisine war mir ein lebhaftes Beispiel dafür. Aber daß Sie ebenso niederträchtig sein wollen wie sie, nein, das glaube ich nicht.«

»Wie wortreich Sie mich verteidigen! Aber vielleicht haben Sie recht. Oft stellt einen das Schicksal auf eine harte Probe.«

»Sie hatten eine schwere Last zu tragen, Pater, und das nicht ohne Grund.«

»Können Sie mir die Gründe nennen, Madame?«

»Dafür kenne ich Sie zu wenig. Ich weiß so gut wie nichts von Ihnen. Der, von dem man uns gesprochen hat, der Missionar, der Krieger, der Eroberer neuer Welten zum Ruhme Gottes und des Königreichs, der auf das Wohl der Seelen bedachte Priester, waren Sie das? Oder war es nur eine auswechselbare Kutte? Eine zeitweilige Verkleidung? Sind Sie nicht nur zu den Jesuiten gegangen, um Ihren Weg sicherer verfolgen zu können?«

»Der mich wohin führen würde?«

»Dorthin, wo Sie bald ankommen werden?«

Das ließ er nicht gelten. »Nein. Das glaube ich nicht. Ich kann mir nicht vorstellen, daß so viele Schrecken und Grausamkeiten mir von Gott vorbestimmt sein sollten. Ihre Überlegungen zeugen von Ketzerei. Sie geraten in die Nähe Luthers, der gesagt hat: ›Sündige, aber sündige recht!‹«

»Bitte, hören Sie auf! Ich bin nicht in der Verfassung für theologische Streitgespräche. Die Dogmen! Die Schrift! Warum so scharfes Geschütz? Was ich sagen wollte, war nur, daß man Ihr Leben anders sehen, es im Spiegel anderer Wahrheiten betrachten muß, und daß Sie aufhören sollten, sich mit dem zu beschäftigen, was Luther, Calvin oder der heilige Thomas von Aquin gesagt haben, denn Sie sind nicht in der Lage zu entscheiden, was Sünde ist und was nicht!«

Sie hatte ganz spontan gesprochen. Ihr Wortwechsel war wie das Kreuzen zweier blitzender Klingen gewesen, zu Beginn eines Duells, wenn es die Stärke des Gegners zu ergründen gilt. Ihre letzten Worte hatten ihn erbeben lassen. Aus seinen Augen, deren Blau sich mit zunehmender Gesundung vertiefte, sprang sie wieder jenes unheimliche Blitzen an. Doch sie ließ sich nicht einschüchtern.

»Ja, so ist es, und wenn Sie zehnmal Jesuit sind. Sie werden mich darin nicht wankend machen. Sprechen wir von angenehmeren Dingen.« Er ließ sich in die Kissen zurückfallen und lag mit geschlossenen Augen. Sie befürchtete schon das Schlimmste und warf sich vor, zu weit gegangen zu sein. Aber als sie sich erhob, um ihn schlafen zu lassen, faßte er plötzlich nach ihrer Hand und führte sie an seine Lippen. »Seien Sie gepriesen!« flüsterte er.

Es folgte eine Zeit des milden, fast sanften Umgangs miteinander, der es jedoch nicht an Lebhaftigkeit mangelte. Zwischen ihnen herrschte eine Wärme, wie sie von der Glut eines Feuers ausgeht, das unter der Asche weiterschwelt. In Wirklichkeit vollzog sich ihr Leben unter einer dicken Schicht Schnee.

Angélique verlor ein wenig das Gefühl für die Zeit. Sie teilte sie recht und schlecht auf in Nächte, während derer sie aufstehen und nach dem Feuer sehen mußte, und in die Verrichtungen des Tages, denen sie, das wußte sie wohl, langsam genug nachging. Das Essen zubereiten, die Kinder waschen, ihnen die Haare kämmen, die Verbände des Kranken wechseln, das Essen verteilen – der düstere, sich kaum von der Nacht unterscheidende Tag war reichlich kurz. Sie sah ihn nicht ungern enden, und dann konnte sie wieder unter ihre Decken kriechen. Später würde sie noch einmal aufstehen, um allen ein letztes Mal zu essen zu geben. Dann war der Augenblick gekommen, wo sie hinter ihrem Wandschirm verschwand, um sich selbst zu waschen und vor dem Spiegel ihr Haar zu bürsten. Manchmal war sie auch dafür zu müde und flüchtete mit einem Seufzer der Erleichterung in ihr Bett. Dort war es warm, dort konnte sie sich der Ruhe hingeben, konnte den Hunger und die Angst vor dem nächsten Morgen vergessen. Dies Bett trug sie von einem Tag des tödlichen Winters in den anderen, wie ein Floß voll kraftloser Passagiere, das den nächtlichen Fluß hinunterglitt – dem Licht des Frühlings entgegen.

Auf Tellern mit feuchtem Werg brachte sie täglich kleine Portionen von Haferkörnern zum Keimen, ein gutes Mittel gegen Skorbut, der im Winter, wenn es an frischen Nahrungsmitteln fehlte, genauso gefährlich war wie auf See. Sie gab den Kindern jeden Tag einen Löffel voll. Wenn sie jedoch dem Kranken auch etwas einflößen wollte, drehte er den Kopf weg und murmelte: »Geben Sie es den Kindern. Ich bin ein unnützer Esser. Warum haben Sie mich gerettet? Warum haben Sie mich nicht aufgegessen?«

Alles war anders geworden, seit die weiße Wüste ihren Würgegriff gelockert hatte. Es kam vor, daß Angélique in der Nacht erwachte und überrascht Momente des Wohlbehagens verspürte, in denen der würgende Knäuel Angst aus ihrem Innern verschwunden war. Die Wärme, die Ruhe und der Anblick der schlummernden Kinder brachte ihr endlich die so lange versagte Entspannung und die beruhigende Gewißheit, alles Notwendige getan zu haben.

Der Schein des Herdfeuers warf rötliche, tanzende Reflexe auf die Balken der niedrigen Decke. Die Gegenwart des Mannes an ihrer Seite bereitete ihr nicht länger Unbehagen. Die Furcht, die sich mit seinem Namen verband, und die ständige Sorge, er könnte ihr unter den Händen sterben, waren vorbei. Die anfänglichen Krisen waren überstanden. Was blieb, war die Angst, daß er zu allem, was er ihr schon angetan hatte, noch seinen Tod fügen könnte. Sein Ende wäre für sie die unabwendbare Ankündigung ihres eigenen gewesen. Diesen letzten Schlag hätte sie ihm nicht verziehen, und sie zürnte ihm so lange im voraus dafür, bis ihr klar wurde, daß sie seinen Tod nicht wollte, weil sie an ihm hing. In der Stille der Nacht lauschte sie auf seinen Atem, der manchmal von einem Röcheln oder von einzelnen, unzusammenhängenden Worten unterbrochen wurde. »Durst! Durst!« flüsterte er dann, oder »Sie soll schweigen! Wenn sie doch schweigen würde!« Diese menschliche Stimme war die Antwort auf das tödliche Schweigen, das ihr fast den Verstand geraubt hätte. Nun nahmen ihre geschärften Sinne alles wahr, was diesen Menschen betraf, der seinen Platz in ihrer Gruft gefunden hatte. Aus kurzen, halb geflüsterten Worten entstand eine Art Komplizenschaft, eine Annäherung von Blinden, die sich im gemeinsamen Dunkel suchen, oder Schiffbrüchiger, die sich, auf dem Meer treibend, durch den Nebel hindurch verständigen.

»Schlafen Sie?«

»Nein.«

»Haben Sie Schmerzen?«

»Nein.«

Einmal antwortete er: »Ich weiß nicht. Es ist schon so lange her, daß ich ganz vergessen habe, wie es ist, ohne Schmerzen zu leben . . .«

Danach begann er, sie in professoralem Ton über die Grundsätze der *Practica Inquisitionis* zu belehren. Es war eines der berühmten Handbücher der Inquisition, das Bernarel, der Großinquisitor von Toulouse, im zehnten Jahrhundert geschrieben hatte. Er sprach von der *audentia de tormento,* einer damals üblichen Folterungsmethode. Auch bei ihr durfte kein Blut fließen, um den Eintritt eines allzu raschen Todes zu verhindern. Deshalb wurden für gewöhnlich drei Mittel angewandt: das Rad, die Seilwinde und die Wasserprobe. Das Feuer folgte erst später, als Reinigung.

Zuerst hatte sie geglaubt, er phantasiere, und hatte ihn seinen finsteren Monolog fortführen lassen. Als er jedoch auf eine Äußerung von ihr zu warten schien, befahl sie ihm mit leiser Stimme, er solle schweigen. Aus solchen Dingen nährten sich die bösen Träume.

»Es ist nicht Nacht, sondern Tag.«

Ohne sich zu rühren, sogar ohne die Augen zu öffnen, wußte er immer, ob es draußen Nacht war oder Tag, ob der Himmel klar war oder Schnee fiel, ob Wind aufkommen oder es weiter frieren würde. Er half damit Angélique, ihrem Leben eine gewisse Ordnung aufzuprägen, mit deren Hilfe es leichter war, die Tage zu Wochen und diese zu Monate zu reihen und weiter den Faden des Lebens zu spinnen.

So vergingen wieder Wochen, teils aufgeheitert durch gelegentliche Sonnentage, doch meist so düster und bedrohlich wie ein unterirdisches Labyrinth, das man blind und verloren durcheilt, fast ohne Hoffnung, das Tageslicht am anderen Ende jemals wiederzusehen.

Angélique stellte sich vor, wie sie später, eine Feder in der Hand, an einem sonnigen Fenster sitzen und diese »Chronik eines einsamen Floßes« zu Papier bringen würde. Wie sie von zwei Stimmen aus der Unterwelt berichten würde, die sich, gedämpft durch die Nacht und durch die Last des Winters, unterhielten, untermalt vom Geplauder der Kinder oder vom Knistern des Feuers im Kamin. Von Fragen würde sie schreiben und von Antworten, die eine nach der anderen gegeben wurden. Antworten, die ihn betrafen und die Vergangenheit, aber auch die Zukunft, die Fügungen des Schicksals und die Wirren der Zeit oder das Durcheinander in den Köpfen der Menschen, bis hin zu der einen Frage, »Und ich, wer bin ich?«, die sie eines Tages gestellt und auf die ihr Ruth, die Hexe von Salem, geantwortet hatte: »Jemand wird es dir einmal sagen.«

Was den Jesuiten betraf, so würde diese Chronik dem langsamen und von Rückfällen gekennzeichneten Verlauf seiner Genesung folgen. Er war gesundet und hatte allmählich auch seinen Verstand wiedererlangt. Man hätte meinen können, sein Geist befreie sich nach und nach aus einem Panzer der Stumpfsinnigkeit, in dem abgrundtiefe seelische Traumata ihn festgehalten hatten, die noch verstärkt wurden durch ungezählte Schläge auf den Kopf, die er in den Jahren seiner Gefangenschaft erhalten hatte. Die Worte, die ihm manchmal unbeabsichtigt entschlüpften, zeugten von den Stationen dieses Leidenswegs. Wenn sie zum Beispiel berieten, wie man den Brei aus Mais oder Weizen schmackhafter machen könne, erklärte er: »Oh, meine Tante Nenibush verprügelte mich zwar bei jeder Gelegenheit, aber sie war eine gute Köchin. Sie kannte mindestens acht verschiedene Rezepte, um Weizen zuzubereiten.«

Auf ihre Frage: »Wer war Ihre Tante Nenibush?« antwortete er: »Meine irokesische Herrin.«

Anfangs nahm sein Zurückfinden zu sich selbst merkwürdige Formen an. Als habe er sich bemüht, die Bruchstücke seiner zerstörten Persönlichkeit wieder zusammenzufügen, erklärte er auf einmal im Ton eines Magisters: »Madame, würde es Ihnen Vergnügen bereiten, von mir etwas über den kanadischen Elch zu erfahren?«

»Den kanadischen Elch?«

Aber schon hatte Charles-Henri die Zwillinge herbeigerufen und versicherte: »Ich mag es, wenn er uns Tiergeschichten erzählt, Mama.«

Es war der Tag, an dem sie aus den Hufen des jungen Elchs eine Brühe kochte. Sie hatte sich damals am Tag danach noch einmal aufgerafft und sie tatsächlich inmitten eines weiten Kreises von Wolfsspuren zusammen mit ein paar Knochenresten gefunden.

»Wie konnten Sie wissen, daß draußen ein Elch war?« fragte sie.

Prompt gab er zurück: »Woher haben Sie in jener Dreikönigsnacht gewußt, daß Pater Massérat und seine Begleiter nahe daran waren, nur wenige Schritte von Ihrem Haus entfernt zu erfrieren?«

Er wußte viel über sie, über sie alle. Doch wen wunderte das, wenn man bedachte, wie sehr ihr Leben in Amerika mit dem des Jesuiten verflochten gewesen war?

Nach und nach brachte sie Licht in die dunklen Punkte. »Pater«, sagte sie eines Tages, »man trägt in Quebec bei Prozessionen einen ihrer Finger in einem Reliquienschrein durch die Straßen. Und das, obwohl die kanadischen Missionare schon immer schnell bereit waren, ihren christlichen Glauben und ihre Loyalität gegenüber dem König von Frankreich auch unter der Folter zu beweisen. Aber nur bei Ihnen, bei Sébastien d'Orgeval, spricht man von den Reliquien eines Heiligen. Sie sind tot, Pater, gestorben als Märtyrer bei den Irokesen. Sie stehen in Rom schon auf der Liste der Seligzusprechenden. Ihre Heiligsprechung wird folgen. Wie kommt es, daß sich die Kunde von ihrem Tod überall verbreiten konnte? Alle glauben, Sie seien tot. Und das schon seit über zwei Jahren.«

Er schloß die Augen und ließ einige Zeit verstreichen, bevor er in verächtlichem Ton antwortete: »Die Schwätzer schaffen sich ihre Legenden selbst.«

»Der uns die Nachricht brachte, war kein Schwätzer, zumindest nicht in Ihrem Sinne. Es war Pater de Marville, einer Ihrer Mitbrüder. Er erschien mir sehr nüchtern und wenig zu Späßen aufgelegt. Ich habe selbst gehört, wie er sagte: ›Pater d'Orgeval ist tot, gestorben als Märtyrer bei den Irokesen. Ich bin Zeuge.‹ Danach hat er uns Ihre Matern und Ihr Ende beschrieben. Er war in Begleitung von Tahuntagetes, dem Häuptling der Cayugas, der meinem Mann ein Muschelband von Uttaké überreichte, das die Botschaft enthielt: Pater d'Orgeval ist tot. Ich habe es selbst entziffert.«

Der Jesuit fuhr auf. Seine Augen sprühten vor Zorn. »Das also hat er getan! Das hat er getan!« wiederholte er mehrere Male, ohne daß sie wußte, ob er von Uttaké oder von Marville sprach. »Wie konnte er es wagen ...«

Er durchbohrte sie mit seinem Blick. »Was *genau* besagte das Band?«

»Um ehrlich zu sein, wir glaubten zunächst jener ersten Bedeutung, die von den Worten Pater de Marvilles bestätigt wurde. Aber die genaue Botschaft, die sich erst später herausstellte, war: ›Dein Feind kann dir nicht mehr schaden.‹«

Sie sah ihn von Krämpfen geschüttelt und glaubte, er würde sterben. Aber er lachte, heiser und gequält. »Wie wahr, oh, wie unendlich wahr! Dein Feind kann dir nicht mehr schaden.«

Während er erschöpft in die Kissen sank, murmelte er: »Daran tragen Sie die Schuld, Sie ganz allein. Alles, alles war Ihre Schuld!«

Dieser Ausbruch ließ sie verstehen, daß der Mann vor ihr sie seit langem mit seinem Haß verfolgt hatte und auch nicht davor zurückgeschreckt war, sie persönlich anzugreifen. »Warum diese Feindschaft, Pater? Sie kannten mich nicht und hatten mich nie gesehen!«

»O doch, ich habe Sie gesehen.«

So erhielt sie die Bestätigung dessen, was sie entgegen aller Wahrscheinlichkeit immer vermutet hatte. Sie ahnte, worauf er anspielte, und wußte zugleich, daß keiner von ihnen in der Lage sein würde, unbefangen darüber zu sprechen. Er war an eine Hemmschwelle gestoßen, die ihn nach Atem ringen ließ. Deshalb zog sie es vor, es bei diesen ersten Beweisen seines Vertrauens bewenden zu lassen. Es war besser für sie beide, sich mit Andeutungen zu begnügen. Sie spürte, welche Überwindung es ihn kosten würde, eines Tages tiefer in die verbotenen Schichten seines Wesens einzutauchen. Und sie sah voraus, daß es ihre Aufgabe sein würde, ihm dabei zu helfen, weil nur sie allein dazu imstande wäre.

Er sprach gern von seiner Kindheit, und sie ermutigte ihn dazu. Diese Kindheit erschien ihr auf irgendeine Weise vertraut, zweifellos aufgrund der Erzählungen und der Person Ambroisines, deren genaue, ungeschminkte Kenntnis sie einander näherbrachte.

Es war eine düstere Kindheit, überschattet von Massakern, die er an der Seite seines grausamen Vaters miterlebt hatte, der ihm in jungen Jahren ein vom Schloßkaplan geweihtes Florett in die Hand gedrückt hatte, mit dem er alle Ketzer in den angrenzenden Gebieten blutig verfolgen sollte. Aufgewachsen war er unter teuflischen Weibern, von denen jede auf ihre Art dem Bösen ergeben war. Jung und schön wie ein Engel, übertraf Ambroisine sie in allen Lastern, besonders in dem der Lüge und der Grausamkeit.

»Und diesen Ausbund an Bosheit haben Sie uns geschickt, um leichter ans Ziel zu kommen und Ihre Rivalen von der *Baie Française* fernzuhalten.«

Er lächelte spöttisch. »Ein lohnender Kampf für zwei schöne, starke Frauen! Sie war nicht darauf gefaßt, daß Ihr sie mit den gleichen Waffen schlagen würdet: List und Unnachgiebigkeit. Damit haben Sie gesiegt.«

»Nicht ganz, leider! Denn sie war nicht tot, auch sie nicht. Sie ist zurückgekommen, um ihr Werk zu vollenden.«

Doch als sie anfing, ihm die Entwicklung der letzten Ereignisse bewegt zu schildern, wirkte er gleichmütig. Er schien nicht überzeugt, daß es sich um dieselbe, äußerst gefährliche Ambroisine handelte. Sein Denken schien bei den ersten Etappen ihres Kampfes stehengeblieben zu sein. Was nach seinem Weggang zu den Irokesen passiert war, interessierte ihn nicht.

Als er Loménie erwähnte, der sein Freund auf dem Kolleg gewesen war, erkundigte sie sich nach den Gründen, die ihn in so jungen Jahren, aus der rauhen Dauphiné stammend, zu den Jesuiten geführt hatten. Darüber sprach er gerne.

»Ich hatte einen Onkel, ein Bruder meines Vaters, der Kanoniker oder Bischof war. Jedenfalls ging er mit der Fuchtel der Kirche ebenso hart gegen seine Schäflein vor wie mein Vater mit seinem Degen gegen die Ketzer. Er hatte sich in den Kopf gesetzt, aus mir einen Ordensmann zu machen, und mein Vater konnte ihm hundertmal erklären, ich sei sein einziger Erbe, er ließ sich nicht davon abbringen. Ich weiß nicht, ob er als Zweitgeborener sich damit einen Teil des Erbes zu sichern hoffte. Die beiden Kerle rangen zwei volle Tage lang miteinander – mit Fäusten wie mit Argumenten. Erst durch meine Einmischung trug der Bischof den Sieg davon. Die Gnade Gottes hatte mich erkennen lassen, daß alles, was ich in der väterlichen Umgebung erlebte, meinen moralischen und körperlichen Verfall nach sich ziehen würde. So bestand ich darauf, meinem Onkel zu folgen. Wenig später trat ich in das Jesuitenkolleg von Clermont in Paris ein.«

Er kam oft auf seine Studienjahre und die Freundschaft mit dem jungen Claude de Loménie-Chambord zurück. Bei ihm, dem einige Jahre Jüngeren, hatte er ein Stück seiner verlorenen Kindheit und ihrer unschuldsvollen Träume wiederzufinden gehofft. Doch die Wege, die er in der Folge zu gehen gezwungen war, hatten weggeführt von dem so sehr geliebten zarten Freund.

Von seinem Noviziat sprach er nie. Es mußten lange Jahre strenger Vorbereitungen gewesen sein, deren Einzelheiten dem Laien verschlossen blieben und über die zu schweigen ein Gebot des Ordens war.

»Sie haben etwas in mir zerbrochen«, sagte er einmal.

Sie nahm an, er spreche von seinen Folterungen bei den Irokesen. Aber er meinte seine Jesuitenlehrer. »Zerbrochen«, fuhr er fort, »oder, was noch schlimmer ist, abgewürgt, bis der kraftvolle Ast vertrocknet war und nie wieder zum Leben erwachen würde. Ich war ein Naturkind, von ursprünglichen Gefühlen geleitet. Frauen haben es leichter mit einer solchen Veranlagung. Sie verstehen es besser, Licht und Schatten, Harmonie und Chaos miteinander zu vereinen. Als ich mich nach Amerika einschiffte, wo der inzwischen Malteserritter gewordene Freund mich erwartete, gab ich mich neuen Illusionen hin. Amerika! Das würde die Erleuchtung sein.

Später, nach langen Jahren des Kampfes, hoffte ich weiter, sie dort zu finden. Das Werk, das ich begonnen und erfolgreich zu Ende geführt hatte, erfüllte all meine Erwartungen. Ich sah das Reich Christi sich bis an die fernsten Grenzen dieses wilden Landes ausbreiten. Und ich hatte ihnen seine Lehre gebracht!

Als ich dann erfuhr, daß ein adeliger Abenteurer, der sich weder dem König von Frankreich noch dem von England verpflichtet fühlte, sich im Niemandsland von Maine und an den Küsten Akadiens niederließ, wurde ich hellhörig. Ich suchte alles über ihn zu erfahren, hörte, daß er ein Freibeuter aus der Karibik war, aber das war nicht alles. Wenn ich in ihm eine Bedrohung sah, so war mir doch die Gefahr, die er mit sich brachte, unbekannt. Er bedeutete meinen Untergang.«

»Ich glaube Ihnen versichern zu können, daß mein Mann, als er mit den von Massachussetts ausgestellten Besitzurkunden nach Maine kam, nichts von Ihrer Existenz wußte«, unterbrach sie ihn. »Im Gegenteil, er wollte jeden Bewohner des Landes und jeden Missionar, ob Franzose, Engländer oder Schotte, kennenlernen und sich mit ihm verbünden. Ich selbst war zur Zeit seiner Anfänge an der *Baie Française* noch gar nicht hier.«

»Ehrlich gesagt, war es auch nicht die Tatsache seiner Ankunft, die mich beunruhigte. Die *Baie Française* ist ein solcher Schmelztiegel der Nationen, daß dort jeder seinen Platz finden kann. Was mich bedrückte war ein Traum, in dem eine Stimme mir zurief: ›Das ist der Anfang vom Ende.‹«

An jenem Tag weigerte er sich weiterzusprechen. Wenn er vorgab, sich nicht mehr erinnern zu können, oder wenn er sich in Schweigen hüllte, dann war dies ein Zeichen, daß Schmerzliches in ihm vorging, das er nicht mitteilen konnte, ohne erneut die Besinnung zu verlieren. Als sie dies erkannt hatte, ermahnte sie ihn in solchen Augenblicken zur Geduld und brachte ihn durch unverfängliche Fragen auf andere, weniger quälende Themen.

Doch nichts in diesem Leben schien unverfänglich gewesen zu sein.

Sechsundfünfzigstes Kapitel

»Zumindest hatte ich bis dahin soviel Vorarbeit geleistet, daß die Deiche nicht brachen«, erkärte er unvermittelt. Dann ließ er wie üblich einige Zeit des Schweigens verstreichen, so daß man glauben konnte, er habe den Faden verloren oder sei eingeschlafen.

Mit halb erstickter, monotoner Stimme nahm er, wenn auch unter mehrfachem Stocken, seinen Bericht wieder auf. »Zum ersten Mal brachen die Deiche, als ich ... es war an jenem Tag im Herbst ... und ich ging durch den Wald. Loménie belagerte zur selben Zeit auf meinen Befehl den Posten von Katarunk. Wir waren uns beide einig, daß man den Eindringling unverzüglich mit Stumpf und Stiel ausrotten müsse, bevor er sich weiter ausbreiten konnte.

Wir handelten ohne Wissen Frontenacs. Aber es war nicht das erste Mal, daß mein Jugendfreund und ich andere Ziele auf eigene Faust verfolgten. Ich hatte ihn gedrängt, sich in Marsch zu setzen, um vor dem Treck da zu sein, der von Süden heraufzog. Claude würde auf den Posten das Feuer eröffnen und dann seinen Hinterhalt errichten. Ich für mein Teil sollte mich einem zweiten Truppenkontingent anschließen, das aus Trois-Rivières, Ville-Marie und der Gegend des Richelieu-Flusses anrückte. Es waren Huronen und Algonkins, an ihrer Spitze die besten kanadischen Edelleute, die mich schon einmal bei einem Feldzug gegen die Ketzer von Neuengland unterstützt hatten: de L'Aubignières, Maudreuil und Pont-Briand.

Ich war auf dem Weg zu ihnen, völlig überzeugt, alles Notwendige getan zu haben, um den unerwünschten Eindringling den Garaus zu machen. Trotzdem war mir nicht wohl bei der

Sache. Ich hatte nämlich erfahren, daß ›sie‹ Pferde bei sich hatten.

Ich weiß nicht, warum mir gerade dieser Umstand unablässig im Kopf herumging. Dieses Wagnis, das Herz eines bisher öden Landstrichs nicht nur mit Frauen und Kindern, sondern auch mit Pferden erobern zu wollen, konnte doch nur bedeuten, daß sie sich durch nichts würden aufhalten lassen. Es war wie eine stillschweigende Garantie, am Ende der Stärkere zu sein, die ich als Herausforderung empfand.

Diese Vorahnung brachte meine Überzeugung, den so wohlvorbereiteten Kampf zu einem guten Ende zu bringen, ins Wanken. Ich war hin und her gerissen, befand mich im Geist bei den Fremdlingen und ihren Pferden, die im Begriff waren, ein noch nie dagewesenes Unternehmen zu vollbringen, und gleichzeitig bei Loménie und den Seinen, die sie erwarteten, um sie Mann für Mann zu vernichten.

Um mich her brannte der Wald. Ich will damit sagen, daß ich ihn brennen sah. Rot und golden umstanden mich die Bäume wie reglose Flammen, und die glühende Hitze jenes Spätherbstes tat das ihre, um diesen Eindruck zu vervollständigen. Ich fühlte mich so bedrängt, daß ich auf einen Felsvorsprung flüchtete, um dort, hoch über dem See, Atem zu holen.

Und da sah ich sie – die den Wassern entsteigende Venus . . .«

Das also war es! dachte Angélique.

Er verstummte, und auch sie sah keinen Grund, das Schweigen zu brechen. Weniger aus Rücksicht als aus Überdruß, und nicht weil sie Scham empfunden hatte, sondern weil sie der Rechtfertigung müde war. Allzuoft schon hatte sie darauf gepocht, daß ihr niemand das Recht habe absprechen können, an jenem heißen Tag des sogenannten Indianersommers in einem dieser vielen Seen zu baden. War die Region von Maine denn nicht bekannt für ihre undurchdringlich dichten Wälder? Und durfte sie daher nicht sicher sein, auf tausend Meilen in der Runde von keinem beobachtet zu werden?

Sie wußte, daß diese Begebenheit eine ganze Reihe von Tragödien und Komplikationen bis hin zu Kriegen nach sich gezogen hatte. Kriege, die zwar früher oder später ohnehin ausgebrochen wären, für die aber nun ein geeigneter Vorwand gefunden war. Hatte man ihr dies nicht im Laufe der Jahre deutlich zu verstehen gegeben, während sich ihr der ganze Widersinn, aber auch das wahre Ausmaß des Phänomens offenbarten?

Der Wunsch, die Angelegenheit ins rechte Lot zu rücken, brachte sie auf eine sonderbare Idee. Sie wollte ihm zwingend beweisen, daß auch dies für ihn nur Mittel zum Zweck gewesen war – die Gemüter zu erregen. »Wollen Sie etwa behaupten, Sie hätten eine Erscheinung gehabt? Vor Ihren Augen hätte sich die Weissagung der Mère Madeleine über die Dämonin von Akadien erfüllt, die Ihre Schäfchen so sehr beschäftigte? Dabei wären Sie doch der letzte gewesen, der sich hätte täuschen lassen!«

»Das ist wahr«, räumte er ein. »Ich hatte nie den geringsten Zweifel, daß Sie nicht die Dämonin der Mutter Madeleine von Quebec waren. Im Gegenteil. Aber ich habe diese Lüge zum Vorwand genommen, habe mich hinter ihr versteckt, wie ein Tier, das Gefahr wittert. Nach dem, was mir widerfahren war, hatte ich keine andere Wahl.«

Er stöhnte, und seine Brust hob sich krampfhaft. Angélique stand auf und holte einen Becher heißen Tee. Zurück am Bett, schob sie einen Arm unter seine Schultern und stützte ihn, während er trank.

»Sprechen Sie, wenn es Sie erleichtert. Was suchten Sie zu verstecken?«

»Was mir widerfahren war.«

»Und was war das?«

»Vielleicht weiß ich es selbst nicht. Die Entdeckung unbekannter Leidenschaften? Sie können das nicht verstehen. Eines Tages werde ich Ihnen alles erklären, besser erklären als jetzt. Wie soll ich Ihnen das Gefühl beschreiben, das sich meiner bemächtigte? Es war mehr als ein Gefühl, es war der Zwang, alles zu verlassen, wie der junge Reiche aus dem Evangelium. Es trieb mich zu Ihnen, die ich hatte zerstören wollen, und zu bekennen, ich sei einer der Ihren.

Schlimmer noch: Ich wußte, ich würde mich damit den Schrecken einer Leidenschaft ausliefern, die ohne Zweifel zerstörerisch, wenn nicht gar tödlich sein würden. Als das hatte ich immer die Macht der Liebe angesehen, die jedoch, das ahnte ich, unerfüllt bleiben und mich dazu verdammen würde, von einem inneren Feuer verzehrt zu werden, gegen das ich stets geglaubt hatte, gefeit zu sein.

Wie oft waren mir in der Beichte dieselben Symptome geschildert worden. Gefühle, die man weder fliehen noch bekämpfen konnte, weil sie ein Paradies eröffneten, dessen Wonnen und Schmerzen man nur selbst durchdringen, erleben und schenken konnte, und deren Opfer ich mit einem Mal geworden war. Ich war wie vom Donner gerührt, was sage ich, ich war allein, allein gelassen in einer Welt von Feinden. Die Liebe! Ich hatte die Liebe verspürt!«

»Und? War es das wert, ein solches Drama daraus zu machen?«

»O ja! Denn es war das Nein zu meinem ganzen bisherigen Leben und zugleich mein Todesurteil. Ich hatte nichts mehr, nicht einmal mehr den Glauben an einen Gott, dem ich meine Wandlung hätte zum Opfer bringen können. Hätte ich meiner Erleuchtung folgen sollen?

Ich konnte es nicht. Es wäre zuviel verlangt gewesen. Ich beschloß, den einmal beschrittenen Weg fortzusetzen. Aber von jenem Tag an war alles zerstört. Für mich begann ein unaufhaltsamer Sturz in den Abgrund. Gegen Sie und die Ihren habe ich alles nur Erdenkliche aufgeboten. Ich habe nach Frankreich geschickt und mir die Akten des Hexenprozesses gegen Ihren Gatten kommen lassen. Aber Ihr Sieg in Quebec hat mich eingeholt, was mich keineswegs erstaunte. Ich war von vornherein der Unterlegene, wie ich es immer gewesen war.

Kurz vor Ihrer Ankunft in Quebec hat Maubeuge mich aus der Stadt verbannt.«

Er hielt inne, und dann brach es in einer Aufwallung von Zorn aus ihm heraus: »Ohne seine Einmischung hätte die Stadt mir gehört und Sie hätten sie nicht erobern können!« Und mit veränderter Stimme fuhr er fort: »Maubeuge, mein Ordensoberer, hat mich fortgeschickt. Nicht ohne mich vorher mit harten Worten zurechtgewiesen zu haben. Nur hatte ich alles, was er mir im Verlauf dieser letzten Unterredung sagte, längst gewußt. Am Ufer eines Sees hatte es mich wie ein Blitz getroffen.

Mein Gehorsamsgelübde zwang mich, in dem Augenblick zu gehen, wo ich mich am wehrlosesten fühlte. Und ich bin geflohen, weit weg, allein und ohne Freunde.

Nach und nach verlor ich meine Stärke. Ich spürte, wie mich Feigheit und Schwachheit überkamen, und die Furcht, dessen beraubt zu sein, was meine Macht über andere ausmachte, trieb mich in den Wahnsinn.«

Er hatte einige Monate in den kleinen Nestern zwischen dem Ontario-See und dem Huronen-See zugebracht. Sammelpunkt der Missionare war das wiederaufgebaute Fort Saint-Marie. In den Missionen lebten Getaufte und Taufanwärter verschiedener Indianerstämme, die durch Kriege mit heidnischen Stämmen zerstreut oder ausgelöscht waren. Unter ihnen auch Irokesen, die wegen ihres Übertritts zum katholischen Glauben aus ihren Stämmen verstoßen und von ihnen verfolgt wurden. Sie kamen aus dem Tal der Fünf Seen zu den Jesuiten, nicht nur um den neuen Glauben praktizieren zu können, sondern auch um sich in den militärischen Schutz der Franzosen zu begeben.

Dort hatte der verbannte Jesuit nach außen hin Jahre eines eifrigen Apostels verbracht und seine inneren Ängste und Zweifel vor den Augen seiner Glaubensbrüder sorgfältig zu verbergen gewußt. Er vermied geflissentlich jeden Kontakt mit Waldläufern oder kanadischen Händlern, um nur ja nichts von den Ereignissen in Kanada oder Akadien zu erfahren. So entstand in Neufrankreich vorschnell das Gerücht, er lebe als Gefangener bei den Irokesen, denn niemals sickerte auch nur die geringste Nachricht über ihn durch. Und natürlich drangen auch keinerlei Neuigkeiten zu ihm durch. Niemand erkundigte sich danach, wo er sich aufhielt, niemand ließ ihm eine Botschaft zukommen.

»Niemand scherte sich um mich«, gestand er nicht ohne Bitterkeit. »Keinen interessierte es, wie es mir erging oder womit ich meine Tage zubrachte. Monsieur und Madame de Peyrac waren in Quebec, und plötzlich stand jeder auf der Seite der Sieger, begierig, für sich den größten Nutzen daraus zu ziehen. Man wollte mich vergessen. Ich war verschwunden. Und nichts war einfacher, als zu sagen, ich lebte als Gefangener bei den Irokesen. Gefangener wurde ich dann. Aber erst nach meinem ›Tod‹, der zuerst in Neuengland bekannt wurde, bevor die Kunde davon nach Neufrankreich drang.«

Siebenundfünfzigstes Kapitel

»Ich will Ihnen schildern, wie ich gefangengenommen wurde:

Es war an einem Sommermorgen. Ich begab mich in Begleitung Pater de Marvilles und eines jungen Kanadiers namens Emmanuel Labour, der sich seit einem Jahr mit uns für die Bekehrung der Indianer einsetzte, in ein nahe gelegenes Dorf, um dort die Messe zu lesen. Bei uns waren auch einige neuaufgenommene Gemeindemitglieder. Plötzlich sahen wir uns von einer Gruppe Irokesen umringt. Sie kennen die Indianer, Madame. Man wandert durch einen einsamen Wald, und nichts Außergewöhnliches geschieht, nur der Gesang der Vögel verstummt. Mit einem Mal tritt hinter jedem Baumstamm ein Mensch hervor, und man ist umgeben von federgeschmückten Gestalten, die sich einem bemächtigen.

Damit begann mein Leidensweg. Nach zweitägigem Marsch erreichten Krieger und Gefangene das erste größere Dorf im Tal der Irokesen. Keiner von uns gab sich falschen Hoffnungen hin. Uns erwarteten Folter und Tod.

Die Nacht wurde uns lang in der Hütte, in der man uns eingeschlossen htte. Neidvoll betrachtete ich meine Begleiter Marville und Labour, die nach dem Gebet in einen ruhigen Schlaf gefallen waren. Ich selbst hatte sie zu dieser Gelassenheit ermahnt, indem ich ihnen versicherte, sie seien in Gottes Hand. Die Worte waren mir wie Fremdkörper über die Lippen gekommen. Mich hatte eiskalte, lähmende Furcht ergriffen. Und sie schliefen, wie gestärkt durch meine Worte, während ich die Stunden zählte, die uns noch von den schrecklichen Martern trennten. Wenn doch die Nacht nie enden würde! dachte ich. Wenn doch nie ein neuer Tag anbrechen würde! Gott sollte die Welt anhalten und uns alle vernichten, grausam und wahnsinnig, wie wir sind, ein Geschmeiß der Schöpfung, wenn dafür nur dieser Augenblick der Schmerzen nicht kommen würde. Du hast noch nicht gelebt, sagte ich mir. Du hast das Glück noch nicht kennengelernt. Und nun soll dieser Körper, der noch nichts von der Liebe weiß, den Wilden ausgeliefert werden zu Folterungen, gegen die dein Fleisch sich wehrt.

Ach, wie nahe waren mir die Todesangst Christi und sein

blutiger Schweiß! Doch kein Engel kam, um mich zu trösten. Ich hatte zuviel Schuld auf mich geladen.

Sie kamen mir in den Sinn, der ich meine Erniedrigung verdankte. Das Gesicht, der unvergeßliche Körper einer Frau. *Sie* stiegen aus diesem Chaos auf, wie um mich zu verspotten und sich an meinem Unglück zu weiden . . .«

Beschwichtigend legte er seine Hand auf die ihre und wehrte damit ihren Widerspruch ab. »Nein, das ist alles nicht wahr. Sie trugen keine Schuld an dem Wahn, der mein Innerstes zerstörte, außer der, daß es Sie gab, daß Sie mir erschienen waren! In jenem Augenblick jedoch, als ich von Angst zerfressen war und vom Kopf bis zu den Füßen zitterte wie ein bezwungenes Tier, das sein Ende nahen fühlt und den Todesstoß erwartet, da fand ich Halt in dem Gefühl der Rache und des Hasses gegen eine symbolische Gestalt – eine Frau, die mich aus der Bahn geworfen hatte.

Ich habe Ihnen einmal gesagt, daß ich alles nicht gewollt hatte. Aber einen Irrtum einsehen ist eine Sache, der sich jeder von uns irgendwann einmal stellen muß. Seine eigene Existenz als lächerlich und verloren zu erkennen, eine andere, sehr viel tödlichere. Mit einem Mal sieht man sich als Opfer einer Täuschung, deren Bösartigkeit man nie durchschaut hat. Mit diesem Erwachen begann mein Untergang. Es hatte meinen Widerstand gebrochen.

Meine Anwesenheit an diesem Ort, unter diesen Ungeheuern, die darauf warteten, mich zu verstümmeln, erschien mir nicht nur unerträglich, sondern in höchstem Maße ungerecht. Den Schrei, der sich mir auf die Lippen drängte, unterdrückte ich in einer letzten Aufwallung von Stolz und Würde. Kein zweites Mal! Kein zweites Mal! Ich glaubte, durch meine erste Folterung ein gewisses Anrecht auf Schonung erworben zu haben. Aber ich hatte mich auch hier getäuscht. Es genügte nicht, daß ich einmal gequält worden war, daß ich meine Finger verloren hatte.

Gegen Morgen begannen unsere indianischen Glaubensbrüder, Huronen und Irokesen, zu singen. Sie waren in einer anderen Hütte untergebracht und wurden vermutlich gerade abgeholt, da ihr Gesang sich immer weiter entfernte. Später nahm ich den Geruch verbrannten Fleisches wahr, den ein leichter Wind zu uns hereinwehte: Es war der Geruch der Folterungen.

Durch einen Spalt in der Wand unserer Hütte sah ich den Himmel heller werden. Die Sonne ging auf, jetzt holten sie auch uns. Auf einer Lichtung waren die Marterpfähle errichtet. Unsere Indianer, denen man schon schwer zugesetzt hatte, beschimpften weiter ihre Peiniger. Andere, die dazu nicht mehr in der Lage waren, weil man ihnen die Zunge abgeschnitten oder verbrannt hatte, legten ihren ganzen Haß in ihre Blicke.

Die zahlreich vertretenen Krieger lösten sich bei ihrem mörderischen Tun ab, waren aber bemüht, eine fast feierliche Stille zu wahren. Sie wurde nur zeitweise durch einen Schwall von Beschimpfungen unterbrochen, in denen Opfer und Henker, wie der Ritus es verlangte, sich gegenseitig an den Kopf warfen, aus welchem Grund sie sich haßten, verfolgten und Freunde oder Verwandte des anderen abschlachteten.

Vor mir tauchte Uttaké auf und musterte mich böse. In der Hand trug er einen spitzen Stein und ein kleines Hämmerchen. Er befahl mir, den Mund zu öffnen, und schlug mir sehr geschickt und sehr schnell zwei Zähne aus. ›Du bist so stolz auf dein Gebiß, Schwarzrock!‹ sagte er. ›Wie alle Weißen beneidest du uns um unsere gesunden Zähne. Sie sagen: Was für schöne Zähne diese Wilden haben! Und ich weiß, daß du versucht hast, hinter unser Geheimnis zu kommen, um die deinen auch so schön und glänzend zu erhalten, wie sie bei deiner Ankunft waren. Ich habe dich Lehm mit weißem Sumachsaft kauen sehen, wie wir es tun, damit die Zähne weiß und gesund bleiben. Du leidest nicht gern, Schwarzrock. Und du läßt dich auch nicht gern erniedrigen, nicht vor deinen Feinden und erst recht nicht vor deinen Freunden!‹

Ich begann zu zittern.

Ein Krieger nahm die Hand des jungen Emmanuel und fing an, ihm mit der scharfen Kante einer Muschel ein Fingerglied abzutrennen. Um mich her verschwamm alles. Ich sah diesen weißen zersägten Finger und das Blut, das dick und schwer zu Boden tropfte.

Ich dachte: Dir haben sie schon zwei Finger abgeschnitten. Diesmal sind die anderen dran. Ich werde keine Messe mehr lesen können. Der Papst wird mir wegen meiner Verstümmelung die Erlaubnis entziehen. Und diesmal würde er keine Gnade walten lassen, denn er würde *wissen,* daß ich ihrer nicht mehr würdig war.

In meinem Kopf tobte ein Sturm des Aufbegehrens und der Verzweiflung. Ein Schrei formte sich in mir, ein Schrei des Entsetzens, der anschwoll wie ein Orkan. Ich hörte ihn, wußte aber nicht, daß ich es war, der ihn ausstieß. Ich warf mich vor Uttaké auf den Boden, kroch auf den Knien vor ihm und flehte ihn an, mich zu schonen. Kein zweites Mal! rief ich. *Kein zweites Mal!* Töte mich, aber erspare mir die Tortur. Ich werde tun, was du von mir verlangst.

Das Schlimmste an dieser entwürdigenden Szene waren die bestürzten, ungläubigen und entrüsteten Blicke der Umstehenden, sowohl der Henker wie meiner unglücklichen, zum Martyrium bestimmten Begleiter und derjenigen, die schon ihr Blut vergossen und für den christlichen Glauben gelitten hatten. Halbtot waren sie jetzt Zeugen meines schändlichen Versagens.

Plötzlich waren alle diese Blicke ausgelöscht, und es gab nur noch einen einzigen, leuchtendblauen Kinderblick aus den Augen des kleinen Helfers Emmanuel, der sich, ohne zu klagen, nackt an den Marterpfahl hatte binden lassen und der mich anstarrte, voller Entsetzen, nicht seiner bevorstehenden Leiden wegen, sondern meinetwegen!«

»Weinen Sie nicht«, bat sie. »Das schadet Ihren Augen. Sie könnten blind werden.«

Sie stand auf und badete seine Lider. Die Tränen rannen in kleinen Bächen über sein zerfurchtes Gesicht. Er schluchzte in trockenen, mitleiderregenden Stößen.

»Beruhigen Sie sich! Beruhigen Sie sich!« mahnte sie ihn leise und eindringlich. Behutsam strich sie über seine blutunterlaufene, mit Narben bedeckte Stirn. »Beruhigen Sie sich, Pater! Wir werden ein andermal darüber sprechen.«

Aber es drängte ihn, seinen Bericht fortzusetzen:

»Es gibt eine Art Sucht, feige zu sein, wenn man sein Leben lang gegen die Angst angekämpft hat. Warum soll ich leugnen, daß mich eine nichtswürdige Erleichterung überkam, als ich mich dem Leben zurückgegeben und das Gespenst unmenschlicher Leiden weichen sah. Die Verachtung der andern kümmerte mich wenig.

Ich hatte gehört, wie die Häuptlinge berieten, ob sie mich den Frauen und Kindern überlassen sollten. Es war eine Art Strafe für Feiglinge, die sich vor dem Tod am Marterpfahl als kleinmütig erwiesen. Aber glauben Sie nicht, daß diese kleinen Bestien mit ihren spitzen Nägeln sich nicht ebenso gut aufs Töten und Quälen verstanden wie ihre Männer, Väter und Brüder. Aber diese demütigende Lösung wurde als noch zu ehrenhaft für mich erachtet, der ich der Versammlung eine noch nie dagewesene Schande bereitet hatte.

Gott sei Dank! dachte ich, als ich den Schiedsspruch ahnte. Ich lag ausgestreckt wie vordem, die Stirn im Staub. Umarmen hätte ich sie mögen, diese warme, lebendige Erde!

Brutal rissen sie mich hoch. Uttakés Augen glichen zwei messerscharfen Klingen. ›Erhoffe nichts von mir‹, sagte er. ›Ich werde dir nicht die Wohltat erweisen, dich mit einem Hieb meines Tomahawks zu töten, wie du es dir wünschst. Das würde dir den Titel eines Märtyrers bei deinen Brüdern eintragen. Und das steht dir nicht zu. Du bist minderwertig und hast mich durch dein Verhalten beleidigt, mich, der dir Ehren erwiesen hat. Du läßt uns nicht nur an der Größe deines Gottes zweifeln, sondern auch an seiner Existenz.‹

Nichts traf mich mehr, nicht ihr Haß und nicht die Abscheu, mit der sie mich wie ein Stück Dreck vor die Füße einer alten Frau warfen, der ich fortan dienen und den im Krieg verlorenen Sohn ersetzen sollte.

Meine neue Herrin schlug mich, wo sie konnte, da ich sehr ungeschickt und wenig robust war und sie sich ständig dem Spott ihrer Stammesgenossinnen ausgesetzt sah. Denn noch nie hatte eine der Frauen im Dorf einen Gefangenen gehabt, der so ein erbärmlicher Feigling war. Meine Schande fiel auf sie zurück. Das ließ sie mich unaufhörlich büßen.«

Achtundfünfzigstes Kapitel

Als er schwieg, blieb sie noch lange an seinem Bett sitzen. Allmählich wurde ihr die Bedeutung seines Bekenntnisses klar. »Jetzt begreife ich, welches schreckliche Geheimnis der junge Emmanuel mir anvertrauen wollte . . .«

Sie hatte mehr zu sich selbst gesprochen. Da öffnete er plötzlich die Augen. »Der junge Emmanuel? Die Irokesen haben ihn nicht getötet?«

»Nein. Wir haben ihn noch lebend gesehen. Er hat Pater de

Marville begleitet, als dieser zusammen mit Tahuntagetes nach Salem kam, um die Nachricht Ihres ›Todes‹ und Ihres ... ›Martyriums‹ zu überbringen.«

»Warum wollte Uttaké, daß die Engländer als erste davon erfuhren?«

»Er wollte nicht die Engländer als erste unterrichten, sondern uns. Uttaké wußte, daß mein Mann und ich in Neuengland waren.«

»Und wollte Sie wissen lassen, daß ich Ihnen nicht mehr schaden kann. Wie recht er doch hatte! Gab es ein erbärmlicheres, elenderes Wesen als mich? Womit hätte ich Ihnen schaden sollen? Aber ich verstehe, warum de Marville mich für tot erklären mußte. Es galt, die Ehre unseres Ordens zu retten.«

Und er hat es in seinem Bericht an nichts fehlen lassen, das muß man ihm gerechterweise zugestehen, dachte Angélique, als sie sich an die wortreichen Schilderungen des Paters vom »ruhmreichen Tod« seines Mitbruders erinnerte.

Sie hatte damals also richtig vermutet. Während des ganzen Auftritts war sie den Verdacht nicht losgeworden, daß irgendwo eine Lüge verborgen war. Hinter dem hochtrabenden Gebaren Marvilles war ein Schmerz zu spüren gewesen, ein echter Schmerz, geboren aus Kränkung, Enttäuschung, Furcht und Leid. Es war leicht zu erraten, was der überzeugte Jesuit angesichts des Versagens seines Meisters empfunden hatte, angesichts der Feigheit dessen, der der Beste unter ihnen war. Sein Orden hatte die schlimmste Beschmutzung erfahren, die es gab: die Verleugnung.

»Daß Ihr Glaubensbruder Sie für tot ausgegeben hat, um Ihre Schande zu verbergen, erkenne ich an«, sagte Angélique. »Aber daß er die Gelegenheit benutzt hat, den Fluch des Himmels auf uns herabzurufen und uns für Ihre Leiden verantwortlich zu machen, das ging doch wohl zu weit. Was ist wahr an dieser Anklage gegen mich, die Sie angeblich unter der Folter ausgestoßen haben: ›Sie ist schuld! Durch ihre Schuld muß ich sterben!‹«

»Alles ist wahr. Ich habe solche Worte gebraucht, laut und vernehmlich. In dem Augenblick, als Uttaké die Hand senkte und mich damit begnadigte, hatte ich nur den einen Wunsch, mich zu rechtfertigen, denjenigen, die ich enttäuscht hatte, wenigstens eine Erklärung für mein Handeln zu geben, sie glauben zu machen, ich sei das Opfer böser Mächte geworden. Und das einzige, an meinem Untergang schuldige Wesen schien mir die Frau zu sein, deren Anblick mich in etwas verstrickt hatte, das ich weder erklären noch zulassen konnte, in eine Narrheit, die ganz und gar dem widersprach, was bis dahin den Sinn meines Lebens ausgemacht hatte. Ich war schließlich selbst überzeugt, im Recht zu sein, wenn ich mich auf Hexerei berief und ihnen entgegenschrie: ›Sie ist es! Sie richtet mich zugrunde, die Dame vom Silbersee! Ihr verdanke ich mein Verderben und meinen Tod.‹«

Er seufzte so tief, daß es wie ein Röcheln klang. »Ich sprach von meinem Tod, jenem eigentlichen, absoluten Tod, der mir drohte. Der Tod des Helden, der ich gewesen war, der ich hatte sein wollen, dem alle meine Träume gegolten hatten. Ich war für immer ausgelöscht. Und *sie* hatte mich getötet, sie, das Weib, mein Erzfeind von Anbeginn. Ich weiß, es war Irrsinn, es war ungeheuerlich, gerade Sie anzuklagen. Aber ich hatte mich in diesen Jahren der Stille und der Abgeschiedenheit in einen solchen Wahn verrannt, daß ich selber glaubte, ich sei behext. Ich rief: ›Sie ist schuld, die Dame vom Silbersee ... Rächt mich, rächt mich!‹

Dann sah ich ihre bleichen, verschlossenen Gesichter und wußte, daß ich vergeblich geschrien hatte. Sie würden mich nicht rächen, wie ich es verdient hätte. Sie waren nicht mehr meine Freunde; sie verstießen mich, den Abtrünnigen. Nichts war mehr übrig von der Zuneigung, der Ergebenheit, der Achtung, die sie mir scheinbar entgegengebracht hatten. Sie hatten mich nie geliebt. Ich bedeutete ihnen nichts.«

Er wurde unruhig, und Angélique, die einen neuen Fieberanfall fürchtete, ließ seine Worte unerwidert. Sie erinnerte ihn daran, daß es Zeit für ihr gemeinsames Mahl sei, und ging zum Herd, um die tägliche Ration aufzuwärmen. Er jedoch sprach weiter.

»Es ist wahr. Ich schrie, man müsse die Hexe vernichten, und habe damit Marville den Weg gewiesen, den er einschlagen mußte, um meinen Kampf zu vollenden.

Während Tahuntagetes ihn zur Küste führte, mußte er seinen Schock überwinden. Mein Geständnis hatte ihn innerlich mehr erschüttert als die Folterung, und es war ihm schon immer schwergefallen, mit seelischen Belastungen fertig zu werden. Er brauchte das Feindbild, um sich daran aufzurichten.

Um nicht selbst zugrunde zu gehen, mußte er sich seine eigene Version des Geschehenen aufbauen. Das ist gut! Das ist sehr gut! Er hat richtig gehandelt.«

Angélique hörte ihm argwöhnisch zu. »Man könnte glauben, Sie billigten sein Vorgehen! Es ist also wahr, daß Ihr Jesuiten zusammenhaltet, komme, was da wolle.«

Aber dies war nicht der Augenblick, den Streit neu zu entfachen. Sie weckte die Kinder, nahm eines nach dem anderen in die Arme und wiegte sie, um ihnen ein sanftes Erwachen zu bereiten. Sie küßte ihre Wangen und ihr zerzaustes, seidiges Haar, genoß ihr Lächeln und den strahlenden Glanz ihrer Augen und stellte beglückt fest, daß wieder Leben in ihnen war. »Ihr seid mein Herzenstrost! Der größte Schatz meines Lebens!« flüsterte sie. »Euretwegen lohnt es sich, jeden Kampf auf sich zu nehmen und jeden Streit auszufechten, sei er auch noch so dumm!«

Auf und ab gehend, sang sie jedem von ihnen ein Liedchen ins Ohr. Dann setzte sie die Kleinen vor sich auf eine Bank, goß etwas Suppe in eine Schüssel und verteilte sie löffelweise in die aufgesperrten Münder.

Ihre Zwillinge! Hatten sie nicht damals in Salem schon, kaum geboren, ihren Clan verteidigt, als sie die Anschuldigungen Marvilles mit ihrem Zetergeschrei zu stoppen verstanden? War es ihr Instinkt gewesen, der sie Böses für ihre Familie wittern ließ, oder hatten ihre Ammen sie nur zu lange warten lassen? Jedenfalls hatten diese beiden Säuglinge dem Spuk ein Ende bereitet. Sie mußte wider Willen lachen, als sie sich daran erinnerte. Doch ihrem Gast die Szene zu schildern, versagte sie sich. Jetzt war nicht die Zeit für Späße.

Sie drückte ihren Lieblingen ein Brustbeerenstäbchen in die Hand, auf dem sie herumkauen konnten, falls sie noch Hunger hatten. Dann zog sie sich einen Schemel an die Seite des Kranken und versuchte ihm etwas Bouillon einzuflößen. Ob er essen würde, war immer ungewiß. Ob aus Gleichgültigkeit oder aus dem Wunsch heraus, mit ihren Vorräten hauszuhalten, jegliche Nahrungsaufnahme schien ihm zu widerstreben. Empfand er es als demütigend, wie ein Kind auf ihre Fürsorge angewiesen zu sein? Aber seine Hände und Arme waren noch zu schwach, um einen Teller halten oder einen Löffel zum Mund führen zu können.

In solchen Augenblicken war sie ihm weniger böse, als

wenn er sich ereiferte und plötzlich ein herrisches Verhalten zeigte. Für sie war er ein Mensch, der seine Gaben überschätzt hatte, der maßlos gewesen war in seinen Ansprüchen an sich und an das Leben und den ein heimtückisches Schicksal aus der Bahn geworfen hatte. Diese Erkenntnis wollte auch sie sich zu Herzen nehmen. In der Hoffnung, daß er aus seinen Erfahrungen gelernt habe, beschloß sie, ihn als Bruder und Kampfgenossen zu betrachten.

»Ich bin froh, daß er überlebt hat«, murmelte er. »Der gute Junge mit dem schönen Namen ... Emmanuel. Und ich habe ihn so enttäuscht! Gut, daß ihm das Feuer erspart blieb. Er wird wissen, was er zu tun hat, um den Ruhm Gottes und das Wohl der Menschen zu mehren.«

Da er so heiter war und so folgsam aß, hielt Angélique es nicht für angebracht, um die Wahrheit über den armen Emmanuel zu enthüllen, der sein Leben doch noch hatte hingeben müssen.

Neunundfünfzigstes Kapitel

Manchmal führten sie Gespräche, die jeden, der dieses wilde Land nie kennengelernt hatte, erschreckt und befremdet hätten.

»Hätten Sie mich verspeist?« fragte er eines Tages, als sie ihm von seiner seltsamen Ankunft erzählte und wie sehr sie es bedauert hatte, statt der erhofften Lebensmittel einen Leichnam zu finden.

»Vielleicht ... Nein, daran gedacht habe ich, aber nur ganz flüchtig. Es war der Hunger. Er gab einem solche Gedanken ein. Und ich war am Ende. Ich hatte mich damit abgefunden, den Mann, den ich liebte, nie mehr wiederzusehen. Meine Kinder waren nahe daran zu sterben. Nirgendwoher kam Hilfe, und ich hatte so sehr darauf gehofft. Nein, wenn ich entfernt an so etwas gedacht habe, dann nur mit Schrecken. Und dann kam alles anders, denn Sie lebten! Was Uttaké bezweckte, ob er Sie mir tatsächlich schickte, damit ich Ihnen den Rest gebe oder Sie gar verspeise – ich weiß es nicht. Das alles ist so verrückt, und es wäre zweifellos das Ende, das

Ende unserer Welt und unserer Kultur. Es ist nicht auszudenken ...«

»Aber die Indianer haben mich verspeist«, unterbrach er sie, »zumindest in kleinen Stücken. Einer der Krieger hat sie mir mit einem scharfen Messer abgetrennt, an den Schulterblättern, als wir zu den Marterpfählen geführt wurden.«

»Daher rühren also die beiden Wunden auf Ihrem Rükken?«

Sie hatte schon festgestellt, daß es keine Verbrennungen waren, sondern tiefe Narben, die sich trotz sorgsamster Behandlung nicht schließen wollten.

»Ja! Er hat mein Fleisch gegessen, es wieder ausgespuckt und gesagt: ›Dein Fleisch ist unrein!‹«

»Wann war das?«

»Bei der zweiten oder auch dritten Folterung.«

»Ich dachte, Uttaké hätte Sie verschont?«

»Das dachte ich auch. Ich hatte mich im Lauf der Monate sogar an mein Sklavendasein und an die täglichen Stockschläge meiner Tante Nenibush gewöhnt. Sie hielt sich damit in Form und konnte an mir ihren Kummer abreagieren. So waren wir im Grunde gute Freunde und führten auch interessante Gespräche. Diese Indianerfrauen sind nicht dumm, sondern oft ausgesprochen schlau. Sie denken gern über das menschliche Schicksal nach, und die Welt der Träume eröffnet ihrer Phantasie die mannigfaltigsten Möglichkeiten. Ich habe Holz für sie gesammelt und es kleingehackt oder das Wild aus dem Wald geholt, das ein Verwandter für sie schoß. Mehr schlecht als recht habe ich mir einen Weg gebahnt, immer begleitet vom Spott der sehr viel gewandteren kleinen Indianerinnen, die ebenfalls unterwegs waren, um die Jagdbeute ihrer Väter und Ehemänner nach Hause zu schaffen. Immer war ich der letzte. Sie nannten mich ›Schwarze Frau‹ und lachten, wenn ich über Wurzeln stolperte oder mich im Wald verirrte, denn wie Sie sich denken können, stellen wir Missionare mit unserer Soutane für die Herren Wilden den Gipfel der Ungeschicklichkeit dar. ›Du bist noch schwerfälliger als die Yennglis‹, mußte ich mir sagen lassen.

Hätte ich auf die Jahreszeiten achten sollen? Hätte ich zählen sollen, ob ein, zwei oder drei Herbste vergangen waren? Der Tag kam, an dem sie mich von neuem holten. Es war mitten im Winter und bitter kalt. Ich war gerade dabei, die Felle zu gerben, die meine Tante und ich dem Verwandten übergeben mußten. Anfangs begriff ich gar nicht, was mich erwartete, als ich die vier Krieger und die jungen Leute erblickte, die den Auftrag hatten, mich in ein benachbartes Dorf zu bringen, wo inzwischen auch Uttaké, Häuptling der Mohawks und mein schlimmster Feind, eingetroffen war. Als ich dies jedoch erfuhr, ergriff mich Todesangst.

Wie ich schon sagte, hatte ich mich sicher gefühlt. Ich fürchtete weder Schläge noch Anstrengung, nicht einmal die Eintönigkeit meiner demütigenden Arbeit. Ich hatte keine Angst vor dem Sterben, noch wünschte ich mir den Tod, es sei denn durch einen gezielten Hieb mit dem Tomahawk. Meine einzige Sorge war, in der Pein einer Verbrennung zugrunde zu gehen. Das war meine Verfassung, als sie an jenem Wintermorgen kamen und mich mit der geheiligten, für mich so schreckensvollen Formel ansprachen: ›Fasse Mut, Bruder! Der Augenblick, deinen Todesgesang anzustimmen, ist gekommen.‹

Ich folgte ihnen stumm und in einem solchen Zustand der Ohnmacht und Fassungslosigkeit, daß meine Beine mir den Dienst versagten und man mich stützen mußte. Es waren ganz junge Leute, und mein Benehmen befremdete sie zutiefst. Auf diesem Marsch war es, daß einer anfing, meinen Rücken zu verspeisen.

Es war Nenibush, die es übernahm, meinen Todesgesang zu singen, indem sie kreischend ihrem Protest Ausdruck gab und sich wie wild an mir festklammerte, um mein Weggehen zu verhindern. Erst auf halbem Wege gelang es den Kriegern, sie abzuschütteln. Ich höre noch heute ihr Jammern und Fluchen. Arme Frau, man hatte ihr zum zweiten Mal den Sohn genommen. Ihre Rufe gellen mir noch immer in den Ohren und verfolgen mich manchmal im Schlaf.«

»Ich habe oft gehört, wie Sie immer wieder stöhnten: ›Ach, wäre sie doch endlich still!‹«

»Damit meinte ich Nenibush, kein Zweifel. Bei meiner Ankunft waren die Häuptlinge der fünf Stämme schon versammelt. Unter ihnen Uttaké, der mir eine lange Rede hielt.

›Da bist du ja, Hatskon-Ontsi! Hast du dich mit deinem Gott ausgesöhnt? Kannst du dich wieder seiner Stärke rühmen? Du größter unter den Großen der Schwarzröcke, der du uns beleidigt und verletzt hast wie kein anderer! Uns, die wir in stolzer Erwartung unseres Todes geboren werden, die wir uns schon in jungen Jahren mit Freuden auf den Tod unter der Folter vorbereiten, um in ihm die Größe des Menschen zu beweisen, uns hast du beleidigt und alles, was uns heilig ist.‹

Ich wußte, wie tief ich Uttaké verletzt hatte; mit meiner Feigheit hatte ich ihn mir zum unversöhnlichen Feind gemacht. Es hatte ihn zutiefst empört, auf eine so ehrenrührige Weise getäuscht zu werden. Mich jedoch focht dies nicht an, seine Worte berührten mich nicht.

Nach langem Schweigen fuhr er fort. ›Ich sehe an deinem Gesicht, daß du dich nicht gebessert hast und daß du es nicht wert bist, der Prüfung der Tapferen unterzogen zu werden. Aber freue dich nicht zu früh, denn wir werden dich den Frauen ausliefern.‹

Die Genannten stießen ein Jubelgeschrei aus, das sich von Hütte zu Hütte fortsetzte, wie die reißenden Wasser eines Wildbachs.

Was soll ich Ihnen sagen? Meine Erinnerung ist noch jetzt getrübt von dem Grauen, das über mich hereinbrach. Das einzige, was ich deutlich vor mir sehe, ist der Augenblick, wo mir tausend kleine, klauenartige Hände mit scharfen, spitzen Schilfrohren das Gesicht zerkratzten. Bei zweien erkannte ich erst, als sie ganz nahe waren, daß sie kleine Nager in ihren fest geschlossenen Fäusten hielten. Von den aufgeregten Tieren war nur der Kopf und das weit geöffnete Maul mit den spitzen Zähnen zu sehen, und die Frauen hielten sie hierhin und dahin, an meine Wangen, an meine Stirn, wo die Hungrigen auch gleich zubissen. Die Frauen lachten hysterisch und drohten mir, als nächstes kämen meine Augen dran.

Da begann ich zu brüllen, weniger vor Schmerz, als vor Entsetzen.

Heute weiß ich, daß ich dieses Gefühl der Panik hätte unterdrücken müssen. Irgend etwas in meinem Innern sagt mir, daß ich den Schmerz auch stumm hätte ertragen können. Aber es war zu spät. Ich hatte ein zweites Mal meine Ehre verloren.

Jetzt schritten die Alten ein und befreiten mich aus den Händen der Frauen und Kinder. Man schleifte mich vor den Hohen Rat, wo sie sich untereinander besprachen und mich mit düsteren Mienen betrachteten, wie Ärzte, die sich einem hoffnungslosen Fall gegenübersehen. Ich vernahm Worte im

Sinne von: Wir müssen ihn ›vorbereiten‹. Danach brachten sie mich in ein anderes Dorf, wo sich eine besondere Hütte befand, die ausschließlich zum Rauchen bestimmt war.

Sie war so klein, daß wir nur mit Mühe alle darin Platz fanden: die Alten, die Häuptlinge und ich. Die Pfeife kreiste von Mund zu Mund. Als sie zu mir kam, bat man mich, einige Züge mehr zu nehmen als die anderen. Das ging eine ganze Weile so, und es hätte mich nicht gewundert, wenn es noch zwei oder drei Tage gedauert hätte. Wir rauchten, ohne zu trinken oder irgend etwas zu essen. Anfangs machte noch eine Kürbisflasche die Runde, nicht um daraus zu trinken, sondern um zu urinieren. Aber sie wurde immer seltener benutzt. Wir alle waren leer, hatten nur mehr Rauch in uns. Die Luft war blau und schwer. Eintönige Gesänge steigerten die Benommenheit.

Mir wurde schwindlig. Meine Lungen brannten. Dann war es, als sei ich plötzlich allem entrückt und begegnete in dieser Abwesenheit meiner eigenen Seele. Und nicht nur meinem Ich, sondern der Vielzahl von Schichten, aus denen sich meine Seele zusammensetzte – Gesichter und Personen längst vergangener Zeiten und früherer Existenzen, die mein Ich bedrängten und sich in mein eigentliches Wesen eingeschlichen hatten, es überwucherten, erstickten und lähmten wie die Akkerwinde einen wild wachsenden Weinstock. Einschnürende, nutzlose Kräfte, die den Menschen an seiner freien Entfaltung hindern. Vielleicht gelang es mir sogar, sie im Verlauf dieser ›Reise‹ durch das Unbewußte auszumerzen.

Ich sehe die Szene noch vor mir. Die Stammesältesten, die mich umringten und die eher den Eindruck von Ärzten als von Peinigern machten, und mich, dem die Droge ermöglichte, zu den Anfängen zurückzukehren, dem sie half, die harte Schale um den Kern meines Wesens aufzubrechen. Ja, es gibt solche Drogen, die dem Geist nützen, ohne dem Körper zu schaden. Vor allem die Indios der spanischen Besitzungen wenden sie an, wenn ein Mensch von seinem Wahn befreit werden soll.«

Er ließ sich ausführlich über das geheime Wissen aus, das der noch unerforschte Kontinent der Neuen Welt besaß, und Angélique wartete geduldig. Schließlich kam er auf das zurück, was auf seine Läuterung gefolgt war.

»Ich war nicht etwa geheilt. Auch die Stammesältesten gaben sich dieser Illusion nicht hin. Sie betrachteten mich weiterhin mit Argwohn. Ich für mein Teil dagegen fühlte mich wie nach einer überstandenen Operation, wie nach der Entfernung wichtiger Organe, die in Fäulnis übergegangen und daher gefährlich geworden waren. Die Zukunft würde zeigen, welchen Nutzen ich aus der seltsamen Therapie würde ziehen können.

Was die Indianer empfanden, war leicht zu erraten. Für sie waren die Weißen eine undankbare und unterentwickelte Rasse, die es nicht verstand, die kostbaren Gaben einer wohlmeinenden Natur zu nutzen und ihre Lehren anzunehmen. Man mußte sich ihrer in sehr jungen Jahren bemächtigen, wollte man einigermaßen wertvolle Menschen aus ihnen machen. Bei mir schien ihnen alle Hoffnung vergebens. So unterließen sie es auch, mich zu meinem Todesgesang aufzufordern, während sie mich hinaus vors Dorf führten, wo ein alter Marterpfahl stand. Dort machten sie ihre Beile und Nadeln glühend, mit Mienen, die deutlich zeigten, wie lästig und langweilig ihnen diese Arbeit war.«

Angélique hörte ihn leise lachen, als amüsiere er sich noch jetzt über die griesgrämigen Gesichter seiner unzufriedenen Henker, deren Namen er halblaut aufzählte: »Uttaké, Tahuntagetes, Gosadaya, Hiyatgu, Garagonthi.«

Wieder lachte er, und sie erkannte eine ganz neue, jungenhafte Seite an ihm, der wohl nur sein Leben bei den Wilden zum Durchbruch verholfen hatte.

»Und dann?« fragte sie. »Was geschah dann?«

»Ich weiß es nicht . . .«

Er ließ soviel Zeit verstreichen, daß sie glaubte, er sei eingeschlafen. Dann wiederholte er: »Ich weiß es nicht. Trotzdem sehe ich im Geist ihre rotglühenden Tomahawks, die sie mir auf die Schenkel drückten, und ich habe noch den Geruch verbrannten Fleisches in der Nase, der mir Übelkeit bereitete. Ich glaube, daß man mich gefoltert hat, und ich glaube auch, furchtbar gelitten zu haben. Aber das alles ist sehr vage. Ich weiß nicht, ob ich noch einmal geschrien und meinen Henkern damit neue Schande bereitet habe. Ich kann mich nur an eines erinnern: Ich liege am Boden, und Uttaké steht riesengroß über mir, hinter ihm die Sonne und große leuchtende Wolken, die wie Schiffe am Himmel dahingleiten. Er sagt zu mir:

›Glaube nicht, daß ich dir die Schande erspare, Hatskon-

Ontsi, dir, der du so groß warst und mich mehr getäuscht hast als irgend jemand auf der Welt. Ich erlaube nicht, daß du eine schlechte Erinnerung in uns hinterläßt und daß einer bei der Nennung deines Namens zu sagen wagt: Jener, der es nicht wert ist, einen Namen zu tragen, war Uttakawathas Feind. Du wirst uns verlassen. Ich schicke dich auf die andere Seite der Berge. Aber ich werde dir folgen und ich werde dich finden.‹

Ich fragte: ›Warum tötest du mich nicht?‹

Und er sagte: ›Nicht ich werde dir den Todesstoß versetzen. Du hast größere Feinde als mich, denen dieses Recht zukommt.‹

Seine rätselhafte Antwort versetzte mich in neuen Schrekken. Wem würde er mich ausliefern? Seine Augen funkelten grausam. ›Ich sage dir, Hatskon-Ontsi, du wirst alle Schmerzen und alle Leiden dieser Erde auskosten, bis du würdig sein wirst, das ich dein Herz verschlinge!‹

Dann folgte eine lange, geheimnisvolle Reise, an die ich mich nicht mehr erinnere. Weit zurück in meiner Kindheit muß ich mir einmal gewünscht haben, eines Tages das lichtumflossene Gesicht der Frau zu sehen, nachdem ich immer nur deren häßliche Seite kennengelernt hatte. Ohne daß ich es wußte, fand mein Leben auf diesem Wege seine Erfüllung. Man glaubt, man fahre nach Amerika, um dort zu missionieren, doch heute weiß ich, daß ich zu einem ganz anderen Ziel aufgebrochen war.

Als ich erwachte, fand ich mich in ihren Armen. Sie verband meine Wunden und gab mir zu trinken, wie keine Mutter, keine Frau es je für mich getan hatte.

Ich erkannte sie und hatte doch nie zu hoffen gewagt, ihr einmal so nahe zu sein. Sie sagte mir ihren Namen, den ich mit Staunen und Schrecken erwartet hatte. Jetzt erst begriff ich, was Uttaké gewollt hatte. Wie fein und raffiniert seine Rache war. Nicht nur, daß ich der zündenden Flamme, die mein Fleisch erfaßte, nicht entgehen konnte, ich würde mich auch der schwersten aller Prüfungen nicht entziehen können. Der Traum würde zerrinnen. Der Kelch des Heils würde meinen Lippen verwehrt. Ich würde unausweichlich auf die Grausamkeit der Welt stoßen, gegen die es kein Heilmittel gibt.

Dann nannte ich selbst meinen Namen, und ich las auf ihrem Gesicht nur Trauer, Schmerz und Mitleid.«

Sechzigstes Kapitel

Nach diesen kräftezehrenden, ausführlichen Berichten blieb er tagelang stumm.

Sie sprach weiter mit ihm, um seinen Geist wachzuhalten, hütete sich aber, den Namen ihres Gatten zu erwähnen. In vorangegangenen Gesprächen hatte sie bemerkt, daß dann seine Stimme zu zittern anfing und er gereizt und verbittert reagierte. Wenn er *sie* als seine ärgste Feindin bezeichnete, dann mußte Joffrey de Peyrac einen noch abgrundtieferen Haß in ihm hervorrufen, handelte es sich bei ihm doch um einen »Verräter« aus den eigenen Reihen. Denn Sébastien d'Orgeval hatte sich zweifellos eine Welt erträumt, in der alle Männer sich zusammenschlossen, um Eva, die Schuldige, die Adam und die ganze Schöpfung ins Verderben gestürzt hatte, unschädlich zu machen.

Als er wieder zu sprechen begann, war aus seinen scharfen Worten herauszuhören, daß er sich rechtzufertigen suchte. »Durch Ihre Schuld habe ich meine beiden besten Freunde verloren.«

»Pont-Briand?«

Er winkte unwirsch ab. »Pont-Briand gehörte nicht zu den Menschen, deren Freundschaft man sucht. Er war nur ausführendes Organ. Was ihm passierte, war verdient und unausweichlich.«

»Aber Sie haben ihn dahingebracht, auf eine sehr geschickte, teuflische Weise.«

»Man kann einen Menschen erst beurteilen, wenn man ihn zu einer Entscheidung gezwungen hat, bei der er seine Maske fallen lassen mußte. Ich habe den Bauern gesetzt und erfuhr dank dieses Schachzugs nicht nur, wer er, sondern auch, wer Sie waren und auf welche Art von Herausforderung Monsieur de Peyrac reagieren würde.

Doch lassen wir Pont-Briand. Er hat seine Aufgabe erfüllt. Ich spreche von meinem Ordensbruder, Pater de Vernon, und vom Chevalier de Loménie-Chambord, meinem Wahlbruder seit Beginn unserer gemeinsamen Seminarzeit, als ich vierzehn und er elf Jahre alt war. Mit diesen beiden hatte es nie ein böses Wort gegeben. Kein Schatten war je auf unsere Freundschaft gefallen. Alles verlief in friedlichem Einvernehmen, bis Sie erschienen und alles zerstörten. Oh, meine Freunde! Auf wie schmerzliche Weise mußte ich euch verlieren! Euch, die ihr ein Teil meiner selbst wart.«

»Wie haben Sie erfahren, daß der Chevalier de Loménie tot ist?«

»Tot?«

Sein Schrei klang, als sei er mitten ins Herz getroffen. Demnach hatte er, wenn er von »verlieren« sprach, nur den Verlust der Freundschaft beklagt. Verstört starrte er in Angéliques Gesicht, als suche er darin die Erklärung für die Worte, die er sich weigerte zu glauben. »Haben Sie ihn getötet?«

»Ja.«

Aschfahl wich er zurück. »War ich der Grund?«

»Sie waren der Grund für alles Unheil in Akadien. Hinter der Erscheinung der Dämonin steckten Sie, und das haben Sie immer gewußt.«

»Wann ist es passiert?«

»Hier, im letzten Herbst.«

»Ich hatte ihn nicht aufgefordert zu kommen. Ich wollte nicht, daß er auch noch in Ungnade fällt. Und ich fürchtete zu sehr um sein Leben.«

»Dabei hat er Ihren Appell, Sie zu rächen, ernster genommen als jeder andere. Wieder einmal hatten Sie ihn zur Rache aufgerufen, und er hat gehorcht. Für ihn war es eine heilige Mission. Er war entschlossen, diesmal nicht zu versagen wie seinerzeit in Katarunk. Er wollte Ihnen zu Willen sei, über das Grab hinaus.

Doch Sie belügen sich selbst, wie Sie es so oft getan haben. Mehr als auf alle anderen haben Sie auf ihn gezählt, um unsere Kapitulation zu erreichen. Sie haben nie die Hoffnung aufgegeben, daß er aus seiner Verblendung erwachen würde, die ihn zu uns hatte übergehen lassen, und daß er reumütig zu ihnen, seinem Herrn und Meister, zurückkehren würde.

Loménie wollte den Fehlschlag von Katarunk auswetzen und das Fort Wapassou in unserer Abwesenheit niederbrennen. Aber ich war da. Er hatte keine andere Wahl, als mich umzubringen oder mich als Gefangene nach Neufrankreich zu bringen, wo ich in die Hände von Ambroisine gefallen wäre. Der Kreis schloß sich, so wie Sie es immer gewollt hatten.

Vom Turm des Forts aus sah ich ihn kommen. Er war überzeugt, daß ich mich fügen würde. Ich habe ihn erschossen. Was hätte ich tun sollen? Mich ergeben? Die Meinen verraten? Meinen Mann? Meine Freunde? Alle, die uns vertrauten?

Ihres Führers beraubt, haben seine Truppen sich zurückgezogen, doch nicht ohne Wapassou vorher zu plündern und anzuzünden.«

Er senkte die Lider. Der Schmerz übermannte ihn. »Oh, Claude, Claude! Mein Freund, mein Bruder! Sie haben ihn hoffentlich mit dem ersten Schuß getötet? Ihre legendäre Treffsicherheit wird ihm doch wohl einen langen Todeskampf erspart haben? Lieber einem Verwundeten den Gnadenstoß geben, als ihn auf einen endlosen Rückzug mitzunehmen! So antworten Sie doch!« Er packte ihre Hand. »Er war sofort tot, nicht wahr?«

»Ich weiß es nicht!« schrie sie ihn um so zorniger an, da sie selbst noch immer befürchtete, ihr Finger am Abzug habe zu sehr gezittert. »Sie haben ihn aufgehoben und mitgenommen.«

»Wenn ich mir vorstelle, er wäre unter Qualen gestorben . . . Das würde ich Ihnen nie verzeihen.«

»Aber ich? Ich soll *Ihnen* verzeihen? Sorgen *Sie* sich um unsere Verwundeten, die Ihre ›Rächer‹ in der Prärie haben liegenlassen oder die in den Flammen umgekommen sind? Ich weiß nicht, wie es meinen Freunden ergangen ist, und das ist gut so. Denn wie könnte ich Ihnen vergeben angesichts dieser Frauen und ihrer Kinder, die ich hier in Wapassou habe zur Welt kommen sehen und die auf dem endlosen Rückzug mitgeschleppt wurden, wo sie vor Kälte und Erschöpfung starben oder den stinkenden Wilden als Beute überlassen wurden – durch Ihre Schuld! Ihre Schuld!«

Sie maßen einander wie zwei erschöpfte, aber unerbittliche Kämpfer, die es nicht kümmert, daß Blut von der Stirn des anderen fließt.

»Den stinkenden Wilden? Warum sprechen Sie so von ihnen? Man hat Sie anders reden hören, als Sie froh waren, Ihre Tochter Honorine bei den Irokesen in Sicherheit zu wissen.«

»Ganz recht. Weil es immer noch besser ist, im Ungeziefer und Schmutz der Irokesenhütten zu leben, als in die Hände einer Ambroisine zu fallen, einer Gehilfin des Satans und aller

Höllengeister! Dennoch bleibt es ein grausames Schicksal, Gefangener der Indianer zu sein.«

Sie beendeten ihren Streit. Nicht, weil es ihnen an gegenseitigen Anschuldigungen gefehlt hätte, sondern weil sie keine Energie mehr besaßen weiterzukämpfen.

Wieder und wieder bestritt er, Madame de Maudribourg nach Amerika geholt zu haben.

»Wenn ich sie ermunterte, für meine Pläne einzutreten, dann dachte ich nicht, daß sie selbst käme. Ambroisine hat mich anläßlich einer Predigt bei einem meiner Heimataufenthalte besucht. Sie hatte mir nie verziehen, daß ich vor ihr geflohen war. Sie wußte, daß ihre Leidenschaft mich abstieß. Das hatte tiefgreifende Wurzeln. Sie war keine Versuchung für mich, sie jagte mir Angst ein. Eine Angst vor Frauen, die eine Schranke zwischen ihr und meinem Begehren errichtete.

Als ich entdeckte, daß sie vermögend und einflußreich war, kam mir die Idee, sie für meine Ziele einzusetzen. Ich ermunterte sie, eine Expedition von Piraten und Söldnern auszurüsten, die den Zweck hatte, ein Gebiet, nämlich Gouldsboro, zurückzuerobern, das ich für Eigentum der französischen Krone hielt und das in die Hände von Ketzern gefallen war.

In Paris wirkte sie wahre Wunder, indem sie von einem Ministerium zum anderen lief. Die Kerle gingen ihr wie Fische ins Netz, und die gerissensten Schiffsausrüster fraßen ihr aus der Hand. Sie heuerte Colin Paturel samt Schiff und Mannschaft an.

Nachdem ich ihr Gelegenheit gegeben hatte, ihre Ränke zu schmieden und bei einer stattlichen Anzahl von Männern die große Verführerin zu spielen, stand unserer Zusammenarbeit nichts mehr im Wege. Ich war ihr Beichtvater, sie meine Büßerin. Ich ermutigte sie, sich als Wohltäterin Neufrankreichs auszugeben, und sie war hingerissen, bei einer Sache mitwirken zu können, die dramatisch zu werden versprach und in Mord und Totschlag enden würde. Ihre Augen leuchteten, wenn ich von Ihrem Gatten sprach. Als ich ihr zu verstehen gab, daß Sie bei ihm waren, muß sie sich entschlossen haben, an der Expedition teilzunehmen. Sie hatte Zeit genug, um genaue Erkundigungen über Sie einzuziehen. Dabei ging sie sehr geschickt vor und weit über das hinaus, was ich ihr anempfohlen hatte.«

»Ambroisine war eine Ausgeburt der Finsternis.«

»Und nicht wert, einen Namen zu tragen. Sooft ich ihn nenne, überläuft mich ein Schauder.«

»Pater de Vernon hat sie bald durchschaut. Das bewies ein Brief, der für Sie bestimmt war und den sie an sich zu bringen verstand, nachdem sie seinen Tod angezettelt hatte. Ich bekam diesen Brief zu sehen und erinnere mich, daß etwa folgendes darin geschrieben stand: ›Ja, Pater, die Dämonin ist in Gouldsboro. Aber es ist nicht die Frau, die Sie mir so lebhaft geschildert haben, nicht die Gräfin de Peyrac!‹ Ist die Tatsache, daß Pater de Vernon diese Frau durchschaut hat, Grund genug, zu behaupten, Sie hätten ihn durch meine Schuld verloren? Er blieb Ihnen weiterhin treu ergeben. Sie können ihm nicht vorwerfen, er habe Ihre Aufträge nicht schlau und wirksam genug ausgeführt. Das gilt sowohl für seine Spionagetätigkeit in Neuengland wie für das Ausfindigmachen meiner Person auf Colin Paturels Schiff.«

»Ist auch er Ihren Reizen erlegen?«

»Sie sind nicht bei Trost! Ausgerechnet Pater de Vernon! Ein Jesuit, wie er im Buche steht! Er erinnerte mich an meinen Bruder Raymond. Kalt wie ein Eiszapfen. Es ist mir nicht schwergefallen, ihn für einen Engländer zu halten.«

»Er war verliebt in Sie; er hat Sie in den Armen gehalten.«

»Um mich aus dem Wasser zu ziehen! Aber woher wissen Sie das?«

»Ich habe von ihm einen ersten Bericht aus dem Fort Pentagoet bekommen, wo er den Baron de Saint-Castine aufsuchte, nachdem er Sie nach Gouldsboro hatte entkommen lassen. Genau wie Loménie-Chambord hat auch er meinen Befehlen zuwidergehandelt und sich ein Urteil über meine Absichten angemaßt. Sein Bericht enthielt einen mit seinem Wappen versiegelten Umschlag und die kurze Bitte, diesen an Madame de Peyrac weiterzuleiten, falls ihm etwas zustoßen sollte.«

»Diesen Brief haben Sie gelesen?«

»Ja! Ich war sein Beichtvater!«

»Ein schöner Beichtvater!«

»Dieses Recht kommt dem Seelsorger zu.«

»Schöner Seelsorger!«

»Es war ein Liebesbrief. Er begann mit den Worten: ›Mein liebes Kind, meine kleine Gefährtin‹ . . .«

Angéliques Stimmung schlug plötzlich um. Sie fing an zu lachen und lachte so laut, daß die Kinder aufwachten und einstimmten. »Entschuldigen Sie!« bat sie schließlich. »Aber das Leben ist wunderbar! Eine Zigeunerin hat mir einmal prophezeit, die Liebe werde mich beschützen. Das hat sie getan. Pater de Vernon hat es nicht über sich gebracht, den Urteilsspruch Wahrheit werden zu lassen. Er konnte mich nicht ertrinken lassen. Er ist mir nachgesprungen! Oh, mein guter Merwin! Wie glücklich macht mich das!«

Später kam d'Orgeval wieder auf Loménie-Chambord zu sprechen. Zu geschockt war er über die Gefühllosigkeit, mit der sie ihm die entscheidende Szene geschildert hatte: ›Er kam unbewaffnet, und er sprach von Frieden. Ich habe ihn erschossen.‹ Das war zuviel!

Sie wehrte sich. »Noch viel schlimmer wäre es gewesen, wenn ich nachgegeben hätte, wenn ich ihm gefolgt wäre und ihm Wapassou samt meinen Kindern und meinen Leuten überlassen hätte. Dann wäre der Weg nach Gouldsboro für ihn frei gewesen. Ob es ihm mit oder ohne die Hilfe Saint-Castines in die Hände gefallen wäre, wer weiß? Sicher hätte es Tote gegeben. Schwäche zulassen heißt oft nur, das Massaker hinausschieben und es vervielfachen.

Sie nennen mich gefühllos, Pater? Dabei habe ich Sie nur mit dem verschont, was mich im Innersten bewegte und mir das Herz zerriß, bevor ich abdrückte. Ich hätte Stunden gebraucht, Ihnen das aufzuzählen. Ich habe geschrien: ›Kommen Sie nicht näher! Bleiben Sie zurück!‹ Aber er hörte nicht. Auch er hatte seine Wahl getroffen. Er verleugnete den Bund, den er mit uns geschlossen hatte, verließ sich darauf, daß ich mich aus Zuneigung für ihn fügen würde. Was ging in ihm vor? War er Ihnen von neuem hörig? So sehr, daß er bereit war, seine Ehre hinzugeben, um Ihnen zu gefallen, um Ihr Gedächtnis hochzuhalten? Oder versuchte er zu fliehen? Vor dieser Entscheidung und vor uns allen, die wir ihn nicht mehr verstanden? Ich habe ihn getötet«, wiederholte sie leise.

Jetzt war es an Sébastien d'Orgeval, den Blick zu heben und die Frau an seiner Seite anzusehen, ihr vom Licht des Herdfeuers umspieltes Profil, den edlen, schön geschwungenen Mund, der solche Worte aussprach.

»Allmählich begreife ich, wie Sie Ambroisine besiegen konnten. Man glaubt, Sie seien eine schwache, verwundbare Frau. Und plötzlich erweisen Sie sich als gerissen und unversöhnlich. Das ist es, was Ambroisine Ihnen nie verzeihen wird.«

»Sie meinen, ich halte die Spielregeln nicht ein? Diesen Vorwurf höre ich nicht zum ersten Mal. Alles wäre so einfach, nicht wahr, wenn man nur das althergebrachte Spiel mitspielen würde. Das Spiel der Unterwerfung der Frau unter die Vorherrschaft des Mannes, des Kriegers. Das Spiel der Fügsamkeit und der Großherzigkeit, die von einem skrupellosen Gegner mit Füßen getreten werden. Es ist leicht, die Gutmütigkeit und Hilfsbereitschaft anderer auszunützen und ihnen daraus eine Niederlage zu bereiten. Aber ich bin Schütze, vergessen Sie das nicht! Es war mir schon immer unerträglich, meine Feinde über mich triumphieren zu lassen, ohne daß sie früher oder später dafür büßen mußten. Es ist eine Frage der Gerechtigkeit, des Gleichgewichts zwischen Gut und Böse, das es wiederherzustellen gilt. Aber nicht nur das. Im Mittelpunkt steht der Mensch, der Mensch, der sich entscheiden muß.

Nicht wir, die Schwachen, zeigen uns plötzlich und ohne ersichtlichen Grund hart und unnachgiebig. Es ist das Leben selbst, die anderen, die Irregeleiteten und die Skrupellosen, die uns keine andere Wahl lassen. Ob man will oder nicht, ob man von Frieden, Harmonie und täglichem Glück, von gesunden Kindern und schöpferischem Dasein träumt, einmal kommt der Tag, an dem man sich entscheiden und zu den Waffen greifen muß. Nur wenige entgehen dieser Entscheidung. Wenigstens einmal im Leben wird sie jedem abverlangt, sei es, um zu überleben oder um die Unschuld zu verteidigen.

Claude de Loménie ist tot, weil er es vorgezogen hat, Ihnen zu dienen. Sie, Monsieur d'Orgeval, haben mich zu einer Tat gezwungen, die ich mir nie verzeihen werde. Denn auch ich habe diesen jungen Mann geliebt.«

Die Schlachten waren geschlagen. Während sie beide ermattet, Seite an Seite lagen, kehrte Frieden bei ihnen ein. Ihre Rededuelle führten zu nichts, und sie vermochten auch nichts gegen das tiefe Gefühl einer Art von Freundschaft, das sich in ihnen zu regen begann.

Über ihnen tobten die Stürme und sangen die Chöre der Engel in seltsamer Harmonie.

Einundsechzigstes Kapitel

Sie glaubten, Frieden geschlossen zu haben. Und doch gab es Tage, wo ein Wort, eine Anspielung den alten Groll, die Verzweiflung und den Jammer wieder aufbrechen ließ.

Den Groll, so teuer bezahlt zu haben. Die Verzweiflung, nichts mehr ändern zu können. Und das Bedauern, sich furchtsam und halbherzig erwiesen zu haben, sich von flüchtigen Leidenschaften habe leiten zu lassen. Denn was waren sie angesichts des Unheils, das sie heraufbeschworen, der Trauer, die sie ausgelöst hatten, und der Tränen, die ihretwegen geflossen waren?

Wieder entzündete sich ihr Haß, und dies bei einer Gelegenheit, die dazu angetan gewesen wäre, allgemeine Freude aufkommen zu lassen: ihr erster Gang ins Freie nach einer langen Zeit der Dunkelheit und der Stürme, die sie in ihrer Höhle festgehalten hatte. Es waren auch seine ersten Schritte als Wiedererstandener, die ihn hinaus ins Licht führen würden.

Sie hatte von Anfang an darauf gedrungen, daß er seine Beine beugte und streckte, auch wenn er dabei vor Schmerzen schrie. Daß er sich bewegen konnte, hatte er nicht nur einmal bewiesen. Sie brauchte nur daran zu denken, wie er sich aufgerichtet und ihre Hand geküßt hatte. Wenn sie ihn nicht zwang, seine Gelenke zu trainieren, würden sie steif bleiben, wie man es oft als Folge von Verbrennungen erlebte.

Die Fortschritte, die er machte, waren winzig, aber doch unverkennbar. Nachdem er, sich an ihren Händen haltend, gelernt hatte zu sitzen, kam der Tag, an dem er zum ersten Mal stand, ein Gerippe zwar, das eher einem schadhaften Hampelmann glich, aber doch fähig, einen Fuß vor den anderen zu setzen. Sie hielt ihn aufrecht oder trug ihn fast, den Arm um seine Taille geschlungen, während er den seinen um ihre Schultern gelegt hatte und sich mit der anderen Hand auf den kleinen Charles-Henri stützte.

Da das Wetter sich gebessert hatte, beschloß sie, mit ihm und den Kindern einen Gang nach draußen zu wagen. Es war immer noch kalt, aber die Sonne schien, und es war neuer, pulvriger Schnee gefallen.

Auch in früheren Wintern hatten alle die kurzen Stunden

der Sonneneinstrahlung genutzt, um Schlitten zu fahren, einander zu besuchen und sich auf dem Eis des Sees zu vergnügen, wo – ganz wie in Quebec – Stände mit Kohlebecken aufgestellt waren und es heiße Würstchen zu kaufen gab. Für die Kinder war das immer ein Riesenspaß gewesen. Sie und Joffrey hatten sich dann meist auf einen der Hügel begeben und dem bunten Treiben rund um das stolze Fort zugesehen. Frohes Kinderlachen war zu ihnen heraufgedrungen, vermischt mit den Rufen der Männer und Frauen, die sich gegenseitig begrüßten und in ihrem Tun ermunterten.

Sie hatte Lymon Whites Bestände durchforstet, um für den Pater etwas zum Anziehen zu finden. Jetzt brachte sie Kniehosen, Strümpfe und hohe Stiefel, dazu die gefütterte Jacke und die Pelzmütze des ehemaligen Hausgenossen. Was mochte aus dem armen Stummen geworden sein? Als sie den Jesuiten so von Kopf bis Fuß ausstaffiert sah, konnte sie nicht umhin, ihn zu fragen, wie er sich denn in der Kleidung eines englischen Puritaners fühle, dem man für seine Gotteslästerung die Zunge abgeschnitten habe.

»Wie können Sie es wagen, über Ihren Verrat zu scherzen?« gab er bebend zurück. »Das Gesindel, mit dem Sie und Ihr Gatte sich umgeben haben, war Ihr Untergang.«

Weil er nun einmal, wenn auch bedenklich schwankend, stand und weil sie größte Mühe hatten, ihn zu zweit aufrecht zu halten, sagte sie nichts. Doch das war ein Fehler. Sie hatte nicht bedacht, welche Empörung sein ungerechtes, anmaßendes Urteil in ihr auslösen würde.

Ihr Ausflug stand unter keinem guten Stern. Sie hätte die Idee, nach draußen zu gehen, fallenlassen sollen. Statt dessen sagte sie nur: »Sie kosten mich noch zehn Jahre meines Lebens!« Doch innerlich war ihr ganz elend vor Wut.

Aber er hatte nichts verstanden. Er war vollauf damit beschäftigt, sich Schritt für Schritt den langen Flur entlang hinaus in den Schnee zu schleppen.

Die Male vorher, wenn sie draußen war, hatte sie es immer vermieden, den Blick auf das zerstörte Wapassou zu richten. Doch jetzt, nachdem diese bösen Worte gefallen waren, verspürte sie den Drang, sich das Ausmaß der Katastrophe vor Augen zu führen. Es zerschnitt ihr fast das Herz, denn im täglichen Kampf ums Überleben hatte sie die trostlosen Ruinen, die vor ihr in den blauen Himmel ragten, aus ihrem Bewußtsein verdrängt. Daß der Mann, der dieses Unglück heraufbeschworen hatte, neben ihr stand und sich vielleicht sogar daran ergötzte, machte ihr Leid noch größer.

»Das ist Ihr Werk!« herrschte sie ihn an. »Sie können stolz darauf sein! Sie beklagen sich, Ihre Freunde hätten Sie verraten? Haben sie nicht gute Arbeit geleistet? Hat man Sie nicht in vorbildlicher Weise gerächt? Sie haben gewonnen, denn die letzten Worte eines Märtyrers sind ein heiliges Vermächtnis. Das Ergebnis sehen Sie hier!«

Die Worte brachen aus ihr hervor. Sie hatte sie zu oft im Geist wiederholt oder auch laut vor sich hin gesagt. Dennoch gelang es ihr nicht, sie in eine logische Folge zu bringen, um das auszudrücken, was sie ihm klarmachen wollte. »Es hätte so wenig bedurft, um den Schaden abzuwenden. Hätte der arme Emmanuel doch Zeit gehabt, mit mir zu sprechen, bevor er starb!«

»Bevor er starb? Emmanuel? Sagten Sie nicht, er sei verschont worden?«

»Von den Irokesen, ja, aber nicht von Ihren Mitbrüdern! Er ist tot. Er mußte sterben, damit niemand von Ihrem Versagen erfuhr. Er war zu mir gekommen, um mir alles zu enthüllen. Er wollte mir anvertrauen, daß Sie nicht als Märtyrer gestorben waren und daß Sie mich der Hexerei angeklagt hatten, um von Ihrer eigenen Feigheit abzulenken, wovon sich aber keiner täuschen ließ. Er wollte mir sagen, daß alles Lüge war und seine so verehrten Lehrer dabei waren, eine Legende aufzubauen, mit der die frommen Seelen hinters Licht geführt werden sollten. Heute weiß ich, warum er so bleich und aufgewühlt war. Er konnte es nicht länger ertragen, an diesem Betrug mitzuwirken.«

»Und?« fragte er besorgt. »Hat er gesprochen?«

»Er hatte nicht mehr die Zeit. Pater de Marville erschien, gebot ihm zu schweigen und ihm zu folgen. Ich habe ihn nicht mehr wiedergesehen. Am nächsten Tag hat man seine Leiche aus dem Hafen gefischt. Ob er Selbstmord begangen hat? Ich fürchte eher, *jemand* hat ihn hineingestoßen.«

Als sie in seinem Blick einen Ausdruck der Erleichterung zu sehen glaubte, geriet sie außer sich. »Sie sind auch der Meinung, daß so alles in Ordnung ist, nicht wahr? Sie hätten ebenso gehandelt? Sie hätten ihre ›Kräfte‹ eingesetzt, um dieses ratlose, von Hunger und Folter erschöpfte Kind in den

Freitod zu treiben und sein Geheimnis mit ins Grab zu nehmen. Wie sollte man sich bei ihm, der ein so guter Christ und so mutig war, einen solchen Schritt erklären, wenn man nicht wüßte, welchen Druck Sie und die Ihren auszuüben vermochten, wenn es Ihnen nötig erschien. Sie hätten es getan, wie so viele Male zuvor. Auch Sie hätten dieses Kind geopfert, weil es galt, die Ehre des Ordens zu retten. Sehen Sie sich um! Die Ehre des Ordens ist gerettet. Und unser Werk ist zerstört.«

Sie rang nach Luft. »Die letzten Worte eines Märtyrers wiegen schwer wie ein Befehl. Sie sind wie ein Testament. Marville wußte, was er damit erreichen würde, wenn er Sie zum Heiligen machte. Ihr Versagen war nicht ungeschehen zu machen, also versah er es mit einem Heiligenschein, und damit diente es der höheren Ehre Gottes und des Königs. Sie sind der Größte! Man wird Ihnen Kapellen errichten und Sie mit Gebeten und Fürbitten bestürmen. Ihr Mitbruder hat mehr getan, als Sie zu rächen; er hat Ihnen zur Heiligkeit verholfen. Wer sollte bereuen, einen so genialen Schachzug vollbracht zu haben?«

Die Kälte schnürte ihr die Kehle zu. Es war nicht gut, so zu sprechen, so laut zu schreien. Es führte zu nichts, und es half niemandem mehr. Sie mußte husten. Ihre Lippen waren trokken. Wozu diese Aufregung? fragte sie sich. Sie hatte sich sinnloserweise in Schweiß geredet. Schon spürte sie, wie die Tropfen, die von ihrer Stirn rannen, zu Eis gefroren. Was sollte dieser Ausbruch an die Adresse eines Genesenden, der sich kaum aufrecht halten und keinen Fuß vor den anderen setzen konnte?

Er stand vor ihr, den Mund halb geöffnet, mit einem Ausdruck des Befremdens und der Ungläubigkeit. Erst jetzt schien er die Tragweite dessen zu begreifen, was Pater de Marville inszeniert hatte. »Was habe ich getan?« seufzte er kopfschüttelnd. »Was habe ich getan?«

Ganz langsam sank er in die Knie. Sie wollte ihn stützen, aber er wehrte ab. Er blickte zum Himmel und hob bittend die Hände.

»Vergib mir, Emmanuel! Und vergebt auch ihr mir, meine guten, selbstlosen Märtyrerfreunde, meine Ordensbrüder in Kanada, die ihr von allen vergessen seid! Vergebt mir, daß ich – gegen meinen Willen – den Ruhm auf mich gezogen habe, der euch gebührt, euch allein, die ihr einzig für die Liebe Gottes gestorben seid und nicht für die Bewunderung der Menschen! Ihr, die ihr euch geopfert habt, um den Menschen als Beispiel zu dienen, nicht, um von ihnen verherrlicht zu werden, verzeiht mir! Vergebt mir die Fehler, die durch meine Schuld begangen wurden, die Betrügereien, zu denen ich die Meinen verleitet habe! Vergebt mir, dem Unwürdigen, der Schande unseres Ordens, dem Niedrigsten und Feigsten unter euch. Die Ordensregel der Brüderlichkeit schenke mir euer Mitleid! Betet für mich, ich flehe euch an! Und steht mir bei in der Stunde meines Todes!«

Leuchtete sein Gesicht von innen heraus, oder war es die Sonne, die es so sehr erhellte? Wieder sah Angélique sich einem Unbekannten gegenüber, der nichts mehr gemein hatte mit dem Mann, an den ihre bitteren Vorwürfe gerichtet waren.

Mit einem Schlag kehrten die unendliche Stille und die Eiseskälte wieder zurück. »Wo sind die Kinder?« rief sie außer sich. »Wo sind sie hingegangen?«

Sie waren verschwunden. Angéliques Zähne schlugen vor Angst und Kälte aufeinander. Sie mußte verrückt gewesen sein, sich mit diesem Mann herumzustreiten und darüber die Kinder aus den Augen zu verlieren! »Wo sind sie? Wo sind sie? Sie können doch nichts dafür!« jammerte sie.

»Sie sind unten am See und vergnügen sich auf dem Eis«, erwiderte der Pater streng. Er hatte sich aufgerichtet und legte die Hand auf ihre Schulter. »Beruhigen Sie sich!«

»Was soll ich tun? Ich kann nicht gehen und sie holen! Wie machen sie das nur? Meine Kraft reicht gerade für ein paar Schritte, und sie laufen, als hätten sie Flügel! Sie entfernen sich! O mein Gott!«

»Bleiben Sie hier!« befahl er. »Sie werden von selbst zurückkommen.«

Ein leichter Nebelschleier kündete das Ende des Tages an. Er verwischte die Konturen und ließ das Blau der Wälder verblassen.

Angélique konnte die Kinder nicht mehr sehen und verlor die Fassung. »Kommen sie?«

»Sie kommen.«

»Ich sehe sie nicht! Wo sind sie? Sie werden sich verirren!«

»Nein! Sie kommen. Nun regen Sie sich nicht auf!« Sein

magerer Arm hatte sich um sie gelegt und hinderte sie daran, loszulaufen, zu fallen und nicht mehr aufstehen zu können.

Plötzlich tauchten sie auf. Drei kleine Punkte zuerst und kaum zu unterscheiden in ihrer unförmigen Kleidung. Aber doch drei Punkte, die näher kamen und von Sekunde zu Sekunde größer wurden.

»Kommen sie wirklich?«

»Ja, sie kommen.«

Es war, als entstiegen sie dem winterlichen Abendrot, das sich langsam ausbreitete. In der Mitte Charles-Henri, an jeder Hand einen der Zwillinge, die unbeschwert neben ihm herstapften, und alle drei höchst befriedigt von ihrem Ausflug.

»Sagen Sie nichts. Schimpfen Sie nicht mit ihnen, denn sie sind unser Segen! In ihnen werden wir Vergebung finden.«

Zwölfter Teil

Der Geist Orandas

Zweiundsechzigstes Kapitel

Sie hatte geglaubt, der Elch würde ihr Überleben bis zum Frühjahr sichern. Aber schon zeigte der zweite, nach dem Hunger grausamste Feind des überwinternden Menschen – der Skorbut – sein gefürchtetes Gesicht: ein erschreckend lebloses, aufgedunsenes Gesicht mit blutendem Zahnfleisch.

Ein erster Verdacht stieg in ihr auf, als sie bemerkte, wie blaß und teilnahmslos die kleine Gloriandre wurde. Dieses reizende, immer fröhliche Püppchen, das ebenso ergeben wie bewundernd alles mitmachte, was seine Brüder taten, hatte ihr noch nie Sorgen bereitet. Von Geburt an hatte sich die Kleine bester Gesundheit erfreut und – munter wie ein Fisch im Wasser – alle Krankheiten, die ihr Brüderchen heimsuchten, aus eigener Kraft und ohne größere Schäden überstanden.

Vielleicht hatte sich Angélique deshalb so lange in Sicherheit gewiegt. Als sie sich der Gefahr bewußt wurde, schien das Übel schon bedenklich fortgeschritten. Und sie hatte keine Möglichkeit, ihm Einhalt zu gebieten. Ihrer Nahrung fehlten die lebenswichtigen Bestandteile.

Sie hielt das Kind auf dem Schoß und liebkoste das runde Gesichtchen, in dem die blauen Augen erschreckend matt blickten. Sie strich über das schöne, für ein kleines Mädchen so unglaublich lange schwarze Haar, das die Kleine wie ein Mantel umgab, unter dem sie sich an die Schulter der Mutter kuschelte, während die dünnen Lippen vergebens versuchten, ein Lächeln zustande zu bringen.

»O mein Schatz! Meine kleine Prinzessin! Tu mir das nicht an! Ich weiß noch so wenig von dir. Ich hatte kaum Zeit, dich kennenzulernen. Und nun willst du gehen! Ich bitte dich, bleib! Geh nicht von mir fort, ich flehe dich an!«

Diese tiefe Niedergeschlagenheit war ihre erste Reaktion auf die schockierende Entdeckung. Sie war so überzeugt gewesen, daß das Schlimmste überstanden sei und daß sie alle das nächste Frühjahr erleben würden. Wie sollte sie sich gegen die grausame Krankheit wehren? Sie würde irgendein Mittel finden. In diesen ersten Augenblicken jedoch konnte sie nichts anderes tun, als das Kind mit aller Macht an sich zu pressen.

Gloriandre de Peyrac! Die kleine Prinzessin! Das mit allen Gaben ausgestattete Kind! Die Tochter des Grafen von Toulouse. Angélique dachte an Joffrey, an die Frauen seiner Familie. Sie dachte an seine Mutter, die Regentin von Aquitanien, diese außergewöhnliche, temperamentvolle Frau, von der er sagte, daß er in seiner bewegten Jugend, selbst wenn er meilenweit von ihr entfernt war, nie das Gefühl gehabt hatte, von ihr getrennt zu sein. Dem Geist dieser Frau befahl sie das todgeweihte Kind.

Diese Frau hatte ihren Sohn heiß geliebt, und Angélique verstand sie darin nur zu gut, hegte sie doch für Joffrey das gleiche Gefühl. Die Liebe seiner Mutter mußte so stark gewesen sein, daß sie ihr die Kraft verliehen hatte, noch aus dem Jenseits über ihn zu wachen. »Sie dürfen nicht zulassen, daß ihm sein kleines Mädchen genommen wird!« beschwor sie die Unbekannte.

Nun fühlte sie sich besser.

Vom Bett her kam die Stimme des Jesuiten. Er fragte nach dem Grund ihres Kummers.

»Meine kleine Tochter«, stammelte sie. »Ich glaubte, sie sei gerettet. Und jetzt muß ich befürchten, daß sie mir genommen wird, daß sie nicht bis zum Ende des Winters durchhält.«

Sie biß sich auf die Lippen. Zum ersten Mal sah er sie mit den Tränen kämpfen. In ihren aufgewühlten Zügen erkannte er ihr verwundbares Herz, ihre rührende Zartheit, die das schöne, manchmal so stolze Gesicht mit dem zuweilen herrischen Blick oft vergessen ließ.

»Nicht ein zweites Mal!« murmelte sie. »Nicht noch einmal diese Todesangst!«

»Sehen Sie? Jetzt verstehen Sie, was das bedeutet. Nicht ein zweites Mal. Erst der zweite Schlag bewirkt die Niederlage, und ihn abzuwehren, hat man nicht mehr die Kraft. Was ängstigt Sie?«

»Der Skorbut. Das ›Übel der Erde‹.«

Er richtete sich mühsam auf und ließ sich aus dem Bett gleiten. Mit steifen, kleinen Schritten kam er näher und beugte sich prüfend über das Kind. Dann wankte er zum Bett zurück, streckte sich aus und schloß seufzend die Augen. Doch nach einer Weile sagte er entschlossen: »Haben Sie Vertrauen.«

Dreiundsechzigstes Kapitel

Am nächsten Morgen stand er mit Lymon Whites Jacke und Mütze bekleidet vor ihrem Bett und sagte ihr, er habe sich entschlossen, sich auf die Suche nach einem Posten oder einer Missionsstation zu machen, wo er die notwendigen Lebensmittel besorgen könne.

Er wollte nach Norden gehen bis zu den vereisten Wasserläufen von Mégantic. Wenn es ihm gelänge, ein Flüßchen wiederzufinden, das sich im Sommer zwischen hohen Felswänden dahinwand, wußte er von dort aus den kürzesten und am wenigstens beschwerlichen Weg zur Mission von St. Joseph im Gebiet der Abenakis. Es war eine der bescheidensten, aber für sie am leichtesten erreichbaren Stationen. Vielleicht war auch sie verlassen. Vielleicht waren alle tot oder weitergezogen. Wenn nicht, würde er dort bekommen, was sie brauchten, um etwas Abwechslung in das Elchfleisch zu bringen. Mais, Mehl, möglicherweise auch ein paar Kohlköpfe, falls die Patres sie anbauten und unter dem Schnee vergraben hatten. Und wenn er nicht schon unterwegs etwas von den Bäumen abkratzen konnte, würde er in ihrer Hausapotheke sicher die berühmte Rinde finden, mit der damals der Huronenhäuptling in St. Charles die vom Skorbut befallene Mannschaft Cartiers während ihres ersten Winteraufenthalts gerettet hatte. »Es ist nur klug, sich auf die Mittel der Wilden zu verlassen, sofern sie sich erst einmal bewährt haben.«

Angélique war aufgestanden. Sie konnte sich mit seiner Entscheidung nicht anfreunden. Je mehr sie darüber nachdachte, um so unsinniger erschien ihr dieser Plan. Ja, unsinnig, wahnwitzig und von vornherein zum Scheitern verurteilt trotz aller Hoffnung, die er aufkeimen ließ. Selbst ein kräftiger Mann hätte sich in dieser Jahreszeit nicht aufmachen und eine solche Strecke bewältigen können, ohne daß ihm jeder den sicheren Tod vorausgesagt hätte. Orkanartige Stürme umtobten ihre einsame Insel, und sie wußte inzwischen nur zu genau, daß es vor der Schneeschmelze keinen Weg hinaus oder herein geben würde. Die Entfernung war gewaltig. Jeden Tag konnte ein neuer Sturm anbrechen, und dann wäre es um ihn geschehen. Er würde sich verlaufen, und wer im dichten Schneetreiben vom Weg abkam, war verloren.

»Ihre Tochter ist krank«, warnte er mit einem Blick auf Gloriandre. »Ich werde die besagte Baumrinde bringen, vielleicht auch eingemachte Früchte, getrocknete Pflaumen, Kohl, lauter Dinge, die schon nach mehrmaliger Einnahme das ›Übel der Erde‹ beheben. Dazu Mais, Bohnen und Haferkörner, die Sie keimen lassen können.«

»Und wenn die Jesuiten Sie erkennen? Und Sie nicht mehr weglassen?«

»In dieser Gegend gibt es nur zwei Jesuiten. Einen Priester – Pater de Lambert – und einen Ordensbruder von ihm, vielleicht noch einen Laienhelfer. Mehr als drei Weißen kann ich nicht begegnen. Im Sommer ist die Station nicht bewohnbar wegen der Hochwasser des Flusses und weil es dann von Moskitos wimmelt. Aber im Winter versorgt man von dort aus die umherziehenden Stämme, die sich auf dem Weg nach Lévis oder Quebec befinden, und die ohne diese Zwischenstation unterwegs an Hunger und Kälte sterben würden.«

Angélique war dagegen. Er würde es nie schaffen. Er würde auf halbem Wege umkommen. Dann fiel ihr die Ankunft Pont-Briands und seines Indianers ein, die Alleingänge einiger Wagemutiger, wie des jungen Alexandre oder Pacifique Jusserants, eines Schülers von Pater d'Orgeval. Und hatte nicht auch Joffrey seinen Gegner Pont-Briand bis zum Mégantic-See verfolgt, um ihn dort im Duell zu töten?

Die Verrückten der weißen Wüste. Es gab immer einige, die überlebten und zurückkamen, denn dies war ein Land für Verrückte. Dennoch widersprach sie. »Sie sind schwach, verletzt, immer noch krank. Sie können sich kaum aufrecht halten.«

Er hob den Finger, als wisse er sich mit einer geheimen Macht im Bunde. »Der Geist Orandas wird mich leiten.«

»Wer ist Oranda?«

»Das Wesen und die Kraft, die allen Dingen innewohnt, auch der Luft, die wir atmen. Ich werde ihn anrufen, und er wird kommen.«

Spontan ging sie auf ihn zu und schloß ihn in die Arme. »Sie werden zurückkommen, nicht wahr?«

»Ich komme zurück. Und Sie bleiben am Leben!« sagte er und umarmte sie ebenfalls. Jeder wollte den anderen in seiner Zuversicht bestärken. »Bleiben Sie am Leben, vielgeliebte Frau, auf daß mein Opfer nicht umsonst sei.«

Vierundsechzigstes Kapitel

Er lief! Er durcheilte die Weite! Er brach durch die Kälte und zerteilte das goldene Gespinst der Sonne.

Er war körperlos. Nicht er fand den Weg. Der Weg lenkte ihn, so wie der Wald sich für ihn öffnete. Er wußte, wo er eine Spalte überspringen mußte und an welcher Stelle er die Hügel überqueren mußte. Von Zeit zu Zeit legte er den Kopf in den Nacken.

»Oranda! Oranda!«

Der Große Geist verschaffte ihm Genugtuung. Er würde ein Mann wie alle anderen sein, der für die Rettung einer Frau und ihrer Kinder kämpfte.

Ein paar kleinere Stürme hatte er zu bestehen. Ansonsten blieb das Wetter klar. In seinem Bart sammelten sich Eiszapfen. Am letzten Tag kam starker Wind auf. Aber er wußte sich nahe am Ziel und ließ sich nicht vom Weg abbringen. Durch den wirbelnden Schnee hindurch hörte er das Läuten der Glocke. Die Vesperglocke! Der Ruf zur Abendandacht! Salve Regina! Sei gegrüßt, du Himmelskönigin!

Er trat aus dem Wald, überquerte eine Ebene, und als er langsam zur Mission hinaufstieg, zeigte sich auch schon der Himmel wieder, und die letzten Schneewolken zogen ab.

Seine schwarzgefrorenen Lippen verzogen sich zu einem Lächeln, als er das Kreuz auf der Kapelle erblickte. »Zeichen der Liebe, wie teuer bist du mir! Gekreuzigter Jesus! Wie sehr ich dich verehre!«

Der warme Duft nach Brot war berauschend.

»Wir haben gebacken«, sagte der Missionar, der ihn einließ. Die beiden Jesuiten betrachteten ihn schweigend. Er war verunsichert. Fanden sie es merkwürdig, daß er nicht seinen Namen nannte?

»Habt Ihr Euch verlaufen?« fragte der andere Bruder mit dem arglosen Bauerngesicht.

Er schüttelte verneinend den Kopf. Dann wurde ihm klar, daß er aussehen mußte wie ein armer, abgerissener Teufel, den die Einsamkeit der Wälder, der Hunger und die Angst halb verrückt gemacht hatten. Trotzdem stürzte er sich nicht auf das Essen, das man ihm anbot. Er gab ihnen zu verstehen, daß er sich zuerst aufwärmen und ausruhen wollte.

Als er vor dem Kamin saß, spürte er, wie seine Kleidung an mehreren Stellen an seinem Körper klebte. Seine Wunden hatten sich wieder geöffnet. Doch er weigerte sich, seinem Körper Beachtung zu schenken. Er war ganz darauf konzentriert, der Unterhaltung der Männer zu lauschen. Er hörte sie untereinander französisch sprechen, doch sobald ein Indianer auftauchte, nahmen sie die Sprache der Algonkins an. Dann brach die Dämmerung herein. Nachdem sie in der Kapelle den Rosenkranz gebetet und mit den Gläubigen das Abendlied gesungen hatten, schlossen die Missionare die Tore des kleinen Palisadenzauns, der ihre Behausung umgab.

Es sind in allen Missionen die gleichen Geräusche, dachte Orgeval, und die gleichen Gerüche! Der Duft nach Weihrauch, nach Brot, nach gelöschten Kerzen. Meßbücher! Das Geklapper von Rosenkränzen. Das Murmeln von Gebeten ...

Die beiden Männer in ihren schwarzen Röcken kamen in den Aufenthaltsraum zurück. Sie respektierten das Schweigen des fremden Gastes, aber er beobachtete sie insgeheim, denn er mißtraute ihrer Feinfühligkeit. Sie unterhielten sich zunächst über das Volk, das vor ihren Toren lagerte. Es waren Überlebende des großen Stammesverbandes der Narragansett. Die blutrünstigen Engländer im Süden hatten ihren Widerstand ein für allemal gebrochen. Dann besprachen sie die Ereignisse in Neufrankreich. Der neue Gouverneur schien entschlossen, die für die Engländer arbeitenden Irokesen zu unterwerfen. Er hatte einen Feldzug begonnen, der durch den Winter aufgehalten worden war. Als sie auch Wapassou erwähnten, ließ er sich kein Wort entgehen. Das Bündnis, das Frontenac unvorsichtigerweise mit dem französischen Edelmann, einem Freund der englischen Ketzer, geschlossen hatte, war aufgelöst. Im Herbst hatte die Kampagne des Monsieur de Loménie dieser gefährlichen Nachbarschaft ein Ende bereitet. Das Piratennest war ausgeräuchert. Wapassou existierte nicht mehr und würde auch nie mehr aus der Asche entstehen.

Sein Herz klopfte. Er dachte an sie, dort unten, in weiter Ferne. Er fragte sich, ob sie nur seinetwegen über diese Dinge sprachen, ob sie ihn erkannt hatten, oder ob sie erraten hatten, woher er kam. Doch dann beruhigte er sich, daß es sich nur um ein harmloses Zwiegespräch handelte, wie man es am

Ende eines arbeitsreichen Tages führte, um zu bereden, was am folgenden zu geschehen habe. Neuankömmlinge hatten die beiden Einsiedler über die neuesten politischen Veränderungen unterrichtet, deren einzelne Schritte sie nicht hatten verfolgen können. Er hörte, wie sie sich zum Abgang von Gouverneur Frontenac gratulierten, der der Gesellschaft Jesu so gar nicht wohlgesonnen war.

Er schwieg weiterhin. In ihrem Eifer, Wapassou zerstört zu sehen, als handle es sich um einen heiligen Kreuzzug, erkannte er seine eigene, noch bis vor einiger Zeit genährte Wut, die er nun nicht mehr verstand.

Du dort unten, dachte er und klammerte sich an das Bild einer Frau und an die Zärtlichkeit ihres Blicks, der halb nachsichtig, halb herausfordernd auf ihm ruhte und der nur ihm allein galt. Du gehörst mir, auch wenn ich nur dein Weggenosse bin, ein Kamerad im Elend, ein Feind, dem du nie verzeihen wirst, ein armer Mensch, der Mitleid verdient. Auch wenn du ausschließlich ihm gehörst, ihm, der in deinem Herzen wohnt, nach dem dein Körper sich verzehrt, weil du den seinen liebst, seine Stärke, sein Lächeln. Ich bin nichts neben ihm, und doch bist du mein, wenn ich es will. Er schöpfte Trost und Süße aus diesem kühnen Du, diesem Zeichen tiefster Vertrautheit, das nie über seine Lippen kommen würde. Du gehörst mir, denn ich bin es, der gekommen ist, dir Halt zu geben, der dir helfen wird zu überleben, bis der Winter vorbei ist und du wieder dahin gehen kannst, wohin deine Liebe dich treibt. Ich bin nichts, aber ich werde dir ein Geschenk gemacht haben, daß größer ist als dein Leben. Ich werde dich für ihn am Leben erhalten haben, dich und die Kinder eurer Liebe.

Er saß still in einem Winkel beim Herd und hatte die Augen gesenkt. Nach außen spielte er die etwas dümmliche Rolle des schweigenden Reisenden, der sich in der Unbill des Winters verlaufen hatte und sich recht und schlecht von den Strapazen erholte, die er hatte auf sich nehmen müssen, um dem weißen Tod zu entgehen. Da er außerdem fürchtete, sich durch seinen Blick zu verraten, antwortete er auf die Fragen der andern nur mit einem unverständlichen Brummen.

Der Frater stellte jedem einen Napf und einen Zinnbecher hin. »Teilst du unsere Mahlzeit mit uns, Freund?«

Er willigte ein und entschloß sich, Mütze und Handschuhe abzulegen.

Als er die Hand nach dem angebotenen Stück Brot ausstreckte, las er Mitleid und Bewunderung in ihren Blicken. »Wie uns scheint, hast auch du, Bruder, unter den Irokesen zu leiden gehabt.«

Jetzt durfte er sich nicht verraten. Er erzählte von einer Reise zu den Andasten und wie er danach bei den Sioux im äußersten Westen des Seengebiets geblieben sei, um seinen Peinigern auf dem Rückweg nicht wieder in die Hände zu fallen. Der angekündigte Feldzug Monsieur de Gorrestats gegen die Irokesen habe ihn zu einem neuen Versuch ermutigt. Aber dann hätte er Schwierigkeiten gehabt, den Sioux zu entkommen, die ihn nicht gehen lassen wollten, und weil der Winter dieses Jahr so besonders streng war, sei er nur schlecht vorangekommen.

Um ihre Aufmerksamkeit von sich abzulenken, befragte er sie über ihre Arbeit. Wie groß war die Zahl der Katecheten? Wieviele Taufen hatten sie im Jahr?

Sie sprachen gern über ihre Tätigkeit. Dieses Jahr waren die Stämme der Algonkins aus dem Süden heraufgekommen. Die Indianer lauschten nicht freiwillig dem Wort Gottes, berichtete der Pater, aber nachdem sie durch die Engländer alles verloren hatten, sahen sie ein, daß ihr einziger Zufluchtsort unter dem Kreuz des Katholizismus und dem Banner des Königs von Frankeich war.

Sie kamen immer zahlreicher, und es war nicht leicht, sie durchzubringen und vor den Zaubereien ihrer Medizinmänner und der Unmoral ihrer Frauen zu bewahren. Das größte Problem war ihre Trunksucht, die nicht selten zu schweren Verbrechen führte.

»Wir haben nur eine kleine Reserve an Branntwein hier, nur für die Kranken und Verwundeten. Wir brauen auch kein Bier mehr, um sie nicht in Versuchung zu führen, aber sobald das Wetter sich bessert und die Kälte nachläßt, ziehen sie davon, angeblich zur Jagd. Sie schlagen sich dann bis Sorel oder Lévis durch, um sich neuen Branntwein zu beschaffen. Sie tauschen ihn gegen Felle, die sie oft aus den Fallen der hiesigen Stämme gestohlen haben, woraus wieder neue Konflikte entstehen.«

Sie plauderten, und er hörte ihnen zu, lobte sie, ermutigte sie mitunter und war voller Mitgefühl für ihr hartes Dasein. Da er wußte, aus welcher Quelle sich ihr Durchhaltevermögen nährte, bewunderte und beneidete er sie. Mehr als jeder andere fühlte er sich als ihr Bruder und war doch gleichzeitig bis in alle Ewigkeit von ihnen geschieden wie durch eine glasharte, undurchdringliche Wand oder den Schleier des Todes.

Das Feuer war heruntergebrannt. Auf den Gesichtern der drei Männer, die in vertrauter Runde beisammensaßen, tanzte der rötliche Widerschein der Flammen. Sébastien d'Orgeval bemerkte als erster, daß die Nacht fortgeschritten war. »Es ist spät geworden, mein Bruder«, murmelte er. »Ist es nicht Zeit, Euch niederzulegen? Ich werde, so ihr erlaubt, auf der Bank hier schlafen.«

Die Padres erhoben sich schweigend. Dem jüngeren fiel ein, daß er abwarten mußte, bis der zweite Schub Brot gebakken war.

»Das werde ich übernehmen«, mischte sich der Gast ein. »Begebt ihr euch bitte zur Ruhe. Ich wäre froh, wenn ich euch mit ein paar Handreichungen für eure Gastfreundschaft danken könnte.«

Pater und Frater nickten zustimmend. Sie standen an der Tür, jeder ein Nachtlicht in der Hand, dessen Docht in Bärenfett schwamm und einen sanften rotgoldenen Schein verbreitete. Kerzen waren in der Mission dem Dienst am Altar vorbehalten.

Sie blickten auf den Mann, der dort im Halbdunkel stand, den Mann mit den Märtyrerhänden, dem Gast, der aus der Eiswüste gekommen war, als hätten das Heulen des Sturmes und das Gewirbel der Flocken ihn hervorgebracht. »Wir stehen frühmorgens auf, um zu beten«, sagte Pater de Lambert. »Tagsüber bleibt uns zu wenig Gelegenheit dazu. Danach lese ich die Messe. Werdet Ihr daran teilnehmen?«

»Mit Freuden. Und wenn Ihr mich nicht für unwürdig erachtet, würde ich gerne den Altardienst übernehmen, nachdem ich gebeichtet habe.«

Sie nickten und zogen sich mit ernsten Gesichtern zurück. Ihre Nacht würde kurz sein. Jetzt galt es, die verbleibende Zeit zu nutzen.

Für ihn gab es keinen Schlaf. Als er aufgestanden war, hatten seine Wunden sich bemerkbar gemacht. Er konnte sie nicht behandeln. Bei den ersten Bewegungen verzog er das Gesicht vor Schmerz. Er dachte an die zarten Hände Angéliques, die lindernde Umschläge auf seine Blessuren gelegt hatten, und an die leichte Falte, die zwischen ihren Brauen entstand, wenn sie einer Stelle besondere Aufmerksamkeit widmete, als halte sie stumme Zwiesprache mit ihr und lausche ihren Erklärungen.

Er lächelte. Keine Müdigkeit vorschützen! Jetzt ist Eile geboten!

Er ging zur Backstube und prüfte an dem Duft, der ihr entstieg, wie lange das Brot noch brauchen würde. Dann betrat er einen angrenzenden Schuppen, der im Sommer als Küche dienen mochte. Im Winter wurden dort Schlitten und Schneeschuhe aufbewahrt, außerdem Stiefel und Fellhandschuhe, Mützen und Lederjacken oder Umhänge aus grober Wolle.

Er wählte einen stabilen Schlitten von ausnehmender Breite und Länge, der schon mit Lederriemen versehen war, und ein Paar Schneeschuhe. Als er die Tür einen Spaltbreit öffnete, blickte er auf einen schneebedeckten Hinterhof, der zum Haus hin freigeschaufelt war. Der entstandene Schneewall warf seinen Schatten bis an die Schwelle des Schuppens. Er schob den Schlitten hinaus und kehrte dann zurück, um sich in den Vorratsräumen umzusehen.

Er arbeitete ohne jedes Geräusch. Seine Schritte waren so leicht und seine Bewegungen so geschickt, daß nicht einmal ein Indianer ihn hätte wahrnehmen können. Er holte Säcke mit Weizenmehl und Reis aus der Speisekammer, Dosen mit eingemachten Pflaumen und grünem Zitronat, Haferkörner, Sirup, Zuckerbrot, Salz, Töpfe mit Gänseschmalz, Bohnen, getrockneten Kürbis und alle Arten von Kräutern.

Dann ging er in die Sakristei und nahm etwas aus einem der Wandschränke. Er bewegte sich mit einer so unglaublichen Behendigkeit, daß seine Füße weder den Schnee noch den Lehmboden der Vorratsräume oder die Dielenbretter des Hauses zu berühren schienen und keinerlei Spuren seines Tuns zurückblieben. Sein Körper war der eines Indianers: unhörbar, unsichtbar, unschlagbar.

Etwas, wonach er lange gesucht hatte, fand er schließlich in einer kleinen Truhe des Aufenthaltsraumes. Bevor er sich auf den Weg machte, stocherte er noch im Feuer, damit es unter der Asche erlosch. Die Ausbeute seines Raubzugs hatte er sorgsam auf dem Schlitten festgebunden.

Zum Schluß öffnete er den Backofen und holte die Brote heraus, die schön aufgegangen und allem Anschein nach fertig waren. Er nahm sie alle und verstaute sie nacheinander auf dem Schlitten. Während er sie mit wahrer Lust an sein Herz drückte und sich an ihrer Hitze wärmte, dachte er, daß dieser Duft nach Frischgebackenem doch der herrlichste Duft der Welt für ein ausgehungertes Wesen sei.

Einen Augenblick lang fürchtete er, dieser üppige Duft des Brotes, der edelsten Nahrung des Menschen, könnte auch in die Nasen der schlafenden Mönche dringen. In der glasklaren Luft verbreitete sich das köstliche Aroma wie eine heilige Opfergabe. Er warf eine Plane über die dampfenden Laibe und zog endgültig die Riemen fest. Dann legte er die Schneeschuhe an, legte sich ins Geschirr des Schlittens und durchquerte den Hof.

Er spürte nichts mehr, weder Schmerz noch Müdigkeit. Er war nichts als ein Körper, der sich vorwärtsbewegte, und das nackte Licht des Mondes störte ihn nicht. Am Tor angekommen, schob er geschickt die verschiedenen Riegel zurück, drehte den Schlüssel des gewaltigen Schlosses, das man zum Schutz vor nächtlichen Dieben angebracht hatte, und verschwand über die weite Ebene.

Nach kurzer Zeit drehte er sich um. Auf ihrer kleinen Erhebung, halb unter Schnee verborgen, lag die Mission und war schon kaum mehr zu sehen. Das kleine Kreuz auf dem Kirchturm leuchtete silbern vor dem schwarzblauen Himmel. Im nahen Umkreis lagen die Wigwams der Indianer wie Maulwurfshügel verstreut, über ihnen ein leichter Rauchschleier. Nur vereinzelt brannte irgendwo ein Feuer. Holz war zu kostbar, um es spätnachts noch zu verbrennen.

Die Geräusche waren gedämpft wie das Leben selbst. Nicht nur der Winter lähmte alles und jeden. Auch die Not und die Angst vor der Vernichtung, die Frage nach dem Morgen, lastete schwer auf jedem einzelnen. Kinder weinten, Hunde bellten. Die Alten husteten. Doch man hörte es kaum. Alles war zu weit weg, zu undeutlich, fast so, als träume man es nur.

Er blickte nach Südost und sah über den mondbeschienenen Bergen eine schwarze Wand aufsteigen. Der Sturm. In diese Richtung führte sein Weg. Der Schnee würde seine Spur verwischen. Niemand würde ihm folgen können.

Sie dachten nicht daran, ihn zu verfolgen.

»Wo sind die ganzen Brote?« fragte Bruder Adrian entsetzt, als er den Backofen leer fand, nachdem sie aus der Messe gekommen waren, enttäuscht, daß ihr Gast nicht daran teilgenommen hatte.

Verwirrt blickte er um sich. Von dem, der am Abend zuvor an ihre Tür geklopft und um Aufnahme gebeten hatte, war keine Spur zu sehen. »Haben wir geträumt? Oder war er ein Geist?«

»Ein Geist stiehlt keine drei Sack Mehl und die Hälfte unserer getrockneten Pflaumen«, gab Pater de Lambert zur Antwort, als er ihre Lebensmittelvorräte einer kurzen Prüfung unterzogen hatte.

»Laß uns nachsehen, ob er noch mehr gestohlen hat«, sagte der Bruder bekümmert.

»Was soll er noch gestohlen haben? Was er wollte, waren Nahrungsmittel.«

»Er hat den Schlitten mitgenommen.«

»Um seine Beute wegzuschaffen.« Der Pater verschwieg, daß auch eine Soutane und ein Meßbuch fehlten.

In der Nacht waren Sturmwolken über sie hinweggezogen. Am Morgen hatte es angefangen, in dichten Flocken zu schneien. Aber das waren erst die Vorboten. Es würde weiterschneien, und ein Ende der Schneefälle war kaum abzusehen. Im frischen Schnee konnte man die Spur des Schlittens und der Schneereifen noch ausmachen. Sie folgten ihr bis vor den Palisadenzaun und blickten von dort aus in die Weite des unbewohnten Südostens, in den der Unbekannte aufgebrochen war. Der Sturm kam näher. Er versprach gewaltig zu werden. Der Schnee würde die Spuren des Diebs zudecken, wenn nicht sogar ihn selbst und sein gestohlenes Gut begraben.

»Warum weinst du, Bruder?« fragte der Geistliche. »Komm, komm! Was sind schon ein paar Pfund Mehl? Er hat uns genügend übriggelassen.«

»Darum weine ich nicht«, erwiderte der Jüngere. »Der Diebstahl kümmert mich nicht . . .« Über seine bäuerlich derben Wangen rollten Tränen, die er nicht zurückhalten konnte, vieleicht auch nicht wollte. Denn es waren süße Tränen, die der einfache Mann vergoß.

»Ich weine, weil ich an gestern abend denke. Wie wohl wir uns fühlten, als er bei uns saß und das Mahl mit uns teilte.

Und als er dann mit uns sprach ... dieses Licht! O Pater, haben Sie es auch bemerkt?«

»In der Tat«, sagte der Pater nachdenklich. »Es war eine seltsame Klarheit um ihn, und eine Heiterkeit sondergleichen erfüllte und umgab uns.«

»Ich erinnere mich an nichts anderes mehr. Nicht an seine Worte, nicht an das, worüber wir sprachen. Ich weiß nur noch, daß seine Augen blau waren wie der Himmel und unsere Herzen erfüllt von Freude.«

Fünfundsechzigstes Kapitel

Schon mehrere Meilen hatte er wieder im Laufschritt zurückgelegt. Eine innere Unruhe, die mit jedem Schritt wuchs, preßte ihm das Herz zusammen.

»Oranda! Oranda!«

Längst schon hätte sich in der Ferne jene Spur von Rauch zeigen müssen, die ein geübtes Auge jederzeit von aufsteigenden Nebelschwaden zu unterscheiden wußte, und die untrüglich die Nähe Wapassous verkündet hätte.

Er hatte eine indianische Ledermaske angelegt, um gegen die Schneeblindheit gefeit zu sein. Hinter ihren Schlitzen schaute er sich die Augen aus nach diesem Zeichen von Leben in der toten Landschaft. Prüfend sog er die Luft ein, denn inzwischen hätte er auch Rauchgeruch wahrnehmen müssen, so vage er auch in der eisigen Luft vorhanden sein mochte.

Nichts. Eine Todesahnung bemächtigte sich seiner. Händeringend hielt er inne. Dann flog er über Eisplatten, immer die endlose, weiße Piste entlang, die er, ohne hinzusehen, hinter sich ließ, angetrieben vom rhythmischen Aufsetzen seiner Schneeschuhe und dem harten Pfeifen seines Atems.

Zu spät! Dort, am Rande des unerbittlichen Horizonts wartete das Gericht!

Was habe ich getan? fragte er sich. Ich habe ihren Tod gewollt, ihre Vernichtung. Durch sie wollte ich das Weib zerstören. O Gott, warum hast du es zugelassen, daß ich einem solchen Wahn verfallen bin? Dir allein wollte ich dienen. Ich ahnte nicht, daß sie so zerbrechlich ist, und so zart, und so fröhlich. Ich habe nicht an die kleinen Kinder gedacht. Als ob ich nicht gewußt hätte, daß hinter jeder Frau auch Kinder sind. O Herr, warum hast Du mich unter lauter Teufeln zur Welt kommen lassen? Warum hast Du meine Kindheit mit Blut getränkt?

Er blieb stehen. Vor ihm lag das Entsetzen. Seine Augen tränten vor Schmerz, als er Wapassou in dem glitzernden Weiß erspähte. Aber nicht der kleinste Rauchfaden stieg aus seinem tief verschneiten Dach auf. Nichts regte sich.

Noch nie im Leben hatte er einen so schrecklichen Schock empfunden. *Sie waren tot! Sie waren alle, alle tot!*

Er kroch den Hügel hinauf und schrie und flehte. »Ich bin da, Kinder, ich bin zurück, ich komme! Ich werde euch einen guten, schönen Maisbrei kochen ...« Fast hätte er sich den Hals gebrochen, als er mit seiner Fuhre in den Graben fiel. Er rappelte sich auf und warf sich gegen die schwere Tür. Sie war nicht verriegelt und sprang mit großem Getöse auf.

Behindert durch seine Schneeschuhe, die er noch nicht abgelegt hatte, stand er auf der Schwelle und kniff die Augen zusammen, um sich an das Halbdunkel zu gewöhnen. Zu seinem Erstaunen unterschied er nach und nach die drei dick vermummten Kinder, die auf dem Holzboden saßen und mit Knöchelchen spielten.

»Wo ist eure Mutter?«

»Mama schläft!« kam es wie aus einem Munde. Sie deuteten zum hinteren Zimmer und wandten sich dann wieder ihrem Spiel zu.

Noch immer keuchend vom schnellen Lauf, hatte er nur einen Gedanken: Sie ist tot! Die Kinder halten ihre Reglosigkeit und ihr Schweigen für Schlaf. Auf Zehenspitzen und an allen Gliedern zitternd, betrat er das Zimmer.

Sie saß vor dem erloschenen Feuer und schlief in der Tat. Ihre Haltung verriet, daß sie von großer Erschöpfung übermannt worden war. Bleiches Sonnenlicht kam durch das kleine, vom Schnee befreite Fenster und verlieh ihrem ohnehin blassen Gesicht eine fast gelbliche Farbe. Wiederum glaubte er, von Entsetzen geschüttelt, sie sei tot. Er berührte ihre Hände und ihre Wangen. Sie waren eiskalt. Aber sie atmete, wenn auch nur schwach.

Er kniete auf den Steinen nieder und begann Reisig zu brechen und darauf Zweige und Holzscheite zu schichten, um das Feuer zu entzünden. »Ich bin da, Kinder«, brummte er dabei in seinen Bart. »Ich bin wieder da. Gleich koche ich für euch einen schönen, heißen Maisbrei mit Heidelbeeren. Ich bin da, ich sorge, daß ihr lebt.«

Das Knistern der Flammen weckte Angélique. Sie fuhr erschrocken auf, denn als sie sich einer Ohnmacht nahe fühlte, hatte sie das Feuer absichtlich ausgehen lassen, aus Angst, es nicht überwachen zu können, und um zu verhindern, daß die Kinder sich daran zu schaffen machten. Sie fühlte sich unendlich müde.

Vor ihr kniete der Reisende und suchte ihren Blick. »Warum haben Sie das Feuer nicht brennen lassen?« rief er verzweifelt. »Ich bin fast gestorben vor Schmerz, als ich keinen Rauch aufsteigen sah!«

Sie erklärte, es sei tagsüber so warm gewesen, daß sie geglaubt habe, man könne Holz sparen und das Feuer klein halten. Sie und die Kinder waren draußen gewesen. Sie wollten den Sonnenschein ausnützen. Und dann ...

Er legte die Stirn auf ihre Knie, und die Tonsur schien wie eine weiße Hostie durch sein dichtes Haar. »O Herr!« flüsterte er. »O Herr, ich danke Dir! Ich bin noch rechtzeitig gekommen ...«

Dann gestand sie ihm kleinlaut, daß sie seit Tagen Fieber habe. Hatte sie sich erkältet, oder war es gar ein Malariaanfall?

»Nun bin ich ja wieder da«, meinte er beruhigend. »Ich habe auch Zitronat und Pflaumen und eine Menge anderer Trockenfrüchte mitgebracht. Dazu Haferkörner, Honig und Sirup ...« Er hängte den Kessel über den Herd und goß Wasser hinein. »Warum haben Sie sich nicht warm gehalten und sich ins Bett gelegt, wenn Sie Fieber hatten?« fragte er.

Sie erwiderte, sie hätte befürchtet, in Fieberphantasien zu verfallen. Im Sitzen sei sie eher wach geblieben.

Er begriff, daß sie nicht mehr wußte, wie viele Tage er weg gewesen war, und daß sie nur noch die Kraft für das Allernotwendigste gehabt hatte, daß sie die Hoffnung auf seine Rückkehr aufgegeben hatte, und daß sie nur noch eines aufrecht gehalten hatte: der Gedanke, nicht einzuschlafen.

Sie blickte verstört um sich. »Entschuldigen Sie, ich habe weder gekehrt noch aufgeräumt. Der reinste Schweinestall ...«

Vorsichtig hob er sie auf und trug sie zum Bett. »Jetzt bin ich da. Jetzt werde ich für Sie sorgen.« Fürsorglich deckte er sie zu. »Sobald ich nach den kleinen Spielern in der Halle gesehen habe, zeige ich Ihnen unsere Schätze. Und dann gibt es eine Gemüsesuppe, die Tante Nenibush Ehre machen würde.«

Sie wandte den Kopf ab und murmelte, sie habe keinen Hunger.

Später schluckte sie dann doch ein paar Löffel der fertigen Brühe. Angélique hatte sich erkältet, als sie versuchte, Flechten und Baumrinde für Gloriandre zu finden. Die Ausbeute reichte gerade, um einen Tee für die Kleine zu kochen, die sich nun schon besser fühlte.

»Warum haben Sie so wenig Vertrauen?« fragte er. »Ich hatte Ihnen doch versprochen, Sie alle irgendwie am Leben zu erhalten. Wann werden Sie endlich begreifen, daß das Beste von uns unsichtbar ist? Sie scheinen den *Kräften* nicht zu trauen, mit denen Sie selbst in solchem Übermaß ausgestattet sind, und sich nur auf Ihre Taten zu verlassen. Da liegt ein Fehler der Frau. Sie kann nicht haushalten mit ihren Kräften. Christus hat es uns mit seinem Besuch bei Martha und Maria gezeigt. Den Frauen ist nicht wohl, solange sie ihre Nützlichkeit und Daseinsberechtigung nicht unter Beweis stellen können.«

»Mag sein«, erwiderte sie. Vielleicht war es falsch gewesen, nicht in aller Ruhe zu warten. Aber das ließ ihr Temperament nicht zu. Und trotz seiner lehrreichen Vorhaltungen würde sie sich kaum so rasch ändern.

Dennoch war es herrlich, sich unter den Decken auszustrekken, die Augen zu schließen und sich der Krankheit mit ihrem hämmernden Schmerz hinter der Stirn zu überlassen, während ein anderer die ganze Last der Verantwortung übernahm. Jetzt, da der Geist Orandas den Jesuiten so sicher geleitet hatte, konnte der Kampf mit dem Winter wieder aufgenommen werden.

Er reihte die Brotlaibe nebeneinander auf die Wandbretter im Zimmer und in der Halle, die ihnen als Platz für ihre Vorräte dienten. Wenn keine mehr da wären, würde man neue backen. Es bedurfte so weniger Zutaten, um dieses hochwertige Nahrungsmittel der Franzosen herzustellen: Wasser, Salz, ein bißchen Hefe und Mehl. Feines weißes Weizenmehl, dieses immer neue Wunder sommerlicher Ernten, aus Körnern, die kostbarer waren als Gold. Brot und Wein. Wein war in der Mission nur wenig vorhanden gewesen. Nur Meßwein, und den hatte er ihnen gelassen. Mit Branntwein dagegen hatte er sich eingedeckt.

Ebenso mit Kerzen. Mit ihnen jedoch würde man sparsam umgehen. Bienenwachs konnte ein letztes Mittel sein, um den Maisbrei gehaltvoller zu machen, der gegen Ende eines Winters oft recht dünn ausfiel. Kerzen würden sie nur an Festtagen anzünden. Vielleicht schon bald, an St. Honorine.

»Wir werden zu Ehren eurer großen Schwester einen Kuchen backen – und für sie beten«, versprach er den Kindern.

Nachts hörte sie, wie er im Traum redete. Sie schlug die Augen auf und sah die Brotlaibe an der Wand, die wie freundliche Gesichter auf sie herabblickten.

Er war also doch wiedergekommen? In Wirklichkeit hatte sie nie daran geglaubt, daß er zurückkehren würde. Sie hatte sein Weggehen wie ein Sterben empfunden. Und das hatte ihre Gesundheit mehr geschwächt als alle Entbehrungen.

Er lag eingehüllt in eine Decke vor dem Kamin. Noch schwach, aber doch auf dem Wege der Besserung, kniete sie sich neben ihn. Er schlief unruhig und sprach fast ununterbrochen im Traum. Sie hatte dem aus der Hölle Zurückkehrenden nichts als Klagen entgegengebracht. Kein freundliches Wort, keine Gastfreundschaft. Sie hatte nur bemerkt, daß er aussah wie ein Gespenst. Und es stimmte. Er sah fast noch schrecklicher aus als damals, eingenäht in sein ledernes Leichentuch. Das bleiche Gesicht unter dem struppigen Bart, die blaugefrorene Nase und die eingefallenen Augen. Ein Skelett, damals überfroren, heute naß von Schweiß, mit Wunden, die sich neu entzündet hatten. Ein aus dem Grab Erstandener . . .

Wie hatte er ein solches Unternehmen durchstehen, wie soviel Kraft aufbringen können? Sie weckte ihn behutsam. »Kommen Sie ins warme Bett. Ihre Wunden sind wieder aufgebrochen. Und wahrscheinlich haben Sie noch nicht einmal eine Tasse Brühe getrunken. Wir beide sind ein schönes Paar!«

Und doch würden sie beide, jeder im Vertrauen auf den anderen, dem Tod immer wieder Einhalt gebieten.

Sechsundsechzigstes Kapitel

Einige Tage später berichtete er ihr vom Tod der Frau, die sie immer noch Ambroisine de Maudribourg nannten. Er hatte davon erfahren, als er das Gespräch der beiden Jesuiten in der Mission belauscht hatte.

Die Gattin des neuen Gouverneurs hatte sich im Herbst zu einem offiziellen Besuch in Montreal aufgehalten und war dort, nachdem sie sich auf einem Spaziergang verirrt hatte, das Opfer eines mysteriösen Überfalls geworden.

»Sie ist tot. Ein wildes Tier hat sie zerrissen.«

»Das wäre nicht das erste Mal.«

»Aber diesmal ist es wahr.«

Was diesen Überfall anbetraf, gingen die Meinungen der Kolonie auseinander. Die schrecklichen Umstände dieses noch nie dagewesenen Attentats ließen die Wogen hochschlagen. Die einen sprachen von einem wilden Tier, das sie in Stücke gerissen habe, andere vom Angriff eines Irokesenstammes, der in diesem Spätsommer sein Unwesen trieb.

»Wissen Sie Näheres? Es ist doch wohl ein wenig ungewöhnlich, daß eine Dame ihres Standes sich inmitten der dichtbesiedelten Insel von Montreal von einem wilden Tier überfallen läßt.«

»Madame de Gorrestat war zur westlichen Spitze der Insel gewandert. Allein. Trotz des tugendhaften Rufs, den sie sich inzwischen erworben hatte, gab es gewisse böse Zungen, die behaupteten, sie habe dort ein Rendezvous gehabt.«

»Immer diese Zweideutigkeiten, wenn es um *sie* geht! Die einen sind ahnungslos und glauben in aller Unschuld an ihren Charme, die andern wissen Bescheid, schweigen und reden erst hinterher. Sie hat sich also allein ans Ende der Insel begeben. Und dann?«

Der alte Gefährte Ambroisines aus ihren Kindertagen lächelte spöttisch. »Dann kam der Erzengel! Und das Ungeheuer!«

»Hat jemand etwas gesehen?«

»Nichts und niemanden! Keine Spuren weit und breit, weder von Füßen noch von Pranken. Nur ein paar Kratzer an einem Baum, sagt man, das war alles. Wenn es Spuren gegeben hatte, so waren sie verwischt worden. Das brachte später das

Gerücht auf, es habe sich um einen Indianerüberfall gehandelt, denn nur ein Waldbewohner wäre in der Lage gewesen, Spuren so geschickt zu verwischen. Das half Monsieur de Gorrestat, seinem Schmerz und seinem Wunsch nach Vergeltung neue Nahrung zu geben. Man verstand es, ihm einzureden, daß der Tod seiner Frau einem Irokesenstamm zuzuschreiben sei, obwohl die Art ihrer Verletzungen viel eher auf ein wildes Tier schließen ließ, was aber wiederum in Stadtnähe nicht so recht glaubhaft war. So wuchs in dem schwergeprüften Gatten, der nicht einmal den Mut aufgebracht hatte, die Leiche seiner Frau zu betrachten, der glühende Wunsch nach Rache.

Ein Huronenhäuptling riet zu einem Kriegszug. Die Armee, die kanadischen Edelherren und die verbündeten Wilden rüsteten sich. Um das Aussenden von Schiffen und mit Waffen beladenen Kanus zum Champlain-See zu rechtfertigen, griff man zu einer List. Der neue Gouverneur schickte den Häuptlingen der fünf Stämme eine Nachricht, daß er mit ihnen ein Fest zu feiern wünsche, um sie zu ehren. Die Irokesen folgten der Einladung des neuen Onontio. Im Verlauf des Gelages wurden die Häuptlinge überwältigt und in Ketten gelegt. Später brachte man sie nach Quebec, wo man sie auf die Galeeren des Königs schickte. Nur Uttaké, der weit entfernt unterwegs war, und wie man hörte auch Tahuntagetes, waren entkommen.

Die Armee zog weiter in Richtung der Fünf Seen. Aber als der Winter plötzlich und mit ungewohnter Strenge ausbrach, mußten die Truppen umkehren, was nicht ohne Verluste verlief. Sie zogen sich auf die Forts und die Handelsniederlassungen zurück und beabsichtigen, im Frühjahr die Kampagne wieder aufzunehmen.«

»Das Böse folgt ihrer Spur. Ist sie wirklich tot?«

»So tot, wie einer sein kann, dessen Kopf in der Astgabel eines Baumes und dessen Körper ein paar Schritte entfernt auf dem Boden gefunden wird. Die Prophezeiung hat sich erfüllt.«

Dreizehnter Teil

Die Beichte

Siebenundsechzigstes Kapitel

Als er wieder bei Kräften war und die Wunden an seinen Beinen selbst versorgen konnte, zog er um in das Zimmer von Lymon White. Dort befand sich eine der vier Feuerstellen, die wie in allen Häusern Neuenglands an den großen zentralen Kamin angeschlossen waren.

Er betrachtete es als seine Aufgabe, dem schlafenden Haus neues Leben einzuhauchen. In der Nacht war er ein unermüdlicher Hüter des Feuers. Er schlich auf leisen Sohlen herein und verschwand wie ein Schatten.

Angélique, die sich um nichts mehr zu kümmern brauchte, konnte endlich in tiefen Schlaf fallen. Jetzt war er es, der hinaus auf die Plattform stieg, um – wie sie glaubte – das Wetter zu erkunden und festzustellen, ob der Winter seinen Griff lokkerte.

Es schneite unaufhörlich. Wieder waren Fenster und Türen blockiert. Aber auch diese Schneefälle waren ein Zeichen dafür, daß es aufwärtsging. Unermüdlich kehrten sie den Eingang frei, der doch nie anderswohin führte als in ein weißes Nichts aus sanft herabrieselndem, alles verhüllendem Schnee. Trotz allem zog Angélique diesen Schnee dem Heulen der Stürme vor. Er hatte sie im Herbst gerettet.

Wenn sie daran dachte, in welchem Zustand derselbe Mann vor ihre Schwelle geworfen worden war, der heute mit so viel Fürsorge über sie wachte, dann konnte sie sich zum Lauf der Dinge nur beglückwünschen.

An diesem Morgen saß sie am Kamin und wickelte die Binden auf, die sie zuvor in kochendem Wasser und Asche gereinigt hatte. Von diesen Binden hatte sie regen Gebrauch gemacht. Doch jetzt konnte sie die kleinen weißen Rollen wieder in ihren Medikamentenkoffer einsortieren, wo sie hoffentlich für lange Zeit ruhen würden.

Plötzlich stand Pater d'Orgeval in seiner schwarzen Soutane vor ihr. Sein Anblick war verblüffend. Er sah genauso aus, wie sie ihn sich immer vorgestellt hatte, als er noch der unbekannte Feind für sie gewesen war. So hatte sie ihn im

Geist vor sich auftauchen sehen, anklagend und unversöhnlich, und da die Angst vor diesem Augenblick sie unablässig verfolgte, hatte sie mehrmals geglaubt, ihn gesehen zu haben, eine schwarze Gestalt, die sie mit anderen verwechselt hatte. Wie oft hatte sie gedacht: Das ist er! Jetzt kommt die Stunde der Wahrheit. Und jedesmal hatte er sich als ein anderer entpuppt und mit den Worten eines anderen gesprochen.

Jetzt war er es wirklich. Seine Hand lag auf der Brust und hielt das Kreuz, auf dem der Rubin funkelte. Er wirkte schmal, ätherisch und elegant in seiner schwarzen Robe, deren breite Umgürtung ihm fast etwas Weibliches verlieh. Seine Haltung erinnerte an einen Spanier, an den großen Ignatius von Loyola vielleicht, der den gleichen hohen Kragen mit den weißen, abgerundeten Ecken getragen hatte.

Während sie noch dachte, wie schön er war, fragte sie sich schon, wo er die Soutane herhatte und ob dies der Abschied sei. Er ließ ihr keine Zeit, auch nur den Mund zu öffnen, sondern bat sie, sich nicht zu beunruhigen, ihn aber auch nicht von seinem Vorhaben abzubringen. Er wollte mit ihr sprechen.

Als spüre er ihre Furcht, versicherte er, daß er nicht an eine Abreise denke. Er bleibe so lange, bis der Frühling anbreche und er sie in die Obhut ihrer Freunde übergeben könne. Da waren nur zwei oder drei Punkte, die es zwischen ihnen noch zu klären galt.

Zuerst sprach er von seinem engsten Freund Claude de Loménie-Chambord. Langsam, fast andächtig, zeichnete er das Bild dieser zarten, von gegenseitiger Zuneigung getragenen Freundschaft, die fernab jeder körperlichen Beziehung eine stillschweigende Liebe zweier Seelen gewesen war, in der einer für den anderen das Symbol des Feuers verkörperte, das in allen Herzen brennt und aus dem heraus sie den Rest der Menschheit inbrünstig und hingebungsvoll lieben konnten. Diese Form der Liebe jedoch mußte, da von der Bibel streng untersagt, unvollkommen bleiben und der Zeugung den Vorrang lassen. Sie hatten sich diesem Gebot gebeugt und ihre Liebe ins Geistige transferiert, hatten seit ihrer Jugend und auch später noch jahrelang mit dieser Unvollkommenheit gelebt. Dennoch hatten sie aus ihr die Kraft geschöpft, den harten Weg der Selbstaufgabe, die ihre Berufung ihnen abverlangte, mit Freuden und oft mit innerem Frieden zu gehen.

»Aber«, fuhr er fort, als verfolge er einen Gedanken, dem er im stillen schon des öfteren nachgegangen war, »ich frage mich heute, ob es nicht besser und dem Ruhme Gottes zuträglicher gewesen wäre, wenn wir in nichts getrennt gewesen wären. Denn ich habe erfahren, daß nichts kreativer und gewinnbringender sein kann als aufrichtige Liebe. Ich habe erkannt, daß die reine, zarte Liebe, die ich für meinen Wahlbruder empfand, mich vor der Last der Einsamkeit und der Leere des Herzens bewahrt hat. Sie hat mich ganz erfüllt und dennoch meine Sinne unberührt gelassen. Man lehrt uns in unserem Noviziat, diese übermächtigen Wünsche zu unterdrücken. Ich war ein Meister darin.«

Sie hörte ihm aufmerksam zu und rollte weiter ihre Binden. Nur tat sie es langsamer und verlieh, ohne es zu wollen, diesen alltäglichen Gesten eine fast rituelle Anmut.

Als er von der Glut des Gefühls sprach, das ihn mit dem Grafen de Loménie verbunden hatte, dachte sie an Ruth und Naomi und war glücklich, aus dem Munde dieses Priesters eine indirekte Absolution dieser verbotenen Liebe zu erfahren. Immer mehr kam sie zu der tröstlichen Überzeugung, daß sie und er einander in dieser Stunde *alles* würden sagen können. Sie waren allein, allein auf einer zerstörten, einsamen, unzugänglichen Welt. Niemand konnte ihre Worte hören, niemand sie im Gedächtnis bewahren, um sie zu verdrehen und tödliche Waffen daraus zu schmieden. Sie brauchten nicht zu fürchten, mißverstanden zu werden, jemanden zu kränken oder zu enttäuschen, oder sich Feinde zu schaffen, die ihr Leben oder das ihrer Lieben zerstören konnten. Der Turmbau zu Babel mit all seinen Wirren fand außerhalb ihrer Grenzen statt. Sie beide waren allein und ohne einen anderen Zeugen als ihren Schöpfer.

Er sprach als erster und sagte, er müsse noch einmal auf jenen Herbsttag am Moxie-See zurückkommen. Jenen Tag, an dem er mit vernichtender Klarheit erkannt hatte, daß die Liebe, und gerade auch die körperliche, der rechte Weg sein konnte. Logische Folge einer Offenbarung. Scheitern seines ganzen bisherigen Lebens. Absage an die Ordnung, die ihn getragen hatte.

»Plötzlich wußte ich, daß die Liebe ein Gottesgeschenk war und daß ich mich schuldig, sehr schuldig gemacht hatte, als ich mich ihr verweigerte. Ich verübelte meinem Körper, daß er an dieser Offenbarung teilhatte, daß er mir Gefühle der Erregung bescherte, die ich nie gekannt hatte. Im ersten Augenblick dankte ich Gott für diese Gnade. Doch es war zuviel. Ich verlor das Bewußtsein und erwachte, von Zweifeln gepeinigt und zu Tode erschreckt. Ich versuchte, in meiner gewohnten Umwelt wieder Fuß zu fassen, und die Idee der angekündigten Dämonin durchfuhr mich wie eine Erleuchtung, so daß ich Mühe hatte, einen Schrei des Triumphs zu unterdrücken. Ich hatte das Gegenmittel gefunden.

Ja, so war es. Ich wollte das Licht nicht erkennen. Es zerstörte den sorgsam errichteten Wall meiner Verteidigung gegen das, was ich haßte und was mich am meisten schreckte: die Liebe, die ich mit Wollust verwechselte, die Liebe, die mir unbekannt war, die mich wie ein Blitz getroffen und mir die geheime Seite ihres Wesens offenbart hatte, die mich lehrte, daß ihre Kraft groß genug war, jedem Individuum das Gefühl zu geben, es lebe, und die Ihnen alles bedeutet.

Was ich erlebt hatte, war zu verrückt. Ich wehrte mich dagegen. Vielleicht, weil ich nicht wußte, wie ich die Erkenntnis verarbeiten sollte. Mich von meinen besten Freunden abwenden? Sie enttäuschen? Man würde mit dem Finger auf mich zeigen und sagen: Er ist verrückt geworden! Frauen, Liebe, Gewissensfreiheit, für all dies war es zu spät. Mein Körper war in eine Form gepreßt, einzig darauf ausgerichtet, die Seelen zu beherrschen, zu kämpfen, Macht auszuüben. Sollte ich alles aufgeben? Um einer erkannten Wahrheit willen? Und ohne auf einen Lohn hoffen zu dürfen?

Erschwerend kam hinzu, daß ich im Unterholz die Pferde der Männer gesehen hatte, ein ganzer Zug von Pferden. Ich hatte erraten, *wer* meine Erscheinung war. Alles fügte sich ineinander. Ich konnte meinen Krieg fortsetzen. Ja, ich suche nach Entschuldigungen, wie Sie sehen. Aber das ändert nichts. Es gibt keine.

Es kam der Tag, wo ich aufhörte, ein reines Gewissen gegenüber meinen Handlungen zu haben. Wenn ich als Kind mit meinem großen Degen die Protestanten massakrierte, packte mich immer das Entsetzen, aber ich war so überzeugt, Gott zu dienen, daß Gott mir diese Verbrechen sicher vergeben wird.

Wir werden blind geboren und brauchen Jahre, um zu erkennen, daß die Gespenster, die uns schreckten, nur Vogelscheuchen aus Stroh oder Holz sind. Nur wer klarsieht, kann auch Unrecht begehen. Ich habe das Verbrechen begangen, meinen Taten weiterhin den Anschein der Tugendhaftigkeit zu geben, während sie in Wahrheit nur ein Deckmantel für meine verliebten Gefühle waren. Ich nannte diese Liebe Haß, nur um leichter an sie denken zu können. Ich sprach von Kampf und von Kreuzzug, um meine Besessenheit zu rechtfertigen. Alle Pläne, Sie zu unterwerfen, Sie gefangenzunehmen, zu bestrafen oder zu verfolgen, entsprangen dem Gefühl einer unwiderstehlichen Anziehung, Verlockung, die ich nicht beim Namen zu nennen wagte. Ich bildete mir ein, das abwehren, zerstören, auslöschen und erniedrigen zu wollen, was nicht über mich siegen durfte, und hatte doch nur eines im Sinn: mich ihm zu nähern. Ich glaubte, ich täte das alles, um die Feinde Gottes zu vernichten, um meine Mission zu erfüllen ...

Beim Sturm auf Newchewanik in der Nähe der Brunswick-Wasserfälle wußte ich, daß Sie da waren, dort in diesem Puritanernest auf dem Hügel. Ich schrie: ›Bringt sie mir!‹, und ich war sicher, am Ziel zu sein. Ich bebte vor ich weiß nicht welcher Erwartung. Was versprach ich mir von dem Augenblick, wo sie vor mir stehen würde, besiegt, eine Gefangene? Doch sie kam nicht. Piksarett war mit Ihnen geflohen! Lachen Sie nicht! Ich begann zu verstehen, daß das Duell größere Ausmaße angenommen hatte, als ich ihm zugestehen wollte, und daß ich nicht der einzige war, der über seinen Ausgang entschied.

Narr, der ich war und der ich Ihren Tod wollte, um das in mir auszulöschen, was an mir fraß, im Glauben, ich würde danach meine Ruhe wiederfinden.«

Er sprach dann von der verzehrenden Eifersucht, die er gegenüber dem Mann empfunden hatte, dem sie angehörte, der sie besaß und der – welch unerträgliche Ungerechtigkeit – von ihr wiedergeliebt wurde.

Dieses Geständnis war weit schwieriger, denn inzwischen kannte er Angélique und wußte, daß sie es gelassen hinnehmen würde, daß er ihr nach dem Leben getrachtet hatte, sie aber sehr viel empfindlicher reagierte, wenn es sich um den handelte, den sie liebte.

Nein, versicherte er, ihren Gatten, ihren Geliebten hatte er nicht töten wollen. Er hätte ihn ausschalten wollen, ihn zum

Verlierer stempeln. Er wollte sehen, wie er in die Knie gezwungen wurde, wie seine unverschämte Fähigkeit zu leben gebrochen wurde.

»Glauben Sie nicht, daß das Leben es ihm immer leichtgemacht hat«, versuchte sie zu widersprechen.

»Ihm gelang alles«, unterbrach er sie. »Das konnte ich nicht ertragen.«

Wie glücklich dieser Mann doch war, hatte er oft gedacht. Dieser Mann, den sie so überschwenglich liebte, der nichts zurückgewiesen hatte, weder das Fleisch noch die Liebe, und der sich um keine Gesetze scherte. Ein Atheist, ein Freidenker, der Vorschriften mit Füßen trat, und die Kirche samt ihren Einrichtungen verhöhnte. »Ich mußte mitansehen«, fuhr er erregt fort, »wie dieser Mann zum Ausgleich für so viele ungeniert begangene Übertretungen seine schuldbeladene Existenz mit den höchsten Freuden krönte. Nicht nur, daß er die Liebe entdeckt hatte, die wahre Liebe, die göttlicher Verzükkung gleichkommt, er bekam auch noch alles in barer Münze zurück. Er hatte nicht nur die schönste aller Frauen für sich gewonnen, er wurde auch noch von ihr wiedergeliebt. Ihm fiel es zu, sie glücklich zu machen, sie die Liebe zu lehren.

Hatte er das verdient, dieser Abenteurer, dieser Graf de Peyrac? Ich habe es ihm nicht gegönnt. Warum er und nicht ich?

Ich fing an, ihn zu beneiden, daß er so ohne Moral, so ohne jede Bindung und niemandes Sklave war. Und doch spürte ich, daß er ein Gerechter unter Gerechten war. Ich hatte Angst, es mir einzugestehen. Denn er war im Recht. Er ging den Weg der Wahrheit, denn er folgte seiner Wahrheit. Auch dieser Tatsache mußte ich ins Auge sehen.

Es ist schlimm, einen begangenen Irrtum aufzudecken und die Fallen zu erkennen, in die man gegangen ist. Besser wäre es, blind zu bleiben, als zu begreifen, daß das Licht der Wahrheit einem nicht nach Verdienst, sondern nach göttlicher Vorsehung zuteil wird. Lohnt es sich da nicht, weiter zu glauben, man gehöre zu den Auserwählten?«

»Und wie denken Sie heute darüber?«

»Ich denke, daß Gott alle Wege wohlgefällig sind, die der Verherrlichung seiner Größe und seiner Güte dienen. Ich habe meinen Frieden und mein Selbstvertrauen wiedergefunden, auch wenn ich für die Meinen auf immer verloren bin.

Das war es, was ich Ihnen sagen wollte, auf daß die Vergangenheit keine Mißverständnisse und keine Bitterkeit zwischen uns zurückläßt. Was geschehen war, mußte vom falschen Schein gereinigt werden: Ich habe nicht für Gott gekämpft, und Sie waren nicht seine Feinde. Die Entscheidungen sind anderswo gefallen. Dort, wo sich neue Einsichten eröffnen und wo die Umbrüche von Generationen sich ankündigen. Doch alles braucht so lange auf unserer Erde . . .«

Er verstummte.

Angélique hatte ihre Binden aufgerollt und sie eine neben der andern neben sich auf den Hocker gelegt. Er sah, daß er sie unruhig gemacht hatte. Aber sie würde nichts erwidern. Wozu auch? Alles blieb unwägbar. Es waren ohnehin schon zu viele Worte gesprochen.

Sie legte die Hände in den Schoß und sah ihn an. Ein kleines Lächeln spielte um ihre Lippen. Sie war von so unendlicher Anmut, daß er die Augen schloß.

Lange blieb sie in Gedanken versunken. Dann sagte sie: »Darf ich Ihnen eine Frage stellen?«

Er nickte.

»Woher haben Sie diese Soutane? Ich dachte, ich hätte die Ihre in Stücke geschnitten, als Sie ankamen!«

»Ich habe sie mir bei den Missionaren von St. Joseph ausgeliehen.«

»Und warum haben Sie sie heute angelegt?«

»Schwierige Geständnisse erfordern manchmal eine Rüstung.«

»Pater d'Orgeval, ich frage mich, ob Ihr Irrtum nicht von Anfang an darin bestand, daß Sie den Jesuiten beigetreten sind und nicht der Truppe des Monsieur Molière. Ist an Ihnen nicht ein Komödiant verlorengegangen?«

»Ich bin es immer gewesen. Im Kolleg habe ich alle großen Rollen der Antike gespielt. Sie wissen sicher, daß die Ausbildung der Jesuiten dem Theater große Bedeutung beimißt. Man muß deklamieren können und einen Sinn fürs Tragische haben, wenn man predigen will. Und mein Leben bei den Indianern, diesen geborenen Schauspielern, war nicht dazu angetan, mich davon zu kurieren.«

Achtundsechzigstes Kapitel

In der Folge verwahrte er die »geliehene« Soutane sorgfältig, und das Kruzifix erhielt wieder seinen Platz auf dem Kamin in Angéliques Zimmer. Manchmal sah sie ihn in einem Meßbuch lesen, das er auch von der Mission mitgebracht haben mußte.

Wenn sie miteinander sprachen, so geschah es nun in einer neuen Atmosphäre der Vertrautheit und des gegenseitigen Verständnisses, ganz so, wie er es vorausgesagt hatte. Sie konnte ihm von Joffrey erzählen, und er hörte begierig zu. Ihr wurde bewußt, daß sie nie Gelegenheit gehabt hatte, über ihn und ihre Liebe zu sprechen, auch nicht mit Abigaël.

Die Kälte hatte kaum nachgelassen, und immer neue Wolken brachten neue Mengen Schnee, die sich über ihnen entluden. Sie waren eingeschlossen, machtlos gegen die entfesselte Gewalt des Sturmes, der seine Bahn zog und kein anderes Ziel zu kennen schien, als die Erde bis auf die Knochen kahlzufegen. Es pfiff. Es heulte. Es rüttelte an den Mauern.

Wieder saßen sie in einem einzigen Raum, um das einzige Feuer geschart. Ihre Gefühle schwankten zwischen Zuversicht und Furcht vor dem, was sich über ihren Köpfen zusammenbraute. Selbst wenn das Wüten der Natur unmerklich nachließ, wußten sie dennoch, daß sie noch lange nicht sicher waren vor einem letzten fürchterlichen Ausbruch der Gewalten, der das Ende bedeuten würde.

Zwischen den Stürmen gab es jetzt oft Tage mit milderem Wetter. Doch das war in ihrem Fall ein relativer Begriff. Vergebens lauschten sie bei ihren kurzen Ausflügen nach draußen auf das verhaltene Geräusch schmelzenden Wassers in der Tiefe der Wälder, auf das Murmeln der Bäche oder das erste schüchterne Flöten eines Vogels, der für sie die Taube aus der Arche Noah gewesen wäre.

Angesichts der weiten, leblosen Landschaft begannen sie von den fernen Städten zu sprechen, die sie eines Tages wiedersehen würden. Der Mensch tat gut daran, Städte zu bauen und sich zusammenzuschließen, um in widrigen Zeiten gewappnet zu sein, wenn ein Stück Brot und ein mitleidiger Nachbar lebenserhaltend sein können. Nur wer die weiße Wüste eines Winters in unbewohnten Gegenden nicht kannte, konnte sich über das Leben in den Städten beklagen.

Sébastien d'Orgeval ermutigte Angélique, Pläne für eine Rückkehr nach Europa zu machen.

»Durch so einen Wechsel würden Ihre Bindungen an die Neue Welt nicht abreißen. Monsieur de Peyrac versteht sich ebenso gut auf die Seefahrt wie die Neuengländer, und es wird ihm nicht schwerfallen, in jedem Hafen von New York bis Quebec präsent zu bleiben, so wie er es immer und überall auf der Welt gewesen ist.«

Er war der Ansicht, das Schicksal der Kolonien werde nicht allein durch die bestimmt, die dort gewesen waren. Zu teuflisch war der Kreislauf der Kriege, der Rachefeldzüge und der auf beiden Seiten verübten Massaker inzwischen geworden. Opfer waren sie alle, ohne Ansehen der Person: Indianer und Weiße, Engländer und Franzosen oder deren Verbündete.

»Der Kopf sitzt in Europa«, sagte er. »Versailles bestimmt das Geschick dieser Völker bis hin in die letzten, unwirtlichsten Talgründe. Expeditionen werden wie lautlose Ameisenzüge das Land überziehen. Monsieur de la Salle wird nicht ruhen, bis er das Banner des Königs in Illinois aufgerichtet hat. Wer weiß, vielleicht wird er sogar bis zum Golf von Mexiko vordringen, wenn es ihm gelingt, den Vater aller Flüsse, den großen Mississippi, bis zu seiner Mündung zu verfolgen. Die Spanier werden ihn nicht hindern.«

»Und Neuengland wäre eingeschlossen.«

»Sie sehen, in Versailles vollzieht sich die Aufteilung der Welt, und dort wird über die Kriege entschieden, die sich daraus ergeben. Wäre Ihr Gatte nicht Monsieur de Frontenac zur Seite gestanden, so hätten die gegen ihn angezettelten Intrigen unseren besten Gouverneur in die Bastille gebracht. Man muß noch mehr für ihn tun. Man muß sorgen, daß er nach Kanada zurückkehrt, denn der neue Gouverneur ist ein Narr und dumm obendrein.«

Sie brachte die Rede auf den königlichen Hof. Er hatte nicht ohne Grund von einem gefährlichen Dschungel gesprochen. Und wer wußte das besser als sie? Und doch kam ihr jetzt, wo jede Erinnerung von einem gnädigen Schleier überzogen war, die Schönheit Versailles in den Sinn. Die Verehrung, die der König der Schönheit und der Kunst entgegenbrachte, sprachen in den Augen Angéliques für Ludwig XIV.

Der Hof war ein Dschungel, aber auch ein Tempel der Schönheit.

»Trotzdem ist es nicht leicht, dort vertrauensvoll wieder Fuß zu fassen, wo man einmal die Waffen gekreuzt hat«, gab sie zu bedenken.

Aber sie fühlte neue Kräfte in sich aufsteigen. Jetzt, wo Joffrey Kontakt mit dem König aufgenommen und seine diplomatische Mission erfüllt hatte, wäre sie gern in seiner Nähe gewesen, um ihn nicht allein inmitten dieser Meute zu lassen, die ihm so gar nicht entsprach. Zu zweit wäre alles leichter und vor allem unterhaltsamer. Sie könnten die Schönheiten Versailles genießen und alles andere, was ihnen geboten würde, und was so wenige im Umgang mit dem König zu schätzen wußten.

Als sie aus ihren Träumen erwachte, war das Gewicht der Stille und die Kargheit ihrer Umgebung nur schwer zu ertragen. Würde dieser Winter jemals ein Ende nehmen? »Man kann sich kaum vorstellen, daß irgendwo Paläste stehen, in denen getanzt und musiziert wird, wo man sich an Pasteten ergeht, die so groß sind, daß ein als Amor verkleidetes Kind sich darin verstecken und unter dem Beifall einer juwelengeschmückten, von Vergnügungen berauschten Gesellschaft zum Vorschein kommen kann, daß es Festmähler gibt, bei denen man die erlesensten Früchte aus den Gärten des Königs kosten kann, die so riesig sind, daß man sie mit beiden Händen halten muß.«

»Ja, man kann es sich vorstellen, und man kann den Göttern nicht genug dafür danken. Es ist der Vorzug unseres Planeten Erde, daß immer irgendwo Frieden, Reichtum und Leben ist. Wenn das Leben überall erlöschen würde, wenn überall Elend herrschte, dann wäre das wirklich das Ende der Welt.

Wie dankbar müssen wir in unserer Hölle denjenigen sein, die in diesem Augenblick tanzen, die lachen, die – wie der König – fortfahren, Schönheit zu suchen und zu schaffen, um damit Augen und Geist der Menschen zu erfreuen. Denn das bedeutet, daß das Feuer weiterbrennt, und wenn auch nur in einem einzigen Herd dieser Welt, daß auch für uns die Hoffnung besteht, uns eines Tages dort niederlassen zu dürfen, als Lebende unter Lebenden, die ihre Hände diesen lebensspendenden Flammen entgegenstrecken und ihr Mahl mit uns teilen. Jede Hoffnung ist möglich, wenn man weiß, daß irgendwo noch ein Feuer brennt.

Sicher, der Strom von Schmutz, Verbrechen und Verworfenheit, der uns mit sich reißt, ist mächtig. Aber auch der goldene, funkelnde Strom der Freuden des Lebens besitzt eine unwiderstehliche Macht. Er ist Lava aus dem Vulkan Gottes, und in ihm enthalten sind unsere Sehnsüchte und Leidenschaften, unser Entzücken und unser Glück. An ihm müssen wir unsere Träume und unsere guten Vorsätze entzünden.«

Vierzehnter Teil

Das Ende des Winters

Neunundsechzigstes Kapitel

Sie überraschte ihn, als er die Waffen überprüfte. Wohlverwahrt und in gefettete Tücher gewickelt, hatten sie keinen Schaden genommen.

Auch Munition besaßen sie reichlich.

Er hatte nicht vergessen, was ihm in der Mission zu Ohren gekommen war. Sobald die Schneeschmelze einsetzte und Flüsse und Seen eisfrei waren, würden Monsieur de Gorrestat und seine Armee wieder gegen die Irokesen ziehen. »Sie stehen Gewehr bei Fuß«, sagte er. »Sie werden die Indianerdörfer umzingeln und sie niederbrennen. Vielleicht wird dies das Ende der Irokesen sein. Aber ich kenne sie. Uttaké wird auch diesmal entkommen und alle Überlebenden mitnehmen. Man wird sie vergebens verfolgen! Denn sie werden von der Erdoberfläche verschwunden sein!«

»Was wollen Sie damit sagen?«

»Daß sie verschwunden sind«, wiederholte er mit einer Handbewegung, die seine Worte unterstrich. »Ich will damit sagen, daß sie *unsichtbar* geworden sind.«

Als sie ihn weiter fragend ansah, ergänzte er: »Ich meine damit nicht, daß sie tot sind. Sie werden wieder auftauchen.«

»Ich will nicht bestreiten, daß Wunder geschehen können. Aber in diesem Fall scheint mir eine plausible Erklärung doch naheliegender. Obwohl ja auch Ihnen nachgesagt wurde, Sie könnten durch die Luft fliegen und sich unsichtbar machen. Trotzdem ...«

Er lächelte gedankenverloren. »Dazu habe ich meine eigene Theorie. Aber Sie haben recht. Sobald ihre Verfolger sich zurückgezogen haben, werden sie wieder an die Oberfläche kommen, und zwar nicht weit von hier.«

Er kannte alle Geheimnisse dieses unendlichen Landes mit seinen Felsen, undurchdringlichen Wäldern, Seen und Abgründen, die meilenweit unüberwindbar waren wie die steil hintereinander aufragenden Berge, die jedem den Zugang zu den unübersichtlichen und unzivilisierbaren Landstrichen von Maine oder Akadien verwehrten. Dorthin kamen nur ein paar Unentwegte, die die Stromschnellen übersprangen, durch Felsspalten kletterten oder die uralten Pfade über die Bergrücken kannten.

Es sei Wahnsinn gewesen, dorthin Pferde mitzunehmen. Das sei eine von Monsieur de Peyracs Utopien gewesen, hier eines Tages Straßen bauen zu wollen, um den Norden mit dem Süden und den Atlantik mit dem St.-Lorenz-Strom zu verbinden. Die zwei Drittel französischer Besitz waren Wüste. Nicht einmal Nomaden zogen durch dieses Gebiet. Nur Kanadier und Abenakis würden sich dorthin vorwagen. Oder Angehörige eines Irokesenstammes, der auf dem Kriegspfad zur Küste war.

»Wie kommen sie dorthin?«

»Ich glaube es zu wissen.« Mehr sagte er nicht.

»Nun gut. Wenn Sie so überzeugt sind, daß sie nicht weit von hier auftauchen, dann müssen Sie fliehen, Pater.«

Er blickte sie traurig an. »Um was für ein Leben zu leben?«

»Ihr Leben!«

»Es interessiert mich nicht mehr, denn es hat mir außer Herumirren und Einsamkeit nichts mehr zu bieten. Zum Eremiten bin ich nicht geboren. Auch der fernste Einsiedler gehört noch einer selbstgewählten Gemeinschaft an, die wie er den Ruf der Wüste vernommen und sich der gleichen Enthaltsamkeit verschrieben hat. Er hat Brüder im Geiste, die denselben Gott anbeten und über dieselben Wahrheiten meditieren. Unsere Gespräche haben mir gezeigt: Für mich gibt es keine Gemeinschaft mehr.«

»Wir werden Ihre Gemeinschaft sein. Wir werden Sie nicht im Stich lassen. Und es gibt in Frankreich einige Plätzchen, die gar nicht so übel sind, wie Sie wissen!« sagte sie lächelnd, um ihrer Unterhaltung ein wenig den Ernst zu nehmen.

»Und ob ich das weiß! In der Dauphiné, zum Beispiel. Frankreich ist reich an Orten geistiger Einkehr. Es gibt einsame Täler, die zur Andacht herausfordern. Kartausen, Abteien, Einsiedlerklausen an murmelnden Bächen, aber sie alle sind nicht Amerika. Nicht mein Amerika.«

»Und was ist mit den Kapuzinern, die ihre Kapellen am Ufer des St.-Jean-Stroms errichtet haben? Ich kenne einen von ihnen. Auch in Maryland, dem katholischen Teil der englischen Besitzungen, sollen Mönche Zuflucht gesucht haben.

Wir werden auf jeden Fall in Verbindung bleiben, wo Sie sich auch aufhalten.«

Er war diesem Vorschlag nicht abgeneigt. Weniger ob der Aussicht auf eine solche Existenz, die ihm trotz allem leer erscheinen mußte, da sie keinesfalls seiner religiösen Berufung entsprach, die schon so lange in ihm loderte und durch nichts zu ersetzen war. Es war vielmehr die Angst, den Irokesen ein weiteres Mal in die Hände zu fallen, die ihn dazu bewegte, seinen Standort zu wechseln.

Während sich die Zeichen mehrten, daß die Natur zu neuem Leben erwachte, ermutigten sie sich gegenseitig, ihre Lethargie abzustreifen und es der Mutter Erde gleichzutun.

»Wenn der Frühling kommt, gibt es allerhand zu tun!« sagte er. »Die Dächer sind eingedrückt, die Gatter zusammengebrochen und die Wege unpassierbar. Unter dem Schnee wird so allerhand zu Tage kommen, auch die Toten.«

»Wie viele werden es sein, die noch unter den Trümmern von Wapassou begraben liegen?«

»Sicherlich keiner von Ihren Ketzern aller Hautfarben, deren Sie so überaus freundlich gedenken. Ihre Hugenotten und Quäker, Ihre ›Armen von Lyon‹, die noch schlimmer sind als die Katharer, die man in unseren Bergen in einem Atemzug mit dem Teufel nannte. Sie werden sehen, diese Leute sind nicht tot. Sie werden sie wiederfinden und in Ihre Obhut nehmen können.« Er lächelte, als er sah, daß seine Worte ihren Zweck erfüllten und ihre Wangen sich röteten bei dem Gedanken, für ihre Freunde zu kämpfen. »Sie vermögen alles, Madame. Der König liegt Ihnen zu Füßen. Was sage ich? Sie halten das Zepter in der Hand. Der König hört auf Sie. Er beherrscht halb Europa und einen Teil der Neuen Welt. Mit seinem Einfluß können Sie mehr bewirken als mit Waffen. Überwinden Sie sich! Fassen Sie Mut! Nur noch wenige Tage trennen uns von unserem Heil: dem Frühling.«

»Gut. Aber dann darf ich auch Sie retten. Werden Sie auf mich hören und sich rechtzeitig in Sicherheit bringen?«

Der Jesuit wandte den Blick ab und schüttelte langsam den Kopf. »Uttaké hat gesagt: Ich komme wieder. Ich werde dein Herz essen. Du schuldest es mir, Schwarzrock.«

»Unsinn! Lassen Sie sich von diesen Wilden nicht beeindrucken. Sie haben selbst gesagt, man solle sie nicht zu verstehen suchen und sich nicht irremachen in dem Bemühen, ihren Motiven zu folgen.«

»Uttaké hat gesagt: Du schuldest es mir, Schwarzrock. Bist du nicht *deshalb* von der anderen Seite des Ozeans zu uns gekommen?«

Sie fuhr auf. »Nein! Nein! Einmal, zweimal, das ist genug! Sie haben Ihren Tribut bezahlt. Fliehen Sie, fliehen Sie zur *Baie Française*! Wir treffen uns dort. Ich werde einen Unterschlupf für Sie finden und Sie an einem sicheren Ort verstekken.«

»Ich kann Sie nicht mit den Kindern allein lassen.«

»Es geht mir besser. Ich schwöre es. Gehen Sie, warten Sie nicht länger.«

»Denken Sie doch nicht dauernd daran, wie Sie mich loswerden können! Noch sind die Stürme nicht vorüber. Werden Sie gesund! Sie werden es um so schneller, je weniger Sie sich sorgen, weder um mich, noch um irgend jemand sonst. Keine Angst. Ich werde wissen, wann der Augenblick da ist, um mich ohne Hast zu entfernen.«

Angélique widersprach nicht länger. Er hatte recht. Es war nicht gut, diese letzten Stunden des Winters mit sorgenvollen Gedanken zu trüben.

Wenn die täglichen Arbeiten getan waren, setzte er sich ans Feuer, während sie im Bett lag, um sich herum die Kinder und ihre Spielsachen.

Er erzählte von seinem Leben als Missionar, von seinen Erfahrungen mit den Indianern. »Sie werden überleben«, sagte er. »Sie werden fortdauern durch die Begegnung ihrer Stärke mit der unseren. Uttaké wußte, was er sagte, als er mir ankündigte, er wolle mein Herz essen.

Die Natur zermalmt den, der sich ihr entgegenstellt. Wer ihrem ungestümen Vorwärtsstreben nicht folgt, wer nicht auf sie hören will, geht unter. Denn die Natur ist die Stimme der Schöpfung. Und die Schöpfung ist eine nie endende Neugeburt, ein immerwährendes Zeugnis der Allmacht Gottes, die sich in den Wundern dieser Welt offenbart. Kein Volk und keine Idee kann sich dieser Macht verschließen, denn sie ist unbeirrbar und unaufhaltbar. Sie weiß, was sie tut, auch wenn es manchmal grausam erscheint.

Ganze Völker verschwinden, weil sie sich der Entwicklung verweigert haben. Die Weiterführung der Schöpfung ist unsere Aufgabe. Wir wissen es nur nicht. Wir glauben sie zu beherrschen, heute und immerfort. Der Mensch kann zerstörerisch sein, aber er wird nie alles zerstören können, nicht, bevor die Stunde gekommen ist. Wir sind dabei, die Schöpfung zu vollenden. Jeder ist daran beteiligt, so unscheinbar er ist. Auch diese kleinen Kinder hier. Jeder trägt sein Teil dazu bei, daß das Feuer weiterbrennt, das Feuer, das nicht verzehrt, sondern Leben schenkt.«

»Passen Sie auf, daß Sie nicht brennen, wenn Sie solche Ideen von der Kanzel herab verkünden«, warnte Angélique, die sich von seinen Worten hatte mitreißen lassen und sich plötzlich wieder in ihre nüchterne, armselige Wirklichkeit zurückversetzt sah.

»Und doch sollten alle menschlichen Ohren sie hören«, fuhr er fort. »Aber ›sie haben Augen und sehen nicht. Sie haben Ohren und hören nicht.‹ Sie sehen nicht, daß es das Antlitz Gottes ist, das sich hinter der Natur verbirgt. Und wenn ich ›Gott‹ sage, dann verstehen sie auch nicht. Sie schaffen sich einen Götzen und vergessen darüber das große Abenteuer der Welten, in das die ganze Menschheit und jeder einzelne einbezogen ist. Über ihre kleinen Sorgen sehen sie nicht hinaus.«

Er saß hoch aufgerichtet vor dem Feuer und blickte auf den Boden hinab, als blicke er von einer Kanzel auf die Zuhörerschaft im Schiff einer Kirche. »Da sitzen sie auf hölzernen Bänken, in Kirchenstühlen und auf gepolsterten Hockern aus Damast und Satin. Sie recken die Köpfe, um den Prediger zu hören; aber seine Worte bedeuten ihnen nichts. Er kann ihren engen Horizont nicht sprengen. Und Amerika ist zu groß und zu weit, um zu verstehen, was kommt, was sich ankündigt. Immerhin ist es groß und weit, und die Zukunft steht ihm offen. Deshalb liebe ich dieses Land; hier kommt man den Geheimnissen leichter auf die Spur. Wenn ich meinen Geist von meinem schlafenden Körper lösen und in die Lüfte erheben kann, um mich andernorts niederzulassen, dann geschieht das nicht, weil Gott mir eine besondere Gnade gewährt hat, sondern weil ich durch persönliche Erkenntnisse und Vorahnungen eines der vielen Naturgeheimnisse erfasse. Die einen nennen es Wunder, die anderen Wissenschaft!

Tatsächlich vermögen die Frauen eher in das Verborgene einzudringen als die Männer. Vielleicht ist deshalb der männliche Geist so sehr darauf bedacht, sie und ihre Neugier im Finstern zu halten. Mit welcher Sorgfalt und Schläue hat er sie daran gehindert, zu handeln und vor allem zu denken!«

»So wurde Eva bestraft, weil sie von Natur aus wißbegierig ist und nicht bereit, sich unterzuordnen.«

»Nein, weil sie seit jeher wagemutiger und weniger gottesfürchtig ist!«

Sie lachten beide. Es bereitete ihnen Spaß, den biblischen Gestalten etwas von ihrem Nimbus zu nehmen und sie auf die kleine Bühne ihrer Streitgespräche herabzuholen. Das strenge Fasten, das sie sich trotz allem auferlegen mußten, verhalf ihrem Geist zu einer leichten Berauschtheit. Einsamkeit und überstandene Leiden hatten Prinzipien und Zwänge verdrängt, ja nahezu ausgelöscht, die auf einem Mitglied jedweder Gesellschaft lasten. Ausgesetzt auf einem erkalteten Stern, konnten sie von hoch hoben die Mächtigen der Erde betrachten. Sie waren König und Königin der Schöpfung, seit um sie her alles Leben verschwunden war.

Ihr heiterer Ton und ihr hemmungsloses Lachen weckte die Neugier der Kinder. Sie standen da mit offenem Mund, und ihre weit aufgerissenen Augen wanderten staunend von einem zum andern, als habe sie das Gehörte, auch wenn sein Sinn ihnen fremd blieb, in ein Traumland versetzt.

»Sehen Sie sie an«, murmelte er. »Sind sie nicht schön? Sie sind die Blumen des Lichts!«

Sie hörte ihn kommen und gehen, Holz hacken und mit den Kindern sprechen. Es war, als sei ein Engel herabgestiegen, der ihre nachlassenden Kräfte unterstützte. Ihre Kräfte als Frau und Mutter, die wie durch einen feinen Draht mit der Kraft Joffreys verbunden waren. Mit Joffrey de Peyrac, dem Unbesiegbaren, ihrer Zuflucht, ihrem Beistand, der weit entfernt von ihnen für sie kämpfte.

Aber auch der stärkste Mann konnte erlahmen, seine Mittel sich erschöpfen. Und kein Gold der Welt war imstande, die Ohnmacht aufzuwiegen, in die ihn die Ungunst der Verhältnisse stürzen konnte. Er war nur ein winziger Punkt im Universum. Auch Joffrey war nur ein Mensch. Wenn sie an die Belastungen dachte, denen er ausgesetzt war, und an die Einbußen, die er trotz seines grenzenlosen Mutes erlitten hatte, dann konnte nur noch unbeugsamer Wille die Kräfte vervielfachen. Jetzt verstand sie, was er ihr an jenem letzten Abend an der Ostküste mit seinen leidenschaftlichen Worten hatte sagen wollen, als er sie voll Ungestüm in die Arme schloß. Seine Kraft würde die ihre sein. Und seine Ausdauer würde sich mit der ihren verbinden.

Es galt nur einen Winter zu überstehen, in dem jeder von ihnen an dem Platz kämpfte, der ihm zugewiesen war. Doch dabei mußten sie auch akzeptieren, daß die Hilfe, die ihnen der Himmel zuteil werden ließ, völlig unerwartete Formen und Gesichter annahm.

Seit ihrer letzten Erkältung hatte sie nicht mehr aufgehört zu husten. Jetzt, wo die Tage warm und die Nächte bitter kalt waren, erlitt sie einen Rückfall. Ihre Hustenanfälle erinnerten sie an die Zeit, als Marcelline mit Yolande und Cherubin an die Ostküste gekommen war, um sie zu pflegen. Marcelline war sicher noch am Leben, mit ihr Yolande und ohne Zweifel auch Cherubin.

Siebzigstes Kapitel

Er öffnete vorsichtig die Tür.

»Die erste Blume!« Zwischen seinem verstümmelten Daumen und Mittelfinger hielt er eine zartrosa Krokusblüte. »Ich habe sie gefunden, als ich eine Eisplatte umdrehte, gleich unter dem Dach, wo es schon zu tropfen beginnt. Sie hatte sich im Dunkeln ihren Weg gesucht und war völlig farblos. Ein paar Augenblicke an der Sonne, und schon begann sie, sich aufzurichten und sacht zu erröten.«

In einem Glas mit Wasser stellte er sie neben ihr Bett.

Sie dachte an Cantor, an seine Stimme unter ihrem Fenster. »Mutter, die erste Blume!«

Der Wunsch, ihn wiederzusehen und wie einst all ihre Lieben um sich zu versammeln, wurde übermächtig in ihr. Die Vorstellung, dafür den Ozean überqueren zu müssen, erschien ihr längst nicht mehr ausgeschlossen. Alles würde sich von selbst ergeben, wie die Wiederkehr der Blumen. Honorine würde in Gouldsboro sein, und man würde sich einschiffen, um einander wiederzusehen: Florimond, Cantor,

Honorine, Raimon-Roger und Gloriandre, alle vereint unter Joffreys Schutz und Schirm. Natürlich auch der kleine Charles-Henri und mit ihm alle Kinder und Jugendlichen, die ihre Hilfe brauchten, um ihr Lebensschifflein durch alle Fährnisse dieses Jahrhunderts zu steuern. Welches Dach würde diesen vielköpfigen Haushalt bergen? In welchem Teil Frankreichs würde sich dieser Traum erfüllen? Es war unwichtig.

Dort, wo Joffrey sagen würde: Hier bleiben wir, hier errichten wir unsere Zelte, dort würden sie noch eine Weile in Frieden leben.

Ach, Joffrey! Joffrey! Bald wird Frühling sein, und wir können wieder zusammensein.

In der Nacht kam Frost. Urplötzlich war der Wind da und mit ihm die polare Kaltluft. Die Bäume, die gerade angefangen hatten zu leben, waren bis zur letzten Zweigspitze mit Reif überzogen.

Angélique erwachte zähneklappernd und fürchtete, ein neuer Rückfall mit Fieber und Schüttelfrost kündige sich an. Aber auch die Kinder waren unruhig und quengelten im Schlaf.

Nicht lange, dann erschien ihr Gefährte und brachte Dekken und Felle. »Das Blümchen hatte recht, sich unter dem Schnee zu verstecken«, flüsterte er. »Es wußte besser als wir, daß der Winter noch nicht vorüber war!«

Er schürte das Feuer und brachte heiße, in Tücher gewikkelte Steine, die er um sie herumlegte. Dann mußte sie etwas Heißes trinken, das hauptsächlich Branntwein enthielt. Er stammte offenbar aus dem unerschöpflichen Vorrat, den er von seinem Ausflug in die Missionsstation mitgebracht hatte.

»Der Winter wehrt sich«, sagte er. »Aber vergeblich. Der Frühling kommt, so wie er immer gekommen ist.« Er bestand auf ihrem täglichen Gang nach draußen, wie um sie von diesem Herannahen zu überzeugen und sie noch einmal das Gesicht des Feindes sehen zu lassen, der sie nicht hatte besiegen können.

Sie standen stumm inmitten einer Landschaft, die aus tausend Kristallen glitzerte und gleißte. Sogar die Kinder wollten nicht herumtollen in diesem Licht, das von überallher zu kommen schien.

»Väterchen Frost will nicht weichen«, sagte er. »Aber keine Sorge, in einer Woche pflücken wir Löwenzahn und essen unseren ersten Salat.«

Sie pflückten den Löwenzahn und machten ein Fest daraus. Angélique ließ die Wurzeln schaben und zum Trocknen beiseite legen. Sie weinte Tränen der Freude über dieses erste Grün, über das Moos, das vom Dachrand hing, über das ferne Murmeln der Bäche und über den See, der sich wie ein blind gewordener Spiegel dunkel von der Umgebung abzuheben begann. Es waren Anzeichen für die Wiederkehr des Lebens und – der Menschen. Der Schnee würde rasch schmelzen. Man würde zusehen können, wie er abnahm. Er würde verschwinden, »ohne daß man wußte, wohin«, wie die Kinder erstaunt feststellten.

Auf dem von Feuchtigkeit triefenden Boden waren die ersten Mokassinspuren zu entdecken. Nachrichten wurden hin und her getragen. Aus Gouldsboro würde man von dem Schicksal Wapassous erfahren. Und wie üblich würde sich ein Treck zum oberen Kennebec in Bewegung setzen, wobei Colin Paturel es in diesem Jahr zweifellos besonders eilig haben würde, galt es doch, den Verbleib Angéliques zu ergründen.

Diese unterschiedlichen Aussichten ließen sie schwanken zwischen Freude und Furcht. »Ich bitte Sie«, flehte sie ihn an, »fliehen Sie! Es ist höchste Zeit!«

Sie wiederholte: »Fliehen Sie! Fliehen Sie!«, ohne zu wissen, ob sie die Weißen meinte, vor denen er fliehen sollte, weil sie ihn nicht mehr verstanden, oder die Indianer, die sich seiner bemächtigen und ihn unter Qualen sterben lassen würden.

»Ich werde gehen«, sagte er. »Ich verspreche es Ihnen.«

Er führte sie in ihr Zimmer zurück und half ihr ins Bett. Dann kam er zurück, eine Tasse in den Händen. »Trinken Sie! Es ist unser letzter Tee. Die kleinen Blüten und Kräuter haben uns bis heute begleitet. Jetzt gehen auch sie zur Neige. Aber bald werden neue sprießen, die Sie pflücken können.«

»In Wapassou? Das ist vorbei.«

»Dann werden Sie sie in der Ile de France pflücken. Blumen gibt es überall. Sie sind die treuesten Freunde der Menschen. Aber jetzt schlafen Sie und sammeln Sie neue Kräfte. Wenn Sie wach sind, sprechen wir über meine Pläne. Morgen oder übermorgen gehe ich. Sie können ruhig schlafen. Die Kinder spielen vor dem Haus. Ich gehe hinunter an den See und hole Schilf. Ich werde Ihnen ein paar Reusen machen, damit Sie fischen können, bis Ihre Leute kommen.«

Das alles klang vertrauenerweckend, obwohl sie ihm nur die Hälfte glaubte. Er wartete auf »sie«, davon war sie inzwischen überzeugt. Sie sah es mit einer Mischung aus Ärger und Kummer. Er hatte nicht das Recht, ihr das anzutun. Nicht, nachdem sie sich solche Mühe gegeben hatte, ihn gesund zu pflegen . . .

Sie dachte an ihn wie an einen Sohn, der in Gefahr war: Ich will nicht, daß er noch mehr Prüfungen erleidet. Ich will nicht, daß er verkannt und verachtet wird. Ich will, daß er lebt, glücklich und frei. Er verdient es, zu leben. Er hat genug bezahlt.

»Versprechen Sie mir, daß Sie morgen gehen?«

»Ja. Unter der Bedingung, daß Sie nachher so ausgeruht sind, daß Sie mit mir an den See gehen können.«

»Gut, in diesem Fall gehorche ich. Ich werde schlafen, um Kräfte zu sammeln.«

Sie ließ sich in den Schlaf gleiten, glücklich und zufrieden und zum ersten Mal mit einem Gefühl echter Erholung.

Einundsiebzigstes Kapitel

Noch ehe sie die Augen öffnete, dachte sie: Wer wird da verbrannt? Als sie zu sich kam und sich in ihrem Zimmer fand, war der Geruch verflogen, der sie im Schlaf verfolgt hatte. Die Sonne ging unter. Also hatte sie nur ein paar Stunden geschlafen. Sie fühlte sich wohl und endlich auch ausgeruht. Jetzt, so dachte sie, könnte er aufbrechen. Sie blickte zum Kamin, wo sein Kruzifix stand, und sah den Rubin leuchten. Ob er es dalassen würde, wenn er ging?

Als sie den Kopf wandte, sah sie einen schwarzgekleideten jungen Mann an ihrem Bett sitzen, der aufstand und ihr zulächelte, als er bemerkte, daß sie wach war. »Guten Tag, Madame.«

»Martial Berne? Was machen Sie hier?«

»Ich bin beauftragt, Ihren Schlaf zu bewachen, Madame. Sie haben bei unserer Ankunft so tief geschlafen, daß wir beschlossen, Ihren Genesungsschlaf nicht zu stören, nachdem wir uns vergewissert hatten, daß Sie leben.«

Angélique stützte sich auf die Kissen, um ihn genauer betrachten zu können.

»Bist du nicht nach Boston gegangen, um zu studieren?« fragte sie.

Er lachte, als beruhige es ihn, daß sie ihn erkannte und einzuordnen wußte.

»Sie haben ein gutes Gedächtnis, Madame. Aber ich fand, es sei nicht der richtige Augenblick, mich auf englischem Boden in einem Haufen Bücher zu vergraben, während Gouldsboro bedroht war. Dort wurde jeder Arm gebraucht, um so mehr, als der Winter sich stürmischer zeigte als sonst. Der Schnee hat uns fast begraben, und in der Kälte barsten die Bäume. Das Meer ist an der Mündung der Flüsse zugefroren, um Penobscot wie am Kennebec.«

Als er sah, daß sie aufmerksam zuhörte, berichtete er, daß sie an der Küste keine Ahnung gehabt hätten, was in Wapassou passiert war. Gewohnt an das winterliche Stillschweigen, habe jeder, erst recht in diesem Jahr, in seiner Festung gelebt und den Hauptfeind bekämpft: Kälte, Schnee und vielerorts auch Hunger.

Als durch Berichte von Indianern die Nachricht zu ihnen drang, Wapassou sei im Herbst überfallen und niedergebrannt worden, breitete sich Entsetzen aus. Es hieß, alle Bewohner seien gefangengenommen und nach Quebec geschleppt worden, was zumindest besser war als der Tod und ihre Freunde wieder ein wenig Mut fassen ließ.

Als die Kälte dann ein wenig nachgelassen hatte, war der stumme Engländer gekommen mit der überraschenden Nachricht, daß Angélique und die Kinder in Wapassou seien, dem Untergang nahe, wenn nicht schon gar tot. Doch diese schreckliche Möglichkeit wurde energisch verworfen. Monsieur Paturel stellte sofort eine Hilfsexpedition zusammen, die nicht weniger als zwei Monate brauchte, da Flüsse und Seen noch zugefroren waren.

»Und vor wenigen Stunden sind wir eingetroffen.« Dem jungen Mann ging das Herz über vor Begeisterung. »Welche Freude, Sie am Leben zu finden! Welche Erleichterung nach all unserer Angst! Und erst die Kinder! Wie hübsch sie sind und wie groß! Und wieviel sie schon sprechen!«

Wer hätte geglaubt, die kleinen Schätze bei so guter Gesundheit anzutreffen, nach allem, was sie mitgemacht hatten! Er fügte hinzu, Charles-Henris Vater habe an der Expedition teilnehmen wollen. Seine Erfahrungen als Buschmann seien ihnen sehr zugute gekommen. Aber auch er habe um seinen Sohn gezittert und ihn jetzt offenbar mit Freuden wiedererkannt.

So war jedermann glücklich, und man wartete nur noch darauf, daß sie erwachte, um ganz sicherzugehen und den glücklichen Ausgang einer so langen und schrecklichen Prüfung zu feiern.

Schwere Schritte ließen den Boden des Flurs erzittern, und im Rahmen der niederen Tür erschien die massige Gestalt Colin Paturels. Sein sorgenvoller Blick hellte sich auf, als er Angélique im Bett sitzen und den Worten Martial Bernes lauschen sah. Erst in diesem Augenblick hörte sie auf, ihn für eine Erscheinung zu halten. Als auch Colin sich zu ihr hinunterbeugte, begriff sie, daß sie nicht träumte.

»Oh, meine lieben Freunde!« rief sie und fiel ihnen um den Hals. Der lang ersehnte, heiß erträumte und oft so unerfüllbar erscheinende Augenblick war gekommen. Menschliche Wesen waren in ihre Einsamkeit gedrungen. Und was für ein Glück, was für eine Erleichterung: Es waren die Ihren, die Leute aus Gouldsboro!

Jetzt begann Colin zu erzählen, was Martial ihr schon berichtet hatte. Die späte Kunde von der Katastrophe in Wapassou und wie sie hatten warten müssen, bis sie sich ins unwegsame Innere aufmachen konnten. Die Schwierigkeiten ihres Marsches und wie oft sie von Schneestürmen hingehalten worden waren. Er beschrieb die quälende Furcht, sie nicht mehr lebend anzutreffen, die sie nie verlassen hatte, und die kaum faßbare Freude, als sie im Fort auf die putzmunteren Kleinen stießen, die sie so freundlich begrüßten. Es war ein Wunder! Eines, das sogar einen Hugenotten bewegen könnte, eine Kapelle für irgendeinen katholischen Heiligen zu errichten.

»Wer wird da verbrannt?« murmelte Angelique. Ihr Unterbewußtsein beschäftigte sich noch immer mit diesem unabweislichen, ihr so widerwärtigen Brandgeruch. Roch so ein Lagerfeuer? Sie war all diese Gerüche nicht mehr gewöhnt.

Colin tat, als höre er nicht. Vielleicht hatte er auch ihre etwas seltsame Frage nicht verstanden. Wie sollte er auch begreifen, warum sie fragte: *Wer* wird verbrannt? Und nicht: *Was* wird verbrannt? Er war ein Mann der Atlantikküste und nicht des Landesinneren. Sein Kampf mit den Wäldern und Felsen, die er hatte bezwingen müssen, steckte ihm jetzt noch in den Knochen. Er bekräftigte, wie fest sie alle an Angéliques Überleben geglaubt hatten. Der Beweis dafür waren die Dinge, die sie mitgebracht hatten, nachdem sie den – wenn man es so nennen wollte – Schilderungen des armen Stummen entnommen hatten, daß es Angélique und den Kleinen da oben an allem mangelte. Sie hatten nicht nur Lebensmittel dabei, sondern auch Wäsche und Kleider, Stiefel und Spielsachen, alles mit Freuden gestiftet von den Damen und Kindern Gouldsboros.

»Was für eine wunderbare Idee!« rief Angélique. »Wie gut das Leben doch ist!« Bei all diesen Neuigkeiten fühlte sie sich mit einemmal wie neu geboren. Wiedererwachtes Leben durchpulste sie wie eine Quelle, die endlich ihren Panzer aus Eis durchbrochen hat. »Ich will aufstehen! Rasch!« Ihr Blick fiel auf das Kruzifix auf dem Kamin. »Und er?«

»Wer, er?«

»Der Mann, der hier bei uns war . . . Ihr habt ihn nicht gesehen? Seid ihm nicht begegnet?«

»Doch, doch!« bestätigte Colin, während Martial ihm einen raschen Blick zuwarf. »Doch«, fuhr Colin dann fort, »wir haben einen Mann am anderen Ufer gesehen, als wir zum See kamen. Er schien Fallen oder Reusen auszulegen. Wir dachten, es sei ein Waldläufer und fürchteten schon, daß in seinem Gefolge die Truppen aus dem Norden im Anmarsch seien. Deshalb gingen wir zunächst in Deckung. Als wir merkten, daß er allein war, haben zwei von uns sich zu erkennen gegeben und ihn angerufen. Bei unserem Anblick hat er alles liegen und stehen lassen und ist geflüchtet.«

»Gott sei Dank!« seufzte sie. »Er ist geflohen . . .« Sie schloß die Augen und ließ sich in die Kissen zurücksinken. Plötzlich fühlte sie sich schwach. Wie ein ängstliches Kind hielt sie weiter die Hände der beiden Männer umklammert, als fürchte sie, sie könnten entschwinden, wenn sie einschliefe. Aber sie würden sie nicht mehr im Stich lassen. Wärmende Zuneigung sprach aus ihren Blicken. Bald würde sie auch Joffrey wiedersehen. »Gott sei gedankt«, wiederholte sie noch einmal. Sie würde ihr Leben neu beginnen und unter die Menschen heimkehren, wie man nach Hause zurückkehrte.

Doch etwas ließ ihr noch immer keine Ruhe. »Colin«, fragte sie, »was ist das für ein starker Brandgeruch? Mir ist ganz schlecht davon. Man könnte meinen, da sei ein Indianerlager . . .«

»Die Irokesen sind gekommen«, sagte Martial.

Zweiundsiebzigstes Kapitel

»Wir sind ihnen bei Katarunk, dem alten, zerstörten Posten, begegnet«, ergänzte Colin Paturel. »Ein Stamm auf dem Kriegspfad. Wir haben dadurch mehrere kostbare Tage verloren. Zuerst, um ihre Umzingelung abzuwehren, und dann, um uns ihnen zu erkennen zu geben und sie davon zu überzeugen, daß wir ihnen gegenüber keine feindlichen Absichten hatten. Die Indianer aus unserer Begleitung hatten sich aus dem Staub gemacht. Wir haben sie nicht wiedergesehen. Schließlich hat der Häuptling dieser Unbelehrbaren uns zugestanden, daß wir nicht zu seinen Feinden gehörten.«

»Uttaké?«

»Ja, so hieß er.«

»Wohin wollte er?«

»Nach Wapassou, wie wir. Er gab vor, einen Jesuiten holen zu wollen, Pater d'Orgeval, der sich dort aufhalte. Ich weiß nicht, ob er hoffte, einen Geist oder ein Gespenst zu finden; denn, wenn ich mich recht besinne, ist dieser Missionar seit zwei Jahren tot. Auch in dieser Hinsicht waren unsere Auseinandersetzungen mit dem Wilden nicht ganz einfach. ›Du weißt nichts‹, sagte er verachtungsvoll, als ich ihm klarzumachen versuchte, daß dieser Pater nicht in Wapassou sein könne, da er tot sei. Und das, wie es hieße, von seiner Hand. Ich bemühte mich, ihm zu verstehen zu geben, daß wir es eilig hätten. Wir wüßten, daß Sie, Madame, in Wapassou seien, und wir fürchteten, Sie nicht mehr lebend anzutreffen. ›Sie lebt‹, gab er wiederum herablassend zurück. Unser Unglaube und unser unverhohlenes Streben wegzukommen, brachten dann das Faß zum Überlaufen. Er sagte: ›Ich bin ein Freund von Ticondegora. Bilde dir nicht ein, du seist mehr als ich, und er verdanke mir weniger als dir. Ich habe besser über seinen Stern gewacht als du . . .‹ Wir saßen wie auf Kohlen. Mit diesen Teufeln ist nicht zu spaßen, und wir, die wir nur die getauften Abenakis von Monsieur de Saint-Castine gewöhnt sind, wissen nicht, wie wir sie anpacken sollen. Schließlich haben sie uns ziehen lassen. Nun kamen wir jedoch noch langsamer vorwärts, denn wir hatten auch noch die Lasten unserer entwichenen Indianer zu tragen. Die Irokesen waren ständig vor oder hinter uns. Ich weiß nicht, ob sie andere Wege benutzten. Wir jedenfalls nahmen die übliche Route. Eines Tages erblickten wir dann die Ruinen von Wapassou und . . . wenig später waren wir bei dir«, schloß Colin mit belegter Stimme.

Er nahm ihre Hand, um seine Rührung zu verbergen. Dann sprach er rasch weiter, um das Du vergessen zu machen, das ihm entschlüpft war und das er sonst nicht gebrauchte. »Wir werden Sie und die Kinder nach Gouldsboro bringen, Madame. Nur dort sind Sie außer Gefahr. Baron de Saint-Castine und seine Indianer werden uns gegen jeden Angriff verteidigen, bis Monsieur de Peyrac zurück ist. Der Baron hat ihm sein Wort gegeben. Sie stammen beide aus der Gascogne und haben einander versprochen, sich gegenseitig beizustehen. Auf diplomatischem Weg hilft er uns gegen die Leute in Neufrankreich und mit Waffengewalt, wenn es um die Irokesen geht. Wir müssen unverzüglich weg. Hier sind wir nicht sicher. Schade, Madame! Mit Wapassou ist es aus. Wir können nur froh sein, daß wir noch am Leben sind.«

Sie hatte ihm mit starrem Blick zugehört, und er fragte sich, wie er auf die Idee gekommen war, sie könnte geschwächt und von den Strapazen gezeichnet sein, so daß er sie auf den Rükken nehmen und nach Hause tragen müßte wie einst in Maghreb. Gewiß, das über alles geliebte Gesicht trug Spuren unaussprechlicher Prüfungen. Aber es zeigte auch, daß sie alles durchgestanden hatte, ohne etwas von sich preiszugeben, weder ihre Energie, noch ihre Herzensstärke.

»Und der Mann?« fragte sie.

»Welcher Mann?«

»Den ihr am Ufer des Sees gesehen habt und der geflüchtet ist.« Sie sah ihn mit jenem durchdringenden Blick aus immer größer werdenden Augen an, deren einmaliges Grün sich mehr und mehr vertiefte. Er kannte die Macht dieses Blickes und wußte, wie er einen verschlang und von innen heraus verzehrte. Und doch überwog das Entzücken. Für einen Mann, den dieser Blick traf, gab es kein Entrinnen.

Er wandte sich ab. »Wir haben es dir doch gesagt«, erwiderte er und verfiel in seiner Verwirrung wieder in das alte Du, trotz aller Mauern, die der Gouverneur zwischen ihnen hatte errichten wollen. »Wir haben ihn gesehen, und er ist geflüchtet. Danach sind wir um den See herumgegangen, weil wir ihn nicht überqueren konnten. Dadurch gelangten wir an eine Stelle unterhalb der Festung. Und dort ...«

»Was war dort?«

»Dort kamen im selben Augenblick die Irokesen aus dem Wald, an ihrer Spitze Uttaké. Er lief wie ein Verrückter auf mich zu, schwang seinen Tomahawk und schrie: ›Der, den ich suche, ist hier! Ihr habt ihn entkommen lassen!‹ Ich protestierte energisch. Aber ich war noch nie so nahe daran, den Schädel eingeschlagen zu bekommen, ohne auch nur nach meiner Pistole greifen zu können. Auch meinen Begleitern blieb keine Zeit, auf ihn anzulegen. Wäre er nicht ebenso plötzlich einige Schritte vor mir stehengeblieben, ich wäre tot. Aber er stand wie angewurzelt und wies mit dem Finger auf die Spitze des Hügels.

Als wir die Augen hoben, sahen wir einen Schwarzrock da oben stehen, unbeweglich, wie eine Erscheinung. Wir erwarteten, daß er verschwinden würde. Aber er stieg ohne Eile herab, während wir alle, Weiße und Indianer, gleichermaßen erstarrt standen und uns fragten, was er mit seinem Wagemut bezweckte. Mit einer Hand hielt er uns sein Kreuz entgegen, und als er nahe genug war, sah ich, daß es in der Mitte einen leuchtendroten Stein trug.

Der Jesuit ging geradewegs auf Uttaké zu und sagte: ›Hier bin ich‹ ...«

»Und dann ergriffen sie ihn«, murmelte Martial.

Angélique war wie versteinert. »Was haben sie mit ihm gemacht, Colin? Was haben sie mit ihm gemacht?«

»Sie haben ihn weggeführt«, berichtete er mit abgewandtem Gesicht. »In eine Talmulde. Dann ist der Häuptling zu den Ruinen von Wapassou hinaufgestiegen und hat einen der rußgeschwärzten Palisadenpfähle gebracht. Den haben sie in den Boden gerammt und den Jesuiten darangebunden, nachdem sie ihm vorher die Kleider ausgezogen hatten. Dann haben sie mit der Tortur begonnen.«

Angélique sprang auf. »Führ mich zu ihnen!«

Colin mußte sie stützen, als sie plötzlich das Gleichgewicht verlor. Er hielt ihr alle Argumente entgegen, die ihm seit ihrer Ankunft durch den Kopf gegangen waren. Schließlich kannte er sie, und in diesem Augenblick wünschte er, sie hätte länger geschlafen.

»Ich flehe dich an, Angélique! Kein unnötiges Risiko! Es wäre Unsinn! Hat der Himmel uns nicht schon genug gewährt, indem er uns die Kinder und dich gesund wiederfinden ließ? Wir müssen so schnell wie möglich fort! Wir müssen es ausnützen, daß sie beschäftigt sind.«

»Laß mich! Du kannst es nicht wissen. Ich ertrage nicht, daß er noch einmal in ihre Hände fällt. Führ mich zu ihnen!«

»Angélique, willst du, daß wir alle umkommen? Du weißt, wie sie mit ihren Gefangenen umgehen. Ihre Gebräuche sind ihnen heilig. Sie werden nicht dulden, daß wir Weiße uns einmischen. Und wenn wir es trotzdem versuchen ... Wir müßten sie alle töten. Ich sage dir, dafür sind wir nicht stark genug! Wir können nicht eingreifen.«

»Ihr vielleicht nicht. Aber ich schon. Sie machen mir keine Angst. Wenn ich ohne Hilfe gehen könnte, ginge ich allein. Hilf mir, Colin. Hilf mir gehen!«

»Um Himmels willen, Angélique! Ich fürchte um dein Leben, wenn ich dich dort hinunterführe. Wie soll ich vor deinen Gatten treten, wenn du nicht mehr am Leben bist? Dieser Alptraum verfolgt mich ständig. Denke an ihn! Oder willst du unseren Tod?«

Sie zögerte kurz. »Joffrey würde es tun!«

Sie stürzte davon, ohne Schuhe, mit bloßen Füßen, im Glauben, daß sie dann leichter laufen könne. Laufen, laufen ...

Sie hörte Martial, den jungen Hugenotten aus La Rochelle, verzweifelt rufen: »Warum, Madame? Warum? Es ist doch nur ein Jesuit, einer unserer schlimmsten Feinde!«

Ach, laßt mich zufrieden mit euren Feinden! dachte sie. Aber sie hatte nicht die Kraft, es ihnen zuzurufen. Ohne sie zu sehen oder gar zu grüßen, eilte sie durch ein Spalier von Menschen. Erst später sollte ihr zum Bewußtsein kommen, was für ein Schock es gewesen war, die immerwährende Leere ihrer Umgebung plötzlich voller Menschen zu sehen.

Sie strauchelte, vom grellen Sonnenlicht geblendet. Doch schon hatte Colin sie eingeholt und den Arm um sie gelegt. Er hatte es aufgegeben, sie zurückzuhalten.

Barfuß ging sie über den braunen Teppich aus niedergewalztem, kaum vom Schnee befreiten Gras. Sie trug ihren alten Rock, der sie durch den ganzen Winter begleitet hatte. Sie sah aus wie ein Gespenst. Aber das täuschte niemanden. Keiner, der sie nicht erkannt hätte, als sie wie eine dem Grab Entstiegene vor ihnen auftauchte. Sie war es, unverändert, und glich nicht im geringsten einer Sterbenden.

Colin stützte sie zwar, aber sie war es, die ihn mit sich zog, während sie dem Tal zustrebte, wo die dunkle, federgeschmückte Masse der Indianer versammelt war und aus dem sich, von einem leichten Wind herübergeweht, Brandgeruch und unaufhörliches Trommeln erhoben.

Auf ein Zeichen von Colin schlossen sich ihnen einige der Männer aus Gouldsboro, unter ihnen der Hüne Siriki, an. Jeder von ihnen trug ein Gewehr. Andere verteilten sich rund um die Festung und auf der Plattform, um für alle Fälle bereit zu sein. Niemand wollte ins Haus gehen. Sogar die Frauen, die Kinder im Arm hielten, beobachteten das Geschehen aus der Ferne.

»Du verstehst das nicht, Colin«, flüsterte Angélique im Weitergehen. »Nicht ein zweites Mal! Nicht ein drittes Mal! Ich kann es nicht zulassen!«

Ihre Füße berührten kaum den Boden. Allein die Kraft Colins hielt sie aufrecht und trug sie fort, was ihr das Gefühl gab, nicht voranzukommen und am Boden zu kleben wie in einem bösen Traum. Vor ihr dehnte sich die endlose Bergkette der Appalachen vor einem blaßgrauen Himmel. In den Tallagen zeigte sich ein erstes Grün. Die Natur war erwacht, so jugendfrisch und mitreißend, daß selbst die schwarzen Ruinen von Wapassou am Rande der weiten Prärie, mit dem See und dem angrenzenden Wald dahinter schön aussahen.

Das Trommeln klang jetzt näher. Der Geruch von Feuer und verbranntem Fleisch verstärkte sich. Dorthin zog es sie mit aller Macht. Ihr Kopf war wie ausgeleert. Ein einziger Gedanke kreiste darin: Mein Gott, gib, daß ich nicht zu spät komme!

Dort unten schlug das Herz Amerikas. Es schlug im Takt der Trommeln und es verbrannte sein eigenes Fleisch. Es fraß sich auf, um zu überleben.

Sie wollte laufen, Colin mitziehen.

»Mach dich nicht selbst kaputt«, flehte er. »Sieh doch, wie schwach du bist. Du wirst fallen!«

Seit er gespürt hatte, wie dünn und zerbrechlich sie war, fürchtete er, sie sei dieser übermenschlichen Anstrengung nicht gewachsen. Aber sie hörte ihn nicht. Auch ihr Herz brannte vor Empörung und Trauer, vor ohnmächtiger Hilflosigkeit ... bis zum Ende aller Zeiten.

Colin verstand nicht, worum es ging. Wie hätte er es wissen sollen? Die Zeit war zu kurz, um ihm alles zu erzählen. Man konnte es nicht erzählen, niemandem! Aber sie mußte dort hinunter!

Endlich waren sie da! Und endlich sah sie ihn. Eine nackte Gestalt, mager und elend, an einen Pfahl gebunden und von tanzenden Wilden umringt. Zu seinen Füßen rauchende Feuerstellen, ein weißer Mann, eingefangen in ein schreckliches Ballett glühender Äxte, die die Haut seiner Schenkel aufzischen ließen, während sie wieder und wieder darüberstrichen. Scharfe Messer, die langsam und bedächtig das Fleisch in kleinen Streifen aus seiner Brust schnitten.

Zuerst sah sie nur dies und mußte innehalten, um nicht den Schrei auszustoßen, der ihr in der Kehle saß. Sie rang nach Atem. Zu spät! Sie war zu spät gekommen!

Als sie wieder auf den Gefolterten blickte, erkannte sie, daß er den Kopf erhoben und die Augen zum Himmel gerichtet hatte. Sein Schweigen war nicht das des Todes, sondern das des Heldentums. Das änderte alles. Das rückte alles ins Lot. Sie fand wieder die Kraft, sich vorwärtszubewegen, voller Energie und Hoffnung. »Uttaké! Uttakawatha! *Schenk mir sein Leben!*«

Sie ging jetzt allein und rief ihn mit klarer, lauter Stimme an. »Uttaké! Uttaké! Schenk mir sein Leben!«

Er wandte ihr sein Gesicht zu, ein rothäutiger Gott, der Schutzgott Amerikas, schrecklich in seiner Kriegsbemalung und fiebrige Erregtheit im Blick der grellumrandeten Augen. Sein Kopfschmuck und die Ohrgehänge bebten. Er trat einige

Schritte näher, während sie stehengeblieben war. Er schien nicht überrascht, sie hier zu sehen. Trotzdem blieb sein Ausdruck drohend. Stille breitete sich aus.

»Wann wirst du aufhören, Menschenleben von mir zu verlangen?« fragte er schließlich nicht ohne Spott. »Ich habe dir das deine und das deiner Kinder geschenkt. Ist das nicht genug? Wann wirst du aufhören, für diejenigen zu kämpfen, die dich ablehnen oder deinen Untergang wollen? Was bedeutet dir dieser Jesuit? Warum willst du sein Leben retten? Er war dein Feind. Ich habe ihn dir geschickt, damit du ihm den Rest gibst. Ja«, ereiferte er sich, »du solltest ihm den Rest geben, mit deinen Nägeln, wie die Frauen es tun. Du hast es nicht getan. Ich verachte dich. Du hast gegen das Gesetz der Gerechtigkeit verstoßen.«

»Deine Gesetze gehen mich nichts an. Ich komme aus einem anderen Land, und ich habe einen anderen Gott, der über mich richtet. Das weißt du sehr wohl, Uttaké, Herr der Wolken, denn du hast den Ozean überquert ...«

Uttaké begann vor seiner über den Hang verteilten Mannschaft auf und ab zu schreiten. Er redete in einer Mischung aus Mohawk-Dialekt und Französisch auf sie ein, das er sehr gut sprach, wenn auch mit rauhem, kehligem Akzent. »Habt ihr gehört?« fragte er. »Ich überhäufe sie mit Wohltaten, und sie erteilt mir Befehle.«

Er fuhr fort herumzurennen und dazu Gesichter zu schneiden, die ausdrücken sollten, daß er das Ganze im höchsten Grade mißbillige. Mit höhnischen Gesten gab er zu verstehen, daß es über seinen Verstand gehe, wie dumm die Menschen seien.

Vor allem die Weißen, und ganz besonders die Frauen!

Unvermittelt hielt er inne, und sein Ausdruck verwandelte sich in feierlichen Ernst. Sein Gesicht schien zu versteinern. Aus seinen schwarzen, grell ummalten Augen schossen Blitze. Langsam und gemessen wies er mit dem Arm auf Angélique. Was er in der Haltung einer Statue verkündete, schien für die Ewigkeit gesprochen.

»Seht sie euch an! Eine verrückte Frau im Dienste eines verrückten Gottes. Und das ist nicht geringzuachten. Sie ist von Sinnen, aber sie ist ihrem Gott treu, der das unsinnige Gebot verkündet hat: ›Vergebt euren Feinden.‹ Vor euch steht eine Frau, die so verrückt ist wie ihr Gott. Doch wenigstens ist sie aufrechten Herzens und geht unbeirrt ihren Weg. Sie hat den kranken Engländer gerettet und den verwundeten Irokesen, den französischen Piraten und den sterbenden Jesuiten. Und sie kommt und sagt: ›Schenke ihm das Leben! Schenke ihm das Leben!‹«

Seine Haltung verriet nun Anklage und Ehrerbietung zugleich. »Ja, du bist es, Kawa, Fixstern, der du nicht vom Weg abweichst. Was vermögen wir gegen den Stern, der im Mittelpunkt des Himmels steht und seine Richtung nie verändert? Wir können ihm nur folgen! In der Nacht unserer Seelen, der Nacht unserer Herzen leuchtest du uns und führst uns doch in die Irre . . .«

»Ich habe euch nicht in die Irre geführt.«

»Doch! Du hast mich getäuscht. Ich habe dir den Jesuiten geschickt, damit du ihn tötest.«

»Nein! Du wußtest, daß ich ihn nicht töten würde. Der Beweis dafür ist, daß du ihm gesagt hast: Ich werde dich finden und dein Herz verschlingen.«

Der Häuptling der Mohawks gestattete sich ein kurzes Auflachen. »Ich wollte wissen, ob du wirklich ein Fixstern bist.«

»Also wußtest du, daß ich ihn schonen würde. Dann hör auf, mir etwas vorzumachen, Uttaké. Du hast mir einmal sein Leben geschenkt. Du kannst es auch ein zweites Mal tun.«

Wieder lief der Häuptling der Fünf Seen herum wie ein wildes Tier im Käfig. »Gut! Ich schenke dir sein Leben! Ich will nicht, daß man über dich lacht, weil du die verrückten Gebote deines verrückten Gottes befolgt hast.«

Auf ein Zeichen von ihm trat ein junger Krieger vor und durchschnitt die Fesseln des Gefangenen. Doch dieser stand weiter aufrecht und rührte sich nicht. Nahm er noch wahr, was um ihn her vorging? War er noch von dieser Welt?

Uttakés Befehl hatte indessen den Unwillen seiner Stammesgenossen erregt, die rund um den Marterpfahl saßen und mit der Umsicht gewissenhafter Arbeiter ihre Leidenswerkzeuge vorbereiteten.

Einer von ihnen, der sich Hiyatgu nannte, trat vor. Wenngleich es schwer war, dem Wortschwall zu folgen, den er in seinem Stammesdialekt vorbrachte, so machten sein sichtbarer Zorn und seine ausladenden Gesten ihn um so verständlicher. Wie seine anwesenden Brüder war er nicht geneigt, sich eine so edle und schwierige Aufgabe nehmen zu lassen, wie es das langsame Töten eines ehrenvollen Feindes darstellte. Die Tortur hatte kaum begonnen, und schon entzog man ihnen diese Gelegenheit, ihre Geschicklichkeit unter Beweis zu stellen, für die vor allem er, Hiyatgu, berühmt sei. Die Ausübung dieser Kunst verschaffe ihm ein durch nichts zu ersetzendes Gefühl des Stolzes und der Befriedigung. Heute jedoch sei es ihm ein besonderer Triumph, endlich des Objekts seiner glühenden Rachsucht habhaft geworden zu sein. Nichts könne die Trauer auslöschen, deren Schatten sich auf Hiyatgus Geist lege, wenn er an seine Kinder, seine Frau und seine Krieger denke, die auf den Wällen seiner Stadt Onondagua oder in den brennenden Häusern umgekommen seien, doch bedeute es Balsam für seine Wunden, wenn er den Geistern seiner Dahingeschiedenen die vervielfachten Schmerzen desjenigen zum Opfer bringe, der durch seine fanatischen Lehren und seine Aufrufe zum Krieg gegen die Irokesen das ganze Unglück verschuldet habe. Die verräterischen Huronen und diese Schakale von Algonkins, ihre Feinde seit jeher, seien nur zu gern diesem Ruf gefolgt, und auch sie würden in nicht allzu ferner Zeit bezahlen für die allzu frühe, schmerzliche und unverdiente Heimkehr in die Ewigen Jagdgründe, die sie den Seinen auf Befehl des Schwarzrocks bereitet hatten. Sollte man ihm das Leben schenken, damit er sein Zerstörungswerk fortsetzen könne?«

Seine flammend vorgetragene Rede fand unter den anwesenden Irokesen allgemeine Zustimmung, die sich in einem so dumpfen und anhaltenden Grollen äußerte, daß man hätte glauben können, ein Sturm erhebe sich, wäre der Himmel nicht strahlend blau gewesen.

Hiyatgu, der spürte, daß er die Oberhand gewann, wandte sich nun direkt an Uttaké. »Es gibt unter uns keinen Oberhäuptling, Uttaké. Wenn es einen gäbe, wäre er unter den Onondaguas ausgewählt worden, zu denen ich gehöre, und nicht unter den Mohawks. Du handelst gegen die Gesetze der vereinigten Irokesen. Du hast nicht das Recht, uns das Wild zu versagen, an dessen Jagd wir beteiligt waren.«

»Er ist kein Stück Wild, sondern mein persönlicher Feind«, gab Uttaké gelassen zurück. »Allein ich habe in meiner Jugend Böses von ihm erfahren, als ich geraubt und auf die andere Seite des Ozeans gebracht wurde, um auf den Galeeren des Königs von Frankreich zu dienen. Seit meiner Rückkehr habe ich nicht aufgehört, euch gegen seine Tücken zu verteidigen. Der Rat der Alten hat mich an die Spitze dessen gestellt, was von unseren Stämmen übriggeblieben ist. Vergiß das nicht, nachdem die Gefahr dank meiner List und meiner Weisungen gewichen ist.«

Wieder erhob sich Gemurmel. Doch Hiyatgu erfaßte rasch, daß der Beifall diesmal den Worten Uttakés galt. Er kannte seinen Gegner und hatte sich ohnehin nur wenig Illusionen gemacht. »Gut«, rief er zornig, »gib ihn ihr! Aber es soll nicht heißen, ich sei leer ausgegangen!«

Er handelte ohne Zögern. Mit einem Satz war er bei dem Gefangenen, der noch immer aufrecht vor seinem Marterpfahl stand, ergriff ihn an den Haaren und trennte mit spitzer Klinge die Haut vom Kopf. Ein Schrei aus aller Munde unterstrich seine unvermutete, grausame Tat.

Hiyatgu entfernte sich triumphierend. Ungeachtet des Zorns und der Verachtung, die er hervorrief, stieß er ein wildes Hohngeschrei aus, bei dem er christliche Gesänge nachäffte, während er seine Trophäe wie einen Weihwasserwedel schwang und das Gras unter sich mit Blut besprengte.

Noch stand der Jesuit. Von seinem skalpierten Schädel rann das Blut in Bächen über sein Gesicht und in seine Augen. Einer der Krieger versetzte ihm einen Schlag auf die Schulter. Aber er stürzte noch immer nicht. Als sie ihn zu zweit an den Armen packten und vom Pfahl losrissen, hinterließ er dort, wo sein Rücken gewesen war, einen ganzen Streifen angeklebten Fleisches.

Diesen blutüberströmten Körper warf man Angélique vor die Füße. Sie fiel auf die Knie, umfaßte ihn mit den Armen und beugte sich zu ihm, bis ihr Gesicht nahe dem seinen war.

Diesmal war es wirklich um ihn geschehen. Nie mehr würde er von den Toten zurückkehren. Aus seinem blutenden Gesicht war alles Leben gewichen. Seine Lider waren geschlossen. Ein Blutstrom hatte das Leuchten seines Blickes ertränkt.

Angélique nahm ihr Halstuch ab und versuchte vorsichtig, das Blut abzuwischen. Leise rief sie: »Pater! Pater d'Orgeval! Mein Freund!«

Würde sie mit ihrer weit entfernten weiblichen und irdischen Stimme ihn in den Gefilden der Unterwelt oder des Paradieses erreichen, wo er bereits weilte? Würde er ihr Gehör schenken? Seine Lider hoben sich. Seine unverändert blauen Augen erkannten sie und leuchteten freudig auf. Er sah sie und schien sich gleichzeitig, wie von einem Boot getragen, zu den Ufern ewiger Freude zu entfernen. Sie spürte, wie sie zurückblieb, erdenschwer und von irdischer Düsternis umgeben, kniend auf dem Boden, der getränkt war von seinem Blut. Mit einem Mal trat ein spöttisches Glitzern in seine Augen, das sogleich verschwand und einem ernsten, gebieterischen Ausdruck wich, und sie glaubte die Worte zu hören, mit denen er sie so oft beschworen hatte. »Leben Sie! Leben Sie für Ihren Sieg und für unsere Erleuchtung. Leben Sie, damit mein Opfer nicht umsonst war.« Sein Blick trübte sich. Sie las noch eine inbrünstige Bitte darin. Die von Trauer umschattete, fast demütige Bitte eines Mannes, der sich unwürdig glaubte und der doch in seiner letzten Stunde nach Anerkennung lechzte, der glühende Wunsch eines Herzens, das nach Neufrankreich gekommen war, um den Wilden das Heil zu bringen, und das sie so sehr geliebt hatte.

Es war das letzte Gebot seiner Berufung. Und er bat sie darum. Sie, die seinen Leichnam in Verwahrung nehmen würde. Würde sie ihn verstehen? Sie verstand nur zu gut. Sie war ihm so nahe. Sie hatten ungewöhnliche Wege miteinander zurückgelegt und hatten die Geheimnisse der Liebe erforscht und die vielfältigen Erscheinungen, hinter denen sich ihre Flamme verbirgt.

»Ja, ich verspreche es«, sagte sie leise, und obwohl es ihr schwerfiel. »Ich werde Sie ihnen lassen. Ich werde Sie den Irokesen übergeben, und sie werden Ihr Herz verschlingen. Und Sie werden unter ihnen weilen, auf ewig.«

Unterdessen hatten die beiden Häuptlinge ihren Streit fortgesetzt, zunächst mit gegenseitigen Anschuldigungen, dann in einer Art Kriegstanz, bei dem sie sich, Axt und Tomahawk hoch erhoben, umkreisten, Uttaké kochte vor Wut, weil er seine Überlegenheit und sein Recht, Gnade zu üben, bedroht sah, und weil sein Rivale sich durch sein eigenmächtiges Vorgehen seinem Urteil widersetzt hatte.

Als die Vorwürfe und Drohungen immer fanatischer wurden, beschloß man, daß Uttaké und der andere ein Duell nach Irokesenart mit Beil und Tomahawk austragen sollten.

Es war ein sehr kurzer und heftiger Kampf, der so meisterhaft ausgetragen wurde, daß er mit dem Sieg beider

Häuptlinge endete. Einer erwies sich so stark wie der andere, und keinem gelang es, dem anderen den todbringenden Schlag zu verabreichen.

Später entzündete sich von neuem der Streit darüber, ob das Herz des Jesuiten gebraten oder roh verzehrt werden sollte. Die Auseinandersetzung zwischen diesen letzten Überlebenden der Fünf Stämme schien nicht enden zu wollen und wäre fast zur Schlacht ausgeartet, wenn nicht schließlich Uttakés Beredsamkeit obsiegt hätte. »Ich bin ein Sohn des Friedens«, sagte er. »Ich begrabe das Kriegsbeil in dem Augenblick, wo ich dieses Herz verzehre. Wir müssen es essen, solange es noch zuckt, denn seine übermenschliche, heilige Kraft soll in uns übergehen.«

»Aber es ist vergiftet«, widersprach der andere. »Um nicht mit seiner Kraft auch sein Gift in uns aufzunehmen, muß man es braten.«

»Nein! Das ist nicht wahr! Das Herz Hatskon-Ontsis enthält kein Gift mehr. Dieses Herz ist rein. Es ist gereinigt. Die weiße Frau ist uns Gewähr dafür. Denn sie hat ihn zurückverlangt und ihn uns wiedergegeben.«

Diesmal war Uttaké der Schnellere. Schnell genug jedenfalls, um als erster die Brust des Toten zu öffnen und das so umstrittene Herz herauszureißen. Die übrigen schwiegen achtungsvoll.

Der Tag ging zur Neige. Im Westen färbte sich der Himmel rot. In dieses purpurne Licht hob Uttaké das vielbegehrte Herz, von dem das Blut in roten Tropfen perlte. »Hier ist es. Wir werden uns von diesem reinen Herzen nähren. Wir werden auf die Weisungen dieses Herzens hören, das uns mit Haß verfolgt und doch geliebt hat. Wir werden uns auf die Suche nach dem Frieden machen. Dem Frieden für unsere Dörfer, dem Frieden für unsere Weidegründe, die wieder blühen und gedeihen werden; denn noch sind wir nicht alle ausgerottet. Er wird uns leiten. Er wird uns lehren, die unbezwingbaren Franzosen zu erkennen, die unseren Geist verwirren und unsere Herzen täuschen. Und er wird uns weisen, ob wir ihnen Vertrauen entgegenbringen dürfen um unseres und ihres Überlebens willen.«

Als endlich der Neumond mit seinen messerscharfen Spitzen am frühlingsblauen Himmel schwebte, teilten die Häuptlinge der Irokesen das Herz ihres Feindes Hatskon-

Ontsi unter sich und verschlangen es, geeint durch großen Schmerz und große Hoffnung.

Nachdem die Häuptlinge die Leiche Pater d'Orgevals aus den Händen Angéliques übernommen hatten, hob Colin Paturel die zarte Frau auf seine Arme und trug sie ohne große Mühe bis zum Fort. Sie war so leicht, fast schwerelos. Ihn trieb die Eile, sie dem tödlichen Wahn dieser Gegend zu entreißen. Doch war der Tag schon zu weit fortgeschritten, um an einen Aufbruch zu denken. Man mußte noch bis zum nächsten Morgen ausharren.

Am Abend kündigten heftige Windstöße eine kalte Nacht an. In der Festung hatten fleißige Hände allerorten Feuer entzündet. Es kam wieder die fröhliche Stimmung auf wie in alten Zeiten, als die Mannschaft Peyracs hier überwintert hatte, mit ihren Bergleuten, Soldaten, Handwerkern und Abenteurern. Sie würden die Nacht über in dem alten Stützpunkt kampieren, und die Wachen, die sich alle zwei Stunden ablösten, würden den Wald und die Umgebung im Auge behalten. Vor allem aber das kleine Tal, wo die Feuer der Irokesen loderten und von dem der Wind hin und wieder die schaurigen Klänge ihrer Gesänge und Trommeln herübertrug.

Die Kinder lagen, satt von all den Süßigkeiten, die sie gegessen hatten, im alten Zimmer der Jonas-Familie. Aufmerksame Augen wachten über ihren Schlaf. Die schon Verlorengeglaubten durften keinen Moment mehr aus den Augen gelassen werden, damit man sie nur ja unbeschadet an der Küste abliefern konnte.

Colin trug Angélique in das große Bett im hinteren Zimmer, wo er sie schlafend gefunden hatte.

Als sie sich ausgeweint hatte und die schmerzenden Lider hob, saß er neben ihr, eine vertraute Gestalt, deren besorgter Blick zärtlich auf ihr ruhte. Sie hätte glauben können, es sei nichts oder nur wenig geschehen. Ein paar Wintermonate, die zu überstehen gewesen waren. »Alles geht zu Ende, alles beginnt neu«, hatte er gesagt. Fast hätte sie meinen können, es habe ihn nicht gegeben, sie habe alles nur geträumt, und ein Geist habe ihr geholfen, ans andere Ende des Tunnels zu gelangen. Wenn nicht dieses Kreuz gewesen wäre, das noch immer an seinem Platz stand und dessen kleiner roter Funke sich am Schein des Feuers entzündete.

»Colin, sagtest du nicht, der Jesuit habe sein Kruzifix um den Hals getragen, als er auf euch zukam?«

»Doch, das hat er, aber in dem Augenblick, als die Wilden ihn faßten, hat er es abgenommen und mir gegeben. Dazu hat er höflich, aber bestimmt gesagt: ›Monsieur, haben Sie die Güte, diesen geweihten Gegenstand in Madame de Peyracs Zimmer auf den Kaminsims zu stellen. Sie war sehr krank, ist aber außer Gefahr. Jetzt schläft sie. Ich möchte, daß sie beim Erwachen das Kreuz am gewohnten Platz findet.‹ Von weitem hat er mir noch zugerufen, ich solle mich beeilen, die Kinder seien allein ...«

Angélique lächelte unter Tränen. »Ja, er war so eigensinnig. Immer mußte man tun, was er befahl. Warum habe ich nur geschlafen!« Wieder weinte sie, wenn auch verhaltener. »Warum habe ich geschlafen? Warum so lange? Wenn ich wach gewesen wäre, hätte er Zeit gehabt zu fliehen.«

»Ich glaube nicht, daß er es gewollt hätte«, sagte Colin.

Dreiundsiebzigstes Kapitel

Später zog sie ihre blutbefleckten Kleider aus, in denen noch der Geruch nach Rauch und nach langen, in Düsternis verbrachten Wintermonaten steckte.

Eigentlich war ihr nach Weinen zumute. Aber als sie frische Wäsche und saubere Kleider angelegt hatte und als aus den Falten von Rock, Mieder und Schultertuch das diskrete Parfum ihrer Freundin Abigaël aufstieg, überkam sie ungeahntes Wohlbehagen.

Bald würde sie der liebevollen Freundin wieder nahe sein, würde sich von ihr verwöhnen lassen und die Wellen an die Küste schlagen hören, während sie darauf wartete, daß am Horizont die Segel von Joffreys Schiff auftauchten.

Entspannt glitt sie in den Schlaf hinüber.

Im Traum beugte sich der Jesuit über sie. Seine Augen waren vom reinsten Blau und seine Zähne weiß und unversehrt. Gleich würde er sagen: »Stehen Sie auf! Draußen ist ein Elch!« Doch er begnügte sich damit, ihr zuzuflüstern: »Und Honorine?« Er sagte es mit einem verschwörerischen Augenzwinkern, so als hätten sie noch eine gemeinsame Aufgabe zu erfüllen, an der er sie erinnern wollte.

Mit einem Schrei fuhr sie auf.

»Natürlich, Honorine! Jetzt weiß ich, warum ich Wapassou noch nicht verlassen will. Ich muß hier auf Honorine warten. Sie weiß nicht, was passiert ist, und wird versuchen, uns hier zu finden.«

Colin Paturel, der noch immer an ihrem Bett wachte, wußte nichts von Honorines Odyssee. Er glaubte, sie sei bei den Nonnen in Montreal. Um Angélique jedoch zu beruhigen, versprach er, daß man warten würde. Vielleicht war es anderntags möglich, sie umzustimmen. Jetzt war nur wichtig, daß sie sich ausruhte.

Sie ist so durchsichtig geworden und ein solches Nervenbündel, dachte er, als er sah, daß sie wieder einschlief. Ihre Kraft ist erschöpft, aber ihr Wille ungebrochen. Er beugte sich zur Hand der Schlafenden und küßte sie. »Danke, danke, mein Engel! Nun, da du den Tod überwunden hast, können wir wieder glücklich sein.«

In der zweiten Phase ihres Schlafes spürte Angélique die Gewißheit, daß die Irokesen ihr etwas über Honorines Verbleib sagen konnten. Sie erwachte mit der Erkenntnis, daß sie es versäumt hatte, sie danach zu fragen.

Sie war allein, das Zimmer von Sonnenschein erfüllt. Man hatte sie weit in den Tag hinein schlafen lassen. Wütend auf sich selbst, sprang sie aus dem Bett. »Sind die Irokesen noch da?«

»Ja, leider! Sie streiten sich noch immer da unten herum und finden kein Ende mit ihrem Palaver.«

»Gott sei Dank!«

Sie erklärte Colin, daß man sie unverzüglich aufsuchen oder herbeiholen müsse, weil sie nur von ihnen Neuigkeiten über Honorine erfahren könne.

Doch Colin konnte sie beschwichtigen. Man brauchte die Irokesen nicht zu rufen. Sie kamen von selbst. Uttaké hatte angekündigt, er und die Seinen würden in einer Stunde eintreffen, und draußen vor dem Eingang stand der hölzerne Lehnstuhl. »Uttakés Bote hat selbst geraten, man möge eine Sitzgelegenheit für dich vorbereiten. Bevor Uttaké sich verabschiedet, will er eine Rede vor uns halten, die lang sein wird und die du dir, ohne zu ermüden, anhören sollst.«

Angélique nahm kopfschüttelnd Platz. »Oh, diese Indianer! Ich werde sie nie verstehen.«

Zu ihrer Linken glitzerte der See in der Sonne, als habe er bereits vergessen, wie sie, von den Wölfen gehetzt, über seine weiße Fläche gekeucht war und einen Elch hinter sich hergezogen hatte. Im Taleinschnitt wogte die braune Masse der Irokesen. Ihr geschäftiges Hin und Her ließ darauf schließen, daß ihr Aufbruch kurz bevorstand.

»Wenn sie ohne Waffen kommen, müssen auch wir unsere verstecken«, sagte sie zu Colin.

Sie ordnete an, daß die beiden jungen Leute, die die Zwillinge beaufsichtigten, sich mit den Kindern neben sie stellten. Die beiden würden zweifellos an dem bunten Aufzug der Indianer großen Gefallen finden. Doch dies war nicht der einzige Grund. Denjenigen, die ihre Maßnahme mißbilligten, erklärte sie, daß die Anwesenheit der Kinder den Indianern und vor allem den blutrünstigen Irokesen schmeicheln würde, bewies sie doch, daß man ihnen keine Furcht entgegenbrachte, sondern sie als Freunde der Familie empfing. Die meisten ihrer Leute hegten ein tiefes Mißtrauen gegen die Irokesen und deren Kriegszüge. Doch Angélique blieb ruhig. Sie für ihr Teil fürchtete nichts. Sie fürchtete nur, in ihrem Drang, etwas über Honorine zu erfahren, die Geduld zu verlieren und Uttakés Rede nicht mit dem nötigen Respekt anhören zu können.

Eine kleine Hand legte sich auf die ihre. »Ich bin bei dir, Mama«, sagte Charles-Henri leise.

Sie legte die Arme um ihn und drückte ihn an ihr Herz. »Ja, mein kleiner treuer Wächter! Auch du bist mein Sohn. Du wirst neben mir stehen und mir helfen, den Häuptling der Fünf Stämme zu empfangen. Laß deine Hand hier bei mir und halt dich gerade wie ein tapferer Soldat.«

Was würde Uttaké von ihr fordern? Das Unmögliche – oder gar nichts? Bei ihm mußte man auf alles gefaßt sein.

»Da kommen sie!« sagte sie zu Colin, der hinter ihr stand und vermutlich aufgeregter war, als wenn es sich um den Ansturm einer ganzen Flotte von Piratenschiffen in der Karibik gehandelt hätte.

Sie selbst sah ihnen furchtlos und fast ohne Groll entgegen. Sie trugen ihre kleinen Streitäxte und ihre steinernen Tomahawks am Gürtel. Die Gewehre hatten sie zurückgelassen. So gab Angélique auch ihren Bewaffneten ein Zeichen, sich hinter das Haus zurückzuziehen.

Wenige Schritte vor ihr blieben die Häuptlinge der Fünf Stämme stehen. Hinter ihnen versammelten sich die Krieger. Weder der Kriegsschmuck aus Federn und Fellen noch die Stachelschweinborsten in ihren hochaufgetürmten Haaren oder die Ketten aus Bärenzähnen und Armbändern aus rotgefärbten Entendaunen täuschten darüber hinweg, wie mager sie waren. Mager wie ausgehungerte Wölfe. Ihre Haut wirkte fahl unter dem bläulichen Muster der Tätowierungen. Woher hätte Angélique wissen sollen, daß sie viele Tage unter der Erde verbracht hatten und meilenweit einem System unterirdischer Höhlen und Flüsse gefolgt waren?

Die Rede Uttakés war, entgegen der Ankündigung, nur kurz. Obwohl er sich eines gepflegten Französisch bediente und seine Worte sorgfältig wählte, war sie jedoch nicht leicht zu verstehen. Eine lange Folge ineinander übergreifender Darlegungen, die sich in der Ferne verlor wie eine endlose Hügelkette. Später würde sie sich an diese Stunde erinnern, als sei eine Hand über die Saiten einer Harfe geglitten, immer und immer wieder, und ein vielfaches Echo habe die Töne zu ihr zurückgeworfen.

Als erstes sprach er von seinem Streit mit Hiyatgu. »Einer von uns hätte sterben müssen. So lautet das Gesetz. Und nun stehen wir vor dir, Kawa, und leben beide. Das heißt: In deinem letzten Kampf wie in meinem gegen Hiyatgu hat es weder Sieger noch Besiegte gegeben. Ein Kampf konnte keine Entscheidung bringen. Denn es gab weder Feinde noch Krieg. Es gab nur einen Abgrund und es fehlte eine Brücke, die hinüberführte. Wo sie zu finden ist, bleibt ein Geheimnis. Aber wir müssen uns hüten vor denjenigen, die die Brücke nicht sehen und die nicht verstehen, warum wir, du und ich, sie überschritten haben.

Ticonderoga hat mich, seit wir uns begegnet sind, seltsame Dinge tun lassen. Er hat mein Wesen umgestülpt wie eine Haut im Wasser eines Flusses. Er zwang meinen Geist, in anderen als den gewohnten Pfaden zu denken. Das ist schmerzlich und nicht ungefährlich. Aber es kann zu jener Brücke hinführen.

Du warst der schwebende Geist Ticonderogas. Er war der Erde verhaftet und schwer vom Gewicht seines Wissens. Aber du flogst voraus, leicht und unsichtbar, um mich einzufangen. Ich wußte es, als ich dich in Katarunk nach dem Feuer zum ersten Mal sah. Ihr wart zu zweit und vereint und von unschlagbarer Kraft. Wie der Schwarzrock es gesagt hat: ›Vereint sind sie nicht zu schlagen. Man muß sie trennen.‹«

Wo und wann hatte Sébastien d'Orgeval dies dem Häuptling der Fünf Stämme anvertraut? Ohne Zweifel nie. Vielleicht hatte Uttaké es im Traum vernommen ...

»Aber Ticonderoga ist nicht mehr da, und du wirst gehen. Ich werde gezwungen sein, noch eine Weile meinem Weg zu folgen, wenn ich nicht alles verlieren will. Das ist der Grund, warum Hiyatgu noch am Leben ist, deshalb habe ich ihn geschont«, verkündete er mit einem herausfordernden Blick auf den Häuptling der Onondaguas. »Ein Wort noch, Kawa, das ich aus deinem Munde hören will. Versichere du mir, daß der, welcher gestern hier gestorben ist, nicht wiederkehren und uns vernichten wird ...«

»Wie kannst du so etwas glauben?« erwiderte sie, erstaunt, in seinen harten Zügen ehrliche Furcht zu lesen. »Du weißt darüber mehr als ich.«

»Hunger und Leid haben mein inneres Auge getrübt. Sosehr Ticonderoga mich stärkte, so sehr hat Hatskon-Ontsi mich schwach und schwankend in meinem Urteil gemacht.«

»Du sprichst in der Vergangenheit, Uttaké. Du gibst dir die Antwort selbst. Es gibt weder Sieger noch Besiegte, hast du gesagt. Weil es niemals einen Feind gegeben hat. Du, der du sein Herz gegessen hast, weißt nun, wie sehr er euch geliebt hat.«

»Und er wird nicht versuchen, seinen Brüdern, den Franzosen, gegen uns beizustehen?«

»Nein. Die Franzosen brauchen ihn nicht so sehr wie ihr, die Irokesen der Fünf Stämme. Euretwegen ist er gekommen. Ich sage dir das, weil er es mir gesagt hat und weil ich es auch so empfinde. Er ist gekommen, um bei euch zu bleiben. Noch eine kleine Weile, und er wird unter euch sein. Ich weiß, daß vor allem du seine Gegenwart spüren wirst, wenn er an deiner Seite kämpfen und dir helfen wird, deine Aufgabe zu erfüllen.«

»Willst du damit sagen, daß er um die Gerechtigkeit unserer Sache weiß, und daß er den schrecklichen Verrat unserer Feinde durchschaut hat?« fragte der Mohawk, und in seinen schwarzen Augen blitzten Freude und Triumph auf.

Angélique schloß die Augen. Das zerstörte Wapassou war wie ein Abbild des Amerika, das sie hinter sich lassen würden. Ein Trümmerfeld, verbrannte Erde, ein Land, das sich selbst verschlang, so lange, bis es den Schößlingen mit den stärksten Wurzeln gelingen würde, sich zu behaupten und das Chaos zu befrieden. Sie war nicht in der Lage, optimistisch in die Zukunft zu blicken. Aber sie mußte ihm antworten und ihm Vertrauen einflößen. »Er wird wissen, daß du es verdient hast, ihn an deiner Seite zu haben, um dich bis ans Ende deiner Tage zu unterstützen und zu beraten«, erwiderte sie mit fester Stimme, aber nur mühsam hielt sie die Augen offen. Der kurze Augenblick, in dem sie die Lider geschlossen hatte, um zu überlegen, hatte genügt, um ihr das Gefühl zu geben, sie werde ohnmächtig oder sie schlafe auf der Stelle ein, so müde war sie. Zugleich wußte sie aber auch, daß die Irokesen imstande waren, ihren Abzug um Stunden aufzuschieben, nur um in endlosen Beratungen die Strategien ihrer Kriegführung oder ihrer Verteidigung zu erörtern. Darüber konnte es Abend werden.

»Glaubst du wirklich«, begann Uttaké, nachdem er tief Luft geholt hatte, um zu einer seiner langen Ausführungen anzusetzen . . .

Angélique waren schon wieder die Augen zugefallen. Sie hob mühsam die Lider und sah überrascht, daß der Häuptling der Fünf Stämme sich über sie gebeugt hatte. In seinen ausgebreiteten Händen lag ein schmales Lederband, auf das weiße, schwarze und zartlila Perlen aufgezogen waren.

»Ich schenke dir dieses Band«, sagte er. »Es ist alles, was mir vom Kriegsschatz der Mohawks geblieben ist. Behalte es als Zeichen meiner immerwährenden Freundschaft. Und verliere es nicht wieder.«

»Ich habe das Wampum, das du mir während unseres ersten Winters auf Wapassou geschickt hast, nicht verloren. Sicher würde man es wiederfinden, wenn man die Trümmer durchwühlte«, entgegnete Angélique.

»Die Mütter, die es dir geschickt haben, sind tot«, sagte Uttaké mit belegter Stimme. »Und das Wampum, das sie mit ihren Händen gewoben haben, ist unter der Asche begraben. So sprechen die Zeichen.«

Er legte das Geschenk in Angéliques Schoß und trat einige Schritte zurück. »Und jetzt habe ich dir etwas über deine

Tochter zu sagen, deren Namen unaussprechbar ist und die wir Irokesen Rote Wolke nennen.«

Obwohl er betont nüchtern gesprochen hatte, blitzten seine Augen triumphierend. Er schien sich schon im voraus auf das zu freuen, was seine Worte bei einer so impulsiven Französin auslösen würden, wie er sie vor sich hatte. Mochte sie sich auch noch so sehr bemühen, das gemessene Auftreten der Indianer zu respektieren, sie blieb doch immer dem aufbrausenden, ungestümen Wesen der Bleichgesichter verhaftet.

Er brauchte nicht lange zu warten. Angélique stieß einen Freudenschrei aus, und ihre Leidensmiene wich augenblicklich einem Ausdruck erwartungsvoller Spannung. »Honorine! Meine Tochter Honorine! Du weißt etwas über sie? Du weißt, wo sie ist? Oh, du alter Teufel! Warum hast du so lange geschwiegen? Warum sagst du es mir erst jetzt?«

»Weil du mir sonst nicht mehr zugehört hättest. Du hättest dem, was ich dir mitzuteilen hatte und was *sehr* wichtig war, nicht mehr die geringste Aufmerksamkeit geschenkt. Und ich wollte zu offenen Ohren sprechen, bevor ich dich verlasse und vielleicht nie mehr wiedersehe. Ich kenne dich! Du hättest womöglich auch mein Freundschaftsgeschenk gar nicht mehr bemerkt, Mutter und Frau, die du bist. Bist du doch dreimal Frau, durch den Mond und durch die Sterne. Es gibt Frauen, die erinnern sich an den Mann, der sie in einem früheren Leben waren, und sie begegnen dem, der sie anspricht, in der rechten, seine Würde nicht verletzenden Weise. Aber du, du warst immer nur Frau, viel zu sehr Frau, um nach derlei Dingen zu fragen . . .«

»Nun sprich schon!« rief Angélique, die Hände um die Lehne ihres Sessels verkrampft. Wenn sie es mit Piksarett zu tun gehabt hätte, wäre sie aufgesprungen und hätte ihn an seinen geheiligten Zöpfen gezogen. »Sprich, Uttaké! Ich bitte dich! Sag mir alles, was du von ihr weißt. Und laß mich nicht länger warten, sonst werde ich mich daran erinnern, daß auch ich ein Krieger war, der besser mit dem Messer umzugehen verstand als du und der dich das an jenem Abend bei der Quelle wissen ließ, und das war nicht in einem früheren Leben!«

Uttaké lachte aus vollem Hals, und seine Begleiter stimmten ein. Sie verstanden nur die Hälfte, schienen aber das Heitere der Szene zu genießen.

»Gut«, verkündete Uttaké. »Du sollst alles erfahren. Zuerst das, was ich *sicher* weiß.«

»Wo ist sie? Lebt sie? Hast du sie getroffen?«

Seine Miene verdüsterte sich. »Getroffen? Was soll das heißen? Sie hat den ganzen Winter in einer Familie beim Stamm der Oneiuts verbracht. Und jeden Tag, wenn ich mich als Häuptling der Fünf Stämme zum Rat der Federation begab, habe ich sie gesehen und mit ihr geplaudert, bis zu dem Tag, als der neue Onontio von Quebec – Fluch über ihn – seine Truppen in die Ebene der Fünf Seen führte und nach einem schrecklichen Kampf das Dorf verbrannte, obwohl es von starken Palisaden umgeben war.

Aus diesem Grund kann ich deine Fragen, wo sie ist, nicht mit Sicherheit beantworten und weiß auch nicht, ob sie lebt. Denn fast alle Bewohner dieses Dorfes sind umgekommen, mit Ausnahme der wenigen, die ich mitnehmen und mit List und Tücke vor dem rachsüchtigen Zorn der Franzosen, Huronen und Abenakis bewahren konnte. Alles, was ich dir mit Sicherheit sagen kann, ist, daß sie nicht bei uns war.« Mit einer Handbewegung beschwichtigte er Angéliques Verzweiflungsgeste. »Man hat mir gesagt, daß eine Anzahl Frauen und Kinder von den Franzosen in die Missionen St.-Joseph und Quinté gebracht wurden. Aber ich weiß nicht, ob sie darunter war.«

Angélique hatte das Gesicht in den Händen vergraben. Sie weigerte sich zu glauben, daß das Kind in den Flammen des brennenden Dorfes umgekommen war. Es war unmöglich. Lieber gab sie sich der Hoffnung hin, Honorine befinde sich in den Händen ihrer Landsleute, der Franzosen, und diese brächten sie zu Mère Bourgeoys oder zu Onkel und Tante du Loup. Uttaké hob feierlich die Arme, als erbitte er vom Himmel eine Eingebung und von den Anwesenden höchste Aufmerksamkeit. »Und jetzt werde ich dir sagen, was ich durch mein *inneres Auge* von ihr weiß.«

Er schloß die Augen und lächelte bedeutungsvoll. »Sie kommt! Sie ist auf dem Weg hierher! Habe keine Eile, diesen Ort zu verlassen, Kawa. Denn deine Tochter wird zum Silbersee kommen, um dich hier wiederzufinden. Sie wird begleitet . . . von einem Engel!« Wieder lachte er laut, als amüsiere er sich vortrefflich. »Ja, jetzt hörst du mir zu! Und schläfst dabei nicht mehr ein!«

Er lachte aus vollem Hals und seine Krieger stimmten bereitwillig ein. Unter allgemeinem Gelächter angesichts der verdutzten Mienen der Weißen, die offenbar nicht wußten, was sie von dieser so klaren Voraussage halten sollten, zogen sich die Irokesen langsam zurück.

Verwirrt von Uttakés Ankündigung, bemerkte Angélique zu spät, daß sie verschwunden waren. Als sie Uttaké zurückrufen wollte, um Näheres von ihm zu erfahren und um sich gebührend von ihm zu verabschieden, waren weder der Häuptling der Mohawks noch seine Begleiter mehr aufzufinden.

»Seid so lieb und holt sie zurück!« bat sie.

Hatte Uttaké nicht gesagt, er habe Honorine jeden Tag gesehen? Wie gern wollte sie ihn weiter ausfragen über ihr kleines Mädchen, das im großen, weiten Amerika verlorengegangen war! Und dann wurde ihr bewußt, daß sie ihm nicht gedankt hatte, noch nicht einmal für die Säckchen mit Nahrung, die er ihr mit dem Jesuiten geschickt hatte.

»Holt sie zurück!«

Aber man holt keinen Irokesen zurück, der aufgebrochen ist, um die Reste seines Stammes ins Tal der Väter heimzuführen, und der die Verfolgung seiner Feinde aufgenommen hat, um sie zu vernichten. Sie waren aufgegangen in dieser endlosen Weite der Hügel, Wälder und Abgründe mit ihren unsichtbaren Pfaden, die noch nie eines Fremden Fuß betreten hatte.

Um ehrlich zu sein, war auch niemand besonders darauf erpicht, Uttaké und die Seinen zurückzuholen.

Vierundsiebzigstes Kapitel

Cantor zog das Boot über den schmalen Uferstreifen, hob es dann über den Kopf und trug es bis zu einer Höhle im Fels, wo er es unter Zweigen verbarg.

»Wir bleiben nicht länger auf dem Wasser«, sagte er. »Von jetzt an gehen wir zu Fuß weiter. Aber wenn wir uns beeilen, können wir um die Mittagszeit in Wapassou sein.«

Das Indianerkind mit seinem roten Haarschopf nickte und lief gehorsam hinter ihm her. Cantor hatte ihm eine Schnur ans Handgelenk gebunden, denn das Kind war fast blind, und er hatte es zu Beginn seiner Reise immer wieder im dichten Unterholz verloren.

»Woher haben Sie den kleinen Wildling?« hatte der Apotheker von Fort-Orange ihn in jener Nacht gefragt, als sie nach tausend überstandenen Gefahren im Schutz des anglo-flämischen Städtchens am Ufer des Hudson übernachtet hatten. Cantor hatte zur Antwort gegeben, es sei ein indianisches Waisenkind, das den Massakern und Epidemien im Tal der Mohawks entronnen sei und das er unterwegs aufgelesen habe.

Wie hätte er dem braven Holländer beibringen sollen, daß es sich bei dem kleinen ›Irokesen‹, den er so großzügig mit Augensalbe versorgt hatte, um seine Halbschwester Honorine de Peyrac handelte?

Er hatte Honorine nach vielem Hin und Her in einem Flüchtlingslager am Ontario-See entdeckt. Unter Frauen und Kindern, die die Franzosen dort in der Obhut der Sulpizianer von Quinté zurückgelassen hatten.

Monsieur de Gorrestat, der unversöhnliche und engstirnige Gouverneur, mit dem Neufrankreich – wenn auch vorübergehend – geschlagen war, hatte nur den Beginn der Schneeschmelze abgewartet, um erneut mit seinen Armeen gegen die Irokesen zu ziehen.

So war Cantor, der sich ebenfalls bei den ersten Anzeichen des weichenden Eises auf die Suche nach seiner Schwester gemacht hatte, nur auf verwüstete, noch brennende Dörfer gestoßen. Er war fast verrückt geworden bei dem Gedanken, wo er sich nach ihr erkundigen sollte, falls sie nicht sogar schon tot war. Von den Irokesen jedenfalls sagte man, sie seien »vom Erdboden verschwunden«.

Ein Trupp der Tapfersten, unter ihnen der nicht zu fassende Uttaké, hatte sich während einer entscheidenden Schlacht in Luft aufgelöst. Kundschafter und Waldläufer vermuteten sie in dem sich meilenweit hinziehenden, unterirdischen Höhlenlabyrinth, in das noch nie ein Weißer eingedrungen war. Der Sage nach war es dort so finster, daß das Augenlicht verlor, wer sich dort unten zu lange aufhielt.

Cantor hatte sich um die Überlebenden gekümmert, vor allem um Frauen und Kinder, da er sich von ihnen am ehesten eine Auskunft über sein Schwesterchen erhoffte. Nie würde er die Freude vergessen, vermischt mit Mitleid und Erschrecken, als er sie schließlich eines Abends am Lagerfeuer gefunden hatte und sie in den Armen hielt, ein kleines, schmutzverkrustetes Reh, das nur noch aus Haut und Knochen bestand. Erschrecken, weil er sie in ihrer knabenhaften Verkleidung fast nicht wiedererkannt und anfangs abgewiesen hatte. Danach war sie unauffindbar gewesen, und er hatte durchs ganze Lager laufen und mit dem altvertrauten: »Honn! Honn!« nach ihr rufen müssen. Unendliches Mitleid hatte ihn erfaßt, als er entdeckt hatte, wie entstellt sie von den Blattern war, die schon während des Winters unter den Stämmen der Irokesen gewütet hatten.

Erzählte man sich nicht, daß es Monsieur de Gorrestat gewesen sei, der die Idee gehabt habe, die Bettlaken Pestkranker bei seinen Feinden einzuschmuggeln, um ihren Untergang zu beschleunigen? Aber es wurde so viel geredet! Die Heimsuchungen überfielen dieses Land wie ein Orkan. Kaum gedacht, waren sie schon Wirklichkeit geworden. Todesstarre hatte auf Monate hinaus riesige Flächen erfaßt und die gnadenlose Kälte jeden Kontakt mit anderen lebenden Wesen unmöglich gemacht.

Verdammter Winter! dachte Cantor, während er dem Auf und Ab der Bergrücken folgte und den kaum zu erkennenden Weg suchte, der sie nach Wapassou führen sollte. Wer in Europa ahnte etwas von der Macht dieses Winters, der alles zu Stein erstarren ließ, was ihm in die Quere kam. Weh dem, der ihm zu trotzen versuchte! So hatten die Brüder Lemoine die Jesuitenmission von Sault-Sainte-Marie nur dank eines Feuers nicht verfehlt, das Cantor zwischen zwei Stürmen für sie hatte entzünden lassen.

Verdammter Winter! Zu früh, zu lang und zu rauh, um Honorine rechtzeitig retten zu können. Doch er durfte sich nicht beklagen! Hätte der Sturm sie nicht genausogut alle beide im Niemandsland erwischen und fernab von jedem Unterschlupf in der weißen Wüste einschließen können?

Als er sie in Quinté in den Armen hielt, hatte er nur gedacht: Was soll's? Sie lebt! Unsere Mutter wird sie heilen! Es hatte Glück gehabt, das arme Ding! Und sie, die noch nie sehr geschickt gewesen war, stieß sich jetzt überall an, fiel hin, kam vom Weg ab. Also hatte er sie auf den Rücken genommen und sie schließlich mit einem Stück Schnur an sich gebunden, während sie die verbrannten und mit Leichen übersäten Indianerdörfer durchquerten und über das Eis der Seen und Flüsse wanderten, das unter ihren Füßen nachgab.

In Orange hatten sie sich unter den Federbetten der Holländer eine Nacht der Ruhepause gegönnt. Wäre der Hudson eisfrei gewesen, so hätte Cantor es sicherer gefunden, sich nach New York hinunterzubegeben, um dann von Hafen zu Hafen bis Gouldsboro vorzudringen. Doch das hätte mehrere Monate gedauert. Besser, sie schlugen sich weiter durch die Wälder nach Osten durch.

Er war wie seine Schwester. Er wollte nach Hause, so rasch wie möglich. Und ihr Zuhause war Wapassou. Es waren das Gesicht und die Augen ihrer Mutter, ihre ausgebreiteten Arme, ihre Wiedersehensfreude, an die sie unaufhörlich dachten, ihr mitreißender Vater, der so selten, aber so herzlich lachte und für den man bereit war, die Welt zu erobern, nur um seiner würdig zu sein und seine Anerkennung zu gewinnen. Es waren ihre Freunde, die Spanier, die Jonas', der kleine Bruder und die kleine Schwester, die er noch nie gesehen hatte und von denen Honorine ihm unaufhörlich berichtete.

Er drehte sich um, und ein Gefühl tiefen Glücks durchströmte ihn, als er sie hinter sich hermarschieren sah. Er hätte Lust gehabt, ihr zu sagen, wie sehr sie einem gerupften Stachelschwein glich. Aber er hielt sich zurück. Sie war so stolz darauf, wie ein Indianerjunge gekleidet zu sein.

»Uttaké hat gesagt, ich sei der geborene Krieger«, hatte sie erklärt. »Und da es Jungen gab, die Mädchenkleider anziehen durften, wenn sie keine Lust hatten, Waffen zu tragen, konnten sie auch mich nicht daran hindern, mich als Junge zu verkleiden, denn ich war gut im Bogenschießen. Das geschah diesen idiotischen Weibern recht, für die ich Holz sammeln oder das geschossene Wild heimtragen sollte, nur weil ich ein Mädchen war.«

Einmal blieb sie stehen und fragte ängstlich: »Glaubst du, daß sie tot ist?«

»Wer?«

»Meine Mutter, die in Wapassou auf mich wartet.«

Sie sagte »meine Mutter«, als sei sie Angéliques einziges Kind. Doch Cantor nahm es ihr nicht übel. Entschieden schüttelte er den Kopf. »Aber nein! Das ist ganz unmöglich. Sie kann gar nicht sterben. Und ich sage dir auch, warum. Zu viele böse Kräfte haben sich gegen sie verbündet. Und weißt du, was dann passiert?«

»Nein. Was?«

»Etwas unvorhergesehen Gutes entsteht aus all dem Bösen. Das ist ein Naturgesetz. Wie bei einer chemischen Reaktion.«

Honorine nickte. Seit ihrer Kindheit war um sie herum von Chemie, Alchimie und wissenschaftlichen Phänomenen die Rede gewesen. Sie erzählte, eines Nachts bei den Irokesen habe sie Angélique im Traum sterben sehen. Sie sei aufgesprungen und habe gerufen: »So tut doch etwas! Meine Mutter stirbt!« Alle Hausbewohner seien herumgerannt und hätten sich vergewissert, daß ihre indianische Adoptivmutter wohlauf sei.

Auch als sie mit hohem Fieber darniederlag, war Angélique mehrmals gekommen, um sie zu besuchen. Sie hatte sich schreckliche Mühe gegeben, mit ihr zu sprechen; aber als sie wieder zu sich kam, hatte sie nur traurige Gesichter um sich gesehen, die ihr kopfschüttelnd zu verstehen gaben: Nein, deine Mutter ist nicht da! Eine alte Indianerin hatte begriffen, was zu tun war, um sie am Leben zu erhalten. Sie hatte gesagt: »Trink diese Brühe, und wenn du aufwachst, ist deine Mutter da.«

Eines Tages war sie aufgewacht und gesund gewesen. Die alte Indianerin war gestorben. Honorine wußte, daß ihre Mutter nie gekommen war. Bald darauf hatten die Franzosen die überlebenden Frauen und Kinder fortgeschafft.

Es war in der Nähe des Saint-Sacrement-Sees, als Cantor etwas zu hören glaubte. »Sei still!« flüsterte er. »Sie sind überall!«

Er warf sich mit ihr zusammen hinter einen Busch, der einen Hauch von erstem Grün zeigte.

Vielleicht hatte er sich getäuscht. Der Wald war leer. Doch nein! Drüben auf der Lichtung, halb im Nebel versteckt, flatterte das Lilienbanner! Und zwischen den Zweigen erschien plötzlich das Gesicht des jungen Ragueneau, mit dem zusammen er in der Kathedrale von Quebec die Christmette gefeiert hatte. Er war eingezogen worden, weil er pfeifen und trommeln konnte.

Die Trommler sind wichtig. Sie gingen der Armee voran und säten Angst und Schrecken in die Herzen der Irokesen.

Die Armee – einhundertzwanzig Soldaten aus der Hauptstadt, vierhundert Kanadier und ebenso viele Indianer aus den Missionen, die die Vorhut und den Flankenschutz bildeten – waren auf dem Weg zu den Mohawks und den Oneidas.

Um den Norden von Maine zu erreichen, mußte Cantor diese Armee in ihrer ganzen Breite wie einen Fluß durchqueren. Der junge Ragueneau gab ihm eine zerrissene weiße Uniformjacke des berühmten Regiments Carignou, und so gekleidet mischte er sich unter die Truppe, den kleinen Blinden hinter sich herziehend. Mehrere Tage verbrachten sie in den Biwaks, wo kräftig gegessen und getrunken wurde und wo man ihren Rucksack mit geräuchertem Aal, Pemmican und etlichen Tagesrationen Brot füllte.

Dann verließen sie das Heer, das sich unaufhaltsam nach Süden wälzte, auf der Suche nach versprengten Resten der Fünf Stämme, aber auch nicht abgeneigt war, sich an den Grenzbewohnern Neuenglands schadlos zu halten und sich dort Skalps und Gefangene zu holen.

Im Osten lag das unwegsame Maine. In dieser Wildnis gab es weder Menschen noch Tiere noch Wege. Um überhaupt vorwärtszukommen, mußte man in Schluchten hinabsteigen, tosende Wildbäche und Wasserfälle überqueren und an Felswänden wieder hinaufklettern.

Trotz seines guten Orientierungssinns verirrte sich Cantor mehrmals. Die gestutzten Hecken und Rabatten von Versailles hatten ihn für die Wildnis untauglich gemacht.

Wenigstens wurden die Wasserläufe hier wieder schiffbar. Am Ufer eines Flusses stießen sie auf einen kleinen umherziehenden Indianerstamm, der dabei war, Kanus aus Baumrinde zusammenzufügen und mit Tannenharz zu verkleben. Die Indianer hatten auch süßen Ahornsaft gewonnen und zu einem stärkenden Trank verarbeitet.

Mit ihnen fuhren Bruder und Schwester den Fluß hinunter, umgingen, das Boot auf dem Kopf tragend, die Stromschnellen und gelangten auf diese Weise von einem See zum nächsten. Nicht selten trafen sie in den Tälern auf Wigwams, in denen sich die wenigen, die der Kälte entronnen waren, sammelten, ihre Felle zusammentrugen und berieten, mit wem sie am besten Handel treiben sollten, den Franzosen oder den Engländern.

Cantor kaufte ein Boot, und sie ruderten weiter nach Osten.

Eines Tages erblickten sie den noch schneebedeckten Gipfel des Mont-Kathadin. Wapassou war nicht mehr weit.

Am Morgen brachen sie zu ihrer letzten Wegstrecke auf. Noch zwei Stunden, noch eine ...

Als er hinter sich leises Wimmern hörte, wandte Cantor sich erstaunt um. »Müde?«

Sie hatte sich auf der ganzen Reise noch nie beklagt. »Sie hat mir mein Schatzkästlein weggenommen!« jammerte Honorine.

Er wußte nicht gleich, von wem sie sprach. Das war alles so lange her: das Schiff, die Verfolgung, der Todesstoß, das Ende der Dämonin. Es war, als hätte es sie nie gegeben. Daß er am französischen Hof gelebt hatte, erschien ihm wie ein Märchen, so sehr war er wieder ein Kind der Neuen Welt geworden.

»Sie hat mir alles genommen, sogar den Walfischzahn aus Kastanienrinde und die Muschel, die du mir geschenkt hast.«

»Was sagst du?« Die Krankheit hatte ihre Stimmbänder geschwächt, und wenn sie weinte, verstand man sie kaum.

»Auch den Ring von Vater und den Brief meiner Mutter«, schluchzte sie unbeirrt weiter. Die Nähe Wapassous schien eine Fülle von Erinnerungen in ihr zu wecken.

»Vielleicht hat sie das schwach gemacht«, murmelte Cantor nachdenklich.

Jetzt war es Honorine, die nicht verstand und nachfragen mußte. »Was hast du gesagt?«

»Der Ring von Vater und der Brief von Mutter haben ihre Kraft gelähmt, verstehst du?«

Honorine nickte heftig. Dieser Gedanke tröstete sie über die verlorenen Schätze hinweg. Sie hatten es ihr gegeben, der Giftmischerin. Und das war gut so!

Wir kommen! jubelte Cantor innerlich. Aber es war nicht mehr die kindliche Ungeduld von früher, die ihn bewegte, obwohl ihn schon damals dieses ungeheure Gefühl der Befreiung und des Triumphs erfüllt hatte, so wie jetzt, da er glaubte, die ganze Welt und mit ihr all die Seinen umarmen zu müssen. Das Tor, durch das sie alle zusammen gehen würden, öffnete sich. Dahinter war alles licht und hell. Um dieses Glückes willen würde er eines Tages am Altar einer Abtei das Gloria singen!

Einen Augenblick später war er schon wieder der junge Waldläufer, der, seine kleine Schwester an der Hand, voll aufkeimender Sorge den Blick über das Gebiet um Wapassou wandern ließ. Er hatte es sich ganz anders vorgestellt, vor allem dichter bebaut und nicht so menschenleer. Man hatte ihm von dem gewaltigen Fort erzählt und den vielen Menschen, die sich außerhalb der Palisaden angesiedelt hatten, von den bebauten Feldern, den Herden und den trockengelegten Pferdeweiden.

Aber was er sah, war wüst und leer.

Wenig später entdeckte er die rußgeschwärzten Ruinen, und seine Hand krampfte sich um die Honorines.

»Was ist los, Cantor?« fragte sie mißtrauisch.

»Nichts«, versicherte er und war froh, daß ihr der trostlose Anblick erspart blieb. »Wir sind da! Bald werden wir das Haus sehen.«

Was war geschehen? Wo waren sie alle? Sein Vater, seine Mutter, die Zwillinge, die Jonas', die Malaprades, die Handwerker, die Soldaten? Sein Herz klopfte zum Zerspringen. Seine Schläge waren so schmerzhaft, daß er nichts anderes denken konnte als immer nur: Was ist passiert? Wo sind sie alle? Was ist passiert?

Er ging weiter, und ein neuer Anblick tat sich auf. Es war so klein, daß er es fast übersehen hätte und im ersten Augenblick gar nicht erkannte, das alte winzige Fort am Felshang. Und doch war es ihm vertraut, denn er hatte einmal einen Winter dort verbracht. Nach und nach entdeckte er auch menschliche Gestalten, die sich dort bewegten.

Eine ganze Menge Leute sind das, stellte er fest. Da war ein Frauenkleid. Seine Mutter! Ja, sie war es! Er konnte wieder atmen. Aber von der Furcht, die er ausgestanden hatte, waren seine Knie weich geworden.

Honorine riß sich von seiner Hand los und lief auf die Felskante zu. »Paß auf, du fällst!« rief er erschrocken.

Aber der kleine Irokese warf die Arme in die Luft und rief: »Ich sehe ihn, Cantor! Ich sehe ihn!«

»Wen siehst du?«

»Den alten Mann im Berg! *Ich sehe ihn!* Heute kann ich ihn sehen!«

Auf der Felskuppe holte er sie ein. Er nahm ihre magere Hand wieder in die seine, und reglos standen sie da oben, noch nicht sichtbar für die Leute im Tal, die alle Hände voll zu tun hatten, um ihren Treck nach Süden vorzubereiten.

Sie standen dort, der Bruder und die kleine Schwester, und in der Felswand gegenüber, unter den schräg einfallenden Strahlen der Sonne, traten deutlich die würdevollen Züge eines weisen alten Mannes aus dem Stein.

»Siehst du ihn auch, Cantor?«

»Ja, ich sehe ihn. Er blickt uns beide an.«

»Er lächelt uns zu. Hallo, alter Mann im Berg! Ich bin es, Honorine. Ich bin zurückgekommen. Und diesmal erkenne ich dich. Ach, Cantor, ich bin ja so glücklich! Das Leben ist schön!«

»Und du bist doch nicht blind! Hurra! Hurra! Komm jetzt! Die da unten werden staunen!«

Er nahm sie auf den Rücken und lief, von Fels zu Fels springend, hinunter nach Wapassou.

Fünfzehnter Teil

Honorine und Cantor kehren heim

»Wir müssen aufbrechen, flehte [illegible]
Paturel.

[illegible] schließlich sechs Tage Aufschub [illegible] ihnen abgerungen. Aber die Frist [illegible] aufgebraucht, weder mit noch [illegible] hinausgesagt hatte. So [illegible] Werkzeuge der Indianer [illegible] Kinder, die es eilig hatten [illegible] kriegerischen Wilden, gleich [illegible] aufzustöbern und ihnen [illegible] ten.

Der einsame Engländer [illegible] gegen die [illegible] Waldläufer, hatten [illegible] und waren. [illegible] Sie würden sich um sie kümmern, [illegible] bringen.

Angelique [illegible] Wegzeichen [illegible] würde [illegible] Hatte sie das Paradies nicht [illegible]

»Seh auch die Kinder an! [illegible] daß [illegible] werden.«

Der Frühling hatte Einzug gehalten. Niemals war [illegible] schön und so köstlich erschienen [illegible] Vogelgesang.

»Noch einen Tag! [illegible] die anderen, weil [illegible] waren schon die paar Tage! [illegible] ten sie es, um vergessen zu lernen [illegible] gefühl zu entwickeln. [illegible] sechs Tage [illegible] ling erwartete, um die Täler zu [illegible]

Fünfundsiebzigstes Kapitel

»Wir müssen aufbrechen, liebste Freundin!« drängte Colin Paturel.

Vier, fünf, schließlich sechs Tage Aufschub hatte Angélique ihnen abgerungen. Aber die Frist lief ab. Honorine war nicht aufgetaucht, weder mit noch ohne Engel, wie dieser verrückte Uttaké vorausgesagt hatte. So ist es, wenn man sich auf die Weissagungen der Indianer verläßt!, sagten die Leute von der Küste, die es eilig hatten wegzukommen, bevor die nächsten kriegerischen Wilden, gleich welcher Stammeszugehörigkeit, aufkreuzten und ihnen womöglich an Kräften überlegen waren.

Der stumme Engländer Lymon White, der sich in der Gegend um Wapassou auskannte, und Charles-Henris Vater, ein erfahrener Waldläufer, hatten einen Plan, der, wie sie hofften, alle zufriedenstellen würde. Sie beide wollten in Wapassou ausharren und warten. Sollten die Voraussagen des Irokesen eintreffen, so würde Honorine das Fort nicht verlassen finden. Sie würden sich um sie kümmern und sie sicher nach Gouldsboro bringen.

Angélique fiel die Entscheidung schwer. Sie sollte weggehen? Weggehen, ohne sich umzusehen? Alles aufgeben? Sie würde Wapassou nie wiedersehen. Warum durfte es kein Paradies auf Erden geben? Doch worüber beklagte sie sich? Hatte sie das Paradies nicht gehabt?

»Seht euch die Kinder an! Sie spüren auch, daß sie nicht zurückkommen werden ...«

Der Frühling hatte Einzug gehalten. Niemals war er ihr so schön und so köstlich erschienen, so voller Blütenduft und Vogelgesang.

»Noch einen Tag! Warten wir noch einen einzigen Tag!« bat sie. Sie haßte die anderen, weil sie es so eilig hatten. Was waren schon die paar Tage! Sie zählten kaum, und doch reichten sie aus, um vergessen zu lernen und um ein neues Lebensgefühl zu entwickeln. Fünf, sechs Tage, soviel wie der Frühling brauchte, um die Täler zu begrünen, und schon begann eine Zeit des Todes zu verblassen, die, wie ihnen schien, niemals hatte enden wollen. Auch der Jesuit verschwand mehr und mehr, obwohl sie unter größten Selbstvorwürfen versuchte, ihn festzuhalten.

An den ersten Abenden, vor dem Einschlafen, hatte sie ständig das Bild vor Augen gehabt, wie er am Ufer des Sees überrascht worden war – *während sie geschlafen hatte.*

Den Augenblick, als er die ersten weißen Männer hatte auftauchen sehen, seine Reusen hatte fallen lassen und ein letztes Mal zum Fort gelaufen war. Er war an den Kindern vorbeigekommen und hatte ihnen zugerufen: »Seid brav! Und rührt euch nicht vom Fleck! Ich komme wieder!«

Dann war er in das Zimmer von Lymon White gegangen und hatte die Soutane angezogen. Er hatte die Knöpfe geschlossen mit seinen verstümmelten Fingern, hatte den Gürtel umgetan und sich das Kreuz um den Hals gelegt. Beim Hinausgehen war er vielleicht dem kleinen Charles-Henri begegnet, und der hatte gefragt: »Toter, wohin gehst du?«

Er war über die Wiesen gegangen, hin zu den Männern, die gekommen waren, um ihn zu vernichten.

Vielleicht hätte sie versuchen sollen, ihn gesund zu pflegen, trotz des skalpierten Schädels. Wunden am Kopf bluteten stark, sie heilten aber auch schnell. »Ich hätte ... Ich hätte ...«, warf sie sich vor.

Sie hatte ihn in ihren Armen verbluten lassen, ohne etwas zu tun. Sie hatte auf diesen Tod gewartet, hatte ihn erhofft. Er mußte sterben ... Doch warum zögerte der Tod manchmal so lange, wenn er doch so jäh und so kurz sein konnte?

Colin saß an ihrem Bett und tröstete sie leise oder deckte sie zu, wenn sie unter Tränen aufgewacht war. Allmählich hatte ihre Gesundheit sich gefestigt. Die Sorge um Honorine verdrängte das Gewesene. Das Bild, das sie verfolgte und das sie in allen Einzelheiten nachvollziehen mußte, löste sich auf. Von nun an schlief sie tief und ruhig. Wenn sie erwachte, holten das Gesumm der Stimmen und der Reigen menschlicher Gestalten sie wieder auf die Erde zurück, ohne daß sie jedoch wieder ganz eine der ihren wurde.

Sie hatte sich verändert. Noch wußte sie nicht, auf welche Weise. Es war ihr schon mehrfach im Leben so ergangen, wenn auch nicht in diesem Maße, so als habe sie eine Haut abgeworfen. Manchmal war sie ihnen böse ob ihrer vernünftigen und praktischen Vorkehrungen für diesen Aufbruch. Niemand verstand sie. Nicht einmal mit Colin konnte sie über das reden, was in ihr vorging. Ihr Herz, ihre Seele waren wie in einem Käfig gefangen. Das machte sie nervös und ungeduldig. Ständig glaubte sie, sich für ihre Reizbarkeit entschuldigen zu müssen.

Aber sie verziehen ihr alles. Da sie nichts von ihrer inneren Zerrissenheit wußten, freuten sie sich sogar, daß sie wieder so streitbar war wie früher und die Kraft aufbrachte, sie zurechtzuweisen, wenn sie allzusehr zur Eile drängten.

In der Tat war es für sie wie ein Wunder, wie schnell sie ins Leben zurückkehrte. Unter der wärmenden Sonne gewann ihr Haar wieder den Glanz und die Weichheit vergangener Zeiten zurück, als hätten die geschickten Hände eines Coiffeurs sie mit wiederbelebenden Ölen behandelt. Ihre durchsichtige Blässe wich einem rosa Schimmer, ihre Lippen färbten sich wieder rot, und von den schwarzen Ringen unter ihren Augen blieb nur noch eine leichte Spur, die ihr in dieser Zeit der Genesung jene verführerische Schönheit verlieh, die eine Frau sonst nur in Erwartung einer rauschenden Ballnacht hervorzuzaubern pflegt.

Trüppchenweise trafen auch jetzt die ersten Indianerfamilien in Wapassou ein und waren ratlos, als nichts mehr da war, nicht der Handelsposten, nicht das gewohnte Brot, nicht die üblichen Vorräte bunter Perlen . . .

Sie betrachteten das veränderte Wapassou und verstanden die Welt nicht mehr. Dann breiteten sie ihre Tierhäute über die gekreuzten Stangen oder errichteten ihre kugelförmigen Wigwams aus Baumrinde und entzündeten, als sei nichts geschehen, ihre Lagerfeuer, deren aufsteigender Rauch, vermischt mit Hundegebell und Kindergeschrei, wie in jedem Jahr den Beginn des Sommers ankündigte.

Die endgültig letzte Frist war verstrichen. Am Morgen formierte sich die Karawane vor dem Fort. Angélique war so wütend, daß sie sich weigerte, mit Colin zu sprechen.

Im letzten Augenblick gab es eine Verzögerung, weil die Kinder nicht aufzufinden waren. Sie hatten sich das allgemeine Durcheinander zunutze gemacht, um ihrer strengen Aufsicht zu entschlüpfen. Sie konnten zwar nicht weit sein, waren aber offenbar auf eigene Faust auf Entdeckung gegangen. Während andere sich auf die Suche machten, setzten die Träger ihre Lasten wieder ab, die sie sich schon auf die Schultern gestemmt hatten.

Angélique ließ ihre Augen über Wapassou streifen. Plötzlich war ihre Trauer verflogen. Diese Berge und Wälder hatten ihr ein unauslöschliches Geheimnis anvertraut. Es zu vergessen und sich von der Erdenschwere wieder in Besitz nehmen zu lassen, war ihr untersagt.

Die Indianer, die aus der Ferne den Abzug der Weißen beobachteten, strömten wie auf ein Zeichen herbei und riefen ihr freundliche Grüße zu. Sie spürte, wie ihr warm ums Herz wurde und wie ihr Kummer in Freude umzuschlagen begann.

Eines der Indianerkinder lief ihr stolpernd und mit ausgebreiteten Armen entgegen. Ohne zu wissen, warum, breitete auch sie die Arme aus und lief los. Es war wie ein Woge der Liebe, die aufbrandete und alle Regungen ihres Herzens, alle Hoffnungen und Wünsche in sich vereinte. »Honorine!«

Sie fing das zerbrechliche und so leichte Wesen auf, hielt es in ihren Armen und glaubte zu sterben vor Glück. Weder die erschreckenden Narben in ihrem Gesicht, noch die Verkleidung als Indianerjunge hatten sie täuschen können. Das Leuchten von Honorines Kinderaugen hätte sie unter jedweder Maske erkannt.

»Ich wußte, daß du kommen würdest!« flüsterte sie. »Ach, du, kleine Wilde! Hast du dir deinen Traum doch noch erfüllt!« Sie lachte, hielt das Kind in ihren Armen und drehte sich vor Freude im Kreis. »Ein kleiner Irokesenkrieger! Ein kleiner Irokesenkrieger! Kommt alle und überzeugt euch selbst. Wir haben einen kleinen Krieger bekommen!«

In dem allgemeinen Geschrei erhob sich eine einzelne Stimme. »Gott im Himmel! Sie hat ja die Blattern gehabt!«

Eine andere, erst fremd klingende Stimme erwiderte: »Ja, aber sie lebt, und unsere Mutter wird sie heilen.«

Als Angélique diese Worte vernahm, wandte sie sich von Honorine ab und dem jungen Mann zu, nachdem das Wort »Blattern« sie zuvor in fast tödliche Starre versetzt hatte. »Cantor? Cantor! Wo kommst du her?«

»Aus Versailles«, antwortete dieser mit einer dezenten Verbeugung. »Wenn auch mit einem kleinen Umweg über Quebec, Montreal und den Ontario-See.«

»Er kam, um mich bei den Irokesen zu suchen«, verkündete Honorine stolz.

Angélique ließ sie zu Boden gleiten und wollte Cantors Gesicht mit ihren Händen umfangen, aber er selbst schloß seine Mutter in die Arme.

Sie spürte seine Entschlossenheit, seine ungestüme Kraft. Er war ein Mann geworden. Und da wußte sie, was ihn zur Einschiffung getrieben hatte, wessen Verfolgung er aufgenommen und was er inzwischen zu Ende geführt hatte ...

Ein paar Männer, die nicht wußten, was sich ereignet hatte, kamen angelaufen und riefen: »Die Kinder sind da! Wir können gehen!«

Erleichtert fielen alle in ein gemeinsames Lachen ein. Nun konnten sie gehen. »Hast du deinen Vater gesehen?« fragte Angélique.

Cantor machte große Augen. Er wußte nicht, daß der Graf de Peyrac sich nach Frankreich begeben hatte. Ihre Schiffe mußten sich auf dem Ozean gekreuzt haben.

Eines wußte Angélique: Mochten sie auch in eine unbekannte Zukunft aufbrechen, so würde es doch Stoff für endlose Gespräche geben, genug, um zahllose Abende oder die langen Stunden einer Überfahrt zu füllen. Ihr Leben war nicht zerstört, ihr Werk nicht ausgelöscht. Wapassou würde bleiben, was es war: ein reicher Hort beglückender, wunderbarer Erinnerungen.

Sie stand auf der Schwelle eines neuen Lebensabschnitts. Neben sich Honorine und vor sich, hochzufrieden, wenn auch von Kopf bis Fuß verschmutzt, die drei Kinder, die die Ruinen Wapassous erforscht hatten und in ihren Händen die ersten Sträuße bunter Frühlingsblumen hielten.

Jetzt galt es, den Rückzug nach Süden anzutreten und unterwegs die Überlebenden dieses Winters und der vorausgegangenen Katastrophen aufzuspüren. Verlorenes Gut war zu ersetzen. Es zählte nicht. Das einzige, was sie nicht verwinden würde, waren neue Opfer, unschuldige Opfer, die der Bosheit einer Ambroisine erlegen waren. Es durfte keine Opfer mehr geben. Sie duldete es nicht.

Man würde sie alle wiederfinden: die Jonas', die Malaprades, die Wallonen, die Schweizer, die englischen *lollards* und die Spanier. Man würde wieder zusammen trinken und auf das gegenseitige Wohl anstoßen, bevor man auf einem schönen Schiff nach Europa segelte, auf einer Reise, die keine Stürme kannte, zu einem König, der weiser und klüger geworden war, zu treuen Freunden, die es nicht erwarten konnten, sie wiederzusehen, und zu einem Ehemann, in dessen Arme sie sich werfen würde, um sich wieder einmal zu versprechen, daß sie sich niemals mehr trennen würden.

Und Honorine? Sie zog das Kind in ihre Arme, um sich sein Gesicht genauer anzusehen. War sein Augenlicht bedroht? Noch war es nicht zu spät. Sie würde zuerst die Lider pflegen und dann versuchen, ihre Sehkraft zu verbessern. Die Narben auf der zarten Kinderhaut? Das würde länger dauern. Aber sie würde die richtigen Mittel zu finden wissen, und der Erfolg würde nicht ausbleiben. Sie war sicher, daß es ihr gelingen würde, die Spuren des Bösen und der Verwünschungen, die sie von Geburt an verfolgt hatten, aus dem Antlitz der geliebten Tochter zu tilgen.

Die Welt war reich an wunderbaren Kräften, begnadeten Händen, heilkräftigen Quellen, geweihten Orten. Mit Gottes Hilfe war alles möglich. Sie würde, wenn es sein mußte, bis ans Ende der Welt reisen, um dieses Kind ein weiteres Mal zu retten.

»Es wird keine Opfer mehr geben! Alle unsere Freunde werden sich wiederfinden, und Honorine wird schön sein, schön und glücklich . . .«

Nach allem, was war, dachte Angélique, und blinzelte mit ihren grünen Augen in die Sonne, nach allem, was war, ist der Himmel es mir eigentlich schuldig!